O POVO
BRASILEIRO

DARCY RIBEIRO
O POVO BRASILEIRO
A formação e o sentido do Brasil

© Fundação Darcy Ribeiro, 2023

3ª Edição, Global Editora, São Paulo 2015
9ª Reimpressão, 2024

Jefferson L. Alves – diretor editorial
Gustavo Henrique Tuna – editor assistente
Flávio Samuel – gerente de produção
Julia Passos – coordenação editorial
Flavia Baggio e Elisa Andrade Buzzo – revisão
Deborah Stafussi – assistente editorial
Fernanda B. Bincoletto – índice onomástico
Operários 1933, óleo sobre tela, 150x205 cm
Acervo artístico-cultural dos Palácios do
Governo do Estado de São Paulo © Tarsila do Amaral
Empreendimentos – imagem da capa
Victor Burton – capa
Evelyn Rodrigues do Prado – projeto gráfico

CIP-BRASIL. Catalogação na Fonte
Sindicato Nacional dos Editores de Livros, RJ

R369p
3. ed.

    Ribeiro, Darcy, 1922-1997
    O povo brasileiro: a formação e o sentido do Brasil / Darcy Ribeiro. –
3. ed. – São Paulo : Global, 2015.

    ISBN 978-85-260-2225-6

    1. Etnologia - Brasil. 2. Brasil - Civilização. I. Título.

15-25393
                                                         CDD: 981
                                                          CDU: 94(81)

Obra atualizada conforme o
NOVO ACORDO ORTOGRÁFICO DA LÍNGUA PORTUGUESA

Global Editora e Distribuidora Ltda.
Rua Pirapitingui, 111 – Liberdade
CEP 01508-020 – São Paulo – SP
Tel.: (11) 3277-7999
e-mail: global@globaleditora.com.br

- grupoeditorialglobal.com.br
- @globaleditora
- /globaleditora
- @globaleditora
- /globaleditora
- /globaleditora
- blog.grupoeditorialglobal.com.br

Direitos reservados.
Colabore com a produção científica e cultural.
Proibida a reprodução total ou parcial desta
obra sem a autorização do editor.

Nº de Catálogo: **3607**

Agradeço aqui, muitíssimo, àqueles que mais me ajudaram a concluir este livro.

A Mércio Gomes, meu colega, pela paciência de ler comigo página por página do texto original.

A Carlos Moreira, meu companheiro, cuja pré-leitura jamais dispenso, que também o leu, inteiro, e derramou sobre meu texto sua frondosa erudição.

Confesso, porém, que agradecimento maior e mais fundo e sentido é à Gisele Jacon, minha assessora. Este livro é obra nossa. Se eu o pensei, ela o fez materialmente, lhe dando a consistência física de coisa palpável e legível.

Gratíssimo,

Darcy

Sumário

Prefácio	11
Introdução	17
I – O NOVO MUNDO	23
1. Matrizes étnicas	25
A ilha Brasil	25
A matriz tupi	26
A lusitanidade	31
2. O enfrentamento dos mundos	34
As opostas visões	34
Razões desencontradas	39
O salvacionismo	44
3. O processo civilizatório	50
Povos germinais	50
O barroco e o gótico	53
Atualização histórica	56
II – GESTAÇÃO ÉTNICA	61
1. Criatório de gente	63
O cunhadismo	63
O governo geral	66
Cativeiro indígena	75
2. Moinhos de gastar gente	81
Os brasilíndios	81

Os afro-brasileiros	86
Os neobrasileiros	91
Os brasileiros	95
O ser e a consciência	100
3. Bagos e ventres	**106**
Desindianização	106
O incremento prodigioso	111
Estoque negro	120
III – PROCESSO SOCIOCULTURAL	**125**
1. Aventura e rotina	**127**
As guerras do Brasil	127
A empresa Brasil	133
Avaliação	136
2. A urbanização caótica	**146**
Cidades e vilas	146
Industrialização e urbanização	149
Deterioração urbana	154
3. Classe, cor e preconceito	**157**
Classe e poder	157
Distância social	158
Classe e raça	165
4. Assimilação ou segregação	**172**
Raça e cor	172
Brancos *versus* negros	174
Imigrantes	181
5. Ordem *versus* progresso	**184**
Anarquia original	184
O arcaico e o moderno	186
Transfiguração étnica	192

IV – Os BRASIS NA HISTÓRIA	199
1. Brasis	201
Introdução	201
2. O Brasil crioulo	205
3. O Brasil caboclo	228
4. O Brasil sertanejo	250
5. O Brasil caipira	268
6. Brasis sulinos: gaúchos, matutos e gringos	299
V – O DESTINO NACIONAL	325
As dores do parto	327
Confrontos	330
Bibliografia	333
Vida e obra de Darcy Ribeiro	347
Índice onomástico	359

Prefácio[*]

Escrever este livro foi o desafio maior que me propus. Ainda é. Há mais de trinta anos eu o escrevo e reescrevo, incansável. O pior é que me frustro quando não o faço, ocupando-me de outras empresas. Nunca pus tanto de mim, jamais me esforcei tanto como nesse empenho, sempre postergado, de concluí-lo. Hoje o retomo pela terceira vez, isto se só conto aquela primeira vez em que o escrevi e completei, e a segunda em que o reescrevi todo, inteiro, esquecendo as inumeráveis retomadas episódicas e inconsequentes.

Ultimamente essa angústia se aguçou porque me vi na iminência de morrer sem concluí-lo. Fugi do hospital, aqui para Maricá, para viver e também para escrevê-lo. Se você, hoje, o tem em mãos para ler, em letras de fôrma, é porque afinal venci, fazendo-o existir. Tomara.

Acabo de ler, meio por cima, a última versão. Aquela que escrevi no Peru e que até foi traduzida em castelhano, mas que eu vetei. Era um bom livro, acho agora. Bem podia ter sido publicado tal qual era. Ou ainda é, uma vez que aí está tal e qual: desafiante. Mas eu não quis largá-lo. Pedia mais de mim, me prometia revê-lo, refazê-lo, até que alcançasse aquela forma que devia ter. Qual?

Creio que nenhum livro se completa. O autor sempre pode continuar, por um tempo indefinido, como eu continuei com esse, ao alcance da mão, sem retomá-lo. O que ocorre é que a gente se cansa do livro, apenas isso, e nesse momento o dá por concluído. Não tenho muita certeza, mas suspeito que comigo é assim.

Por que só agora o retomo, depois de tantos, tantíssimos anos, em que me ocupei das tarefas mais variadas, fugindo dele? Não sei! Não foi para descansar, certamente. Foi para me dar a outras tarefas. Entre elas, a de me fazer literato e publicar quatro romances, retomando uma linha de interesses que só me havia tentado aos vinte anos. Nessa longa travessia, também politiquei muito, com êxito e sem êxito, aqui e no exílio, e me dei a fazimentos trabalhosos, diversos. Inclusive vivi, quase morri.

Nesses anos todos, o livro, este, ficou por aí, engavetado, amarelando, esperando até hoje. Agora, estou aqui na praia de Maricá, para onde trouxe as pastas com o papelório de suas várias versões.

---

[*] Prefácio à primeira edição, de 1995.

A primeira tentativa de escrevê-lo, que nem chegou a compaginar-se, se deu em meados da década de 1950, quando eu dirigia um amplo programa de pesquisas socioantropológicas no órgão de pesquisas do Ministério da Educação, o Centro Brasileiro de Pesquisas Educacionais (CBPE). Eu o concebia, então, como síntese daqueles estudos, com todas as ambições de ser um retrato de corpo inteiro do Brasil, em sua feição rural e urbana, e nas versões arcaica e moderna, naquela instância que, a meu ver, era de vésperas de uma revolução social transformadora.

Eu o abandonei, então – lá se vão trint'anos –, para ocupar-me de planejar e implantar a Universidade de Brasília. Essa tarefa me levou a outras, tais como as de ministro da Educação, de chefe do Gabinete Civil do presidente João Goulart, com a missão de concatenar o Movimento Nacional pelas Reformas de Base.

Tudo isso resultou, sabe-se, no meu primeiro exílio, no Uruguai. Lá, a primeira versão deste livro, umas quatrocentas páginas densas, tomou forma, depois de dois anos de trabalho intenso. Não era já a síntese que me propusera. Era, isto sim, a versão resultante de minhas vivências nos trágicos acontecimentos do Brasil de que havia participado como protagonista. Esse era o nervo que pulsava debaixo do texto, a busca de uma resposta histórica, científica, na arguição que nos fazíamos nós, os derrotados pelo golpe militar. Por que, mais uma vez, a classe dominante nos vencia?

Na verdade, para escrevê-lo, mal compulsei os livros resultantes daquelas pesquisas, que chegaram a ser publicados. Ele foi feito da leitura de quanto texto me caiu nas mãos sobre o Brasil e a América Latina. Muitíssimos, lembro-me bem, graças à magnífica Biblioteca Municipal de Montevidéu.

Uma vez completado o livro, a primeira leitura crítica que consegui fazer dele todo me assustou: não dizia nada, ou pouco dizia que não tivesse sido dito antes. O pior é que não respondia às questões que propunha, resumíveis na frase que, desde então, passei a repetir: por que o Brasil ainda não deu certo?

Meu sentimento era de que nos faltava uma teoria geral, cuja luz nos tornasse explicáveis em seus próprios termos, fundada em nossa experiência histórica. As teorizações oriundas de outros contextos eram todas elas eurocêntricas demais e, por isso mesmo, impotentes para nos fazer inteligíveis. Nosso passado, não tendo sido o alheio, nosso presente não era necessariamente o passado deles, nem nosso futuro um futuro comum.

Atrás de respostas a essas questões, mergulhei, nos anos seguintes, em estudo e assombros. O que devia ser uma introdução teórica, no meu plano de revisão do texto, foi virando livros. A necessidade de uma teoria do Brasil, que nos situasse na história humana, me levou à ousadia de propor toda uma teoria da história.

As alternativas que se ofereciam eram impotentes. Serviriam, talvez, como uma versão teórica do desempenho europeu, mas não explicavam a história dos povos orientais, nem o mundo árabe e muito menos a nós, latino-americanos. A melhor delas, representada pela nova versão compilada por Engels, nas *Origens*, e por Marx, nas *Formações*, opondo-se uma à outra, deixavam o tema em aberto.

O *processo civilizatório* é minha voz nesse debate. Ouvida, quero crer, porque foi traduzida para as línguas de nosso circuito ocidental, editada e reeditada muitas vezes e é objeto de debates internacionais nos Estados Unidos e na Alemanha. A ousadia de escrever um livro tão ambicioso me custou algum despeito dos enfermos de sentimentos de inferioridade, que não admitem a um intelectual brasileiro o direito de entrar nesses debates, tratando de matérias tão complexas. Sofreu restrições, também, dos comunistas, porque não era um livro marxista, e dos acadêmicos da direita, porque era um livro marxista. Isso não fez dano porque ele acabou sendo mais editado e mais lido do que qualquer outro livro recente sobre o mesmo tema.

Mas o *Processo* não bastava. A explicação que oferece para 10 mil anos de história é ampla demais. Suas respostas, necessariamente genéricas, apenas dão tênues delineamentos do nosso desempenho histórico. Era o que podia dar como alternativa aos textos clássicos, com que geralmente se trabalhava esse tema. Um esquema conceitual mais verossímil e mais explicativo do que os disponíveis, através da proposição de novas revoluções tecnológicas como motores da história, de novos processos civilizatórios e de novas formações socioculturais. Vista sob essa luz, a nossa realidade se retrata em seus traços mais gerais, resultando num discurso explicativo útil para fins teóricos e comparativos, mas insuficiente para dar conta da causalidade da nossa história.

Saí, então, em busca de explicações mais terra a terra, em mais anos de trabalho. O tema que me propunha agora era reconstituir o processo de formação dos povos americanos, num esforço para explicar as causas do seu desenvolvimento desigual. Salto, assim, da escala de 10 mil anos de história geral para os quinhentos anos da história americana com um novo livro. *As Américas e a civilização*, em que proponho uma tipologia dos povos americanos, na forma de uma ampla explanação explicativa.

Esse meu livro anda aí, desde então, sendo traduzido, reeditado e discutido, mais por historiadores e filósofos do que por antropólogos. Esses meus colegas têm um irresistível pendor barbarológico e um apego a toda conduta desviante e bizarra. Dedicam seu parco talento a quanto tema bizarro lhes caia em mãos, negando-se sempre, aparvalhados, a usar suas forças para entender a nós mesmos, fazendo antropologias da civilização.

Ocorre, porém, uma vez mais, que, completada a tarefa, vejo os limites daquilo que alcancei em relação ao que buscava. Meu livro ajuda, é certo, a nos fazer inteligíveis, mas é claramente insuficiente para nossas ambições. Mergulho outra vez buscando, numa escala nova, sincrônica, as teorias de que necessitávamos para nos compreender. Eram três as mais urgentemente requeridas para tomar o lugar dos esquemas menos eurocêntricos do que toscos com que se contava.

Uma teoria de base empírica das classes sociais, tais como elas se apresentam no nosso mundo brasileiro e latino-americano. Visivelmente, o esquema marxista aceito, sem demasiados reparos, no mundo europeu e no anglo-saxão de ultramar, feito de povos transplantados, empalidece frente à nossa realidade ibero-latina. Aqui, não havendo burguesias progressistas disputando com aristocracias feudais, nem proletariados ungidos por irresistíveis propensões revolucionárias, mas havendo lutas de classe, existiriam blocos antagonistas embuçados a identificar e caracterizar.

Nos faltava, por igual, uma tipologia das formas de exercício do poder e de militância política, seja conservadora, seja reordenadora ou insurgente. Toda politicologia copiosíssima de que se dispõe é feita de análises irrelevantes ou de especulações filosofantes que nos deixam mais perplexos do que explicados. Efetivamente, falar de liberais, conservadores, radicais, ou de democracia e liberalismo e até revolução social e política pode ter sentido de definição concreta em outros contextos; no nosso não significa nada, tal a ambiguidade com que essas expressões se aplicam aos agentes mais diferentes e às orientações mais desconexas.

Faltava ainda uma teoria da cultura, capaz de dar conta da nossa realidade, em que o saber erudito é tantas vezes espúrio e o não saber popular alcança, contrastantemente, altitudes críticas, mobilizando consciências para movimentos profundos de reordenação social. Como estabelecer a forma e o papel da nossa cultura erudita, feita de transplante, regida pelo modismo europeu, frente à criatividade popular, que mescla as tradições mais díspares para compreender essa nossa nova versão do mundo e de nós mesmos? Para dar conta dessa necessidade é que escrevi *O dilema da América Latina*. Ali, proponho novos esquemas das classes sociais, dos desempenhos políticos, situando-os debaixo da pressão hegemônica norte-americana em que existimos, sem nos ser, para sermos o que convém a eles.

Num exercício puramente didático, resumi os corpos teóricos desenvolvidos nesses três livros, para compor *Os brasileiros: teoria do Brasil*. Ele só traz de novo a teoria da cultura a que aludi. Não a situei no *Dilema*, para não ter que tratar tema tão copioso dentro da dimensão latino-americana.

Os índios e a civilização compõe, com os quatro livros citados, meus *Estudos de antropologia da civilização*, ainda que resultasse de uma pesquisa realizada anteriormente. O certo, porém, é que seu corpo teórico é o mesmo, fundado no conceito de transfiguração étnica. Vale dizer, o processo através do qual os povos surgem, se transformam ou morrem.

Ocupado nessas escrituras "preliminares", que resultaram em cinco volumes de quase 2 mil páginas, descuidei desse livro que agora retomo. Efetivamente, todos eles são fruto da busca de fundamentos teóricos que, tornando o Brasil explicável, me permitissem escrever o livro que tenho em mãos.

Foi o que tentei várias vezes no Peru, conforme dizia, chegando a redigi-lo inteiro, já com base nos meus estudos teóricos. Não me satisfazendo a forma que alcancei anos atrás, o pus de lado, cuidando que, com uns meses a mais, o retomaria.

Não foi assim. Desencadeou-se sobre mim o vendaval da vida. Um câncer me comia um pulmão inteiro e tive de retirá-lo. Para tanto, retornei ao Brasil, reativando as candentes luzes políticas que dormiam em mim nos anos de exílio. Tudo isso e, mais que tudo, uma compulsiva pulsão romanesca que me deu, irresistível, assim que me soube mortal e que, desde então, me escraviza, afastando-me da tarefa que me propunha.

Agora, uma nova pulsão, mortal, reaviva a necessidade de publicar este livro que, além de um texto antropológico explicativo, é, e quer ser, um gesto meu na nova luta por um Brasil decente.

Portanto, não se iluda comigo, leitor. Além de antropólogo, sou homem de fé e de partido. Faço política e faço ciência movido por razões éticas e por um fundo patriotismo. Não procure, aqui, análises isentas. Este é um livro que quer ser participante, que aspira a influir sobre as pessoas, que aspira a ajudar o Brasil a encontrar-se a si mesmo.

Introdução

O Brasil e os brasileiros, sua gestação como povo, é o que trataremos de reconstituir e compreender nos capítulos seguintes. Surgimos da confluência, do entrechoque e do caldeamento do invasor português com índios silvícolas e campineiros e com negros africanos, uns e outros aliciados como escravos.

Nessa confluência, que se dá sob a regência dos portugueses, matrizes raciais díspares, tradições culturais distintas, formações sociais defasadas se enfrentam e se fundem para dar lugar a um *povo novo* (Ribeiro 1970), num novo modelo de estruturação societária. Novo porque surge como uma etnia nacional, diferenciada culturalmente de suas matrizes formadoras, fortemente mestiçada, dinamizada por uma cultura sincrética e singularizada pela redefinição de traços culturais delas oriundos. Também novo porque se vê a si mesmo e é visto como uma gente nova, um novo gênero humano diferente de quantos existam. *Povo novo*, ainda, porque é um novo modelo de estruturação societária, que inaugura uma forma singular de organização socioeconômica, fundada num tipo renovado de escravismo e numa servidão continuada ao mercado mundial. Novo, inclusive, pela inverossímil alegria e espantosa vontade de felicidade, num povo tão sacrificado, que alenta e comove a todos os brasileiros.

Velho, porém, porque se viabiliza como um proletariado externo. Quer dizer, como um implante ultramarino da expansão europeia que não existe para si mesmo, mas para gerar lucros exportáveis pelo exercício da função de provedor colonial de bens para o mercado mundial, através do desgaste da população que recruta no país ou importa.

A sociedade e a cultura brasileiras são conformadas como variantes da versão lusitana da tradição civilizatória europeia ocidental, diferenciadas por coloridos herdados dos índios americanos e dos negros africanos. O Brasil emerge, assim, como um renovo mutante, remarcado de características próprias, mas atado genesicamente à matriz portuguesa, cujas potencialidades insuspeitadas de ser e de crescer só aqui se realizariam plenamente.

A confluência de tantas e tão variadas matrizes formadoras poderia ter resultado numa sociedade multiétnica, dilacerada pela oposição de componentes diferenciados e imiscíveis. Ocorreu justamente o contrário, uma vez que, apesar de sobreviverem na fisionomia somática e no espírito dos brasileiros os signos de sua múltipla ancestralidade, não se diferenciaram em antagônicas minorias raciais, culturais ou regionais, vinculadas a lealdades étnicas próprias e disputantes de autonomia frente à nação.

As únicas exceções são algumas microetnias tribais que sobreviveram como ilhas, cercadas pela população brasileira. Ou que, vivendo para além das fronteiras da civilização, conservam sua identidade étnica. São tão pequenas, porém, que qualquer que seja seu destino, já não podem afetar a macroetnia em que estão contidas.

O que tenham os brasileiros de singular em relação aos portugueses decorre das qualidades diferenciadoras oriundas de suas matrizes indígenas e africanas; da proporção particular em que elas se congregaram no Brasil; das condições ambientais que enfrentaram aqui e, ainda, da natureza dos objetivos de produção que as engajou e reuniu.

Essa unidade étnica básica não significa, porém, nenhuma uniformidade, mesmo porque atuaram sobre ela três forças diversificadoras. A ecológica, fazendo surgir paisagens humanas distintas onde as condições de meio ambiente obrigaram a adaptações regionais. A econômica, criando formas diferenciadas de produção, que conduziram a especializações funcionais e aos seus correspondentes gêneros de vida. E, por último, a imigração, que introduziu, nesse magma, novos contingentes humanos, principalmente europeus, árabes e japoneses. Mas já o encontrando formado e capaz de absorvê-los e abrasileirá-los, apenas estrangeirou alguns brasileiros ao gerar diferenciações nas áreas ou nos estratos sociais onde os imigrantes mais se concentraram.

Por essas vias se plasmaram historicamente diversos modos rústicos de ser dos brasileiros, que permitem distingui-los, hoje, como *sertanejos* do Nordeste, *caboclos* da Amazônia, *crioulos* do litoral, *caipiras* do Sudeste e Centro do país, *gaúchos* das campanhas sulinas, além de ítalo-brasileiros, teuto-brasileiros, nipo-brasileiros etc. Todos eles muito mais marcados pelo que têm de comum como brasileiros, do que pelas diferenças devidas a adaptações regionais ou funcionais, ou de miscigenação e aculturação que emprestam fisionomia própria a uma ou outra parcela da população.

A urbanização, apesar de criar muitos modos citadinos de ser, contribuiu para ainda mais uniformizar os brasileiros no plano cultural, sem, contudo, borrar suas diferenças. A industrialização, enquanto gênero de vida que cria suas próprias paisagens humanas, plasmou ilhas fabris em suas regiões. As novas formas de comunicação de massa estão funcionando ativamente como difusoras e uniformizadoras de novas formas e estilos culturais.

Introdução

Conquanto diferenciados em suas matrizes raciais e culturais e em suas funções ecológico-regionais, bem como nos perfis de descendentes de velhos povoadores ou de imigrantes recentes, os brasileiros se sabem, se sentem e se comportam como uma só gente, pertencente a uma mesma etnia. Vale dizer, uma entidade nacional distinta de quantas haja, que fala uma mesma língua, só diferenciada por sotaques regionais, menos remarcados que os dialetos de Portugal. Participando de um corpo de tradições comuns mais significativo para todos que cada uma das variantes subculturais que diferenciaram os habitantes de uma região, os membros de uma classe ou descendentes de uma das matrizes formativas.

Mais que uma simples etnia, porém, o Brasil é uma etnia nacional, um povo-nação, assentado num território próprio e enquadrado dentro de um mesmo Estado para nele viver seu destino. Ao contrário da Espanha, na Europa, ou da Guatemala, na América, por exemplo, que são sociedades multiétnicas regidas por Estados unitários e, por isso mesmo, dilaceradas por conflitos interétnicos, os brasileiros se integram em uma única etnia nacional, constituindo assim um só povo incorporado em uma nação unificada, num Estado uniétnico. A única exceção são as múltiplas microetnias tribais, tão imponderáveis que sua existência não afeta o destino nacional.

Aquela uniformidade cultural e esta unidade nacional – que são, sem dúvida, a grande resultante do processo de formação do povo brasileiro – não devem cegar-nos, entretanto, para disparidades, contradições e antagonismos que subsistem debaixo delas como fatores dinâmicos da maior importância. A unidade nacional, viabilizada pela integração econômica sucessiva dos diversos implantes coloniais, foi consolidada, de fato, depois da independência, como um objetivo expresso, alcançado através de lutas cruentas e da sabedoria política de muitas gerações. Esse é, sem dúvida, o único mérito indiscutível das velhas classes dirigentes brasileiras. Comparando o bloco unitário resultante da América portuguesa com o mosaico de quadros nacionais diversos a que deu lugar a América hispânica, pode se avaliar a extraordinária importância desse feito.

Essa unidade resultou de um processo continuado e violento de unificação política, logrado mediante um esforço deliberado de supressão de toda identidade étnica discrepante e de repressão e opressão de toda tendência virtualmente separatista. Inclusive de movimentos sociais que aspiravam fundamentalmente edificar uma sociedade mais aberta e solidária. A luta pela unificação potencializa e reforça, nessas condições, a repressão social e classista, castigando como separatistas movimentos que eram meramente republicanos ou antioligárquicos.

Subjacente à uniformidade cultural brasileira, esconde-se uma profunda distância social, gerada pelo tipo de estratificação que o próprio processo de formação nacional produziu. O antagonismo classista que corresponde a toda estratificação social aqui se exacerba, para opor uma estreitíssima camada privilegiada ao grosso da população, fazendo as distâncias sociais mais intransponíveis que as diferenças raciais.

O povo-nação não surge no Brasil da evolução de formas anteriores de sociabilidade, em que grupos humanos se estruturam em classes opostas, mas se conjugam para atender às suas necessidades de sobrevivência e progresso. Surge, isto sim, da concentração de uma força de trabalho escrava, recrutada para servir a propósitos mercantis alheios a ela, através de processos tão violentos de ordenação e repressão que constituíram, de fato, um continuado genocídio e um etnocídio implacável.

Nessas condições, exacerba-se o distanciamento social entre as classes dominantes e as subordinadas, e entre estas e as oprimidas, agravando as oposições para acumular, debaixo da uniformidade étnico-cultural e da unidade nacional, tensões dissociativas de caráter traumático. Em consequência, as elites dirigentes, primeiro lusitanas, depois luso-brasileiras e, afinal, brasileiras, viveram sempre e vivem ainda sob o pavor pânico do alçamento das classes oprimidas. Boa expressão desse pavor pânico é a brutalidade repressiva contra qualquer insurgência e a predisposição autoritária do poder central, que não admite qualquer alteração da ordem vigente.

A estratificação social separa e opõe, assim, os brasileiros ricos e remediados dos pobres, e todos eles dos miseráveis, mais do que corresponde habitualmente a esses antagonismos. Nesse plano, as relações de classes chegam a ser tão infranqueáveis que obliteram toda comunicação propriamente humana entre a massa do povo e a minoria privilegiada, que a vê e a ignora, a trata e a maltrata, a explora e a deplora, como se essa fosse uma conduta natural. A façanha que representou o processo de fusão racial e cultural é negada, desse modo, no nível aparentemente mais fluido das relações sociais, opondo à unidade de um denominador cultural comum, com que se identifica um povo de 160 milhões de habitantes, a dilaceração desse mesmo povo por uma estratificação classista de nítido colorido racial e do tipo mais cruamente desigualitário que se possa conceber.

O espantoso é que os brasileiros, orgulhosos de sua tão proclamada, como falsa, "democracia racial", raramente percebem os profundos abismos que aqui separam os estratos sociais. O mais grave é que esse abismo não conduz a conflitos tendentes a transpô-lo, porque se cristalizam num *modus vivendi* que aparta os ricos dos pobres, como se fossem castas e guetos. Os privilegiados simplesmente se isolam numa barreira de indiferença para com a sina dos pobres, cuja miséria repugnante procuram ignorar ou ocultar numa espécie de miopia social, que perpetua a alternidade. O povo-massa, sofrido e perplexo, vê a ordem social como um sistema sagrado que privilegia uma minoria contemplada por Deus, à qual tudo é consentido e concedido. Inclusive o dom de serem, às vezes, dadivosos, mas sempre frios e perversos e, invariavelmente, imprevisíveis.

Essa alternidade só se potencializou dinamicamente nas lutas seculares dos índios e dos negros contra a escravidão. Depois, somente nas raras instâncias em que o povo-massa de uma região se organiza na luta por um projeto próprio e alternativo de estruturação social, como ocorreu com os Cabanos, em Canudos, no Contestado e entre os Mucker.

Nessas condições de distanciamento social, a amargura provocada pela exacerbação do preconceito classista e pela consciência emergente da injustiça bem pode eclodir, amanhã, em convulsões anárquicas que conflagrem toda a sociedade. Esse risco sempre presente é que explica a preocupação obsessiva que tiveram as classes dominantes pela manutenção da ordem. Sintoma peremptório de que elas sabem muito bem que isso pode suceder, caso se abram as válvulas de contenção. Daí suas "revoluções preventivas", conducentes a ditaduras vistas como um mal menor que qualquer remendo na ordem vigente.

É de assinalar que essa preocupação se assentava, primeiro, no medo da rebeldia dos escravos. Dada a coloração escura das camadas mais pobres, esse medo racial persiste, quando são os antagonismos sociais que ameaçam eclodir com violência assustadora. Efetivamente, poderá assumir a forma de convulsão social terrível, porque, com uma explosão emocional, acabaria provavelmente vencida e esmagada por forças repressoras, que restaurariam, sobre os escombros, a velha ordem desigualitária.

O grande desafio que o Brasil enfrenta é alcançar a necessária lucidez para concatenar essas energias e orientá-las politicamente, com clara consciência dos riscos de retrocessos e das possibilidades de liberação que elas ensejam. O povo brasileiro pagou, historicamente, um preço terrivelmente alto em lutas das mais cruentas de que se tem registro na história, sem conseguir sair, através delas, da situação de dependência e opressão em que vive e peleja. Nessas lutas, índios foram dizimados e negros foram chacinados aos milhões, sempre vencidos e integrados nos plantéis de escravos. O povo inteiro, de vastas regiões, às centenas de milhares, foi também sangrado em contrarrevoluções sem conseguir jamais, senão episodicamente, conquistar o comando de seu destino para reorientar o curso da história.

Ao contrário do que alega a historiografia oficial, nunca faltou aqui, até excedeu, o apelo à violência pela classe dominante como arma fundamental da construção da história. O que faltou, sempre, foi espaço para movimentos sociais capazes de promover sua reversão. Faltou sempre, e falta ainda, clamorosamente, uma clara compreensão da história vivida, como necessária nas circunstâncias em que ocorreu, e um claro projeto alternativo de ordenação social, lucidamente formulado, que seja apoiado e adotado como seu pelas grandes maiorias. Não é impensável que a reordenação social se faça sem convulsão social, por via de um reformismo democrático. Mas ela é muitíssimo improvável neste país em que uns poucos milhares de grandes proprietários podem açambarcar a maior parte de seu território, compelindo milhões de trabalhadores a se urbanizarem para viver a vida famélica das favelas, por força da manutenção de umas velhas leis. Cada vez que um político nacionalista ou populista se encaminha para a revisão da institucionalidade, as classes dominantes apelam para a repressão e a força.

Este livro é um esforço para contribuir ao atendimento desse reclamo de lucidez. Isso é o que tentei fazer a seguir. Primeiro, pela análise do processo de gestação étnica que deu nascimento aos núcleos originais que, multiplicados, vieram a formar o povo brasileiro. Depois, pelo estudo das linhas de diversificação que plasmaram os nossos modos regionais de ser. E, finalmente, por via da crítica do sistema institucional, notadamente a propriedade fundiária e o regime de trabalho – no âmbito do qual o povo brasileiro surgiu e cresceu, constrangido e deformado.

I
O NOVO MUNDO

1. Matrizes étnicas

A ilha Brasil

A costa atlântica, ao longo dos milênios, foi percorrida e ocupada por inumeráveis povos indígenas. Disputando os melhores nichos ecológicos, eles se alojavam, desalojavam e realojavam, incessantemente. Nos últimos séculos, porém, índios de fala tupi, bons guerreiros, se instalaram, dominadores, na imensidade da área, tanto à beira-mar, ao longo de toda a costa atlântica e pelo Amazonas acima, como subindo pelos rios principais, como o Paraguai, o Guaporé, o Tapajós, até suas nascentes.

Configuraram, desse modo, a ilha Brasil, de que falava o velho Jaime Cortesão (1958), prefigurando, no chão da América do Sul, o que viria a ser nosso país. Não era, obviamente, uma nação, porque eles não se sabiam tantos nem tão dominadores. Eram, tão só, uma miríade de povos tribais, falando línguas do mesmo tronco, dialetos de uma mesma língua, cada um dos quais, ao crescer, se bipartia, fazendo dois povos que começavam a se diferenciar e logo se desconheciam e se hostilizavam.

Se a história, acaso, desse a esses povos Tupi uns séculos mais de liberdade e autonomia, é possível que alguns deles se sobrepusessem aos outros, criando chefaturas sobre territórios cada vez mais amplos e forçando os povos que neles viviam a servi-los, os uniformizando culturalmente e desencadeando, assim, um processo oposto ao de expansão por diferenciação.

Nada disso sucedeu. O que aconteceu, e mudou total e radicalmente seu destino, foi a introdução no seu mundo de um protagonista novo, o europeu. Embora minúsculo, o grupelho recém-chegado de além-mar era superagressivo e capaz de atuar destrutivamente de múltiplas formas. Principalmente como uma infecção mortal sobre a população preexistente, debilitando-a até a morte.

Esse conflito se dá em todos os níveis, predominantemente no biótico, como uma guerra bacteriológica travada pelas pestes que o branco trazia no corpo e eram mortais para as populações indenes. No ecológico, pela disputa do território, de suas matas e riquezas para outros usos. No econômico e social, pela escravização do índio, pela mercantilização das relações de produção, que articulou os novos mundos ao velho mundo europeu como provedores de gêneros exóticos, cativos e ouros.

No plano étnico-cultural, essa transfiguração se dá pela gestação de uma etnia nova, que foi unificando, na língua e nos costumes, os índios desengajados de seu viver gentílico, os negros trazidos de África, e os europeus aqui querenciados. Era o brasileiro que surgia, construído com os tijolos dessas matrizes à medida que elas iam sendo desfeitas.

Reconstituir esse processo, entendê-lo em toda a sua complexidade, é meu objetivo neste livro. Parece impossível, reconheço. Impossível porque só temos o testemunho de um dos protagonistas, o invasor. Ele é quem nos fala de suas façanhas. É ele, também, quem relata o que sucedeu aos índios e aos negros, raramente lhes dando a palavra de registro de suas próprias falas. O que a documentação copiosíssima nos conta é a versão do dominador. Lendo-a criticamente, é que me esforçarei para alcançar a necessária compreensão dessa desventurada aventura.

Tarefa relevantíssima, em dois planos. No histórico, pela reconstituição da linha singular e única de sucessos através dos quais chegamos a ser o que somos, nós, os brasileiros. No antropológico, porque o processo geral de gestação de povos que nos fez, documentadíssimo aqui, é o mesmo que fez surgir em outras eras e circunstâncias muitos outros povos, como a romanização dos portugueses e dos franceses, por exemplo, de cujo processo de fazimento só temos notícias escassas e duvidosas.

A matriz tupi

Os grupos indígenas encontrados no litoral pelo português eram principalmente tribos de tronco tupi que, havendo se instalado uns séculos antes, ainda estavam desalojando antigos ocupantes oriundos de outras matrizes culturais. Somavam, talvez, 1 milhão de índios, divididos em dezenas de grupos tribais, cada um deles compreendendo um conglomerado de várias aldeias de trezentos a 2 mil habitantes (Fernandes 1949). Não era pouca gente, porque Portugal àquela época teria a mesma população ou pouco mais.

Na escala da evolução cultural, os povos Tupi davam os primeiros passos da revolução agrícola, superando assim a condição paleolítica, tal como ocorrera pela primeira vez, há 10 mil anos, com os povos do Velho Mundo. É de assinalar que eles o faziam por um caminho próprio, juntamente com outros povos da floresta tropical que haviam domesticado diversas plantas, retirando-as da condição selvagem para a de mantimento de seus roçados. Entre elas, a mandioca, o que constituiu uma façanha extraordinária, porque se tratava de uma planta venenosa a qual eles deviam, não apenas cultivar, mas também tratar adequadamente para extrair-lhe o ácido cianídrico, tornando-a comestível. É uma planta preciosíssima porque não precisa ser colhida e estocada, mantendo-se viva na terra por meses.

Além da mandioca, cultivavam o milho, a batata-doce, o cará, o feijão, o amendoim, o tabaco, a abóbora, o urucu, o algodão, o carauá, cuias e cabaças, as pimentas, o abacaxi, o mamão, a erva-mate, o guaraná, entre muitas outras plantas. Inclusive dezenas de árvores frutíferas, como o caju, o pequi etc. Faziam, para isso, grandes roçados na mata, derrubando as árvores com seus machados de pedra e limpando o terreno com queimadas.

A agricultura lhes assegurava fartura alimentar durante todo o ano e uma grande variedade de matérias-primas, condimentos, venenos e estimulantes. Desse modo, superavam a situação de carência alimentar a que estão sujeitos os povos pré-agrícolas, dependentes da generosidade da natureza tropical, que provê, com fartura, frutos, cocos e tubérculos durante uma parte do ano e, na outra, condena a população à penúria. Permaneciam, porém, dependentes do acaso para obter outros alimentos através da caça e da pesca, também sujeitos a uma estacionalidade marcada por meses de enorme abundância e meses de escassez (Ribeiro 1970; Meggers 1971).

Daí a importância dos sítios privilegiados, onde a caça e a pesca abundantes garantiam com maior regularidade a sobrevivência do grupo e permitiam manter aldeamentos maiores. Em certos locais especialmente ricos, tanto na costa marítima quanto nos vales mais fecundos, esses aldeamentos excepcionais chegavam a alcançar 3 mil pessoas. Eram, todavia, conglomerados pré-urbanos (aldeias agrícolas indiferenciadas), porque todos os moradores estavam compelidos à produção de alimentos, só liberando dela, excepcionalmente, alguns líderes religiosos (*pajés* e *caraíbas*) e uns poucos chefes guerreiros (*tuxauas*).

Apesar da unidade linguística e cultural que permite classificá-los numa só macroetnia, oposta globalmente aos outros povos designados pelos portugueses como *tapuias* (ou inimigos), os índios do tronco tupi não puderam jamais unificar-se numa organização política que lhes permitisse atuar conjugadamente. Sua própria condição evolutiva de povos de nível tribal fazia com que cada unidade étnica, ao crescer, se dividisse em novas entidades autônomas que, afastando-se umas das outras, iam se tornando reciprocamente mais diferenciadas e hostis.

Mesmo em face do novo inimigo todo-poderoso, vindo de além-mar, quando se estabeleceu o conflito aberto, os Tupi só conseguiram estruturar efêmeras confederações regionais que logo desapareceram. A mais importante delas, conhecida como Confederação dos Tamoios, foi ensejada pela aliança com os franceses instalados na baía de Guanabara. Reuniu, de 1563 a 1567, os Tupinambá do Rio de Janeiro e os Carijó do planalto paulista – ajudados pelos Goitacá e pelos Aimoré da Serra do Mar, que eram de língua jê – para fazerem a guerra aos portugueses e aos outros grupos indígenas que os apoiavam. Nessa guerra inverossímil da Reforma *versus* a Contrarreforma, dos calvinistas contra os jesuítas, em que tanto os franceses como os portugueses combatiam com exércitos indígenas de milhares de guerreiros – 4557, segundo Léry; 12 mil nos dois lados na batalha final do Rio de Janeiro, em 1567, segundo cálculos de Carlos A. Dias (1981) –, jogava-se o destino da colonização. E eles nem sabiam por que lutavam, simplesmente eram atiçados pelos europeus, explorando sua agressividade recíproca. Os Tamoio venceram diversas batalhas, destruíram a capitania do Espírito Santo e ameaçaram seriamente a de São Paulo. Mas foram, afinal, vencidos pelas tropas indígenas aliciadas pelos jesuítas.

Nessas guerras, como nas anteriores – por exemplo, a de Paraguaçu no Recôncavo, em 1559 – e nas que se seguiram até a consolidação da conquista portuguesa – como as campanhas de extermínio dos Potiguara do Rio Grande do Norte, em 1599, e, no século seguinte, a Guerra dos Bárbaros e as guerras na Amazônia –, os índios jamais estabeleceram uma paz estável com o invasor, exigindo dele um esforço continuado, ao longo de décadas, para dominar cada região.

Essa resistência se explica pela própria singeleza de sua estrutura social igualitária que, não contando com um estamento superior que pudesse estabelecer uma paz válida, nem com camadas inferiores condicionadas à subordinação, lhes impossibilitava organizarem-se como um Estado, ao mesmo tempo que tornava impraticável sua dominação. Depois de cada refrega contra outros indígenas ou contra o invasor europeu, se vencedores, tomavam prisioneiros para os cerimoniais de antropofagia e partiam; se vencidos, procuravam escapar, a fim de concentrar forças para novos ataques. Quando muito dizimados e já incapazes de agredir ou de defender-se, os sobreviventes fugiam para além das fronteiras da civilização. Isso é o que está acontecendo hoje, quinhentos anos depois, com os Yanomami da fronteira norte do Brasil.

Cada núcleo tupi vivia em guerra permanente contra as demais tribos alojadas em sua área de expansão e, até mesmo, contra seus vizinhos da mesma matriz cultural (Fernandes 1952). No primeiro caso, os conflitos eram causados por disputas pelos sítios mais apropriados à lavoura, à caça e à pesca. No segundo, eram movidos por uma animosidade culturalmente condicionada: uma forma de interação intertribal que se efetuava através de expedições guerreiras, visando a captura de prisioneiros para a antropofagia ritual.

O caráter cultural e coparticipado dessas cerimônias tornava quase imperativo capturar os guerreiros que seriam sacrificados dentro do próprio grupo tupi. Somente estes – por compartilhar do mesmo conjunto de valores – desempenhavam à perfeição o papel que lhes era prescrito: de guerreiro altivo, que dialogava soberbamente com seu matador e com aqueles que iriam devorá-lo. Comprova essa dinâmica o texto de Hans Staden, que três vezes foi levado a cerimônias de antropofagia e três vezes os índios se recusaram a comê-lo, porque chorava e se sujava, pedindo clemência. Não se comia um covarde.

A antropofagia era também uma expressão do atraso relativo dos povos Tupi. Comiam seus prisioneiros de guerra porque, com a rudimentariedade de seu sistema produtivo, um cativo rendia pouco mais do que consumia, não existindo, portanto, incentivos para integrá-lo à comunidade como escravo.

Muitos outros povos indígenas tiveram papel na formação do povo brasileiro. Alguns deles como escravos preferenciais, por sua familiaridade com a tecnologia dos paulistas antigos, como os Paresi. Outros, como inimigos irreconciliáveis, imprestáveis para escravos porque seu sistema adaptativo contrastava demais com o dos povos Tupi. É o caso, por exemplo, dos Bororo, dos Xavante, dos Kayapó, dos Kaingang e dos Tapuia em geral.

O contraste maior se registrou entre aquele povo mameluco, que se fazia brasileiro, e um contendor realmente capaz de ameaçá-lo, que eram os Guaikuru, também chamados índios cavaleiros. Adotando o cavalo, que para os outros índios era apenas uma caça nova que se multiplicava nos campos, eles se reestruturaram como chefaturas pastoris que enfrentaram vigorosamente o invasor, infringindo-lhe derrotas e perdas que chegaram a ameaçar a expansão europeia.

Um dos cronistas da expansão civilizatória sobre seus territórios nos diz, claramente, que "pouco faltou para que exterminassem todos os espanhóis do Paraguai" (Félix de Azara apud Holanda 1986:70). Francisco Rodrigues do Prado (1839:I, 15), membro da Comissão de Limites da América hispânica e da portuguesa, avaliou em 4 mil o número de paulistas mortos por eles ao longo das vias de comunicação com Cuiabá.

Esses índios Guaikuru estavam como que propensos para essa via evolutiva. Primeiro, por sua própria constituição física, que maravilhou a quantos europeus os observaram na plenitude do seu desempenho. Eles são descritos como guerreiros agigantados, muitíssimo bem-proporcionados, que, nos diz, "duvido que haja na Europa povo algum que, em tantos e tantos, possa comparar-se com estes bárbaros" (Félix de Azara apud Holanda 1986:78). Sanchez Labrador (1910:I, 146), o jesuíta espanhol que os doutrinou por longos anos, falando embora de índios encolhidos debaixo de peles para fugir das frialdades impiedosas que às vezes caem sobre aquelas regiões, nos diz que "não há imagem mais expressiva de um Hércules pintado".

Ainda mais explicativo do seu desempenho é o fato de que, antes da chegada do europeu, os Guaikuru já impunham sua suserania sobre povos agrícolas, forçando-os a suprir-lhes de alimentos e de servos. Testemunhos datados dos primeiros anos do século XVI nos falam deles como povos sagazes que dominavam os Guaná, impondo-lhes relações que ele compara com o senhorio dos tártaros sobre seus vassalos. Os Mbayá-Guaikuru se tornaram ainda mais perigosos quando se aliaram aos Payaguá-Guaikuru, índios de corso que lutavam com seus remos transformados em lanças de duas pontas, que dizimaram várias monções paulistas que desciam de Vila Bela, no alto Mato Grosso, carregadas de ouro.

Sérgio Buarque de Holanda (1986:82) coletou dados de fontes primárias que avaliam de dez a vinte e até sessenta e cem arrobas de ouro roubado aos paulistas para o escambo com os *assuncenos*, que assim teriam amealhado grandes fortunas.

A propensão de *Herrenvolk* dos Guaikuru, armada com o poderio da cavalaria, desabrochou, permitindo sua ascensão da tribalidade indiferenciada às chefaturas pastoris, capacitadas a impor cativeiro aos servos que incorporavam a seus cacicados e suserania a numerosas tribos agrícolas.

Para os iberos, que disputavam o domínio daqueles vastíssimos sertões ricos em ouro, nada podia ser melhor que alcançar a aliança dos Guaikuru para lançá-los contra seu adversário. Isso, ambos, a cada tempo, o conseguiram. Mais longamente os espanhóis, duplamente excitados para essa aliança, porque, no seu caso, à competição se somava a cobiça. É que os Guaikuru aprenderam rapidamente a praticar o escambo, preando escravos negros e também senhores e senhoras europeus e muitíssimos mamelucos, tantos quantos pudessem, para vender em Assunção.

Ao descrever essas alianças, Sérgio Buarque se eriça: "É o confronto de duas humanidades diversas, tão heterogêneas, tão verdadeiramente ignorantes, agora sim, uma da outra, que não deixa de impor-se entre elas uma intolerância mortal" (1986:59).

Os Guaikuru estiveram, alternativamente, aliados com espanhóis e com lusitanos, sem guardar fidelidade a nenhum deles, mesmo porque não aceitaram jamais nenhuma dominação. Aliciados e doutrinados por jesuítas, cuja missão acolheram em seus toldos, se lançaram contra os portugueses, atacando Cuiabá e Vila Bela (Labrador 1910). Expulsos os jesuítas, se voltaram mais decididamente contra os castelhanos, atacando as cercanias de Assunção.

Os Mbayá acabaram se fixando no sul de Mato Grosso que, em grande parte graças a essa aliança, ficou com o Brasil; e os Payaguá, nas vizinhanças de Assunção. A Guerra do Paraguai deu, a uns e outros, suas últimas chances de glória, assaltando e saqueando populações paraguaias e brasileiras. Terminaram, por fim, despojados de seus rebanhos de gado e de suas cavalarias, debilitados pelas pestes brancas e escorchados. Sem embargo, guardaram até o fim, e ainda guardam, sua soberba, na forma de uma identificação orgulhosa consigo mesmos que os contrasta, vigorosamente, com todos os demais índios, como pude testemunhar nos anos em que convivi nas suas aldeias, por volta de 1947.

A lusitanidade

Ao contrário dos povos que aqui encontraram, todos eles estruturados em tribos autônomas, autárquicas e não estratificadas em classes, o enxame de invasores era a presença local avançada de uma vasta e vetusta civilização urbana e classista. Seu centro de decisão estava nas longuras de Lisboa, dotada sua Corte de muitos serviços, sobretudo do poderoso Conselho Ultramarino, que tudo previa, planificava, ordenava, provia.

Outro coordenador poderosíssimo era a Igreja católica, com seu braço repressivo, o Santo Ofício. Ouvindo denúncias e calúnias na busca de heresias e bestialidades, julgava, condenava, encarcerava e até queimava vivos os mais ousados. Nem aí, na vastidão desses imensos poderios, terminava a estrutura civilizatória que se impunha sobre o Brasil nascente. Ela era um conglomerado interativo de entidades equivalentes em ativa competição, às vezes cruentas umas contra as outras.

No conjunto, destacava-se, primeiro, uma ausência poderosíssima, a da Espanha, objeto de especial atenção como ameaça sombria e permanente de absorção e liquidação da lusitanidade. Vinham, depois, como entidades ativamente contrapostas a Portugal na disputa por seus novos mundos, a Inglaterra e a Holanda. Sobre todas elas pairava Roma, do Vaticano, a da Santa Sé, como centro de legitimação e de sacralização de qualquer empreendimento mundial e centro da fé regida em seu nome por um vasto clero assentado em inumeráveis igrejas e conventos. Seguia-se o poderosíssimo aparato de estados mercantis armados, hostis entre si, mal e mal contidos pela regência papal, tão acatada por uns como atacada por outros.

Esse complexo do poderio português vinha sendo ativado, nas últimas décadas, pelas energias transformadoras da revolução mercantil, fundada especialmente na nova tecnologia, concentrada na nau oceânica, com suas novas velas de mar alto, seu leme fixo, sua bússola, seu astrolábio e, sobretudo, seu conjunto de canhões de guerra. Com ela surgiam solidárias a tipografia de Gutenberg, duplicando a disponibilidade de livros, além do ferro fundido, generalizando utensílios e apetrechos de guerra.

Suas ciências eram um esforço de concatenar com um saber a experiência que se ia acumulando. E, sobretudo, fazer praticar esse conhecimento para descobrir qualquer terra achável, a fim de a todo o mundo estruturar num mundo só, regido pela Europa. Tudo isso com o fim de carrear para lá toda a riqueza saqueável e, depois, todo o produto da capacidade de produção dos povos conscritos.

Era a humanidade mesma que entrava noutra instância de sua existência, na qual se extinguiriam milhares de povos, com suas línguas e culturas próprias e singulares, para dar nascimento às macroetnias maiores e mais abrangentes que jamais se viu.

O motor dessa expansão era o processo civilizatório que deu nascimento a dois Estados nacionais: Portugal e Espanha, que acabavam de constituir-se, superando o fracionamento feudal que sucedera à decadência dos romanos. Não era assim, naturalmente, que eles se viam, os gestores dessa expansão. Eles se davam ao luxo de propor-se motivações mais nobres que as mercantis, definindo-se como os expansores da cristandade católica sobre os povos existentes e por existir no além-mar. Pretendiam refazer o orbe em missão salvadora, cumprindo a tarefa suprema do homem branco, para isso destinado por Deus: juntar todos os homens numa só cristandade, lamentavelmente dividida em duas caras, a católica e a protestante.

Antes mesmo do *achamento* do Brasil, o Vaticano estabelece as normas básicas de ação colonizadora, ao regulamentar, com os olhos ainda postos na África, as novas cruzadas que não se lançavam contra hereges adoradores de outro Deus, mas contra pagãos e inocentes. É o que se lê na bula *Romanus Pontifex*, de 8 de janeiro de 1454, do papa Nicolau V:

> Não sem grande alegria chegou ao nosso conhecimento que nosso dileto filho infante d. Henrique, incendiado no ardor da fé e zelo da salvação das almas, se esforça por fazer conhecer e venerar em todo o orbe o nome gloriosíssimo de Deus, reduzindo à sua fé não só os sarracenos, inimigos dela, como também quaisquer outros infiéis. Guinéus e negros tomados pela força, outros legitimamente adquiridos foram trazidos ao reino, o que esperamos progrida até a conversão do povo ou ao menos

> de muitos mais. Por isso nós, tudo pensando com devida ponderação, concedemos ao dito rei Afonso a plena e livre faculdade, entre outras, de invadir, conquistar, subjugar a quaisquer sarracenos e pagãos, inimigos de Cristo, suas terras e bens, a todos reduzir à servidão e tudo praticar em utilidade própria e dos seus descendentes. Tudo declaramos pertencer de direito *in perpetuum* aos mesmos d. Afonso e seus sucessores, e ao infante. Se alguém, indivíduo ou coletividade, infringir essas determinações, seja excomungado [...] (in Baião 1939:36-7).

Mais tarde, sempre previdente, o Vaticano dispõe na bula *Inter Coetera*, de 4 de maio de 1493 – quase nas mesmas palavras que a bula anterior –, que também o Novo Mundo era legitimamente possível por Espanha e Portugal, e seus povos também escravizáveis por quem os subjugasse:

> [...] por nossa mera liberalidade, e de ciência certa, e em razão da plenitude do poder Apostólico, todas ilhas e terras firmes achadas e por achar, descobertas ou por descobrir, para o Ocidente e o Meio-Dia, fazendo e construindo uma linha desde o polo Ártico [...] quer sejam terras firmes e ilhas encontradas e por encontrar em direção à Índia, ou em direção a qualquer outra parte, a qual linha diste de qualquer das ilhas que vulgarmente são chamadas dos Açores e Cabo Verde cem léguas para o Ocidente e o Meio-Dia [...] A Vós e a vossos herdeiros e sucessores (reis de Castela e Leão) pela autoridade do Deus onipotente a nós concedida em S. Pedro, assim como do vicariado de Jesus Cristo, a qual exercemos na terra, para sempre, no teor das presentes, vô-las doamos, concedemos e entregamos com todos os seus domínios, cidades, fortalezas, lugares, vilas, direitos, jurisdições e todas as pertenças. E a vós e aos sobreditos herdeiros e sucessores, vos fazemos, constituímos e deputamos por senhores das mesmas, com pleno, livre e onímodo poder, autoridade e jurisdição. [...] sujeitar a vós, por favor da Divina Clemência, as terras firmes e ilhas sobreditas, e os moradores e habitantes delas, e reduzi-los à Fé Católica [...] (in Macedo Soares 1939:25-8).

É preciso reconhecer que essa é, ainda hoje, a lei vigente no Brasil. É o fundamento sobre o qual se dispõe, por exceção, a dação de um pequeno território a um povo indígena, ou, também por exceção, a declaração episódica e temporária de que a gente de tal tribo não era escravizável. É o fundamento, ainda, do direito do latifundiário à terra que lhe foi uma vez outorgada, bem como o comando de todo o povo como uma mera força de trabalho, sem destino próprio, cuja função era servir ao senhorio oriundo daquelas bulas.

2. O enfrentamento dos mundos

As opostas visões

Os índios perceberam a chegada do europeu como um acontecimento espantoso, só assimilável em sua visão mítica do mundo. Seriam gente de seu deus sol, o criador – Maíra –, que vinha milagrosamente sobre as ondas do mar grosso. Não havia como interpretar seus desígnios, tanto podiam ser ferozes como pacíficos, espoliadores ou dadores.

Provavelmente seriam pessoas generosas, achavam os índios. Mesmo porque, no seu mundo, mais belo era dar que receber. Ali, ninguém jamais espoliara ninguém e a pessoa alguma se negava louvor por sua bravura e criatividade. Visivelmente, os recém-chegados, saídos do mar, eram feios, fétidos e infectos. Não havia como negá-lo. É certo que, depois do banho e da comida, melhoraram de aspecto e de modos. Maiores terão sido, provavelmente, as esperanças do que os temores daqueles primeiros índios. Tanto assim é que muitos deles embarcaram confiantes nas primeiras naus, crendo que seriam levados a Terras sem Males, morada de Maíra (*Newen Zeytung* 1515). Tantos que o índio passou a ser, depois do pau-brasil, a principal mercadoria de exportação para a metrópole.

Pouco mais tarde, essa visão idílica se dissipa. Nos anos seguintes, se anula e reverte-se no seu contrário: os índios começam a ver a hecatombe que caíra sobre eles. Maíra, seu deus, estaria morto? Como explicar que seu povo predileto sofresse tamanhas provações? Tão espantosas e terríveis eram elas, que para muitos índios melhor fora morrer do que viver.

Mais tarde, com a destruição das bases da vida social indígena, a negação de todos os seus valores, o despojo, o cativeiro, muitíssimos índios deitavam em suas redes e se deixavam morrer, como só eles têm o poder de fazer. Morriam de tristeza, certos de que todo o futuro possível seria a negação mais horrível do passado, uma vida indigna de ser vivida por gente verdadeira.

Sobre esses índios assombrados com o que lhes sucedia é que caiu a pregação missionária, como um flagelo. Com ela, os índios souberam que era por culpa sua, de sua iniquidade, de seus pecados, que o bom deus do céu caíra sobre eles, como um cão selvagem, ameaçando lançá-los para sempre nos infernos. O bem e o mal, a virtude e o pecado, o valor e a covardia, tudo se confundia, transtrocando o belo com o feio, o ruim com o bom. Nada valia, agora e doravante, o que para eles mais valia: a bravura gratuita, a vontade de beleza, a criatividade, a solidariedade. A cristandade surgia a seus olhos como o mundo do pecado, das enfermidades dolorosas e mortais, da covardia, que se adonava do mundo índio, tudo conspurcando, tudo apodrecendo.

Os povos que ainda o puderam fazer fugiram mata adentro, horrorizados com o destino que lhes era oferecido no convívio dos brancos, seja na cristandade missionária, seja na pecaminosidade colonial. Muitos deles levando nos corpos contaminados as enfermidades que os iriam dizimando a eles e aos povos indenes de que se aproximassem.

Mas a atração irresistível das ferramentas, dos adornos, da aventura, os fazia voltar. Cada nova geração queria ver com seus próprios olhos o povo estranho, implantado nas praias, recebendo navios cheios de bens preciosíssimos. Alguns se acercavam e aderiam, preferindo a aventura do convívio com os novos senhores, como flecheiros de suas guerras contra os índios arredios, do que a rotina da vida tribal, que perdera o viço e o brilho.

Esse foi o primeiro efeito do encontro fatal que aqui se dera. Ao longo das praias brasileiras de 1500, se defrontaram, pasmos de se verem uns aos outros tal qual eram, a selvageria e a civilização. Suas concepções, não só diferentes mas opostas, do mundo, da vida, da morte, do amor, se chocaram cruamente. Os navegantes, barbudos, hirsutos, fedentos de meses de navegação oceânica, escalavrados de feridas do escorbuto, olhavam, em espanto, o que parecia ser a inocência e a beleza encarnadas. Os índios, vestidos da nudez emplumada, esplêndidos de vigor e de beleza, tapando as ventas contra a pestilência, viam, ainda mais pasmos, aqueles seres que saíam do mar.

Para os que chegavam, o mundo em que entravam era a arena dos seus ganhos, em ouros e glórias, ainda que estas fossem principalmente espirituais, ou parecessem ser, como ocorria com os missionários. Para alcançá-las, tudo lhes era concedido, uma vez que sua ação de além-mar, por mais abjeta e brutal que chegasse a ser, estava previamente sacramentada pelas bulas e falas do papa e do rei. Eles eram, ou se viam, como novos cruzados destinados a assaltar e saquear túmulos e templos de hereges indianos. Mas aqui, o que viam, assombrados, era o que parecia ser uma humanidade edênica, anterior à que havia sido expulsa do Paraíso. Abre-se com esse encontro um tempo novo, em que nenhuma inocência abrandaria sequer a sanha com que os invasores se lançavam sobre o gentio, prontos a subjugá-los pela honra de Deus e pela prosperidade cristã. Só hoje, na esfera intelectual, repensando esse desencontro, se pode alcançar seu real significado.

Para os índios que ali estavam, nus na praia, o mundo era um luxo de se viver, tão rico de aves, de peixes, de raízes, de frutos, de flores, de sementes, que podia dar as alegrias de caçar, de pescar, de plantar e colher a quanta gente aqui viesse ter. Na sua concepção sábia e singela, a vida era dádiva de deuses bons, que lhes doaram esplêndidos corpos, bons de andar, de correr, de nadar, de dançar, de lutar. Olhos bons de ver todas as cores, suas luzes e suas sombras. Ouvidos capazes da alegria de ouvir vozes estridentes ou melódicas, cantos graves e agudos e toda a sorte de sons que há. Narizes competentíssimos para fungar e cheirar catingas e odores. Bocas magníficas de degustar comidas doces e amargas, salgadas e azedas, tirando de cada qual o gozo que podia dar. E, sobretudo, sexos opostos e complementares, feitos para as alegrias do amor.

Os recém-chegados eram gente prática, experimentada, sofrida, ciente de suas culpas oriundas do pecado de Adão, predispostos à virtude, com clara noção dos horrores do pecado e da perdição eterna. Os índios nada sabiam disso. Eram, a seu modo, inocentes, confiantes, sem qualquer concepção vicária, mas com claro sentimento de honra, glória e generosidade, e capacitados, como gente alguma jamais o foi, para a convivência solidária.

Aos olhos dos recém-chegados, aquela indiada louçã, de encher os olhos só pelo prazer de vê-los, aos homens e às mulheres, com seus corpos em flor, tinha um defeito capital: eram vadios, vivendo uma vida inútil e sem prestança. Que é que produziam? Nada. Que é que amealhavam? Nada. Viviam suas fúteis vidas fartas, como se neste mundo só lhes coubesse viver.

Aos olhos dos índios, os oriundos do mar oceano pareciam aflitos demais. Por que se afanavam tanto em seus fazimentos? Por que acumulavam tudo, gostando mais de tomar e reter do que de dar, intercambiar? Sua sofreguidão seria inverossímil se não fosse tão visível no empenho de juntar toras de pau vermelho, como se estivessem condenados, para sobreviver, a alcançá-las e embarcá-las incansavelmente? Temeriam eles, acaso, que as florestas fossem acabar e, com elas, as aves e as caças? Que os rios e o mar fossem secar, matando os peixes todos?

> Os nossos tupinambás muito se admiram dos franceses e outros estrangeiros se darem ao trabalho de ir buscar os seus arabutan. Uma vez um velho perguntou-me: Por que vindes vós outros, maírs e perôs [franceses e portugueses] buscar lenha de tão longe para vos aquecer? Não tendes madeira em vossa terra? Respondi que tínhamos muita, mas não daquela qualidade, e que não a queimávamos, como ele o supunha, mas dela extraíamos tinta para tingir, tal qual o faziam eles com os seus cordões de algodão e suas plumas.

Retrucou o velho imediatamente: e porventura precisais de muito? – Sim, respondi-lhe, pois no nosso país existem negociantes que possuem mais panos, facas, tesouras, espelhos e outras mercadorias do que podeis imaginar e um só deles compra todo o pau-brasil com que muitos navios voltam carregados. – Ah! retrucou o selvagem, tu me contas maravilhas, acrescentando depois de bem compreender o que eu lhe dissera: Mas esse homem tão rico de que me falas não morre? – Sim, disse eu, morre como os outros.

Mas os selvagens são grandes discursadores e costumam ir em qualquer assunto até o fim, por isso perguntou-me de novo: e quando morrem para quem fica o que deixam? – Para seus filhos se os têm, respondi; na falta destes para os irmãos ou parentes mais próximos. – Na verdade, continuou o velho, que, como vereis, não era nenhum tolo, agora vejo que vós outros maírs sois grandes loucos, pois atravessais o mar e sofreis grandes incômodos, como dizeis quando aqui chegais, e trabalhais tanto para amontoar riquezas para vossos filhos ou para aqueles que vos sobrevivem! Não será a terra que vos nutriu suficiente para alimentá-los também? Temos pais, mães e filhos a quem amamos; mas estamos certos de que depois da nossa morte a terra que nos nutriu também os nutrirá, por isso descansamos sem maiores cuidados (Léry 1960:151-61).

Aquele desencontro de gente índia que enchia as praias, encantada de ver as velas enfunadas, e que era vista com fascínio pelos barbudos navegantes recém-chegados, era, também, o enfrentamento biótico mortal da higidez e da morbidade. A indiada não conhecia doenças, além de coceiras e desvanecimentos por perda momentânea da alma. A branquitude trazia da cárie dental à bexiga, à coqueluche, à tuberculose e ao sarampo. Desencadeia-se, ali, desde a primeira hora, uma guerra biológica implacável. De um lado, povos peneirados, nos séculos e milênios, por pestes a que sobreviveram e para as quais desenvolveram resistência. Do outro lado, povos indenes, indefesos, que começavam a morrer aos magotes. Assim é que a civilização se impõe, primeiro, como uma epidemia de pestes mortais. Depois, pela dizimação através de guerras de extermínio e da escravização. Entretanto, esses eram tão só os passos iniciais de uma escalada do calvário das dores inenarráveis do extermínio genocida e etnocida.

Para os índios, a vida era uma tranquila fruição da existência, num mundo dadivoso e numa sociedade solidária. Claro que tinham suas lutas, suas guerras. Mas todas concatenadas, como prélios, em que se exerciam, valentes. Um guerreiro lutava, bravo, para fazer prisioneiros, pela glória de alcançar um novo nome e uma nova marca tatuada cativando inimigos. Também servia para ofertá-lo numa festança em que centenas de pessoas o comeriam convertido em paçoca, num ato solene de comunhão, para absorver sua valentia, que nos seus corpos continuaria viva.

Uma mulher tecia uma rede ou trançava um cesto com a perfeição de que era capaz, pelo gosto de expressar-se em sua obra, como um fruto maduro de sua ingente vontade de beleza. Jovens, adornados de plumas sobre seus corpos escarlates de urucu, ou verde-azulados de jenipapo, engalfinhavam-se em lutas desportivas de corpo a corpo, em que punham a energia de batalhas na guerra para viver seu vigor e sua alegria.

Para os recém-chegados, muito ao contrário, a vida era uma tarefa, uma sofrida obrigação, que a todos condenava ao trabalho e tudo subordinava ao lucro. Envoltos em panos, calçados de botas e enchapelados, punham nessas peças seu luxo e vaidade, apesar de mais vezes as exibirem sujas e molambentas, do que pulcras e belas. Armados de chuços de ferro e de arcabuzes tonitruantes, eles se sabiam e se sentiam a flor da criação. Seu desejo, obsessivo, era multiplicar-se nos ventres das índias e pôr suas pernas e braços a seu serviço, para plantar e colher suas roças, para caçar e pescar o que comiam. Os homens serviam principalmente para tombar e juntar paus-de-tinta ou para produzir outra mercadoria para seu lucro e bem-estar.

Esses índios cativos, condenados à tristeza mais vil, eram também os provedores de suas alegrias, sobretudo as mulheres, de sexo bom de fornicar, de braço bom de trabalhar, de ventre fecundo para prenhar. A vontade mais veemente daqueles heróis d'além-mar era exercer-se sobre aquela gente vivente como seus duros senhores. Sua vocação era a de autoridades de mando e cutelo sobre bichos e matos e gentes, nas imensidades de terras de que iam se apropriando em nome de Deus e da Lei.

O contraste não podia ser maior, nem mais infranqueável, em incompreensão recíproca. Nada que os índios tinham ou faziam foi visto com qualquer apreço, senão eles próprios, como objeto diverso de gozo e como fazedores do que não entendiam, produtores do que não consumiam. O invasor, ao contrário, vinha com as mãos cheias e as naus abarrotadas de machados, facas, facões, canivetes, tesouras, espelhos e, também, miçangas cristalizadas em cores opalinas. Quanto índio se desembestou, enlouquecido, contra outros índios e até contra seu próprio povo, por amor dessas preciosidades! Não podendo produzi-las, tiveram de encontrar e sofrer todos os modos de pagar seus preços, na medida em que elas se tornaram indispensáveis. Elas eram, em essência, a mercadoria que integrava o mundo índio com o mercado, com a potência prodigiosa de tudo subverter. Assim se desfez, uniformizado, o recém-descoberto Paraíso Perdido.

Razões desencontradas

Frente à invasão europeia, os índios defenderam até o limite possível seu modo de ser e de viver. Sobretudo depois de perderem as ilusões dos primeiros contatos pacíficos, quando perceberam que a submissão ao invasor representava sua desumanização como bestas de carga. Nesse conflito de vida ou morte, os índios de um lado e os colonizadores do outro punham todas as suas energias, armas e astúcias. Entretanto, cada tribo, lutando por si, desajudada pelas demais – exceto em umas poucas ocasiões em que se confederaram, ajudadas pelos europeus que viviam entre elas – pôde ser vencida por um inimigo pouco numeroso, mas superiormente organizado, tecnologicamente mais avançado e, em consequência, mais bem armado.

As vitórias europeias se deveram principalmente à condição evolutiva mais alta das incipientes comunidades neobrasileiras, que lhes permitia aglutinar-se em uma única entidade política servida por uma cultura letrada e ativada por uma religião missionária, que influenciou poderosamente as comunidades indígenas. Paradoxalmente, porém, é o próprio atraso dos índios que os fazia mais resistentes à subjugação, condicionando uma guerra secular de extermínio. Isso se verifica comparando a rapidez da conquista e da pacificação onde o europeu se deparou com altas civilizações – como no México e no Peru – com a lentidão da conquista do Brasil, que prossegue até hoje com tribos arredias resistindo armadas à invasão de seus territórios para além das fronteiras da civilização.

As crônicas coloniais registram copiosamente essa guerra sem quartel de europeus armados de canhões e arcabuzes contra indígenas que contavam unicamente com tacapes, zarabatanas, arcos e flechas. Ainda assim, os cronistas destacam com gosto e orgulho o heroísmo lusitano. Esse é o caso das loas do padre Anchieta a Mem de Sá, subjugador das populações aborígenes para escravizá-las ou colocá-las em mãos dos missionários. Anchieta, descuidado da cordura que corresponderia à sua futura santidade, louva assim o bravo governador:

> Quem poderá contar os gestos heroicos do Chefe
> à frente dos soldados, na imensa mata:
> Cento e sessenta as aldeias incendiadas,
> Mil casas arruinadas pela chama devoradora,
> Assolados os campos, com suas riquezas,
> Passado tudo ao fio da espada.

Esses são alguns dos 2 mil versos de louvação escritos em latim por José de Anchieta (1958:129) no poema "De Gestis Mendi de Saa" (circa 1560).

O elogio é tanto mais compreensível quando se recorda que Mem de Sá, com suas guerras de subjugação e extermínio, estava executando rigorosamente o plano de colonização proposto pelo padre Nóbrega em 1558. Esse plano inclemente é o documento mais expressivo da política indigenista jesuítico-lusitana. Em sua eloquência espantosa, um dos argumentos de que lança mão é a alegação da necessidade de pôr termo à antropofagia, que só cessará, diz ele, pondo fim "à boca infernal de comer a tantos cristãos". Outro argumento não menos expressivo é a conveniência de escravizar logo aos índios todos para que não sejam escravizados ilegalmente. Senão vejamos:

> [...] se S. A. os quer ver todos convertidos, mande-os sujeitar e deve fazer estender os cristãos pela terra adentro e repartir-lhes os serviços dos índios àqueles que os ajudarem a conquistar e senhorear, como se faz em outras partes de terras novas [...].
>
> Sujeitando-se o gentio, cessarão muitas maneiras de haver escravos mal havidos e muitos escrúpulos, porque terão os homens escravos legítimos, tomados em guerra justa e terão serviço e avassalagem dos índios e a terra se povoará e Nosso Senhor ganhará muitas almas e S. A. terá muita renda nesta terra, porque haverá muitas criações e muitos engenhos, já que não haja muito ouro e prata. [...]
>
> Este parece também o melhor meio para a terra se povoar de cristãos e seria melhor que mandar povoadores pobres, como vieram alguns e por não trazerem com que mercassem um escravo com que começassem sua vida não se puderam manter e assim foram forçados a se tornar ou morrerem de bichos e parece melhor mandar gente que senhoreie a terra e folgue de aceitar nela qualquer boa maneira de vida, como fizeram alguns dos que vieram com Tomé de Souza [...].
>
> Devia de haver um protetor dos índios para os fazer castigar quando o houvesse mister e defender dos agravos que lhes fizessem. Este deveria ser bem salariado, escolhido pelos padres e aprovado pelo governador. Se o governador fosse zeloso bastaria ao presente.
>
> A lei, que lhes hão de dar, é defender-lhes comer carne humana e guerrear sem licença do governador; fazer-lhes ter uma só mulher, vestirem-se pois têm muito algodão, ao menos depois de cristãos, tirar-lhes os feiticeiros, mantê-los em justiça entre si e para com os cristãos; fazê-los viver quietos sem se mudarem para outra parte, se não for para entre cristãos, tendo terras repartidas que lhes bastem, e com estes padres da Companhia para os doutrinarem (Apontamentos de coisas do Brasil, 8 de maio de 1558 in Leite 1940:75-87).

Tal foi o alto plano jesuítico que regeu e ordenou a colonização. Um somatório de violência mortal, de intolerância, prepotência e ganância. Todas as qualidades mais vis se conjugaram para compor o programa civilizador de Nóbrega. Aplicado a ferro e fogo por Mem de Sá, esse programa levou o desespero e a destruição a cerca de trezentas aldeias indígenas na costa brasileira do século XVI.

O balanço dessa hecatombe nos é dado pelo próprio Anchieta nestas palavras:

> A gente que de vinte anos a esta parte é gastada nesta bahia, parece cousa que não se pode crer, porque nunca ninguém cuidou que tanta gente se gastasse nunca.
>
> Vão ver agora os engenhos e fazendas da Bahia, achá-los-ão cheios de negros da Guiné e muito poucos da terra e se perguntarem por tanta gente, dirão que morreu (Informação dos primeiros aldeamentos da Baía, circa 1587 in Anchieta 1933:377-8).

Sem embargo, mais ainda que as espadas e os arcabuzes, as grandes armas da conquista, responsáveis principais pela depopulação do Brasil, foram as enfermidades desconhecidas dos índios com que os invasores os contaminaram. A magnitude desse fator letal pode ser avaliada pelo registro dos efeitos da primeira epidemia que atingiu a Bahia. Cerca de 40 mil índios reunidos insensatamente pelos jesuítas nas aldeias do Recôncavo, em meados do século XVI, atacados de varíola, morreram quase todos, deixando os 3 mil sobreviventes tão enfraquecidos que foi impossível reconstituir a missão. Os próprios sacerdotes operavam muitas vezes como contaminadores involuntários, como testemunham suas próprias cartas. Em algumas delas comentam o alívio que lhes trazia ao "mal do peito" os bons ares da terra nova; em outras, relatam como os índios morriam feito moscas, escarrando sangue, podendo ser salvas apenas suas almas.

Mais bárbaro ainda era o projeto oposto, igualmente defendido no plano ideológico e muito mais eficaz no campo prático. A melhor expressão dele se deveu a Domingos Jorge Velho em carta a el-rei, datada de 1694, em que o grande capitão dos mamelucos paulistas declara, soberbo, de seus combatentes, que "não é gente matriculada nos livros de Vossa Majestade, não recebem soldo, nem ajuda de pano, ou munição. São umas agregações que fazemos, alguns de nós, entrando cada um com seus servos de armas que têm". Acrescenta que não vão ao mato cativar índios, como alguns "pretendem fazer crer a Vossa Majestade", para civilizar selvagens. Vão, com suas próprias palavras, "adquirir o tapuia gentio-brabo e comedor de carne humana, para o reduzir para o conhecimento da urbana humanidade e humana sociedade". Alega, ainda, que "em vão trabalha quem os quer fazer anjos, antes de os fazer homens" (Carta a el-rei do outeiro do Barriga, de 15 de julho de 1694 in Ennes 1938:204-7).

Em poucas décadas desapareceram as povoações indígenas que as caravelas do descobrimento encontraram por toda a costa brasileira e os primeiros cronistas contemplaram maravilhados. Em seu lugar haviam se instalado três tipos novos de povoações. O primeiro e principal, formado pelas concentrações de escravos africanos dos engenhos e portos. Outro, disperso pelos vilarejos e sítios da costa ou pelos campos de criação de gado, formado principalmente por mamelucos e brancos pobres. O terceiro esteve constituído pelos índios incorporados à empresa colonial como escravos de outros núcleos ou concentrados nas aldeias, algumas das quais conservavam sua autonomia, enquanto outras eram regidas por missionários.

Apesar de o projeto jesuítico de colonização do Brasil nascente ter sido formulado sem qualquer escrúpulo humanitário, tal foi a ferocidade da colonização leiga que estalou, algumas décadas depois, um sério conflito entre os padres da Companhia e os povoadores dos núcleos agrário-mercantis. Para os primeiros, os índios, então em declínio e ameaçados de extinção, passaram a ser criaturas de Deus e donos originais da terra, com direito a sobreviver se abandonassem suas heresias para se incorporarem ao rebanho da Igreja, na qualidade de operários da empresa colonial recolhidos às missões. Para os colonos, os índios eram um gado humano, cuja natureza, mais próxima de bicho que de gente, só os recomendava à escravidão.

A Coroa portuguesa apoiou nominalmente os missionários, embora jamais negasse autorização para as "guerras justas", reclamadas pelo colono para aprisionar e escravizar tanto os índios bravos e hostis como os simplesmente arredios. Quase sempre fez vista grossa à escravidão indígena, que desse modo se tornou inevitável, dado o caráter da própria empresa colonial, especialmente nas áreas pobres. Impedidos de comprar escravos negros, porque eram caros demais, os colonos de São Paulo e outras regiões se viram na contingência de se servir dos silvícolas, ou de ter como seu principal negócio a preia e venda de índios para quem requeresse seu trabalho nas tarefas de subsistência, que por longo tempo estiveram a cargo deles.

Em diversas regiões – mas sobretudo em São Paulo, no Maranhão e no Amazonas – foram grandes os conflitos entre jesuítas e colonos, defendendo, cada qual, sua solução relativa aos aborígenes: a redução missionária ou a escravidão. A curto ou longo prazo, triunfaram os colonos, que usaram os índios como guias, remadores, lenhadores, caçadores e pescadores, criados domésticos, artesãos; e sobretudo as índias, como os ventres nos quais engendraram uma vasta prole mestiça, que viria a ser, depois, o grosso da gente da terra: os brasileiros.

Quase todas as ordens religiosas aceitaram, sem resistência, o papel de amansadoras de índios para a sua incorporação na força de trabalho ou nas expedições armadas da colônia. Os jesuítas, porém, arrependidos de seu papel inicial de aliciadores de índios para os colonos, inspirados na experiência dos seus companheiros paraguaios, quiseram pôr em prática, também no Brasil, um projeto utópico de reconstrução intencional da vida social dos índios destribalizados. Tais foram suas missões, nas quais os índios eram concentrados – depois de atraídos pelos padres ou subjugados pelo braço secular – em comunidades ferreamente organizadas como economias autossuficientes, ainda que também tivessem alguma produção mercantil. Isso se daria na segunda onda de evangelização, realizada na Amazônia.

O projeto jesuítico era tão claramente oposto ao colonial que resulta espantoso haver sido tentado simultaneamente e nas mesmas áreas e sob a dominação do mesmo reino. Os conflitos resultantes das disputas pelo domínio dos índios não permitiram que as missões jesuíticas alcançassem, em terras brasileiras, a dimensão, quanto ao número de indígenas reunidos, nem o nível de organização e prosperidade que a Companhia de Jesus conquistou no Paraguai.

Contribuem para esse fracasso duas ordens de fatores. Primeiro, a referida oposição frontal dos povoadores portugueses a um projeto que lhes disputava a mão de obra indígena, e que era realizado nas mesmas áreas que eles ocupavam. Segundo, as enfermidades trazidas pelo branco que, ao propagarem-se nas grandes concentrações humanas das missões, provocavam enorme mortandade. Depois de algumas décadas, os jesuítas reconheceram que, além de não conseguirem salvar as almas dos índios pelo evidente fracasso da conversão – o que, de resto, não era grave, porque "o despertar da fé é tarefa de Deus", não do missionário (Nóbrega, apud Dourado 1958:44) –, também não salvavam suas vidas. Ao contrário, Era evidente o despovoamento de toda a costa e, vistos os fatos agora, não se pode deixar de reconhecer, também, que os próprios jesuítas foram um dos principais fatores de extermínio.

Esse foi, de fato, o papel que eles representaram, enquanto diplomatas-pacificadores, postos em ação sempre que os índios pudessem ganhar uma batalha. Tal ocorreu em Peruíbe, quando Anchieta, fazendo-se passar por um milagroso *paí*, corria de um lado a outro tentando dissuadir os índios de atacar os portugueses, que, atacados naquele momento, poderiam ter sido vencidos. De fato, se atribui a ele, com toda razão – a ele e a Nóbrega –, haverem salvo, naquela ocasião, a São Paulo e a própria colonização portuguesa.

Também foi evidentemente nefasto o papel dos jesuítas, retirando os índios de suas aldeias dispersas para concentrá-los nas reduções, onde, além de servirem aos padres e não a si mesmos e de morrerem nas guerras dos portugueses contra os índios hostis, eram facilmente vitimados pelas pragas de que eles próprios, sem querer, os contaminavam. É evidente que nos dois casos o propósito explícito dos jesuítas não era destruir os índios, mas o resultado de sua política não podia ser mais letal se tivesse sido programada para isso.

A atuação mais negativa dos jesuítas, porém, se funda na própria ambiguidade de sua dupla lealdade frente aos índios e à Coroa, mais predispostos, porém, a servir a esta Coroa contra índios aguerridos que a defendê-los eficazmente diante dela. Isso sobretudo no primeiro século, quando sua função principal foi minar as lealdades étnicas dos índios, apelando fortemente para o seu espírito religioso, a fim de fazer com que se desgarrassem das tribos e se atrelassem às missões. A eficácia que alcançam nesse papel alienador é tão extraordinária quanto grande a sua responsabilidade na dizimação que dela resultou.

No segundo século, já enriquecidos de seu triste papel e também representados por figuras mais capazes de indignação moral, como Antônio Vieira, os jesuítas assumiram grandes riscos no resguardo e na defesa dos índios. Foram, por isso, expulsos, primeiro, de São Paulo e, depois, do estado do Maranhão e Grão-Pará pelos colonos. Afinal, a própria Coroa, na pessoa do marquês de Pombal, decide acabar com aquela experiência socialista precoce, expulsando-os do Brasil. Então, ocorre o mais triste. Os padres entregam obedientemente as missões aos colonos ricos, contemplados com a propriedade das terras e dos índios pela gente de Pombal, e são presos e recolhidos à Europa, para amargar por décadas o triste papel de subjugadores que tinham representado.

O salvacionismo

Nas décadas do achamento, descoberta ou invasão do Brasil, surgiram descrições cada vez mais minuciosas das novas terras. Assim, elas iam sendo apropriadas pelo invasor também pelo conhecimento de seus rios e matas, povos, bichos e duendes. Em princípio, pela absorção da copiosíssima sabedoria indígena, que nos milênios anteriores se familiarizara com o que era a natureza circundante, classificando e dando nomes aos lugares e às coisas, definindo seus usos e utilidades. Depois, por sucessivas redefinições, umas vezes retendo os antigos nomes, outras, rebatizando, mas nos dois casos compondo um novo corpo de saber, voltado para valores e propósitos diferentes.

Foi a gente aqui encontrada que provocou maior curiosidade. Os índios, vistos em princípio como a boa gente bela, que recebeu dadivosa aos primeiros navegantes, passaram logo a ser vistos como canibais, comedores de carne humana, totalmente detestáveis. Com o convívio, tanto os índios começaram a distinguir nos europeus nações e caracteres diferentes, como estes passaram a diferenciá-los em grupos de aliados e inimigos, falando línguas diferentes e tendo costumes discrepantes.

Assim, foi surgindo uma etnologia recíproca, através da qual uns iam figurando o outro. A ela correspondeu, na Europa, um compêndio de interpretações das novidades espantosas que vinham nas cartas dos navegantes, depois nas crônicas e testemunhos e, afinal, nessa etnologia incipiente. A curiosidade se acendeu, inteira, no reino dos teólogos, que começaram a se chocar com algumas novas, impensáveis até então.

Aqueles índios, tão diferentes dos europeus, que os viam e os descreviam, mas também tão semelhantes, seriam eles também membros do gênero humano, feitos do mesmo barro pelas mãos de Deus, à sua imagem e semelhança? Caíram na impiedade. Teriam salvação? Ficou logo evidente que eles careciam, mesmo, é de um rigoroso banho de lixívia em suas almas sujas de tanta abominação, como a antropofagia de comer seus inimigos em banquetes selvagens; a ruindade com que eram manipulados pelo demônio através de seus feiticeiros; a luxúria com que se amavam com a naturalidade de bichos; a preguiça de sua vida farta e inútil, descuidada de qualquer produção mercantil.

Essa curiosidade floresceu, logo, numa teologia bárbara, em que os tratados de frei Francisco de Vitória, Nóbrega e, depois, os de Vieira e tantos outros, compunham eruditos discursos em que os índios contracenavam com razões teológicas, evangélicas, apostólicas, providenciais, cataclísmicas e escatológicas. Assim é que se foi compondo um discurso cada vez mais racional e cada vez mais insano, frente à realidade do que sucedeu aos índios: esmagados e escravizados pelo colonizador, cego e surdo a razões que não fossem as do haver e do dever pecuniários.

Apesar dessas cruas evidências, uns santos homens, em sua alienação iluminada, continuaram crendo que cumpriam uma destinação cristã de construtores do reino de Deus no Novo Mundo, de soldados apostólicos da cristandade universal. Logo compuseram uma teologia alucinada e messiânica que via na expansão ibérica, com a sucessiva descoberta de dilatadas terras ignotas e de incontáveis povos pagãos, uma missão divina que se cumpria passo a passo. Tordesilhas, nesse contexto, teria sido uma visão profética sobre a destinação ibérica de evangelização para criar uma Igreja, por fim, efetivamente universal.

Esses discursos respondiam a uma necessidade igualmente imperativa. A de atribuir alguma dignidade formal à guerra de extermínio que se levava adiante, à brutalidade da conquista, à perversidade da eliminação de tantos povos. O império ibérico, sagrando-se sobre o Novo Mundo, se tingia com as tintas de Roma. Prometia que, à torpeza índia, faria suceder a prudência e a piedade cristãs, até converter os infiéis servos do demônio em cristãos, tementes do pecado e da perdição, adoradores do verdadeiro Deus.

O europeu que, forçando a tradição bíblica, fizera do deus dos hebreus o rei dos homens, agora tinha de incluir aquela indianidade pagã na humanidade do passado, entre os filhos de Eva expulsos do Paraíso, e do futuro, entre os destinados à redenção eterna. A polêmica sobre esse tema se acendeu por toda a parte, discutindo vivamente o que se podia debitar e creditar a eles da tradição vetusta. O dilúvio ocorreu também para o Novo Mundo, com Noé e seus bichos? Que pastores evangélicos tiveram a seu cargo levar para lá a palavra de Deus? Por que fracassaram em sua missão evangélica os companheiros de Cristo? Ou também os índios eram culpados do pecado original? O próximo Messias irá salvar a eles também? Os cataclismos apocalípticos e o Juízo Final valerão para os índios, como para os brancos? Poderia, acaso, o anunciado Filho de Deus, nascer índio entre eles?

De todo o debate, só reluzia, clara como o sol, para a cúpula real e para a Igreja, a missão salvacionista que cumpria à cristandade exercer, a ferro e fogo, se preciso, para incorporar as novas gentes ao rebanho do rei e da Igreja. Esse era um mandato imperativo no plano espiritual. Uma destinação expressa, uma missão a cargo da Coroa, cujo direito de avassalar os índios, colonizar e fluir as riquezas da terra nova decorria do sagrado dever de salvá-los pela evangelização.

Na ordem secular, a legitimidade da hegemonia europeia se estabeleceu soberana. Na ordem divina, os jesuítas e os franciscanos pretenderam, porém, afiançar que estavam destinados a criar repúblicas pias e seráficas de santos homens com os índios recém-descobertos, a fim de que, como prescrevia o Livro dos Atos, todos os que creem vivessem unidos, tendo todos os bens em comum.

Configuram-se, assim, duas destinações cruamente opostas, desfrutando, cada qual, o predomínio na dominação do Novo Mundo. De um lado, a dos colonos, à frente dos seus negócios. Do outro lado, a dos religiosos, à frente de suas missões. Em princípio, em terra tão vasta, trabalhando cada qual em sua província, puderam crescer paralelamente, mas logo o contraste se converteu em conflito aberto. Os colonos, trabalhando para reproduzir aqui um sadio mundo mercantil, movidos por suas cobiças e usuras. Os frades, fazendo ressoar no Novo Mundo antigas heresias joaquimitas. Como a do infante d. Henrique, com sua pregação de que, uma vez que era passado o tempo do Pai – de que rege o Velho Testamento – e também o do Filho – de que trata o Novo Testamento –, era chegada a Era do Espírito Santo, que instalará o milênio do amor e da alegria neste mundo, com os índios conversos e convertidos em louvadores da glória de Deus.

A história faria prevalecer o plano oposto, obrigando os próprios evangelizadores a cumprir o projeto colonial através da guerra genocida contra todos os índios e da ação missionária, a seu pesar, etnocida.

Nas tarefas da conversão do gentio e sua integração na cristandade, foram soldados principais o jesuíta, o franciscano e o carmelita. Os inacianos, inspirando, apoiando, incentivando o braço secular para que, guerreando e avassalando, pusessem os índios, humilhados, a seus pés dentro das missões. Ali, aparentemente, eles iam viver vidas de índios humildes, contritamente. Na verdade, eles estavam inventando para os índios uma vida nova, triste vida de catecúmenos, suportável apenas diante da alternativa que era caírem cativos nas mãos do colono. Assim, foram edificando, dia a dia, ano a ano, a Cidade Cristã, virtuosa e operativa, impensável no Velho Mundo, mas factível aqui com o barro dócil que eram os índios. Inocentes, simples e puros, sobretudo as crianças, ainda com dentes de leite, como dizia Gilberto Freyre. Acabou ficando claro, para eles, que nada se podia esperar da Europa, corrompida e corrupta. A esperança única de salvação possível para ela seria o Apocalipse. No Novo Mundo, ao contrário, eles viam confirmar, a cada dia, suas esperanças de concretizar as profecias bíblicas.

A tarefa a que os missionários se propunham não era transplantar os modos europeus de ser e de viver para o Novo Mundo. Era, ao contrário, recriar aqui o humano, desenvolvendo suas melhores potencialidades, para implantar, afinal, uma sociedade solidária, igualitária, orante e pia, nas bases sonhadas pelos profetas. Essa utopia socialista e seráfica floresce nas Américas, recorrendo às tradições do cristianismo primitivo e às mais generosas profecias messiânicas. Ela se funda, por igual, no pasmo dos missionários diante da inocência adâmica e do solidarismo edênico que se capacitaram a ver nos índios, à medida que com eles conviviam.

Os místicos franciscanos que se viam à frente do sistema de castas de índios remanescentes das civilizações pré-colombianas avançam, recrutando-os para converter pirâmides pagãs em templos cristãos suntuosos, para maior glória de Deus. Sonham ordenar a vida indígena segundo as regras da Utopia, de Morus, inspirados anacronicamente na indianidade original. Acreditaram, mesmo, que era possível abrir essa alternativa para a conquista, fazendo da expansão europeia a universalização da cristandade. Encarnada nos corpos indígenas, a cristandade ingressaria no Milênio Joaquimita, em que a felicidade se alcançaria neste mundo. No Brasil, os jesuítas foram adiante no mesmo caminho, reinventando a história.

Essas utopias se opunham tão cruamente ao projeto colonial que a guerra se instalou prontamente entre colonos e sacerdotes. De um lado, o colono, querendo pôr os braços índios a produzir o que os enriquecesse, ajudados por mundanos curas regulares dispostos a sacramentar a cidade terrena, dando a Deus o que é de Deus e ao rei o que ele reclamava. Foi um desastre, mesmo onde as missões se implantaram produtivas e até rentáveis para a própria Coroa – como ocorreu com as dos Sete Povos, no sul, e ao norte, na missão tardia da Amazônia – prevaleceu a vontade do colono, que via nos índios a força de trabalho de que necessitava para prosperar.

O espantoso para quem medita hoje esse drama é o vigor da fé missionária daqueles santos homens, que chegaram até à subversão na luta por seu ideal. Depois de transigir sem limites, interpretando em tom transcendental a conquista como mal necessário, a porta da estrada que se abriria ao caminho da fé pelo flagelo, caíram em si e começaram a ver seu próprio papel conivente.

Durante décadas não disseram nenhuma palavra de piedade pelos milhares de índios mortos, pelas aldeias incendiadas, pelas crianças, pelas mulheres e homens escravizados, aos milhões. Tudo isso eles viram silentes. Ou até mesmo, como Anchieta, cantando essas façanhas em milhares de versos servis. Para eles, toda aquela dor era dor necessária para colorir as faces da aurora, que eles viam amanhecendo. Só tardiamente caíram em si, vendo-se vencidos primeiro na evangelização, depois na reclusão dos índios nas missões. Entretanto, nenhum desastre histórico, nenhum projeto utópico anterior teve tal altitude, porque nenhuma esperança até então fora tão alentadora e pudera ser levada tão adiante, a demonstrar a factibilidade de reconstruir intencionalmente a sociedade segundo um projeto.

A utopia jesuítica esboroou e os inacianos foram expulsos das Américas, entregando, inermes, desvirilizados, os seus catecúmenos ao sacrifício e à escravidão na mão possessa dos colonos. O mesmo aconteceu com o sonho mirífico dos franciscanos, reduzido à visão do que era a boçalidade do mundo colonial, ínvio, ímpio e bruto.

É de perguntar, aqui, se não foi o próprio êxito que levou os projetos utópicos de jesuítas e de franciscanos ao fracasso. Vendo a incompatibilidade insanável entre eles e os colonos e, por extensão, entre o projeto missionário e o real, se afastaram para criar sua própria província europeia. Queriam dar à expansão ibérica a alternativa freiral de restauração de uma indianidade cristianizada, que falaria as línguas indígenas e só teria fidelidade a si mesma. Entre as duas proposições, não havia dúvida possível. As Coroas optaram, ambas, pelo projeto colonial. Os místicos haviam cumprido já a sua função de dignificar a ação conquistadora. Agora, deviam dar lugar aos homens práticos, que assentariam e consolidariam as bases do império maior que jamais se viu. Em lugar de sacros reinos pios, sob reis missionários a serviço da Igreja e de Deus, os reis de Espanha e de Portugal queriam é o reino deste mundo.

3. O PROCESSO CIVILIZATÓRIO

Povos germinais

O processo civilizatório, acionado pela revolução tecnológica que possibilitou a navegação oceânica, transfigurou as nações ibéricas, estruturando-as como impérios *mercantis salvacionistas*. Assim é que se explica a vitalização extraordinária dessas nações, que de repente ganharam uma energia expansiva inexplicável numa formação meramente feudal e também numa formação capitalista. Mesmo porque estas últimas só surgiram mais tarde, na Inglaterra e na Holanda.

De fato, as teorias explicativas da história mundial não oferecem categorias teóricas capazes de explicar seja o poderio singular que alcançou a civilização Árabe por mais de um milênio de esplendor, seja a expansão ibérica, que criou a primeira civilização universal. Essa carência é que nos obrigou, em nosso estudo do *processo civilizatório* (Ribeiro 1968, 1972), a propor, com respeito ao mundo árabe, a categoria de *império despótico salvacionista*, enfatizando o caráter atípico de seu salvacionismo, que nunca quis converter ninguém. Simplesmente conquistavam a área, gritavam o Jihad e deixavam o povo viver. A certa altura, como aconteceu com todas as civilizações, entram em obsolescência e se feudalizam, abrindo espaço para um novo gênero de salvacionismo. Ao mundo ibérico propusemos a categoria de *império mercantil salvacionista*, gerado pela mesma revolução tecnológica, a mercantil, que deu acesso ao ultramar. Tecnologia gerada no mundo árabe e no mundo oriental, mas acolhida e concatenada primeiro pelos portugueses.

Os iberos, num primeiro movimento, se livraram da secular ocupação árabe e expulsaram seu contingente judeu, assumindo inteiro comando de seu território através de um poder centralizado que não deixava espaço para qualquer autonomia feudal ou qualquer monopólio comercial.

Num segundo movimento, se expandiram pelos mares, lançando-se em guerras de conquista, de saqueio e de evangelização sobre os povos da África, da Ásia e, principalmente, das Américas. Estabeleceram, assim, os fundamentos do primeiro sistema econômico mundial, interrompendo o desenvolvimento autônomo das grandes civilizações americanas. Exterminaram, simultaneamente, milhares de povos que antes viviam em prosperidade e alegria, espalhados por toda a terra com suas línguas e com suas culturas originais.

Ao mesmo tempo, se plasmam a si mesmas como novas formações socioeconômicas e como novas configurações histórico-culturais, que cobrem áreas e subjugam populações infinitamente maiores que a europeia (Ribeiro 1970). É no curso dessa autotransformação que as populações indígenas das Américas, do Brasil inclusive, se veem conscritas, a seu pesar, para as tarefas da civilização nascente. Viabilizando-a na base dos saberes indígenas, que permitiram a adaptação do europeu em outras latitudes, e provendo largamente a força de trabalho que as inseriu no mercado mundial em formação.

Nações germinais, como Roma no passado, foram os iberos, os ingleses e os russos no mundo moderno. Cada um deles deu origem a uma variante ponderável da humanidade – a latino-americana, a neobritânica e a eslava –, criando gentes tão homogêneas entre si, como diferenciadas de todas as demais. Estranhamente, a Alemanha, a França e a Itália, tão realizadas e plenas como ramos da civilização ocidental, não foram germinais. Fechadas em si, feudalizadas, ocupadas em dissensões com suas variantes internas, elas não se organizaram como Estados nacionais nem exerceram papel seminal.

Os eslavos, simultaneamente, se expandiram pelas suas estepes e tundras e foram ter no Alasca. Mas, contidos pelo esclerosamento de sua sociedade arcaica, rigidamente estratificada, refrearam seu elã de conquistar novos mundos.

Os ingleses se expandiram como operosos granjeiros puritanos ou como uma burguesia industrial e negocista, que calculava bem cada um dos seus lances. Empenhados em outro gênero de colonização, sua tarefa era a de transplantar sua paisagem mundo afora, recriando pequenas Inglaterras, desatentos ou indiferentes ao que havia aonde chegaram. Negando-se a ver e a entender as vetustas razões e justificações do Vaticano, propõem-se simplesmente conquistar seu naco do bolo americano. Quando menos fosse para lá derramar excedentes da humanidade famélica de seus próprios reinos, dando-lhes novas pátrias por fazer. Alcançaram, também, primeiro pelas mãos de piratas, de corsários, de contrabandistas, quanto puderam tomar do ouro que os ilhéus carreavam para o Velho Mundo. Depois, pelo mecanismo de intercâmbio mercantil, se apossaram de parcelas ainda maiores dessas riquezas.

Mais tarde, se instalaram em áreas ao norte do continente como colônias de povoamento. Vizinhos das ilhas caribenhas e de suas ricas plantações escravistas de cana, eles eram os pobres e atrasados. Só floresceram, lentamente, aurindo substância do comércio de alimentos e artefatos com os senhores de escravos das ilhas, produzindo as mercadorias dos pobres.

Os iberos, ao contrário, se lançaram à aventura no além-mar, abrindo novos mundos, atiçados pelo fervor mais fanático, pela violência mais desenfreada, em busca de riquezas a saquear ou de fazer produzir pela escravaria. Certos de que eram novos cruzados cumprindo uma missão salvacionista de colocar o mundo inteiro sob a regência católico-romana. Desembarcavam sempre desabusados, acesos e atentos aos mundos novos, querendo fluí-los, recriá-los, convertê-los e mesclar-se racialmente com eles. Multiplicaram-se, em consequência, prodigiosamente, fecundando ventres nativos e criando novos gêneros humanos.

Como se viu, a causa primeira da expansão ultramarina, e, portanto, dos descobrimentos, fora a precoce unificação nacional de Portugal e da Espanha, movidos por toda uma revolução tecnológica que lhes deu acesso ao mundo inteiro com suas naus armadas, gestando uma nova civilização. Libertos da ocupação sarracena, descansados da exploração judaica, dirimidos dos poderios locais da nobreza feudal, emergia em cada área um Estado nacional. Foram os primeiros do mundo moderno.

Surgem, assim, entidades capazes de grandes empresas, como os descobrimentos e o enriquecimento aurido no além-mar, bem como sua implantação em império com hegemonia sobre a América, a Ásia e a África. Seu poderio cresce tanto que a certa altura a Espanha se propõe exercer sua soberania também sobre a Europa. Portugal se vê compelido a aliar-se à Inglaterra, para manter sua independência.

Nesses conflitos de amplitude mundial, a Ibéria se debilita tanto que acaba por sucumbir como cabeça do Império mundial sonhado tantas vezes. Sucumbe, porém, é lá nos conflitos com seus pares. Cá, nos novos mundos, seus semens continuam fecundando prodigiosamente a mestiçagem americana; sua língua e sua cultura prosseguem expandindo-se. Nesse passo, se enriquecem para constituir, afinal, uma das províncias mais amplas, mais ricas e a mais homogênea da terra, a América Latina. A Inglaterra, que foi a terceira nação a estruturar-se, assentada nos capitais e nos saberes judaicos que acolheu, acaba por apossar-se da outra metade das Américas, sobre a qual se expandira como uma segunda macroetnia, imensamente homogênea e neobritânica.

As dimensões desses domínios eram as do orbe que acabavam de ocupar. Sua heterogeneidade étnica original, ao contrário, era sem paralelo na história humana. Só foi rompida e refundida através do esforço continuado de séculos, anulando qualquer veleidade étnica ou qualquer direito de autodeterminação dos povos avassalados.

Assim é que a Ibéria e a Grã-Bretanha, tão recheadas de duras resistências dos povos que englobam em seus territórios, que jamais conseguiram digerir, aqui deglutem e dissolvem quase tudo. Onde se deparam com altas civilizações, seus povos são sangrados, contaminados, decapitados de suas chefaturas, para serem convertidos em mera energia animal para o trabalho servil. Essa gente desfeita só consegue guardar no peito o sentimento de si mesma, como um povo em si, a língua de seus antepassados e reverberações da antiga grandeza.

No Brasil, de índios e negros, a obra colonial de Portugal foi também radical. Seu produto verdadeiro não foram os ouros afanosamente buscados e achados, nem as mercadorias produzidas e exportadas. Nem mesmo o que tantas riquezas permitiram erguer no Velho Mundo. Seu produto real foi um povo-nação, aqui plasmado principalmente pela mestiçagem, que se multiplica prodigiosamente como uma morena humanidade em flor, à espera do seu destino. Claro destino, singelo, de simplesmente ser, entre os povos, e de existir para si mesmos.

Nada é mais continuado, tampouco é tão permanente, ao longo desses cinco séculos, do que essa classe dirigente exógena e infiel a seu povo. No afã de gastar gentes e matas, bichos e coisas para lucrar, acabam com as florestas mais portentosas da terra. Desmontam morrarias incomensuráveis, na busca de minerais. Erodem e arrasam terras sem conta. Gastam gente, aos milhões.

Tudo, nos séculos, transformou-se incessantemente. Só ela, a classe dirigente, permaneceu igual a si mesma, exercendo sua interminável hegemonia. Senhorios velhos se sucedem em senhorios novos, super-homogêneos e solidários entre si, numa férrea união superarmada e a tudo predisposta para manter o povo gemendo e produzindo. Não o que querem e precisam, mas o que lhes mandam produzir, na forma que impõem, indiferentes a seu destino.

Não alcançam, aqui, nem mesmo a façanha menor de gerar uma prosperidade generalizável à massa trabalhadora, tal como se conseguiu, sob os mesmos regimes, em outras áreas. Menos êxito teve, ainda, em seus esforços por integrar-se na civilização industrial. Hoje, seu desígnio é forçar-nos à marginalidade na civilização que está emergindo.

O barroco e o gótico

Dois estilos de colonização se inauguram no norte e no sul do Novo Mundo. Lá, o gótico altivo de frias gentes nórdicas, transladado em famílias inteiras para compor a paisagem de que vinham sendo excluídos pela nova agricultura, como excedentes de mão de obra. Para eles, o índio era um detalhe, sujando a paisagem que, para se europeizar, devia ser livrada deles. Que fossem viver onde quisessem, livres de ser diferentes, mas longe, se possível para outro além-mar, Pacífico adentro.

Cá, o barroco das gentes ibéricas, mestiçadas, que se mesclavam com os índios, não lhes reconhecendo direitos que não fosse o de se multiplicarem em mais braços, postos a seu serviço. Ao *apartheid* dos nórdicos, opunham o assimilacionismo dos caldeadores. Um é a tolerância soberba e orgulhosa dos que se sabem diferentes e assim querem permanecer. Outro é a tolerância opressiva, de quem quer conviver reinando sobre os corpos e as almas dos cativos, índios e pretos, que só podem conceber como os que deverão ser, amanhã, seus equivalentes, porque toda a diferença lhe é intolerável.

Atuando com a ética do aventureiro, que improvisa a cada momento diante do desafio que tem de enfrentar, os iberos não produziram o que quiseram, mas o que resultou de sua ação, muitas vezes desenfreada. É certo que a colonização do Brasil se fez como esforço persistente, teimoso, de implantar aqui uma europeidade adaptada nesses trópicos e encarnada nessas mestiçagens. Mas esbarrou, sempre, com a resistência birrenta da natureza e com os caprichos da história, que nos fez a nós mesmos, apesar daqueles desígnios, tal qual somos, tão opostos a branquitudes e civilidades, tão interiorizadamente deseuropeus como desíndios e desafros.

Aqueles senhores góticos, de que suas novas pátrias não esperavam riquezas, se deram terras para viverem probas existências camponesas. Como não havia que sujeitá-los ao mundo europeu, porque de lá saíram, nem era necessário sujeitá-los ao trabalho escravo, porque eram incapazes de produzir qualquer mercadoria prestante, lhes deram terra e liberdade.

Nada disso ocorre no mundo barroco. Aqui, a Europa se defronta com multidões de povos exóticos, selvagens uns, civilizados outros, que podiam ser mobilizados como a mão de obra indispensável para gerar riquezas que ali estavam, à vista, ou que facilmente se podiam produzir.

Aqui, nenhuma terra se desperdiça com o povo que se ia gerando. De toda ela se apropria a classe dominante, menos para uso, porque é demasiada demais, mas a fim de obrigar os gentios subjugados a trabalhar em terra alheia. Nenhuma liberdade se consente, também, porque se trata com hereges a catequizar, livrando-os da perdição eterna.

Nada mais natural do que pensar assim para um ibero que acabava de expulsar os hereges sarracenos e judeus, que os haviam dominado por séculos. Ainda com o fervor das cruzadas gloriosas contra os mouros, eles se assanharam, aqui, contra o gentio americano. O próprio Estado assume funções sacerdotais, expressamente conferidas pelo papa, para cumprir seu destino de Cidade de Deus contra a Reforma europeia e contra a impiedade americana. Para tanto, chega a transferir às coroas ibéricas o mais importante de seus privilégios, que era o padroado papal, dando-lhes o direito de nomear, transferir e revogar bispados e outras autoridades eclesiásticas. Em contraparte, pelo que Deus lhes dava em riqueza e em vassalos nas antípodas, Roma lhes sacramenta a possessão dos novos mundos com a condição de que prossigam sobre eles a guerra dos mouros, na guerra e na conversão dos novos infiéis recém-descobertos. Quem sabe até para transformá-los, através de seus evangelizadores, na cristandade terminal.

Em consequência, cá, em nosso universo católico e barroco, mais do que lá, no seu mundo reformista e gótico, as classes dirigentes tendem a definir-se como agentes da civilização ocidental e cristã, que, se considerando mais perfeitos, prudentes e pios, se avantajavam tanto sobre a selvageria que seu destino era impor-se a ela como o domínio natural dos bons sobre os maus, dos sábios sobre os ignaros. Essa dominação se alcança pela ação da guerra, pela inteligência nos negócios, pela conscrição para o trabalho e pelo refúgio na missão. A seu ver, estavam, simplesmente, forçando aquela indianidade inativa a viver um destino mais conforme com a vontade de Deus e a natureza dos homens. O colono se enriquecia e os trabalhadores se salvavam para a vida eterna.

Era a dialética do senhorio natural do cristão contra a servidão, natural também, do bárbaro. Com o passar das eras, este acabaria por sair da infância pagã, da indolência inata, da lubricidade e do pecado. Ideologia nenhuma, antes nem depois, foi tão convincente para quem exerce a hegemonia, nem tão ineluctável para quem a sofria, escravo ou vassalo. Desapossados de suas terras, escravizados em seus corpos, convertidos em bens semoventes para os usos que o senhor lhes desse, eles eram também despojados de sua alma. Isso se alcançava através da conversão que invadia e avassalava sua própria consciência, fazendo-os verem-se a si mesmos como a pobre humanidade gentílica e pecadora que, não podendo salvar-se neste vale de lágrimas, só podia esperar, através da virtude, a compensação vicária de uma eternidade de louvor à glória de Deus no Paraíso.

Tal é a força dessa ideologia que ainda hoje ela impera, sobranceira. Faz a cabeça do senhorio classista convencido de que orienta e civiliza seus serviçais, forçando-os a superar sua preguiça inata para viverem vidas mais fecundas e mais lucrativas. Faz, também, a cabeça dos oprimidos, que aprendem a ver a ordem social como sagrada e seu papel nela prescrito de criaturas de Deus em provação, a caminho da vida eterna.

Essas linhas de formação correspondem, no lado nórdico, à formação de um povo livre, dono do seu destino, que engloba toda a cidadania branca. No nosso sul, o que se engendra é uma elite de senhores da terra e de mandantes civis e militares, montados sobre a massa de uma subumanidade oprimida, a que não se reconhece nenhum direito. A evolução de uma e outra dessas formações dá lugar, nas mesmas linhas, de um lado, ao amadurecimento de uma sociedade democrática, fundada nos direitos de seus cidadãos, que acaba por englobar também os negros. Do lado oposto, uma feitoria latifundiária, hostil a seu povo condenado ao arbítrio, à ignorância e à pobreza.

No plano histórico-cultural, os nórdicos realizam algumas das potencialidades da civilização ocidental, como extensão sensaborona e legítima dela. Nós, ao contrário, somos a promessa de uma nova civilização remarcada por singularidades, principalmente africanidades. Já por isso, aparecemos a olhos europeus como gentes bizarras, o que, somado à nossa tropicalidade índia, chega para aqueles mesmos olhos a nos fazer exóticos.

Não somos e ninguém nos toma como extensões de branquitudes, dessas que se acham a forma mais normal de se ser humano. Nós não. Temos outras pautas e outros modos tomados de mais gentes. O que, é bom lembrar, não nos faz mais pobres, porém mais ricos de humanidades, quer dizer, mais humanos. Essa nossa singularidade bizarra esteve mil vezes ameaçada, mas afortunadamente conseguiu consolidar-se. Inclusive quando a Europa derramou multidões de imigrantes que acolhemos e até o grande número de orientais adventícios que aqui se instalaram. Todos eles, ou quase todos, foram assimilados e abrasileirados.

Atualização histórica

Em contraste com as etnias tribais que sobreviveram algum tempo a seu lado, a sociedade colonial nascente, bizarra e precária, era e atuava como um rebento ultramarino da civilização europeia, em sua versão portuguesa. Vale dizer, era já uma sociedade bipartida em uma condição rural e outra urbana, estratificada em classes, servida por uma cultura erudita e letrada, e integrada na economia de âmbito internacional que a navegação possibilitara.

Essa posição evolutiva mais alta não representava, obviamente, uma ascensão das sociedades indígenas originais da sua condição tribal à de uma civilização urbana e estratificada. Era uma simples projeção dos avanços civilizatórios alcançados pelos europeus, ao saírem da Idade Média, sobre os remanescentes da formação aborígene precedente e dos negros aliciados na África como força de trabalho escravo.

Estamos diante do resultado de um processo civilizatório que, interrompendo a linha evolutiva prévia das populações indígenas brasileiras, depois de subjugá-las, recruta seus remanescentes como mão de obra servil de uma nova sociedade, que já nascia integrada numa etapa mais elevada da evolução sociocultural. No caso, esse passo se dá por incorporação ou *atualização histórica* – que supõe a perda da autonomia étnica dos núcleos engajados, sua dominação e transfiguração –, estabelecendo as bases sobre as quais se edificaria daí em diante a sociedade brasileira.

Tais bases se definiriam com claridade com a implantação dos primeiros engenhos açucareiros que, vinculando os antigos núcleos extrativistas ao mercado mundial, viabilizavam sua existência na condição socioeconômica de um "proletariado externo", estruturado como uma colônia mercantil-escravista da metrópole portuguesa.

No *plano adaptativo* – isto é, o relativo à tecnologia com que se produzem e reproduzem as condições materiais de existência – os núcleos coloniais brasileiros se estabeleceram nas seguintes bases:

- a incorporação da tecnologia europeia aplicada à produção, ao transporte, à construção e à guerra, com uso de instrumentos de metal e de múltiplos dispositivos mecânicos;
- a navegação transoceânica que integrava os novos mundos em uma economia mundial, como produtores de mercadorias de exportação e como importadores de negros escravos e bens de consumo;
- o estabelecimento do engenho de cana, baseado na aplicação de complexos procedimentos agrícolas, químicos e mecânicos para a produção de açúcar; e, depois, a mineração de ouro e diamantes que envolviam o domínio de novas tecnologias;
- a introdução do gado, que forneceria carne e couro – além de animais de transporte e tração –, bem como a criação de porcos, galinhas e outros animais domésticos que, associada à lavoura tropical indígena, proveria a subsistência dos núcleos coloniais;
- a adoção e difusão de novas espécies de plantas cultiváveis, tanto alimentícias quanto industriais, que viriam a assumir, mais tarde, importância decisiva na vida econômica de diversas variantes da sociedade nacional;

- a singela tecnologia portuguesa de produção de tijolos e telhas, sapatos e chapéus, sabão, cachaça, rodas de carros, pontes e barcos etc.

No *plano associativo* – quer dizer, no que concerne aos modos de organização da vida social e econômica –, aqueles núcleos se estruturaram como implantação de uma civilização graças à:

- substituição da solidariedade elementar fundada no parentesco, característica do mundo tribal igualitário, por outras formas de estruturação social, que bipartiu a sociedade em componentes rurais e urbanos e a estratificou em classes antagonicamente opostas umas às outras, ainda que interdependentes pela complementaridade de seus respectivos papéis;
- introdução da escravatura indígena, logo substituída pelo tráfico de escravos africanos, que permitiu aos setores mais dinâmicos da economia prescindir da população original no recrutamento de mão de obra;
- integração de todos os núcleos locais em uma estrutura sociopolítica única, que teria como classe dominante um patronato de empresas e uma elite patricial dirigente, cujas funções principais eram tornar viável e lucrativa, do ponto de vista econômico, a empresa colonial e defendê-la da insurgência dos escravos, dos ataques indígenas e das invasões externas;
- disponibilidade de capitais financeiros para custear a implantação das empresas, provê-las de escravos e outros recursos produtivos e capacitados para arrecadar as rendas que produzissem.

No *plano ideológico* – ou seja, o relativo às formas de comunicação, ao saber, às crenças, à criação artística e à autoimagem étnica –, a cultura das comunidades neobrasileiras se plasma sobre os seguintes elementos:

- a língua portuguesa, que se difunde lentamente, século após século, até converter-se no veículo único de comunicação das comunidades brasileiras entre si e delas com a metrópole;
- a um minúsculo estrato social de letrados que, através do domínio do saber erudito e técnico europeu de então, orienta as atividades mais complexas e opera como centro difusor de conhecimentos, crenças e valores;
- uma Igreja oficial, associada a um Estado salvacionista, que depois de intermediar a submissão dos núcleos indígenas através da catequese impõe um catolicismo de corte messiânico e exerce um rigoroso controle sobre a vida

intelectual da colônia, para impedir a difusão de qualquer outra ideologia e até mesmo do saber científico;
- artistas que exercem suas atividades obedientes aos gêneros e estilos europeus, principalmente o barroco, dentro de cujos cânones a nova sociedade começa a expressar-se onde e quando exibe algum fausto.

Aquelas inovações tecnológicas, somadas às referidas formas mais avançadas de ordenação social e a esses instrumentos ideológicos de controle e expressão, proporcionaram as bases sobre as quais se edificou a sociedade e a cultura brasileira como uma implantação colonial europeia. Uma e outra, menos determinadas por suas singularidades decorrentes de incorporação de múltiplos traços de origem indígena ou africana, do que pela regência colonial portuguesa que as conformou como uma filial lusitana da civilização europeia.

Isso explica a ausência de uma classe dominante nativa. Os que cumprem esse papel, seja na qualidade de agentes da exploração econômica, seja na qualidade de gestores da hegemonia política, são na realidade prepostos da dominação colonial. As próprias classes dominadas não compõem um povo dedicado a produzir suas próprias condições de existência e nem sequer capacitado para reproduzir-se vegetativamente. São um conglomerado díspar, composto por índios trazidos de longe, que apenas podiam entender-se entre si; somados à gente desgarrada de suas matrizes originais africanas, uns e outros reunidos contra a sua vontade, para se verem convertidos em mera força de trabalho escravo a ser consumida no trabalho; gente cuja renovação mesma se fazia mais pela importação de novos continentes de escravos que por sua própria reprodução.

Com base nessa comunidade atípica e em seu acervo sociocultural, as novas entidades puderam enfrentar prontamente dois desafios cruciais. Um foi aniquilar os grupos indígenas que, não havendo sido apresados e obrigados a trabalhar como escravos, se afastaram do litoral e hostilizavam, desde o interior, os núcleos neobrasileiros assentados na costa. Outro foi manter a regência colonial portuguesa sobre os núcleos neobrasileiros, que cresceram mantendo sua estratificação social interna e sua dependência com relação à metrópole.

II
GESTAÇÃO ÉTNICA

1. Criatório de gente

O cunhadismo

A instituição social que possibilitou a formação do povo brasileiro foi o *cunhadismo*, velho uso indígena de incorporar estranhos à sua comunidade. Consistia em lhes dar uma moça índia como esposa. Assim que ele a assumisse, estabelecia, automaticamente, mil laços que o aparentavam com todos os membros do grupo.

Isso se alcançava graças ao sistema de parentesco classificatório dos índios, que relaciona, uns com os outros, todos os membros de um povo. Assim é que, aceitando a moça, o estranho passava a ter nela sua *temericó* e, em todos os seus parentes da geração dos pais, outros tantos pais ou sogros. O mesmo ocorria em sua própria geração, em que todos passavam a ser seus irmãos ou cunhados. Na geração inferior eram todos seus filhos ou genros. Nesse caso, esses termos de consanguinidade ou de afinidade passavam a classificar todo o grupo como pessoas transáveis ou incestuosas. Com os primeiros devia ter relações evitativas, como convém no trato com sogros, por exemplo. Relações sexualmente abertas, gozosas, no caso dos chamados cunhados; quanto à geração de genros e noras ocorria o mesmo. Há amplo registro dessa prática entre os cronistas e também avaliações de sua importância devidas a Efraím Cardozo (1959), do Paraguai, e Jaime Cortesão (1964), para o Brasil.

A documentação espanhola, mais rica nisso, revela que em Assunção havia europeus com mais de oitenta *temericó*. A importância era enorme e decorria de que aquele adventício passava a contar com uma multidão de parentes, que podia pôr a seu serviço, seja para seu conforto pessoal, seja para a produção de mercadorias.

Como cada europeu posto na costa podia fazer muitíssimos desses casamentos, a instituição funcionava como uma forma vasta e eficaz de recrutamento de mão de obra para os trabalhos pesados de cortar paus-de-tinta, transportar e carregar para os navios, de caçar e amestrar papagaios e soíns. Mais tarde, serviu também para fazer prisioneiros de guerra que podiam ser resgatados a troco de mercadoria, em lugar do destino tradicional, que era ser comido ritualmente num festival de antropofagia.

Os índios não queriam outra coisa porque, encantados com as riquezas que o europeu podia trazer nos navios, o usavam para se prover de bens preciosíssimos que se tornaram logo indispensáveis, como as ferramentas de metal, espelhos e adornos. Quando ficaram bem providos dessas mercadorias, outras lhes foram ofertadas. E, por fim, se teve que passar do cunhadismo às guerras de captura de escravos, quando a necessidade de mão de obra indígena se tornou grande demais.

A função do cunhadismo na sua nova inserção civilizatória foi fazer surgir a numerosa camada de gente mestiça que efetivamente ocupou o Brasil. É crível até que a colonização pudesse ser feita através do desenvolvimento dessa prática. Tinha o defeito, porém, de ser acessível a qualquer europeu desembarcado junto às aldeias indígenas. Isso efetivamente ocorreu, pondo em movimento um número crescente de navios e incorporando a indiada ao sistema mercantil de produção. Para Portugal é que representou uma ameaça, já que estava perdendo sua conquista para armadores franceses, holandeses, ingleses e alemães, cujos navios já sabiam onde buscar sua carga.

Sem a prática do cunhadismo, era impraticável a criação do Brasil. Os povoadores europeus que aqui vieram ter eram uns poucos náufragos e degredados, deixados pelas naus da descoberta, ou marinheiros fugidos para aventurar vida nova entre os índios. Por si sós, teriam sido uma erupção passageira na costa atlântica, toda povoada por grupos indígenas.

Com base no cunhadismo se estabelecem criatórios de gente mestiça nos focos onde náufragos e degredados se assentaram. Primeiro, junto com os índios nas aldeias, quando adotam seus costumes, vivendo como eles, furando os beiços e as orelhas e até participando dos cerimoniais antropofágicos, comendo gente. Então aprendem a língua e se familiarizam com a cultura indígena. Muitos gostaram tanto que deixaram-se ficar na boa vida de índios, amistosos e úteis. Outros formaram unidades apartadas das aldeias, compostas por eles, suas múltiplas mulheres índias, seus numerosos filhos, sempre em contato com a incontável parentela delas. A sobrevivência era garantida pelos índios, de forma quase idêntica à deles mesmos. Viabilizara-se, porém, uma atividade altamente nociva, a economia mercantil, capaz de operar como agência civilizatória pela intermediação do escambo, trocando artigos europeus pelas mercadorias da terra.

O primeiro e principal desses núcleos é o paulista, assentado muito precocemente na costa, talvez até antes da chegada de Cabral. Centrava-se ao redor de João Ramalho e de seu companheiro Antônio Rodrigues. Parece especializar-se tanto no resgate de índios cativos para vender às naus que o ancoradouro dos navios com que eles traficavam passou a ser conhecido como Porto dos Escravos.

O povo do Ramalho, fundador da paulistanidade, teve vários visitantes que o retrataram. O aventureiro alemão Ulrich Schmidel, que visitou Santo André, povoação de João Ramalho em 1553, disse que se sentia mais seguro numa aldeia de índios do que ali, naquele covil de bandidos. Informa ainda que Ramalho era capaz de levantar 5 mil índios de guerra, enquanto todo o governo português não conseguiria 2 mil.

Sobre o próprio João Ramalho, o governador Tomé de Souza, cheio de admiração, diz em carta ao Rei, de 1553: "[...] tem tantos filhos e netos, bisnetos e descendentes dele, que o não ouso de dizer a Vossa Alteza. Não tem cãs na cabeça nem no rosto e anda nove léguas a pé antes de jantar" ("Carta de Tomé de Souza a el-rey com muitas notícias das terras do Brasil", 1º de junho de 1553 in Cortesão 1956:271).

Nóbrega, no mesmo ano, horrorizado com Ramalho, cuja vida considera uma pedra de escândalo, acrescenta:

> [...] é principal estorvo para com a gentilidade que temos, por ele ser muito conhecido e muito aparentado com os índios. Tem muitas mulheres. Ele e seus filhos andam com irmãs e têm filhos delas, tanto o pai como os filhos. Vão à guerra com os índios e as suas festas são de índios e assim vivem andando nus como os mesmos índios. Por todas as maneiras o temos provado e nada aproveita, até o deixamos de todo (carta ao pe. Luís Gonçalves da Câmara, 15 de junho de 1553 in Nóbrega 1955:173-4).

Os jesuítas usaram de todas as artimanhas, primeiro para atrair Ramalho e sua gente para junto deles, depois para fazê-lo sair, tão vexatória era sua posição de mando indiscutível sobre os índios e da expectativa de que tivesse uma atitude de submissão diante dos padres. Estes não podiam prescindir dele em face da ameaça que representavam os Tamoio, confederados contra o núcleo tupinambá de São Paulo, e ultimamente instigados pelos franceses estabelecidos na baía de Guanabara. Só com o apoio de Ramalho e seus aliados, os jesuítas puderam enfrentar o inimigo que lhes causava mais horror, que era a presença da Reforma, encarnada pelos calvinistas, ali, onde eles, como a Contrarreforma, tentavam criar um reino de homens pios.

Outro núcleo pioneiro, de importância essencial, foi o de Diogo Álvares, Caramuru, pai heráldico dos baianos. Ele se fixou, em 1510, na Bahia, também cercado de numerosa família indígena. Conseguiu manter certo equilíbrio entre a indiada com que convivia cunhadalmente e os lusitanos que foram chegando.

Converteu-se, assim, na base essencial da instalação lusitana na Bahia. Ajudou até mesmo os jesuítas e legou bens a eles em seu testamento.

Um terceiro núcleo de importância relevante foi o de Pernambuco, em que vários portugueses, associados com os índios Tabajara, produziram quantidade de mamelucos. Inclusive o célebre Jerônimo de Albuquerque, grande capitão de guerra na luta da conquista do Maranhão ocupado pelos franceses.

No próprio Maranhão, há notícia de um guerreiro que sobreviveu de uma expedição fracassada graças às suas habilidades artesanais, de nome Peró, que teria gerado também quantidade de mamelucos, que representaram papel muito ativo na colonização daquela área.

Os franceses, por igual, fundaram seus criatórios com base no cunhadismo. Tantos, que, no dizer de Capistrano de Abreu, por muito tempo não se soube se o Brasil seria português ou francês, tal a força de sua presença e o poder de sua influência junto aos índios. O principal deles foi o que se implantou na Guanabara, junto aos Tamoio do Rio de Janeiro, gerando mais de mil mamelucos que viviam ao longo dos rios que deságuam na baía. Inclusive na ilha do Governador, onde deveria se implantar a França Antártica.

Outros mamelucos gerados pelos franceses foram com os Potiguara, na Paraíba, e com os Caeté, em Pernambuco. Alcançaram certa prosperidade pelas mercadorias que eles induziram os índios a produzir e carrear para numerosos navios. Sua mercadoria era, principalmente, o pau-de-tinta, mas também barganhavam a pimenta da terra, o algodão, além de curiosidades como os soíns e papagaios.

Os espanhóis também participaram da fase cunhadística da implantação europeia na costa brasileira. As crônicas falam de um Pero Galego, castelhano, intérprete dos Potiguara, que vivia com os beiços furados como eles. Sua influência teria sido grande, como se vê pelo papel que representou na expulsão dos portugueses da Paraíba e, depois, nas lutas do Maranhão, sempre ao lado dos franceses.

O governo geral

Para preservar seus interesses, ameaçados pelo cunhadismo generalizado, a Coroa portuguesa pôs em execução, em 1532, o regime das donatarias. Quase todos os contemplados vieram tomar posse com a função de povoá-las e fazê-las produzir, elevando a economia colonial a um novo patamar.

O projeto real era enfrentar seus competidores povoando o Brasil através da transladação forçada de degredados. Na carta de doação e foral concedida a Duarte Coelho (1534), se lê que el-rei atendendo a muitos vassalos e à conveniência de povoar o Brasil, há por bem declarar couto e homizio para todos os criminosos que nele queiram morar, ainda que condenados por sentença, até em pena de morte, excetuando-se somente os crimes de heresia, traição, sodomia e moeda falsa (in Malheiro Dias 1924:III, 309-12).

As donatarias, distribuídas a grandes senhores, agregados ao trono e com fortunas próprias para colonizá-las, constituíram verdadeiras províncias. Eram imensos quinhões com dezenas de léguas encrestadas sobre o mar e penetrando terra adentro até onde topassem com a linha das Tordesilhas.

Algumas delas alcançaram êxito, como as de Pernambuco e de São Vicente. Outras fracassaram desastrosamente, por vezes da forma mais trágica, como a de Pereira Coutinho, em Ilhéus, que acabou devorado pelos índios. Lopes de Souza desinteressou-se totalmente e nem tomou posse da concessão que recebeu. Quase todas deixaram novos povoadores europeus, organizados em bases completamente novas, nas quais o índio já não era um parente, mas mão de obra recrutável como escrava.

O sistema de donatarias foi implantado mais vigorosamente por Martim Afonso, trazendo as primeiras cabeças de gado e as primeiras mudas de cana. Não há registro de que tenha trazido negros africanos e os deixado aqui. Mas, como os portugueses viviam cercados de escravos já em Lisboa, é até improvável que ele e seus capitães não tenham vindo acompanhados dos seus serviçais.

Pero Lopes registra nestas palavras a obra de Martim Afonso:

> A todos nós pareceu também esta terra, que o capitam Martim Afonso determinou de a povoar, e deu a todolos homês terras para fazerem fazendas: e fez hûa villa na ilha de Sam Vicente e outra 9 leguas dentro pelo sartam, á borda d'hum rio que se chama Piratininga: e repartiu a gente nestas 2 villas e fez nellas officiaes: e poz tudo em boa obra de justiça, de que a gente toda tomou muita consolaçam, com verem povoar villas e ter leis e sacreficios e celebrar matrimonios e viverem em comunicaçam das artes; e ser cada um senhor do seu: e vestir as enjurias particulares; e ter todolos outros bens da vida sigura e conversavel (apud Marchant 1943:68).

O donatário era um grão-senhor investido de poderes feudais pelo rei para governar sua gleba de trinta léguas de cara. Com o poder político de fundar vilas, conceder sesmarias, licenciar artesãos e comerciantes, e o poder econômico de explorar diretamente ou através de intermediários suas terras e até com o direito de impor a pena capital.

Martim Afonso, o principal deles, veio com quatrocentos povoadores. Trouxe, ainda, nove fidalgos cavaleiros, sete cavaleiros afidalgados, além de dois moços da Câmara Real. Foi a maior injeção de nobreza que o Brasil recebeu. De seus bagos veio a pretensiosa nobreza nativa, quase toda fracassada.

O trabalho ao longo da costa se fazia cada vez mais intenso. Numerosíssimas eram as naus que aportavam, mandadas por armadores de diversos países europeus, principalmente da Holanda e Alemanha. A carga que levavam não era pequena. Podia alcançar 3 mil toras de pau-brasil, 3 mil peles de onça, muita cera e até seiscentos papagaios falantes. O equivalente em ferramentas e quinquilharias devia ser algo respeitável. Juntar tudo isso ocuparia quantidade de índios, largo tempo cortando árvores a léguas de distância e transportando-as para a costa. Esforços que contrastavam com o seu modo habitual de viver e produzir.

Cargas tão grandes como essas eram depositadas nas feitorias pelos portugueses. Os franceses, não podendo mantê-las, usavam as próprias naus para isso, ancorando-as durante o tempo necessário para que os índios coletassem ou colhessem tudo que queriam traficar. Esse trabalho se fazia, naturalmente, sob a direção imediata dos intérpretes ou *truchements*, também chamados de *caramelus* pelos franceses, nome mais tarde dado aos próprios mamelucos por eles gerados.

Múltiplas eram as dificuldades que iam surgindo com essa prosperidade crescente. O fracasso se deu em grande parte pela hostilidade dos índios, principalmente pelos que se estabeleceram em áreas de aliados aos franceses, como Itamaracá, e em Ilhéus, onde o próprio donatário acabou devorado.

A sorte corria variadamente em cada província quando a Coroa, descontente com o que se alcançara, põe sob controle as donatarias que sobreviveram. Implanta para isso um Governo Geral, com Tomé de Souza. Agora, na forma de vilas, com pelourinho, contingentes militares armados e fortificados, trazendo ao Brasil numerosos povoadores.

O primeiro governador chega ao Brasil em 1549, em três naus, duas caravelas e um bergantim. Traziam funcionários civis e militares, soldados e artesãos. Mais de mil pessoas ao todo, principalmente degredados. Com ele vieram novos colonos, bem como os primeiros jesuítas. Nóbrega, mais velho e experiente, à frente, e mais três padres e dois irmãos; Anchieta, um rapagão de dezenove anos, veio na leva seguinte.

O governo instala-se na Bahia, construindo a cidade com a gente que trazia e com o apoio dos índios e mamelucos de Caramuru. É assinalável a quantidade e qualidade de profissionais que iam de cirurgiões, barbeiros, sangradores, a quantidade de pedreiros, serradores, tanoeiros, serralheiros, caldeireiros, cavaqueiros, carvoeiros, oureiros, calheiros, canoeiros, pescadores e construtores de bergantins.

Não vieram mulheres solteiras, exceto, ao que se sabe, uma escrava provavelmente moura, que foi objeto de viva disputa. Consequentemente, os recém-chegados acasalaram-se com as índias, tomando, como era uso na terra, tantas quantas pudessem, entrando a produzir mais mamelucos. Os jesuítas, preocupados com tamanha pouca-vergonha, deram para pedir socorro do reino. Queriam mulheres de toda a qualidade, até meretrizes, porque "há aqui várias qualidades de homens [...] e deste modo se evitarão pecados e aumentará a população no serviço de Deus" (carta de 1550 in Nóbrega 1955:79-80). Queriam, sobretudo, as *órfãs del-rei*, que se casariam, aqui, com os bons e os ricos. Poucas conseguiram. Em 1551, chegaram três irmãs; em 1553, vieram mais nove; em 1559, mais sete. Essas pouquíssimas portuguesas pouco papel exerceram na constituição da família brasileira.

Êxito discreto se alcançou na importação de trombadinhas de Lisboa para conviverem com os indiozinhos nos colégios jesuíticos. Em 1550, chegou à Bahia um bando descrito como feito de "moços perdidos, ladrões e maus, que aqui chamam patifes". Para São Vicente, foram dez ou doze no mesmo ano. Com eles é que os jesuítas esperavam civilizar os curumins, e fazê-los, em aulas conjuntas, aprender gramática latina. Tarefa difícil, como se pôde ver em pouco tempo, quando esses pixotes, assediados pelas índias, não resistiram à tentação, fugindo com elas. Os padres mudaram logo de tática, abandonando o ensino de latim a fim de dedicar suas energias à formação de irmãos leigos e de padres, que dominassem bem a língua da terra, o tupi-guarani, para serem os aliciadores dos índios para suas missões de doutrinação religiosa.

Nóbrega assinala que para Pernambuco não era necessário mandar mulheres nem meninos, por haver muitas filhas de homens brancos e de índias da terra, "as quais todas agora casarão, com a ajuda do Senhor" (carta de 1551 in Nóbrega 1955:102). Eram as mamelucas, ingressando na história do Brasil, como suas mães primárias. Já não sendo índias, procuravam espaço para ser alguma categoria de gente digna. A única que se lhes abria era de fiéis contritas dos santos católicos, seguidoras entusiastas dos cultos. Essa foi a única conversão que os padres alcançaram. Elas foram, de fato, as implantadoras do catolicismo popular santeiro no Brasil, como se documenta, pelo texto de Nóbrega que se segue:

> As índias forras, que há muito que andam com os cristãos em pecado, trabalhamos por remediar por não se irem ao sertão já que são cristãs, e lhes ordenamos uma casa à custa dos que as tinham para nela as recolher e dali casarão com alguns homens trabalhadores pouco a pouco. Todas andam com grande fervor e querem emendar-se de seus pecados e se

> confessam já as mais entendidas e sabem-se mui bem acusar. Com se ganharem estas se ganha muito, porque são mais de quarenta só nesta povoação, afora muitas outras que estão pelas outras povoações, e acarretam outras do sertão assim já cristãs como ainda gentias. Algumas destas mais antigas pregam às outras. Temos feito uma delas meirinha, a qual é tão diligente em chamar à doutrina, que é para louvar a N. Senhor (carta "Aos padres e irmãos de Coimbra, Pernambuco", 13 de setembro de 1551 in Nóbrega 1955:92-3).

O osso mais duro de roer para o novo governador, e principalmente para os jesuítas, foi o enfrentamento com a França Antártica, implantada quase simultaneamente na baía da Guanabara, com base nos numerosos núcleos de franco-mamelucos que lá viviam. Vieram com Villegaignon uma dezena de calvinistas e uma massa maior de gente que ele descreve como rústica, sem honra nem civilidade, composta de marinheiros e línguas normandos e bretões. Somariam seiscentos os que vieram com o próprio Villegaignon, militares e artesãos principalmente. Com Léry vieram trezentos mais, inclusive cinco jovens noivas, que depois de muita disputa se casaram ali.

No fracasso da França Antártica representou papel relevante o ardor religioso de Villegaignon, metade monge, metade soldado. Estalaram logo os conflitos entre huguenotes, calvinistas e católicos, e dilaceraram a comunidade nascente. A situação se agravou com a revolta dos índios que se negavam a aceitar o novo papel que lhe atribuíam na colonização do Brasil.

A convivência cordial e igualitária do cunhadismo ia dando lugar à disciplina de uma comunidade pia, num clima insuportável de tensão. Os pastores, querendo acalmar os fervores mais eróticos que religiosos de seus fiéis, enforcaram uns quantos deles, castigando também as índias com que transavam.

Nessa situação crítica é que os franceses tiveram que fazer frente ao ataque das forças índias dos jesuítas, que nisso puseram todo o ardor. Eles, que haviam sido criados como soldados da anti-Reforma, deparavam aqui na terra nova com a Reforma, pretendendo criar sua própria utopia com a indiada nativa.

Uma verdadeira revolução econômica se dá é com o salto da múltipla roça indígena, que se cultivava, misturando dezenas de plantas, para a fazenda de monótonos canaviais açucareiros. Era o passo da fartura-fome para quem lavrava, porque iam deixando de cultivar o que se comia e usava, para produzir mercadoria.

Por longo tempo foi fácil aliciar índios para esses imensos esforços, tal era a atração das ferramentas e bugigangas. Com os anos, surgiram dificuldades, porque os índios queriam melhor retribuição por seus serviços, seja porque os paus-

-de-tinta ficavam cada vez mais escassos e longínquos; seja porque as roças que abriam para os brancos em troca do escambo tinham que ser cada vez maiores, dado o aumento crescente do número deles; seja porque os índios estavam saciados dos artigos que os brancos lhes davam. Nessa altura, a escravidão começou a impor-se, como forma de conscrição da mão de obra.

Os registros mostram que, efetivamente, começa a crescer o número de escravos índios trabalhando para os donatários. Em São Vicente, havia perto de 3 mil escravos índios trabalhando em seis engenhos de açúcar. Aumentam, também, os enfrentamentos de índios vizinhos para o resgate como escravos e cresce, a partir daí, cada vez mais, o número de bandeiras de enfrentamentos para buscá-los cada vez mais longe.

Quando da chegada de Mem de Sá como governador, a situação era crítica na Bahia, assolada pela epidemia e pela fome (1563-4). Os índios, rebelados contra os colonos, se negavam a plantar, acossados em terras mais para o interior. Era ainda mais grave a situação da Guanabara, onde se consolidava a ocupação francesa, fortemente apoiada pelos índios.

Mem de Sá, aconselhado pelos jesuítas, apela simultaneamente para as guerras mais cruéis contra os índios vizinhos e para a paz do vencedor, que foi sua entrega aos missionários. Cerca de 34 mil índios são agrupados em onze paróquias, sob a direção dos jesuítas, dando nascimento às missões, ou reduções, e povoações organizadas como vilas, com pelourinho.

Ali, toda a vida indígena é regulada para grupos por sexo ou por idade, que tinham tarefas prescritas a cumprir, desde a madrugada até o anoitecer, em horários assinalados por sinos: hora de trabalhar na roça, na caça, na pesca, na fiação, na tecelagem etc. Hora de ler, hora de rezar, hora de fornicar, porque a população diminuía visivelmente. Para atender ao reclame de braço dos colonos, o governador proclamou estado de guerra contra os Cacté. Desencadeou-se o dissídio, porque os colonos, em lugar de atacar aqueles índios nas suas aldeias longínquas, foram caçar os já pacificados, que viviam dentro das missões jesuíticas. Essas se despovoaram rapidamente.

Missões com cerca de 12 mil almas viram-se, em pouco tempo, reduzidas a mil. Nessa situação desesperadora é que ocorrem as epidemias de varíola, de 1562 a 1563, que não atingem os portugueses, mas em três meses matam mais de 30 mil índios e negros. Surge uma nova epidemia na qual morreu mais de um quarto da população indígena sobrevivente. As aldeias, cheias de mortos insepultos, de gente faminta e desesperada, foram abandonadas por muitos índios, que se entregavam aos brancos como escravos, em troca de um punhado de farinha.

Por todo o sertão, o desespero grassa também, seja porque as epidemias os atingiram, seja porque os colonos assaltam suas aldeias. Salvos ou induzidos, com toda forma de truques, a ir para a Bahia, onde os escravizam. Dados de Anchieta, em sua "Informação dos primeiros aldeamentos", registram que a população indígena dos arredores da Bahia, avaliada em 80 mil pessoas, se viu reduzida a menos de 10 mil. Às epidemias de varíola, se somou a de febres malignas, completando a destruição.

Antonio Blasquez assim a descreve:

> Neste tempo não se viam entre eles nem ouviam os bailes e regozijos acostumados, tudo era choro e tristeza, vendo-se uns sem pais, outros sem filhos, e muitas viúvas sem maridos, de maneira que, quem os via neste seu desamparo, recordando-se do tempo passado, e quão muitos eram então e quão poucos agora, e como d'antes tinham o que comer e ao presente morriam de fome, e como antes viviam com liberdade e se viam, além de sua miséria, a cada passo assaltados e cativos à força pelos cristãos; considerada e rumiada esta súbita mudança, não podiam deixar de lastimar-se e chorar muitas lágrimas de compaixão (Carta de 1564 in Blasquez 1931:405).

Ao tempo de Mem de Sá foi que mais se assanharam as três pragas do homem branco, representadas pelas pestes, pela guerra e pela escravização, que se abateram mortais sobre os Tupinambá. Ao final, vencidos, seus remanescentes foram compelidos até a pagar tributos na reconstrução de fortalezas ou de engenhos.

Um novo inimigo surge aí: os Aimoré e outros Tapuia que, até então contidos pelos Tupinambá, começam a atacar os colonos, despovoando áreas antes prósperas, como Ilhéus. Vencidos os índios, consolidam-se, daí por diante, a Bahia e suas projeções no Espírito Santo, em São Vicente e Piratininga e suas extensões para o sul. Também em Pernambuco que, depois de liquidar a resistência dos Caeté e aliados, dos franceses na Paraíba e no Ceará, se imporia adentro, no Maranhão. Só aí, e com índios daqui para lá transladados, fugidos dos brancos, é que os jesuítas iriam encontrar mais índios para catequizar. Também eles, em toda a costa atlântica, estavam vencidos como alternativa para a colonização do Brasil.

Em 1570, a dominação portuguesa estava assentada, solidamente, em oito implantações, com cerca de 4 mil vizinhos (oito a doze pessoas cada), que correspondiam a uma população de 30 ou 40 mil habitantes. E aqueles eram na maioria mamelucos, porque todos os portugueses que se encontravam no Brasil não somam uma quarta parte. Destacam-se, nesse conjunto, quatro implantações: Bahia, Pernambuco, Espírito Santo e São Paulo com a prosperidade crescente. Três outras começaram a decair e iriam desaparecer completamente: Itamaracá, que chegou a ter prosperidade, foi abandonada pelos portugueses em razão dos ataques de índios aliados dos franceses. O mesmo sucedeu a Ilhéus e a Porto Seguro, que chegaram a ter, cada uma delas, mais de duzentos vizinhos, mas também sucumbiram acossadas pelos Aimoré.

Acossada pelos mesmos índios, Espírito Santo conseguiu sobreviver, mesmo porque, implantada numa ilha, não teve que destruir seus índios vizinhos, contou indiretamente com eles.

A capitania de São Paulo, composta por três vilas à beira-mar, São Vicente, Santos e Iperoig e, uma serra acima, pela então Piratininga, representava um implante medíocre. Os engenhos de açúcar não prosperaram nem surgiram outras lavouras. Mesmo a produção de pau-brasil foi sempre medíocre comparada com a de outras províncias. As missões jesuíticas também ali se desenvolveram pouco, reunindo apenas um bloco de índios. Forte em São Paulo foi a associação dos mamelucos com índios livres e escravos. Vivendo todos, conjuntamente, uma mesma forma de vida, acabam se expandindo na tarefa de capturar índios para o uso ou para venda.

O Rio de Janeiro português, fundado depois da expulsão dos franceses, 1565, vive em paz com os índios Tupinambá, seus aliados, porque contavam com quantidade de escravos entre os Tamoio vencidos. Os jesuítas tinham, fora da cidade, duas missões com cerca de 3 mil índios.

A Bahia era o maior núcleo português. Conseguia manter ao redor da cidade, sob o controle dos jesuítas, diversas comunidades indígenas que ajudavam na defesa da cidade e a proviam de braços e de mantimentos. Havia trinta e tantos engenhos, movidos por 3 ou 4 mil escravos negros e 8 mil índios. Nessa proporção, o componente negro-africano iria aumentar cada vez mais.

O mesmo havia sucedido com Pernambuco, que tinha mais de mil vizinhos concentrados nas ilhas de Olinda e Igaraçu e comunidades vizinhas. Contava já com dois engenhos altamente produtivos, movidos principalmente por mão de obra africana. Sua população original havia sido praticamente exterminada pelas guerras, pela fome, pelas pestes e, também, pelas secas. Eram tão poucos que os jesuítas não puderam criar ali nenhuma missão. Os dois portos da baía de Pernambuco começavam a ser as bocas de entrada da mão de obra que iria, daí em diante, edificar quanto se edificou, produzir quanto se produziu no Brasil, que eram os negros africanos.

Os jesuítas, sob forte disciplina inaciana, conseguiam alcançar certa prosperidade, de tipo diferente da do colono, porque voltada fundamentalmente para prover aos próprios índios, assegurando amplitude e alguma suntuosidade nas suas edificações. Cada missão tinha, também, homens e armas para acudir ao governador sempre que solicitados, e foram muitas vezes contra outros índios, assim como contra negros escravos alçados. Disso proviam alimentos, mantimentos. As cidades, mediante um sistema complexo de escambo de mão de obra, tanto para as vilas como para os engenhos, através de negociações cada vez mais difíceis, foram fazendo com que os colonos desistissem dessa fonte de trabalho. A maioria dos índios desapareceu, uma parcela maior do que quantos foram incorporados nos estabelecimentos portugueses, porque havia bem perto o mato para reorganizar sua vida sertão adentro.

Simultaneamente, ia surgir no Nordeste açucareiro uma nova formação de brasileiros. Compostos originalmente de mamelucos ou brasilíndios, gerados pela mestiçagem de europeus com índios, logo se desdobrou pela presença precoce e cada vez mais maciça de escravos africanos. Inclusive umas contadas mulheres que passaram a gerar mulatos e mulatas que já nasciam protobrasileiros por carência, uma vez que não eram assimiláveis aos índios, aos europeus e aos africanos e aos seus mestiços.

Em razão dessa presença negra e mulata, e sobretudo pelo reconhecimento posteriormente alcançado, aquela matriz logo se singularizou profundamente. Surge, assim, a área cultural crioula, centrada na casa-grande e na senzala, com sua família patriarcal envolvente e uma vasta multidão de serviçais. Estes, muito semelhantes aos brasilíndios de São Paulo, se diferenciavam também pela especialização subalterna como gente de serviço, provedores de gêneros e pescadores.

Uma fração dessa matriz, assumindo a função de criadores de gado, também se diferencia, afeiçoando-se às lides pastoris. Diferencia-se, ainda, porque entra em contato sucessivamente com vários povos tapuias de cultura especializada à aridez das caatingas, com as quais se cruza profundamente, o que dá lugar a um fenótipo novo, o cabeça-chata nordestino.

No plano linguístico, o tupi-guarani, como língua-geral, permaneceu sendo por séculos a fala dos brasilíndios paulistas. E no Nordeste açucareiro foi prontamente suplantado pelo português. Isso porque sua população principal de escravos e mestiços, sendo compelida a adotar a fala do capataz para se comunicar com os outros escravos, realizou o papel de consolidar a língua portuguesa no Brasil. Mais tarde, a escravaria maciça, conduzida para a região mineira no centro do país, cumpriria a mesma função de introdutora da língua portuguesa. A primeira onda de povoamento, constituída por paulistas, deu a quase todas as águas, serras e acidentes assinaláveis nomes em tupi, língua jamais falada pelos índios nativos da região. O brasilíndio do Nordeste seco, que foi quem ocupou as maiores áreas do Brasil, tangendo gado, não adotou nenhuma língua das regiões que habitou, mas foi outro difusor da língua portuguesa, porque seguramente já saíram do litoral lusitanizados.

Desse modo é que, ao longo de décadas e séculos, vão surgindo modos brasileiros tão diferenciados uns dos outros, por suas singularidades, como homogeneizados pelo muito mais que têm em comum. Tais são, por exemplo, o baiano da Bahia gorda; o pernambucano do massapê; o são-franciscano da Bahia do bode; o sertanejo nordestino.

Outras variantes iriam surgir nas mesmas linhas, entre elas o caboclo amazonense adaptado à vida nas florestas e aos aguais, que foi quem mais guardou a herança indígena original. Onde suas comunidades originais se mantêm vivas e a se exercer sobre o mundo, através de múltiplas e rigorosíssimas formas de ação sobre o meio, que dão à sua vida e à sua cultura não só um sabor indígena, mas sua extraordinária riqueza. Olhando todo o mundo só comparo os caboclos aos campesinos franceses, pela riqueza extraordinária de sua cultura de pequenos agricultores. Os queijos de cabra, os vinhos, os patês e tanta coisa mais são equivalentes europeus ao tacacá no tucupi, da maniçoba, da sopa de muçuam. Lamentavelmente, essa riqueza culinária nossa se está esvaindo com a decadência da cultura cabocla, enquanto a francesa floresce cada vez mais.

Outra variante típica do modo de ser brasileiro é a dos gaúchos, especializados no pastoreio, mas com dois componentes diferenciadores, o da briosa gente de fronteira e de guerra e, sobretudo, o de caçadores de gado, mais que de criadores, que cresce explorando os rebanhos que multiplicavam nos campos do Sul, cujo valor principal como mercadoria era o couro.

Cativeiro indígena

A escravidão indígena predominou ao longo de todo o primeiro século. Só no século XVII a escravidão negra viria a sobrepujá-la, conforme assinala Brandão:

> [...] em algumas capitanias há mais deles que dos naturais da terra, e todos os homens que nela vivem têm metida quase toda sua fazenda em semelhante mercadoria (Brandão 1968:115).

Ainda assim, subsistiu nas áreas pioneiras como estoque de escravos baratos utilizáveis para funções auxiliares. Nenhum colono pôs jamais em dúvida a utilidade da mão de obra indígena, embora preferisse a escravatura negra para a produção mercantil de exportação. O índio era tido, ao contrário, como um trabalhador ideal para transportar cargas ou pessoas por terras e por águas, para o cultivo de gêneros e o preparo de alimento, para a caça e a pesca. Seu papel foi também preponderante nas guerras aos outros índios e aos negros quilombolas.

A documentação colonial destaca, por igual, as aptidões dos índios para ofícios artesanais, como carpinteiros, marceneiros, serralheiros, oleiros. Nas missões jesuíticas tiveram oportunidade de se fazerem tipógrafos, artistas plásticos, músicos e escritores.

A função básica da indiada cativa foi, porém, a de mão de obra na produção de subsistência. Para isso eram caçados nos matos e engajados, na condição de escravos, índios legalmente livres, mas apropriados por seus senhores através de toda sorte de vivências, licenças e subterfúgios.

A partir da carta régia de 1570, em que d. Sebastião autorizava o apresamento de índios em guerras justas, a uma lei de alforria se seguia outra, autorizando o cativeiro através de procedimentos paralegais como os leilões oficiais para venda de índios, as taxas cobradas por índio vendido como escravo, as ordens reais para preia e venda de lotes de índios para custear obras públicas e até para construir igrejas, como ocorreu com a catedral de São Luís do Maranhão.

A rigor, apesar da copiosíssima legislação garantidora da liberdade dos índios, se pode afirmar que o único requisito indispensável para que o índio fosse escravizado era ser, ainda, um índio livre. Mesmo os já incorporados à vida colonial – como ocorreu com os recolhidos às missões – inúmeras vezes foram assaltados e acossados. Isso foi o que sucedeu, por exemplo, quando Mem de Sá autorizou uma guerra de vingança para escravizar os índios Caeté por haverem comido o bispo Fernandes Sardinha. Os colonos, com base nessa ordem de vingança, caíram sobre as missões jesuíticas e dos 12 mil catecúmenos sobraram apenas mil, quando a ordem foi revogada.

Milhares de índios foram incorporados por essa via à sociedade colonial. Incorporados não para se integrarem nela na qualidade de membros, mas para serem desgastados até a morte, servindo como bestas de carga a quem deles se apropriava. Assim foi ao longo dos séculos, uma vez que cada frente de expansão que se abria sobre uma área nova, deparando lá com tribos arredias, fazia delas imediatamente um manancial de trabalhadores cativos e de mulheres capturadas para o trabalho agrícola, para a gestação de crianças e para o cativeiro doméstico.

Custando uma quinta parte do preço de um negro importado, o índio cativo se converteu no escravo dos pobres, numa sociedade em que os europeus deixaram de fazer qualquer trabalho manual. Toda tarefa cansativa, fora do eito privilegiado da economia de exportação, que cabia aos negros, recaía sobre o índio.

O apresamento sempre foi tido como prática louvável e até mesmo como técnica de conversão. O próprio Nóbrega, nos seus planos de colonização, desaconselha a vinda de colonos tão pobres que não pudessem comprar logo índios cativos para pôr a seu serviço, sugerindo que só fossem mandados para cá os abonados que tivessem condições de adquiri-los. É certo que ele, como os outros jesuítas, quiseram pôr termo à ganância dos colonos que degenerara em práticas que estavam esgotando a população indígena em prejuízo para a colonização. Ainda que fosse por sua posição de competidor, uma vez que tinha outra destinação a dar aos índios, o certo é que tinha a visão clara sobre a necessidade de grande concentração de índios nas vilas missionárias e a serviço dos fazendeiros, como o principal mecanismo consolidador da empresa colonial.

O apoio da Coroa aos jesuítas, aos seus esforços por regulamentar o cativeiro dos índios, não se fundava sempre nas razões religiosas e morais que alegava. Tinha base, de fato, no interesse da administração. Com efeito, as aldeias missionárias eram concentrações de gente recrutável e disponível a qualquer tempo, a custo nulo para as guerras aos índios hostis, ao invasor estrangeiro e aos negros alçados. Era também uma importante fonte de provimento de gêneros a uma população famélica, porque se ocupava fundamentalmente da produção de gêneros alimentícios. Os engenhos só cuidavam das mercadorias de exportação. A concentração de índios nas missões coincidiu também, muitas vezes, com os interesses dos escravizadores que, num só ataque, faziam farta colheita de cativos.

A contradição entre os propósitos políticos da Coroa e dos jesuítas, de um lado, e o imediatismo dos traficantes de índios, do outro, não se resolveu nunca por uma decisão real pela liberdade ou pelo cativeiro. A legislação que regula a matéria é a mais contraditória e hipócrita que se possa encontrar. Decreta dezenas de vezes guerra justa contra índios tidos como culpados de grandes agravos ou simplesmente hostis para, a seguir, coibi-las e, depois, tornar a autorizá-las, num ciclo sem fim de iniquidade e falsidade.

Os atos administrativos que regiam a escravidão dos índios são igualmente um vai e vem de engodos e chicanas que, proibindo o cativeiro, de fato o instituíam. O índio podia ser legalmente escravizado porque aprisionado numa guerra justa; ou porque obtido num justo resgate; ou porque capturado num ataque autorizado; ou porque libertado do cativeiro de alguma tribo que ameaçava comê-lo; ou ainda porque compunha um lote de que se pagara o quinto ao governo local.

> Chegaram finalmente os missionários e, não podendo contrastar o sentimento geral [em favor da escravização indígena], pactuaram com ele. Por uma dessas capitulações de consciência, em que os jesuítas são exímios, acharam meio de entender que "quanto mais larga fosse a porta dos cativeiros lícitos, tanto mais escravos entrariam na Igreja e se poriam a caminho da salvação" (Vieira, Resposta aos Capítulos, 25). Assim, concordando com a prática da escravidão, acompanhavam as tropas e, como árbitros, decidiam da justiça das presas. Nessa concessão estava a ruína da sua obra e, o que mais foi, também da sua fama. Ninguém jamais os livrará da pecha de haverem diretamente concorrido para a destruição da raça infeliz, que pretendiam salvar (Azevedo 1930:169).

Mas isso não é tudo. Instituiu-se também a escravidão voluntária de índios maiores de 21 anos que, em caso de necessidade extrema, estavam autorizados a se vender a si mesmos a quem tivesse a caridade de comprá-los, depois de bem esclarecê-los sobre que coisa era ser escravo (Leite 1965:119, 124). Era lícito, também, a compra de meninos índios a seus pais para criá-los e treiná-los para o trabalho, o que representa o cúmulo da desfaçatez, uma vez que não há gente mais extremosamente apegada aos filhos do que as sociedades fundadas no parentesco. Era também legal e até meritório comprar meninos trazidos por bugreiros ou regatões, para instruí-los na fé cristã, o que sucede até hoje nos cafundós da Amazônia. Era igualmente lícito reter como cativo o índio que se acasalava com uma escrava e ainda registrar como escravo o filho gerado desse casamento.

É muito difícil avaliar o número de índios escravizados, desgarrados de suas tribos. Se contará, certamente, por milhões quando a avaliação for feita de forma criteriosa. Isso é o que indicam as poucas aproximações com que contamos, como a de Simonsen, que avalia em 300 mil os índios capturados e escravizados pelos bandeirantes paulistas, uma terça parte deles destinada ao tráfico, exportada para outras províncias. Ou nos dados de Justo Mancilla e Simon Masseta (1951:I, 337), que supuseram que sobre as missões jesuíticas do Paraguai, no século XVII, os paulistas tinham arrancado 200 mil cativos. Os descimentos que anualmente se faziam de índios dos altos rios da Amazônia, ao longo dos séculos, para as missões e, principalmente, para o cativeiro, não terão recrutado quantidade menor.

O Brasil central, a zona da mata de Minas, do Espírito Santo e da Bahia, bem como as regiões de araucária do Sul do Brasil deram, também, larga provisão de braços cativos, à medida que foram sendo devassadas. Em todas essas áreas, o cativeiro a povos índios que resistiam à expansão foi decretado pelo rei de Portugal como legal, porque obtido em guerras justas. Como o índio capturado é uma fração da tribo avassalada, porque muitíssimos deles morrem na luta pela própria liberdade, outros fogem nos caminhos ou morrem de maus-tratos, de revolta e de raiva no cativeiro, o processo de apresamento como forma de recrutar a mão de obra nativa para a colonização constituiu um genocídio de proporções gigantescas.

A amplitude das diversas formas de legitimação do cativeiro se expressa bem no caso dos paulistas que juntavam em casa tantos índios escravizados de tantos tipos que tiveram de desenvolver toda uma nomenclatura para escriturá-los como peça dos seus inventários. Assim é que falam de peças de serviços, *gente roja*, serviços obrigatórios, gente do Brasil, servidores (Machado 1943:31-6, 165-76). Tudo isso para que as mencionadas peças sucedessem de pai a filho como propriedade privada, sem falar em escravidão.

A própria redução jesuítica só pode ser tida como uma forma de cativeiro. As missões eram aldeamentos permanentes de índios apresados em guerras ou atraídos pelos missionários para lá viverem permanentemente, sob a direção dos padres. O índio, aqui, não tem o estatuto de escravo nem de servo. É um catecúmeno, quer dizer, um herege que está sendo cristianizado e assim recuperado para si mesmo, em benefício de sua salvação eterna. No plano jurídico, seria um homem livre, posto sob tutela em condições semelhantes às de um órfão entregue aos cuidados de um tutor.

Para os padres, eles seriam almas racionais mas transviadas, postas em corpos livres, mas carentes de resguardo e vigilância. Estando ali, porém, deviam trabalhar para seu sustento e para fazer próspera a comunidade de que passavam a fazer parte. Também podiam ser recrutados a qualquer hora para a guerra contra qualquer força que ameaçasse os interesses coloniais, porque esses passavam a ser os seus próprios. Podiam também ser mandados às vilas para trabalho compulsório de interesse público na edificação de igrejas, fortalezas, na urbanização de cidades, na abertura de estradas ou como remeiros e cozinheiros, ou serviçais nas grandes expedições ou no que mais lhe fosse indicado, sempre em benefício da coletividade que passara a integrar. Podiam, finalmente, ser arrendados aos colonos mediante salários de duas varas de pano de algodão, formando assim um pecúlio que, se chegasse a ser recebido, eles aprenderiam com o padre a gastar criteriosamente, quem sabe em alguma obra de caridade.

Pior, ainda, que os jesuítas foram os outros missionários, uma vez que nenhum deles jamais entrou em qualquer conflito com quem quer que fosse por manifestar indignação contra o extermínio ou cativeiro dos índios. Mais ainda que os jesuítas, os curas regulares foram acusados reiteradamente de cobiça vil, chegando alguns a serem disciplinados e punidos pelo governo colonial pelo abuso com que exploravam os índios que caíam em suas mãos.

Expulsos os jesuítas, a situação piorou muito, porque as suas missões foram entregues, ao Norte, às famílias de contemplados que passaram a explorá-las como fazendas privadas. Nas outras regiões, algumas missões foram entregues a ordens religiosas consentidas nessa função, porque eram ainda mais propensas a servir ao governo e aos colonos do que seus escravos pela Companhia. Alguns foram postos sob a direção de administradores civis que, podendo cobrar porcentagem sobre os índios que arrendavam ou colocar os índios a trabalhar em suas próprias fazendas, fizeram disso um alto negócio. Tão bom que alguns deles se esforçaram e lograram o supremo favor de se tornarem hereditários das antigas missões. A quantidade de índios explorados dessa forma terá sido muito grande, uma vez que documentos do fim do século XVII falam de quatrocentas aldeias com administradores civis em São Paulo e de 4 mil nas outras capitanias (Gorender 1978).

A expulsão pombalina que visava, nominalmente, liberar os índios das missões jesuíticas, integrando-os como iguais e até com certos privilégios na comunidade colonial, representou enorme logro. O regulamento que então se baixou aboliu o trabalho compulsório bem como os turnos semestrais alternados de trabalho na missão de fora ou de arrendamento para as diferentes colônias.

Na realidade, essa prática somente se aprofunda daí em diante, lançando os índios nominalmente livres numa condição generalizada de cativeiro mais grave que o anterior. A situação desses índios arrendados era pior que a dos escravos tidos pelo senhor a título próprio, uma vez que estes, sendo um capital humano que se comprara com bom dinheiro, devia ser zelado, pelo menos para preservar seu valor venal; enquanto o índio arrendado, não custando senão o preço de seu arrendamento, daria tanto mais lucro quanto menos comesse e quanto mais rapidamente realizasse as tarefas para que era alugado. Esse desgaste humano do trabalhador cativo constitui uma outra forma terrível de genocídio imposta a mais de 1 milhão de índios.

2. Moinhos de gastar gente

Os brasilíndios

A expansão do domínio português terra adentro, na constituição do Brasil, é obra dos brasilíndios ou mamelucos. Gerados por pais brancos, a maioria deles lusitanos, sobre mulheres índias, dilataram o domínio português exorbitando a dação de papel das Tordesilhas, excedendo a tudo que se podia esperar.

Os portugueses de São Paulo foram os principais gestadores dos brasilíndios ou mamelucos. O motor que movia aqueles velhos paulistas era, essencialmente, a pobreza da feitoria paulistana, mera vilazinha alçada no planalto, a quatro dias de viagem do mar, que se alcançava dificultosamente através da selva e de águas tormentosas, subindo e descendo escarpadas morrarias. No dizer de Sérgio Buarque de Holanda, os impelia a

> [...] exigência de um triste viver cotidiano e caseiro: teimosamente pelejaram contra a pobreza, e para repará-la não hesitaram em deslocar-se sobre espaços cada vez maiores, desafiando as insídias de um mundo ignorado e talvez inimigo (Holanda 1986:26).

O que buscavam no fundo dos matos a distâncias abismais era a única mercadoria que estava a seu alcance: índios para uso próprio e para a venda; índios inumeráveis, que suprissem as suas necessidades e se renovassem à medida que fossem sendo desgastados; índios que lhes abrissem roças, caçassem, pescassem, cozinhassem, produzissem tudo o que comiam, usavam ou vendiam; índios, peças de carga, que lhes carregassem toda a carga, ao longo dos mais longos e ásperos caminhos.

Desgastadas as tribos escravizáveis que viviam por perto, os brasilíndios paulistas os foram buscar nos esconsos em que estivessem. Para isso, se organizavam em bandos imensos de mamelucos e seus cativos que, por meses e até anos, se deslocavam a pé, descalços, nas bandeiras ou remando as canoas das monções. Nas entradas mais profundas e pioneiras que duravam anos, viajavam uns quantos meses e acampavam para plantar e colher roças com que se supriam de mantimentos para prosseguir viagem sertão adentro, através de matas e de campos naturais.

Vanguardas avançadas sondavam o caminho, procurando aldeias indígenas ou missões de índios capturáveis, ou se precavendo contra assaltos de índios hostis. Esse ofício de caçadores de gente se converteu em gênero de vida dos paulistas, em cujo desempenho se fizeram respeitáveis, destacando-se com altas honras, a seus próprios olhos, os mais valentes e briosos.

Os mais bem-sucedidos deles alcançavam não só a prosperidade que essa pobre economia podia dar, mas também o reconhecimento público de suas façanhas e o mais alto contentamento consigo mesmos. Era um modo de vida raro, inusitado, não há dúvida, mas contrastante com qualquer outro tal como gênero de vida camponês ou pastoril e igualmente remarcado de singularidade.

Os brasilíndios foram chamados de mamelucos pelos jesuítas espanhóis horrorizados com a bruteza e desumanidade dessa gente castigadora de seu gentio materno. Nenhuma designação podia ser mais apropriada. O termo originalmente se referia a uma casta de escravos que os árabes tomavam de seus pais para criar e adestrar em suas casas-criatórios, onde desenvolviam o talento que acaso tivessem. Seriam *janízaros*, se prometessem fazer-se ágeis cavaleiros de guerra, ou *xipaios*, se covardes e servissem melhor para policiais e espiões. Castrados, serviriam como *eunucos* nos haréns, se não tivessem outro mérito. Mas podiam alcançar a alta condição de *mamelucos* se revelassem talento para exercer o mando e a suserania islâmica sobre a gente de que foram tirados. É evidente que o apelido aplicado aos paulistas expressa o ressentimento amargo de um jesuíta – provavelmente o padre Ruiz de Montoya, autor da *Conquista espiritual* – que relata o padecimento terrível das missões jesuíticas paraguaias assaltadas pelos bandeirantes paulistas.

Nossos mamelucos ou brasilíndios foram, na verdade, a seu pesar, heróis civilizadores, serviçais del-rei, impositores da dominação que os oprimia. Seu valor maior como agentes da civilização advinha de sua própria rusticidade de meio-índios, incansáveis nas marchas longuíssimas e sobretudo no trabalho de remar, de sol a sol, por meses e meses. Afeitos à bruteza selvagem da selva tropical, herdeiros do saber milenar acumulado pelos índios sobre terras, plantas e bichos da Terra Nova para os europeus, mas que para eles era a morada ancestral.

Outro valor assinalável era sua flexibilidade de gente recém-feita, moldável a qualquer nova circunstância, "com a consistência do couro, não a do ferro e do bronze, cedendo, dobrando-se, amoldando-se às asperezas de um mundo rude", como diz Sérgio Buarque de Holanda (1986:29).

Os brasilíndios ou mamelucos paulistas foram vítimas de duas rejeições drásticas. A dos pais, com quem queriam identificar-se, mas que os viam como impuros filhos da terra, aproveitavam bem seu trabalho enquanto meninos e rapazes e, depois, os integravam a suas bandeiras, onde muitos deles fizeram carreira. A segunda rejeição era a do gentio materno. Na concepção dos índios, a mulher é um simples saco em que o macho deposita sua semente. Quem nasce é o filho do pai, e não da mãe, assim visto pelos índios. Não podendo identificar-se com uns nem com outros de seus ancestrais, que o rejeitavam, o mameluco caía numa terra de ninguém, a partir da qual constrói sua identidade de brasileiro.

Assim é que, por via do cunhadismo, levado a extremo, se criou um gênero humano novo, que não era, nem se reconhecia e nem era visto como tal pelos índios, pelos europeus e pelos negros. Esse gênero de gente alcançou uma eficiência inexcedível, a seu pesar, como agentes da civilização. Falavam sua própria língua, tinham sua própria visão do mundo, dominavam uma alta tecnologia de adaptação à floresta tropical. Tudo isso aurido do seu convívio compulsório com os índios de matriz tupi.

Sua vida venturosa devia ser mais atrativa para jovens índios do que a pasmaceira de suas aldeias. Assim é que há vasta documentação do aliciamento espontâneo de índios que prefeririam viver o destino dos brasilíndios, produzindo eles próprios seus índios de cativeiro.

Ao contrário do espanhol, que sempre que pôde comandou como um cavaleiro, o mameluco abriu seu mundo vasto andando de pé descalço, em fila, por trilhas e estreitos sendeiros, carregando cargas no próprio ombro e no de índios e índias cativos. Estes eram os transportadores de tudo, de enfermos e até de mortos, mas também de damas e muitos reinóis que se faziam carregar por índios em redes e cadeirinhas.

Friederici (1967), comparando-os com seus êmulos do Canadá, os *coureurs de bois*, que se multiplicaram nos primeiros séculos, supõe que não se lhes abriria outro caminho histórico senão o extermínio quando sociedades europeias mais estruturadas, fundadas em famílias regulares, colonizaram aquelas áreas. É pelo menos curioso o contraste entre o desempenho histórico daqueles mateiros nortistas, vestindo roupas de couro, calçando mocassins e só falando as línguas indígenas, em comparação com a energia pungente dos mamelucos ou brasilíndios que vieram a fazer o Brasil.

Esses mateiros do norte representaram papel capital. Foram eles que devassaram o Canadá e o ocuparam até a venda do território aos ingleses. Creio que são descendentes deles os Kevekuá, que amargam uma vizinhança hostil com os anglo-canadenses que ocuparam o território, numa colonização feita por famílias regulares.

Outros mamelucos foram os que abriram o que é hoje o território argentino, uruguaio e paraguaio. Muitos deles podem ser vistos em Buenos Aires, onde são tratados por *cabecitas negras* e malvistos pelos milhões de gringos que os sucederam. Todos ignoram, na Argentina, que o país foi realmente conquistado, organizado e conduzido à independência por cerca de 800 mil mamelucos.

No Brasil seu êxito foi imensamente maior, porque passaram a constituir o cerne mesmo da nação e, somando uns 14 milhões, juntamente com os negros abrasileirados, puderam suportar a invasão gringa mantendo sua cara e sua identidade.

O brasilíndio, como gênero novo de gente, chegou mesmo a definir uma ideologia própria, oposta à do cura e à do neolusitano. A melhor expressão dela se encontra na citada carta em que Domingos Jorge Velho, o principal dos paulistas, reclama ante o rei quanto à inépcia e hipocrisia dos que se opunham à ação mameluca.

Não foi tarefa nada fácil ao mameluco se fazer agente principal da história brasileira. Enfrentaram, de um lado, a odiosidade jesuítica e a má vontade dos reinóis e, do outro, todas as dificuldades imensas de sua dura vida de sertanistas. Inclusive a hostilidade dos índios arredios – tais como os Aimoré da Bahia; os Botocudo de Minas e do Espírito Santo; os Kaiugang e Xokleng do Sul; os Xavante de Mato Grosso; e, sobretudo, os Bororo e Kayapó, que se moviam por extensas áreas, através dos cerrados, além dos rios Araguaia e Tocantins –, cientes do destino trágico que teriam se capturados.

Esses Tapuia eram, principalmente, povos de sistema adaptativo ajustado às condições do cerrado, muito contrastante com o modo de vida dos agricultores da floresta tropical. Sua própria forma de fazer a guerra era outra, preferindo desfechar golpes de tacape ou varar o inimigo com lanças. Como cativos, eram quase inúteis por não terem familiaridade nenhuma com os hábitos agrícolas dos Tupi-Guarani adotados pelos mamelucos, mas, sobretudo, por exigirem vigilância permanente para não fugirem, matando, se possível, seu captor.

Habituados a percorrer imensas distâncias em seus deslocamentos, os Tapuia, principalmente os Kayapó, atacavam sempre inesperadamente nos lugares mais distantes, fazendo prisioneiros sempre que podiam, sobretudo meninas e mulheres que incorporavam à tribo. Essa característica os converteu no pavor dos bandeirantes e, depois, através de séculos, das populações sertanejas que estavam a seu alcance.

Frente a esses índios, escolados no enfrentamento com agentes da civilização, mesmo as vantagens inicialmente indiscutíveis das armas de fogo se anularam. Sagacíssimos e manhosos, eles percorriam longas distâncias a partir de suas aldeias para atacar gente desprevenida com chuvas de suas flechas silenciosas, por vezes ervadas. Enquanto um bandeirante levantava o clavinote, sustentado numa forquilha, e armava o complicado disparador, o índio mandava de três a cinco flechadas.

Era indispensável, entretanto, passar sobre os territórios desses índios hostis para alcançar as tribos de plantadores de mandioca e milho, mais dóceis como escravos e mais úteis, desde a primeira hora, nas tarefas corriqueiras. Isso porque a cultura adaptativa básica daqueles índios era e permaneceu sendo, por séculos afora, a dos povos Tupi, cuja língua foi a fala dos brasilíndios e cujos hábitos e práticas eram quase os mesmos.

A vida do índio cativo não podia ser mais dura como cargueiro ou remador, que eram seus trabalhos principais. Pertencente a quem o apresasse, ele era um bem semovente, desgastado com a maior indiferença, como se isso fosse o seu destino, mesmo porque havia um estoque aparentemente inesgotável de índios para repor os que se gastavam.

Alguns textos coloniais, concernentes a grupos indígenas que facilitaram o assentamento do europeu e aceitaram colaborar com eles, exigem algumas ponderações, principalmente as de que, acossados por outras tribos indígenas, pudessem eles achar menos terrível a dura vida e os sofrimentos debaixo dos cristãos que a permanência na terra em guerra contra seus inimigos. É também de supor que um jovem índio, recrutado por um bandeirante como guerreiro, se pudesse destacar, preando outros índios e sendo premiado por isso ou louvado como extraordinário caçador, como guia e mateiro, de olhos vivos e de grande sabedoria para atravessar florestas e cerrados.

Alguns grupos tribais, ainda que conscritos à economia colonial, lograram manter certa autonomia na qualidade de aliados dos brancos para suas guerras contra outros índios. O relevante nesse caso é que, em lugar de amadurecerem para a civilização – passando progressivamente da condição tribal à nacional, da aldeia à vila, como supuseram tantos historiadores –, esses núcleos autônomos permaneceram irredutivelmente indígenas ou simplesmente se extinguiram pela morte de seus integrantes. Onde quer que se tenha dados concretos, se pode observar que à coexistência da aldeia indígena com o núcleo colonizador segue-se o crescimento deste e a extinção daquela, cuja população vai diminuindo ano após ano, até desaparecer. Nos raros casos em que logram sobreviver uns tantos indígenas, todos eles mantêm sua identificação étnica.

Pesquisas etnológicas empreendidas por mim mesmo revelaram o alto grau de resistência dessas etnias tribais, que continuam congregando as lealdades dos seus membros e definindo-se como indígenas, mesmo quando submetidas durante décadas a pressões aculturadoras e assimiladoras (Ribeiro 1970). Contra essa resistência étnica nada puderam ontem nem hoje todos os que contra ela se lançaram. Tão inúteis foram as ameaças de chacinamento como as pressões integradoras exercidas com total intolerância pelos missionários e, também, os métodos ditos persuasórios dos órgãos oficiais de assistência.

Índios e brasileiros se opõem como alternos étnicos em um conflito irredutível, que jamais dá lugar a uma fusão. Onde quer que um grupo tribal tenha oportunidade de conservar a continuidade da própria tradição pelo convívio de pais e filhos, preserva-se a identificação étnica, qualquer que seja o grau de pressão assimiladora que experimente. Através desse convívio aculturativo, porém, os índios se tornam cada vez menos índios no plano cultural, acabando por ser quase idênticos aos brasileiros de sua região na língua que falam, nos modos de trabalhar, de divertir-se e até nas tradições que cultuam. Não obstante, permanecem identificando-se com sua etnia tribal e sendo assim identificados pelos representantes da sociedade nacional com quem mantêm contato. O passo que se dá nesse processo não é, pois, como se supôs, o trânsito da condição de índio a de brasileiro, mas da situação de índios específicos, investidos de seus atributos e vivendo segundo seus costumes, à condição de índios genéricos, cada vez mais aculturados, mas sempre índios em sua identificação étnica.

Os afro-brasileiros

Os negros do Brasil foram trazidos principalmente da costa ocidental africana. Arthur Ramos (1940, 1942, 1946), prosseguindo os estudos de Nina Rodrigues (1939, 1945), distingue, quanto aos tipos culturais, três grandes grupos. O primeiro, das culturas sudanesas, é representado, principalmente, pelos grupos Yoruba – chamados *nagô* –, pelos Dahomey – designados geralmente como *gegê* – e pelos Fanti-Ashanti – conhecidos como *minas* –, além de muitos representantes de grupos menores da Gâmbia, Serra Leoa, Costa da Malagueta e Costa do Marfim. O segundo grupo trouxe ao Brasil culturas africanas islamizadas, principalmente os Peuhl, os Mandinga e os Haussa, do Norte da Nigéria, identificados na Bahia como negros *malê* e no Rio de Janeiro como negros *alufá*. O terceiro grupo cultural africano era integrado por tribos Bantu, do grupo congo-angolês, provenientes da área hoje compreendida pela Angola e a "Contra Costa", que corresponde ao atual território de Moçambique.

A contribuição cultural do negro foi pouco relevante na formação daquela protocélula original da cultura brasileira. Aliciado para incrementar a produção açucareira, comporia o contingente fundamental da mão de obra. Apesar do seu papel como agente cultural ter sido mais passivo que ativo, o negro teve uma importância crucial, tanto por sua presença como a massa trabalhadora que produziu quase tudo que aqui se fez, como por sua introdução sorrateira, mas tenaz e continuada, que remarcou o amálgama racial e cultural brasileiro com suas cores mais fortes.

Tal como ocorreu aos brancos, vindos mais tarde a integrar-se na etnia brasileira, os negros, encontrando já constituída aquela protocélula luso-tupi, tiveram de nela aprender a viver, plantando e cozinhando os alimentos da terra, chamando as coisas e os espíritos pelos nomes tupis incorporados ao português, fumando longos cigarros de tabaco e bebendo cauim.

Os negros do Brasil, trazidos principalmente da costa ocidental da África, foram capturados meio ao acaso nas centenas de povos tribais que falavam dialetos e línguas não inteligíveis uns aos outros. A África era, então, como ainda hoje o é, em larga medida, uma imensa Babel de línguas. Embora mais homogêneos no plano da cultura, os africanos variavam também largamente nessa esfera. Tudo isso fazia com que a uniformidade racial não correspondesse a uma unidade linguístico-cultural, que ensejasse uma unificação, quando os negros se encontraram submetidos todos à escravidão. A própria religião, que hoje, após ser trabalhada por gerações e gerações, constituiu-se uma expressão da consciência negra, em lugar de unificá-los, então, os desunia. Foi até utilizada como fator de discórdia, segundo confessa o conde dos Arcos.

A diversidade linguística e cultural dos contingentes negros introduzidos no Brasil, somada a essas hostilidades recíprocas que eles traziam da África e à política de evitar a concentração de escravos oriundos de uma mesma etnia, nas mesmas propriedades, e até nos mesmos navios negreiros, impediu a formação de núcleos solidários que retivessem o patrimônio cultural africano.

Encontrando-se dispersos na terra nova, ao lado de outros escravos, seus iguais na cor e na condição servil, mas diferentes na língua, na identificação tribal e frequentemente hostis pelos referidos conflitos de origem, os negros foram compelidos a incorporar-se passivamente no universo cultural da nova sociedade. Dão, apesar de circunstâncias tão adversas, um passo adiante dos outros povoadores ao aprender o português com que os capatazes lhes gritavam e que, mais tarde, utilizariam para comunicar-se entre si. Acabaram conseguindo aportuguesar o Brasil, além de influenciar de múltiplas maneiras as áreas culturais onde mais se concentraram, que foram o nordeste açucareiro e as zonas de mineração do centro do país. Hoje, aquelas populações guardam uma flagrante feição africana na cor da pele, nos grossos lábios e nos narigões fornidos, bem como em cadências e ritmos e nos sentimentos especiais de cor e de gosto.

Nos dois casos, o engenho e a mina, os negros escravos se viram incorporados compulsoriamente a comunidades atípicas, porque não estavam destinados a atender às necessidades de sua população, mas sim aos desígnios venais do senhor. Nelas, à medida que eram desgastados para produzir o que não consumiam, iam sendo radicalmente deculturados pela erradicação de sua cultura africana. Simultaneamente, vão se aculturando nos modos brasileiros de ser e de fazer, tal como eles eram representados no universo cultural simplificado dos engenhos e das minas. Têm acesso, desse modo, a um corpo de elementos adaptativos, associativos e ideológicos oriundo daquela protocélula étnica tupi que se consentiu sobreviver nas empresas, para o exercício de funções extraprodutivas.

Só através de um esforço ingente e continuado, o negro escravo iria reconstituindo suas virtualidades de ser cultural pelo convívio de africanos de diversas procedências com a gente da terra, previamente incorporada à proto-etnia brasileira, que o iniciaria num corpo de novas compreensões mais amplo e mais satisfatório. O negro transita, assim, da condição de *boçal* – preso ainda à cultura autóctone e só capaz de estabelecer uma comunicação primária com os demais integrantes do novo contorno social – à condição de *ladino* – já mais integrado na nova sociedade e na nova cultura. Esse negro boçal, que ainda não falava o português ou só falava um português muito trôpego, era entretanto perfeitamente capaz de desempenhar as tarefas mais pesadas e ordinárias na divisão de trabalho do engenho ou da mina.

Concentrando-se em grandes massas nas áreas de atividade mercantil mais intensa, onde o índio escasseava cada vez mais, o negro exerceria um papel decisivo na formação da sociedade local. Seria, por excelência, o agente de europeização que difundiria a língua do colonizador e que ensinaria aos escravos recém-chegados as técnicas de trabalho, as normas e valores próprios da subcultura a que se via incorporado. Consegue, ainda assim, exercer influência, seja emprestando dengues ao falar lusitano, seja impregnando todo o seu contexto com o pouco que pôde preservar da herança cultural africana. Como esta não podia expressar-se nas formas de adaptação – por diferir, consideravelmente, no plano ecológico e tecnológico, dos modos de prover a subsistência na África –, nem tampouco nos modos de associação – por estarem rigidamente prescritos pela estrutura da colônia como sociedade estratificada, a que se incorporava na condição de escravo –, sobreviveria principalmente no plano ideológico, porque ele era mais recôndito e próprio. Quer dizer, nas crenças religiosas e nas práticas mágicas, a que o negro se apegava no esforço ingente por consolar-se do seu destino e para controlar as ameaças do mundo azaroso em que submergira. Junto com esses valores espirituais, os negros retêm no mais recôndito de si, tanto reminiscências rítmicas e musicais, como saberes e gostos culinários.

Essa parca herança africana – meio cultural e meio racial –, associada às crenças indígenas, emprestaria, entretanto, à cultura brasileira, no plano ideológico, uma singular fisionomia cultural. Nessa esfera é que se destaca, por exemplo, um catolicismo popular muito mais discrepante que qualquer das heresias cristãs tão perseguidas em Portugal.

Conscritos nos guetos de escravidão é que os negros brasileiros participam e fazem o Brasil participar da civilização de seu tempo. Não nas formas que a chamada civilização ocidental assume nos núcleos cêntricos, mas com as deformações de uma cultura espúria, que servia a uma sociedade subalterna. Por mais que se forçasse um modelo ideal de europeidade, jamais se alcançou, nem mesmo se aproximou dele, porque pela natureza das coisas, ele é inaplicável para feitorias ultramarinas destinadas a produzir gêneros exóticos de exportação e de valores pecuniários aqui auridos. Seu ser normal era aquela anomalia de uma comunidade cativa, que nem existia para si nem se regia por uma lei interna do desenvolvimento de suas potencialidades, uma vez que só vivia para outros e era dirigida por vontades e motivações externas, que o queriam degradar moralmente e desgastar fisicamente para usar seus membros homens como bestas de carga e as mulheres como fêmeas animais. As diferenças entre os dois modelos, não sendo degradações nem enfermidades, não podiam jamais ser reestruturadas ou curadas. De fato, era o Brasil que se construía a si mesmo como corresponde à sua base ecológica, o projeto colonial, a monocultura e o escravismo do que resulta uma sociedade totalmente nova.

A empresa escravista, fundada na apropriação de seres humanos através da violência mais crua e da coerção permanente, exercida através dos castigos mais atrozes, atua como uma mó desumanizadora e deculturadora de eficácia incomparável. Submetido a essa compressão, qualquer povo é desapropriado de si, deixando de ser ele próprio, primeiro, para ser ninguém ao ver-se reduzido a uma condição de bem semovente, como um animal de carga; depois, para ser outro, quando transfigurado etnicamente na linha consentida pelo senhor, que é a mais compatível com a preservação dos seus interesses.

O espantoso é que os índios como os pretos, postos nesse engenho deculturativo, consigam permanecer humanos. Só o conseguem, porém, mediante um esforço inaudito de autorreconstrução no fluxo do seu processo de desfazimento. Não têm outra saída, entretanto, uma vez que da condição de escravo só se sai pela porta da morte ou da fuga. Portas estreitas, pelas quais, entretanto, muitos índios e muitos negros saíram; seja pela fuga voluntarista do suicídio, que era muito frequente, ou da fuga, mais frequente ainda, que era tão temerária porque quase sempre resultava mortal. Todo negro alentava no peito uma ilusão de fuga, era suficientemente audaz para, tendo uma oportunidade, fugir, sendo por isso supervigiado durante seus sete a dez anos de vida ativa no trabalho. Seu destino era morrer de estafa, que era sua morte natural. Uma vez desgastado, podia até ser alforriado por imprestável, para que o senhor não tivesse que alimentar um negro inútil.

Uma morte prematura numa tentativa de fuga era melhor, quem sabe, que a vida do escravo trazido de tão longe para cair no inferno da existência mais penosa. Sentindo que é violentado, sabendo que é explorado, ele resiste como lhe é possível. "Deixam de trabalhar bem se não forem convenientemente espancados", diz um observador alemão, "e se desprezássemos a primeira iniquidade a que os sujeitou, isto é, sua introdução e submissão forçada, devíamos de considerar em grande parte os castigos que lhes impõem os seus senhores" (Davatz 1941:62-3). Aí está a nacionalidade do escravismo, tão oposta à condição humana que, uma vez instituída, só se mantém através de uma vigilância perpétua e da violência atroz da punição preventiva.

Apresado aos quinze anos em sua terra, como se fosse uma caça apanhada numa armadilha, ele era arrastado pelo pombeiro – mercador africano de escravos – para a praia, onde seria resgatado em troca de tabaco, aguardente e bugigangas. Dali partiam em comboios, pescoço atado a pescoço com outros negros, numa corda puxada até o porto e o tumbeiro. Metido no navio, era deitado no meio de cem outros para ocupar, por meios e meio, o exíguo espaço do seu tamanho, mal comendo, mal cagando ali mesmo, no meio da fedentina mais hedionda. Escapando vivo à travessia, caía no outro mercado, no lado de cá, onde era examinado como um cavalo magro. Avaliado pelos dentes, pela grossura dos tornozelos e dos punhos, era arrematado. Outro comboio, agora de correntes, o levava à terra adentro, ao senhor das minas ou dos açúcares, para viver o destino que lhe havia prescrito a civilização: trabalhar dezoito horas por dia, todos os dias do ano. No domingo, podia cultivar uma rocinha, devorar faminto a parca e porca ração de bicho com que restaurava sua capacidade de trabalhar no dia seguinte até a exaustão.

Sem amor de ninguém, sem família, sem sexo que não fosse a masturbação, sem nenhuma identificação possível com ninguém – seu capataz podia ser um negro, seus companheiros de infortúnio, inimigos –, maltrapilho e sujo, feio e fedido, perebento e enfermo, sem qualquer gozo ou orgulho do corpo, vivia a sua rotina. Esta era sofrer todo o dia o castigo diário das chicotadas soltas, para trabalhar atento e tenso. Semanalmente vinha um castigo preventivo, pedagógico, para não pensar em fuga, e, quando chamava atenção, recaía sobre ele um castigo exemplar, na forma de mutilações de dedos, do furo de seios, de queimaduras com tição, de ter todos os dentes quebrados criteriosamente, ou dos açoites no pelourinho, sob trezentas chicotadas de uma vez, para matar, ou cinquenta chicotadas diárias, para sobreviver. Se fugia e era apanhado, podia ser marcado com ferro em brasa, tendo um tendão cortado, viver peado com uma bola de ferro, ser queimado vivo, em dias de agonia, na boca da fornalha ou, de uma vez só, jogado nela para arder como um graveto oleoso.

Nenhum povo que passasse por isso como sua rotina de vida, através de séculos, sairia dela sem ficar marcado indelevelmente. Todos nós, brasileiros, somos carne da carne daqueles pretos e índios supliciados. Todos nós brasileiros somos, por igual, a mão possessa que os supliciou. A doçura mais terna e a crueldade mais atroz aqui se conjugaram para fazer de nós a gente sentida e sofrida que somos e a gente insensível e brutal, que também somos. Descendentes de escravos e de senhores de escravos seremos sempre servos da malignidade destilada e instalada em nós, tanto pelo sentimento da dor intencionalmente produzida para doer mais, quanto pelo exercício da brutalidade sobre homens, sobre mulheres, sobre crianças convertidas em pasto de nossa fúria.

A mais terrível de nossas heranças é esta de levar sempre conosco a cicatriz de torturador impressa na alma e pronta a explodir na brutalidade racista e classista. Ela é que incandesce, ainda hoje, em tanta autoridade brasileira predisposta a torturar, seviciar e machucar os pobres que lhes caem às mãos. Ela, porém, provocando crescente indignação, nos dará forças, amanhã, para conter os possessos e criar aqui uma sociedade solidária.

Os neobrasileiros

Graças à autoidentificação própria e nova que iam assumindo e, também, ao acesso a múltiplas inovações socioculturais e tecnológicas, as comunidades neobrasileiras nascentes se capacitaram a dar dois passos evolutivos. Primeiro, o de abranger maior número de membros do que as aldeias indígenas, liberando parcelas crescentes deles das tarefas de subsistência para o exercício das funções especializadas. Segundo, incorporar todos eles numa só identidade étnica, estruturada como um sistema socioeconômico integrado na economia mundial.

Apesar de terem um alto grau de autossuficiência, dependiam de certos artigos importados, sobretudo de instrumentos de metal, sal, pólvora e outros mais, que não podiam produzir. Já não viviam, portanto, como indígenas encerrados sobre si mesmos e voltados fundamentalmente ao provimento da subsistência. Ao contrário, mantinham vínculos mercantis externos para prover-se dos referidos bens em troca do seu principal artigo de exportação, que fora, inicialmente, o pau-de-tinta, depois, o índio apresado como escravo e, afinal, a produção de alguma mercadoria de exportação. Produzir essa mercadoria passou a ser sua razão de viver.

Por longo tempo, contudo, a população básica desses núcleos coloniais neobrasileiros exibiria uma aparência muito mais indígena que negra e europeia, pelo modo como moravam, pelo que comiam, por sua visão do mundo e pelo idioma que falavam. Tal indianidade era, sem dúvida, mais aparente que real, porque o apelo às formas indígenas de adaptação à natureza, a sobrevivência das antigas tradições, o próprio uso da língua indígena, estavam postos, agora, a serviço de uma entidade nova, muito mais capaz de crescer e expandir-se. Conforme assinalamos, enquanto o aumento da população indígena só conduzia à partição das tribos em microetnias tendentes a diferenciar-se, independentizar-se e dispersar-se, as novas comunidades constituíam unidades operativas capazes de crescer conjugadamente na forma de uma macroetnia.

O idioma tupi foi a língua materna de uso corrente desses neobrasileiros até meados do século XVII. De fato, o tupi, inicialmente, se expandiu mais que o português como a língua da civilização (sobre a formação e a difusão da língua geral ver Cortesão 1958 e Holanda 1945). Com efeito, a língua geral, o *nheengatu*, que surge no século XVI do esforço de falar o tupi com boca de português, se difunde rapidamente como a fala principal tanto dos núcleos neobrasileiros como dos núcleos missionários.

Cumpre, primeiro, a função de língua de comunicação dos europeus com os Tupinambá de toda a costa brasileira, logo após o descobrimento. Depois, a de língua materna dos mamelucos da Bahia, Pernambuco, Maranhão e São Paulo. Mais tarde, se expande juntamente com a população, como língua corrente tanto das reduções e vilas que os missionários e os colonos fundaram no vale amazônico, como dos núcleos gaúchos que se fixaram no extremo sul, frente aos povoadores espanhóis. É de notar que, sendo a língua geral uma variante muito pouco diferenciada do guarani falado naqueles séculos, tanto em território paraguaio onde se converte em língua materna como no que viria a ser a Argentina e o Uruguai de hoje, estamos, como se vê, frente a uma enorme área linguística tupi-guarani. Seguramente, a mais ampla das áreas linguísticas americanas.

Assim era já antes da chegada do europeu, uma vez que tribos do tronco tupi ocupavam quase todo o litoral atlântico do Brasil atual e subiam, terra adentro, pelo sistema fluvial do Prata, ocupando vastas regiões do vale do Amazonas. Esta área linguística corresponde, *grosso modo*, aos territórios atuais do Brasil, do Paraguai e do Uruguai. Essa é a que os neobrasileiros fizeram sua, falando tupi para se comunicar com as tribos que ali viviam e a que eles sucederiam ecologicamente no mesmo espaço.

A substituição da língua geral pela portuguesa como língua materna dos brasileiros só se completaria no curso do século XVIII. Mas desde antes vinha se efetuando, de maneira mais rápida e radical onde a economia era mais dinâmica e, em consequência, era maior a concentração de escravos negros e de povoadores portugueses; e, mais lentamente, nas áreas economicamente marginais, como a Amazônia e o extremo sul. No rio Negro, até o século XX, se falava a língua geral, apesar de que os Tupi jamais tivessem chegado ao norte do Amazonas. Introduzido como língua civilizadora pelos jesuítas, o *nheengatu* permaneceu, depois da expulsão deles, como a fala comum da população brasileira local e subsistiu como língua predominante até 1940 (Censo Nacional 1940).

No Sul, a presença de uma vasta área guaranítica na bacia do Prata se comprova, de um lado, pela toponímia predominantemente guarani das zonas de antiga ocupação do Uruguai e da Argentina, e, de outro lado, pela presença atual do guarani como a língua vernácula do Paraguai.

O mesmo processo de sucessão ocorre com a tecnologia produtiva. Inicialmente quase só indígena, ela vai sendo substituída, com o passar dos séculos, por técnicas europeias, tanto mais rapidamente quanto mais completamente se integra cada zona na economia mercantil e se moderniza. Ainda assim, ao longo dos séculos, a tecnologia do Brasil rústico foi e continua sendo basicamente indígena, no que diz respeito à subsistência – baseada no cultivo e no preparo da mandioca, do milho, da abóbora e das batatas, e de muitas outras plantas – bem como às técnicas indígenas de caça e de pesca.

Essa base tecnológica indígena, desde o primeiro momento, vem sendo enriquecida por contribuições europeias que, pouco a pouco, aumentaram a sua produtividade. Tal era o caso dos instrumentos de ferro – machados, facas, facões, foices, enxadas, anzóis –; das armas de fogo para a caça e para a guerra; de aparelhos mecânicos, como a prensa, que às vezes substituiu o tipiti indígena trançado de palha; do monjolo, grande morteiro de água com que se pila o milho; das moendas de espremer cana; da roda hidráulica, do carro de boi, da roda do oleiro, do tear composto, do descaroçador de algodão e, ainda, dos tachos e panelas de metal, que substituíam o torrador de cerâmica para o tratamento da farinha de mandioca; e, por fim, dos animais domésticos – galinhas, porcos, bois, cavalos –, utilizados para a alimentação, caça, transporte e tração.

As casas dos novos núcleos se reduzem enormemente de dimensão em relação às malocas indígenas porque, em lugar de acolherem famílias extensas, abrigando centenas de pessoas, agora acolhem famílias menores ou a escravaria. Melhora, porém, a técnica de edificação com o emprego da taipa e do adobe cru na construção das casas mais humildes, e de tijolos, pedras, cal e telhas para as senhoriais. Simultaneamente, as residências da gente mais rica se engalanam com um mobiliário mais elaborado, deslocando as redes de dormir para dar lugar a catres; as cestas trançadas, substituídas por canastras de couro ou arcas de madeira; a que, mais tarde, se somariam mesas, bancos, armários e oratórios. A tudo isso se acrescentam, logo, as técnicas de preparo e de uso do sal e do sabão, da aguardente, das lâmpadas de azeite, dos couros curtidos, de novos remédios, de sandálias e de chapéus.

Os principais elementos aglutinadores dos novos núcleos são um comando administrativo e político, representado localmente pelas autoridades seculares e eclesiásticas, e uma gerência socioeconômica a cargo do empresário de produtores e comerciantes. A unidade de comando dessa estrutura do poder permitiu às comunidades nascentes crescerem e se diferenciarem, cada vez mais, num componente rural e outro urbano. O primeiro assentado principalmente nas fazendas, sob o mando de seus proprietários, mas trabalhadas por escravos negros ocupados na produção mercantil e por gente nascida na terra; estes últimos devotados a funções administrativas e de defesa e à produção de alimentos. O segundo era constituído pela parcela urbanizada da população, regida por capitães e prelados, e ativado por trabalhadores braçais, artesãos, comerciantes, funcionários e sacerdotes. Sua função era administrar o empreendimento colonial, conformá-lo como possessão portuguesa, plasmá-lo dentro dos cânones da cultura lusitana e totalmente fiel à Igreja católica apostólica e romana.

No conjunto dessa população colonial, destaca-se prontamente uma camada superior, desligada das tarefas produtivas, formada por três setores letrados, participantes de certos conteúdos eruditos da cultura lusitana. Tais eram: uma burocracia colonial comandada por Lisboa, que exercia as funções de governo civil e militar; outra religiosa, que cumpria o papel de aparato de indoutrinação e catequese dos índios e de controle ideológico da população, sob a regência de Roma; e, finalmente, uma terceira, que viabilizava a economia de exportação, representada por agentes de casas financeiras e de armadores, atenta aos interesses e às ordens dos portos europeus importadores de artigos tropicais. Esses três setores, mais seus corpos de pessoal auxiliar, instalados nos portos, constituíram o comando da estrutura global. Compunha um componente urbano de montante tão ponderável quanto o das sociedades europeias da época; formadas, elas também, por populações majoritariamente rurais. Era, de fato, uma subestrutura da rede metropolitana europeia, menos independente que seus demais componentes, porque estava intermediada por Lisboa.

Os brasileiros

O processo de formação dos povos americanos tem especificidades que desafiam a explicação. Por que alguns deles, até mais pobres na etapa colonial, progrediram aceleradamente, integrando-se de forma dinâmica e eficaz na revolução industrial, enquanto outros se atrasaram e ainda se esforçam por modernizar-se? Evidentemente, os *povos transplantados*, cuja identidade étnica já veio perfeitamente definida da Europa, encontram em sua própria configuração facilidades de incorporar-se a uma nova civilização surgida no seio de suas matrizes. Outro é o caso de povos que estavam se fazendo como uma configuração totalmente diferente de suas matrizes, que enfrentava a tarefa de difundir os povos que reuniu, tão diversos uns dos outros. É tarefa sua, inclusive, definir sua identidade étnica, a qual não pode ser a de meros europeus de ultramar.

Outra arguição posta pela história é sobre a causa da uniformidade linguística dos povos americanos. Tanto no norte como no sul, as línguas que se falam em imensos territórios, por milhões de pessoas, são as mesmas – o inglês, o espanhol, o português –, que nem apresentam dialetos. Como nada disso ocorreu em nenhum outro lugar da terra, cumpre indagar como se deu aqui.

O nome *Brazil* geralmente identificado com o pau-de-tinta é na verdade muito mais antigo. Velhas cartas e lendas do mar-oceano traziam registros de uma ilha Brasil referida provavelmente por pescadores ibéricos que andavam à cata de bacalhau (cf. Gandia 1929). Mas ele foi quase imediatamente referido à nova terra, ainda que o governo português quisesse lhe dar nomes pios, que não pegaram.

Os mapas mais antigos da costa já a registram como "brasileira" e os filhos da terra foram, também, desde logo chamados "brasileiros". Entretanto, o uso do nome como gentílico, que um povo atribua a si mesmo, só surgiria muito depois.

O gentílico se implanta quando se torna necessário denominar diferencialmente os primeiros núcleos neobrasileiros, formados sobretudo de brasilíndios e afro-brasileiros, quando começou a plasmar-se a configuração histórico-cultural nova, que envolveu seus componentes em um mundo não apenas diferente, mas oposto ao do índio, ao do português e ao do negro.

A consciência plena dessa oposição só seria alcançada muito mais tarde, mas a percepção dos antagonismos e diferenças se dá desde as primeiras décadas. Revela-se na prevenção do nativo com relação ao metropolitano e, como contrapartida, no desprezo deste pela gente da terra. Evidencia-se na perplexidade do missionário que, em vez de famílias compostas de acordo com o padrão europeu, depara no Brasil com verdadeiros criatórios de mestiços, gerados pelo pai branco em suas múltiplas mulheres índias. Denota-se na inquietação do funcionário real que, dois séculos após a descoberta do Brasil, se pergunta se um dia chegará aquela multidão mestiça, se entendendo em tupi-guarani, a falar português.

É bem provável que o brasileiro comece a surgir e a reconhecer-se a si próprio mais pela percepção de estranheza que provocava no lusitano do que por sua identificação como membro das comunidades socioculturais novas, porventura também porque desejoso de remarcar sua diferença e superioridade frente aos indígenas.

Naquela busca de sua própria identidade, talvez até se desgostasse da ideia de não ser europeu, por considerar, ele também, como subalterno tudo que era nativo ou negro. Mesmo o filho de pais brancos nascido no Brasil, mazombo, ocupando em sua própria sociedade uma posição inferior com respeito aos que vinham da metrópole, se vexava muito da sua condição de filho da terra, recusando o tratamento de nativo e discriminando o brasilíndio mameluco ao considerá-lo como índio.

O primeiro brasileiro consciente de si foi, talvez, o mameluco, esse brasilíndio mestiço na carne e no espírito, que não podendo identificar-se com os que foram seus ancestrais americanos – que ele desprezava –, nem com os europeus – que o desprezavam –, e sendo objeto de mofa dos reinóis e dos lusonativos, via-se condenado à pretensão de ser o que não era nem existia: o brasileiro.

Através dessas oposições e de um persistente esforço de elaboração de sua própria imagem e consciência como correspondentes a uma entidade étnico-cultural nova, é que surge, pouco a pouco, e ganha corpo a brasilianidade.

É bem possível que ela só se tenha fixado quando a sociedade local se enriqueceu, com contribuições maciças de descendentes dos contingentes africanos, já totalmente desafricanizados pela mó aculturativa da escravidão. Esses mulatos ou eram brasileiros ou não eram nada, já que a identificação com o índio, com o africano ou com o brasilíndio era impossível. Além de ajudar a propagar o português como língua corrente, esses mulatos, somados aos mamelucos, formaram logo a maioria da população que passaria, mesmo contra sua vontade, a ser vista e tida como a gente brasileira. Ainda que a especialização produtiva ecológico-regional – açúcar, gado, ouro, borracha etc. – conduzisse a diferenciações locais remarcadas, aquela comunidade básica originalmente luso-tupi se mantém, sempre dando uma linha de continuidade, que tanto destaca sua especificidade étnica como opõe as matrizes das quais surgiu e que matou ao constituir-se.

Aquela protocélula cultural, plasmada nas primeiras décadas, quando o elemento africano ainda estava ausente ou era raro, operou, daí em diante, como o denominador comum do modo de vida popular dos futuros brasileiros de todas as regiões. Seu patrimônio básico estava constituído pelas técnicas milenares de adaptação dos povos Tupi à floresta tropical, que se integraram na herança cultural do mameluco.

De fato, os novos núcleos puderam brotar e crescer em condições tão inviáveis, e em meio tão diverso do europeu, porque aprenderam com o índio a identificar, a denominar e a classificar e usar toda a natureza tropical, distinguindo as plantas úteis das venenosas, bem como as apropriadas à alimentação e as que serviam a outros fins. Aprenderam, igualmente, com eles, técnicas eficazmente ajustadas às condições locais e às diferentes estações do ano, relativas ao cultivo e preparação de variados produtos de suas lavouras, à caça na mata e à pesca no mar, nas lagoas e nos rios. Com os índios aprenderam, ainda, a fabricar utensílios de cerâmica, a trançar esteiras e cestos para compor a tralha doméstica e de serviço, a tecer redes de dormir e tipoias para carregar crianças. Foi, com os índios, também, que aprenderam a construir as casas mais simples, ajustadas ao clima, como os mocambos, com os materiais da terra, nas quais viveria a gente comum; a fabricar canoas com casca de árvore ou cavadas a fogo em um só tronco. Sobre essa base é que se acumulariam, depois, as heranças tecnológicas europeias que, modernizando a sociedade brasileira nascente, permitiriam melhor integrá-la com os povos de seu tempo.

Enfim, a atuar produtivamente sobre uma natureza diversa da europeia e da africana, em condições climáticas também distintas, preenchendo os requisitos necessários à sobrevivência nos trópicos. Essa herança técnico-cultural em que se assentava a adaptação ecológica dos brasileiros era essencialmente a mesma de todas as tribos agrícolas da floresta tropical. Tinha, porém, muitas peculiaridades que a faziam reconhecível como de origem tupi. Para tanto aqui se somam à língua falada pelos neobrasileiros, o *nheengatu*, que era uma variante do tronco tupi; a fórmula ecológica específica de sobrevivência nos trópicos, com base na agricultura deles, que era também tupi; e a própria constituição genética dos núcleos mamelucos gerados por pais europeus principalmente nas índias da costa, que eram predominantemente tupi; para, tudo somado, dar aos brasileiros originais uma flagrante fisionomia tupi.

Com efeito, enquanto neotupis é que os núcleos mamelucos brasileiros opunham-se às outras matrizes indígenas – tratando-as genericamente como tapuias –, desprezando-as etnocentricamente como gente inferior, porque não falavam a mesma língua, não comiam farinha de mandioca, nem se comportavam como era cabível a verdadeiros homens. Mesmo a etnologia brasileira, só no presente século tornou-se capaz de distinguir a multiplicidade de povos, confundida sob aquela designação genérica, e de apreciar suas verdadeiras características culturais. As pesquisas de Curt Nimuendajú demonstraram o caráter especializado e relativamente avançado das culturas Jê.

Nesse sentido, o Brasil é a realização derradeira e penosa dessas gentes tupis, chegadas à costa atlântica um ou dois séculos antes dos portugueses, e que, desfeitas e transfiguradas, vieram dar no que somos: uns latinos tardios de além-mar, amorenados na fusão com brancos e com pretos, deculturados das tradições de suas matrizes ancestrais, mas carregando sobrevivências delas que ajudam a nos contrastar tanto com os lusitanos.

Como se vê, estava constituída já uma fórmula extraordinariamente feliz de adaptação do homem ao trópico como uma civilização vinculada ao mundo português, mas profundamente diferenciada dele. Sobre essa massa de neobrasileiros feitos pela transfiguração de suas matrizes é que pesaria a tarefa de fazer Brasil.

A assunção de sua própria identidade pelos brasileiros, como de resto por qualquer outro povo, é um processo diversificado, longo e dramático. Nenhum índio criado na aldeia, creio eu, jamais virou um brasileiro, tão irredutível é a identificação étnica. Já o filho da índia, gerado por um estranho, branco ou preto, se perguntaria quem era, se já não era índio, nem tampouco branco ou preto. Seria ele o protobrasileiro, construído como um negativo feito de sua ausência de etnicidade? Buscando uma identidade grupal reconhecível para deixar de ser ninguém, ele se viu forçado a gerar sua própria identificação.

O negro escravo, enculturado numa comunidade africana, permanece, ele mesmo, na sua identidade original até a morte. Posto no Brasil, esteve sempre em busca de algum irmão da comunidade longínqua com quem confraternizar. Não um companheiro, escravo ou escrava, como ele próprio, mas alguém vindo de sua gente africana, diferente de todos os que via aqui, ainda que eles fossem negros escravos.

Sobrevivendo a todas as provações, no trânsito de negro boçal a negro ladino, ao aprender a língua nova, os novos ofícios e novos hábitos, aquele negro se refazia profundamente. Não chegava, porém, a ser alguém, porque não reduzia jamais seu próprio ser à simples qualidade comum de negro na raça e de escravizado. Seu filho, crioulo, nascido na terra nova, racialmente puro ou mestiçado, este sim, sabendo-se não africano como os negros boçais que via chegando, nem branco, nem índio o seus mestiços, se sentia desafiado a sair da ninguendade, construindo sua identidade. Seria, assim, ele também, um protobrasileiro por carência.

O brasilíndio como o afro-brasileiro existiam numa terra de ninguém, etnicamente falando, e é a partir dessa carência essencial, para livrar-se da ninguendade de não índios, não europeus e não negros, que eles se veem forçados a criar a sua própria identidade étnica: a brasileira.

O português, por mais que se identificasse com a terra nova, gostava de se ter como parte da gente metropolitana, era um reinol e esta era sua única superioridade inegável. Seu filho, também, certamente, preferiria ser português. Terá sido assim, até que aqueles mamelucos e índios e aqueles negros mestiçados ganhassem entidade, como identificação coletiva para que o mazombo deixasse de permanecer lusitano.

Temos aqui duas instâncias. A do ser formado dentro de uma etnia, sempre irredutível por sua própria natureza, que amarga o destino do exilado, do desterrado, forçado a sobreviver no que sabia ser uma comunidade de estranhos, estrangeiro ele a ela, sozinho ele mesmo. A outra, do ser igualmente desgarrado, como cria da terra, que não cabia, porém, nas entidades étnicas aqui constituídas, repelido por elas como um estranho, vivendo à procura de sua identidade. O que se abre para ele é o espaço da ambiguidade. Sabendo-se outro, tem dentro de sua consciência de se fazer de novo, acercando-se dos seus similares outros, compor com eles um nós coletivo viável. Muito esforço custaria definir essa entidade nova como humana, se possível melhor que todas as outras. Só por esse tortuoso caminho deixariam de ser pessoas isoladas como ninguéns aos olhos de todos.

Trata-se, em essência, de construir uma representação coparticipada como uma nova entidade étnica com suficiente consistência cultural e social para torná-la viável para seus membros e reconhecível por estranhos pela singularidade dialetal de sua fala e por outras singularidades. Precisava, por igual, ser também suficientemente coesa no plano emocional para suportar a animosidade inevitável de todos os mais dela excluídos e para integrar seus membros numa entidade unitária, apesar da diversidade interna dos seus membros ser frequentemente maior que suas diferenças com respeito a outras etnias.

Quando é que, no Brasil, se pode falar de uma etnia nova, operativa? Quando é que surgem brasileiros, conscientes de si, se não orgulhosos de seu próprio ser, ao menos resignados com ele? Isso se dá quando milhões de pessoas passam a se ver não como oriundas dos índios de certa tribo, nem africanos tribais ou genéricos, porque daquilo haviam saído, e muito menos como portugueses metropolitanos ou crioulos, e a se sentir soltas e desafiadas a construir-se, a partir das rejeições que sofriam, com nova identidade étnico-nacional, a de brasileiros.

O fato, porém, é que uma representação coletiva dessa identificação tem de existir fora dos indivíduos, para que eles com ela se identifiquem e a assumam tão plausivelmente que os mais os aceitem numa mesma qualidade coparticipada. Numa primeira instância, essa função é o reconhecimento de peculiaridades próprias que tanto diferencia e o opõe aos que a não possuem, como o assemelha e associa aos que portam igual peculiaridade. Quando se diz: nossos negros, a referência é a cor da pele; quando se fala de mestiços, aponta-se secundariamente para isso. Mas o relevante é que uns e outros são brasileiros, qualidade geral que transcende suas peculiaridades.

O surgimento de uma etnia brasileira, inclusiva, que possa envolver e acolher a gente variada que aqui se juntou, passa tanto pela anulação das identificações étnicas de índios, africanos e europeus, como pela indiferenciação entre as várias formas de mestiçagem, como os mulatos (negros com brancos), caboclos (brancos com índios) ou curibocas (negros com índios).

Só por esse caminho, todos eles chegam a ser uma gente só, que se reconhece como igual em alguma coisa tão substancial que anula suas diferenças e os opõe a todas as outras gentes. Dentro do novo agrupamento, cada membro, como pessoa, permanece inconfundível, mas passa a incluir sua pertença a certa identidade coletiva.

O ser e a consciência

Lamentavelmente, o processo de construção da etnia não deixa marcas reconhecíveis senão nos registros de um grupo tão exótico e ambíguo como os letrados. Esses, por duas razões, além de poucos e raros, são fanaticamente iden-

tificados seja com a etnia do colonizador português, seja com sua variante luso-
-jesuítica.

Preciosos, nesse sentido, são os comentários já referidos de Nóbrega e Anchieta sobre João Ramalho. Mais expressivos ainda são os textos de Gregório de Matos (1633-96), um dos primeiros intelectuais brasileiros, que se pôs, na Bahia, a zombar gostosamente de toda a gente daquela cidade nova e exótica ainda em ser. Sobre a nobreza da Bahia, ele nos diz:

> A cada canto um grande conselheiro,
> Que nos quer governar a cabana, e vinha,
> Não sabem governar sua cozinha,
> E podem governar o mundo inteiro
> (Matos Guerra 1990:33)

Sobre os mestiços:

> Que é fidalgo nos ossos, cremos nós,
> que nisto consistia o mor brasão [...]
> daqueles que comiam seus avós
> (Matos Guerra 1990:637)

Mostrando uma Bahia já cheia de negros e mulatos, Gregório deixa um registro precioso de como eles eram vistos pelos brancos:

> Não sei, para que é nascer
> neste Brasil empestado
> um homem branco, e honrado
> sem outra raça.
> Terra tão grosseira, e crassa,
> que a ninguém se tem respeito
> salvo quem mostra algum jeito
> de ser Mulato
> (Matos Guerra 1990:1164)

O mundo multirracial da Bahia surge inteiro nessas estrofes de Gregório:

> Xinga-te o negro, o branco te pragueja;
> E a ti nada te aleija:
> E por teu sem sabor e pouca graça,
> És fábula do lar, rizo da praça.
> Ah! Que a balla, que o braço te levára,

> Venha segunda vez levar-te a cara!
> (Matos Guerra 1946:79)

Devemos também a ele uma referência expressa aos mamelucos, ao retratar o governador da Bahia:

> Pariu a seu tempo um cuco,
> Um monstro, digo, inhumano,
> Que no bico era tocano,
> E no sangue mamaluco [...]
> Lhe veio, sem ser rogado
> Um troço de fidalguia,
> Pedestre cavallaria,
> Toda de bico furado. [...]
> Antes de se pôr em pé,
> E antes de estar de vez,
> Não falava portuguez,
> Mas dizia o seu cobé. [...]
> Pagâmos, que é homem branco,
> Racional como um calháo;
> Mamaluco em quarto gráo
> E maligno desde o tronco. [...]
> (Matos Guerra 1946:80-3)

Sobre os fidalgos da Bahia, Gregório de Matos se rola de rir, mas também sofre porque os versos transcritos a seguir lhe custaram a deportação para Angola:

> Um calção de pindoba a meia zorra;
> Camiza de urucu; matéo de arara,
> Em logar de cotó, arco e tacoara;
> Penacho de guarás, em vez de gorra;
> Furado o beiço, sem temer que morra
> O pai, que lhe envarou com uma titára;
>
> Sendo a mãe a que a pedra lhe aplicára
> Por reprimir-lhe o sangue, que não corra.
> Alarve sem razão, bruto sem fé:
> Sem mais lei que a do gosto; e quando erra,
> De fauno se tornou em abaeté.
> Não sei como acabou, nem em que guerra:
> Só sei que deste Adão de Maçapé,
> Uns fidalgos procedem desta terra
> (Matos Guerra 1946:148)

O melhor testemunho daqueles tempos se deve a frei Vicente do Salvador, natural da Bahia. Foi o primeiro intelectual assumido como inteligência do povo nascente, capaz de olhar nosso mundo e os mundos dos outros com olhos nossos, solidário com nossa gente, sem dúvidas sobre nossa identidade, e até com a ponta de orgulho que corresponde a uma consciência crítica. A quase todos os escribas de depois, até hoje em dia, faltam essas qualidades de amor à terra, que faz de nós um povo descabeçado por falta de intelectualidade própria, nativista, que iluminaria a visão do nosso povo entre os povos diante do nosso destino.

Doutor em Coimbra, frade franciscano, frei Vicente ajudou a construir o convento de Santo Antônio, no Rio de Janeiro, e chegou a vigário-geral de Salvador, numa carreira de grandes êxitos. Em 1627, deu por concluída a sua *História do Brasil* dizendo: "Sou de 63 anos e já é tempo de tratar só de minha vida e não das alheias". Vive dez anos mais na esperança de ver sua obra publicada, o que só sucederia em 1888, numa primeira edição parcial de Capistrano de Abreu, de excelente qualidade. Nisso Portugal jamais falhou. Calava todas as vozes que falassem do Brasil, principalmente as louvandeiras.

O frei devia ser homem de boa comicidade, pelo menos escrevia com muito bom humor. Conta que seu pai foi salvo de um naufrágio quando vinha para o Brasil fugindo da madrasta. Do governador Mem de Sá, matador e fustigador de índios, revela que "morreu gozoso" de suas vitórias. De Duarte Coelho, fundador de Pernambuco, único donatário eficiente, conta que, voltando à metrópole, "lá morreu, desgostoso por haver el-rei recebido com remoques e pouca graça". Acresce, ainda, à crônica colonial, a notícia de que o poderoso Tomé de Souza, que esperou anos, impaciente, a licença para voltar ao reino, ao recebê-la, teria dito: "Verdade, é que eu desejava muito e me crescia a água na boca quando cuidava em ir pera Portugal. Mas não sei que é que agora me seca a boca de tal modo que quero cuspir e não posso" (Salvador 1982:18).

Mas frei Vicente também faz justiça. Por exemplo, de Albuquerque, além de louvar a valentia sem paralelo, acresce que foi "sempre muito limpo de mãos", coisa rara, louvável até hoje, entre nós.

Seu juízo sobre os colonos não é lisonjeiro. Para o frei, os portugueses "não sabem povoar nem aproveitar as terras que conquistaram". E são muito ingratos "porque os serviços no Brasil raramente se pagam".

Em certos passos, nosso frei chega a queixar-se. É o que faz, por exemplo, reclamando o descaso do rei por nós. Tamanho, que preferiu ser senhor da Guiné que do Brasil.

Dos povoadores, ele nos diz ainda que, "por mais arraigados que na terra estejam e mais ricos que sejam, tudo pretendem levar a Portugal e, se as fazendas e bens que possuem souberam falar, também lhe houveram de ensinar a dizer como aos papagaios, aos quais a primeira coisa que ensinam é: 'papagaio real pera Portugal', porque tudo querem para lá; uns e outros usam da terra, não como senhores, mas como usufrutuários, só para a desfrutarem e a deixarem destruída" (Salvador 1982:57-8).

Sua história é em grande parte uma crônica testemunhal. Além de viver meio século com olhos de ver tudo o que sucedia a seu redor, ouviu numerosos velhos que podiam contar de experiência própria o que sucedeu em eras anteriores.

Gaba nossos rios, suas matas de cedros, vinháticos e outros paus, tantíssimos, que dão cipós de atar cercas e casas, estopas de calafetar, caibros de entelhar e imensos madeiros escavados pelos índios para fazer canoas de dez palmos de boca que comportavam vinte remeiros de cada lado.

Ainda que sucinto, nosso frei se derrama também na apresentação das resinas milagrosas, dos bálsamos medicinais, dos óleos cheirosos. Encanta-se com o fruto de árvores possantes, como a maçaranduba, mais ainda com o jenipapo, cujo suco, tão aguado, tingia os índios de negro por semanas. Agrada-se imensamente dos cajus e dos ananases. Os feijões são incomparavelmente melhores que os do Reino. Até da sensitiva dá notícia, com sua capacidade de encolher-se ao menor toque. No capítulo dos mantimentos, gaba, principalmente, a mandioca e o aipim.

Falando dos bichos, nos apresenta os porcos-do-mato, capivaras, antas, tamanduás comedores de formigas, onças capazes de derrubar e comer touros, raposas, as variedades de macacos, e fala até de cobras. Relata inclusive o mau hábito de uma delas. É o caso de uma dona de Pernambuco "que estando parida, lhe viera algumas noites uma cobra mamar em os peitos, o que fazia com tanta brandura que ela cuidava ser a criança e, depois que conheceu o engano, o disse ao marido, o qual a espreitou na noite seguinte e a matou" (Salvador 1982:72).

Saiu daí para os bichos-de-pé, piolhos e percevejos. Às vezes exagera, quando fala por exemplo de homens marinhos que foram vistos sair d'água atrás de índios para comer seus olhos e narizes. Fala, copiosamente, dos peixes, mexilhões, caranguejos, e sobretudo dos goiamuns azuis que, às primeiras chuvas, saem de suas tocas e vão metendo-se nas casas.

Sua descrição dos índios é sumária, mas chega a notar que "nem têm rei que lha dê e a quem obedeçam, senão é um capitão, mais para a guerra que pera paz" (Salvador 1982:78). Comenta, também, a saudação lacrimosa com que os índios Tupi recebiam visitantes queridos, inclusive os portugueses que falavam sua língua. Os recebiam chorando muito e lamentando

> [...] a pouca ventura que seus avós e os mais antepassados tiveram que não alcançaram gente tão valerosa como são os portugueses, que são senhores de todas as coisas boas que trazem à terra, de que eles dantes careciam e agora as têm com tanta abundância, como são machados, foices, anzóis, facas, tesouras, espelhos, pentes e roupas, porque antigamente roçavam os matos com cunhas de pedra e gastavam muitos dias em cortar uma árvore, pescavam com uns espinhos, faziam o cabelo e as unhas com pedras agudas, e quando se queriam enfeitar faziam de um alguidar de água espelho, e que desta maneira viviam mui trabalhados, porém agora fazem suas lavouras e todas as mais coisas com muito descanso, pelo que os devem ter em muita estima (Salvador 1982:79).

Uma notícia importante é a de que um prisioneiro de guerra, destinado a ser comido, valia um machado ou uma foice de resgate com os portugueses. Como esses bens se tornaram rapidamente indispensáveis, é de se supor a enorme quantidade de índios que foram salvos assim do moquém para se perderem no cativeiro.

Malicioso, o frei se consente até em falar mal de Anchieta, relatando um episódio vexatório no justiçamento de um calvinista francês. Ele nos diz: "Vendo ser o algoz pouco destro em seu ofício, e que se detinha em dar a morte ao réu e com isso o angustiava e punha em perigo de renegar a verdade que já tinha confessada, repreendeu o algoz e o industriou pera que fizesse com presteza o seu ofício". E acrescenta, judicioso: "Casos como este são mais pera admirar que pera imitar" (Salvador 1982:167).

Nosso frei antecipou de séculos um sentimento de brasilidade que só iria amadurecer expressamente com os companheiros de Tiradentes, que falam de brasileiros como designação política do povo que eles queriam alçar.

Também o movimento nativista do século passado, identificado como indianismo, foi uma assunção da qualidade de nativos não portugueses que se achavam muito melhores do que os lusitanos. Muito se fala de identidade em termos psicologísticos e filosóficos que pouco acrescentam ao fato concreto e visível: é o surgimento do brasileiro, construído por si mesmo, já plenamente ciente de que era uma gente nova e única, se não hostil pelo menos desconfiada de todas as outras.

3. BAGOS E VENTRES

Desindianização

Não contando com séries estatísticas confiáveis para o passado — se não as temos nem no presente —, faremos uso aqui, vastamente, do que eu chamo demografia hipotética. Vale dizer, séries históricas compostas com base nos poucos dados concretos e completadas com o que parece verossímil.

É de todo provável que alcançasse, ou pouco excedesse, a 5 milhões o total da população indígena brasileira quando da invasão. Seria, em todo o caso, muito maior do que supõem as avaliações correntes, conforme demonstram estudos de demografia histórica (Borah, 1962, 1964; Dobyns e Thompson 1966). Baseados em análises da documentação disponível, realizadas à luz de novos critérios, esses estudos multiplicaram os antigos cálculos da população indígena original das Américas.

Havia, tanto do lado português como do espanhol, uma tendência evidente dos estudiosos para minimizar a população indígena original. Seja por crer que houvesse exagero nas fontes primárias dos cronistas, que efetivamente viram os índios com seus próprios olhos, o que era um absurdo. Seja pela tendência prevalecente por muito tempo — e ainda hoje perceptível — de dignificar o papel dos conquistadores e colonizadores, ocultando o peso do seu impacto genocida sobre as populações americanas, o que é mais absurdo ainda.

Não existem, ainda, estudos elaborados à luz dessa nova perspectiva para reavaliar a população indígena original do território brasileiro, paraguaio e do rio da Prata. Mas ela seria, certamente, superior aos cálculos indiretos aparentemente mais bem fundamentados, como o de Julian Steward (1949:666), que a estimou em 1 milhão e pouco; Lugon (1968), que elevou este número a 3 milhões e Hemming (1978:487-501), que o reduziu a 2,4 milhões.

O número de referência que utilizamos para toda a área (5 milhões) deverá, por conseguinte, ser visto com reserva até que contemos com estudos diretos sobre o tema, com base na documentação disponível, de acordo com a nova metodologia da demografia histórica. Trata-se, sem dúvida, de um número elevado, mesmo em comparação com a população portuguesa de 1500, que pouco excedia a 1 milhão de habitantes.

Entretanto, nossa avaliação da população indígena original do Brasil não deve ser exagerada, porque ela é coerente com as fontes primárias e, na hora de fixá-la, levamos em conta as taxas da depopulação tribal que se segue ao primeiro século de contato. Com efeito, os numerosos casos concretos que conhecemos diretamente de depopulação resultante dos primeiros contatos (Ribeiro 1970:261) confirmam as taxas dos estudos demográficos referidos, que é da ordem de 25 por um. Esse cálculo se baseia, fundamentalmente, no desmoronamento da população mexicana logo após a conquista, que caiu de 25,3 milhões para 1 milhão entre 1519 e 1605 (Cook e Borah 1957). Isso significa que os 100 mil indígenas brasileiros que alcançaram a primeira metade do presente século seriam, originalmente, ao menos 2,5 milhões. Como, entretanto, consideramos, por um lado, uma área que inclui os territórios do Paraguai e do Uruguai, muito populosos, e, por outro lado, um período de quatro séculos, no curso do qual foram extintos muitos grupos indígenas, é de se supor que a população indígena original tenha sido, de fato, muito maior, provavelmente o dobro, o que nos leva à cifra com que trabalhamos.

Seguindo esse raciocínio, supomos que aqueles 5 milhões de indígenas de 1500 se teriam reduzido a 4 milhões um século depois, com a dizimação pelas epidemias das populações do litoral atlântico, que sofreram o primeiro impacto da civilização pela contaminação das tribos do interior com as pestes trazidas pelo europeu e pela guerra. No segundo século, de 1600 a 1700, prossegue a depopulação provocada pelas epidemias e pelo desgaste no trabalho escravo, bem como o extermínio na guerra, reduzindo-se a população indígena de 4 para 2 milhões.

Assim foi, então, o desgaste das tribos isoladas que viviam nas áreas de colonização recente e, sobretudo, na região Sul, onde os mamelucos paulistas liquidaram as enormes concentrações de índios Guarani das missões jesuíticas. É provável que naquele século se tenham escravizado mais de 300 mil índios, levados para São Paulo e vendidos na Bahia e em Pernambuco (Simonsen 1937). Essa captura de escravos se fazia, também, por intermédio de muitíssimos índios cativos, aliciados nas bandeiras. A proporção de índios para "brancos" nas bandeiras foi de setecentos para duzentos na de Cristóvão de Barros e de novecentos para 150 na de Antônio Dias Adorno, em 1574; e de mil para duzentos na bandeira de Raposo Tavares às reduções jesuíticas em Itatins (1648). O próprio Nassau mandou contra Palmares, em 1645, uma expedição com setecentos índios e cem mulatos para trezentos soldados holandeses, que, aliás, fracassou. Os Palmares foram destruídos meio século depois por homens de Jorge Velho, que seguiu do Piauí para combater, primeiro, os índios Janduí (1688) e, depois, Palmares (1694) com uma tropa de 1300 índios para 150 "brancos". Foi também de índios o grosso das forças com que os portugueses lutaram contra os franceses na Guanabara e, mais tarde, no Maranhão, assim como contra os holandeses, na Paraíba.

No terceiro século, de 1700 a 1800, se teria *gasto* – conforme a bizarra expressão dos cronistas coloniais – outro milhão, principalmente no Maranhão, no Pará e no Amazonas, reduzindo-se o montante de índios isolados de 2 para 1 milhão. Esse último milhão vem minguando, desde então, com a ocupação de vastas áreas florestais, paulatinamente exploradas, em Minas Gerais, São Paulo, Paraná e Santa Catarina, e com a abertura de amplas frentes de expansão no Brasil central e na Amazônia.

Em cada século e em cada região, tribos indígenas virgens de contato e indenes de contágio foram experimentando, sucessivamente, os impactos das principais compulsões e pestes da civilização, e sofreram perdas em seu montante demográfico de que jamais se recuperaram. O efeito dizimador das enfermidades desconhecidas, somado ao engajamento compulsório da força de trabalho e ao da deculturação, conduziram a maior parte dos grupos indígenas à completa extinção. Em muitos casos, porém, sobrevive um remanescente que, via de regra, corresponde àquela proporção de um por 25 da população original. A partir desse mínimo é que voltou a crescer lentissimamente.

Conforme se vê, a população original do Brasil foi drasticamente reduzida por um genocídio de projeções espantosas, que se deu através da guerra de extermínio, do desgaste no trabalho escravo e da virulência das novas enfermidades que os achacaram. A ele se seguiu um etnocídio igualmente dizimador, que atuou através da desmoralização pela catequese; da pressão dos fazendeiros que iam se apropriando de suas terras; do fracasso de suas próprias tentativas de encontrar um lugar e um papel no mundo dos "brancos". Ao genocídio e ao etnocídio se somam guerras de extermínio, autorizadas pela Coroa contra índios considerados hostis, como os do vale do rio Doce e do Itajaí. Desalojaram e destruíram grande número deles. Apesar de tudo, espantosamente, sobreviveram algumas tribos indígenas ilhadas na massa crescente da população rural brasileira. Esses são os indígenas que se integram à sociedade nacional, como parcela remanescente da população original.

Já assinalamos que essa integração não corresponde a uma assimilação que os converta em membros indiferenciados da etnia brasileira. Significa, tão somente, a fixação de um *modus vivendi* precaríssimo através do qual transitam da condição de índios específicos, com sua raça e cultura peculiares, à de índios genéricos. Esses, ainda que crescentemente mestiçados e aculturados, permanecem sempre "indígenas" na qualidade de alternos dos "brasileiros", porque se veem e se sofrem como índios e assim também são vistos e tratados pela gente com que estão em contato.

Existe uma copiosíssima documentação, que vem do primeiro século, sobre esses índios genéricos concentrados em suas aldeias, algumas autônomas, outras administradas por missões religiosas ou por serviços oficiais de proteção. Neles sobrevivem por décadas, ou por séculos, sempre inassimilados, os remanescentes da hecatombe que sofreram com o impacto da civilização. Sempre irredutivelmente indígenas frente aos brasileiros. Não encontra nenhuma base nos fatos, conforme se vê, a ideia de que os índios, através de processos de aculturação, amadureçam para a civilização.

A historieta clássica, tão querida dos historiadores, segundo a qual os índios foram amadurecendo para a civilização de forma que cada aldeia foi se convertendo em vila, é absolutamente inautêntica. O estudo que realizamos para a UNESCO, esperançosos de apresentar o Brasil como um país por excelência assimilacionista, demonstrou precisamente o contrário. O índio é irredutível em sua identificação étnica, tal como ocorre com o cigano ou com o judeu. Mais perseguição só os afunda mais convictamente dentro de si mesmos. Tal não conseguem os serviços oficiais de proteção, geralmente entregues a missionários, e também não conseguem esses últimos. Povos há, como os Bororo, por exemplo, com mais de século e meio de vida catequética, que permanecem Bororo, pouco alterados pela ação missionária; ou os Guarani, com mais de quatro séculos de contato e dominação.

Algum êxito alcançam missões muito atrasadas, como os salesianos do rio Negro, que, empenhados em ocidentalizar e catequizar os índios daquela área, juntaram as crianças de tribos diferentes nas mesmas escolas, preenchendo assim a condição essencial para desindianizar os índios, que é a ruptura das relações da velha transmissão de pais a filhos. O que alcançaram não foram italianinhos, mas moças e rapazes marginalizados, que não sabiam ser índios nem civilizados, e lá vivem em vil tristeza.

A incorporação de indígenas à população brasileira só se faz no plano biológico e mediante o processo, tantas vezes referido, de gestação dos mamelucos, filhos do dominador com mulheres desgarradas de sua tribo, que se identificavam com o pai e se somavam ao grupo paterno. Por essa via, através dos séculos, a mulher indígena veio plasmando o povo brasileiro em seu papel de principal geratriz étnica. Numa sociedade com carência principalmente de mulheres, os índios e negros aliciados como escravos raramente conseguem uma companheira. Saint-Hilaire, falando da região do Rio Grande do Sul, observa que os índios escravizados "se inutilizam para o povoamento do solo, visto como longe de suas terras não encontram mulheres com quem pudessem casar" (Saint-Hilaire 1939).

Na primeira década deste século, a situação indígena brasileira era altamente conflitiva. Missionários se apropriavam das terras dos índios que catequizavam e as estavam loteando, com grande revolta dos índios. Vastas áreas entregues à colonização estrangeira, principalmente alemã, viviam convulsionadas por bugreiros pagos pelos colonos para limpar suas terras do incômodo "invasor". O próprio diretor do Museu Paulista e eminente cientista pediu ao governo que optasse entre a selvageria e a civilização. Se seu propósito era civilizar o país, cumpria abrir guerras de extermínio com tropas oficiais para resolver o problema.

Nessa situação é que se levanta o principal dos humanistas brasileiros, Cândido Rondon. Tendo muito mais experiência de trato com os índios, porque havia estendido milhares de quilômetros de linhas telegráficas em território indígena sem entrar em conflito com eles, Rondon exigia do país respeito à sua população original. Seu apelo foi atendido não só pelo governo mas por dezenas de oficiais das forças armadas e profissionais de toda a sorte, que decidiram dedicar suas vidas à salvação dos povos indígenas.

Fundado nos princípios do positivismo de Augusto Comte, mas superando-os largamente, Rondon e seus companheiros estabeleceram um corpo de diretrizes que por décadas orientaram uma política indigenista oficial. Eles afirmavam que o objetivo não podia ser exterminar ou transformar o indígena, mas fazer dele um índio melhor, dando-lhe acesso a ferramentas e a orientação adequada. O que cumpria fazer em essência era assegurar aquele mínimo indispensável a cada povo indígena, que é o direito de ser índio, mediante a garantia de um território onde possam viver sossegados, a salvo de ataques, e reconstituir sua vida e seus costumes. A necessidade de abrir novas frentes de colonização tinha que ser precedida de um cuidadoso trabalho junto aos índios.

A inovação principal de Rondon foi, porém, o estabelecimento pioneiro do princípio, só hoje reconhecido internacionalmente, do direito à diferença. Em lugar da fofa proclamação da igualdade de todos os cidadãos, os rondonianos diziam que, não sendo iguais, essa igualdade só servia para entregar os índios a seus perseguidores. O que cumpria era fixar as normas de um direito compensatório, pelo qual os índios tinham os mesmos direitos que os brasileiros – de ser eleitor, de fazer serviço militar, por exemplo –, mas esses direitos não lhes podiam ser cobrados como deveres.

Curt Nimuendajú, um dos maiores etnólogos e conhecedores dos índios do Brasil, traça o perfil do índio civilizado:

[...] mais do que em qualquer outra parte do Brasil por mim conhecida, achei no Içana e Uaupés as relações entre índios e civilizados – os brancos como ali se diz – irremediavelmente estragadas: um abismo se abriu entre os dois elementos, à primeira vista, apenas perceptível, encoberto pelo véu de um *modus vivendi* arranjado pelas duas partes, mas mostrando-se logo em toda sua profundidade intransponível, assim que se trata de conquistar a confiança dos índios e de penetrar no íntimo da psique deles. Claro está que a maioria dos civilizados, não compreendendo nem precisando de nada disto, nunca chega ao conhecimento desse abismo, dando-se por muito satisfeita com o *modus vivendi* e o apresentando muitas vezes orgulhosamente como resultado dos seus processos civilizadores ("Viagem ao rio Negro", relatório apresentado à Inspetoria do Amazonas do Serviço de Proteção aos Índios, datado de setembro de 1927 in Nimuendajú 1950:173).

Nos idos de 1954, trabalhando na Organização Internacional do Trabalho (OIT) para estabelecer os direitos dos povos indígenas, o pensamento rondoniano ali apresentado impressionou tanto a dois intelectuais indianos, que eles pediram intérprete e almoçaram comigo, querendo notícias desse grande brasileiro que desconheciam. Eu lhes mostrei que não havia nenhuma relação entre Rondon e Gandhi. Eram tão só dois humanismos paralelos. É curioso recordar que eles quiseram saber se eu era um juramentado. A custo entendi sua pergunta, quando disseram que eles próprios eram juramentados da causa dos povos minoritários e oprimidos da Índia. Ou seja, prometeram que nos dez anos posteriores à sua formatura universitária só dedicariam seu pensamento e suas mãos a essa causa.

O incremento prodigioso

As grandes façanhas históricas brasileiras foram a conquista de um território continental e a construção de uma população que ultrapassa os 150 milhões. Nenhum desses feitos foi gratuito. Portugal, que viveu mil anos na obsessão de fronteira, temeroso de ser engolido pela Espanha, aqui, desde a primeira hora, tratou de marcar e alargar as bases de suas posses territoriais. Plantou fortalezas a mil léguas de qualquer outro povoador. Manteve pela guerra, por séculos, pontos de fixação de seus lindes, como a Colônia do Sacramento.

A construção da população, se não se fez como um propósito deliberado, foi resultante de uma política demográfica espontaneísta de que resultou tanto a depopulação de milhões de trabalhadores como o incremento de outros milhões.

No plano genésico, a população brasileira se constrói simultaneamente pela dizimação mais atroz e pelo incremento mais prodigioso. Utilizando largamente a imensa disponibilidade de ventres de mulheres indígenas escravizadas, o incremento da população mestiça foi nada menos que miraculoso.

Em 1584, o padre José de Anchieta avaliava a população do Brasil em 57 mil almas, sendo 25 mil *brancos da terra* – quer dizer, principalmente mestiços de portugueses com índias –, 18 mil índios e 14 mil negros. O número seria muito maior se a avaliação se referisse à área ocupada hoje pelo Brasil. E, sobretudo, se incluísse os índios que, embora vivendo autonomamente, já estavam em interação permanente com a sociedade nascente, avaliáveis em pelo menos 200 mil. Anchieta, porém, só se referia à população incorporada ao empreendimento colonial, que ocuparia, naquela época, não mais de 15 mil quilômetros quadrados.

Essa população estava assentada, fundamentalmente, no Nordeste, ocupada na economia açucareira em embrião e na exploração do pau-de-tinta. Haveria, então, catorze vilas, sendo as principais delas Olinda, com setecentos habitantes; a Bahia e o Rio de Janeiro, com quinhentos; e as restantes, com uma média de quatrocentos, o que representava um importante componente urbano articulador do empreendimento colonial.

Com base na avaliação de Anchieta e em dados de outros cronistas contemporâneos, se pode admitir que, em 1600, a população neobrasileira fosse de 200 mil habitantes (Capistrano de Abreu 1929:123). Isto é, a população diretamente incorporada ao empreendimento colonial, somada aos grupos indígenas que estavam em interação direta e pacífica com os colonizadores e que representariam 120 mil. Quanto aos contingentes não indígenas, teriam atingido cerca de 50 mil os brancos por definição, quase todos mestiçados; e 30 mil os negros escravos. O contingente urbano chegaria de 6 a 8 mil habitantes, pelo crescimento das vilas, registrado por Anchieta, assim como a criação de novos núcleos que estruturariam a ocupação de uma área de 30 mil quilômetros quadrados.

Celso Furtado (1959) calcula que funcionariam, então, 120 engenhos de açúcar, e que o rebanho bovino atingiria, já, 680 mil cabeças. A produção anual de açúcar teria alcançado 2 milhões de arrobas, cujo valor seria de 2,5 milhões de libras esterlinas daquele tempo. Como ele assinala, uma renda tão extraordinariamente alta fazia do empreendimento colonial português a empresa mais próspera da época. E, por isso mesmo, a mais cobiçada por holandeses e franceses, que passariam, desde então, a disputar sua posse.

O balanço demográfico desse primeiro século de ocupação nos dá, como principal resultado, a dizimação de 1 milhão de índios, mortos principalmente pelas epidemias que grassavam na costa, atingindo logo o interior; no cativeiro das missões e nas guerras. Simultaneamente, o índio e suas crias mestiças crescem como uma virulência.

Em 1700, a população neobrasileira teria atingido uns 500 mil habitantes, dos quais 200 mil representados por indígenas integrados ao sistema colonial, e havia dobrado sua área de ocupação. Os negros seriam, talvez, 150 mil, concentrados principalmente nos engenhos de açúcar, mas também nas zonas recentemente abertas à mineração. Uma parcela deles se refugiava em quilombos, para além das fronteiras da civilização, mas Palmares, o principal núcleo, que chegara a reunir 30 mil negros, acabava de ser destruído. A população "branca", que seria de 150 mil habitantes, formada majoritariamente por mestiços de pais europeus e mães indígenas, falava principalmente o *nheengatu* como língua materna. Contrasta cruamente com essa parcela de brasilíndios um número ponderável de mulatos originados por diversos cruzamentos – o *banda-forra* (branco com negro), o *salta-atrás* (mameluco com negro), o *terceirão* (recruzado do branco com o mulato) – que, sendo muito aculturados e falando português, ajudariam daí em diante o colonizador a impor-se culturalmente aos mamelucos.

Tabela I
BRASIL 1500-1800
CRESCIMENTO DA POPULAÇÃO INTEGRADA NO EMPREENDIMENTO COLONIAL
E DIMINUIÇÃO DOS CONTINGENTES ABORÍGINES AUTÔNOMOS

	1500	1600	1700	1800
"Brancos" do Brasil	–	50 000	150 000	2 000 000
Escravos	–	30 000	150 000	1 500 000
Índios "integrados"	–	120 000	200 000	500 000
Índios isolados	5 000 000	4 000 000	2 000 000	1 000 000
TOTAIS	5 000 000	4 200 000	2 500 000	5 000 000

A economia estava concentrada fundamentalmente na produção açucareira, que liderava as exportações; na criação de gado, que teria alcançado um rebanho de 1,5 milhão de cabeças e assumira certa importância como fonte de exportação de couros; nas lavouras de tabaco, que também se converteriam em um importante artigo de exportação, principalmente para custear a importação de escravos africanos. A produção de ouro dos veios recém-descobertos surgia com extraordinário vigor e estava destinada a constituir-se, nas décadas seguintes, no setor mais dinâmico da economia. Como tal, atrairia para as zonas auríferas do centro do país grandes contingentes populacionais de brancos, vindos do reino e das áreas de antiga ocupação, e, sobretudo, de negros transladados dos engenhos ou diretamente importados da África.

Com efeito, a mineração de ouro (1701-80) e, depois, a de diamante (1740--1828) vieram alterar substancialmente o aspecto rural e desarticulado dos primeiros núcleos coloniais. Sua primeira consequência foi atrair rapidamente uma nova população – mais de 300 mil pessoas, nos sessenta primeiros anos – para uma área do interior, anteriormente inexplorada, incorporando os territórios de Minas Gerais, Goiás e Mato Grosso à vida e à economia da colônia.

Para avaliar a importância da atividade mineradora, é suficiente considerar que teria produzido, em ouro, cerca de mil toneladas e, em diamante, 3 milhões de quilates, cujo valor total corresponde a 200 milhões de libras esterlinas, o equivalente a mais da metade das exportações de metais preciosos das Américas.

A região aurífera foi objeto da maior disputa que se deu no Brasil. De um lado, os paulistas, que haviam feito a descoberta e reivindicavam o privilégio de sua exploração. De outro lado, os baianos, que, havendo chegado antes à região com seus rebanhos de gado, tinham tido o cuidado de registrar suas propriedades territoriais – um certo Guedes, tabelião da Bahia, registrou para si mesmo um fazendão que ia da Bahia até o meio de Minas Gerais. A guerra entre os disputantes agravou enormemente a violência, com traições, assassinatos e roubos. Um pai mandou enforcar seu filho; um filho largou seu pai dentro de um esquife maciço no rio das Velhas, rezando para que ele chegasse ao mar e a Portugal.

Mas seu impacto foi muito maior. O Rio de Janeiro nasce e cresce como o porto das minas. O Rio Grande do Sul e até a Argentina, provedores de mulas, se atam a Minas, bem como o patronato e boa parte da escravaria do Nordeste. Tudo isso fez de Minas o nó que atou o Brasil e fez dele uma coisa só.

As terras eram tão ricas em ouro e tamanha era a sofreguidão por alcançá--lo que os senhores venderam seus escravos a si mesmos quando esses, além da produção ordinária, produziam excedentes. Assim é que surgiram alguns bizarros nababos negros. Espantosa também foi a fome de gente que comprava uma galinha por seu peso em ouro.

Décadas de política habilidosa de delações e subornos tranquilizaram, afinal, a área, aquietando o gentio mineiro. Não antes que quase tudo se perdesse para Portugal num complô entre os mineiros e o governo norte-americano, regido pelos mais inverossímeis subversivos, poetas, magistrados, militares, curas etc. O complô acabou sendo abafado, enforcando e esquartejando o herói maior para escarmentar o povo e deixando os outros conspiradores apodrecerem exilados na África.

Ali, em Ouro Preto e arredores, quando o ouro já não era tanto, se viu florescer a mais alta expressão da civilização brasileira. Com figuras extraordinárias de artistas, como Aleijadinho; de poetas, como Gonzaga e Cláudio Manuel da Costa. Releve, mas não resisto à tentação de dar à sua leitura o capítulo "Cal" de meu romance da mineiridade: *Migo*.

> Vendo estas Minas tão mofinas, quem diria, desatinado, que escarmentado, somos o povo destinado? Somos o tíbio povo dos heróis assinalados. Eles aí estão, há séculos, a nos cobrar amor à liberdade. Filipe grita, Joaquim José responde:
>
> – *Libertas quae sera tamen.*
> – Liberdade, aqui e agora. Já!
>
> A Filipe, esquartejado, como é que o acabaram? Os cavalos mais fortes dos brasis lá estavam: mordendo os freios, escumando, escoiceando na praça empedrada. Eram quatro. Um cavalo foi atrelado no seu braço esquerdo. Outro cavalo, na perna direita. O terceiro cavalo, no braço direito. O último cavalo, na perna esquerda. Cada cavalo, montado por um tropeiro encouraçado.
>
> Açoitados, esporeados, os quatro cavalos dispararam, cada qual para seu lado. Mas lá ficaram parados, tirando faíscas com as ferraduras no pedral, atados que estavam na carne rija de Filipe. Chicoteados, esporeados de sangrar, afinal, com Filipe estraçalhado, partiu libertado o cavalo do braço direito, levando com o braço um pedaço do peito. Rápidos, instantâneos, os outros três cavalos dispararam, despedaçando Filipe, cada qual com seu pedaço.
>
> O que fizeram quando os cavalos suados já longe, pararam, cumprida a ordem hedionda? Lá se foram, arrastando seus quartos pelas estradas, para o monturo de um antigo cascalhal. Lá no buraco preto, já pelo meio de cal, jogaram o que restava das carnes e ossos do herói e mais cal lançaram por cima. Filipe ferveu nas carnes parcas sua morte derradeira. Para todo o sempre, mataram Filipe. Mataram tão matado que para todo o sempre será ele lembrado.
>
> Meio século correu com o povo agachado até chegar a hora e a vez de outro assinalado. O destino caiu, coroou desta vez a cabeça de Joaquim José, condenado pela Rainha Louca a morrer morte natural na

forca, ser esquartejado e exposto para escarmento do povo. Despedaçado, lá ficaram suas partes apodrecendo, até que o tempo as consuma como queria dona Maria. Os quatro quartos plantados fedendo, na Estrada Real. A cabeça com a cabeleira e a barba, bastas, alçada num poste alto, em Ouro Preto, guardada por famintos urubus asas de ferro, bicos agudos: tenazes. Estes foram, só eles, seus coveiros. Acabado assim tão acabado, sem ao menos a caridade de cal virgem, Tiradentes não se acabou nem se acaba. Prossegue em nós, latejando. Pelos séculos continuará clamando na carne dos netos de nossos netos, cobrando de cada qual sua dignidade, seu amor à liberdade.

As barbas. As barbas. As barbas.
Aqui permanecerão
À espera doutra cara e doutra vergonha.

Estes são nossos heróis assinalados, símbolos de uma grandeza recôndita que havia. Ainda há, eu quero crer, mais rara que os outros, por garimpar.

Maior que eles dois, porém, é a multidão que vou chamar. Veja:

– Venham, eu os convoco, venham todos. Venham aqui dizer da dor dos nervos dilacerados, do cansaço dos músculos esgotados. Venham todos, com suas tristes caras, com suas murchas ilusões, venham vestidos ou nus, tal como foram enterrados, se foram. Venham morrer aqui de novo suas miúdas mortes inglórias.

Venha primeiro você, você mineiro anônimo que furtou o crânio de Tiradentes, rezou por sua alma e o sepultou. Mas venham todos!

Você os vê? Foram milhões de almas vestidas de corpos mortais, doídos, os que aqui nessas Minas se gastaram. Olhe de novo pra eles, olhe bem. Veja só. No princípio eram principalmente índios nativos e uns poucos brancarrões importados. Depois, principalmente negros, vindos de longe, africanos. Mas logo, logo, veja só: eram já multidões de mestiços, crioulos, daqui mesmo.

Esses milhões de gentes tantas são as mulas desta gueena de lavar cascalhais. Vê você como eles todos nos olham, olhos baixos, temerosos, perguntando calados:

– Quem somos nós? Existimos, para quê? Por quê? Para nada?

Somos o povo dos heróis assinalados, mas somos mesmo é o povo dessas multidões medonhas de gentes, enganadas e gastadas. O povo escarmentado na carne e na alma. Somos o povo que viu e que vê. O povo que vigia e espera.

Minas estelar, páramo, mãe do ferro, mãe do ouro e do azougue. Mãe mineral, fulgor sulfúrico. Minas sideral, lusa quina de rocha viva enterrada além-mar.

> Minas antiga, cruel satrápia do fel e da agonia, sou eu que te peço: ponha um final nesta agonia: relampeia. Relampeia agora, peça a morte. Morra! Morra e renasça. Rolem pedras saltadas do mar petrificado; rolem, arrombem o subterrâneo paredão de granito que aprisiona o povo e o tempo, escravizando, sangrando, esfomeando, assassinando.
>
> Minas, árvore alta. Minas de sangue, de lágrima, de cólera. Minas, mãe dos homens. Minas do esperma, do milho, da pétala, da pá, da dinamite. Minas carnal da flor e da semente. Minas mãe da dor, mãe da vergonha. Minas, minha mãe crepuscular.
>
> *Havemos de amanhecer. O mundo se tinge com as tintas da antemanhã* (Ribeiro 1988:376-8).

Nossa glória maior como povo é eles terem existido e se expressado de forma tão alta. Eles são nossa glória. Suas obras, na forma de magnífica arquitetura e escultura, de música erudita da mais alta qualidade, de poemas e livros, são nosso orgulho.

Essa explosão de prosperidade teria múltiplas consequências. Entre outras, a de interiorizar o esforço colonizador que, até então – antes das incursões dos bandeirantes –, havia se limitado às terras do litoral, "contentando-se em arrastar-se ao longo da costa como caranguejos", disse frei Vicente do Salvador. E, sobretudo, a de começar a articular os núcleos brasileiros dispersos na unificação do território nacional.

Até então, o Brasil era um arquipélago de implantes coloniais, ilhados e isolados uns dos outros por distâncias de milhares de quilômetros. Agora se criava uma rede de intercâmbio comercial que teria enorme importância no futuro, porque dava uma base econômica à unidade nacional.

Outro efeito do auge aurífero foi reter no interior do país uma massa de recursos que permitiu edificar rapidamente a ampla rede urbana das zonas de mineração, criando cidades prodigiosamente ricas e belas. Nela e nos antigos portos, floresce, então, uma civilização do ouro que se expressa em templos e palácios suntuosos, cuja edificação e decoração ocuparam uma vasta mão de obra especializada de artesãos e de artistas. Os ricos brasileiros se tornaram mais ricos e mais ostentatórios, saindo da rudeza paulistana e da mediocridade pernambucana e baiana dos dois primeiros séculos.

Com o esgotamento das jazidas de ouro, veio a diáspora. Aquela civilizadíssima população de negros, mulatos e mestiços se dispersou pelas sesmarias de Minas, implantando ali modos de viver, de comer, de vestir, de calar, de entristecer-se e até de se suicidar que são únicos no Brasil. É a mineiridade.

Mais significativa ainda foi a influência da segunda invasão portuguesa. De um dia para outro, quase 20 mil portugueses, fugindo das tropas de Napoleão, aportam à Bahia e ao Rio.

O sábio rei sabia bem que seu reino prestante estava aqui. Assim é que, vendo Portugal invadido por Napoleão, veio ter aqui, tangendo sua mãe louca. Trouxe consigo o melhor da burocracia portuguesa. Foi um imenso empreendimento naval em que milhares de portugueses desembestaram para o Brasil, disputando lugares a tapa nas naus inglesas convocadas para a operação. Sua influência foi prodigiosa.

O Brasil que nunca tivera universidades recebe de abrupto toda uma classe dirigente competentíssima que, naturalmente, se faz pagar apropriando-se do melhor que havia no país. Mas nos ensina a governar.

Enquanto a América hispânica se esfacela e em cada porto se inventa uma nação pouco viável, aqui, apesar das imensas diferenças regionais, se mantém a unidade. Cada levante, mesmo os tisnados de republicanos, era enfrentado pelos generais do rei, levando numa mão os canhões e na outra dragonas e decretos de anistia. É claro que muitas dessas lutas foram tão ferozes que obrigaram el-rei a mandar fuzilar quantidades de curas, que eram os intelectuais rebeldes de então. Mas terminada a refrega, tudo se reconciliava.

Em 1800, a população do território brasileiro recupera seu montante original de 5 milhões. Mas o faz com uma composição invertida. A metade é formada, agora, por "brancos" do Brasil, predominantemente "pardos" – quer dizer, mestiços e mulatos –, falando principalmente o português como língua materna, e já completamente integrada à cultura neobrasileira. Os negros escravos somam 1,5 milhão, sendo uma terça parte deles constituída por "crioulos" – quer dizer, negros nascidos no Brasil e amplamente aculturados. Os remanescentes da população indígena original, que haviam sido subjugados e estavam integrados à população neobrasileira como força de trabalho escrava, diretamente subjugada ou incorporada ao sistema através das missões ou das diretorias de índios, somariam meio milhão. Para além das fronteiras da civilização, fugindo ou resistindo à conscrição na força de trabalho e ao avassalamento, viveriam mais 1 milhão de índios arredios e hostis, concentrando-se principalmente na Amazônia, mas disseminados por todo o país, onde quer que uma zona de matas indevassadas lhes proporcionasse refúgio.

O ano de 1800 representou uma virada na história brasileira. A economia exportadora atravessava um período de declínio, o que constituía, certamente, um desafogo para a população. Com efeito, reduzido o ritmo da produção açucareira e superada a época de prosperidade das explorações de ouro e diamantes, que ocupavam os principais contingentes de trabalhadores negros e brancos, estes se dispersaram em busca de formas autárquicas de sobrevivência. A produção açucareira, que se debatia na crise desencadeada com a expansão dos novos centros produtores das Antilhas, passou a contribuir com metade do valor da exportação, que também havia diminuído bastante. A pecuária se estendeu prodigiosamente pelos sertões interiores e pelas pastagens sulinas. O setor mais dinâmico era, então, o cultivo de arroz e, depois, de algodão do Maranhão, cujo principal comprador eram as manufaturas inglesas em conflito com os produtores norte-americanos.

O resultado fundamental dos três séculos de colonização e dos sucessivos projetos de viabilização econômica do Brasil foi a constituição dessa população – de 5 milhões de habitantes, uma das mais numerosas das Américas de então –, com a simultânea deculturação e transfiguração étnica das suas diversas matrizes constitutivas. Até 1850, só o México (7,7 milhões) tinha maior população que o Brasil (7,2 milhões). O produto real do processo de colonização já era, naquela altura, a formação do povo brasileiro e sua incorporação a uma nacionalidade étnica e economicamente integrada. Esse último resultado parece haver sido alcançado umas décadas antes, quando quase todos os núcleos brasileiros já se integravam em uma rede comercial interna e esta passara a ser mais importante que o mercado externo. Os revezes experimentados pelas diversas economias regionais de exportação e a consequente queda do poderio do empresariado latifundiário e monocultor pareceram abrir aos brasileiros, naquele momento, a oportunidade de se estruturarem como um povo que existisse para si mesmo. Isso talvez tivesse ocorrido se não surgisse um novo produto de exportação – o café –, que viria rearticular toda a força de trabalho para um novo modo de integração no mercado mundial e de reincorporação dos brasileiros na condição de proletariado externo.

Bem pode ser, porém, que, mesmo sem o auge do café, aquela reversão dos brasileiros sobre si mesmos não se cumprisse. O Brasil, produto da expansão da economia mundial, necessitaria profundas transformações para subsistir fora dela. As decisões indispensáveis para isso – abolição, reforma agrária, industrialização autônoma – excediam à capacidade daquele segmento social existente, uma vez que, para a classe dominante, permanecia sendo lucrativa economicamente a importação de bens manufaturados dos centros europeus e a exportação de produtos tropicais. Acresce, ainda, que, não existindo então modelos de reconstrução intencional da sociedade, uma reversão puramente autonomista teria resultado, no máximo, em uma autarquia feudal. Como em todos os casos de feudalização, isso representaria uma ruptura do sistema mercantil, que tornaria impraticável a escravidão porque não haveria como adquirir novos escravos e porque os tornariam inúteis em sua função efetiva, que é a de produtores de mercadorias. Mas condenaria a sociedade nascente a um retrocesso histórico que a tornaria, provavelmente, incapaz de defender para si mesma a posse do território que ocupava e de evitar as ameaças de cair sob a regência de outra dominação colonial direta por parte de algumas das novas potências industriais emergentes.

Quisesse ou não, o Brasil era um componente marginal e dependente da civilização agrário-mercantil em vias de se industrializar. Dentro de quaisquer desses tipos de civilização, o fracasso de uma linha de produção exportadora só incitava a descobrir outra linha que, substituindo-a, revitalizasse a economia colonial, fortalecendo, em consequência, a dependência externa e a ordenação oligárquica interna.

Estoque negro

O "branco" colonizador e seus descendentes aumentavam, século após século, não pelo ingresso de novos contingentes europeus, mas, principalmente, pela multiplicação de mestiços e mulatos. Os negros, por sua vez, cresceram passo a passo com os brancos, mas, ao contrário destes, só o fizeram pela introdução anual maciça de enormes contingentes de escravos, destinados tanto a repor os desgastados no trabalho, como a aumentar o estoque disponível para atender a novos projetos produtivos.

Reconstituiremos a seguir esse processo biótico de consumação dos negros e de multiplicação discreta de mulatos, que teve lugar simultaneamente com sua deculturação e incorporação na sociedade e na cultura brasileiras.

Os primeiros contingentes de negros foram introduzidos no Brasil nos últimos anos da primeira metade do século XVI, talvez em 1538. Eram pouco numerosos, porém, como se deduz pelas dificuldades que têm os historiadores em documentar esses primeiros ingressos. Logo a seguir, entretanto, com o desenvolvimento da economia açucareira, passam a chegar em grandes levas. A caçada de negros na África, sua travessia e a venda aqui passam a constituir o grande negócio dos europeus, em que imensos capitais foram investidos e que absorveria, no futuro, pelo menos metade do valor do açúcar e, depois, do ouro.

A Coroa permitia a cada senhor de engenho importar até 120 "peças", mas nunca foi limitado seu direito de comprar negros trazidos aos mercados de escravos. Com base nessa legalidade, os concessionários reais do tráfico negreiro tiveram um dos negócios mais sólidos da colônia, que duraria três séculos, permitindo-lhes translador milhões de africanos ao Brasil e, deste modo, absorver a maior parcela de rendimento das empresas açucareiras, auríferas, de algodão, de tabaco, de cacau e de café, que era o custo da mão de obra escrava. Calcula-se em

160 milhões de libras-ouro o custo pago pela economia brasileira para a aquisição de escravos africanos nos trezentos anos de tráfico.

O imenso negócio escravista raramente foi objeto de reservas. Ao contrário, se considerava meritório realizar as caçadas humanas, matando os que resistissem, como um modo de livrar o negro do seu atraso e até como um ato pio de aproximá-los do deus dos brancos.

As primeiras estimativas relativas à quantidade de negros introduzidos no Brasil durante os três séculos de tráfico variam muito. Vão desde números exageradamente altos, como 13,5 milhões para Calógeras (1927) ou 15 milhões para Rocha Pombo (1905), até cálculos muito exíguos, como 4,6 milhões para Taunay (1941) e 3,3 milhões para Simonsen (1937).

Lamentavelmente, não há estudos demográficos criteriosamente elaborados que permitam substituir avaliações tão desencontradas por um cálculo bem fundado. Em um estudo de P. Curtin (1969), feito com base nos registros oficiais arquivados na Bahia, foram consignados 959 600 escravos introduzidos de 1701 a 1760, 931 800 de 1761 a 1810 e, finalmente, 1 145 400 de 1811 a 1860. Quer dizer, um total de 3 036 800, que, somado aos 180 mil prováveis ingressos anteriores, nos daria um total de 3 216 800. A utilização de dados fiscais, como base dos cômputos, leva a supor que estes se situam muito abaixo da cifra verdadeira. Com efeito, não se levam em conta, na devida proporção, o contrabando e a ocultação de contingentes escravos para evitar o pagamento de impostos, o que faz supor que o número real bem possa se aproximar, até, do dobro do assinalado.

Uma estimativa próxima deste número, devida a M. Buescu (1968), parece mais próxima do número real de escravos introduzidos no Brasil. Partindo do total de escravos geralmente admitido nas fontes primárias para cada século, Buescu aplica a taxa de reposição que supõe ser necessária para manter o volume de população – sabendo-se que seu crescimento vegetativo era negativo – e agrega taxas adicionais para os períodos em que aumentou a massa escrava. Como resultado de seus cálculos, considerando uma taxa anual decrescente de reposição, que vai de 5% no século XVI a 2% no século XIX, admite um ingresso global de 75 mil negros para o século XVI, 452 mil para o XVII, 3 621 000 para o XVIII e 2 204 000 para o século XIX, o que soma um total de 6 352 000 escravos importados de 1540 a 1860. Esses números, de demografia hipotética, não contam com a quantidade geralmente admitida nas fontes primárias.

A composição da população escrava por sexo e por idade é ainda mais difícil de ser avaliada. Só se conta, por isso, com estimativas vagas e com algumas séries dispersas do número de negros locais que se registraram sobretudo em Minas

Gerais. Para o total e para grandes períodos temos de extrapolar, nos contentando com vaguidades.

A proporção geralmente admitida de homens por mulheres na importação é de quatro para um. Alguns autores, analisando plantéis de escravos africanos, aceitam avaliações como 162% ou 138% de homens em áreas como Pernambuco, para meados do século passado. Dados colhidos em Vassouras, no estado do Rio de Janeiro, para o mesmo período, admitem uma população equilibrada de homens e mulheres.

Como teriam chegado aqui tantas mulheres, que as estatísticas dos portos não registram? Tratava-se de negrinhas roubadas que alcançavam altos preços, às vezes o de dois mulatões, se fossem graciosas. Eram luxos que se davam os senhores e capatazes. Produziram quantidades de mulatas, que viveram melhores destinos nas casas-grandes. Algumas se converteram em mucamas e até se incorporaram às famílias, como amas de leite, tal como Gilberto Freyre descreve gostosamente.

A negra-massa, depois de servir aos senhores, provocando às vezes ciúmes em que as senhoras lhes mandavam arrancar todos os dentes, caía na vida de trabalho braçal dos engenhos e das minas em igualdade com os homens. Só a essa negra, largada e envelhecida, o negro tinha acesso para produzir crioulos.

Foi tentador demais o desejo de montar fazendas de criação de negros para livrar os empresários das importações. O negócio nunca deu certo. Os negrinhos, espertíssimos, que ali se criavam, encontravam modos de ganhar o mundo fazendo-se passar por negros forros, o que tornava o negócio muito oneroso. Acresce que, o moleque que não entrasse no duro trabalho do canavial muito novinho, doze anos presumivelmente, jamais se adaptaria à dureza desse trabalho.

Um parente meu guardou a carta de um capataz que calcula bem as vantagens relativas de usar negros cativos ou importados, optando francamente por estes últimos como os mais rentáveis:

> Dispende-se mais com estes inúteis escravos para seu vestuário, uns pelos outros, dois covados de baeta, e seis varas de pano de algodão que não importa menos de 2$200 cada um, e todos, 290$400, perfazendo o sustento, e vestuário anual, 3:181$200 réis, além dos curativos das suas doenças, que sempre se gasta mais do que quando gozam saúde.
>
> Esta despesa faz anualmente o engenho com a criação dos meninos, e com os inválidos, e decrépitos por obrigação da caridade para com uns, e outros, esperando que os meninos de quinze anos para diante sejam trabalhadores, e supram a falta dos africanos.
>
> É sem controvérsia que a metade dos que nascem, morrem até a idade de dez anos, e calculando a despesa de um escravo crioulo até dar

serviço, monta 24$600 por ano, que nos quinze anos de criação vem a ficar pela quantia de 369$000 réis, quando um africano desta mesma idade compra-se por 150$000 réis, e eis aqui o crioulo em mais carestia, excedendo ao africano em 219$000 réis.

Outra observação provada pela experiência, que ao duro trabalho dos engenhos resiste mais o escravo africano, do que o crioulo, por ser de constituição menos robusta, e de cinquenta anos para diante não se pode contar em linha de serviços, contando-se aliás o africano até sessenta e cinco, uns mais, e outros menos, o que não sucede geralmente com os crioulos, mulatos e mestiços (Tópico de cartas do administrador na Bahia aos senhores da Casa da Ponte em Lisboa – "Engenho da Matta, janeiro de 1818. Desconto dos escravos incapazes do agreste trabalho do engenho" in Ribeiro Pires 1979:298).

III
PROCESSO SOCIOCULTURAL

1. Aventura e rotina

As guerras do Brasil

Às vezes se diz que nossa característica essencial é a cordialidade, que faria de nós um povo por excelência gentil e pacífico. Será assim? A feia verdade é que conflitos de toda a ordem dilaceraram a história brasileira, étnicos, sociais, econômicos, religiosos, raciais etc. O mais assinalável é que nunca são conflitos puros. Cada um se pinta com as cores dos outros.

O importante, aqui, é a predominância que marca e caracteriza cada conflito concreto. Assim, a luta dos Cabanos, contendo, embora, tensões inter-raciais (brancos *versus* caboclos), ou classistas (senhores *versus* serviçais), era, em essência, um conflito interétnico, porque ali uma etnia disputava a hegemonia, querendo dar sua imagem étnica à sociedade. O mesmo ocorre em Palmares, tida frequentemente como uma luta classista (escravos *versus* senhores) que se fez, no entanto, no enfrentamento racial, que por vezes se exibe como seu componente principal. Também os quilombolas queriam criar uma nova forma de vida social, oposta àquela de que eles fugiam. Não chegaram a amadurecer como uma alternativa viável ao poder e à regência da sociedade, mas suas lutas chegaram a ameaçá-las.

Um terceiro exemplo é Canudos, que também mostra essas três ordens de tensão. A classista prevalece porque os sertanejos, sublevados pelo Conselheiro, combatiam, de fato, a ordem fazendeira, que, condenando o povo a viver num mundo todo dividido em fazendas, os compelia a servir a um fazendeiro ou a outro, sem jamais ter seu pé-de-chão. Em consequência, não tinham qualquer possibilidade de orientar seu próprio trabalho para o atendimento de suas necessidades. Mas lá estavam pulsando os conflitos raciais e outros, inclusive o religioso.

O processo de formação do povo brasileiro, que se fez pelo entrechoque de seus contingentes índios, negros e brancos foi, por conseguinte, altamente conflitivo. Pode-se afirmar, mesmo, que vivemos praticamente em estado de guerra latente, que, por vezes, e com frequência, se torna cruento, sangrento.

Conflitos interétnicos existiram desde sempre, opondo as tribos indígenas umas às outras. Mas isso se dava sem maiores consequências, porque nenhuma delas tinha possibilidade de impor sua hegemonia às demais. A situação muda completamente quando entra nesse conflito um novo tipo de contendor, de caráter irreconciliável, que é o dominador europeu e os novos grupos humanos que ele vai aglutinando, avassalando e configurando como uma macroetnia expansionista.

De 1500 até hoje, esses enfrentamentos se vêm desencadeando através de lutas armadas contra cada tribo que se defronta com a sociedade nacional, em sua expansão inexorável pelo território de que vai se apropriando como seu chão do mundo: a base física de sua existência. Os Yanomami e as emoções desencontradas que eles provocam entre os que os defendem e os que querem desalojá-los são apenas o último episódio dessa guerra secular.

O conflito interétnico se processa no curso de um movimento secular de sucessão ecológica entre a população original do território e o invasor que a fustiga a fim de implantar um novo tipo de economia e de sociedade. Trata-se, por conseguinte, de uma guerra de extermínio. Nela, nenhuma paz é possível, senão com um armistício provisório, porque os índios não podem ceder no que se espera deles, que seria deixar de ser eles mesmos para ingressar individualmente na nova sociedade, onde viveriam outra forma de existência que não é a sua. Os seus alternos, que são os brasileiros, não abrem mão, também, do sentimento de que, neste território, não cabe outra identificação étnica que a sua própria, que tendo sido assumida por tantos europeus, negros e asiáticos, deveria ser aceita também pelos índios.

Esse conflito não se dá, naturalmente, como um debate em que cada parte apresenta seus argumentos. O brasileiro que captura um índio para usá-lo como escravo, o faz achando que seria uma inutilidade deixá-los vivendo à toa. O índio, repelindo sua escravização que o coisificaria, prefere a morte à submissão. Não por qualquer heroísmo, mas por um imperativo étnico, já que as etnias são por natureza excludentes.

As forças que se defrontam nessas lutas não podiam ser mais cruamente desiguais. De um lado, sociedades tribais, estruturadas com base no parentesco e outras formas de sociabilidade, armadas de uma profunda identificação étnica, irmanadas por um modo de vida essencialmente solidário. Do lado oposto, uma estrutura estatal, fundada na conquista e dominação de um território, cujos habitantes, qualquer que seja a sua origem, compõem uma sociedade articulada em classes, vale dizer, antagonicamente opostas mas imperativamente unificadas para o cumprimento de metas econômicas socialmente irresponsáveis. A primeira das quais é a ocupação do território. Onde quer que um contingente etnicamente estranho procure, dentro desse território, manter seu próprio modo tradicional de vida, ou queira criar para si um gênero autônomo de existência, estala o conflito cruento.

Mas há, também, conflitos virulentos entre os invasores. O mais complexo deles, quanto a suas motivações, ainda que também remarcado por componentes classistas, racistas e étnicos, foi a longa guerra sem quartel de colonos contra os jesuítas. Muito cedo surgiram desentendimentos entre o projeto comunitário dos inacianos para a indiada nativa e o processo colonial lusitano que lhes reservava o destino de mão de obra de suas empresas. Surgiram assim que os padres fugiram de sua função prevista de amansadores de índios para se arvorarem a seus protetores.

Ao longo de dois séculos e meio, os conflitos se sucederam no plano administrativo, chegando até a deportação dos jesuítas, primeiro, de São Paulo e, depois, do Maranhão e Grão-Pará pelos colonos, seguida de seu retorno por ordem da Coroa. Também graves foram os enfrentamentos entre catecúmenos e colonos, dos quais os padres procuravam se esquivar, dado o seu compromisso de realizar uma conquista espiritual, sem jamais apelar para a força.

Desde os primeiros dias de colonização o projeto jesuítico se configurou como uma alternativa étnica que teria dado lugar a um outro tipo de sociedade, diferente daquela que surgia na área de colonização espanhola e portuguesa.

Estrutura-se com base na tradição solidária dos grupos indígenas e consolida-se com os experimentos missionários de organização comunitária, de caráter protossocialista. Também por isso contrastava cruamente com o modelo que o colono ia implantando. Essa divergência amadureceu completamente no caso das missões paraguaias que alcançaram um alto grau de prosperidade e autonomia. Mas a mesma oposição ficou evidente também no Brasil, principalmente nas regiões onde as missões se implantaram com mais êxito, sobretudo no baixo Amazonas. Nos dois casos, acrescia, de forma mais ameaçadora, o fato de que a língua utilizada pelos missionários jesuítas nas suas reduções para reordenar os índios e civilizá-los não era o português nem o espanhol, mas *nheengatu*.

A motivação de maior importância, porém, foi a cobiça despertada nos colonos com o enriquecimento extraordinário de algumas das Missões. Explorando as terras indígenas e sua força de trabalho, os jesuítas começaram a funcionar como províncias prósperas que se proviam de quase tudo, graças ao grande número de artesãos com que contavam, e ainda produziam excedentes, explorando drogas da mata que, juntamente com o produto de suas lavouras e com outras produções mercantis, faziam deles uma das forças econômicas principais do incipiente mercado colonial.

Igualmente importantes como fontes de enriquecimento foram as ricas doações que receberam de colonos, que tudo davam, pedindo a salvação de suas almas. Várias doações ficaram célebres, como aquela em que a Companhia se compromete a rezar cinco missas diárias e mais uma missa cantada semanal, até o fim do mundo, pela salvação da alma de Garcia D'Ávila.

O vulto do patrimônio jesuítico, ao tempo do seu confisco (1760), era enormíssimo. Estendia-se de norte a sul do país, na forma de missões e concessões territoriais concedidas pela Coroa, onde instalavam suas cinquenta missões de catequese, cuja base material eram engenhos de açúcar (dezessete), dezenas de criatórios de gado, com rebanho avaliado em 150 mil reses, além de engenhos, serrarias e muitos outros bens.

A Companhia seria também a maior proprietária urbana, pelo número de casas nas cidades que abrigavam os colégios, os seminários, os hospitais, os noviciados, os retiros, regidos por 649 padres e irmãos leigos. Só na Bahia, eles possuíam 186 casas, no Rio setenta e em São Paulo lhes restavam ainda cerca de seis, e muitas mais no Maranhão, em Recife, em Belém e por toda a parte, das quais fluíam altas rendas de aluguel.

A cobiça que provocou tamanha riqueza era, pelo menos, proporcional a ela, fazendo crescer a cada dia os que exigiam sua desapropriação, com esperança de apropriar-se, eles próprios, de tantos bens. A necessidade dessa desapropriação era defendida pela burocracia, revoltada contra o privilégio fiscal de não pagar impostos nem dízimos. O sonho dos burocratas e dos colonos acabou por alcançar-se e alguns deles se locupletaram como "contemplados" com os bens dos padres e dos próprios índios, declarados livres, mas, de fato, submetidos ao cativeiro, tão rígido como a escravidão dos negros.

A saída dos jesuítas das aldeias de índios, de cujo domínio haviam sido privados pouco antes da expulsão final, foi marcada por um açodamento mercantil descrito por Lúcio de Azevedo:

> Alfaias, imagens e paramentos, tudo os sacerdotes carregavam em barcos, muitas vezes oculto de maneira indecorosa, entre os gêneros de comércio, resto das grangearias de que não queriam privar a comunidade. Onde havia gados e canoas, isso vendiam a troco de gêneros. E, deslizando as embarcações, de tantas partes, rio abaixo, a chapinhar com o peso das cargas, mais pareciam voltar de predatórias incursões, que recolher ao cenóbio de catequistas, só ocupados na pregação do Evangelho. [...] e não somente do terreno, com produtos da cultura, senão também dos índios que o trabalhavam, escravos no dizer do jesuíta, transmudado do antigo altruísmo, e objurgando já agora as liberdades. Ao rei e à rainha, em lacrimosas súplicas, recorriam os padres, por outra parte, das violências de Mendonça, asseverando que tirar-lhes os escravos o mesmo era que privá-los dos últimos meios de subsistência (Azevedo 1930:325-6).

A guerra dos Cabanos, que assumiu tantas vezes o caráter de um genocídio, com o objetivo de trucidar as populações caboclas, é o exemplo mais claro de enfrentamento interétnico. Ali se digladiam a população antiga da Amazônia, caracterizável como neobrasileira porque já não era indígena mas aspirava viver autonomamente para si mesma, e a estreita camada dominante, fundamentalmente luso-brasileira, formando um projeto de existência que correspondia à ocupação das outras áreas do país. Esse contingente civilizatório é que, ajudado por forças vindas de fora, enfrentou os cabanos, destruindo-os núcleo a núcleo. Os cabanos ganharam muitas batalhas, chegaram mesmo a assumir o poder central na região, ocupando Belém, Manaus e outras cidades, mas viviam o antiprivilégio dramático de não poder perder batalha alguma. Isso é o que finalmente sucedeu e eles foram dizimados.

Outra modalidade principal de conflito é a dos enfrentamentos predominantemente raciais. Aqui, vemos opondo-se umas às outras todas as três matrizes da sociedade, cada uma delas armada de preconceitos raciais contra as outras duas. Esses antagonismos alcançam caráter mais cruento no enfrentamento dos negros, trazidos da África para serem escravos, que se veem condenados a lutar por sua liberdade e, mesmo depois de alcançada a abolição, a continuar lutando contra as discriminações humilhantes de que são vítimas, bem como contra as múltiplas formas de preterição. As lutas são inevitavelmente sangrentas, porque só à força se pode impor e manter a condição de escravo. Desde a chegada do primeiro negro, até hoje, eles estão na luta para fugir da inferioridade que lhes foi imposta originalmente, e que é mantida através de toda a sorte de opressões, dificultando extremamente sua integração na condição de trabalhadores comuns, iguais aos outros, ou de cidadãos com os mesmos direitos.

Palmares é o caso exemplar do enfrentamento inter-racial. Ali, negros fugidos dos engenhos de açúcar ou das vilas organizam-se para si mesmos, na forma de uma economia solidária e de uma sociedade igualitária. Não retornam às formas africanas de vida, inteiramente inviáveis. Voltam-se a formas novas, arcaicamente igualitárias e precocemente socialistas. Sua destruição sendo requisito de sobrevivência da sociedade escravista torna esses conflitos crescentes inevitáveis, seja para reaver escravos fugidos, seja para precaver-se contra novas fugas. Mas também para acautelar-se contra o que poderia vir a ser uma ameaça pior do que as invasões estrangeiras, que seria a sublevação geral dos negros.

Uma terceira modalidade de conflitos que envolvem as populações brasileiras é de caráter fundamentalmente classista. Aqui se enfrentam, de um lado, os privilegiados proprietários de terras, de bens de produção, que são predominantemente brancos, e de outro lado, as grandes massas de trabalhadores, estas majoritariamente mestiças ou negras.

Ainda que nas outras duas formas de conflito sempre se encontrem componentes classistas, mesmo porque em todas elas está presente a preocupação com o recrutamento de mão de obra para a produção mercantil, em certas circunstâncias elas ganham especificidade como enfrentamentos interclassistas. Isso ocorre quando não são contingentes diferenciados racialmente ou etnicamente que se opõem, mas conglomerados humanos ou estratos sociais multirraciais e multiétnicos propensos a criar novas formas de ordenação socioeconômica, inconciliáveis com o projeto das classes dominantes.

Canudos é um bom exemplo dessa classe de enfrentamentos, como a grande explosão dessa modalidade de lutas. Ali, sertanejos atados a um universo arcaico de compreensões, mas cruamente subversivos porque pretendiam enfrentar a ordem social vigente, segundo valores diferentes e até opostos aos dos seus antagonistas, enfrentavam uma sociedade fundada na propriedade territorial e no poderio do dono, sobre quem vivesse em suas terras. Desde o princípio os fiéis do Conselheiro eram vistos como um grupo crescente de lavradores que saíam das fazendas e se organizavam em si e para si, sem patrões nem mercadores, e parecia e era tido como o que há de mais perigoso.

Quando a situação amadureceu completamente, esse contingente humano foi capaz de enfrentar e vencer, primeiro, as autoridades locais e os fazendeiros, aliciando jagunços; depois, as tropas estaduais e, por fim, diversos exércitos armados pelo governo federal. Venceram sempre, até a derrota total, porque nenhuma paz era possível entre quem lutava para refazer o mundo em nome dos valores mais sagrados e as forças armadas que cumpriam seu papel de manter esse mundo tal qual é, ajudadas nesse empenho por todas as forças da sociedade global.

Euclides da Cunha nos dá o retrato mais veemente daquele enfrentamento inverossímil. Já ao fim das lutas, registra, dos poucos sobreviventes, que não se via:

> [...] nem um rosto viril, nem um braço capaz de suspender uma arma, nem um peito resfolegante de campeador domado: mulheres, sem número de mulheres, velhas espectraes, moças envelhecidas, velhas e moças indistinctas na mesma fealdade, escaveiradas e sujas, filhos escanchados [...] Canudos não se rendeu. Exemplo único em toda a história, resistiu até ao esgottamento completo. Expugnado palmo a palmo, na precisão integral do termo, cahiu no dia 5, ao entardecer, quando cahíram os seus últimos defensores, que todos morreram. Eram quatro apenas: um velho, dous homens feitos e uma creança, na frente dos quais rugiam raivosamente cinco mil soldados (Cunha 1945:606, 611).

Os exemplos de conflitos continuados se multiplicam ao longo desse texto. O que têm de comum e mais relevante é a insistência dos oprimidos em abrir e reabrir as lutas para fugir do destino que lhes é prescrito; e, de outro lado, a unanimidade da classe dominante que compõe e controla um parlamento servil, cuja função é manter a institucionalidade em que se baseia o latifúndio. Tudo isso garantido pela pronta ação repressora de um corpo nacional das forças armadas que se prestava, ontem, ao papel de perseguidor de escravos, como capitães do mato, e se presta, hoje, à função de pau-mandado de uma minoria infecunda contra todos os brasileiros.

A empresa Brasil

No plano econômico, o Brasil é produto da implantação e da interação de quatro ordens de ação empresarial, com distintas funções, variadas formas de recrutamento da mão de obra e diferentes graus de rentabilidade. A principal delas, por sua alta eficácia operativa, foi a empresa escravista, dedicada seja à produção de açúcar, seja à mineração de ouro, ambas baseadas na força de trabalho importada da África. A segunda, também de grande êxito, foi a empresa comunitária jesuítica, fundada na mão de obra servil dos índios. Embora sucumbisse na competição com a primeira, e nos conflitos com o sistema colonial, também alcançou notável importância e prosperidade. A terceira, de rentabilidade muito menor, inexpressiva como fonte de enriquecimento, mas de alcance social substancialmente maior, foi a multiplicidade de microempresas de produção de gêneros de subsistência e de criação de gado, baseada em diferentes formas de aliciamento de mão de obra, que iam de formas espúrias de parceria até a escravização do indígena, crua ou disfarçada.

A empresa escravista, latifundiária e monocultora, é sempre altamente especializada e essencialmente mercantil. A jesuítica, apropriando-se embora de extensas áreas e produzindo mercadorias para o comércio local e ultramarino, mais do que uma empresa propriamente, era uma forma alternativa de colonização dos trópicos pela destribalização e integração da população original num tipo diferente de sociedade, que se queria pura, pia e seráfica. A microempresa de subsistência funcionou, de fato, como um complemento da grande empresa exportadora ou mineradora que, graças a ela, se desobrigava de produzir alimentos para a população e para seu próprio uso nas quadras de maior prosperidade econômica, quando tinha que concentrar toda a força de trabalho no seu objetivo essencial. Essas microempresas é que fundaram, de fato, o Brasil-povo, gestando precocemente as células que, multiplicadas, deram no que somos. Isso porque as missões teriam gerado uma sociedade teocrática e as plantações nem sequer sobreviveriam sem a viabilidade que lhes dava uma população local de apoio e sustento.

Na realidade, competindo embora, essas três formas de organização empresarial se conjugavam para garantir, cada qual no desempenho de sua função específica, a sobrevivência e o êxito do empreendimento colonial português nos trópicos. As empresas escravistas integram o Brasil nascente na economia mundial e asseguram a prosperidade secular dos ricos, fazendo do Brasil, para eles, um alto negócio. As missões jesuíticas solaparam a resistência dos índios, contribuindo decisivamente para a liquidação, a começar pelos recolhidos às reduções, afinal entregues inermes a seus exploradores. As empresas de subsistência viabilizaram a sobrevivência de todos e incorporaram os mestiços de europeus com índios e com negros, plasmando o que viria a ser o grosso do povo brasileiro. Foram, sobretudo, um criatório de gente.

Com efeito, o corpo do Brasil rústico, seus tecidos constitutivos – carne, sangue, ossos, peles –, se estrutura, nessas microempresas de subsistência, configuradas nas diversas variantes ecológico-regionais. É sobre esse corpo, como mecanismo de sucção de sua substância, mas também de ejeção sobre ele da matéria humana emprestável para seus fins mercantis, que se instalam, como carcinomas, as empresas agroexportadoras e mineradoras.

Sobre essas três esferas empresariais produtivas pairava, dominadora, uma quarta, constituída pelo núcleo portuário de banqueiros, armadores e comerciantes de importação e exportação. Esse setor parasitário era, de fato, o componente predominante da economia colonial e o mais lucrativo dela. Ocupava-se das mil tarefas de intermediação entre o Brasil, a Europa e a África no tráfico marítimo, no câmbio, na compra e venda, para o cumprimento de sua função essencial, que era trocar mais de metade do açúcar e do ouro que aqui se produzia por escravos caçados na África, a fim de renovar o sempre declinante estoque de mão de obra necessário para a sua produção.

Essa intermediação alucinada foi, por séculos, o motor mais poderoso da civilização ocidental. Aquele que mais afetou o destino do gênero humano pelo número espantoso de povos e de seres que mobilizou, desgastou e transfigurou. Foi exercido sempre eficazmente, da forma mais impessoal e fria, por honrados dignatários, com o sentimento de que se ocupavam de um negócio, muitas vezes, aliás, dignificado como a grande missão do homem branco como herói civilizador e cristianizador.

Tratamos até agora das cúpulas empresariais. Elas seriam inexplicáveis, porém, sem a sua contraparte, que era o patriciado burocrático. Toda a vida colonial era presidida e regida, de fato, pela burocracia civil de funcionários governamentais e exatores, e pela militar dos corpos de defesa e de repressão. A seu lado, operando de forma solidária, estava a burocracia eclesiástica dos servidores de Deus, consagrando, dignificando os que se ocupavam dos negócios terrenos, sobretudo captando a maior parte dos recursos que ficavam na terra, para com eles exaltar a grandeza de Deus nas casas e templos de suas ordens. Essa cúpula patricial, cuja elite era quase toda oriunda da metrópole, formava com a cúpula empresarial, e com a mercantil, a elite dominante da colônia, essencialmente solidária frente aos outros corpos da sociedade, apesar de suas cruas oposições de interesses.

Essa classe dominante empresarial-burocrático-eclesiástica, embora exercendo-se como agente de sua própria prosperidade, atuou também, subsidiariamente, como reitora do processo de formação do povo brasileiro. Somos, tal qual somos, pela forma que ela imprimiu em nós, ao nos configurar, segundo correspondia a sua cultura e a seus interesses. Inclusive reduzindo o que seria o povo brasileiro como entidade cívica e política a uma oferta de mão de obra servil.

Foi sempre nada menos que prodigiosa a capacidade dessa classe dominante para recrutar, desfazer e reformar gentes, aos milhões. Isso foi feito no curso de um empreendimento econômico secular, o mais próspero de seu tempo, em que o objetivo jamais foi criar um povo autônomo, mas cujo resultado principal foi fazer surgir como entidade étnica e configuração cultural um povo novo, destribalizando índios, desafricanizando negros, deseuropeizando brancos.

Ao desgarrá-los de suas matrizes, para cruzá-los racialmente e transfigurá-los culturalmente, o que se estava fazendo era gestar a nós brasileiros tal qual fomos e somos em essência. Uma classe dominante de caráter consular-gerencial, socialmente irresponsável, frente a um povo-massa tratado como escravaria, que produz o que não consome e só se exerce culturalmente como uma marginália, fora da civilização letrada em que está imersa.

Entre aquela estreita cúpula e esta larga base, um contingente de escapados da miséria e da ignorância geral busca brechas institucionais em que se possa meter para fazer o Brasil a seu jeito. No princípio eram principalmente curas e militares subversivos, mesmo porque só eles eram alfabetizados e minimamente informados naquele submundo da opressão colonial.

Avaliação

O padre Cardim, que foi reitor do Colégio da Bahia, gostava muito de descrever o mundo que via. Foi, para meu gosto, um dos primeiros e mais altos intelectuais brasileiros. Identificado com nossas coisas e nossa gente, descreve encantado florestas, roças, pescarias, sempre com o mais vívido interesse (Cardim, *Tratados da terra e gente do Brasil*, 1584).

Não podia haver balanço crítico melhor que o dele sobre a obra da Companhia, por um lado, e a dos colonos, do lado oposto. Ele consegue manter uma extraordinária objetividade quando fala de uma e outro. O contraste não podia ser mais cru. Os índios se acabando e a prosperidade chegando feroz. Visitando as várias missões entre os anos de 1583 e 1590, em companhia do padre Cristóvão de Gouveia, o bom Cardim nos conta os poucos índios que aí estavam em cada uma delas, todos vivendo na mais vil pobreza, simulando uma conversão inverossímil, mas cheios de unção e até de adulação diante dos padres.

Na sua história se inclui um balanço geral dos povos indígenas, que viviam na costa do mar até o sertão onde chegaram os portugueses e que ele divide em tupis e tapuias. Os primeiros, repartidos em dez nações principais, que viviam de Pernambuco a São Vicente. Falavam "uma só língua e esta é a que entendem os portugueses. É fácil e elegante, e suave, e copiosa. A dificuldade dela está em ter muitas composições". Acrescenta que os portugueses, quase todos que estão no Brasil, "a sabem em breve tempo e seus filhos, homens e mulheres, a sabem melhor" (Cardim 1980:101).

O que mais nos interessa no balanço de Cardim é o registro da mortandade da população que vinha ocorrendo e diante da qual ele próprio se espanta: "Eram tantos os dessa casta que parecia impossível poderem-se extinguir, porém os portugueses lhes têm dado tal pressa que quase todos são mortos e lhes têm tal medo, que despovoam a costa e fogem pelo sertão adentro até trezentas a quatrocentas léguas" (Cardim 1980:101).

A seguir, relacionando as nações de uma ou outra, assinala o progressivo extermínio. Dos Viatã, da Paraíba, que eram muitíssimos, diz que "já não há nenhuns porque sendo eles amigos dos Potiguara e parentes os portugueses os fizeram entre si inimigos, dando-lhos a comer para que dessa maneira lhes pudesse fazer guerra e tê-los por escravos e, finalmente, tendo uma grande fome, os portugueses em vez de lhes acudir, os cativaram e mandaram barcos cheios a vender a outras capitanias". Acrescenta que "assim se acabou essa nação e ficaram os portugueses sem vizinhos que os defendessem dos Potiguaras" (Cardim 1980:102). Sobre os

Tupinaquins, que habitavam toda a costa de Ilhéus, Porto Seguro até Espírito Santo, informa que "procederam dos de Pernambuco e se espalharam por uma corda do sertão, multiplicando grandemente mas já são poucos" (Cardim 1980:102). Ainda sobre outra nação, parente desses *Tupinaquins*, que habitava o sertão de São Vicente até Pernambuco, os *Tupiguae*, Cardim diz que "são sem número. Vão se acabando porque os portugueses os vão buscar para se servirem deles e os que lhes escapam fogem para muito longe por não serem escravos" (Cardim 1980:102). Outra nação, os *Tememinó*, "já são poucos". E, ainda, sobre os *Tamuya* do Rio de Janeiro, acrescenta, "estes destruíram os portugueses quando povoaram o Rio e deles há muito poucos" (Cardim 1980:103).

Nem ele, nem o visitador em nome de quem escreve se impressionam muito com isso. Provavelmente se consolam com o que seria a vontade de Deus: um processo de sucessão ecológica pelo qual a população original da costa do Brasil, que alcançara 1 milhão de índios, fora sucedida por umas poucas centenas que ali estavam se acabando.

Depois de avaliar o extermínio dos índios que primeiro tiveram contato com os invasores, Cardim abre os olhos de contentamento diante das futuras vítimas – os Carijó, que habitavam "além de São Vicente, com 80 léguas, contrários aos Tupinaquins. Destes, há inimidades, e correm pela costa do mar e sertão até o Paraguai que habitam os Castelhanos" (Cardim 1980:103). Já no seu tempo, esses Carijó ou Guarani começavam a ser as principais vítimas das caçadas de escravos dos paulistas, principal objeto da conversão destribalizadora dos jesuítas.

Ainda mais expressivo é o retrato que nos traça Cardim dos resultados concretos de três décadas de pregação jesuítica na selva brasileira. Acompanhando o visitador principal da Companhia, ele vai relatando, piedoso, o que vê, aldeia por aldeia, nas aldeias que sobraram das reduções. Este o fruto da sofrida seara.

> A aldeia do Espírito Santo, sete léguas da Bahia, com alguns trinta índios, que com seus arcos e flechas vieram para acompanhar o padre e revezados de dois em dois o levavam numa rede. [...] Chegamos à aldeia à tarde; antes dela um bom quarto de légua, começaram as festas que os índios tinham aparelhadas, as quais fizeram em uma rua de altíssimos e frescos arvoredos, dos quais saíam uns cantando e tangendo a seu modo, outros em ciladas saíam com grande grita e urros, que nos atroavam e faziam estremecer. Os cunumis meninos, com muitos molhos de flechas levantadas para cima, faziam seu motim de guerra e davam sua grita, e pintados de várias cores, nuzinhos, vinham com as mãos levantadas receber a benção do padre, dizendo em português, "louvado seja Jesus Cristo". Outros saíram com uma dança d'escudos à portuguesa, fazendo

> muitos trocados e dançando ao som da viola, pandeiro e tamboril e flauta, e juntamente representavam um breve diálogo, cantando algumas cantigas pastoris. Tudo causava devoção debaixo de tais bosques, em terras estranhas e muito mais por não se esperarem tais festas de gente tão bárbara (Cardim 1980:145).

Como se vê, dos selvagens sobreviveram alguns costumes, convertidos em palhaçada. Um deles era o temor ao odiado Anhangá, que ressurgia agora, saindo do mato para assustar os índios, mas encarnado por um padre português. Outro foi o cerimonial do *Ereiupe*, ou saudação lacrimosa, com que os Tupi recebiam os visitantes queridos. No caso, ressurge na figura de velhos morubixabas que saúdam ao visitante com o "vieste? e beijando-lhe a mão recebiam a benção". Enquanto isso, "as mulheres nuas (cousa para nós mui nova) com as mãos levantadas ao Céu, também davam seu Ereiupe, dizendo em português, 'louvado seja Jesus Cristo'". (Cardim 1980:146).

Sobrevive, também, o costume soleníssimo do aconselhamento Tupinambá, que era uma atribuição, talvez a principal, do morubixaba. Diz Cardim:

> Aquela noite, os índios principais, grandes línguas, pregavam da vida do padre a seu modo, que é da maneira seguinte: começavam a pregar de madrugada deitados na rede por espaço de meia hora, depois se levantam, e correm toda aldeia pé ante pé muito devagar, e o pregar também é pausado, freimático e vagaroso; repetem muitas vezes as palavras por gravidade, contam nestas pregações todos os trabalhos, tempestades, perigos de morte que o padre padeceria, vindo de tão longe para os visitar, e consolar, e juntamente os incitam a louvar a Deus pela mercê recebida, e que tragam seus presentes ao padre, em agradecimento (Cardim 1980:146).

Uma bela surpresa os aguarda na visita à aldeia de São Mateus, em Porto Seguro. Iam, o visitante e seus acólitos, calmos, pela alegre praia, "eis que desce de um alto monte uma índia vestida como elas costumam, com uma porcelana da Índia, cheia de queijadinhas d'açúcar, com um grande púcaro d'água fria; dizendo que aquilo mandava seu senhor ao padre provincial Joseph" (Cardim 1980:148). Este Joseph não era menos que o próprio Anchieta, que vinha atrás com a sotaina arregaçada, descalço e bem cansado, com seus muitíssimos anos de vida e tantos anos de pregação no Brasil.

Nessa aldeia e nas outras todas visitadas, viajando sempre de rede e carregado pelos índios, que se revezavam para que nenhum ficasse sem a glória do carreto, são recebidos com a mesma alegria pelos poucos índios que sobreviviam. Nosso cândido Cardim não se cansa de pasmar, seja ao confessar índios e índias através de intérpretes, vendo que são "candidíssimos e vivem com muito menos pecados que os portugueses", seja com o candor da criançada. "Iam conosco alguns sessenta meninos, nuzinhos, como costumam. Pelo caminho fizeram grande festa ao padre, umas vezes o cercavam, outras o cativavam, outras arremedavam pássaros muito ao natural; no rio fizeram muitos jogos ainda mais graciosos, e têm eles n'água muita graça em qualquer coisa que fazem" (Cardim 1980:155).

Longe dali, Cardim se encantaria ainda mais "com uma dança de meninos índios, o mais velho seria de oito anos, todos nuzinhos, pintados de certas cores aprazíveis, com seus cascavéis nos pés, e braços, pernas, cinta, e cabeças com várias invenções de diademas de penas, colares e braceletes" (Cardim 1980:169).

Sobre a rotina na vida das velhas missões, Cardim conta que:

> [...] nas aldeias, grandes e pequenos, ouvem missa muito cedo cada dia antes de irem a seus serviços, e antes ou depois da missa lhes ensinam as orações em português e na língua, e à tarde são instruídos no diálogo da fé, confissão e comunhão. Alguns assim homens como mulheres, mais ladinos, rezam o rosário de Nossa Senhora; confessam-se a miúdo; honram-se muito de chegarem a comungar, e por isso fazem extremos, até deixar seus vinhos a que são muito dados, e é a obra mais heroica que podem fazer; quando os incitam a fazer algum pecado de vingança ou desonestidade etc. respondem que são de comunhão, que não hão de fazer a tal cousa. Enxergam-se entre eles os que comungam no exemplo de boa vida, modéstia e continuação das doutrinas; têm extraordinário amor, crédito e respeito aos padres e nada fazem sem seu conselho, e assim pedem licença para qualquer cousa por pequena que seja, como se fossem noviços (Cardim 1980:156).

Seu principal lazer, agora, diz Cardim, são as festas religiosas.

> A primeira é das fogueiras de São João, porque suas aldeias ardem em fogos, e para saltarem as fogueiras não os estorva a roupa, ainda que algumas vezes chamusquem o couro. A segunda festa é a de ramos, porque é coisa para ver, as palavras, flores e boninas que buscam, a festa com que os têm nas mãos ao ofício, e procuram que lhes caia água benta nos ramos. A terceira, que mais que todas festejam, é dia de cinza, porque de ordinário nenhum falta, e do cabo do mundo vêm à cinza, e folgam que lhes ponham grande cruz na testa (Cardim 1980:156).

No comum das aldeias,

> [...] há escolas de ler e escrever, aonde os padres ensinam os meninos índios; e alguns mais hábeis também ensinam a contar, cantar e tanger; tudo tomam bem, e há já muitos que tangem flautas, violas, cravos e oficiam missas em canto d'órgão, coisas que os pais estimam muito. Estes meninos falam português, cantam à noite a doutrina pelas ruas, e encomendam as almas do purgatório.
> Nas mesmas aldeias há confrarias do Santíssimo Sacramento, de Nossa Senhora, e dos defuntos. Os mordomos são os principais e mais virtuosos; têm sua mesa na igreja com seu pano, e eles trazem suas opas de baeta ou outro pano vermelho, branco e azul; servem de visitar os enfermos, ajudar a enterrar os mortos, e às missas (Cardim 1980:155-6).

Impressionante mesmo é o contraste entre esse panorama de pobreza e humilhação e a glória e suntuosidade dos engenhos, que alcançavam plena prosperidade. Ele viu, talvez, o momento mais faustoso dessa história. Aquele que antecede às invasões holandesas, as lutas internas e a competição internacional.

O fato é que o Brasil havia encontrado um filão de riquezas que parecia inesgotável e que lhe dava, naqueles anos, a posição de economia mais próspera e exibicionista do planeta. Acompanhemos sua descrição.

Na Bahia ele encontra

> [...] uma terra farta de mantimentos, carnes de vaca, porco, galinha, ovelhas, e outras criações; tem 36 engenhos, neles se faz o melhor açúcar de toda a costa; tem muitas madeiras de paus de cheiro, de várias cores, de grande preço; terá a cidade com seu termo passante de 3 mil vizinhos portugueses, 8 mil índios cristãos, e 3 ou 4 mil escravos de Guiné; tem seu cabido de cônegos, vigário geral provisor etc., com dez ou doze freguesias por fora, não falando em muitas igrejas e capelas que alguns senhores ricos têm em suas fazendas (Cardim 1980:144).

Também a Companhia de Jesus enriquecera notavelmente, como se vê pela descrição do Colégio da Bahia feita por Cardim:

> Os padres têm aqui colégio novo quase acabado; é uma quadra formosa com boa capela, livraria, e alguns trinta cubículos, os mais deles têm as janelas para ao mar. O edifício é todo de pedra e cal de ostra, que é tão boa como a pedra de Portugal. Os cubículos são grandes, os portais de pedra, as portas d'angelim, forradas de cedro; das janelas descobrimos grande parte da Bahia, e vemos cardumes de peixes e baleias andar saltan-

do n'água, os navios estarem tão perto que quase ficam à fala. A igreja é capaz, bem cheia de ricos ornamentos de damasco branco e roxo, veludo verde e carmesim, todos de tela d'ouro; tem uma cruz e turíbulo de prata, uma boa custódia para as endoenças, muitos e devotos painéis da vida de Cristo e todos os Apóstolos. Todos os três altares têm docéis, com suas cortinas de tafetá carmesim; tem uma cruz de prata dourada, de maravilhosa obra, com Santo Lenho, três cabeças das onze mil virgens, com outras muitas e grandes relíquias de santos, e uma imagem de Nossa Senhora de S. Lucas, mui formosa e devota (Cardim 1980:144).

Maior ainda era a pompa dos engenhos que maravilharam Cardim:

De uma coisa me maravilhei nesta jornada, e foi grande facilidade que têm em agasalhar os hóspedes, porque a qualquer hora da noite ou do dia que chegávamos em brevíssimo espaço nos davam de comer a cinco da Companhia (afora os moços) todas as variedades de carnes, galinhas, perus, patos, leitões, cabritos, e outras castas e tudo têm de sua criação, com todo o gênero de pescado e mariscos de toda sorte, dos quais sempre têm a casa cheia, por terem deputados certos escravos pescadores para isso, e de tudo têm a casa tão cheia que na fartura parecem uns condes, e gastam muito (Cardim 1980:157-8).

Era a Bahia gorda do recôncavo açucareiro, tão oposta à Bahia de bode dos sertões são-franciscanos, onde sobreviviam os Tapuia e os Cariri, então em plena guerra contra o invasor. Nela a civilização se implantara, opulenta e refinada, sobre o trabalho de escravos negros e índios:

Grandes foram as honras e agasalhos, que todos fizeram ao padre visitador, procurando cada um de se esmerar não somente nas mostras d'amor, grande respeito e reverência, que no tratamento e conversão lhe mostravam, mas muito mais nos grandes gastos das iguarias, da limpeza e conserto do serviço, nas ricas camas e leitos de seda (que o padre não aceitava, porque trazia uma rede que lhe serve de cama, e cousa costumada na terra) (Cardim 1980:157).

As recepções se sucedem:

[...] aquela noite, fomos ter à casa de um homem rico que esperava o padre visitador: é nesta Bahia o segundo em riquezas por ter sete ou oito léguas de terra por costa, em a qual se acha o melhor âmbar que por cá há, e só em um ano colheu oito mil cruzados dele, sem lhe custar nada. Tem tanto gado que lhe não sabe o número, e só do bravo e perdido

> sustentou as armadas d'el-rei. Agasalhou o padre em sua casa armada de guadamecins com uma rica cama, deu-nos sempre de comer aves, perus, manjar branco etc. Ele mesmo, desbarretado, servia a mesa e nos ajudava à missa, em uma sua capela, a mais formosa que há no Brasil, feita toda de estuque e timtim de obra maravilhosa de molduras, laçarias, e cornijas; é de abóbada sextavada com três portas, e tem-na mui bem provida de ornamentos. Nesta e outras ermidas me lembrava de Vossa Reverência, e de todos dessa província (Cardim 1980:154).

Em Pernambuco era maior ainda a suntuosidade e não foram menores as galas, agrados e o encanto dos visitantes com a vila:

> Foi o padre mui frequentemente visitado do sr. bispo, ouvidor geral, e outros principais da terra, e lhe mandaram muitas vitelas, porcos, perus, galinhas e outras coisas, como conservas etc.; e pessoa houve que da primeira vez mandou passante de cinquenta cruzados em carnes, farinhas de trigo de Portugal, um quarto de vinho etc.; e não contentes com isto o levaram às suas fazendas algumas vezes, que são maiores e mais ricas que as da Bahia; e nelas lhe fizeram grandes honras e gasalhados, com tão grandes gastos que não saberei contar, porque deixando à parte os grandes banquetes de extraordinárias iguarias, o agasalhavam em leitos de damasco carmesim, franjados de ouro, e ricas colchas da Índia (mas o padre usava de sua rede como costumava) (Cardim 1980:161).

O próprio Cardim disse missa solene na matriz de Olinda,

> [...] à petição dos mordomos, que são os principais da terra, e alguns deles senhores d'engenhos de quarenta e mais mil cruzados de seu. Seis deles todos vestidos de veludo e damasco de várias cores me acompanharam até o púlpito, e não é muito achar-se esta polícia em Pernambuco (Cardim 1980:162).
>
> A gente da terra é honrada: há homens muito grossos de 40, 50, e 80 mil cruzados de seu: alguns devem muito pelas grandes perdas que têm com escravaria de Guiné, que lhes morrem muito, e pelas demasias e gastos grandes que têm em seu tratamento. Vestem-se, e as mulheres e filhos de toda a sorte de veludos, damascos e outras sedas, e nisto têm grandes excessos. As mulheres são muito senhoras, e não muito devotas, nem frequentam as missas, pregações, confissões etc.: os homens são tão briosos que compram ginetes de duzentos e trezentos cruzados, e alguns têm três, quatro cavalos de preço. São mui dados a festas. Casando uma moça honrada com um vianês, que são os principais da terra, os parentes e amigos se vestiram uns de veludo carmesim, outros de verde, e outros

> de damasco e outras sedas de várias cores, e os guiões e selas dos cavalos eram das mesmas sedas que iam vestidos. Aquele dia correram touros, jogaram canas, pato, argolinha, e vieram dar vista ao colégio para os ver o padre visitador; e por esta festa se pode julgar o que farão nas mais, que são comuns e ordinárias. São sobretudo dados a banquetes, em que de ordinário andam comendo um dia dez ou doze senhores de engenho juntos, e revezando-se desta maneira gastam quanto têm, e de ordinário bebem cada ano 50 mil cruzados de vinhos de Portugal; e alguns anos beberam 80 mil cruzados dados em rol. Enfim em Pernambuco se acha mais vaidade que em Lisboa (Cardim 1980:164).

Chegam, afinal, ao Rio de Janeiro, onde o encantamento de Cardim com a terra brasílica atinge o auge. Vejamos só:

> A cidade está situada em um monte de boa vista para o mar, e dentro da barra tem uma baía que bem parece que a pintou o supremo pintor e arquiteto do mundo do Deus Nosso Senhor, e assim é coisa formosíssima e a mais aprazível que há em todo o Brasil, nem lhe chega a vista do Mondego e Tejo; é tão capaz que terá vinte léguas em roda cheia pelo meio de muitas ilhas frescas de grandes arvoredos, e não impedem a vista umas às outras que é o que lhe dá graça. Tem a barra meia légua da cidade, e no meio dela uma lájea de sessenta braças em comprido, e bem larga que a divide pelo meio, e por ambas as partes tem canal bastante para naus da Índia; nesta lájea manda el-Rei fazer a fortaleza, e ficará a cousa inexpugnável, nem se lhe poderá esconder um barco; a cidade tem 150 vizinhos com seu vigário, e muita escravaria da terra (Cardim 1980:170).

Até no Rio o êxito era enorme. Aqui, com uma peculiaridade. A população desindianizada, sobretudo o mulherio, procurando uma identidade nova para si mesma, se identifica fervorosamente com a figura de d. Sebastião.

D. Sebastião, o jovem rei perdido numa louca cruzada, em que levara à morte a nobreza de Portugal, do que resultou a perda da independência nacional e a entrega de Lisboa ao domínio de Madri. Mas, Sebastião era também o santo romano, apresentado sempre como uma estátua desnuda, sendo morto a pedradas.

> Os padres têm aqui melhor sítio da cidade. Têm grande vista com toda esta enseada defronte das janelas: têm começado o edifício novo, têm já treze cubículos de pedra e cal que não dão vantagem aos de Coimbra, antes lhe levam na boa vista. São forrados de cedro, a igreja é pequena, de taipa velha. Agora se começa a nova de pedra e cal, todavia têm bons

ornamentos com uma custódia de prata dourada para as endoenças, uma cabeça das onze mil virgens, o braço de S. Sebastião com outras relíquias, uma imagem da Senhora de S. Lucas (Cardim 1980:171).

Aquele rei oráculo, que portugueses e brasileiros de cultura rústica ainda esperam ver reencarnado, se funde com esse santo romano, provocando efusões de fé religiosa. Ainda hoje, no Rio de Janeiro, a procissão de São Sebastião mobiliza centenas de milhares de pessoas, que não sabem nem no que creem. Mas isso não importa, porque o que querem é ter uma identidade própria, que por essa via alcançam plenamente.

A referida relíquia de São Sebastião, trazida, aliás, pelo visitador, era uma bela peça engastada num braço de prata. Foi recebida com grande festança por ser esta cidade do seu nome e ser ele o padroeiro e protetor.

> O padre visitador com o mesmo governador e os principais da terra e alguns padres nos embarcamos numa grande barca bem embandeirada e enramada: nela se armou um altar e alcatifou a tolda com um pálio por cima; acudiram algumas vinte canoas bem equipadas, algumas delas pintadas, outras empenadas, e os remos de várias cores. Entre elas vinha Martim Afonso, comendador de Cristo, índio antigo abaetê e moçacára, grande cavaleiro e valente, que ajudou muito os portugueses na tomada deste Rio. Houve no mar grande festa de escaramuça naval, tambores, pífaros e flautas, com grande grita e festa dos índios; e os portugueses da terra com sua arcabuzaria e também os da fortaleza dispararam algumas peças de artilharia grossa e com esta festa andamos barlaventeando um pouco à vela, e a santa relíquia ia no altar dentro de uma rica charola, com grande aparato de velas acesas, música de canto d'órgão etc. Desembarcando viemos em procissão até à Misericórdia, que está junto da praia, com a relíquia debaixo do pálio; as varas levaram os da câmara, cidadãos principais, antigos e conquistadores daquela terra. Estava um teatro à porta da Misericórdia com uma tolda de uma vela, e a santa relíquia se pôs sobre um rico altar enquanto se representou um devoto diálogo do martírio do santo, com choros e várias figuras muito ricamente vestidas; e foi asseteado um moço atado a um pau: causou este espetáculo muitas lágrimas de devoção e alegria a toda a cidade por representar ao vivo martírio do santo, nem faltou mulher que não viesse à festa (Cardim 1980:169).

Diferente é o retrato que nos dá de São Paulo e suas quatro pobres vilas. São Vicente,

> [...] situada em lugar baixo manencolisado e soturno, em uma ilha de duas léguas de comprido. Esta foi a primeira vila e povoação de portugueses que houve no Brasil; foi rica, agora é pobre por se lhe fechar o porto de mar e barra antiga, por onde entrou com sua frota Martim Afonso de Sousa; e também por estarem as terras gastas e faltarem índios que as cultivem, se vai despovoando; terá oitenta vizinhos, com seu vigário. Aqui têm os padres uma casa aonde residem de ordinário seis da Companhia: o sítio é mal-assombrado, sem vista, ainda que muito sadio (Cardim 1980:174).

Santos,

> [...] oitenta vizinhos, com seu vigário. Itanhaém, que é a terceira povoação da costa, que terá cinquenta vizinhos, não tem vigário. Os padres visitam, consolam e ajudam no que podem, ministrando-lhes os sacramentos por sua caridade (Cardim 1980:174).
>
> Piratininga é vila da invocação da conversão de São Paulo; está do mar pelo sertão dentro doze léguas; é terra muito sadia, há nela grandes frios e geadas e boas calmas, é cheia de velhos mais que centenários, porque em quatro juntos e vivos se acharam quinhentos anos. Vestem-se de burel, e pelotes pardos e azuis, de pertinas compridas, como antigamente se vestiam. Vão aos domingos à igreja com roupões ou bérnios de cacheira sem capa. A vila está situada em bom sítio ao longo de um rio caudal. Terá cento e vinte vizinhos, com muita escravaria da terra, não tem cura nem outros sacerdotes senão os da Companhia, aos quais têm grande amor e respeito e por nenhum modo querem aceitar cura (Cardim 1980:173).

Nenhum balanço crítico é melhor que o de Cardim sobre o resultado prático das missões e da colonização. Aquelas, tendo entregue seu sangue e sua energia para fazer a sociedade nova, só sobreviviam nos corpos dos brasilíndios como um património genético que se repetirá pelos séculos afora, remarcando a fisionomia dos brasileiros. Esta, quero dizer, a solução colonial, era o mais bem-sucedido implante europeu no além-mar. Chegou a ter igrejas e colégios suntuosos como não ocorreu em lugar nenhum mais. Viveu assim e ainda vive a vida de um proletariado externo, cuja sorte depende das oscilações do mercado mundial.

Podia-se dizer, talvez, que o fracasso maior foi do stalinismo jesuítico, que tentou um socialismo precoce e inviável, e fracassou. Ao contrário, o sucesso foi de seus opositores. Também fracassados, porque não sendo um povo para si na busca de suas condições de prosperidade, permanece sendo um povo para os outros.

2. A URBANIZAÇÃO CAÓTICA

Cidades e vilas

Assinalamos que o Brasil, surgindo embora pela via evolutiva da atualização histórica, nasceu já como uma civilização urbana. Vale dizer, separada em conteúdos rurais e citadinos, com funções diferentes mas complementares e comandada por grupos eruditos da cidade. A primeira é Lisboa, que não conta. Nossa primeira cidade, de fato, foi a Bahia, já no primeiro século, quando surgiram, também, o Rio de Janeiro e João Pessoa. No segundo século, surgem mais quatro: São Luís, Cabo Frio, Belém e Olinda. No terceiro século, interioriza-se a vida urbana, com São Paulo; Mariana, em Minas; e Oeiras, no Piauí. No quinto século, a rede explode, cobrindo todo o território brasileiro.

No curso desses séculos as cidades cresceram e se ornaram como portentosos centros de vida urbana, só comparáveis aos do México. Os holandeses enriqueceram Recife. A riqueza das minas se exibiu em Ouro Preto e outras cidades do ouro, engalanou a Bahia e, depois, o Rio. A valorização do açúcar translada os senhores de engenho para Recife e para a Bahia, onde ergueram seus sobrados e viveram a vida tão bem descrita por Gilberto Freyre (1935). A independência derramou quantidades de lusitanos por toda a parte, todos muito voltados ao comércio, como agentes de empresas inglesas. A Guerra de Secessão nos Estados Unidos fez crescer São Luís, que no censo de 1872 comparece maior e mais rica que São Paulo. A abolição, dando alguma oportunidade de ir e vir aos negros, encheu as cidades do Rio e da Bahia de núcleos chamados africanos, que se desdobraram nas favelas de agora.

A crise de desemprego que ocorre na Europa na passagem do século nos manda 7 milhões de europeus. Quatro e meio milhões deles se fixaram definitivamente no Brasil, principalmente em São Paulo, onde renovaram toda a vida econômica local. Foram eles que promoveram o primeiro surto de industrialização, que mais tarde se expandiria com a industrialização substitutiva de importações.

Decuplica-se, como se vê, o contingente urbanizado, quando a população total do país crescera de duas vezes e meia, passando de 30,6 milhões, em 1920, para 70,9 milhões, em 1960. No mesmo período, a rede metropolitana crescera de seis cidades maiores de 100 mil habitantes para 31. Maior, ainda, foi o incremento

Tabela 2
BRASIL – REDE URBANA COLONIAL

	Fins do século XVI	Fins do século XVII	Fins do século XVIII
Nº de cidades	3	7	10
Nº de vilas	14	51	60
População das principais cidades e vilas	Salvador 15 000	Salvador 30 000	Salvador 40 000
	Recife/Olinda 5 000	Recife 20 000	Recife 25 000
	São Paulo 1 500	Rio de Janeiro 4 000	Rio de Janeiro 43 000
	Rio de Janeiro 1 000	São Paulo 3 000	Ouro Preto 30 000
			São Luís 20 000
			São Paulo 15 000
População do Brasil	60 000	300 000	3 000 000

Fonte: Estimativas baseadas em cronistas contemporâneos.

das cidades pequenas e médias, que constituíam, em 1960, uma rede de centenas de núcleos urbanos distribuídos por todo o país na forma de constelações articuladas aos centros metropolitanos nacionais e regionais.

As cidades e vilas da rede colonial, correspondentes à civilização agrária, eram, essencialmente, centros de dominação colonial criados, muitas vezes, por ato expresso da Coroa para defesa da costa, como Salvador, Rio de Janeiro, São Luís, Belém, Florianópolis e outras. Exerciam, como função principal, o comércio, através de importação e contrabando, e a prestação de serviços aos setores produtivos, na qualidade de agências reais de cobrança de impostos e taxas, de concessão de terras, de legitimação de transmissões de bens por herança ou por venda e de julgamento nos casos de conflito. Além dessas funções, prestavam assistência religiosa, associada quase sempre com atividades escolares de nível primário e propedêuticas do sacerdócio. Proviam, também, assistência médica para os casos desesperados, resistentes às mezinhas domésticas tradicionais. Sua vida girava em torno dessas atividades e da segunda função básica, que era a de empórios de importação de escravos e manufaturas e de exportação do açúcar, mais tarde do ouro, pedras preciosas e poucas outras mercadorias.

Suas principais edificações eram as igrejas, conventos e fortalezas, que constituíam, também, seu principal atrativo. Por ocasião das festas religiosas, a aristocracia rural deixava as fazendas para viver ali um breve período de convívio urbano festivo. Afora essas ocasiões, atravessavam uma existência pacata, só animada pela feira semanal, pelas missas e novenas e pela chegada de algum veleiro ao porto. A não ser isso, só se movimentavam com o trinar dos cincerros das tropas de mulas que vinham do interior, ou com o rugido de atrito dos carros de boi que chegavam dos sítios carregados de mantimentos e de lenha.

A classe alta urbana era composta de funcionários, escrivães e meirinhos, militares e sacerdotes – que também eram os únicos educadores – e negociantes. Exceto a alta hierarquia civil e eclesiástica, toda essa gente era considerada "de segunda" em relação aos senhores rurais, orgulhosos de suas posses, do seu isolamento e convictos de sua superioridade social. Uma camada intermediária de brancos e mestiços livres, paupérrimos, procurava sobreviver à sombra dos ricos ou remediados.

Cada fazendeiro ou comerciante tinha e mantinha esses agregados que os serviam devotadamente sem qualquer salário, em contrapartida dos obséquios que ocasionalmente recebiam e de que viviam. Essa gente enchia as casas, auxiliando em todas as tarefas domésticas e no artesanato singelo de panos e redes, de costura e bordado, do fabrico de sabão ou de linguiça e doces. Alguns artífices autônomos trabalhavam por encomenda, em selas e tralha de montaria, em sapatos de couro, como ferreiros e mecânicos ou nos ofícios ligados às construções. Abaixo vinha a criadaria escrava destinada a abrilhantar a posição dos ricos e remediados, carregando a eles próprios, a seus objetos e dejetos, amamentando os recém-nascidos, servindo-lhes, enfim, de mãos e de pés.

O crescimento dos centros urbanos dá lugar a uma burocracia civil e eclesiástica da mais alta hierarquia e a um comércio autônomo e rico, integrado quase exclusivamente por reinóis. Mesmo estes, porém, só alcançavam categoria social respeitável e se integravam na classe dominante quando se faziam também proprietários de terra e fazendeiros. Só nas regiões mineradoras, como vimos, se implanta uma verdadeira rede urbana independente da produção agrícola, contando com uma ponderável camada intermediária de modos de vida citadinos.

Aglomerados menores surgiram no interior de cada área produtiva para exercer funções especiais, à medida que a população aumentava e se concentrava. Tais são os vilarejos estradeiros, que serviam de pouso nas longas viagens entre os núcleos ocupados do interior, ou que apareciam onde se impusesse a necessidade de baldear cargas de uma estrada a um rio navegável, ou para a travessia deste. É o caso, também, das feiras de gado de todo o mediterrâneo interior, algumas das quais alcançariam grande expressão, como as de Campina Grande, Sorocaba, Feira de Santana, Campo Grande e outras. Contam-se, também, as feiras de algodão, como as de Itapicuru-mirim, Caxias, Oeiras, Crato etc.

A economia extrativista criou os portos de exportação de borracha da Amazônia e sua constelação de vilas e cidades auxiliares. E, finalmente, a rede de cidades que nasceram acompanhando a marcha do café, a maioria das quais decairia depois, transformadas em cidades mortas, quando a fronteira se distanciava, dando lugar a outras "bocas do sertão".

Essas cidades e vilas, grandes e pequenas, constituíam agências de uma civilização agrário-mercantil, cujo papel fundamental era gerir a ordenação colonial da sociedade brasileira, integrando-a no corpo de tradições religiosas e civis da Europa pré-industrial e fazendo-a render proventos à Coroa portuguesa. Como tal, eram centros de imposição das ideias e das crenças oficiais e de defesa do velho corpo de tradições ocidentais, muito mais que núcleos criadores de uma tradição própria.

Assim, apesar das imensas diferenças que mediavam entre as formações socioculturais europeias e as brasileiras, ambas eram fruto de um mesmo movimento civilizatório. Com a industrialização se altera essa constelação urbana no que tinha de fundamental, que era sua tecnologia produtiva, transformando todo o seu modo de ser, de pensar e de agir. Provocaria uma sequência de alterações reflexas nas sociedades dependentes, de natureza tanto técnica quanto ideológica que, aqui também, transfiguraram o caráter da própria civilização.

Industrialização e urbanização

A industrialização e a urbanização são processos complementares que costumam marchar associados um ao outro. A industrialização oferecendo empregos urbanos à população rural; esta entrando em êxodo na busca dessas oportunidades de vida. Mas não é bem assim. Geralmente, fatores externos afetam os dois processos, impedindo que se lhes dê uma interpretação linear. No século XVI, são os carneiros ingleses que expulsam a população do campo.

No Brasil, vários processos já referidos, sobretudo o monopólio da terra e a monocultura, promovem a expulsão da população do campo. No nosso caso, as dimensões são espantosas, dada a magnitude da população e a quantidade imensa de gente que se vê compelida a transladar-se. A população urbana salta de 12,8 milhões, em 1940, para 80,5 milhões, em 1980. Agora é de 110,9 milhões. A população rural perde substância porque passa, no mesmo período, de 28,3 milhões para 38,6 e é, agora, 35,8 milhões. Reduzindo-se, em números relativos, de 68,7% para 32,4% e para 24,4% do total.

Conforme se vê, vivemos um dos mais violentos êxodos rurais, tanto mais grave porque nenhuma cidade brasileira estava em condições de receber esse contingente espantoso de população. Sua consequência foi a miserabilização da população urbana e uma pressão enorme na competição por empregos.

Embora haja variações regionais e São Paulo represente um grande percentual nesse translado, o fenômeno se deu em todo o país. Inchou as cidades, desabitou o campo sem prejuízo para a produção comercial da agricultura, que, mecanizada, passou a produzir mais e melhor. Se nosso programa fosse produzir só gêneros de exportação, isso seria admissível. Como a questão que a história nos põe é organizar toda a economia para que todos trabalhem e comam, esse translado astronômico, da ordem de 80%, gera enormes problemas.

No presente século, teve lugar uma urbanização caótica provocada menos pela atratividade da cidade do que pela evasão da população rural. Chegamos, assim, à loucura de ter algumas das maiores cidades do mundo, tais como São Paulo e Rio de Janeiro, com o dobro da população de Paris ou Roma, mas dez vezes menos dotadas de serviços urbanos e de oportunidades de trabalho. É um mistério inexplicado até agora como vive o povaréu do Recife, da Bahia, com aquela trêfega alegria, e, ultimamente, como sobrevivem sem trabalho milhões de paulistas e cariocas.

Entre essas cidades, muitas foram criadas por atos de vontade, como ocorrera com a velha Bahia; Belém do Pará, para fechar a boca do Amazonas; e Sacramento, no sul, à frente da nascente Buenos Aires, mantida em guerra pelos portugueses durante um século, para marcar o limite sul do Brasil. E, ultimamente, Goiânia; Belo Horizonte e, afinal, Brasília, criada no centro do Brasil, numa extraordinária façanha da engenharia, para servir de polo central ordenador da vida brasileira.

Esse crescimento explosivo entra em crise em 1982, anunciando a impossibilidade de seguir crescendo economicamente sob o peso das constrições sociais que deformavam o desenvolvimento nacional. Primeiro, a estrutura agrária dominada pelo latifúndio que, incapaz de elevar a produção agrícola ao nível do crescimento da população, de ocupar e pagar as massas rurais, as expulsa em enormes contingentes do campo para as cidades, condenando a imensa maioria da

Tabela 3
2 BRASIL
EVOLUÇÃO DA REDE DE CIDADES
COM MAIS DE 100 MIL HABITANTES DE 1872 A 1991

Categoria de cidades	1872	1900	1950	1991
100 a 500 mil habitantes	Recife 117 Rio de Janeiro 275 Salvador 129	São Paulo 240 Salvador 206 Recife 113	Natal 103 João Pessoa 119 São Luís 120 Maceió 121 Manaus 140 Curitiba 181 Belém 255 Fortaleza 270 B. Horizonte 353 Porto Alegre 394 Salvador 417	Boa Vista 143 Macapá 179 Rio Branco 197 Florianópolis 255 Vitória 258 Porto Velho 286 Cuiabá 401 Aracaju 402 João Pessoa 497
500 mil a 1 milhão de habitantes		Rio de Janeiro 811	Recife 525	Campo Grande 525 Terezina 598 Natal 607 Maceió 629 São Luís 695 Goiânia 921
mais de 1 milhão de habitantes			São Paulo 2198 Rio de Janeiro 2377	Manaus 1011 Belém 1245 Porto Alegre 1263 Recife 1297 Curitiba 1313 Brasília 1598 Fortaleza 1766 B. Horizonte 2017 Salvador 2072 Rio de Janeiro 5474 São Paulo 9627
População do Brasil	9 930 478	17 438 434	51 944 397	146 917 459

Fonte: *Anuário Estatístico do Brasil* 1993, IBGE (população residente).

população à marginalidade. Segundo, a espoliação estrangeira, que amparada pela política governamental fortalecera seu domínio, fazendo-se sócia da expansão industrial, jugulando a economia do país pela sucção de todas as riquezas produtivas.

O Brasil alcança, desse modo, uma extraordinária vida urbana, inaugurando, provavelmente, um novo modo de ser das metrópoles. Dentro delas geram-se pressões tremendas, porque a população deixada ao abandono mantém sua cultura arcaica, mas muito integrada e criativa. Dificulta, porém, uma verdadeira modernização, porque nenhum governo se ocupa efetivamente da educação popular e da sanidade.

Em nossos dias, o principal problema brasileiro é atender essa imensa massa urbana que, não podendo ser exportada, como fez a Europa, deve ser reassentada aqui. Está se alcançando, afinal, a consciência de que não é mais possível deixar a população morrendo de fome e se trucidando na violência, nem a infância entregue ao vício e à delinquência e à prostituição. O sentimento generalizado é de que precisamos tornar nossa sociedade responsável pelas crianças e anciãos. Isso só se alcançará através da garantia de pleno emprego, que supõe uma reestruturação agrária, porque ali é onde mais se pode multiplicar as oportunidades de trabalho produtivo.

Não há nenhum indício, porém, de que isso se alcance. A ordem social brasileira, fundada no latifúndio e no direito implícito de ter e manter a terra improdutiva, é tão fervorosamente defendida pela classe política e pelas instituições do governo que isso se torna impraticável. É provável que a União Democrática Ruralista (UDR), que representa os latifundiários no Congresso, seja o mais poderoso órgão do Parlamento. É impensável fazê-la admitir o princípio de que ninguém pode manter a terra improdutiva por força do direito de propriedade, a fim de devolver as terras desaproveitadas à União para programas de colonização.

A indústria, por sua vez, se orienta cada vez mais para sistemas produtivos poupadores de mão de obra, nos quais cada novo emprego exige altíssimos investimentos. Isso ocorre, aliás, em todo o mundo, mas de forma mais aguda no Brasil, em razão da massa de desocupados que juntou e dos efeitos desastrosos do desemprego sobre a sociedade.

A moderna industrialização brasileira teve o seu impulso inicial através de dois atos de guerra. Getúlio Vargas impôs aos aliados, como condição de dar seu apoio em tropas e matérias-primas, a construção da Companhia Siderúrgica Nacional em Volta Redonda e a devolução das jazidas de ferro de Minas Gerais. Surgiram, assim, imediatamente após a guerra, dois dínamos da modernização no Brasil. Volta Redonda foi a matriz da indústria naval e automobilística e de toda a indústria mecânica. A Vale do Rio Doce pôs nossas reservas minerais a serviço do Brasil, provendo delas o mercado mundial. Cresceu, assim, como uma das principais empresas de seu ramo. Além dessas empresas, o Estado criou várias outras com êxito menor, como a Fábrica Nacional de Motores e a Companhia Nacional de Alcalis.

Essa política de capitalismo de Estado e de industrialização de base provocou sempre a maior reação por parte dos privatistas e dos porta-vozes dos interesses estrangeiros. Assim é que, quando Getúlio Vargas se prepara para criar a Petrobras e a Eletrobras, uma campanha uníssona de toda a mídia levou seu governo a tal desmoralização que ele se viu na iminência de ser enxotado do Catete. Venceu pelo próprio suicídio, que acordou a nação para o caráter daquela campanha e para os interesses que estavam atrás dos inimigos do governo.

Em consequência, os líderes da direita não alcançaram o poder e o candidato de centro-esquerda, Juscelino Kubitschek, foi eleito presidente. Com ele, se desencadeia a industrialização substitutiva. Num mundo em que nem Dutra nem Getúlio conseguiam qualquer investimento, JK, abandonando a política de capitalismo de Estado, atrai numerosas empresas para implantar subsidiárias no Brasil, no campo da indústria automobilística, naval, química, mecânica etc. Para tanto, concedeu toda a sorte de subsídios, tais como terrenos, isenção de impostos, empréstimos e avais a empréstimos estrangeiros. O fez com tanta largueza, que muita indústria custou a seus donos menos de 20% de investimento real do seu capital (Tavares 1964).

O fundamento dessa política, formulada pelo Centro de Estudos para a América Latina (CEPAL), era o de que, elevando as barreiras alfandegárias para reservar o mercado interno às indústrias que aqui se instalassem, se promoveria uma revolução industrial equivalente à que ocorreu originalmente em outros países. Os resultados foram, por um lado, altamente exitosos pela modernização que essas indústrias substitutivas das importações promoveram, dinamizando toda a economia nacional. Por outro lado, concentrou-se tanto em São Paulo, que fez desse estado um polo de colonização interna, crescendo exorbitantemente e coactando o desenvolvimento industrial de outros estados. Simultaneamente com esse processo, as metrópoles do Brasil absorveram imensas parcelas da população rural que, não tendo lugar no seu sistema de produção, se avolumaram como massa desempregada, gerando uma crise sem paralelo de violência urbana.

O Estado brasileiro não tem nenhum programa de reestruturação econômica que permita garantir pleno emprego a essas massas dentro de prazos previsíveis. Que fazer? Prosseguir o genocídio dos pioneiros, que nas terras de ninguém da

Amazônia procuram seu pé de chão? Continuar castrando as mulheres de Goiás, por exemplo, para guardar espaço brasileiro não se sabe para quem? Insistir num liberalismo aloucado, que regeu a economia desde 64, enriquecendo os ricos e empobrecendo os pobres? Continuar imbuídos da ilusão de que o melhor para o Brasil é o espontaneísmo, regido pelo lucrismo dos banqueiros, que acabará por resolver nossos problemas? Até quando este país continuará sem seu projeto próprio de desenvolvimento autônomo e autossustentável?

Os tecnocratas dos últimos governos só veem saída na venda a qualquer preço das indústrias criadas no passado com tão grandes sacrifícios, seguida do mergulho da indústria brasileira no mercado global, confiante em que ele nos dará a prosperidade, se não para o povo trabalhador, ao menos para os que estão bem integrados no sistema econômico.

Se fôssemos uma pequena nação, seria uma fatalidade para nós a integração no Colosso. Sendo o que somos, não se pode adiar mais a formulação de um projeto próprio que nos insira no contexto mundial, guardando nossa autonomia econômica para um crescimento autônomo. O que nos falta hoje é maior indignação generalizada em face de tanto desemprego, tanta fome e tanta violência desnecessárias, porque perfeitamente sanáveis com alterações estratégicas na ordem econômica. Falta mais, ainda, competência política para usar o poder na realização de nossas potencialidades.

A história nos fez, pelo esforço de nossos antepassados, detentores de um território prodigiosamente rico e de uma massa humana metida no atraso, mas sedenta de modernidade e de progresso, que não podemos entregar ao espontaneísmo do mercado mundial. A tarefa das novas gerações de brasileiros é tomar este país em suas mãos para fazer dele o que há de ser, uma das nações mais progressistas, justas e prósperas da Terra.

Deterioração urbana

A própria população urbana, largada a seu destino, encontra soluções para seus maiores problemas. Soluções esdrúxulas, é verdade, mas são as únicas que estão a seu alcance. Aprende a edificar favelas nas morrarias mais íngremes fora de todos os regulamentos urbanísticos, mas que lhe permitem viver junto aos seus locais de trabalho e conviver como comunidades humanas regulares, estruturando uma vida social intensa e orgulhosa de si. Em São Paulo, onde faltam morrarias, as favelas se assentam no chão liso de áreas de propriedade contestada e organizam-se socialmente como favelas. Resistem quanto podem a tentativas governamentais de desalojá-las e exterminá-las. Quem puder oferecer 1 milhão de casas, terá direito de falar em erradicação de favelas.

Outra expressão da criatividade dos favelados é aproveitar a crise das drogas como fontes locais de emprego. Essa "solução", ainda que tão extravagante e ilegal, reflete a crise da sociedade norte-americana que, com seus milhões de drogados, produz bilhões de dólares de drogas, cujo excesso derrama aqui. É nessa base que se estrutura o crime organizado, oferecendo uma massa de empregos na própria favela, bem como uma escala de heroicidade dos que o capitaneiam e um padrão de carreira altamente desejável para a criançada. Antigamente, tratava-se apenas do jogo do bicho, que empregava ex-presidiários e marginais, lhes dando condições de existência legal. Hoje em dia é o crime organizado como grande negócio que cumpre o encargo de viciar e satisfazer o vício de 1 milhão de drogados. Quem quiser acabar com o crime organizado, deve conter o subsídio ao vício dado pelos norte-americanos.

Até então, o que temos são gestos vãos, de curta duração, incapazes de conter por si os problemas das cidades. É pensável uma reforma urbana. Hoje tão urgente quanto a agrária. É também pensável uma economia de pleno emprego, mas ninguém tem planos concretos, nesse sentido, que possam ser postos em prática.

Outro processo dramático vivido por nossas populações urbanas é sua deculturação. Sua gravidade é quase equivalente à primeira grande deculturação que sofremos, no primeiro século, ao desindianizar os índios, desafricanizar os negros e deseuropeizar o europeu para nos fazermos. Isso resultou numa população de cultura arcaica, mas muito integrada, em que um saber operativo se transmitia de pais a filhos e em que todos viviam um calendário civil regido pela Igreja, dentro de padrões morais bem prescritos.

A questão hoje é mais grave. A luta dentro dessa massa urbana é ferocíssima. Se associam, eventualmente, nos festivais, como o Carnaval e cerimônias de Candomblé, como paixões esportivas coparticipadas e como os cultos de desesperados. Esses marginais não devem, porém, ser confundidos com a secular população favelada das grandes cidades, que de fato são suas principais vítimas.

O normal na marginália é uma agressividade em que cada um procura arrancar o seu, seja de quem for. Não há família, mas meros acasalamentos eventuais. A vida se assenta numa unidade matricêntrica de mulheres que parem filhos de vários homens. Apesar de toda a miséria, essa heroica mãe defende seus filhos e, ainda que com fome, arranja alguma coisa para pôr em suas bocas. Não tendo outro recurso, se junta a eles na exploração do lixo e na mendicância nas ruas das cidades. É incrível que o Brasil, que gosta tanto de falar de sua família cristã, não tenha olhos para ver e admirar essa mulher extraordinária em que se assenta toda a vida da gente pobre.

A anomia frequentemente se instala, prostrando multidões no desânimo e no alcoolismo. Muitas vezes se deteriora, também, na anarquia, em gestos fugazes de revolta incontrolável. Um corpo elementar de valores coparticipados a todos afeta, oriundos principalmente dos cultos afro-brasileiros, do futebol e do Carnaval, suas paixões. As circunstâncias fazem surgir, periodicamente, lideranças ferozes que a todos se impõem na divisão do despojo de saqueios. Essa situação é agravada por uma lúmpen-burguesia de microempresários que vivem da exploração dessa gente paupérrima e os controla através de matadores profissionais, recrutados entre fugidos da prisão e policiais expulsos de suas corporações.

O doloroso é que esses bandos se instalam no meio das populações faveladas e das periferias, impondo a mais dura opressão para impedir que escapem do seu domínio. Isso é o que desejam muitas famílias pobres, geralmente desajustadas. Paradoxalmente, confiam é no crime organizado, que costuma limpar a favela dos pequenos delinquentes mais irresponsáveis e violentos e põe cobro à caçada de crianças pelos matadores profissionais. Talvez, por isso, tanto se apeguem aos cultos evangélicos que salvam os homens do alcoolismo, as mulheres da pancadaria dos maridos bêbados, as crianças de toda sorte de violência e do incesto. Os cultos católicos, regidos por sacerdotes bem formados, raramente aparecem ali. Quem compete mais com os evangélicos são os cultos afro-brasileiros, que com sua hierarquia rígida e com sua liturgia apuradíssima abrem perspectivas de carreira religiosa e de vidas devotadas ao culto.

Ultimamente, a coisa se tornou mais complexa porque as instituições tradicionais estão perdendo todo o seu poder de controle e de doutrinação. A escola não ensina, a igreja não catequiza, os partidos não politizam. O que opera é um monstruoso sistema de comunicação de massa fazendo a cabeça das pessoas. Impondo-lhes padrões de consumo inatingíveis, desejabilidades inalcançáveis, aprofundando mais a marginalidade dessas populações e seu pendor à violência. Algo tem que ver a violência desencadeada nas ruas com o abandono dessa população entregue ao bombardeio de um rádio e de uma televisão social e moralmente irresponsáveis, para as quais é bom o que mais vende, refrigerantes ou sabonetes, sem se preocupar com o desarranjo mental e moral que provocam.

3. Classe, cor e preconceito

Classe e poder

Nossa tipologia das classes sociais vê na cúpula dois corpos conflitantes, mas mutuamente complementares. O patronato de empresários, cujo poder vem da riqueza através da exploração econômica; e o patriciado, cujo mando decorre do desempenho de cargos, tal como o general, o deputado, o bispo, o líder sindical e tantíssimos outros. Naturalmente, cada patrício enriquecido quer ser patrão e cada patrão aspira às glórias de um mandato que lhe dê, além de riqueza, o poder de determinar o destino alheio.

Nas últimas décadas surgiu e se expandiu um corpo estranho nessa cúpula. É o estamento gerencial das empresas estrangeiras, que passou a constituir o setor predominante das classes dominantes. Ele emprega os tecnocratas mais competentes e controla a mídia, conformando a opinião pública. Ele elege parlamentares e governantes. Ele manda, enfim, com desfaçatez cada vez mais desabrida.

Abaixo dessa cúpula ficam as classes intermediárias, feitas de pequenos oficiais, profissionais liberais, policiais, professores, o baixo-clero e similares. Todos eles propensos a prestar homenagem às classes dominantes, procurando tirar disso alguma vantagem. Dentro dessa classe, entre o clero e os raros intelectuais, é que surgiram mais subversivos em rebeldia contra a ordem. A insurgência mesmo foi encarnada por gente de seus estratos mais baixos. Por isso mesmo mais padres foram enforcados que qualquer outra categoria de gente.

Seguem-se as classes subalternas, formadas por um bolsão da aristocracia operária, que têm empregos estáveis, sobretudo os trabalhadores especializados, e por outro bolsão que é formado por pequenos proprietários, arrendatários, gerentes de grandes propriedades rurais etc.

Abaixo desses bolsões, formando a linha mais ampla do losango das classes sociais brasileiras, fica a grande massa das classes oprimidas dos chamados marginais, principalmente negros e mulatos, moradores das favelas e periferias da cidade. São os enxadeiros, os boias-frias, os empregados na limpeza, as empregadas domésticas, as pequenas prostitutas, quase todos analfabetos e incapazes de organizar-se para reivindicar. Seu desígnio histórico é entrar no sistema, o que, sendo impraticável, os situa na condição da classe intrinsecamente oprimida, cuja luta terá de ser a de romper com a estrutura de classes. Desfazer a sociedade para refazê-la.

Essa estrutura de classes engloba e organiza todo o povo, operando como um sistema autoperpetuante da ordem social vigente. Seu comando natural são as classes dominantes. Seus setores mais dinâmicos são as classes intermédias. Seu núcleo mais combativo, as classes subalternas. E seu componente majoritário são as classes oprimidas, só capazes de explosões catárticas ou de expressão indireta de sua revolta. Geralmente estão resignadas com seu destino, apesar da miserabilidade em que vivem, e por sua incapacidade de organizar-se e enfrentar os donos do poder.

O diagrama a seguir retrata a estratificação social brasileira tal como a vemos, empiricamente. Aí estão seus quatro estratos superpostos, correspondentes às classes dominantes, aos setores intermédios, às classes subalternas e às classes oprimidas. Os primeiros, cujo número é insignificante, detêm, graças ao apoio das outras classes, o poder efetivo sobre toda a sociedade. Os setores intermédios funcionam como um atenuador ou agravador das tensões sociais e são levados mais vezes a operar no papel de mantenedores da ordem do que de ativistas de transformações.

As classes subalternas são formadas pelos que estão integrados regularmente na vida social, no sistema produtivo e no corpo de consumidores, geralmente sindicalizados. Seu pendor é mais para defender o que já têm e obter mais, do que para transformar a sociedade. O quarto estrato, formado pelas classes oprimidas, é o dos excluídos da vida social, que lutam por ingressar no sistema de produção e pelo acesso ao mercado. Na verdade, é a este último corpo, apesar de sua natureza inorgânica e cheia de antagonismos, que cabe o papel de renovador da sociedade como combatente da causa de todos os outros explorados e oprimidos. Isso porque só tem perspectivas de integrar a vida social rompendo toda estrutura de classes. Essa configuração de classes antagônicas mas interdependentes organiza-se, de fato, para fazer oposição às classes oprimidas – ontem escravos, hoje subassalariados – em razão do pavor pânico que infunde a todos a ameaça de uma insurreição social generalizada.

Distância social

Com efeito, no Brasil, as classes ricas e as pobres se separam umas das outras por distâncias sociais e culturais quase tão grandes quanto as que medeiam entre povos distintos. Ao vigor físico, à longevidade, à beleza dos poucos situados no ápice – como expressão do usufruto da riqueza social – se contrapõe a fraqueza, a enfermidade, o envelhecimento precoce, a feiúra da imensa maioria – expressão da penúria em que vivem. Ao traço refinado, à inteligência – enquanto reflexo da instrução –, aos costumes patrícios e cosmopolitas dos dominadores, correspondem o traço rude, o saber vulgar, a ignorância e os hábitos arcaicos dos dominados.

Diagrama 1
Estratificação social brasileira

Classes dominantes	PATRONATO		Estamento	PATRICIADO	
	Oligárquico	*Moderno*	Gerencial	*Estatal*	*Civil*
	Senhorial	Empresarial	Estrangeiro	Político	Eminências
	Parasitário	Contratista		Militar	Lideranças
				Tecnocrático	Celebridades
Setores intermédios	AUTÔNOMOS			DEPENDENTES	
	Profissionais liberais			Funcionários	
	Pequenos empresários			Empregados	
Classes subalternas	CAMPESINATO			OPERARIADO	
	Assalariados rurais			Fabril	
	Parceiros			Serviços	
	Minifundistas				
			MARGINAIS		
Classes oprimidas			Trabalhadores estacionais		
			Recoletores – Volantes		
			Empregados domésticos		
			Biscateiros – Delinquentes		
			Prostitutas – Mendigos		

Quando um indivíduo consegue atravessar a barreira de classe para ingressar no estrato superior e nele permanecer, se pode notar em uma ou duas gerações seus descendentes crescerem em estatura, se embelezarem, se refinarem, se educarem, acabando por confundir-se com o patriciado tradicional.

Observando a massa popular de aglomerados brasileiros, onde predomina um ou outro estrato, se pode ver como se contrastam gritantemente. A multidão de uma praia de Copacabana e os moradores de uma favela ou subúrbio carioca, ou mesmo o público em um comício de Natal ou em Campinas, como representações dessas camadas opostas, se configuram ao observador mais desavisado como humanidades distintas.

A estratificação social gerada historicamente tem também como característica a racionalidade resultante de sua montagem como negócio que a uns privilegia e enobrece, fazendo-os donos da vida, e aos demais subjuga e degrada, como objeto de enriquecimento alheio. Esse caráter intencional do empreendimento faz do Brasil, ainda hoje, menos uma sociedade do que uma feitoria, porque não estrutura a população para o preenchimento de suas condições de sobrevivência e de progresso, mas para enriquecer uma camada senhorial voltada para atender às solicitações exógenas.

Essas duas características complementares – as distâncias abismais entre os diferentes estratos e o caráter intencional do processo formativo – condicionaram a camada senhorial para encarar o povo como mera força de trabalho destinada a desgastar-se no esforço produtivo e sem outros direitos que o de comer enquanto trabalha, para refazer suas energias produtivas, e o de reproduzir-se para repor a mão de obra gasta.

Nem podia ser de outro modo no caso de um patronato que se formou lidando com escravos, tidos como coisas e manipulados com objetivos puramente pecuniários, procurando tirar de cada peça o maior proveito possível. Quando ao escravo sucede o parceiro, depois o assalariado agrícola, as relações continuam impregnadas dos mesmos valores, que se exprimem na desumanização das relações de trabalho.

Em consequência, nas vilas próximas às fazendas, se concentra uma população detritária de velhos desgastados no trabalho e de crianças entregues a seus avós. O grosso da população em idade ativa passa a vida fora, sobre os caminhões de boias-frias ou como empregadas domésticas, prostitutas etc.

Nas metrópoles, essa situação se agrava e, também, se abranda. Nas camadas mais pobres se podem distinguir famílias se esforçando para ascender e outras tantas soterradas cada vez mais na pobreza, na delinquência e na marginalidade.

As classes sociais brasileiras não podem ser representadas por um triângulo, com um nível superior, um núcleo e uma base. Elas configuram um losango, com um ápice finíssimo, de pouquíssimas pessoas, e um pescoço, que se vai alargando daqueles que se integram no sistema econômico como trabalhadores regulares e como consumidores. Tudo isso como um funil invertido em que está a maior parte da população, marginalizada da economia e da sociedade, que não consegue empregos regulares nem ganhar o salário mínimo.

Dada a diversidade de situações regionais, de prosperidade e de pobreza, o simples translado de um trabalhador, que vá de uma região a outra, pode representar uma ascensão substancial, se ele consegue incorporar-se a um núcleo mais próspero.

Diagrama 2
REPRESENTAÇÃO DAS CLASSES SOCIAIS
POR NÍVEIS DE RENDA

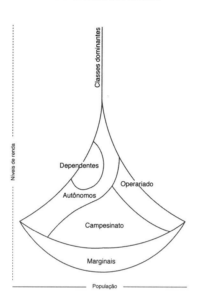

Uma pesquisa que fiz realizar sobre as condições de existência das camadas urbanas e rurais das várias regiões do Brasil nos dá nítido perfil das condições de vida dessas populações. O critério utilizado foi um índice de conforto doméstico medido objetivamente pelos bens que havia na vivenda. Uma trempe para cozinhar, um pote, um prato e alguns talheres podiam valer quarenta pontos, enquanto uma casa cheia de todos os bens, com televisão, geladeira, telefone e automóveis, podia valer até 2800 pontos. As amostras de casas rurais e urbanas de catorze cidades foram utilizadas para compor o índice e representá-lo graficamente (Ribeiro 1959; Albersheim 1962).

O perfil mais feio é o de Santarém, no Pará, região extrativista em que a massa da população está soterrada no nível mais baixo. Os gráficos seguintes mostram que a passagem de Catalão, em Goiás – região de latifúndios pastoris –, para Júlio de Castilhos, no Rio Grande do Sul – lugar de sítios e fazendas –, pode representar um grande progresso na vida. O translado para Leopoldina, em Minas, pioraria a situação.

O perfil melhor é o de Ibirama, em Santa Catarina, região granjeira que praticamente integrou toda sua população, de descendentes de imigrantes alemães, ao sistema produtivo, dando-lhe melhores condições de vida. Isso porque sucessivos

Diagrama 3
PERFIS DO ÍNDICE DE CONFORTO DOMÉSTICO
RURAL E URBANO DE SEIS MUNICÍPIOS

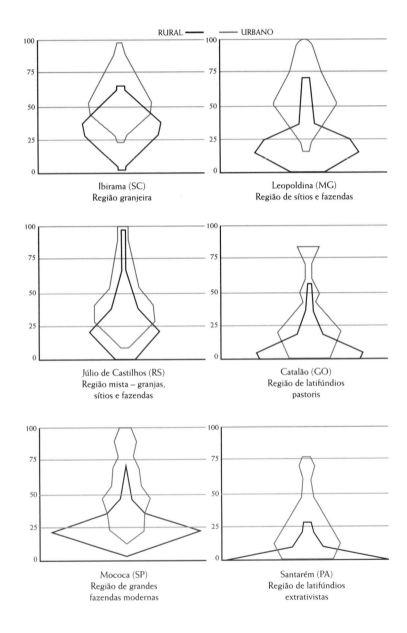

governos, querendo atrair imigrantes europeus, inclusive para melhorar a raça, a eles deu lotes de terra e ajuda econômica. Coisa que nunca se fez, e até se proibiu fazer, para os brasileiros.

A superposição dos perfis de Ibirama, Mococa e Santarém demonstra como a variação espacial afeta as condições de vida da população e como essa é uma das razões por que o brasileiro não para, está sempre se transladando de uma área a outra.

Essas diferenças sociais são remarcadas pela atitude de fria indiferença com que as classes dominantes olham para esse depósito de miseráveis, de onde retiram a força de trabalho de que necessitam.

É preciso viver num engenho, numa fazenda, num seringal, para sentir a profundidade da distância com que um patrão ou seu capataz trata os serviçais, no seu descaso pelo destino destes, como pessoas, sua insciência de que possam ter aspirações, seu desconhecimento de que estejam, eles também, investidos de uma dignidade humana.

A suscetibilidade patronal a qualquer gesto que possa ser tido como longinquamente desrespeitoso por parte de um empregado contrasta claramente com o tratamento boçal com que trata este. Exemplificativo disso é a diferença de critérios de um policial ou de um juiz quando se vê diante de ofensas ou danos feitos a um membro da classe senhorial ou a um popular.

Isso e mil síndromes mais – sobreviventes principalmente nas zonas rurais, mas também presentes nas cidades – indicam como foi profundo o processo de degradação do caráter do homem brasileiro da classe dominante. Ele está enfermo de desigualdade. Enquanto o escravo e o ex-escravo estão condenados à dignidade de lutadores pela liberdade, os senhores e seus descendentes estão condenados, ao contrário, ao opróbrio de lutadores pela manutenção da desigualdade e da opressão.

Diagrama 4

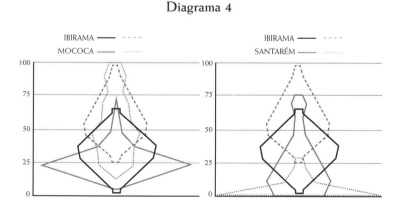

A classe dominante bifurcou sua conduta em dois estilos contrapostos. Um, presidido pela mais viva cordialidade nas relações com seus pares; outro, remarcado pelo descaso no trato com os que lhe são socialmente inferiores. Assim é que na mesma pessoa se pode observar a representação de dois papéis, conforme encarne a etiqueta prescrita do anfitrião hospitaleiro, gentil e generoso diante de um visitante, ou o papel senhorial, em face de um subordinado. Ambos vividos com uma espontaneidade que só se explica pela conformação bipartida da personalidade.

A essa corrupção senhorial corresponde uma deterioração da dignidade pessoal das camadas mais humildes, condicionadas a um tratamento gritantemente assimétrico, predispostas a assumir atitudes de subserviência, compelidas a se deixarem explorar até a exaustão. São mais castas que classes, pela imutabilidade de sua condição social.

A dignidade pessoal, nessas condições, só se preserva através de atitudes evitativas, extremamente cautelosas na prevenção de qualquer desentendimento. Essa é a explicação da reserva e da desconfiança dos lavradores diante da classe patronal, fruto de sua consciência de que, uma vez toldadas as relações, só lhes resta a fuga, sem possibilidades de reclamar qualquer direito. Aqueles que não conseguem introjetar essas atitudes, prontamente se desajustam, saindo a perambular de fazenda a fazenda ou encaminhando-se às cidades, quando não caem na anomia ou no banditismo. Na maior parte das vezes, porém, o contexto sociocultural é suficientemente homogêneo para induzir os indivíduos à acomodação, só escapando delas as personalidades mais vigorosas, que, por sua própria rebeldia, vão sendo excluídas das fazendas.

Os subprodutos mais característicos desse sistema foram o coronel fazendeiro e o cabra, gerados socialmente como tipos humanos polarmente opostos, substituídos hoje pelo gerente e pelo boia-fria. O primeiro, nas grandes cidades, comercia sua produção, onde vive temporadas e educa seus filhos. É um homem em todo o valor da expressão, um cidadão prestante de sua pátria. O segundo, nascendo e vivendo dentro do cercado da fazenda, numa casa feita com suas próprias mãos, só possuindo de seu a tralha que ele mesmo fabrica, devotado de sol a sol a serviço do patrão, é mantido no analfabetismo e na ignorância. Jamais alcança condições mínimas para o exercício da cidadania, mesmo porque a fazenda é sua verdadeira e única pátria. Escorraçado ou fugido dela é um pária, que só aspira a ganhar o mato para escapar ao braço punitivo do patrão, para se possível submeter-se ainda mais solícito ao "amparo" de outro fazendeiro.

Ambos representam os produtos humanos naturais e necessários de uma ordem que brilha no fazendeiro como a sua expressão mais nobre e se degrada no lavrador como o seu dejeto, produzido socialmente para trabalhar como enxadeiro, apenas aspirando a ascender a capataz na usina, a peão na estância ou a cabra valente no sertão.

Dentro desse contexto social jamais se puderam desenvolver instituições democráticas com base em formas locais de autogoverno. As instituições republicanas, adotadas formalmente no Brasil para justificar novas formas de exercício do poder pela classe dominante, tiveram sempre como seus agentes junto ao povo a própria camada proprietária. No mundo rural, a mudança de regime jamais afetou o senhorio fazendeiro que, dirigindo a seu talante as funções de repressão policial, as instituições da propriedade na Colônia, no Império e na República, exerceu desde sempre um poderio hegemônico.

A sociedade resultante tem incompatibilidades insanáveis. Dentre elas, a incapacidade de assegurar um padrão de vida, mesmo modestamente satisfatório, para a maioria da população nacional; a inaptidão para criar uma cidadania livre e, em consequência, a inviabilidade de instituir-se uma vida democrática. Nessas condições, a eleição é uma grande farsa em que massas de eleitores vendem seus votos àqueles que seriam seus adversários naturais. Por tudo isso é que ela se caracteriza como uma ordenação oligárquica que só se pode manter artificiosa ou repressivamente pela compressão das forças majoritárias às quais condena ao atraso e à pobreza.

Não é por acaso, pois, que o Brasil passa de colônia a nação independente e de Monarquia a República, sem que a ordem fazendeira seja afetada e sem que o povo perceba. Todas as nossas instituições políticas constituem superfetações de um poder efetivo que se mantém intocado: o poderio do patronato fazendeiro.

A única saída possível para essa estrutura autoperpetuante de opressão são o surgimento e a expansão do movimento operário. Nas cidades, ao contrário da roça, o operário sindicalizado já atua como um lutador livre diante do patrão, chegando a ser arrogante na apresentação de suas reivindicações. É por esse caminho que as instituições políticas podem aperfeiçoar-se, dando realidade funcional à República.

Classe e raça

A distância social mais espantosa do Brasil é a que separa e opõe os pobres dos ricos. A ela se soma, porém, a discriminação que pesa sobre negros, mulatos e índios, sobretudo os primeiros.

Entretanto, a rebeldia negra é muito menor e menos agressiva do que deveria ser. Não foi assim no passado. As lutas mais longas e mais cruentas que se travaram no Brasil foram a resistência indígena secular e a luta dos negros contra a escravidão, que duraram os séculos do escravismo. Tendo início quando começou o tráfico, só se encerrou com a abolição.

Sua forma era principalmente a da fuga, para a resistência e para a reconstituição de sua vida em liberdade nas comunidades solidárias dos quilombos, que se multiplicaram aos milhares. Eram formações protobrasileiras, porque o quilombola era um negro já aculturado, sabendo sobreviver na natureza brasileira, e, também, porque lhe seria impossível reconstituir as formas de vida da África. Seu drama era a situação paradoxal de quem pode ganhar mil batalhas sem vencer a guerra, mas não pode perder nenhuma. Isso foi o que sucedeu com todos os quilombos, inclusive com o principal deles, Palmares, que resistiu por mais de um século, mas afinal caiu, arrasado, e teve o seu povo vendido, aos lotes, para o sul e para o Caribe.

Entretanto, a luta mais árdua do negro africano e de seus descendentes brasileiros foi, ainda é, a conquista de um lugar e de um papel de participante legítimo na sociedade nacional. Nela se viu incorporado à força. Ajudou a construí-la e, nesse esforço, se desfez, mas, ao fim, só nela sabia viver, em razão de sua total desafricanização. A primeira tarefa cultural do negro brasileiro foi a de aprender a falar o português que ouvia nos berros do capataz. Teve de fazê-lo para comunicar-se com seus companheiros de desterro, oriundos de diferentes povos. Fazendo-o, se reumanizou, começando a sair da condição de bem semovente, mero animal ou força energética para o trabalho. Conseguindo miraculosamente dominar a nova língua, não só a refez, emprestando singularidade ao português do Brasil, mas também possibilitou sua difusão por todo o território, uma vez que nas outras áreas se falava principalmente a língua dos índios, o tupi-guarani.

Calculo que o Brasil, no seu fazimento, gastou cerca de 12 milhões de negros, desgastados como a principal força de trabalho de tudo o que se produziu aqui e de tudo que aqui se edificou. Ao fim do período colonial, constituía uma das maiores massas negras do mundo moderno. Sua abolição, a mais tardia da história, foi a causa principal da queda do Império e da proclamação da República. Mas as classes dominantes reestruturaram eficazmente seu sistema de recrutamento da força de trabalho, substituindo a mão de obra escrava por imigrantes importados da Europa, cuja população se tornara excedente e exportável a baixo preço.

O negro, condicionado culturalmente a poupar sua força de trabalho para não ser levado à morte pelo chicote do capataz, contrastava vivamente como força de trabalho com o colono vindo da Europa, já adaptado ao regime salarial e predisposto a esforçar-se ao máximo para conquistar, ele próprio, um palmo de terra em que pudesse prosperar, livre da exploração dos fazendeiros.

O negro, sentindo-se aliviado da brutalidade que o mantinha trabalhando no eito, sob a mais dura repressão – inclusive as punições preventivas, que não castigavam culpas ou preguiças, mas só visavam dissuadir o negro de fugir –, só queria a liberdade. Em consequência, os ex-escravos abandonam as fazendas em que labutavam, ganham as estradas à procura de terrenos baldios em que pudessem acampar, para viverem livres como se estivessem nos quilombos, plantando milho e mandioca para comer. Caíram, então, em tal condição de miserabilidade que a população negra reduziu-se substancialmente. Menos pela supressão da importação anual de novas massas de escravos para repor o estoque, porque essas já vinham diminuindo havia décadas. Muito mais pela terrível miséria a que foram atirados. Não podiam estar em lugar algum, porque cada vez que acampavam, os fazendeiros vizinhos se organizavam e convocavam forças policiais para expulsá-los, uma vez que toda a terra estava possuída e, saindo de uma fazenda, se caía fatalmente em outra.

As atuais classes dominantes brasileiras, feitas de filhos e netos dos antigos senhores de escravos, guardam, diante do negro, a mesma atitude de desprezo vil. Para seus pais, o negro escravo, o forro, bem como o mulato, eram mera força energética, como um saco de carvão, que desgastado era substituído facilmente por outro que se comprava. Para seus descendentes, o negro livre, o mulato e o branco pobre são também o que há de mais reles, pela preguiça, pela ignorância, pela criminalidade inatas e inelutáveis. Todos eles são tidos consensualmente como culpados de suas próprias desgraças, explicadas como características da raça e não como resultado da escravidão e da opressão. Essa visão deformada é assimilada também pelos mulatos e até pelos negros que conseguem ascender socialmente, os quais se somam ao contingente branco para discriminar o negro-massa.

A nação brasileira, comandada por gente dessa mentalidade, nunca fez nada pela massa negra que a construíra. Negou-lhe a posse de qualquer pedaço de terra para viver e cultivar, de escolas em que pudesse educar seus filhos, e de qualquer ordem de assistência. Só lhes deu, sobejamente, discriminação e repressão. Grande parte desses negros dirigiu-se às cidades, onde encontrava um ambiente de convivência social menos hostil. Constituíram, originalmente, os chamados bairros africanos, que deram lugar às favelas. Desde então, elas vêm se multiplicando, como a solução que o pobre encontra para morar e conviver. Sempre debaixo da permanente ameaça de serem erradicados e expulsos.

O negro rural, transladado às favelas, tem de aprender os modos de vida da cidade, onde não pode plantar. Afortunadamente, encontram negros de antiga extração nelas instalados, que já haviam construído uma cultura própria, na qual se expressavam com alto grau de criatividade. Uma cultura feita de retalhos do que o africano guardara no peito nos longos anos de escravidão, como sentimentos musicais, ritmos, sabores e religiosidade.

A partir dessas precárias bases, o negro urbano veio a ser o que há de mais vigoroso e belo na cultura popular brasileira. Com base nela é que se estrutura o nosso Carnaval, o culto de Iemanjá, a capoeira e inumeráveis manifestações culturais. Mas o negro aproveita cada oportunidade que lhe é dada para expressar o seu valor. Isso ocorre em todos os campos em que não se exige escolaridade. É o caso da música popular, do futebol e de numerosas formas menos visíveis de competição e de expressão. O negro vem a ser, por isso, apesar de todas as vicissitudes que enfrenta, o componente mais criativo da cultura brasileira e aquele que, junto com os índios, mais singulariza o nosso povo.

O enorme contingente negro e mulato é, talvez, o mais brasileiro dos componentes de nosso povo. O é porque, desafricanizado na mó da escravidão, não sendo índio nativo nem branco reinol, só podia encontrar sua identidade como brasileiro. Vale dizer, como um povo novo, feito de gentes vindas de toda parte, em pleno e alegre processo de fusão. Assim é que os negros não se aglutinam como uma massa disputante de autonomia étnica, mas como gente intrinsecamente integrada no mesmo povo, o brasileiro.

O mulato, participando biológica e socialmente do mundo branco, pôde acercar-se melhor de sua cultura erudita e nos deu algumas das figuras mais dignas e cultas que tivemos nas letras, nas artes e na política. Entre eles, o artista Aleijadinho; o escritor Machado de Assis; o jurista Rui Barbosa; o compositor José Maurício; o poeta Cruz e Sousa; o tribuno Luís Gama; como políticos, os irmãos Mangabeira e Nelson Carneiro; e, como intelectuais, Abdias do Nascimento e Guerreiro Ramos. Teve, também, por sua vivacidade e pela extraordinária beleza de muitos deles – sobretudo das mulatas –, resultantes do vigor híbrido, maiores chances de ascensão social, ainda que só progredisse na medida em que negava sua negritude. Posto entre os dois mundos conflitantes – o do negro, que ele rechaça, e o do branco, que o rejeita –, o mulato se humaniza no drama de ser dois, que é o de ser ninguém.

Nos últimos anos, por efeito do sucesso do negro americano, que foi tido pelos brasileiros como uma vitória da raça, mas principalmente pela ascensão de uma parcela da população de cor através da educação e da ampliação das oportunidades de emprego, o negro brasileiro vem tomando coragem de assumir orgulhosamente sua condição de negro.

O mesmo ocorreu a muitos mulatos que saltaram para o lado negro de sua dupla natureza. Essa passagem, de fato, era muito difícil, em razão da imensa massa negra, afundada na miséria mais atroz, com que não podia se confundir. Massa que compõe a imagem popular do negro, cuja condição é absolutamente indesejável, porque sobre ela recai, com toda dureza, o pauperismo, as enfermidades, a criminalidade e a violência.

Isso ocorre numa sociedade doentia, de consciência deformada, em que o negro é considerado como culpado de sua penúria. Nessas circunstâncias, seu sofrimento não desperta nenhuma solidariedade e muito menos a indignação. Em consequência, o destino dessa parcela majoritária da população não é objeto de nenhuma forma específica de ajuda para que saia da miséria e da ignorância.

Prevalece, em todo o Brasil, uma expectativa assimilacionista, que leva os brasileiros a supor e desejar que os negros desapareçam pela branquização progressiva. Ocorre, efetivamente, uma morenização dos brasileiros, mas ela se faz tanto pela branquização dos pretos, como pela negrização dos brancos. Desse modo, devemos configurar no futuro uma população morena em que cada família, por imperativo genético, terá por vezes, ocasionalmente, uma negrinha retinta ou um branquinho desbotado.

É verdade que com os maiores índices de fertilidade dos pretos, em razão de sua pobreza e da conduta que corresponde a ela, os negros iriam imprimir mais fortemente sua marca na população brasileira. Não é impossível que, lá pelos meados do próximo século, num Brasil de 300 milhões, haja uma nítida preponderância de pretos e mulatos.

A característica distintiva do racismo brasileiro é que ele não incide sobre a origem racial das pessoas, mas sobre a cor de sua pele. Nessa escala, negro é o negro retinto, o mulato já é o pardo e como tal meio branco, e se a pele é um pouco mais clara, já passa a incorporar a comunidade branca. Acresce que aqui se registra, também, uma branquização puramente social ou cultural. É o caso dos negros que, ascendendo socialmente, com êxito notório, passam a integrar grupos de convivência dos brancos, a casar-se entre eles e, afinal, a serem tidos como brancos. A definição brasileira de negro não pode corresponder a um artista ou a um profissional exitoso. Exemplifica essa situação o diálogo de um artista negro, o pintor Santa Rosa, com um jovem, também negro, que lutava para ascender na carreira diplomática, queixando-se das imensas barreiras que dificultavam a ascensão das pessoas de cor. O pintor disse, muito comovido: "Compreendo perfeitamente o seu caso, meu caro. Eu também já fui negro".

Já no século passado, um estrangeiro, estranhando ver um mulato no alto posto de capitão-mor, ouviu a seguinte explicação: "Sim, ele foi mestiço, mas como capitão-mor não pode deixar de ser branco" (Koster 1942:480).

A forma peculiar do racismo brasileiro decorre de uma situação em que a mestiçagem não é punida mas louvada. Com efeito, as uniões inter-raciais, aqui, nunca foram tidas como crime nem pecado. Provavelmente porque o povoamento do Brasil não se deu por famílias europeias já formadas, cujas mulheres brancas combatessem todo o intercurso com mulheres de cor. Nós surgimos, efetivamente, do cruzamento de uns poucos brancos com multidões de mulheres índias e negras.

Essa situação não chega a configurar uma democracia racial, como quis Gilberto Freyre e muita gente mais, tamanha é a carga de opressão, preconceito e discriminação antinegro que ela encerra. Não o é também, obviamente, porque a própria expectativa de que o negro desapareça pela mestiçagem é um racismo. Mas o certo é que contrasta muito, e contrasta para melhor, com as formas de preconceito propriamente racial que conduzem ao *apartheid*.

É preciso reconhecer, entretanto, que o *apartheid* tem conteúdos de tolerância que aqui se ignoram. Quem afasta o alterno e o põe à distância maior possível, admite que ele, conserve, lá longe, sua identidade, continuando a ser ele mesmo. Em consequência, induz à profunda solidariedade interna do grupo discriminado, o que o capacita a lutar claramente por seus direitos sem admitir paternalismos. Nas conjunturas assimilacionistas, ao contrário, se dilui a negritude numa vasta escala de gradações, que quebra a solidariedade, reduz a combatividade, insinuando a ideia de que a ordem social é uma ordem natural, se não sagrada.

O aspecto mais perverso do racismo assimilacionista é que ele dá de si uma imagem de maior sociabilidade, quando, de fato, desarma o negro para lutar contra a pobreza que lhe é imposta, e dissimula as condições de terrível violência a que é submetido. É de assinalar, porém, que a ideologia assimilacionista da chamada democracia racial afeta principalmente os intelectuais negros. Conduzindo-os a campanhas de conscientização do negro para a conciliação social e para o combate ao ódio e ao ressentimento do negro. Seu objetivo ilusório é criar condições de convivência em que o negro possa aproveitar as linhas de capilaridade social para ascender, através da adoção explícita das formas de conduta e de etiqueta dos brancos bem-sucedidos.

Cada negro de talento extraordinário realiza sua própria carreira, como a de Pelé, a de Pixinguinha ou a de Grande Otelo e inumeráveis outros esportistas e artistas, sem encontrar uma linguagem apropriada para a luta antirracista. O assimilacionismo, como se vê, cria uma atmosfera de fluidez nas relações inter-raciais, mas dissuade o negro para sua luta específica, sem compreender que a vitória só é alcançável pela revolução social.

A Revolução Cubana veio demonstrar que os negros estão muito mais preparados do que se pode supor para ascender socialmente. Com efeito, alguns anos de escolaridade francamente aberta e de estímulo à autossuperação aumentaram, rapidamente, o contingente de negros que alçaram aos postos mais altos do governo, da sociedade e da cultura cubanas. Simultaneamente, toda a parcela negra da população, liberada da discriminação e do racismo, confraternizou com os outros componentes da sociedade, aprofundando assinalavelmente o grau de solidariedade.

Tudo isso demonstra, claramente, que a democracia racial é possível, mas só é praticável conjuntamente com a democracia social. Ou bem há democracia para todos, ou não há democracia para ninguém, porque à opressão do negro condenado à dignidade de lutador da liberdade corresponde o opróbrio do branco posto no papel de opressor dentro de sua própria sociedade.

4. Assimilação ou segregação

Raça e cor

A análise do crescimento da população brasileira e de sua composição segundo a cor é altamente expressiva das condições de opressão que o branco dominador impôs aos outros componentes. Avaliamos em 6 milhões o número de negros introduzidos no Brasil como escravos até 1850, quando da abolição do tráfico; em 5 milhões o número mínimo de índios com que as fronteiras da civilização brasileira se foram defrontando, sucessivamente, no mesmo período; e em 5 milhões, no máximo, o número de europeus vindos para o Brasil até 1950. Destes 5 milhões, apenas 500 mil ingressaram no Brasil antes de 1850. De seus bagos viemos. Considerada a composição da população em 1950 (os censos de 1960 e 1970 não trazem dados referentes à raça ou à cor), verifica-se que os índios de vida tribal, mais ou menos autônomos, estavam reduzidos a cerca de 100 mil (Ribeiro 1957); os negros terão alcançado um máximo de 5,6 milhões; enquanto os que se definem como pardos (mulatos) seriam 13,7 milhões; e os brancos (que são principalmente mestiços) ascenderiam a 32 milhões. Os índios inesperadamente se triplicaram de 1950 a 1990, provavelmente por se terem adaptado às moléstias dos brancos e por efeito da proteção oficial, que diminuiu substancialmente as chacinas.

Tabela 4
1 Brasil
Crescimento da população brasileira segundo a cor
Milhares

Cor	1872	%	1890	%	1940	%	1950	%	1990	%
Brancos	3 854	38	6 302	44	26 206	63	32 027	62	81 407	55
Pretos	1 976	20	2 098	15	6 644	15	5 692	11	7 264	5
Pardos [1]	4 262	42	5 934	41	8 760	21	13 786	26	57 822	39
Totais	9 930		14 333		41 236		51 922		147 306	

Fontes: IBGE: Conselho Nacional de Estatística (Laboratório de Estatística), 1961: e *Anuário Estatístico do Brasil*, 1993.
(1) Englobamos nesta parcela (pardos) os contingentes designados como *amarelos* nos censos brasileiros, representados principalmente pelos nipo-brasileiros e os índios, que não alcançam 5% dos totais.

Apesar das deformações que são impostas pela confusão bem brasileira da condição social com a cor, discrepâncias censitárias tão espantosas não se explicam simplesmente por isso, nem por taxas diferenciais de fecundidade, mas por fatores ecológicos e sociais. A própria miscigenação deve ser analisada em relação à circunstância de que todos os contingentes alienígenas eram constituídos principalmente por homens que tinham de disputar as mulheres da terra, as índias. É sabido o quanto foi insignificante a proporção de mulheres brancas vindas para o Brasil. Nessas condições, recaiu sobre a mulher indígena a função de matriz fundamental, geralmente fecundada pelo branco.

Assim se explica, em parte, a branquização dos brasileiros, já que os mestiços de europeu com índio configuram um tipo moreno claro que, aos olhos e à sensibilidade racial de qualquer brasileiro, são puros brancos.

Os censos refletem, como se vê na tabela 4, um decréscimo progressivo da proporção de negros na população brasileira, que passa de um quinto para um vigésimo da população no último século. Também em números absolutos houve queda, porque depois de um ascenso de 2 a 6,6 milhões, nos cinquenta anos posteriores à abolição, caiu para 5,6 milhões em 1950 e apenas alcança 7,2 milhões em 1990. É presumível que muito negro se tenha classificado como pardo, porque cada pessoa escolheu sua cor ou a de seu grupo doméstico.

É evidente, porém, o contraste da progressão do grupo negro com o grupo branco, que salta de 38%, em 1872, para 62%, em 1950, e para 55%, em 1990. Numericamente, de 3,8 para 32 e para 81,4 milhões no mesmo período. O alto incremento do contingente branco não é explicável pelo crescimento da migração europeia, a partir de 1880. O vulto desta nunca alcançou um nível que permitisse influir decisivamente sobre a composição da população original. A explosão demográfica dos "brancos" brasileiros só é inteligível, pois, em termos de um crescimento vegetativo muito intenso, em números absolutos. É prodigiosamente grande em relação às outras parcelas da população, propiciado pelas melhores condições de vida que fruíam em relação aos negros e aos pardos; aqui também atuou, provavelmente, a tendência a classificar como brancos todos os bem-sucedidos.

Quanto ao contingente indígena, contamos com estudos dos fatores responsáveis por seu extermínio, entre os quais sobrelevam, no nível biótico, os efeitos das moléstias introduzidas pelo europeu e, no nível social, as condições de opressão a que foi submetido (Ribeiro 1956). Pouco se sabe com respeito aos negros, sendo, porém, admissível uma ação igualmente deletéria dos mesmos fatores, preponderando, talvez, as condições de opressão sobre os efeitos letais das enfermidades. Isso porque, já na África, eles estavam expostos ao mesmo circuito de contágio de doenças que os europeus. Depois da abolição da escravatura, continuaram atuando sobre o negro livre, como fatores de redução de sua expansão demográfica, as terríveis condições de penúria a que ficou sujeito. Basta considerar a miserabilidade das populações brasileiras das camadas mais pobres, dificilmente suportável por qualquer grupo humano, e que afeta ainda mais duramente os negros, para se avaliar o peso desse fator.

Brancos *versus* negros

O censo de 1950 permite algumas comparações significativas entre as condições de vida e de trabalho de negros e brancos na população brasileira ativa. Considerando, por exemplo, o grupo patronal em conjunto, verifica-se que as possibilidades de um negro chegar a integrá-lo são enormemente menores, já que de cada mil brancos ativos maiores de dez anos, 23 são empregadores, contra apenas quatro pretos donos de empresas por cada mil empregados.

Comparando a posição ocupacional dos 4 milhões de pretos maiores de dez anos de idade com o milhão de estrangeiros registrados pelo mesmo censo, verifica-se que, enquanto os primeiros contribuem com apenas 20 mil empregadores, os últimos detêm 86 mil propriedades. É visível que esses estrangeiros, vindos ao Brasil nas últimas décadas como imigrantes, encontraram condições de ascensão social muito mais rápida que o conjunto da população existente, porém enormemente mais intensa que o grupo negro.

Segundo os dados do mesmo censo, no conjunto das ocupações de alto padrão havia um empregador preto para cada 25 não pretos; e um preto para cada cinquenta profissionais liberais. Coerentemente, nas categorias profissionais mais humildes, se encontrava um preto para cada sete operários fabris de outras cores e, o que é muito expressivo, um preto para cada quatro outros lavradores do eito.

Examinando a carreira do negro no Brasil se verifica que, introduzido como escravo, ele foi desde o primeiro momento chamado à execução das tarefas mais duras, como mão de obra fundamental de todos os setores produtivos. Tratado como besta de carga exaurida no trabalho, na qualidade de mero investimento destinado a produzir o máximo de lucros, enfrentava precaríssimas condições de sobrevivência. Ascendendo à condição de trabalhador livre, antes ou depois da abolição, o negro se via jungido a novas formas de exploração que, embora melhores que a escravidão, só lhe permitiam integrar-se na sociedade e no mundo cultural, que se tornaram seus, na condição de um subproletariado compelido ao exercício de seu antigo papel, que continuava sendo principalmente o de animal de serviço.

Enquanto escravo poderia algum proprietário previdente ponderar, talvez, que resultaria mais econômico manter suas "peças" nutridas para tirar delas, a longo termo, maior proveito. Ocorreria, mesmo, que um negro desgastado no eito tivesse oportunidade de envelhecer num canto da propriedade, vivendo do produto de sua própria roça, devotado a tarefas mais leves requeridas pela fazenda. Liberto, porém, já não sendo de ninguém, se encontrava só e hostilizado, contando apenas com sua força de trabalho, num mundo em que a terra e tudo o mais continuava apropriada. Tinha de sujeitar-se, assim, a uma exploração que não era maior que dantes, porque isso seria impraticável, mas era agora absolutamente desinteressada do seu destino. Nessas condições, o negro forro, que alcançara de algum modo certo vigor físico, poderia, só por isso, sendo mais apreciado como trabalhador, fixar-se nalguma fazenda, ali podendo viver e reproduzir. O débil, o enfermo, o precocemente envelhecido no trabalho, era simplesmente enxotado como coisa imprestável.

Depois da primeira lei abolicionista – a Lei do Ventre Livre, que liberta o filho da negra escrava –, nas áreas de maior concentração da escravaria, os fazendeiros mandavam abandonar, nas estradas e nas vilas próximas, as crias de suas negras que, já não sendo coisas suas, não se sentiam mais na obrigação de alimentar. Nos anos seguintes à Lei do Ventre Livre (1871), fundaram-se nas vilas e cidades do estado de São Paulo dezenas de asilos para acolher essas crianças, atiradas fora pelos fazendeiros. Após a abolição, à saída dos negros de trabalho que não mais queriam servir aos antigos senhores, seguiu-se a expulsão dos negros velhos e enfermos das fazendas. Numerosos grupos de negros concentraram-se, então, à entrada das vilas e cidades, nas condições mais precárias. Para escapar a essa liberdade famélica é que começaram a se deixar aliciar para o trabalho sob as condições ditadas pelo latifúndio.

Com o desenvolvimento posterior da economia agrícola de exportação e a superação consequente da autossuficiência das fazendas, que passaram a concentrar-se nas lavouras comerciais (sobretudo no cultivo do café, do algodão e, depois, no plantio de pastagens artificiais), outros contingentes de trabalhadores e agregados foram expulsos para engrossar a massa da população residual das vilas. Era agora constituída não apenas de negros, mas também de pardos e brancos pobres, confundidos todos como massa dos trabalhadores "livres" do eito, aliciáveis para as fainas que requeressem mão de obra. Essa humanidade detritária predominantemente negra e mulata pode ser vista, ainda hoje, junto aos conglomerados urbanos, em todas as áreas do latifúndio, formada por braceiros estacionais, mendigos, biscateiros, domésticas, cegos, aleijados, enfermos, amontoados em casebres miseráveis. Os mais velhos, já desgastados no trabalho agrícola e na vida azarosa, cuidam das crianças, ainda não amadurecidas para nele engajar-se.

Nessas condições é que se deve procurar a explicação da gritante discrepância entre a expansão do contingente branco e do negro no desenvolvimento da população brasileira, permitindo ao primeiro crescer, nos últimos séculos, na proporção de um para nove e, ao outro, apenas de um para dois e meio, reduzindo seu montante tanto percentualmente como em números absolutos, porque caíram de 6,6 milhões, em 1940, para 5,7 milhões, em 1950, voltando a aumentar para apenas 7,2 milhões, em 1990.

Também nas cidades e mesmo nas áreas industriais que absorveram, nas últimas décadas, enormes massas rurais, incorporando-as ao operariado, a integração do contingente negro não parece ter sido proporcional ao seu vulto na população total. Pesquisas sobre as relações inter-raciais no Brasil revelam que se somam, no caso, fatores de despreparo do negro para a integração na sociedade industrial e fatores de repulsão, que tornam mais difícil o caminho da ascensão social para as pessoas de cor (Pierson 1945; Costa Pinto 1953; Nogueira 1955; Ianni 1962; Cardoso 1962; Fernandes 1964).

A situação de inferioridade dos pardos e negros com respeito aos brancos persiste em 1990. Os poucos dados disponíveis mostram que 12% dos brancos maiores de sete anos eram analfabetos, mas os negros eram 30% e os pardos 29%. Por outro lado, o rendimento anual médio (em Cr$) de pessoas de mais de dez anos era de 32 212 para os brancos, de 13 295 para os pretos e de 15 308 para os pardos (*Anuário Estatístico do Brasil*, IBGE, 1993). Lamentavelmente, as informações quanto à cor para 1990 são muito mais escassas que para 1950.

Assim, o alargamento das bases da sociedade, auspiciado pela industrialização, ameaça não romper com a superconcentração da riqueza, do poder e do prestígio monopolizado pelo branco, em virtude da atuação de pautas diferenciadoras só explicáveis historicamente, tais como: a emergência recente do negro da condição escrava à de trabalhador livre; uma efetiva condição de inferioridade, produzida pelo tratamento opressivo que o negro suportou por séculos sem nenhuma satisfação compensatória; a manutenção de critérios racialmente discriminatórios que, obstaculizando sua ascensão à simples condição de gente comum, igual a todos os demais, tornou mais difícil para ele obter educação e incorporar-se na força de trabalho dos setores modernizados. As taxas de analfabetismo, de criminalidade e de mortalidade dos negros são, por isso, as mais elevadas, refletindo o fracasso da sociedade brasileira em cumprir, na prática, seu ideal professado de uma democracia racial que integrasse o negro na condição de cidadão indiferenciado dos demais.

Florestan Fernandes assinala que "enquanto não alcançarmos esse objetivo, não teremos uma democracia racial e tampouco uma democracia. Por um paradoxo da história, o negro converteu-se, em nossa era, na pedra de toque da nossa capacidade de forjar nos trópicos esse suporte da civilização moderna" (1964:738).

Apesar da associação da pobreza com a negritude, as diferenças profundas que separam e opõem os brasileiros em extratos flagrantemente contrastantes são de natureza social. São elas que distinguem os círculos privilegiados e camadas abonadas – que conseguiram, numa economia geral de penúria, alcançar padrões razoáveis de consumo – da enorme massa explorada no trabalho, ou até dele excluída por viver à margem do processo produtivo e, em consequência, da vida cultural, social e política da nação. A redução dessas diferenças constitui o mais antigo dos desafios que reptam a sociedade brasileira a promover uma reordenação social que enseje a integração de todo o povo no sistema produtivo e, por essa via, nas diversas esferas da vida social e cultural do país.

Assim, os brasileiros de mais nítida fisionomia racial negra, apesar de concentrados nos estratos mais pobres, não atuam social e politicamente motivados pelas diferenças raciais, mas pela conscientização do caráter histórico e social – portanto incidental e superável – dos fatores que obstaculizam sua ascensão. Não é como negros que eles operam no quadro social, mas como integrantes das camadas pobres, mobilizáveis todas por iguais aspirações de progresso econômico e social. O fato de ser negro ou mulato, entretanto, custa também um preço adicional, porque, à crueza do trato desigualitário que suportam todos os pobres, se acrescentam formas sutis ou desabridas de hostilidade.

É assinalável, porém, que a natureza mesma do preconceito racial prevalente no Brasil, sendo distinta da que se registra em outras sociedades, o faz atuar antes como força integradora do que como mecanismo de segregação. O preconceito de raça, de padrão anglo-saxônico, incidindo indiscriminadamente sobre cada pessoa de cor, qualquer que seja a proporção de sangue negro que detenha, conduz necessariamente ao apartamento, à segregação e à violência, pela hostilidade a qualquer forma de convívio. O preconceito de cor dos brasileiros, incidindo, diferencialmente, segundo o matiz da pele, tendendo a identificar como branco o mulato claro, conduz antes a uma expectativa de miscigenação. Expectativa, na verdade, discriminatória, porquanto aspirante a que os negros clareiem, em lugar de aceitá-los tal qual são, mas impulsora da integração (Nogueira 1955).

Acresce, ainda, que, conforme assinalamos repetidamente, mais do que preconceitos de raça ou de cor, têm os brasileiros arraigado preconceito de classe. As enormes distâncias sociais que medeiam entre pobres e remediados, não apenas em função de suas posses, mas também pelo seu grau de integração no estilo de vida dos grupos privilegiados – como analfabetos ou letrados, como detentores de um saber vulgar transmitido oralmente ou de um saber moderno, como herdeiros da tradição folclórica ou do patrimônio cultural erudito, como descendentes de famílias bem situadas ou de origem humilde –, opõem pobres e ricos muito mais do que negros e brancos.

Assim é que mais facilmente se admite o casamento e o convívio com negros que ascendem socialmente e assumem as posturas, os maneirismos e os hábitos da classe dominante, do que com o pobre rude e grosseiro, seja ele negro, branco ou mulato, por sua efetiva discrepância social, e sua evidente marginalidade cultural. Brancos e negros, vivendo juntos essas mesmas condições, tendem a lutar, juntos também, pela supressão da pobreza, entrelaçando-se e se mesclando como um caudal socialmente uniforme que, forçando conjuntamente sua ascensão a melhores condições de vida, forçam, ao mesmo tempo, a reordenação social.

Gilberto Freyre (1954) se enlanguesce, descrevendo a atração que exercia a mulher morena sobre o português, inspirado nas lendas da moira encantada e até nas reminiscências de uma admiração lusitana à superioridade cultural e técnica dos seus antigos amos árabes. Essas observações podem até ser verdadeiras e são, seguramente, atrativas como bizarrices. Ocorre, porém, que são totalmente desnecessárias para explicar um intercurso sexual que sempre se deu no mundo inteiro, onde quer que o europeu deparasse com gente de cor em ausência de mulheres brancas. Assim foi mesmo na África do Sul, entre ingleses ou holandeses e mulheres hotentotes, por exemplo, cujos traços físicos discrepantes explicariam certa reserva. Ainda assim, eles se mesclaram por longo tempo, gerando uma vasta camada mestiça que continuou até que a população branca se homogeneizasse pela composição equilibrada de homens e mulheres, criando um ambiente cultural e moral capaz de operar como barreira ao intercurso.

Assinale-se, também, que as relações entre brancos e escravas negras registram-se em todas as áreas e não apenas nas de colonização portuguesa. Aí estão, para comprová-lo, os mestiços norte-americanos, por exemplo, mais numerosos hoje do que os negros mesmo, gerados, evidentemente, pelo intercurso sexual do puritanismo protestante e apesar da ausência das lendas sobre moiras encantadas.

O que os fatos parecem indicar é a existência de graus de permeabilidade da barreira racial, em lugar da oposição de um padrão de abstinência completa e um outro de intercurso generalizado. Onde quer que povos racialmente diferenciados entraram em contato, gerou-se uma camada mestiça maior ou menor. O que diferencia as condições de conjunção inter-racial no Brasil das outras áreas é o desenvolvimento de expectativas reciprocamente ajustadas, mais incentivadoras que condenatórias do intercurso. O nascimento de um filho mulato nas condições brasileiras não é nenhuma traição à matriz negra ou à branca, chegando mesmo a ser motivo de especial satisfação.

Essa ideologia integracionista encorajadora do caldeamento é, provavelmente, o valor mais positivo da conjunção inter-racial brasileira. Não conduzirá, por certo, a uma branquização de todos os negros brasileiros na linha das aspirações populares – afinal racistas, porque esperam que os negros clareiem, que os alemães amorenem, que os japoneses generalizem seus olhos amendoados –, mas tem o valor de reprimir antes a segregação que o caldeamento.

É de se supor que, por esse caminho, a população brasileira se homogeneizará cada vez mais, fazendo com que, no futuro, se torne ainda mais coparticipado por todos um patrimônio genético multirracial comum. Ninguém estranha, no Brasil, os matizes de cor dos filhos dos mesmos pais, que vão, frequentemente, do moreno amulatado, em um deles, ao branco mais claro, no outro; ou combinam cabelos lisos e negros de índio ou duros e encaracolados de negro, ou sedosos de branco, de todos os modos possíveis; com diferentes aberturas de olhos, formas de boca, conformações nasais ou proporções das mãos e pés.

Na verdade, cada família brasileira de antiga extração retrata no fenótipo de seus membros características isoladas de ancestrais mais próximos ou mais remotos dos três grandes troncos formadores. Conduzindo, em seu patrimônio genético, todas essas matrizes, os brasileiros se tornam capazes de gerar filhos tão variados como variadas são as faces do homem.

O que caracteriza o português de ontem e o brasileiro de classe dominante de hoje é a duplicidade de seus padrões de relação sexual: um, para as relações dentro de seu círculo social, e outro, oposto, para com a gente de camadas mais pobres. Nesse caso, se particulariza, pela desenvoltura no estabelecimento de relações sexuais do homem com a mulher de condição social inferior, movida pelo puro interesse sexual, geralmente despido de qualquer vínculo romântico. Sem corte prévia, o homem de condição social superior tenta relações com a negra, a índia, a mulata cativante, sempre que se apresenta uma ocasião propícia. O apego, o amor de caráter lírico entre pessoas de nível social díspar, é fato raro, excepcional.

As relações sexuais, nessas circunstâncias desigualitárias, nem mesmo geram intimidade, permanecendo a mulher servil ou dependente, tão igualmente respeitosa antes como depois das relações, dada sua posição social assimétrica em relação ao homem. Onde e quando permanece na condição de dependência servil, tem de aceitar o homem que lhe impõem para gerar mais escravos, ou o branco que dela se queira servir. Uma vez livre, já pode aspirar a relações mais igualitárias. Nas condições prevalentes de pobreza, porém, essas se conformam como relações ocasionais ou amasiamentos temporários. Nessas circunstâncias, a família se estrutura centrada na mulher, que gera filhos de diferentes homens, a cujo cuidado se desvela, frequentemente desajustada pelos diversos pais.

Somente quando ascende da pobreza a certa suficiência econômica é que a mulher alcança condições mínimas para aspirar a uma vida sentimental autônoma, para impor dignidade às relações sexuais, conduzindo-as à forma de um jogo coparticipado e, finalmente, à oportunidade de estruturar uma vida familiar estável, revestida dos símbolos religiosos e legais do reconhecimento social. O novo padrão de relações prevalece já para a parcela da população negra, branca ou mestiça integrada na matriz moderna da sociedade nacional. Mas conforma um ideal ainda longínquo para os enormes contingentes de brasileiros socialmente marginalizados.

Sem dúvida, nos últimos anos, graças à modernização e à difusão de novas atitudes, inspiradas sobretudo no revivalismo do negro norte-americano, se observa uma veemente afirmação de negros e mulatos, afinal orgulhosos de si mesmos e às vezes até compensatoriamente racistas em sua negritude. A transformação dos padrões de relações inter-raciais parece tender, não a uma simples generalização a todos os valores que presidem as relações entre a gente das classes dominantes, mas a abrandar a rigidez de expectativas destas quanto à virgindade e a limitar a desenvoltura masculina para o intercurso sexual livre e irresponsável com mulheres de posição social inferior.

Nessas novas condições, a mulher de cor, que sempre foi parceira desejada e até especialmente apreciada para relações eventuais, passará a competir com todas as outras para conformar relações estáveis e igualitárias. Assim, se poderá superar, um dia, a estrutura prevalente da família brasileira, que sempre foi matricêntrica. Para isso será indispensável que se supere, antes, a condição de marginalidade socioeconômica da maioria da população, que é o fundamento da paternidade irresponsável. É provável que, então, se atenuem os ideais de branquização do negro como forma de preconceito, mas que prossiga a tendência às relações inter-raciais, que continuariam a representar um importante papel no processo integrativo. Bem pode ocorrer, entretanto, que surjam novas e maiores tensões propensas a desacelerar o caldeamento, pela resistência em todos os níveis sociais à ascensão maciça do contingente mais negro, em competição com o menos negro, e pela nova atitude, mais exigente, da mulher de cor no estabelecimento de relações.

A massa de brasileiros mulatos é, porém, tão grande e tão amplamente distribuída pelos estratos das classes média e baixa, que já será capaz, certamente, de presidir o processo, operando como geratriz de novos contingentes mais morenos que brancos, mantendo e fomentando a tendência caldeadora. Seu papel é tanto mais importante porque os grupos privilegiados – predominantemente brancoides ou tendentes a identificar sua cor cobriça por uma ancestralidade antes indígena do que negra –, afetados pela ideologia segregacionista, já exibem posturas intolerantes caracteristicamente racistas.

Entretanto, o vigor da ideologia assimilacionista, assentada na cultura vulgar e também ensinada nas escolas, e das atitudes que começam a generalizar-se entre todos os brasileiros de orgulho por sua origem multirracial, e dos negros por sua própria ancestralidade, permitirão, provavelmente, enfrentar com êxito as tensões sociais decorrentes de uma ascensão do negro, que lhe augure uma participação igualitária na sociedade nacional. É preciso que assim seja, porque somente assim se há de superar um dos conflitos mais dramáticos que desgarra a solidariedade dos brasileiros.

Imigrantes

O contingente imigratório europeu integrado na população brasileira é avaliado em 5 milhões de pessoas, quatro quintas partes das quais entraram no país no último século (sobre o papel da imigração no Brasil, ver Ávila 1956; Carneiro 1950; Martins 1955; Cortes 1954; Saito 1961; Waibel 1949; Willems 1946; Laytano 1952; Diégues Jr. 1964; Ianni 1966). É composto, principalmente, por 1,7 milhão de imigrantes portugueses, que se vieram juntar aos povoadores dos primeiros séculos, tornados dominantes pela multiplicação operada através do caldeamento com índios e negros. Seguem-se os italianos, com 1,6 milhão; os espanhóis, com 700 mil; os alemães, com mais de 250 mil; os japoneses, com cerca de 230 mil e outros contingentes menores, principalmente eslavos, introduzidos no Brasil sobretudo entre 1886 e 1930. Os diversos censos nacionais registram na população presente porcentagens de estrangeiros e brasileiros naturalizados que sobem de 2,45% em 1890 a 6,16% em 1900, caindo, depois, sucessivamente, de 5,11% em 1920, a 3,91% em 1940, a 2,34% em 1950 e a 0,8% em 1970.

Tabela 5
2 Brasil
Distribuição dos contingentes imigratórios
por períodos de entrada
Milhares

Períodos	Portugueses	Italianos	Espanhóis	Japoneses	Alemães	Totais
1851/1885	237	128	17	–	59	441
1886/1900	278	911	187	–	23	1398
1901/1915	462	323	258	14	39	1096
1916/1930	365	128	118	85	81	777
1931/1945	105	19	10	88	25	247
1946/1960	285	110	104	42	23	564
Totais	1732	1619	694	229	250	4523

Apesar de numericamente pouco ponderável, o papel do imigrante foi muito importante como formador de certos conglomerados regionais nas áreas sulinas em que mais se concentrou, criando paisagens caracteristicamente europeias e populações dominadoramente brancas. Conquanto relevante na constituição racial e cultural dessas áreas, não teve maior relevância na fixação das características da população brasileira e da sua cultura. Quando começou a chegar em maiores contingentes, a população nacional já era tão maciça numericamente e tão definida do ponto de vista étnico, que pôde iniciar a absorção cultural e racial do imigrante sem grandes alterações no conjunto.

Não ocorre no Brasil, por conseguinte, nada parecido com o que sucedeu nos países rio-platenses, onde uma etnia original numericamente pequena foi submetida por massas de imigrantes que, representando quatro quintos do total, imprimiram uma fisionomia nova, caracteristicamente europeia, à sociedade e à cultura nacional, transfigurando-os de povos novos em povos transplantados. O Brasil nasce e cresce como povo novo, afirmando cada vez mais essa característica em sua configuração histórico-cultural. O assinalável no caso brasileiro é, por um lado, a desigualdade social, expressa racialmente na estratificação pela posição inferiorizada do negro e do mulato. E, por outro lado, a homogeneidade cultural básica, que transcende tanto as singularidades ecológicas regionais, bem como as marcas decorrentes da variedade de matrizes raciais, como as diferenças oriundas da proveniência cultural dos distintos contingentes.

Apesar da desproporção das contribuições – negra, em certas áreas; indígena, alemã ou japonesa, em outras –, nenhuma delas se autodefiniu como centro de lealdades étnicas extranacionais. O conjunto, plasmado com tantas contribuições, é essencialmente uno enquanto etnia nacional, não deixando lugar a que tensões eventuais se organizem em torno de unidades regionais, raciais ou culturais opostas. Uma mesma cultura a todos engloba e uma vigorosa autodefinição nacional, cada vez mais brasileira, a todos anima.

Esse brasileirismo é hoje tão arraigado que resulta em xenofobia, por um lado, e, por outro lado, em vanglória nacionalista. Os brasileiros todos torcem nas copas do mundo com um sentimento tão profundo como se se tratasse de guerra de nosso povo contra todos os outros povos do mundo. As vitórias são festejadas em cada família e as derrotas sofridas como vergonhas pessoais.

Pude sentir, no exílio, como é difícil para um brasileiro viver fora do Brasil. Nosso país tem tanta seiva de singularidade que torna extremamente difícil aceitar e desfrutar do convívio com outros povos. O prefeito de Natal morreu em Montevidéu de pura tristeza. Nunca quis aprender espanhol, nem o suficiente para comprar uma caixa de fósforos. Alguns se suicidaram e todos sofreram demais. Basta ver uma reunião de brasileiros, do meio milhão que estamos exportando como trabalhadores, para sentir o fanatismo com que se apegam a sua identidade de brasileiros e o rechaço a qualquer ideia de deixar-se ficar lá fora.

5. Ordem *versus* progresso

Anarquia original

A contraparte dialética da intencionalidade do projeto colonial é o caráter anárquico, selvagem e socialmente irresponsável da expansão dos núcleos brasileiros. Atuando sobre uma realidade diferente, que obrigava a buscar soluções próprias ajustadas à sua natureza e agindo longe das vontades oficiais, a ação do colono exerceu-se quase sempre improvisadamente e ao sabor das circunstâncias. Sendo imprevisível, ela crescia desgarrada até que, por reiteração, constituísse uma pauta de ação suscetível de ser copiada e regulada.

Em muitos campos a regra jamais vingou. Um bom exemplo é a fornicação com as índias na gestação prodigiosa de mestiços fora de qualquer regra canonizável que se teve de admitir e generalizar. Outro exemplo nos dá a bandeira, como operação guerreira de preia de escravos índios para usar e para vender. O bandeirante, agente de uma violência privada, passa a ser agente da Coroa. É ele quem viabiliza, por sua ação e com seus meios, a vida econômica nas regiões pobres e a apropriação física do Brasil. Embora a ilusão oficial fosse dar aos índios o nobre destino copiosamente alegado nos documentos oficiais, a metrópole jamais opôs qualquer obstáculo sério ao cativeiro.

Mais tarde, quando os bandeirantes tropeçam com ouro e, depois, com diamantes nos ermos onde andavam, é que vem a Coroa legalizar a posse das catas, impondo formas de exação cada vez mais escorchantes. No caso dos diamantes – tal como ocorrera antes com o tabaco e o sal – decreta o monopólio real para que ninguém mais lucrasse com a riqueza nova, convertendo os garimpeiros em contrabandistas condenados pelo furor fiscal ao exercício clandestino de suas atividades.

Nós somos resultantes do embate daquele racionalismo burocrático, que queria executar na terra nova um projeto oficial, com esse espontaneísmo que a ia formando ao deus-dará, debaixo do poderio e das limitações da ecologia tropical e do despotismo do mercado mundial.

Quem somos nós, os brasileiros, feitos de tantos e tão variados contingentes humanos? A fusão deles todos em nós já se completou, está em curso, ou jamais se concluirá? Estaremos condenados a ser para sempre um povo multicolorido no plano racial e no cultural? Haverá alguma característica distintiva dos brasileiros como povo, feito que está por gente vinda de toda parte? Todas essas arguições seculares têm já resposta clara encontrada na ação concreta.

Nesse campo de forças é que o Brasil se fez a si mesmo, tão oposto ao projeto lusitano e tão surpreendente para os próprios brasileiros. Hoje somos, apesar dos lusos e dos seus colonizadores, mas também graças ao que eles aqui nos juntaram, tanto os tijolos biorraciais como as argamassas socioculturais com que o Brasil vem se fazendo.

Assim é que, embora embarcados num projeto alheio, nos viabilizamos ao nos afirmar contra aquele projeto oficial e ao nos opor aos desígnios do colonizador e de seus sucessores. Pela vontade deles, os índios, os negros e todos nós, mestiços deles, recrutados pela empresa colonial, prosseguiríamos na função que nos foi prescrita de proletariado de ultramar, destinado a produzir mercadoria exportável, sem jamais chegar a ser gente com destino próprio. Às vezes penso que continuamos cumprindo esse desígnio mesmo sem os portugueses, debaixo do guante da velha classe dominante de descendentes dos senhores de escravos que se seguiu a eles no exercício do poder e das novas elites cujo setor predominante é, hoje, o corpo gerencial das multinacionais. Os mesmos tecnocratas ainda meninos, mas já aconselhando governos, se afundam ainda mais no espontaneísmo do mercado e na irresponsabilidade social do neoliberalismo.

O maior susto que tiveram os portugueses, no passado, foi ver a força de trabalho escrava, reunida com propósitos exclusivamente mercantis para ser desgastada na produção, insurgir-se, pretendendo ser tida como gente com veleidades de autonomia e autogoverno. Do mesmo modo, a grande perplexidade das classes dominantes atuais é que esses descendentes daqueles negros, índios e mestiços ousem pensar que este país é uma república que deve ser dirigida pela vontade deles como seu povo que são.

Não é tarefa fácil definir o caráter atípico de nosso processo histórico, que não se enquadra nos esquemas conceituais elaborados para explicar outros contextos e outras sequências. Com efeito, surgindo no leito do cunhadismo, estruturando-se com base numa força de trabalho africana, o Brasil se configura como uma coisa diferente de quantas haja, só explicável em seus termos, historicamente.

Velhas questões institucionais, não tendo sido resolvidas nem superadas, continuam sendo os principais fatores de atraso e, ao mesmo tempo, os principais motores de uma revolução social. Com efeito, a grande herança histórica brasileira é a façanha de sua própria constituição como um povo étnica, nacional e culturalmente unificado. É, também, o malogro dos nossos esforços de nos estruturarmos solidariamente, no plano socioeconômico, como um povo que exista para si mesmo.

Na raiz desse fracasso das maiorias está o êxito das minorias, que ainda estão aí, mandantes. Em seus desígnios de resguardar velhos privilégios por meio da perpetuação do monopólio da terra, do primado do lucro sobre as necessidades e da imposição de formas arcaicas e renovadas de contingenciamento da população ao papel de força de trabalho superexplorada.

Como não há nenhuma garantia confiável de que a história venha a favorecer, amanhã, espontaneamente, os oprimidos; e há, ao contrário, legítimo temor de que, também no futuro, essas minorias dirigentes conformem e deformem o Brasil segundo seus interesses; torna-se tanto mais imperativa a tarefa de alcançar o máximo de lucidez para intervir eficazmente na história a fim de reverter sua tendência secular. Esse é nosso propósito.

O arcaico e o moderno

A passagem do padrão tradicional, tornado arcaico, ao padrão moderno opera a diferentes ritmos em todas as regiões, mas mesmo as mais progressistas se veem tolhidas e reduzidas a uma modernização reflexa. Isso não se explica, contudo, por qualquer resistência de ordem cultural à mudança, uma vez que um veemente desejo de transformação renovadora constitui, talvez, a característica mais remarcável dos povos novos e, entre eles, os brasileiros. Mesmo as populações rurais e as urbanas marginalizadas enfrentam resistências, antes sociais do que culturais, à transfiguração, porque umas e outras estão abertas ao novo. São, de fato, antes atrasadas do que conservadoras. Cada estrada que se abre, quebrando o isolamento de uma "ilha arcaica", atrai novos contingentes ao circuito de comunicação interna.

Dada a homogeneidade cultural da sociedade brasileira, cada um dos seus membros tanto é capaz de comunicar-se com os contingentes modernizados, como se predispõe a aceitar inovações. Não estando atados a um conservadorismo camponês, nem a valores tradicionais de caráter tribal ou folclórico, nada os apega às formas arcaicas de vida, senão as condições sociais que os atam a elas, a seu pesar. Essa atitude receptiva à mudança, em comparação com o conservadorismo que se observa em outras configurações histórico-culturais, não é suficiente, porém, por si só, para promover a renovação. A família mais humilde, do interior mais recôndito, vê no primeiro caminhão que chega uma oportunidade de libertação. Seus membros mais jovens só aspirarão a fazer-se motoristas e todos quererão antes partir do que ficar, prontos que estão a se incorporar aos novos modos de vida.

Esse é o resultado fundamental do processo de deculturação das matrizes formadoras do povo brasileiro. Empobrecido, embora, no plano cultural com relação a seus ancestrais europeus, africanos e indígenas, o brasileiro comum se construiu como homem tábua rasa, mais receptivo às inovações do progresso do que o camponês europeu tradicionalista, o índio comunitário ou o negro tribal.

As formas futuras que deverá assumir a cultura brasileira com o desenvolvimento conduzirão, seguramente, ao reforço da unidade étnico-nacional pela maior homogeneização dos modos de fazer, de interagir e de pensar. Mas comportarão, por muito tempo ainda, variedades locais, certamente menos diferenciadas do que as atuais porque os fatores especializantes do meio são menos poderosos que os uniformizantes da tecnologia produtiva e de comunicação, apesar do processo transformador operar sobre contextos culturais previamente diferenciados. Assim, se preservará, possivelmente, algo do colorido mosaico que hoje enriquece o Brasil pela adição, às diferenças de paisagem, de variações de usos e costumes de uma região a outra, através da vastidão do território.

A resistência às forças inovadoras da Revolução Industrial e a causa fundamental de sua lentidão não se encontram, portanto, no povo ou no caráter arcaico de sua cultura, mas na resistência das classes dominantes. Particularmente nos seus interesses e privilégios, fundados numa ordenação estrutural arcaica e num modo infeliz de articulação com a economia mundial, que atuam como um fator de atraso, mas são defendidos com todas as suas forças contra qualquer mudança. Esse é o caso da propriedade fundiária, incompatível com a participação autônoma das massas rurais nas formas modernas de vida e incapaz de ampliar as oportunidades de trabalho adequadamente remuneradas oferecidas à população. É também o caso da industrialização recolonizadora, promovida por corporações internacionais atuando diretamente ou em associação com capitais nacionais. Embora modernize a produção e permita a substituição das importações, apenas admite a formação de um empresariado gerencial, sem compromissos outros que não seja o lucro a remeter a seus patrões. Estes se fazem pagar preços extorsivos, onerando o produto do trabalho nacional com enormes contas de lucros e regalias. Seu efeito mais danoso é remeter para fora o excedente econômico que produzem, em lugar de aplicá-lo aqui. De fato, ele se multiplica é no estrangeiro.

A mais grave dessas continuidades reside na oposição entre os interesses do patronato empresarial, de ontem e de hoje, e os interesses do povo brasileiro. Ela se mantém ao longo de séculos pelo domínio do poder institucional e do controle da máquina do Estado nas mãos da mesma classe dominante, que faz prevalecer uma ordenação social e legal resistente a qualquer progresso generalizável a toda a população. Ela é que regeu a economia colonial, altamente próspera para uma minoria, mas que condenava o povo à penúria. Ela é que deforma, agora, o próprio processo de industrialização, impedindo que desempenhe aqui o papel transformador que representou em outras sociedades. Ainda é ela que, na defesa de seus interesses antinacionais e antipopulares, permite a implantação das empresas multinacionais, através das quais a civilização pós-industrial se põe em marcha como um mero processo de atualização histórica dos povos fracassados na história.

Modernizada reflexamente, apesar de jungida nessa institucionalidade retrógrada, a sociedade brasileira não conforma um remanescente arcaico da civilização ocidental, cujos agentes lhe deram nascimento, mas um dos seus "proletariados externos", conscritos para prover certas matérias-primas e para produzir lucros exportáveis. Um proletariado externo atípico com respeito aos protagonistas históricos, assim designados por A. Toynbee (1959), porque não possui uma cultura original e porque sua própria classe dirigente é o agente de sua dominação externa.

Ao contrário do que ocorre nas sociedades autônomas, aqui o povo não existe para si e sim para outros. Ontem, era uma força de trabalho escrava de uma empresa agromercantil exportadora. Hoje, é uma oferta de mão de obra que aspira a trabalhar e um mercado potencial que aspira a consumir. Nos dois casos, foi sempre uma empresa próspera, ainda que só o fosse para minorias privilegiadas. Como tal, manteve o Estado e enriqueceu as classes dominantes ao longo de séculos, beneficiando também os mercadores associados ao negócio e a elite de proprietários e burocratas locais. A mão de obra engajada na produção, como trabalhadores livres, apenas pode sobreviver e procriar, reproduzindo seus modestos modos de existência. Os trabalhadores conscritos como escravos nem isso alcançavam, porque eram uma simples fonte energética gasta para manter o sistema global e fazê-lo gerar prosperidade para outros.

Entretanto, essa população constituída pelos descendentes dos contingentes aliciados para o projeto agromercantil exportador acaba por assumir o caráter de uma etnia nacional nova, aspirante à autonomia, que, por fim, se independentiza do vínculo colonial. Aos primeiros intentos de ruptura, muitos senhores nativos e todos os lusitanos reagem com perplexidade, indagando, espantados, como feitorias podiam confundir-se com nações, reivindicantes de autonomia e até aspirantes a constituir cidadanias autênticas.

Quando é declarada a independência, a classe dominante local se nacionaliza alegremente, preparando-se para lucrar com o regime autônomo, tal como lucrara com o colonial. Apropriada por essa classe, a independência não representou nenhuma descolonização do sistema que permitisse transformar o proletariado externo em um povo para si, voltado ao preenchimento de suas próprias condições de existência e de progresso. Representou o translado da regência política, encarnada por um rei português, sediado em Lisboa, para seu filho, assentado agora no Rio de Janeiro, de onde negociaria a independência nacional com a potência hegemônica da época, que era a Inglaterra. Uma vez reconhecida externamente e imposta internamente a legitimidade de seu poder, passa a reger daqui a sociedade brasileira, feita nação, contra os interesses de seu próprio povo.

Nessas circunstâncias, o Estado apresenta também mais continuidades do que rupturas, estruturando-se como uma máquina político-administrativa de repressão, destinada a manter a antiga ordenação, operando nas mesmas linhas a serviço da velha elite, agora ampliada pelas famílias fidalgas que vieram com o monarca e por novos-ricos que surgem com a modernização. O povo reage ao longo de quase todo o país contra a estreiteza dessa independência, exigindo a expulsão dos agentes mais visíveis da velha ordem, que eram os comerciantes lusitanos. A repressão mais cruenta o compele a submeter-se.

O Estado monárquico se consolida, renova e amplia nas décadas seguintes. Anteriormente, uns quantos clérigos e alguns administradores coloniais, uns poucos militares profissionais e bacharéis com formação universitária, graduados no Reino, podiam dar conta das necessidades. Agora, torna-se indispensável criar escolas médias e superiores que formem as novas gerações de letrados para a magistratura e o Parlamento, de bacharéis nativos, de engenheiros militares para a defesa, e de médicos para cuidar da saúde dos ricos. A cultura vulgar e, com ela, a maioria das técnicas produtivas, entregues a seus produtores imediatos, só muito lentamente começariam a modernizar-se. Como à criação das escolas para as elites não correspondeu qualquer programa de educação de massas, o povo brasileiro permaneceu analfabeto.

Apesar de tudo, as novas forças unificadoras não conseguem anular as diferenças regionais da sociedade nacional, que são formas de adaptação especializada da configuração histórico-cultural. Embora tenham mais de comum que de peculiar, nelas se registram modos próprios de adaptação à natureza no processo produtivo, formas particulares de regulação das relações sociais e econômicas devidas ao atendimento dos imperativos oriundos do gênero de produção a que se dedicam, bem como da sobrevivência de representações típicas de sua visão particular do mundo.

O entendimento de cada uma dessas variantes importa na necessidade de analisar simultaneamente tanto o papel diferenciador do esforço adaptativo como a força unificadora da tecnologia produtiva, dos modos de associação e das criações ideológicas que conferem um patrimônio comum a todas as áreas (tentativas de classificação das áreas culturais do Brasil se encontram em Diégues Jr. 1960 e em Wagley e Harris 1955). Essa análise deve ser feita tanto sincronicamente – mediante cortes do *continuum* histórico-cultural, para focalizar as relações que se apresentam num momento dado entre os modos de adaptação, as formas de sociabilidade e o mundo das representações mentais –, como diacronicamente, aprofundando a pesquisa histórica para alcançar uma perspectiva de tempo que permita verificar como surgiram e se generalizaram as técnicas em uso, as relações vigentes de trabalho, a visão do mundo e os outros aspectos essenciais do modo de ser dessas variantes da sociedade nacional.

Composta como uma constelação de áreas culturais, a configuração histórico--cultural brasileira conforma uma cultura nacional com alto grau de homogeneidade. Em cada uma delas, milhões de brasileiros, através de gerações, nascem e vivem toda a sua vida encontrando soluções para seus problemas vitais, motivações e explicações que se lhes afiguram como o modo natural e necessário de exprimir sua humanidade e sua brasilidade. Constituem, essencialmente, partes integrantes de uma sociedade maior, dentro da qual interagem como subculturas, atuando entre si de modo diverso do que o fariam em relação a estrangeiros. Sua unidade fundamental decorre de serem todas elas produto do mesmo processo civilizatório que as atingiu quase ao mesmo tempo; de terem se formado pela multiplicação de uma mesma protocélula étnica e de haverem estado sempre debaixo do domínio de um mesmo centro reitor, o que não enseja definições étnicas conflitivas.

Com efeito, essa regência comum englobava desde o princípio a todos os componentes e, quando necessário, usava da repressão policial-militar. Ainda assim, por força do isolamento, da especialização ou da atuação de outros fatores, algumas unidades se diversificaram suficientemente para tenderem à cissiparidade ou à reordenação do contexto global, segundo seus interesses imediatos. Via de regra, essas tendências autonomistas apenas se esboçavam, voltando à unidade e à uniformidade tanto pela pressão das forças repressivas como em virtude do papel integrador do sistema econômico e, sobretudo, da homogeneidade cultural básica alcançada precocemente.

O sistema econômico e político, gerando o mesmo tipo de estratificação e de ordenação cívica, criou em cada unidade a mesma forma de hierarquização que qualificava, face à sociedade total, as camadas dirigentes de cada variante como componentes da mesma estrutura de poder, e as fez essencialmente solidárias frente à ameaça comum representada pelo antagonismo das classes oprimidas. O patronato, na função de coordenador das atividades produtivas, e o patriciado, no exercício do papel de ordenador da vida social, puderam assim fazer frente a todas as tendências dissociativas, preservando a unidade nacional.

Desse modo é que o Brasil se implanta como sociedade nacional sobre um imenso território, envolvendo milhões de pessoas mediante o crescimento e diversificação adaptativa do núcleo unitário original, simultaneamente com o estabelecimento de representações locais da mesma camada dirigente em cada uma das variantes regionais. O cuidado do monarca português e do brasileiro em engalanar cada precedência conquistada localmente com títulos de fidalguia e a habilidade do sistema republicano em fazer dessa camada socioeconômica sua elite dirigente preservaram, a um tempo, a unidade nacional e a manutenção do sistema. Evitou-se, assim, que viessem a operar, como uma secessão, tanto as diversificações regionais como as crises de transfiguração da formação socioeconômica de colonial-escravista em neocolonial e a transição de colônia a nação politicamente independente.

A contraparte dessa tarefa unificadora foi a ordenação da sociedade nacional em cada uma de suas formações, com estreita obediência aos interesses oligárquicos, diante dos quais o próprio poder central sempre claudicou, incapaz de enfrentá-los, apesar da oposição flagrante entre seus interesses e os da população trabalhadora. Isso é o que torna as classes dirigentes brasileiras tão parecidas aos consulados romanos, como representantes locais de um poder externo, primeiro colonial, depois imperialista, a que servem como agentes devotados e de quem tiram sua força impositiva. E, sobretudo, como consulados socialmente irresponsáveis pelo destino da população que, a seus olhos, não constitui um povo, mas uma força de trabalho, ou melhor, uma fonte energética desgastável nas suas façanhas empresariais.

As esferas de poder estatal e privado se imbricam, aqui, sobrepondo-se ocasionalmente uma à outra, mas atendendo sempre aos condicionamentos objetivos da escravidão e do monopólio da terra como princípios ordenadores da economia colonial. Nessa interação prevalece sempre a racionalidade do projeto intencional da Coroa, tolhido, é certo, pelo voluntarismo anárquico do plantador, do minerador, do contrabandista. Jamais as aspirações singelas do índio apresado que quer a liberdade, do negro escravo que pede alforria, do caipira, do sertanejo, do caboclo paupérrimo que desejam escapar da opressão e da subordinação para viverem uma vida mais vivível.

Do mesmo modo, a conscrição da força de trabalho negra se efetua artificialmente através da montagem da mais ampla e mais complexa operação mercantil daquele século, habilitada para caçar na África, exportar através do Atlântico e vender nos postos brasileiros milhões de negros destinados a se desgastarem fria e sistematicamente na produção venal.

A própria independência do Brasil, quando se torna inevitável, é empreendida pela metrópole colonial, que translada para cá a parcela mais vivaz e representativa das classes dirigentes lusitanas e sua burocracia mais competente. Aqui sediada, se mimetiza de brasileira e tão bem organiza a independência para si mesma que continua regendo o Brasil por oitenta anos mais. No curso dessas décadas, enfrenta e vence todos os levantes populares, matando seus líderes ou os anistiando e incorporando sem ressentimento ao grupo dominante.

Transfiguração étnica

Transfiguração étnica é o processo através do qual os povos, enquanto entidades culturais, nascem, se transformam e morrem. Tivemos oportunidade de estudá-lo tanto por observação direta, quanto por reconstrução histórica do impacto da civilização sobre as populações indígenas brasileiras no correr dos séculos, reconstituindo suas várias instâncias.

Um povo já configurado resiste tenazmente à sua transfiguração, mas o faz precisamente mudando ao assumir aquelas alterações que viabilizam sua existência dentro do contexto em que ele interage. Quatro são as instâncias básicas da transfiguração, simultâneas ou sucessivas.

Primeiro, a biótica, pela qual os seres humanos, interagindo com outras forças vivas, podem transfigurar-se radicalmente. É o caso das epidemias trazidas pelo europeu, pelo africano e pelo asiático aos povos indenes das Américas, sobre os quais produziram imensa depopulação. Com respeito aos germes que o estranho trazia no corpo, já não o vitimavam, mas exterminavam quem dele se aproximasse.

Uma segunda instância é a ecológica, pela qual os seres vivos, por coexistirem, afetam-se uns aos outros em sua forma física, em seu desempenho vital. Exemplificaria esse caso a própria introdução do europeu, com sua bicharada de vacas, bezerros, porcos, galinhas etc., que, disputando fatores vitais com a população autóctone, por um lado facilitam sua sobrevivência, mas por outro lado podem ser fatais. A introdução de animais domésticos no mundo asteca e no incaico promoveu uma verdadeira substituição da população indígena por criações animais.

A terceira instância da transfiguração étnica é a econômica, que, convertendo uma população em condição de existência material de outra, em prejuízo de si própria, pode levá-la ao extermínio. É o caso da escravidão pessoal, que, desgarrando uma pessoa de seu contexto vital para convertê-la em mera força de trabalho a serviço de outrem, custa enorme desgaste humano. Junto à interação econômica se dá toda a trama de relações sociais que, afetando os modos de coexistir, de conviver e ampliando ou estreitando suas oportunidades de se reproduzir, também exerceu papel fatal. Exemplifica essa interação a lei fundiária que, nos Estados Unidos, por exemplo, produziu milhões de granjeiros livres. Aqui proletarizou, urbanizando forçadamente milhões de trabalhadores, desencadeando o desemprego e a violência.

Uma última instância da transfiguração é a psicocultural, que pode dizimar populações retirando-lhes o desejo de viver, como ocorreu com os povos indígenas que se deixaram morrer por não desejar a vida que se lhes ofereciam. Aqui tem também um papel capital o *ethos* ou orgulho nacional de uma população que, uma vez quebrado, a dissuade de lutar para sobreviver na medida em que poderia fazê-lo. O preconceito social e a discriminação, interiorizados em seus valores básicos, representam também um importante papel etnocida.

Sob qualquer dessas instâncias um povo pode ser transfigurado. Vale dizer, morrer ou renascer através de alterações estratégicas que tornem sua sobrevivência maleável. Na história do Brasil, vimos surgir o brasilíndio como um contingente de vigor admirável tanto na destruição de seu gentio materno, como forma de expandir-se, quanto apropriando-se de mulheres para reproduzir. Vimos algo semelhante ocorrer com o negro, que, refugiando-se num quilombo, reconstitui a vida que aprendera a viver no núcleo colonial de forma a readquirir sua dignidade e possibilitar sua sobrevivência.

A imigração estrangeira, principalmente de pobres trabalhadores brancos europeus, tornados excedentes de suas economias nacionais, representou também uma enorme ameaça de transfiguração da população brasileira preexistente, tal como ocorreu no Uruguai e Argentina. No Brasil, encontrando uma sociedade já formada e etnicamente integrada, apenas afetou seu destino, assimilando quase toda essa massa imigrante, transformando-se mais os recém-vindos do que os que aqui viviam. Através de todas essas instâncias, o povo brasileiro acabou por conformar-se como uma configuração histórico-cultural única e diferenciada de todas as outras.

Tais são os brasileiros de hoje, na etapa que atravessam de sua luta pela existência. Já não há praticamente índios ameaçando o seu destino. Também os negros desafricanizados se integraram nela como um contingente diferenciado, mas que não aspira a nenhuma autonomia étnica. O próprio branco vai ficando cada vez mais moreno e até orgulhoso disso.

Ao longo de nossos cinco séculos de processo formativo, o povo brasileiro experimentou sucessivas transfigurações. Sempre, porém, dentro da configuração de povo novo, já conformado larvarmente nas protocélulas étnicas luso-tupis. Sofreu o impacto de duas revoluções tecnológicas, a agrária e a industrial, que contribuíram mais que nada para configurá-lo. Todas as suas forças transformativas, porém, foram contidas pelas classes dominantes dentro de limites que não ameaçavam sua hegemonia.

Primeiro, a revolução agrário-mercantil, que, transformando o modo de produção indígena, sobretudo através da lavoura monocultora, promoveu uma extraordinária prosperidade que nos deu existência no quadro mundial, tornando-nos capazes de prescindir praticamente da reprodução vegetativa da população pela compra de novos membros através da escravidão.

Segundo, a Revolução Industrial, que, obsolescendo o músculo humano como força energética, inviabilizou a escravidão, envolvendo a sociedade num processo transformativo extremamente grave no qual a população negra chegou a reduzir-se em números absolutos e levou décadas para aprender a viver uma existência livre e autônoma.

A introdução de dispositivos mecânicos, como máquinas de vapor, de petróleo e de eletricidade, nos tornou muito mais eficazes não para nós mas para o exercício de provedores no mercado mundial. Exportamos muito mais gêneros, minérios e outras mercadorias a preços relativamente cada vez menores, perdendo substância em razão da desigualdade do intercâmbio econômico.

Posteriormente, sobretudo no pós-guerra, uma imensa quantidade de mercadorias novas, como medicamentos, plásticos, meios de comunicação, formas de recreação, nos atou mais ainda ao mundo. Reagimos, procurando produzir esses bens aqui mesmo, num esforço de industrialização substitutiva das importações. Mas só o pudemos fazer associados a interesses estrangeiros que, se nos tornaram mais eficazes e modernos, nos fizeram mais lucrativos e úteis para eles que para nós, inclusive implantando um colonialismo interno que provocou intenso empobrecimento relativo de zonas de antiga ocupação.

No curso desses dois passos – um de três séculos, o outro de quase dois –, a sociedade brasileira assumiu diversas formas, variantes no tempo e no espaço, como modos sucessivos de ajustamento a distintos imperativos externos e a diferentes condições econômicas e ecológicas regionais. No primeiro caso, moeu e fundiu as matrizes originais indígena, negra e europeia em uma entidade étnica nova, pela via evolutiva da atualização ou incorporação histórica, que foi o caminho comum de formação dos povos novos das Américas.

No segundo passo, a sociedade resultante do longo processo formativo outra vez se transfigura por atualização. Agora, para incorporar, numa versão neocolonial da civilização industrial, os contingentes homogeneizados através da deculturação processada anteriormente, sob a pressão da escravidão, e reajustá-los a uma nova ordenação sociopolítica. Sempre regida por uma estrutura de poder capaz de continuar conscrevendo a população ao trabalho, através de um regime parassalarial nas empresas produtivas de artigos de exportação e nas novas empresas dedicadas a atender ao mercado interno. Essa reincorporação do Brasil na rede econômica mundial, apesar de menos traumatizante, também exigiu um certo grau de violência, sobretudo na repressão dos levantes populares que aspiram a uma reordenação social profunda e no controle preventivo dos grupos virtualmente insurgentes.

O caráter distintivo de nossa transfiguração étnica é a continuidade, através dos séculos, de elementos cruciais da ordenação social arcaica, da dependência da economia e do caráter espúrio da cultura. Essa continuidade, mantida através dos dois tipos de civilização e das correspondentes formações econômico-sociais, importou em sérias constrições ao desenvolvimento.

Assim é que o impacto da industrialização, operando sobre formas estruturais arcaicas, se viu contido na sua capacidade de transformação. O sistema de conscrição de mão de obra – primeiro escrava, depois assalariada –, subsistindo debaixo das novas condições, continuou a operar como uma rede que deformou o crescimento econômico dentro do capitalismo industrial e a integração do povo nos estilos de vida da nova civilização. Sua transformação mais importante foi passar de um sistema tecnológico de baixa energia, mas altamente exigente de mão de obra e desgastador da mesma, a um sistema que utilizava uma tecnologia mecanizada e servida por motores, cada vez menos capaz de absorver a força de trabalho disponível, e tendente, por isso, a marginalizá-la.

Por consequência, a economia brasileira, que sempre viveu faminta de mão de obra, tendo que importar grande parte de sua força de trabalho, hoje vê sua população tornar-se excedente das necessidades da produção. É o trabalhador brasileiro que se torna obsoleto como uma força descartável dentro da economia nacional.

Vivemos, hoje, às vésperas de transformações ainda mais abrangentes, porque surge no horizonte uma outra revolução tecnológica mais radical que as anteriores. Se uma vez mais nos deixarmos fazer consumidores de seus frutos, em lugar de dominadores de sua tecnologia nova, as ameaças sobre a nossa sobrevivência e sobre a soberania nacional serão ainda mais intensas. As classes dominantes e seus porta-vozes já definiram seu projeto de continuidade através das transformações estratégicas. Tal é o discurso neoliberal e privatista, unanimemente defendido e propagado por toda a mídia e apoiado enfaticamente por todas as forças da direita.

No plano cultural, as duas etapas formativas compreendem, respectivamente, uma cultura colonial, que floresce e se arcaíza, e uma cultura renovada, que surge por modernização. Ambas remarcadamente espúrias. A cultura brasileira tradicional, que animava os núcleos coloniais, era já uma cultura da civilização que, correspondendo a uma formação social urbana e estratificada, se desdobrava em uma esfera erudita e outra vulgar com variantes rurais e citadinas.

A camada senhorial, integrada pelo patronato de empresários e pelo patriciado de clérigos e burocratas civis e militares, todos eles urbanos, integra a sociedade total como um dos seus elementos constitutivos, mas opera como uma parcela diferenciada no plano cultural, tanto da cultura vulgar da cidade como do campo. Participando, embora, dos folguedos populares, por exemplo, o faziam antes como patrocinadores do que como integrantes em comunhão funcional com as crenças populares. Na verdade, essa camada senhorial constitui um círculo fechado de convívio eurocêntrico, que mais cultua a moda que seus próprios valores hauridos no acesso ao centro metropolitano, onde, bem ou mal, se faz herdeira da literatura, da música, das artes gráficas e plásticas, bem como de outras formas eruditas de expressão de uma cultura que, apesar de alheia, passaria a ser a sua própria.

Todo esse processo se agrava, movido em nossos dias pela força prodigiosa da indústria cultural que, através do rádio, do cinema, da televisão e de inúmeros outros meios de comunicação cultural, ameaça tornar ainda mais obsoleta a cultura brasileira tradicional para nos impor a massa de bens culturais e respectivas condutas que dominam o mundo inteiro. Nós que sempre fomos criativos nas artes populares e de tudo que estivesse ao alcance do povo-massa, nos vemos hoje mais ameaçados do que nunca de perder essa criatividade em benefício de uma universalização de qualidade duvidosa.

Entretanto, sendo essa a cultura predominante, ela é que se expressa nos setores tecnologicamente mais avançados da produção, na arquitetura das casas senhoriais, nas fortificações e nos templos, bem como nas artes que os adornam. Todos eles se edificam estilizados como implantações ultramarinas da civilização europeia, conformados de acordo com os estilos nela prevalecentes e que só incidentalmente se contaminam com elementos locais. Há, é certo, também no plano erudito, uma reação brasileira. Ela não é, porém, nenhum nativismo. Suas criações são conquistas do gênero humano que podiam ter surgido em qualquer parte, mas afortunadamente floresceram aqui, na construção de Brasília, na arquitetura de

Oscar Niemeyer, na música de Villa-Lobos, na pintura de Portinari, na poesia de Drummond, no romance de Guimarães Rosa e uns tantos outros.

A cultura popular, assentada no saber vulgar, de transmissão oral, embora se dividisse em componentes rurais e urbanos, era unificada por um corpo comum de compreensões, valores e tradições de que todos participavam e que se expressavam no folclore, nas crenças, no artesanato, nos costumes e nas instituições que regulavam a convivência e o trabalho.

Frente a essa cultura popular, ou vulgar, mesmo a antiga cultura erudita mais influenciada por concepções estrangeiras, mais receptiva a novos valores e a novas formas de expressão contrastava com o "moderno" em face do arcaico. Nas cidades e vilas, essa modernidade impregnou desde cedo amplas parcelas da população, diferenciando-as das massas rurais por atitudes relativamente mais racionalistas, impessoais e menos conservadoras. Essas diferenciações na linha do rural e do urbano, do arcaico e do moderno, não negam, porém, o caráter espúrio de toda a cultura erudita e popular que corresponde a nosso ser de encarnação ultramarina e tropical da civilização ocidental. Cada gesto criativo nosso, uma vez esboçado, está condenado a cair nesse reduto, que é o universo a que pertencemos. Trata-se, portanto, para todos os artistas criadores, de um desafio que não é a busca do singular e do bizarro e sim o esforço de ser o melhor do mundo.

Algumas das novas alterações transfigurativas servem de base a grandes esperanças. Primeiro que tudo, o acesso de todo o povo à civilização letrada e aos novos sistemas mundiais de intercomunicação cultural. Isso significa que a criatividade popular não se fará exclusivamente, doravante, no nível do futebol, da música e outros valores e tradições transmitidos oralmente pela população. Segundo, em razão da revolução da pílula e da liberação do orgasmo, que mudaram radicalmente a posição da mulher na sociedade, convocando-a a continuar trabalhando como sempre fez, mas em melhores condições de existência.

O fundamental, porém, é que milagrosamente o povo, sobretudo o negro-massa, continua tendo erupções de criatividade. Esse é o caso do culto a Iemanjá, que em poucos anos transformou-se completamente. Essa entidade negra, que se cultuava a 2 de fevereiro na Bahia e a 8 de março em São Paulo, foi arrastada pelos negros do Rio de Janeiro para 31 de dezembro. Com isso aposentamos o velho e ridículo Papai Noel, barbado, comendo frutas europeias secas, arrastado num carro puxado por veados. Em seu lugar, surge, depois da Grécia, a primeira santa que fode. A Iemanjá não se vai pedir a cura do câncer ou da AIDS, pede-se um amante carinhoso e que o marido não bata tanto.

Comprimida por todas essas pressões transformadoras, a cultura popular brasileira tradicional, tornada arcaica, se vai transfigurando em novos moldes. Estes, embora correspondentes ao padrão "ocidental" comum às sociedades pós--industriais, assumem no Brasil qualidades peculiares relacionadas à especificidade do processo histórico nacional. Como essas variam por regiões, as áreas culturais operam como estruturas de resistência à mudança, num esforço de preservação de suas características. Mas elas só podem manter-se tradicionais como arcaísmos em relação ao que se tornara o perfil cultural predominante como obsolescência com respeito à nova economia prevalecente.

Todavia, forçadas pelas novas condições uniformizadoras, as antigas áreas culturais se vão tornando cada vez mais homogêneas, por imperativo do processo geral de industrialização que a todos afeta e em virtude da ação uniformizadora dos sistemas de comunicação de massas, que aproximam os gaúchos, do Sul, dos caboclos amazônicos e os fazem interagir reciprocamente e com respeito aos centros dinâmicos do processo de industrialização.

Isso significa que, apesar de tudo, somos uma província da civilização ocidental. Uma nova Roma, uma matriz ativa da civilização neolatina. Melhor que as outras, porque lavada em sangue negro e em sangue índio, cujo papel, doravante, menos que absorver europeidades, será ensinar o mundo a viver mais alegre e mais feliz.

IV
OS BRASIS NA HISTÓRIA

1. Brasis

Introdução

Depois de compor toda uma vasta teoria da história, que concluo com este livro, devo confessar que as grandes sequências históricas, únicas e irrepetíveis, em essência são inexplicáveis.

O que alcançamos são algumas generalizações válidas que lançamos aqui e ali, iluminando passagens. É, porém, irresistível, como aventura intelectual, a procura dessas generalizações. É também indispensável, porque nenhum povo vive sem uma teoria de si mesmo. Se não tem uma antropologia que a proveja, improvisa-a e difunde-a no folclore.

A história, na verdade das coisas, se passa nos quadros locais, como eventos que o povo recorda e a seu modo explica. É aí, dentro das linhas de crenças coparticipadas, de vontades coletivas abruptamente eriçadas, que as coisas se dão. Essa é a razão por que, em lugar de um quadro geral da história brasileira, compus esses cenários regionais.

Uma copiosa documentação histórica mostra que, poucas décadas depois da invasão, já se havia formado no Brasil uma protocélula étnica neobrasileira diferenciada tanto da portuguesa como das indígenas. Essa etnia embrionária, multiplicada e difundida em vários núcleos – primeiro ao longo da costa atlântica, depois transladando-se para os sertões interiores ou subindo pelos afluentes dos grandes rios –, é que iria modelar a vida social e cultural das ilhas-Brasil. Cada uma delas singularizada pelo ajustamento às condições locais, tanto ecológicas quanto de tipos de produção, mas permanecendo sempre como um renovo genésico da mesma matriz.

Essas ilhas-Brasil operaram como núcleos aglutinadores e aculturadores dos novos contingentes apresados na terra, trazidos da África ou vindos de Portugal e de outras partes, dando uniformidade e continuidade ao processo de gestação étnica, cujo fruto é a unidade sociocultural básica de todos os brasileiros.

Acredito que se possa distinguir a existência dessa célula cultural neobrasileira, diferenciada e autônoma em seu processo de desenvolvimento, a partir de meados do século XVI; quando se erigiram os primeiros engenhos de açúcar, sendo ainda dominante o comércio de pau-de-tinta, e quando ainda se tratava de engajar o índio como escravo do setor agroexportador. Era a destinação e a obra dos mamelucos-brasilíndios, que já não sendo índios nem europeus, nem nada, estavam em busca de si mesmos, como um povo novo em sua forma ainda larvar.

Era gestada nas comunidades constituídas por índios desgarrados da aldeia para viver com os portugueses e seus mestiços – que começavam a multiplicar-se na costa pernambucana, baiana, carioca e paulista. Com base no compadrio, ainda no tempo das relações de escambo com índios que permaneciam em suas aldeias independentes. Aqueles núcleos pioneiros evoluíram rapidamente para a condição de comunidades-feitorias quando passaram a integrar também indígenas capturados, estruturando-se em volta de um núcleo de mamelucos e funcionando como bases operacionais dos brancos que serviam de apoio aos navios, estabelecendo suas próprias relações de aliança ou de guerra com tribos vizinhas. Ainda que embebidos na cultura indígena, só falando a língua da terra e estruturados em bases semitribais, já eram regidos por princípios organizativos procedentes da Europa. Constituíam, assim, de fato, brotos mutantes do que viria a ser uma civilização urbana e letrada.

Dessas comunidades se projetaram os grupos constitutivos de todas as áreas socioculturais brasileiras, desde as velhas zonas açucareiras do litoral e os currais de gado do interior até os núcleos mineiros do centro do país, os extrativistas da Amazônia e os pastoris do extremo sul. Cobrindo milhares de quilômetros, essa expansão – por vezes lenta e dispersa como a pastoril, por vezes intensa e nucleada como a mineradora – foi multiplicando matrizes, basicamente uniformes, por todo o futuro território brasileiro. Apesar de tão insignificantes, de fato disseminaram-se como uma enfermidade, contaminando a indianidade circundante, desfazendo-as e refazendo-as como ilhas civilizatórias. Só muito depois começaram a comunicar-se regularmente umas com as outras, através dos imensos espaços desertos que as separavam.

Sobre aquele arquipélago, integrando societariamente essas ilhas, se estendiam três redes aglutinadoras: a identidade étnica, que já não sendo índia se fazia protobrasileira; a estrutura socioeconômica colonial de caráter mercantil, que as vinculava umas com as outras através da navegação oceânica e com o Velho Mundo, como provedores de pau-de-tinta; uma nova tecnologia produtiva, que as ia tornando mais e mais complexas e dependentes de artigos importados. Sobre todas elas falava uma incipiente cultura erudita, principalmente religiosa, de padrão básico, que se ia difundindo. Tal como o índio Uirá, que saiu à procura de Deus, para identificar-se ante a divindade declara "eu sou de seu povo, o que come farinha", todos nós, brasileiros, podemos dizer o mesmo: "Nós somos o povo que come farinha de pau".

A identidade étnica dos brasileiros se explica tanto pela precocidade da constituição dessa matriz básica da nossa cultura tradicional, como por seu vigor e flexibilidade. Essa última característica lhe permitirá, como herdeira de uma sabedoria adaptativa milenar, ainda dos índios, conformar-se, com ajustamentos locais, a todas as variações ecológicas regionais e sobreviver a todos os sucessivos ciclos produtivos, preservando sua unidade essencial. A partir daquelas protocélulas, através de um processo de adaptação e diferenciação que se estende por quatro séculos, surgem as variantes principais da cultura brasileira tradicional (ver conceitos de cultura rústica e cultura caipira em Candido 1964; de cultura camponesa e *folk culture* em Redfield 1941 e 1963; de cultura cabocla em Willems 1947 e de cultura crioula em Gillin 1947).

Elas são representadas pela cultura crioula, que se desenvolveu nas comunidades da faixa de terras frescas e férteis do Nordeste, tendo como instituição coordenadora fundamental o engenho açucareiro. Pela cultura caipira, da população das áreas de ocupação dos mamelucos paulistas, constituída, primeiro, através das atividades de preia de índios para a venda, depois, da mineração de ouro e diamantes e, mais tarde, com as grandes fazendas de café e a industrialização. Pela cultura sertaneja, que se funde e difunde através dos currais de gado, desde o Nordeste árido até os cerrados do Centro-Oeste. Pela cultura cabocla das populações da Amazônia, engajadas na coleta de drogas da mata, principalmente nos seringais. Pela cultura gaúcha do pastoreio nas campinas do Sul e suas duas variantes, a matuta-açoriana (muito parecida com a caipira) e a gringo-caipira das áreas colonizadas por imigrantes, predominantemente alemães e italianos.

Em termos de formação econômico-social, se pode dizer que essas faces do Brasil rústico se plasmaram como produtos exógenos da expansão europeia, que as fez surgir dentro de uma formação agrário-mercantil-escravista, bipartidas em implantes citadinos e contextos rurais mutuamente complementares, estratificadas em classes sociais antagônicas, ainda que também funcionalmente integradas. Seu motor foi o processo civilizatório desencadeado pela Revolução Mercantil, que permitiu aos povos ibéricos expandir-se para o além-mar e criar a primeira economia de âmbito mundial.

O Brasil, como fruto desse processo, desenvolve-se como subproduto de um empreendimento exógeno de caráter agrário mercantil que, reunindo e fundindo aqui as matrizes mais díspares, dá nascimento a uma configuração étnica de povo novo e o estrutura como uma dependência colonial-escravista da formação mercantil-salvacionista dos povos ibéricos.

Não se trata, como se vê, de um desdobramento autônomo, produzido a partir da etapa evolutiva em que viviam os indígenas (revolução agrícola) e do tipo de formação com que se estruturavam (aldeias agrícolas indiferenciadas, isto é, não estratificadas em classes). Trata-se, isto sim, da ruptura e transfiguração destas, por via da atualização histórica promovida por uma macroetnia em expansão: a mercantil-salvacionista portuguesa (Ribeiro 1968).

É simplesmente espantoso que esses núcleos tão iguais e tão diferentes se tenham mantido aglutinados numa só nação. Durante o período colonial, cada um deles teve relação direta com a metrópole e o "natural" é que, como ocorreu na América hispânica, tivessem alcançado a independência como comunidades autônomas. Mas a história é caprichosa, o "natural" não ocorreu. Ocorreu o extraordinário, nos fizemos um povo-nação, englobando todas aquelas províncias ecológicas numa só entidade cívica e política.

2. O Brasil crioulo

> [...] o ser senhor de engenho é título a que muitos aspiram porque traz consigo o ser servido, obedecido e respeitado de muitos. E se for, qual deve ser, homem de cabedal e governo, bem se pode estimar no Brasil o ser senhor de engenho, quanto proporcionalmente estimam os títulos entre os fidalgos do Reino [...]
>
> Andreoni 1967

O engenho açucareiro, primeira forma de grande empresa agroindustrial exportadora, foi, a um tempo, o instrumento de viabilização do empreendimento colonial português e a matriz do primeiro modo de ser dos brasileiros. Sem ele, naquela época, seria inimaginável a ocupação europeia de uma vasta área tropical, sem riquezas minerais por descobrir, habitada por indígenas que apenas lograram construir culturas agrícolas e que não constituíam uma força de trabalho facilmente disciplinável e explorável.

Afortunadamente, a cana-de-açúcar só necessitava de terras tropicais férteis e frescas, e o engenho que fazia do caldo de cana o produto mercantil era uma prensa de madeiras e ferros que os carpinas portugueses, construtores de naus, podiam fabricar com facilidade. Ao serem transplantados aos espaços brasileiros, os canaviais e os engenhos se multiplicaram em poucas décadas, tendo como únicas limitações à sua expansão a disponibilidade de mão de obra escrava para o eito e a amplitude do mercado consumidor europeu.

Os portugueses, que já haviam experimentado a plantação de cana e a produção de açúcar em pequena escala, com tecnologia árabe, nas ilhas da Madeira e dos Açores, se habilitaram para estender astronomicamente essa produção nas novas terras, montando para isso todo um vasto sistema de recrutamento de mão de obra.

Ninguém podia imaginar então que um produto exótico e precioso, destinado ao consumo dos mais abastados, pudesse crescer de produção e baixar de preço a ponto de fazer-se acessível ao consumidor comum como gênero de uso diário. Isso foi o que sucedeu: o açúcar deixou de ser uma especiaria para converter-se num produto comercial comum. Mesmo assim, seus preços de custo e de venda eram suficientemente atrativos para permitir o custeio da produção e o transporte transatlântico do próprio açúcar, e o do transporte ultramarino, em sentido inverso, da escravaria africana que o produziria.

Os primeiros engenhos de açúcar surgem no Brasil antes de 1520 e rapidamente se dispersam por todos os pontos da costa habitados por portugueses. Acabaram por concentrar-se nas terras de massapé do Nordeste e do recôncavo baiano, fincando as bases da civilização do açúcar, cujas expressões urbanas floresceram nas cidades-porto de Olinda-Recife, em Pernambuco, e de Salvador, na Bahia.

Meio século depois, os engenhos haviam se multiplicado tanto que a produção brasileira de açúcar era a principal mercadoria do comércio internacional e sua safra anual valeria mais que a produção exportável de qualquer país europeu. Nas décadas seguintes, apesar da guerra, da resistência dos negros de Palmares e da ocupação holandesa, a economia açucareira e seus complementos crescem mais ainda. Os grandes engenhos saltam de cinquenta a cem e a duzentos. Neles passam a trabalhar 10 mil, depois 20 mil e, mais tarde, 30 mil escravos importados. O volume e o valor da produção açucareira anual crescem, correlativamente, até atingir e superar largamente 1 milhão de libras esterlinas.

Por volta de 1650, esse incremento se desacelera e a economia açucareira cai em crise quando entra maciçamente no comércio internacional a produção dos engenhos holandeses das Antilhas. A produção brasileira prossegue, apesar de tudo, sustentando a implantação colonial das velhas áreas de ocupação. Só muito mais tarde, depois de 1700, com o início do ciclo do ouro, deixa de ser o setor mais dinâmico da economia brasileira e o mais importante como fonte de recursos para a Coroa.

A sociedade brasileira, em sua feição cultural crioula, nasce em torno do complexo formado pela economia do açúcar, com suas ramificações comerciais e financeiras e todos os complementos agrícolas e artesanais que possibilitavam sua operação. A massa humana organizada em função do açúcar se estrutura em uma formação econômico-social atípica com respeito às americanas e às europeias de então. Muito mais singela, por um lado, por seu caráter de empresa colonial destinada a lograr propósitos econômico-mercantis claramente buscados. Nela, a forma de existência, a organização da família, a estrutura de poder não eram criações históricas oriundas de uma velha tradição, mas meras resultantes de opções exercidas para dar eficácia ao empreendimento. Mas, por outro lado, muito mais complexa, como população surgida da fusão racial de brancos, índios e negros, como cultura sincrética plasmada pela integração das matrizes mais díspares e como economia agroindustrial inserida no comércio mundial nascente.

Chamamos área cultural crioula à configuração histórico-cultural resultante da implantação da economia açucareira e de seus complementos e anexos na faixa litorânea do Nordeste brasileiro, que vai do Rio Grande do Norte à Bahia. Entre seus complementos se conta a fabricação de aguardente e de rapadura, que era a produção principal dos pequenos engenhos, destinada ao mercado interno. Entre os seus anexos, destacam-se as lavouras comerciais de tabaco e a fabricação do fumo, a que se dedicavam pequenos produtores sem cabedal para montar um engenho, mas cujo valor de exportação chegaria a representar uma décima parte do valor da safra açucareira. Muito mais tarde, outros produtos agrícolas de exportação, como o cacau, se somariam aos primeiros para permitir a extensão a outras regiões das formas de vida e de trabalho criadas ao redor do engenho canavieiro, ampliando desse modo a área cultural crioula.

A polaridade social básica da economia açucareira – o senhor de engenho e o escravo –, uma vez plasmada como uma forma viável de coexistência, constituiria uma matriz estrutural que, adaptada a diferentes setores produtivos, possibilitaria a edificação da sociedade brasileira tradicional. O senhor de engenho, apesar de seu papel de agente da exploração externa da população posta debaixo de seu domínio, era já um empresário nativo. Vivia em sua casa-grande, construída para durar e legar a seus herdeiros. No convívio com a gente da terra, se abrasileira em seus hábitos. Por fim, se constrói a si mesmo como um senhorio totalmente diferente de quantos houvera, inclusive dos poucos portugueses que aferiam renda semelhante.

O escravo, índio ou negro, que sobrevivia ao duro trabalho no engenho também se abrasileirava no mesmo ritmo e com igual profundidade. Embora polarmente opostos ao senhor, tinham, no fim, mais de comum com ele pela língua que falavam e pela visão do mundo que com seus ancestrais tribais brasileiros ou africanos. Enquanto escravos, porém, eles constituíam a única força oposta ao sistema que, exercendo uma ação subversiva constante, exigia a reação permanente de um aparato repressivo. Sendo, entretanto, incapazes de destruí-lo, seja para restaurar formas arcaicas de existência, já inviáveis, seja para implantar precocemente uma formação econômico-social mais solidária, coexistiam conflitivamente, reproduzindo-se tal qual eram. O negro, mesmo quando escapava do engenho para acoitar-se nos quilombos, continuava simbioticamente relacionado com a sociedade com a qual estava em guerra, na qual se formara e da qual dependia para prover-se de elementos que se tornaram indispensáveis à sua existência, como as ferramentas, o sal e a pólvora.

Embora fossem, de fato, duas formas polarmente opostas no plano social, pelo antagonismo essencial de seus interesses de classe, eram também dois alternos mutuamente complementares dentro da mutualidade desigual de uma formação colonial-escravista. Eram ainda e essencialmente duas expressões variantes de uma cultura formada dentro dos cânones da civilização europeia. Essa unidade dentro da diversidade a compelia a gerar, pela dinâmica de sua ação recíproca, novas formas de organização da vida social que simultaneamente reafirmassem a senhorialidade todo-poderosa do dono dos negros, que valiam mais que todo o conjunto da propriedade, e que se exerceria através de muitos braços e bocas destinados todos a fazer funcionar aquela fábrica rural, provavelmente a empresa mais complexa da época. O negro boçal, recém-chegado, era a força bruta de trabalho, levado ao canavial para operar de sol a sol, orientado por negros ladinos especializados nesse mister.

A família patriarcal do senhor, seus filhos e aparentados mais diretos, ocupava tão exaustivamente as funções do lar de tipo romano que não deixava espaço para outras formas dignas de acasalamento. O próprio senhor e seus filhos eram, de fato, reprodutores soltos ali para emprenharem a quem pudessem. Nenhuma hipótese havia nesse ambiente para que os negros e mestiços tivessem qualquer chance de se estruturar familiarmente.

A história do Brasil é, por isso, a história dessa alternidade original e das que a ela se sucederam. É ela que dá nascimento à primeira civilização de âmbito mundial, articulando a América como assentamento, a África como a provedora de força de trabalho e a Europa como consumidor privilegiado e como sócio principal do negócio.

Dentre os povos europeus, os portugueses eram os mais habilitados a implantar um sistema econômico não meramente extrativista, nem baseado na mera pilhagem de riquezas nas áreas tropicais americanas. Só eles tinham real experiência de conduzir o trabalho escravo e de produzir açúcar. Somente nas suas pegadas e com base na experiência pioneira lusitana, outras nações lançaram-se, também, mais tarde, a empreendimentos fundados no sistema de fazendas (Steward, 1960), tanto no Novo Mundo como nos outros continentes.

Os holandeses e os franceses foram os mais exitosos em levar adiante o experimento português. A Holanda foi refeita, se armou e se defendeu a partir de seu minúsculo território, com os capitais acumulados nas Antilhas. O Haiti era a pérola principal da Coroa francesa. Foi lá que surgiu a nobreza que construiria os belos castelos do Loire, esquecidos do negro que fora o estrume de tamanha aristocracia.

Aplicado primeiro ao açúcar, e aí elaborado como modelo estrutural, o sistema de fazendas escravistas se aplicaria, a seguir, ao tabaco, ao anil e ao cacau. Mais tarde, ao café e, já recentemente, ao cultivo de bananas, do ananás, do chá, da seringa, do sisal, da juta e da soja. Essas últimas já num regime assalariado.

Os portugueses habilitaram-se para essa façanha graças ao conhecimento prévio das técnicas de cultivo da cana, de fabricação do melaço e de refino do açúcar, que já produziam nas ilhas atlânticas antes da descoberta, com base no braço escravo africano e segundo uma fórmula nova de organização da produção: a fazenda. Dali partiram os especialistas que edificaram os primeiros engenhos brasileiros, tanto no plano tecnológico como no societário, lançando uma semente que, ao multiplicar-se, daria nascimento à economia brasileira tal como se conformou. Habilitou-os também para esse papel a participação que já tinham alcançado do comércio europeu de especiarias, entre elas o açúcar, ao lado de capitalistas holandeses, principalmente judeus.

Não menos importante foi seu domínio da técnica de navegação transoceânica, bem como a posse de uma das maiores frotas comerciais da época. A tudo isso se somaria a existência de disponibilidade de capital financeiro, tanto próprio como italiano, holandês, alemão e outros, para custear o novo empreendimento, com vistas no lucro monetário que produziria, e o espírito empresarial que animava certas camadas da classe dominante portuguesa.

Importante papel terá representado, igualmente, o caráter mourisco e mestiço dos povos ibéricos. Efetivamente, forçados pela longa dominação árabe, os lusitanos se fizeram herdeiros de sua cultura técnica, fundamentalmente para a navegação, para a produção de açúcar e para a incorporação de negros escravos à força de trabalho. O português quinhentista, sendo de fato um euro-africano no plano cultural e racial, afeito ao convívio com povos morenos, estava mais preparado que quaisquer outros tanto para contingenciar os indígenas americanos ao trabalho esporádico, quanto para aliciar as multidões de trabalhadores negros que tornariam praticável o sistema produtivo da plantação.

Desde os primeiros passos, esse sistema se implanta pela combinação de interesses pecuniários dos comerciantes que financiavam o empreendimento, dos empresários que se incumbiam diretamente da produção e da Coroa que garantia a dominação e se reservava o monopólio da comercialização, apropriando-se, assim, da parcela principal dos lucros. Com base em todos esses elementos se configurou o Brasil como uma formação colonial-escravista de caráter agromercantil, dotada de enormes potencialidades, que contribuiria altamente nos séculos seguintes para a construção de um sistema econômico de base mundial que passaria a ordenar a vida de milhões de homens de todos os continentes. No sistema de fazendas já se anunciava a ousadia empresarial capitalista que, quebrando unidades societárias arcaicas, quaisquer que fossem, engajava seus membros nas empresas produtivas, seja por força da escravização, seja "livremente", como proletários.

A produção açucareira caracteriza-se, essencialmente, pela grande extensão das áreas de cultivo de cana e pela complexidade do processamento químico-industrial de produção de açúcar. Exige a participação de trabalhadores especializados e uma alta concentração de mão de obra, uns e outros residentes no local, inteiramente devotados à produção e submetidos a uma rígida disciplina de trabalho. Caracteriza-se, também, pela natureza mercantil do empreendimento que é atender às solicitações do mercado externo com vistas à obtenção do lucro. Todos esses atributos conferem à produção açucareira um caráter de empresa agroindustrial que requer altos investimentos de capital e a tornam mais semelhante a uma fábrica que a uma exploração agrária tradicional pelos procedimentos industriais que exige e pelos problemas de gerência de mão de obra que implica.

Nos velhos banguês, todavia, já se encontravam os elementos estruturais básicos do sistema de fazendas, que exerceriam influência decisiva na deculturação do escravo negro e do indígena engajados no trabalho, na ordenação das relações sociais, na formação da família e em toda a configuração da cultura brasileira na sua forma local.

Antonil (João Antônio Andreoni), jesuíta italiano, nos deixou, em 1711, uma excelente descrição dos engenhos da Bahia que ele visitou e observou criteriosamente (Andreoni 1967). Outros testemunhos também significativos são os de Gabriel Soares de Sousa para o século XVI, e o de Luís dos Santos Vilhena para fins do século XVIII (Sousa 1971; Vilhena 1969). As terras, segundo suas qualidades, se destinavam aos canaviais, nos quais se concentrava a maior parte dos trabalhadores; às pastagens destinadas aos bois de carga, cujo número se igualava ao de escravos; e às lavouras onde se cultivavam alimentos, principalmente mandioca e milho. Mas alguma terra virgem de mata devia ser deixada para prover toda a lenha necessária ao fabrico e, se possível, também a madeira de lei para construções. Quando as terras se tornavam escassas, algumas áreas vizinhas eram arrendadas a lavradores para produzir cana, que eles se obrigavam a entregar ao engenho, ou para plantar mantimentos.

O engenho propriamente dito compreendia diversas construções sólidas, providas do respectivo equipamento. A casa-grande, de residência do senhor de engenho, que às vezes alcançava grandeza de solar senhorial com torres e capelas; e a senzala, onde se acumulavam dezenas de escravos, geralmente na forma de um vasto barracão coberto de palha. A moenda, construída com grandes troncos de madeira de lei e movida a água ou a força animal, devia ser suficiente para moer diariamente vinte a trinta carros de cana; o caldo corria das moendas para cinco ou seis grandes fornalhas, debaixo das quais se queimavam carradas e carradas de lenha. A mesa de pesagem, para onde passava o melaço das fornalhas para convertê-lo em pães de açúcar branco e mascavo.

A operação dessa fábrica, que produzia anualmente 7 a 8 mil arrobas de açúcar nos grandes engenhos, exigia o concurso de dezenas de escravos do eito para o trabalho de enxada e foice no canavial, além de carreiros para transportar a cana e a lenha ao engenho e grande quantidade de negros e negras para os trabalhos de moagem e purga do açúcar. Além dessa força de trabalho básica, o engenho devia contar "com um mestre de açúcar, um banqueiro e um soto-banqueiro, um purgador, um caixeiro no engenho e outro na cidade, feitores nos partidos e roças, um feitor-mor de engenho. E cada um desses oficiais têm (sic) soldada" (Andreoni 1967:139). Se a esses trabalhadores especializados se acrescentam os artesãos indispensáveis para fazer funcionar os engenhos, como os oleiros e carpinteiros e a escravaria das casas, carros e barcos, os calafates, os vaqueiros e escravos domésticos, se verifica a amplitude e a complexidade da força de trabalho que movia a agroindústria açucareira.

O sistema de fazendas opõe-se, como modelo ordenador, tanto às *encomiendas* hispano-americanas, como às vilas camponesas e ao sistema de granjas. Primeiro, porque importa na subordinação direta e total de toda a população engajada à autoridade única do proprietário das terras, que é também dono das casas, das instalações, dos animais, das pessoas, de tudo podendo dispor com absoluto arbítrio. Essa centralização autocrática combinada com uma atitude puramente mercantil — que levara a tratar as pessoas integradas na plantação, sobretudo os escravos, como simples instrumentos de ganho — permitiria exercer uma pressão conformadora dos costumes e impositiva da deculturação, maior que em qualquer outro sistema de produção. Daí a extraordinária eficácia aculturativa e assimilativa da fazenda, comparada com a *encomienda*. Esta sempre pressupunha um certo *modus vivendi* com a comunidade preexistente, gerenciada por intermediários, coparticipantes de dois mundos culturais opostos. Enorme, também, é o contraste com as empresas pastoris porque, nestas, os vaqueiros e peões pobres conservavam certo grau de autonomia e de brio, que obrigava o dono a levá-los em conta como pessoas. O contraste alcança extremos quando se compara a fazenda com as vilas camponesas ou com os granjeiros livres. Estes eram grupos familiares que existiam para si mesmos, cujas atividades só secundariamente são mercantis, porque seu propósito é essencialmente o de preencher suas próprias condições de existência.

O caráter oficial do empreendimento açucareiro – instituído e estimulado pela Coroa através da concessão das terras em sesmaria, da atribuição de privilégios, honrarias e títulos honoríficos – dava aos senhores de engenho um poder hegemônico na ordenação da vida colonial. E era natural que assim fosse, em face do êxito econômico do empreendimento que permitia prover altas rendas à metrópole, além de preencher excelentemente a necessidade de ocupar as terras recém-descobertas, pobres em ouro, e resguardá-las contra a cobiça de outras nações. Qualquer medida pleiteada em nome da defesa desses interesses pesava mais e tinha maiores possibilidades de atendimento.

Assim, o poder do senhor de engenho, dentro do seu domínio, se estendia à sociedade inteira. Situado nessa posição dominadora, ele ganha uma autoridade que a própria nobreza jamais tivera no reino. Diante dele se curvavam, submissos, o clero e a administração reinol, integrados todos num sistema único que regia a ordem econômica, política, religiosa e moral. Nesse sentido, constituía uma oligarquia que operava com a cúpula patronal da estrutura de poder da sociedade colonial. Frente a ela, só a camada parasitária de armadores e comerciantes exportadores de açúcar e importadores de escravos – que era também quem financiava os senhores de engenho – guardava certa precedência. Mas não dava lugar a antagonismos, porque suas disputas eram menos relevantes que sua complementaridade.

A congruência dessa estrutura global reforçava o poder e a disciplina do engenho, não deixando condição alguma para a rebeldia ou para se exprimirem reivindicações que lhe fossem opostas. No seu domínio, o senhor de engenho era o amo e o pai, de cuja vontade e benevolência dependiam todos, já que nenhuma autoridade política ou religiosa existia que não fosse influenciada por ele. Sua família, residente no engenho, cultora dos valores cristãos, configurava um padrão ideal de organização familiar, naturalmente inatingível por ninguém mais, mesmo porque sua estabilidade se assentava sobre o livre acasalamento com o mulherio local.

Ao lado da casa-grande, contrastando com seu conforto ostentatório, estava a senzala, constituída de choças onde os escravos viviam uma existência subumana, que só se tornava visível porque eles eram os escravos. Da casa-grande, com a figura do senhor, da sinhá, das sinhazinhas e suas mucamas, temos descrições as mais expressivas e nostálgicas de uma antropologia que sempre focalizou o engenho através dos olhos do dono. Dos brancos pobres e dos mestiços livres, engajados como empregados, mascates e técnicos, assim como do submundo dos escravos do eito não contamos, ainda, com reconstituições fidedignas e, menos ainda, com uma perspectiva adequada de interpretação.

As características fundamentais da plantação açucareira são a extensão latifundiária do domínio; a monocultura intensiva; a grande concentração local de mão de obra e a diversificação interna em especializações remarcadas; o alto custo relativo do investimento financeiro; a destinação externa da produção; a dependência da importação da força de trabalho escravo que onerava em 70% os resultados da exportação; o caráter racional e planejado do empreendimento que exigia, além do preenchimento de condições técnico-agrícolas e industriais de produção, uma administração comercial inteirada das condições de comercialização, dos procedimentos financeiros e de questões fiscais.

Algumas dessas características levam muitos estudiosos a classificá-la ora como escravista, ora como feudal. Se atentarmos, porém, para as suas características econômicas cruciais, que fazem dela um projeto empresarial destinado a produzir lucros financeiros, torna-se evidente sua natureza de empreendimento mercantil. A posição colonial desse empreendimento e o conteúdo escravista das relações de produção obrigam, porém, a caracterizá-lo como a contraparte colonial-escravista de uma formação socioeconômica mercantil-salvacionista, que se exprimia no centro reitor metropolitano (sobre as revoluções tecnológicas e respectivas formações socioeconômicas, ver Ribeiro 1968). Nesse tipo de formação bipartida, mas operativamente integrada, é que se encontra a forma específica de incorporação da sociedade brasileira no nascente sistema econômico capitalista de âmbito mundial responsável tanto pelos progressos que ensejou, como pelo atraso e penúria que representou. O sistema, como um todo, tinha precisamente nos seus conteúdos formais mais arcaicos – como o escravismo – e mais modernos – como a produção para o mercado – os instrumentos de reimplantação ampliada de um sistema econômico de acumulação capitalista originária, através de investimentos financeiros e da inserção no mercado internacional.

O sistema produtivo da plantação é um produto característico da Revolução Mercantil na etapa em que esta permite às sociedades europeias a constituição de um sistema econômico de amplitude mundial. Não se assenta na economia "natural" camponesa de modelo feudal europeu, mas na formação de um rurícola de novo tipo, concentrado em núcleos populosos, dirigido por uma administração centralizada, participante de uma economia mercantil mais complexa, diferenciado em especialidades técnicas e funcionais.

Comparado com o lavrador que cultiva sua roça com a ajuda da família inteira e leva a colheita ao mercado, o trabalhador da fazenda é um participante de um grupo produtivo, despessoalizado, individualmente vinculado ao comando das atividades de produção, tal como só o seria, muito mais tarde, o trabalhador assalariado engajado nas manufaturas europeias e, depois, o operário fabril. O trabalhador rural, integrado no sistema econômico como parceiro em terra alheia – que ele vivifica com seu trabalho através de gerações, cumprindo tarefas completas, da sementeira à colheita –, aspira, fundamentalmente, a possuir aquela terra, fazendo-se sitiante e proprietário. O trabalhador de engenho, ao contrário, engajado e disciplinado numa unidade produtiva maior, dirigida impessoalmente, de que ele é apenas uma parcela mínima incumbida de tarefas parciais e incompletas, mais do que à posse da terra, aspira à melhoria de suas condições de trabalho e a um padrão de vida mais alto. Quando livre, sua atitude mais se aproxima à postura do assalariado do que à do parceiro; mais à do operário fabril que à do camponês.

Por tudo isso, o sistema produtivo da plantação não pode ser reduzido aos sistemas não mercantis do feudalismo europeu, conformador da vida camponesa medieval, nem ao sistema granjeiro moderno. Constitui uma espécie nova, que deve ser compreendida em seus próprios termos. É um sistema agrário-mercantil de colonização escravista, conformado como um conjunto integrado de relações centralizadas no objetivo de produção monocultora para exportação.

Para atender a esse objetivo, a plantação destaca da natureza um trato de terra, mediante a instituição legal da sesmaria, estabelecendo ali o seu domínio. Dentro desse espaço possuído, compõe um sistema ordenado de produção através do aliciamento de mão de obra, não com o objetivo de fazer viver e procriar uma comunidade humana na nova morada, mas de organizar-se para produzir bens de exportação. A comunidade, assim formada, atenderá a outras tarefas, como as de reprodução biológica, de subsistência da força de trabalho, de construção e reconstrução do instrumental de produção, tendo em vista, porém, sempre e implacavelmente, o seu objetivo unívoco: a produção do que não consome para atender a solicitações externas. Gera, assim, uma ordem interna autoritária, fundada na mais rigorosa disciplina de trabalho, a um tempo impositiva e consciente para todos os que nela estão engajados. Seus modos de ação sobre a natureza, suas formas de organização das relações interpessoais, sua visão do mundo representam uma combinação de elementos tomados dos patrimônios culturais de cada contingente formador, selecionados por sua capacidade maior de contribuir para objetivos de produção ou por sua capacidade de conciliar-se com eles.

Nessas circunstâncias, é no mundo do engenho que se plasma o núcleo fundamental da área cultural que designamos cultura crioula. Os que nascem ou ingressam nesse mundo são compelidos a nela integrar-se como o único modo de se fazerem membros daquela sociedade e de se fazerem humanos na forma prescrita pelas necessidades de produção. A cultura crioula é, por isso, a expressão na conduta e nos costumes dos imperativos da economia monocultora destinada à produção de açúcar.

Esta tem raízes mergulhadas nas matrizes culturais indígena, africana e europeia de que seleciona seus traços circunstanciais, mas se contrapõe a todas como um estilo de vida novo, cujos integrantes olharão o mundo, se relacionarão uns com os outros e atuarão sobre o meio, de maneira completamente diferente. O senhor de engenho, seus empregados e sua escravaria, cada qual em seu plano próprio, definido por uma hierarquia rígida, são transfigurações operadas por essa cultura nova, nela integrados em papéis distintos, porém complementares, que, no seu conjunto, operam para produzi-la e reproduzi-la sempre idêntica a si mesma. Surge, assim, uma estrutura socioeconômica totalmente distinta da feudal, ainda que arcaica e pré-capitalista. Mas se constitui não pelo mergulho de uma antiga área imperial numa regressão feudal, não mercantil, como ocorrera na Europa, mas por implantação decorrente de atos de vontade e à luz de um projeto próprio bem definido. Uma vez instituído, esse projeto operará como um novo modelo estrutural, multiplicável, de exploração mercantil de terras novas: o colonialismo escravista.

A senhorialidade do patronato açucareiro lembra, em muitos aspectos, a da aristocracia feudal, pelos poderes equivalentes que alcança sobre a população que vivia em seus domínios, pelo exercício da judicatura e pela centralização pessoal do mando. As duas formas se opõem, porém, uma vez que o senhor feudal governa uma população voltada sobretudo para o preenchimento das suas condições de sobrevivência. Cumpria-lhe, essencialmente, zelar pela sua autossuficiência, porque vivia de seus parcos excedentes e porque seu assentamento sobre ela é que lhe permitia exercer sua função mais alta de comando guerreiro sobre homens recrutados no próprio feudo. Seus direitos feudais, fundados, primeiro, na conquista, mas consolidados depois através da primogenitura, davam estabilidade ao sistema e lhe asseguravam meios de vida mas não de enriquecimento, mesmo porque importavam na contingência de não entrar nas competições mercantis, senão para dirimir conflitos, pelo cultivo de uma atitude de soberbo desinteresse pela pecúnia.

Só com a ruptura do feudalismo europeu, a restauração da rede mercantil, é que os senhorios feudais começam a interessar-se pela gerência econômica de seus bens em termos de produção capitalista. Mas, então, estalam as rebeliões camponesas contra as ingerências em sua vida e pelo direito de comercializarem, eles próprios, suas colheitas, como proprietários de suas glebas.

O senhor de engenho, ao contrário, já surge como o proprietário de um negócio que incluía as terras, as instalações e as gentes de seu domínio, exercendo seu comando para conduzi-las a uma atividade econômica exógena. Assumia, assim, uma atitude mercantil face às pessoas, sobretudo à escravaria, menos gente, a seus olhos, do que instrumentos eficazes ou não, lucrativos ou dispendiosos de negócio. Desenvolvia, desse modo, um agudo sentido pecuniário, pela contingência de obter lucros para mais enriquecer ou perdê-los, na competição com outros produtores autônomos, na disputa com os participantes da comercialização do produto e na dependência de complexos sistemas financeiros e fiscais que o exploravam.

A diferença essencial dos dois sistemas está, porém, no papel e na função da população envolvida: no primeiro caso, sobreviver de acordo com sua concepção de vida; no segundo, produzir lucros, como se fora uma fábrica moderna, e integrar-se na condição de vida que lhe era imposta como camada subalterna de uma sociedade colonial.

Em seu desdobramento posterior, o sistema feudal e o sistema de plantação geram complexos socioeconômicos inteiramente diferentes. O primeiro, desfazendo-se à medida que crescia o setor comercial externo a ele, dá lugar a um campesinato livre coparticipante, pela propriedade de sua gleba, do sistema capitalista nascente. O segundo, evoluindo congruentemente com o sistema colonial-escravista, que o gerara, passa do escravismo, que era seu conteúdo mais obsoleto, a formas capitalistas de contingenciamento da força de trabalho, jamais colocando em causa a distribuição da terra como questão crucial, mas, ao contrário, tendendo à concentração da propriedade, à preservação do domínio empresarial e ao fortalecimento, cada vez maior, do seu caráter de entidade comercial e industrial.

Pelo mesmo caminho, o sistema preserva, também, sua característica mais negativa: a ordenação da economia segundo solicitações externas, que o induz a servir não aos que nele estão engajados como força de trabalho, mas ao enriquecimento do proprietário e ao abastecimento do mercado mundial. Mesmo após a decadência em que descamba a produção açucareira das velhas áreas, o engenho continuará representando um bom negócio para os situados na posição de donos. Seu fracasso essencial, como veremos, está na sua incapacidade de abrir perspectivas de integração da sua massa trabalhadora numa economia de consumo, capaz de proporcionar-lhe um padrão de vida mais digno.

Representa papel relevante na formação desse núcleo básico da cultura crioula a circunstância de o fazendeiro ou senhor de engenho residir na fazenda. Esse fato importaria em proporcionar ao mundo do engenho açucareiro uma outra dimensão, não apenas produtiva, que visava a prover a família senhorial de confortos e gozos que sua posição e riqueza permitiam fruir. Essa dimensão é que produziu no engenho a casa-grande, com seus amplos espaços, seu rico mobiliário, sua tralha de conforto, sua "civilização". E diferenciou a escravaria do eito – atirada na senzala e desgastada como bestas de carga – do círculo das mucamas e criados domésticos, escolhidos dentre os negros e negras de aspecto mais agradável, nascidos já no engenho, para servir à família senhorial.

O caráter familiar da empresa açucareira daria continuidade a essa relação, fazendo sucederem-se gerações de senhores e de escravos sob o mesmo domínio, cada vez mais afeitos uns aos outros e mais especializados, devotados a suas respectivas tarefas e também cada vez mais impregnados por aquele complexo cultural. Assim, um patrimônio social de usos, de atitudes e de procedimentos comuns se plasma e se transmite de geração a geração, emprestando sabor e congruência aos destinos daqueles que nasciam e morriam naquele mundo original, voltado por inteiro a produzir açúcar que se exportava, e reproduzir modos de vida tão extremamente opostos, primeiro de senhores e escravos, depois dos mesmos senhores e de uma força de trabalho já não escrava, mas submetida quase às mesmas condições de existência.

Na orla dos engenhos, a sociedade da área cultural crioula cresce também e se diferencia, produzindo brancos e mestiços livres devotados a cultivos secundários e a tarefas mais humildes que raramente compensavam pagar o braço escravo, pelo menos o escravo africano. Essa população era constituída, na zona rural, por famílias de granjeiros e de parceiros, dedicados a lavouras comerciais, como o tabaco, ou de subsistência; os primeiros para consumo interno e exportação; os últimos para serem levados semanalmente às feiras. Algumas dessas produções de tabaco cresceram tanto como cultivo quanto na industrialização, exigindo recrutamento de mão de obra e uma base de organização empresarial. Já não era a produção de tabaco para o consumo, mas para exportação, que constituiu, aliás, a principal moeda de troca para compra de escravos na África. E nas vilas e cidades, outros contingentes complementares desse sistema econômico eram constituídos por funcionários, clérigos, negociantes, artesãos, serviçais dos transportes e carregadores do porto.

Comunidades especializadas e autárquicas eram formadas por pescadores que, combinando técnicas nativas e a técnica portuguesa, proviam ao mercado um produto mercantil específico e acessível. Elas se distribuíram em aldeias pelas praias, dando uma ocupação humana permanente ao litoral. Constituía outra economia da pobreza, que possibilitaria maior fartura alimentar mas não ensejava riqueza.

Tão opressivo se tornara, porém, o domínio da grande fazenda como instituição central ordenadora, que toda essa orla conduzia-se como força auxiliar na manutenção da ordem açucarocrática. Cada comerciante, cada padre e cada oficial da Coroa tinham como ideal supremo chegar, um dia, a fazer-se também senhores de engenho; e enquanto não o alcançassem, honrá-los com o seu apoio, sua admiração e respeito, como aos donos da vida. Essa subserviência elevava o senhor de engenho à categoria de setor predominante da classe dominante cuja hegemonia se projetava sobre a sociedade inteira, submetendo todos à estrutura hierárquica do engenho e a englobando, num sistema coeso e unificado.

Sua hegemonia só não era completa porque eles dependiam, por sua vez, dos dois outros corpos da classe dominante. Em primeiro lugar, do patronato parasitário de armadores e negociantes de importação e exportação que relacionavam a economia açucareira com o mercado mundial. Também dependente da prosperidade da economia açucareira, que era sua fonte de riqueza, esse patronato urbano se impunha aos senhores de engenho, que mantinham atados através de um endividamento permanente, mas atuavam sempre na defesa dos interesses comuns do negócio. Dependiam, em segundo lugar, do outro corpo da classe dominante formado pelo patriciado governamental que organizava, regia e defendia o empreendimento colonial, tudo fazendo também pela prosperidade da economia açucareira. Entretanto, os burocratas; o eclesiástico, querendo mais óbolos para a glória de Deus e a salvação das almas; o militar, pedindo ajuda nas obras de engenharia de defesa; o clero comum; e até alguns poetinhas, intrigando e falando mal da vida alheia, frequentemente se opunham aos interesses imediatos dos dois patronatos.

Como se vê, encontramos no Brasil, desde os primeiros anos, uma classe dominante partida em dois corpos: o patronal e o patricial, o primeiro deles dividido, por sua vez, em empresários produtores e negociantes parasitários. Conforme assinalamos, essas diferenças, sem dúvida importantes, nunca chegaram, porém, a constituir um antagonismo irredutível, porque todas elas formavam, em essência, a cúpula homogênea e coesa de um mesmo sistema de dominação externa e de exploração interna.

Algumas características da nova sociedade assomariam claramente no limiar do século XVII, quando os holandeses assaltam e se apoderam da principal zona açucareira do Nordeste brasileiro. Esses invasores eram os antigos sócios e financiadores dos portugueses na implantação dos engenhos de açúcar, cuja distribuição haviam praticamente monopolizado. Expulsos do negócio pela absorção de Portugal pela Coroa espanhola, os holandeses procuravam recuperar, pela conquista, o centro de produção de açúcar do seu sistema comercial. Depois de alguma luta, a nova metrópole colonial impõe tranquilamente seu domínio por cinco lustros, sem que os senhores de engenho lhe opusessem grande resistência.

É que, após um século de esforços, os colonos se haviam constituído numa sociedade rigidamente estratificada que, ao contrário dos ocupantes originais da costa brasileira, contava com camadas subalternas preparadas a prestar serviços a qualquer senhorio e com uma camada senhorial pronta a negociar e a se acomodar diante de qualquer conquistador vitorioso. Aos olhos de muitos desses senhores deve ter parecido melhor uma sujeição comercial a uma Holanda próspera que a um Portugal falido e submetido à Espanha.

Os holandeses, com seu maior desenvolvimento capitalista, sua posição de verdadeiros controladores do mercado europeu de açúcar – que apenas passava pelos portos portugueses para onerar-se com taxas – e de detentores de um sistema financeiro mais provido de capitais, pareciam abrir aos senhores de engenho perspectivas mais alvissareiras de melhorar o negócio. E, efetivamente, os negócios melhoraram prontamente. Os produtores receberam os financiamentos de que necessitavam para reequipar suas instalações, renovar sua escravaria e prover de comodidades industriais as suas casas-grandes mediante o comprometimento de futuras safras. A ruptura só se dá quando, mais congruentemente capitalista, a administração holandesa passa a exigir o pagamento pontual dos créditos concedidos, executando as dívidas pela expropriação dos engenhos dos devedores remissos. Então, alguns dos mais afoitos em colaborar na primeira fase se fizeram mais patriotas e mais pios na defesa da pátria portuguesa e da religião católica.

Unidos os remissos – liderando a população combatente, engajável então como o fora antes – expulsaram o invasor. O episódio teve várias consequências, sendo a principal delas a transferência dos capitais holandeses para a abertura de novas plantações açucareiras nas Antilhas, que, uma década mais tarde, disputariam o mercado mundial, acabando por dominá-lo. No período de entendimentos amistosos, o holandês se assenhoreava das técnicas de plantio e de fabrico, habilitando-se para abrir a nova frente produtora.

A açucarocracia só encontrou resistência efetiva e enfrentou oposição ativa por parte do negro escravo, que lutou por sua liberdade não apenas contra o amo mas contra toda a sociedade colonial, unida e coerente na defesa do sistema. Foi uma luta longa e terrível que se exprimiu de mil modos. Diariamente, pela resistência dentro do engenho, cujo funcionamento exigiu o pulso e o açoite do feitor para impor e manter o ritmo de trabalho. Episodicamente, pela fuga de negros já conhecedores da terra para territórios ermos onde se acoitavam, formando quilombos.

O mais célebre deles, Palmares, sobreviveu, combatendo sempre, por quase um século, reconstituindo-se depois de cada *razzia*. Ao final, concentrava cerca de

30 mil negros em diversas comunidades e dominava uma enorme área encravada na região mais rica da colônia, entre Pernambuco e a Bahia. Sua destruição exigiu armar um exército de 7 mil soldados, chefiado pelos mais experimentados homens de guerra de toda a colônia, principalmente paulistas.

Palmares, como dezenas de outros quilombos surgidos na área das diversas regiões onde se concentravam núcleos escravos, estruturava-se dentro dos moldes culturais neobrasileiros e não como restauração de culturas africanas. Suas casas, seus cultivos, a língua que falavam, todo o seu modo sociocultural de ser era essencialmente o mesmo de toda a área crioula. No Nordeste, como por todo o país, o negro fora deculturado de suas matrizes originais e aculturado à etnia neobrasileira, que alcançou prontamente a saturação dos traços africanos que podia absorver.

Os cultos fundados em conteúdos religiosos africanos, ainda hoje vívidos nas zonas que receberam maiores contingentes negros, se constituíram em outro reduto da resistência escrava. Estruturam-se principalmente nas grandes cidades, onde o negro gozava de maior independência e onde seu esforço por ascender socialmente encontrava, por um lado, chances de alentá-lo e, por outro, resistências que mais o apicaçavam. Com o aprofundamento dessas duas tendências opostas e complementares e graças à liberdade que o negro pôde gozar após a abolição, os cultos afro-brasileiros foram alcançando importância crescente.

O negro, que no fim do período colonial se integrara nas organizações religiosas católicas tradicionais – uma das poucas instituições que aceitavam sua participação, definindo-lhe um lugar e um papel –, as foi abandonando, progressivamente, sobretudo nos centros metropolitanos, em favor dos cultos afro-brasileiros. Eles são, hoje, provavelmente mais poderosos do que em qualquer tempo do passado. Contribuiu para isso, no campo religioso, o esforço da Igreja Católica por imprimir uma maior ortodoxia ao culto e, no campo social, as condições de penúria e insegurança que enfrentam os negros e as camadas mais humildes que formam a massa principal desses cultos. Nas cidades da Bahia, do Recife, de São Luís, do Rio de Janeiro, o candomblé, o xangô, a macumba constituem os centros de vida religiosa mais ativa das populações pobres, tanto pretas e pardas como brancas.

A economia açucareira do Nordeste colonial, fundada no sistema de fazendas, foi a mais bem-sucedida das formas de colonização das Américas nos primeiros dois séculos. Em meados do século XVII, a exportação de açúcar gerava uma renda interna líquida anual superior a 1 milhão de libras-ouro, grande parte da qual ficava em mãos dos senhores de engenho. Era aplicada na ampliação sucessiva da capacidade produtora, no custeio dos fatores de produção que eram importados, sobretudo da escravaria, e na manutenção do sistema externo de financiamento e comercialização (Furtado 1959:59-61). Criou-se, assim, uma enorme disponibilidade para gastos gerais e suntuários, permitindo aos proprietários altos níveis de consumo.

Essa riqueza exprimiu-se principalmente na edificação das cidades do Recife, Olinda e da Bahia, que mais tarde, com o aporte da riqueza proveniente da mineração, se ergueriam como os maiores e mais ricos centros urbanos das Américas, excetuada a Cidade do México. As enormes, numerosas e riquíssimas igrejas e conventos dessas cidades, sobretudo da Bahia, sua vida urbana brilhante e ostentória, eram a alta expressão da civilização crioula que tinha sua contraparte na vida e na morte iníqua do escravo do eito, sobre cujas costas pesava aquela opulência.

Nos séculos seguintes, a competição com a nova área produtiva das Antilhas desloca o Nordeste dos mercados mundiais e provoca uma deterioração crescente dos preços, que geraria uma crise crônica na região açucareira. O sistema implantado se revelaria, entretanto, perfeitamente capaz de enfrentar essa crise e a exacerbação da única contradição ativa, que era a rebeldia escrava, cruamente subversiva e atentatória à ordem social, cuja repressão estava a cargo do Estado. Assim sobrevive o sistema por séculos, apesar da queda constante da rentabilidade. Para isso, porém, é compelido a adotar formas cada vez mais autárquicas de produção, utilizando o escravo disponível nas épocas de recessão para prover não só a própria subsistência alimentar, mas os panos que vestia, os equipamentos desgastados de engenho e até as alfaias. Em certos períodos de agravamento da crise o engenho como patrimônio familiar se salva pela venda de parte da escravaria que ele próprio produzia aos empresários da região mineradora, para a qual se transferira o fulcro da economia colonial.

O impacto das forças transformadoras da Revolução Industrial desencadeia uma era de revoluções sociais em todo o mundo, antes de cristalizar-se numa nova ordenação social estável. Entre elas se contam as insurreições, inconfidências e levantes que antecedem a independência brasileira e que se seguem a ela. Todas buscavam os caminhos de uma reordenação da sociedade que, rompendo com a trama constritiva da dominação colonial e com a estreiteza da ordenação classista interna, abrissem ao povo melhores condições de desempenho na civilização emergente. Essas forças renovadoras, atuando sobre o contexto da área cultural crioula, abrem, pela primeira vez, às suas populações urbanas, oportunidades de rebelar-se contra a velha ordem. Estalam, em consequência, múltiplas insurreições nas quais lideranças encarnadas, principalmente, por padres libertários aliciam e põem em ação massas irredentas, desde São Luís do Maranhão até o Recife e a Bahia. Nessas eclosões, múltiplas tensões subjacentes e jamais manifestas se expressam ruidosamente. A ojeriza do povo ao negociante lusitano em que ele vê seu explorador imediato. A animosidade do pobre ao rico. O antagonismo do empresário nativo ao estrangeiro. O ressentimento do negro para com o mulato e o ódio de ambos ao branco. Entretanto, o grande antagonismo que pulsava debaixo de todas essas tensões e oposições, o do escravo ao senhor, mal pode expressar-se, porque a condição de homens livres dos brancos e mulatos os unificava mais que seu denominador comum de gente pobre e explorada. E porque os ideais libertários dos líderes insurgentes tinham um limite no sacrossanto respeito à propriedade, que incluía a escravaria.

Nas insurreições levantava-se uma primeira liderança nativa oposta tanto à dominação colonial quanto à velha estratificação social interna que, mesmo entre os homens livres, estabelecia distâncias abismais entre os pobres e os ricos. Essas lideranças, porém, se apavoram diante dos riscos de generalizar-se a convulsão social, ensejando à massa escrava a oportunidade de manifestar seus rancores seculares, que ensanguentariam toda a sociedade numa guerra de castas. A imagem da revolta do Haiti pairava sobre os insurgentes brasileiros, aterrorizando a quase todos eles. Com alguma razão, é certo, dada a carga enorme de ressentimento racial que, pulsando contida no peito da maioria da população, podia explodir a qualquer momento. José Honório Rodrigues (1965:38) cita uma quadra, cantada em 1823 pelos insurgentes de Pernambuco, que opunha os marinheiros (reinóis) e caiados (brancos) aos pardos e pretos:

> *Marinheiros e caiados*
> *Todos devem se acabar*
> *Porque os pardos e pretos*
> *O país hão de habitar.*

O país já habitavam; sua aspiração era mandar. Era refazer a ordenação social segundo seu próprio projeto. É fácil imaginar e está bem documentado o pavor pânico provocado por essas expressões de insurgência dos pretos e dos pardos, ensejadas por sua participação nas lutas políticas. As classes dominantes viam nela a ameaça iminente de uma "guerra de castas" violenta e terrível pelo ódio secularmente contido que faria explodir na forma de convulsões sociais sangrentas. E, a seus olhos, tão mais terrível porque qualquer debate ou redefinição da ordem vigente conduziria, fatalmente, a colocar em questão as duas constrições fundamentais: a propriedade fundiária e a escravidão.

Nessas circunstâncias, é compreensível que os mais brancos e os privilegiados terminassem por se convencer de que seus interesses eram coincidentes com uma independência formal, monárquica e lusófila, porque só esta estava armada com o velho aparato repressivo e era essencialmente solidária com o latifúndio e a escravidão.

Enfeixadas dentro desses limites, aquelas revoltas tumultuárias de barbeiros, boticários, sangradores, ferradores, alfaiates, artesãos, muleiros, e toda a multidão de gentes livres e pobres armadas de trabucos, albardas e chuços, sempre puderam ser dominadas e reprimidas. Algumas vezes com o simples concurso de gente submissa trazida dos engenhos para reforçar as tropas profissionais. Outras vezes, porém, foi necessário travar verdadeiras batalhas e verter efusões de sangue.

A principal delas ocorreu em Pernambuco, em 1817, onde os insurgentes conquistaram o poder e só puderam ser desalojados dele depois de combates em que lutavam milhares de soldados e que custaram centenas de vidas. A vitória da ordem oligárquica foi alcançada, afinal, sobre os corpos de nove líderes enforcados em Pernambuco e quatro fuzilados na Bahia. Mas nem assim os pernambucanos se aquietaram, porque poucos anos depois novas revoltas, sob o mando de lideranças ainda mais radicais, foram reprimidas com o fuzilamento de quinze patriotas. Cada crise surgida na estrutura do poder enseja novas manifestações populares que estouram em levantes. Assim é que, em 1831 e 1848, toda a área da cultura crioula volta a convulsionar-se várias vezes, travando-se lutas com milhares de combatentes que custaram milhares de vidas, novas prisões, execuções e degredos.

Estavam, então, claramente postas em causa para as lideranças urbanas nordestinas as bases mesmas da ordenação social vigente. Entre essas a convicção da necessidade imperativa de abolir a escravidão e a percepção da urgência de uma reforma agrária que ampliasse as bases econômicas da sociedade. O deputado pernambucano Antonio Pedro de Figueiredo, em meados do século passado, advogava para o Brasil a adoção da solução norte-americana para o problema da terra:

> [...] 200 ou 300 mil dos nossos concidadãos, mais por ventura, vivem em terras de que podem ser despedidos dentro de poucas horas, humildes vassalos do proprietário, cujos ódios, partido político etc. são obrigados a esposar. Nesse fato da grande propriedade territorial, nesses novos latifundia, deparamos nós a base desta feudalidade que mantém diretamente sob jugo terrível, metade da população da província, e oprime a outra metade por meio de imenso poder que lhe dá esta massa de vassalos obediente (apud Rodrigues 1965:61).

A vitória da velha ordem se impôs, porém, a todos os revoltosos, consolidando a monarquia lusitana e, com ela, a escravidão e o latifúndio. A abolição da escravidão só viria décadas depois. Embora tardia, mergulha o sistema de fazendas numa séria crise estrutural. Entretanto, a circunstância de que o ex-escravo não tinha para onde dirigir-se a fim de trabalhar para si mesmo, num mundo em que a terra fora monopolizada, o compeliria a permanecer no eito. Mudaria talvez de amo, para não servir como homem livre àquele de quem fora escravo. A liberdade, todavia, se reduziria à assunção desse escravo à posição de parceiro: receberia um trato de terra para lavrar, a fim de produzir a comida escassa que, agora, ninguém lhe dava, com a obrigação de fazer os mesmos serviços de outrora, mediante um pagamento que lhe permitia comprar o sal, os panos e as pouquíssimas outras coisas indispensáveis para cobrir a nudez e satisfazer às necessidades elementares de sua vida frugal.

Assim, o mesmo modelo estrutural desenvolvido antes da abolição para incorporar ao trabalho a gente pobre e livre – o sistema de parceria por meação ou o regime de agregados que trabalham em terra alheia – é que se apresenta ao ex--escravo como seu horizonte de ascensão social e de integração nacional.

Enquanto prevaleceu a escravidão, os agregados dos engenhos e das fazendas representavam um duplo papel. Eram os cooperadores menores do processo produtivo, encarregados de tarefas menos lucrativas, como o provimento da subsistência das fazendas monocultoras e das vilas. E eram também os aliados do proprietário na repressão aos frequentes alçamentos da escravaria. Existe documentação indicativa de que muitos proprietários facilitavam a instalação em suas terras de índios, mestiços e brancos, localizando-os na orla da exploração intensiva entregue ao braço escravo, como auxiliares eventuais dos capatazes na subjugação do negro à disciplina do trabalho no eito. Com a abolição, os negros somaram-se a esses brancos e pardos pobres que, para enfatizar sua superioridade de homens de tez mais clara, por vezes lhes agiam mais odientos que os brancos ricos. A integração de uns e outros na massa marginal da sociedade brasileira ainda se processa em nossos dias, dificultada por hostilidades que disfarçam sua identidade fundamental de interesses, como camada explorada.

Esse novo homem livre, preto ou branco, formado no mundo do engenho açucareiro com sua hierarquia remarcada, enquanto nele permanece mergulhado, é quase tão igualmente respeitoso e servil ao senhor e ao feitor quanto o antigo escravo, mesmo porque não conta com qualquer perspectiva de sobreviver fora das fazendas. Essas condições tornaram o negro mais resignado com seu destino, agora melhorado pela assunção à dignidade de ser humano e ainda mais indoutrinável a uma concepção do mundo que explica a ordem social como sagrada, e a riqueza do rico e a pobreza do pobre como destinações inapeláveis.

A economia açucareira experimenta um segundo impacto inovador, a partir de meados do século XIX, quando a tecnologia da Revolução Industrial invade seu domínio. Tal se dá com a substituição do engenho de roda-d'água ou de tração animal por instalações movidas a vapor, de eficiência e produtividade enormemente maiores. Começa com a implantação de centrais de fabrico que adquirem a cana cultivada nas áreas vizinhas, transformando os antigos senhores de engenho em meros fornecedores. Segue-se a concentração da propriedade das terras em mãos das centrais, que tomam a forma de grandes usinas modernas, instaladas à custa de empréstimos a banqueiros estrangeiros e estruturadas como sociedades anônimas. Os senhores de engenho, que sobrevivem no negócio como donos ou como cotistas das novas empresas, transferem-se para as cidades, entregando a casa-grande ao administrador e utilizando novos meios de transporte, como o trem e, mais tarde, o automóvel, para visitar periodicamente a propriedade.

A essa crise se soma outra, decorrente da disputa do mercado interno com novas zonas produtoras de açúcar instaladas no Sul, no Rio e em São Paulo, próximas aos centros consumidores. Nessa etapa, assume papel decisivo a posição social conquistada e, apesar de tudo, mantida pela oligarquia patricial do açúcar, que passaria a utilizá-la cada vez mais para pleitear favores governamentais. A indústria açucareira do Nordeste se mantém, doravante, graças à ajuda oficial, na forma de empréstimos de favor, moratórias e privilégios de mercado. Acaba, porém, por burocratizar-se pela interferência sempre mais impositiva de organizações oficiais controladoras da produção e da comercialização. Nessas novas condições, como proprietário de terras e máquinas hipotecadas – obtendo rendimentos garantidos pelo Estado, o que possibilita a sobrevivência da oligarquia açucareira é, principalmente, sua capacidade de ação política, seu controle do sistema partidário local e da votação de seus empregados. O velho senhor de engenho é substituído por um patronato gerencial de empresas que caíram em mãos de firmas bancárias. Os filhos bacharéis dos antigos senhores, todos eles citadinos, têm agora como sua "fazenda" a cota de ações que restou da propriedade familiar e, sobretudo, o erário público de que se torna uma das principais clientelas.

A área de cultura crioula assentada, embora, na economia açucareira abrange várias atividades ancilares que complementam com outras formas de produção suas condições de existência e dão lugar a variantes rurais e urbanas de seu modo de vida. Dentre outras, se contam diversas especializações produtivas que diversificaram certas parcelas da população e certas zonas, configurando intrusões dentro da área. Tais são, principalmente, os núcleos litorâneos de pescadores – os jangadeiros nordestinos –, de salineiros e as subáreas de cultivo do cacau e do tabaco e as explorações de petróleo do recôncavo baiano. Apesar das diferenças de seus modos de produção, essas intrusões representam, pela composição de seus contingentes populacionais, por seu patrimônio de saber, de normas e de valores, meras variantes da cultura crioula.

Depois da independência, muito poucas alterações afetam a vida da massa assalariada que permanece atada às plantações e submetida ao mando imediato dos capatazes. Só recentemente, com um rompimento episódico da hegemonia política do patronato açucareiro, surgiram novas fontes de poder influentes sobre o Estado, que ameaçam impor uma reordenação do sistema.

De fato, entre 1960 e 1964, se começou a rever as condições do trabalho rural, já não levando em conta exclusivamente os interesses oligárquicos. Assim, se estabelece um sistema de comunicações que defendia novos valores, representados politicamente por lideranças que falavam outra linguagem. Empenhavam-se, nessa luta, lado a lado, lideranças de esquerda e um novo clero que volta a despertar para suas responsabilidades sociais e para o combate contra a velha ordem. Nesse movimento foram criadas centenas de ligas camponesas e de sindicatos rurais que abriram ao ativismo político o quadro social nordestino como jamais ocorrera antes.

Em 1963, se alcançou, por essa via, impor o pagamento em dinheiro do salário mínimo regional, mediante uma elevação do preço do açúcar destinada a custear esses gastos, tal como se fez, antes, em benefício exclusivo dos usineiros. Como seria de esperar, essas medidas subversivas provocaram a reação mais indignada do patronato, que se uniu em protestos contra essa intervenção "abusiva" no seu mundo privado, que lhe prevê as rendas que usufrui e lhe proporciona os votos que negocia, permitindo manter os privilégios que desfruta por direito de herança e por força de sua hegemonia política.

Essas transformações pareciam anunciar a morte do patronato açucareiro, de há muito ocorrida no plano econômico, mas que conseguira manter a face e o prestígio pela preservação, mediante processos políticos, da antiga dominação. Anunciava, também, no Nordeste açucareiro, a obsolescência de uma cultura crioula tradicional, tornada arcaica, e a emergência de uma cultura moderna, de base industrial, que parecia destinada a reordenar as velhas formas de vida social.

Por esse caminho se ia gerando no trabalhador analfabeto e miserável uma nova consciência do mundo e de si mesmo. Criavam-se condições para substituir a antiga resignação e passividade em face do grande mundo dos poderosos e a concepção sagrada da ordem social por uma atitude cada vez mais inconformada com a pobreza que se começava a explicar em termos seculares e dinâmicos. Desse modo, aos poucos se ia preenchendo as condições para a integração das populações rurais nordestinas nas formas de vida de trabalhadores livres e para o exercício do papel de cidadãos de seu país.

Todas essas esperanças se frustraram, porém, com a derrubada do governo reformista, que propiciara essa mobilização, e o retorno à estrutura do poder, por mãos do regime militar, da velha oligarquia, para defender a perpetuação de seus interesses minoritários.

Há quem suponha que a repressão à rebeldia nordestina tenha sido das piores que o Brasil sofreu e que, nela, milhares de camponeses e seus companheiros de luta foram torturados, dizimados, mortos e dispersados.

3. O Brasil caboclo

> [...] e toda aquela gente se acabou ou nós a acabamos; em pouco mais de trinta anos [...] eram mortos dos ditos índios mais de dois milhões [...]
>
> Pe. Antônio Vieira, 1652

A área de floresta tropical da bacia amazônica cobre quase metade do território brasileiro, mas sua população mal comporta 10% da nacional. Sua incorporação ao Brasil se fez por herança do patrimônio colonial português, pela unidade de formação cultural fundada nas mesmas matrizes básicas, e pela emigração de cerca de meio milhão de nordestinos conduzidos à Amazônia nas últimas décadas do século passado e nas primeiras deste, para a exploração dos seringais nativos. Essa integração territorial, cultural e humana se vem fazendo orgânica, nos últimos anos, graças às comunicações diretas estabelecidas através dos rios que correm do planalto central para o Amazonas e das rodovias recém-abertas para ligar Brasília ao Rio-Mar e, incipientemente, para cortar transamazonicamente a floresta, de norte a sul, de leste a oeste.

Hoje, a Amazônia se oferece ao Brasil como sua grande área de expansão, para a qual inevitavelmente milhões de brasileiros já estão se transladando e continuarão a se transladar no futuro. A floresta vem sendo atacada em toda a sua orla e também desde dentro num movimento demográfico poderoso, movido por fatores econômicos e ecológicos. Mais de metade da população original de caboclos da Amazônia já foi desalojada de seus assentos, jogada nas cidades de Belém e Manaus. Perde-se, assim, toda a sabedoria adaptativa milenar que essa população havia aprendido dos índios para viver na floresta.

Os novos povoadores tudo ignoram; veem a floresta como obstáculo. Seu propósito é tombá-la para convertê-la em pastagens ou em grandes plantios comerciais. A eficácia desse modo de ocupação é de todo duvidosa, mas sua capacidade de impor-se é inelutável, mesmo porque conta com as graças do governo. A ditadura militar chegou mesmo a subsidiar grandes empresários estrangeiros, atraídos pela doação de imensas glebas de terra e com financiamentos a juros negativos dos empreendimentos que lançassem. Devolvia, inclusive, o imposto de renda de grandes grupos empresariais do sul do país que prometessem aplicá-lo na

Amazônia. Esses programas levaram a um redondo fracasso. Não assim a invasão sorrateira de toda a floresta por gente desalojada dos latifúndios e até dos minifúndios de todo o Brasil, que ali está aprendendo a viver na mata, criando um novo gênero de ocupação que ainda não se configurou.

O sistema fluvial Solimões-Amazonas percorre mais de 5 mil quilômetros em território brasileiro, desde a fronteira peruana até o delta, na ilha de Marajó. Representa, para a navegação, uma extensão do litoral atlântico, continente adentro, por onde podem entrar grandes navios. Seus principais afluentes decuplicam a extensão navegável, formando a mais ampla das redes fluviais.

Toda a área era ocupada, originalmente, por tribos indígenas de adaptação especializada à floresta tropical. A maioria delas dominava as técnicas de lavoura praticadas pelos grupos Tupi do litoral atlântico, com que se depararam os descobridores. Em algumas várzeas e manchas de terra de excepcional fertilidade e de fácil provimento alimentar, através da caça e da pesca, floresceram culturas indígenas de mais alto nível tecnológico, como as de Marajó e de Tapajós, que podiam manter aldeamentos com alguns milhares de habitantes.

Eram, todavia, sociedades de nível tribal, classificáveis como aldeias agrícolas indiferenciadas, porque não chegaram a desenvolver núcleos urbanos, nem se estratificaram em classes, já que todos estavam igualmente sujeitos às tarefas de produção alimentar, nem tinham corpos diferenciados de militares e de comerciantes. Ensejavam, porém, condições de convívio social amplo e de domínio de extensas áreas. Os cronistas, que documentaram aqueles aldeamentos após os primeiros contatos com a civilização, ressaltaram o vulto das populações, que se contavam por milhares em cada aldeia, a fartura alimentar e a alegria de viver que gozavam. Estudos arqueológicos recentes estão revelando a extraordinária qualidade do seu artesanato, sobretudo da cerâmica modelada e colorida.

Essa afirmação dificilmente poderia ser repetida, hoje, para qualquer dos contingentes populacionais da Amazônia, todos engolfados na mais vil penúria. Em nenhuma outra região brasileira a população enfrenta tão duras condições de miserabilidade quanto os núcleos caboclos dispersos pela floresta, devotados ao extrativismo vegetal e, agora, também ao extrativismo mineral do ouro e do estanho. Os seus modos de vida constituem uma variante sociocultural típica da sociedade nacional que, embora comporte algumas diferenciações funcionais, segundo o tipo de produção em que se engaje a população, apresenta suficiente uniformidade para ser tratada em conjunto como uma área cultural.

A característica básica dessa variante é o primitivismo de sua tecnologia adaptativa, essencialmente indígena, conservada e transmitida, através de séculos, sem alterações substanciais. E a inadequação desse modo de ação sobre a natureza para prever condições de vida satisfatórias e um mínimo de integração nas modernas sociedades de consumo. Na verdade, a civilização não se revelou capaz, até agora, de desenvolver um sistema adaptativo ajustado às condições da floresta tropical, multiplicável através de um modelo empresarial que lhe assegure viabilidade econômica.

O correspondente amazônico do engenho açucareiro, da grande lavoura comercial ou da fazenda de criação de gado das áreas pastoris é uma empresa extrativista florestal, incipientemente capitalista: o seringal. Ele só pôde operar economicamente enquanto manteve o monopólio da produção mundial da borracha, fazendo-se pagar preços dez vezes mais altos do que os atuais. Com o surgimento de seringais cultivados no Oriente e da borracha sintética, a exploração da borracha nativa tornou-se economicamente inviável. Desde então, o seringal só sobrevive graças a um protecionismo estatal que o mantém artificialmente, subvencionando o patronato seringalista, mas sem a preocupação de amparar a massa de trabalhadores nele engajada. Essa situação permanece inalterável há meio século, submetendo as populações da Amazônia à maior miséria, sem lhes ensejar uma alternativa de inserir-se em outras formas de produção econômica.

A compreensão do modo de vida das populações amazônicas e dos problemas com que se defrontam exige, porém, um breve exame histórico de como chegaram elas à presente situação e das principais forças sociais que atuaram para conformar o seu destino. Esse exame mostra que a penetração e a exploração do vale se fizeram como grandes empreendimentos, seguidos sempre de largos períodos letárgicos, até atingir o último, que já dura quase um século. Os protagonistas desses esforços foram alguns lusitanos, muitos neobrasileiros mestiços, saídos daquelas primeiras células-Brasil, e a indiada engajada como mão de obra escrava para todas as tarefas pesadas e gastas nesse duro trabalho.

Com efeito, a ocupação portuguesa do rio Amazonas se faz, inicialmente, visando a expulsar os franceses, holandeses e ingleses, deserdados no Tratado de Tordesilhas, que procuravam instalar-se nas vizinhanças de sua desembocadura. Para isso tiveram que travar lutas e construir fortificações. Estas começaram a operar na região como feitorias, traficando com os índios aliados as *drogas da mata* por bugigangas. Quando se aperceberam do valor comercial das especiarias assim obtidas, substitutivas das que Portugal trazia das Índias, um esforço deliberado se empreendeu para racionalizar e ampliar o negócio. Como a única forma factível de obter maior produção constituía a escravização dos índios para os compelir a um trabalho regular, isso foi feito. A maior dificuldade, porém, estava na contingência inevitável de deixar os índios soltos, para juntar as cobiçadas especiarias que crescem, ao acaso, na mata infinita. A solução consistiu em escravizar aldeias inteiras, mantendo as mulheres e as crianças praticamente como reféns, enquanto os homens trabalhavam nas expedições que batiam a floresta.

A reação indígena a esse tratamento desencadeou a guerra e o afastamento das tribos antes aliadas para refúgios em que se punham a salvo da escravidão. Impondo-se ir buscá-los onde se acoitassem, organizaram-se grandes expedições que subiam os rios na preia aos índios arredios. Essas foram as *tropas de resgate*, solução cara e precária, porque sempre ocupava mais gente na guerra que no trabalho e matava mais índios do que escravizava, reduzindo-se, assim, o contingente humano que deveria aliciar.

Uma solução melhor seria encontrada com a instalação de núcleos missionários, principalmente jesuíticos mas também carmelitas e franciscanos. Mas estes tiveram que lutar muito com os próprios colonizadores para impor como a mais racional e proveitosa. O acordo se fez, afinal. Os catecúmenos de cada missão-aldeamento eram divididos em três grupos. Um terço para os serviços dos padres, incluindo de preferência os índios recém-preados, aos quais não se poderia impor, ainda, todo o peso do guante escravizador. Um outro terço para a edificação das obras públicas e o serviço das autoridades da Coroa. E o terço restante para ser distribuído entre os colonizadores nas quadras de coleta de drogas da mata.

Para os índios condenados a uma escravidão ainda mais dura em mãos dos colonizadores, o regime das missões, se não representava uma amenidade, era, todavia, mais suportável. Permitia-lhes sobreviver, por vezes conservar certa vida familiar, quando suas mulheres não eram cobiçadas por algum português ou mestiço, e manter um convívio comunitário que ensejava a transmissão de suas tradições. Mas, mesmo assim, a população indígena se desgastava rapidamente, exigindo constantes reposições.

Começa, então, a etapa dos descimentos, promovida pelos missionários, para fazer baixar, pela persuasão ou pela força, malocas inteiras refugiadas nos altos cursos dos rios para os aldeamentos-reduções. Estes se fazem mistos, incorporando gente de diferentes tribos, de línguas e costumes diversos, submetidos todos à mó civilizadora do trabalho extrativista, do serviço obrigatório nas obras públicas – construção de fortificações, portos, edifícios administrativos, casas senhoriais –, bem como das lavouras de subsistência dos próprios aldeamentos e da edificação de igrejas e conventos.

A disciplina imposta por esses trabalhos e as condições de convívio entre índios de diferentes matrizes impuseram a homogeneização linguística e o enquadramento cultural compulsório do indígena no corpo de crenças e nos modos de vida dos seus cativadores. Sob essas compulsões é que se tupinizaram as populações aborígenes da Amazônia, em sua maioria pertencentes a outros troncos linguísticos, mas que passaram a falar a língua geral, aprendida não como um idioma indígena, mas como a fala da civilização, como ocorria então com quase toda a população brasileira.

A organização dos aldeamentos-reduções expandiu-se por todo o vale, que se fazia brasileiro à medida que recrutava a massa de trabalhadores indígenas indispensável para ampliar a produção de drogas da mata, que Portugal negociava em toda a Europa. Tais eram o cacau, ainda selvagem, o cravo, a canela, o urucu e a baunilha, além do açafrão, da salsaparrilha, da quina, do puxuri e grande número de sementes, cascas, tubérculos, óleos e resinas.

Os aldeamentos missionários, sobretudo jesuíticos, concentrando grande número de índios, exerceram uma ação aculturativa intensa, que permitiu difundir algumas técnicas artesanais, como a tecelagem e a edificação com pedra e cal; novas espécies de cultivo, como o arroz, a cana-de-açúcar e o anil; introduzir a criação de animais domésticos, como o porco e a galinha e, em certas áreas, iniciar a criação de gado maior. Todavia, tiveram pouca relevância na criação de uma fórmula de adaptação à floresta tropical, que permaneceu presa às soluções indígenas originais, pela inadequação das novas técnicas a um meio ecológico tão diferente do europeu. Mesmo as técnicas artesanais representaram um papel social pouco relevante, porque os tecidos de qualidade, as casas de pedra e cal, as comidas europeias sempre se destinaram à estreita camada dominante, não chegando jamais aos trabalhadores. Sua influência maior terá sido o desenvolvimento de uma religiosidade folclórica e pouco ortodoxa, que resultou numa crença popular de colcha de retalhos, fundada no sincretismo da pajelança indígena com um vago culto de santos e datas do calendário religioso católico.

Vivendo nas comunidades que cresciam em torno dos centros de autoridade real e do comércio, contando, embora, com sua própria indiada cativa ou dependente, os colonizadores viam limitadas suas perspectivas de riqueza pelo crescimento do sistema de reduções, que aglutinava a massa maior de índios. Conflitos semelhantes aos de outras áreas irrompiam, periodicamente, entre essas duas faces da civilização, apesar do *modus vivendi* que haviam alcançado. Por longo tempo cresceram, lado a lado, as duas forças como mecanismos diferentes de subjugação dos índios. Ambas reduzindo progressivamente as populações tribais autônomas, pela incorporação no sistema de contágio que as dizimava, vitimadas por enfermidades antes desconhecidas, pela guerra e pelo engajamento e desgaste no trabalho.

Através desse processo foi surgindo uma população nova, herdeira da cultura tribal no que ela tinha de fórmula adaptativa à floresta tropical. Falava uma língua indígena, muito embora esta se difundisse como a língua da civilização, aprendida de brancos e mestiços. Identificava as plantas e os bichos da mata, as águas e as formas de vida aquática, os duendes e as visagens, segundo conceitos e termos das culturas originais. Provia sua subsistência através de roçados de mandioca, de milho e de algumas dezenas de outras culturas tropicais, também herdadas dos índios. Do mesmo modo como os índios, caçava, pescava, coletava pequenos animais, frutos e tubérculos. Navegava pelos rios com canoas e balsas indígenas, construía suas rancharias e as provia de utensílios segundo as velhas técnicas tribais. Ainda como os índios comia, dormia, vivia, enfim, no mundo de florestas e águas em que se ia instalando. Como os índios, finalmente, localizava e coletava na mata as especiarias cujo valor comercial tornava viável a ocupação neobrasileira da Amazônia e a vinculara à economia internacional.

Mais do que transmissores de modos tradicionais de sobrevivência na floresta úmida, desenvolvidos em milênios de esforço adaptativo, os índios foram o saber, o nervo e o músculo dessa sociedade parasitária. Índios é que fixavam os rumos, remavam as canoas, abriam picadas na mata, descobriam e exploravam as concentrações de especiarias, lavravam a terra e preparavam o alimento. Nenhum colonizador sobreviveria na mata amazônica sem esses índios que eram seus olhos, suas mãos e seus pés.

A Coroa portuguesa esforçou-se por estabilizar a sociedade nascente, estimulando o cultivo de algumas plantas indígenas, como o tabaco, o cacau e o algodão. Para essas tarefas produtivas e também para consolidar o seu domínio da área disputada pelos espanhóis, introduziu na Amazônia colonos das ilhas atlânticas, principalmente dos Açores. Esse foi o único contingente colonizador trazido para a Amazônia para transplantar um modo europeu de vida. Vinham estruturados em famílias, trazendo, cada homem, sua mulher, seus filhos e, por vezes, umas poucas cabeças de gado. Formaram inicialmente alguns núcleos agrícolas, mas esses foram ganhos progressivamente para os modos de vida da região, forçados pelo maior valor adaptativo das fórmulas indígenas de trabalho e de alimentação e, sobretudo, pelo atrativo econômico da exploração das drogas da mata. Assim é que a maioria desses núcleos acabou dispersando-se, engajados na economia extrativista. Contudo, a existência de mercados urbanos locais permitiu a alguns desses açorianos e a umas poucas missões religiosas fundar estabelecimentos agrícolas de gado, que enriqueceram a economia com novos tipos de produção alimentar e artesanal nas manchas de pastagem nativa de Marajó e do Rio Branco. Surgiram, ali, esdrúxulas formas pastoris de "gaúchos" amazônicos que montavam, indiferentemente, cavalos, bois ou búfalos para cuidar de seus rebanhos, meio metidos na água.

A população neobrasileira da Amazônia formou-se também pela mestiçagem de brancos com índias, através de um processo secular em que cada homem nascido na terra ou nela introduzido cruzava-se com índias e mestiças, gerando um tipo racial mais indígena que branco. Incapaz de atender aos apelos da gente boa da terra, que pedia mulheres portuguesas, a Coroa acabou por dignificar através da lei e por estimular mediante regalias e prêmios o cruzamento com mulheres da terra. Independentemente dessa política oficial, porém, a mestiçagem se vinha fazendo desde os primeiros tempos da colonização. A novidade consistia, para o português, em tomar uma das índias semicativas como esposa oficial, diferenciando os filhos desta como seus herdeiros em detrimento do conjunto dos que gerava.

Desse modo, ao lado da vida tribal que fenecia em todo o vale, alçava-se uma sociedade nova de mestiços que constituiria uma variante cultural diferenciada da sociedade brasileira: a dos caboclos da Amazônia. Seu modo de vida, essencialmente indígena enquanto adaptação ecológico-cultural, contrastava flagrantemente, no plano social, com o estilo de vida tribal. Em suas comunidades originais, voltadas exclusivamente para o preenchimento das suas condições de existência, os índios haviam conseguido, com as mesmas técnicas, uma grande fartura alimentar e a manutenção de sua autonomia cultural. Trasladada aos novos núcleos, a adaptação indígena apenas permitia não morrer de fome, porque as novas comunidades se ocupavam mais de tarefas produtivas de caráter mercantil, requeridas pelo mercado externo, do que da própria subsistência. Uma e outra se opunham tipologicamente como sociedades tribais autônomas de economia comunitária e como núcleos locais de uma sociedade estratificada, voltada para a produção mercantil e gerida por interesses exógenos.

O pleno amadurecimento da nova estrutura societária só se deu com o rompimento da dualidade que a dividia em reduções missioneiras e núcleos colonizadores. Tal se deu com a expulsão dos jesuítas, que teve dois efeitos cruciais. Primeiro, derrubou as barreiras opostas à completa subjugação do gentio e sua integração compulsória na nova sociedade como trabalhadores escravos. Segundo, fortaleceu a camada oligárquica da sociedade cabocla nascente pela distribuição, entre funcionários e comerciantes, das propriedades jesuíticas, com suas casas, lavouras e rebanhos de gado vacum, além da indiaria. Esses sucessores dos missionários, que assim se apropriaram de suas fazendas – só na ilha de Marajó os padres tinham mais de 400 mil cabeças de gado –, vêm sendo designados, desde então, como os "contemplados".

Nesse período, a Coroa portuguesa, empenhada em consolidar a ocupação da Amazônia, fez grandes investimentos na área, custeados pelo ouro de Minas Gerais, construindo uma rede de cidades urbanizadas e dotadas de serviços públicos e igrejas que chegaram a ser suntuosos para a região. Alguns deles, construídos em cantaria importada de Portugal, ainda estão de pé e constituem as melhores edificações de certas áreas e o orgulho de sua civilização urbana.

O caráter distributivo dessa política atendeu inicialmente às aspirações dos colonos, mas criou problemas posteriores pela retração das tribos indígenas interioranas que os jesuítas vinham atraindo para as reduções e integrando na sociedade cabocla através da destribalização compulsória. As atividades extrativistas decaíram e iniciou-se uma economia agrícola de gêneros tropicais. Durante um breve período de crise no abastecimento mundial de algodão e de arroz, provocado pelas lutas de independência dos norte-americanos e depois pelas guerras napoleônicas, essa economia vicejou, criando alguns centros de riqueza.

O principal deles implantou-se no Maranhão, fora do vale amazônico, mas contíguo a ele, que se desenvolvera paralelamente, através do mesmo processo de integração dos índios, numa economia extrativista florestal. O sucesso econômico do empreendimento foi possibilitado pela introdução da mão de obra escrava africana, com que se abriam grandes lavouras comerciais, chegando a constituir, no fim do século XVIII, o principal centro econômico da colônia. Também o Pará beneficiou-se desse surto de prosperidade, recebendo uma parcela de negros escravos para suas lavouras de algodão, arroz e cacau. Restabelecidas, porém, as lavouras norte-americanas, os dois centros entraram em decadência, voltando a economia extrativista a dominar a exportação.

Essas condições de exploração provocaram o extermínio das populações aborígenes e criaram um ambiente de extrema tensão interétnica. Mas a ordem social pôde ser mantida graças à implantação e atuação, ao longo de séculos, do mais vasto aparelho de destribalização e de conscrição violenta de índios ao trabalho. O padre Antônio Vieira, que foi da Companhia de Jesus, descrevendo no século XVII rios que ele visitara uma década antes, se espanta com a quantidade de gente dizimada pelos colonos em nome da civilização. Ele fala – certamente sem exagero – de 2 milhões de índios que se teriam gasto e se continuavam gastando.

Mais do que ação repressiva, o que explica a manutenção dessa ordem hedionda é, por um lado, a união do patronato ativo, que vivia apavorado ante a possibilidade de uma rebelião geral dos indígenas, mas estava perfeitamente consciente de que sua única fonte de riqueza era o desgaste de levas e levas de índios em condições de trabalho às quais ninguém poderia sobreviver. É, por outro lado, a servilidade a seus senhores dos caboclos aculturados ao sistema e sua contraface: a atitude de crueldade brutal para com os índios de que eram oriundos. Essa postura só é comparável à de seus congêneres, os mamelucos paulistas, igualmente ferozes subjugadores de índios. Representou, também, um papel da maior importância à própria situação indefesa dos "tapuias" desgarrados de suas tribos, divididos em lotes de gente de várias procedências, que falavam línguas diferentes, tinham costumes diversos e eram hostis uns aos outros.

Ao longo de cinco séculos surgiu e se multiplicou uma vasta população de gentes destribalizadas, deculturadas e mestiçadas que é o fruto e a vítima principal da invasão europeia. Somam hoje mais de 3 milhões aqueles que conservam sua cultura adaptativa original de povos da floresta. Originaram-se principalmente das missões jesuíticas, que, confinando índios tirados de diferentes tribos, inviabilizavam as suas culturas de origem e lhes impunham uma língua franca, o tupi, tomado dos primeiros grupos indígenas que eles catequizaram um século antes em regiões longínquas. Assim, uma língua indígena foi convertida pelos padres na língua da civilização, que passou a ser a fala da massa de catecúmenos. No curso de um processo de transfiguração étnica, eles se converteram em índios genéricos, sem língua nem cultura próprias, e sem identidade cultural específica. A eles se juntaram, mais tarde, grandes massas de mestiços, gestados por brancos em mulheres indígenas, que também não sendo índios nem chegando a serem europeus, e falando o tupi, se dissolveram na condição de caboclos.

A dupla função dessa massa cabocla foi a de mão de obra da exploração extrativista de drogas da mata exportadas para a Europa, que viabilizavam a pobre economia da região. Foi também instrumento de captura e de dizimação das populações indígenas autônomas, contra as quais desenvolveram uma agressividade igual ou pior que a dos europeus e dos mamelucos paulistas.

Sobre os caboclos vencidos caíram duas ondas de violência. A primeira veio com a extraordinária valorização da borracha no mercado mundial, que os recrutou e avassalou, lançando simultaneamente sobre eles gentes vindas de toda parte para explorar a nova riqueza. Nessa instância, perderam sua língua própria, adotando o português, mas mantiveram a consciência de sua identidade diferenciada e o seu modo de vida de povo da floresta. A segunda onda ocorre em nossos dias com a nova invasão da Amazônia pela sociedade brasileira, em sua expansão sobre aquela fronteira florestal. Seu efeito maior tem sido o desalojamento dos caboclos das terras que ocupavam, expulsando mais de metade deles para a vida urbana famélica de Belém e Manaus. Os índios que sobreviveram já aprenderam a resistir ao avassalamento. Os caboclos, não.

O processo histórico gerara na Amazônia três classes de gente. Uma das quais majoritária e preparada para assumir o conjunto daquela complexa sociedade, mas sem capacidade sociopolítica de fazê-lo. Essas três categorias eram formadas pelo índio tribal, refugiado nas altas cabeceiras, lutando contra todos que quisessem invadir seus núcleos de sobrevivência para roubar mulheres e crianças e condená-las ao trabalho extrativista. A segunda, pela população urbanizada, muito heterogênea, mas que tinha de comum já falar predominantemente o português e a capacidade de operar como base de sustentação da ordem colonial.

O terceiro contingente era formado de índios genéricos, oriundos principalmente das missões e da expansão dos catecúmenos sobre toda a área, na gestação de outros tantos índios genéricos. Tratava-se de um novo gênero humano, diferente dos demais, só comparável aos mamelucos paulistas. Como estes, eram extremamente combativos e eram os mais competentes para comandar a economia da floresta. Efetivamente, tomaram o poder várias vezes, mas incapazes de retê--lo se viram derrotados e reescravizados. Os mamelucos paulistas encontraram uma função na caçada humana de caráter mercantil, destinada a capturar índios silvícolas para vender, e na sua segunda função, que era liquidar com os quilombos que se multiplicavam prodigiosamente. Tais eram tarefas da civilização que os mantiveram atados ao empreendimento colonial para, a partir daí, mais uma vez transfigurar-se.

Essa ordem repressiva foi rompida no curso de dois movimentos insurrecionais que, no século XIX, convulsionaram toda a Amazônia, dando lugar, como não podia deixar de ser, porque contestavam a própria unidade nacional, à mais cruel e sanguinária das conflagrações que registra a história brasileira, com um número superior a 100 mil mortos. O primeiro foi a Cabanagem, do Pará e do Amazonas (1834-40), que sublevou as populações rurais e urbanas. Primeiro, como um movimento anticolonialista e, depois, como uma revolução republicana e separatista. A Cabanagem punha em causa uma forma alternativa de estruturação do povo brasileiro gestada entre os índios destribalizados da Amazônia. Foi a única luta que disputou, sem saber, a própria etnia nacional, propondo fazer-se uma outra nação, a dos cabanos, que já não eram índios, nem eram negros, nem lusitanos e tampouco se identificavam como brasileiros.

A Cabanagem chegou a tomar o poder, dominando toda a província. Os sublevados descem os rios, por onde antes subiam os escravizadores, destruindo tudo com que deparam. Tomam, ocupam e saqueiam as capitais e as principais cidades, e interrompem todo o comércio. As tropas que saíam em busca dos revoltosos experimentam derrotas fragorosas. A luta durou vários anos e prosseguiu outros tantos, em focos de resistência isolados, cuja redução foi extremamente difícil. Mas acabou sendo lograda.

Dois aspectos ressaltam na luta dos cabanos. Primeiro, o caráter de guerra de castas, conscientemente conduzida como tal pelo comandante das forças repressivas, que escreveu:

> Todos os homens de cor nascidos aqui estão ligados em pacto secreto, a darem cabo de tudo quanto for branco [...] É, pois, indispensável pôr a arma nas mãos de outros: e é indispensável proteger por todos os modos a multiplicação dos brancos (apud Moreira Neto 1971:15).

A percepção que índios e caboclos tinham do inimigo como seu opressor étnico adquire aqui a crueza de uma oposição racista que engloba todos os "homens de cor" numa só categoria de inimigos a serem exterminados.

O segundo aspecto a ressaltar é que essa insurreição, praticamente vitoriosa, foi afinal vencida não somente pelas armas, mas, talvez, principalmente pela inviabilidade histórica da luta dos cabanos. Sua revolta secularmente acumulada contra a opressão e a discriminação era uma razão suficiente para desencadear a guerra. Mas não era suficiente para propor e levar a cabo, depois de cada vitória, um projeto alternativo de ordenação social para as gentes díspares que engajavam na luta libertária. Tal como os negros dos quilombos, apesar de seu primitivismo, as populações lideradas pelos cabanos estavam já contaminadas de civilização. A mesma civilização que para eles representava pestes mortíferas, escravidão e opressão representava também o único modo praticável de articular-se comercialmente com os provedores dos bens de que já não poderiam prescindir, como as ferramentas, os anzóis, o sal, a pólvora.

Outro levante popular das povoações do Norte foi a Balaiada. Os balaios eram, em essência, rebeldes da massa negra concentrada no Maranhão para produzir algodão, os quais, igualmente deculturados e desafricanizados, lutavam, tal como o faziam os quilombos, por uma ruptura da ordem social que os fazia escravos. Claro que entre os cabanos havia negros, ainda que estes mais vezes lutavam ao lado das tropas oficiais. É também evidente que entre os balaios haveria índios e ex-índios e muitos mamelucos do Maranhão.

Demasiado civilizados para voltar às velhas formas tribais de vivência autárquica e demasiado primitivos para se propor uma reordenação intencional da sociedade em novas bases, os cabanos e os balaios se viram paralisados, esperando a derrota que os destruiria. O privilégio de seus dominadores era o de poder experimentar muitas derrotas e sobreviver a elas para refazer a trama constritiva. Para os cabanos, uma só derrota seria a perdição, porque, uma vez submetidos, o inimigo voltaria a impor, revigorada, e ainda mais endurecida, a velha ordenação social opressora. De fato, a maior parte das dezenas de milhares de mortos cabanos ocorreu depois que eles foram vencidos, no chacinamento de aldeias indígenas inteiras, supostamente culpadas de haver combatido os opressores. Essa dizimação premeditada só teve paralelo nas que tiveram lugar nos séculos XVI e XVII no Nordeste brasileiro e, como aquelas, só pode ser classificada como guerra genocida de extermínio maciço de populações indígenas.

Só no último quartel do século passado a região amazônica volta a experimentar uma quadra de prosperidade, motivada agora pela crescente valorização nos mercados mundiais de um dos seus produtos tradicionais de coleta: a borracha. O desenvolvimento da indústria europeia e norte-americana de automotores transforma a borracha dos seringais amazonenses em matéria-prima industrial de enorme procura, dobrando, triplicando e mais que decuplicando seu preço. A Amazônia, na qualidade de único fornecedor, transforma toda a sua economia no esforço de atender à solicitação maciça. A população, concentrada nas margens dos rios Amazonas e Solimões, dispersa-se pelo vale inteiro, subindo os altos cursos, até então inatingidos, à procura das concentrações de seringueiras nativas e das outras plantas gomíferas da floresta. As cidades crescem, enriquecem e se transformam. Belém, no delta, e Manaus, no curso médio do rio Amazonas, tornam-se grandes centros metropolitanos, em cujos portos escalam centenas de navios que carregam borracha e descarregam toda a sorte de artigos industriais. Uma ferrovia é construída em plena mata, à custa de enormes sacrifícios humanos, a Madeira-Mamoré, que ligaria concentrações de seringueiras de Porto Velho até o rio Mamoré, na fronteira da Bolívia, região longínqua desgarrada da Bolívia e incorporada ao Brasil.

Para esse esforço produtivo fora necessário resolver um problema preliminar: o recrutamento maciço da mão de obra de que carecia o vale para atender ao empreendimento e capaz de submeter-se às duras condições de trabalho dos seringais. Esse requisito foi preenchido com apelo às enormes reservas de mão de obra acumuladas no Nordeste pastoril, assolado por uma seca prolongada, que ocasionara mais de 100 mil mortes, e castigado por um sistema latifundiário primitivo e terrivelmente espoliativo. Iniciou-se, assim, uma transladação de populações que conduziria cerca de meio milhão de nordestinos à Amazônia. Desembarcados nos dois portos, Belém e Manaus, os sertanejos eram repartidos entre os patrões que já estavam à sua espera. Cada lote, suprido de armas e munição para caça e defesa contra o índio, de roupas e de singelo instrumental do trabalho extrativo, era conduzido rio acima e floresta adentro, aos longínquos seringais. Cada trabalhador ingressava no serviço com sua feira e seu débito, que aumentaria cada vez mais com os suprimentos de alimentação, de remédios, de roupas providas pelo barracão. Dificilmente um seringueiro consegue saldar essa conta que, habilmente manipulada, o mantém em regime de servidão virtual enquanto possa resistir às terríveis condições de vida a que é submetido.

A borracha, como todos os produtos nativos da floresta tropical, se distribui irregularmente e com baixa concentração em meio a uma infinidade de outras espécies. Mesmo nas zonas de maior densidade, os seringais cobrem enormes extensões, impedindo que a população se organize em núcleos consideráveis. Essas condições determinaram a dispersão da população amazonense ao longo dos cursos d'água por todo o imenso vale, resultando uma densidade demográfica de quase deserto e impondo a criação de um sistema de comunicações baseado exclusivamente na navegação fluvial, por meio de canoas e balsas.

Nessa economia, a terra em si não tem qualquer valor e a mata exuberante que a cobre só representa obstáculo para alcançar aquelas raras espécies realmente úteis. Não se cogita, por isso, de assegurar a posse legal das terras, como é o caso das regiões de economia agrícola e pastoril. O que importa na Amazônia é o domínio da via de acesso que leva aos seringais e a conscrição da força de trabalho necessária para explorá-la. Esse domínio não assume, senão acidentalmente, a forma de propriedade fundiária, sendo obtido por concessão governamental, nos raros casos em que se torna indispensável, e imposto efetivamente por quem dispõe dos meios de transporte. A conscrição da mão de obra é alcançada pelas formas mais insidiosas de aliciamento e mantida mediante o uso da força, combinado com um sistema de endividamento do qual nenhum conscrito pode escapar.

Assim é que o seringal se implanta como uma empresa desvinculada da terra. Seu elemento é o rio, no qual o homem não se fixa como povoador, mas apenas se instala como explorador até o esgotamento dos seringais. Então, vai adiante com seus próprios meios: as canoas, o barracão de mercadorias e o livro de débito que mantém presos os seringueiros a seu patrão. Em cada seringal, um grupo de caboclos amazônicos exerce as funções de mestres que desasnam os recém-chegados, os "brabos". Ensinam a identificar a seringueira, a sangrá-la diariamente sem afetar-lhe a vida, a colher o látex e a defumá-lo cuidadosamente para formar as bolas de borracha.

Cada seringueiro assim instruído recebe sua *estrada*, que é o caminho de árvore a árvore. Num percurso de dez a quinze quilômetros, raramente se encontram duzentas delas, que, quando ligadas por uma picada, constituem a unidade de exploração. O seringal é o conjunto dessas estradas, comumente dispostas ao longo de um rio, distando horas e mesmo dias de viagem umas das outras, conforme a região. Na desembocadura, em guarda contra qualquer deserção de trabalhadores ou extravio de mercadoria, fica a residência do patrão ou gerente. E o barracão, com seu porto, seu depósito de bolas de borracha, seu armazém provido de aguardente, tabaco, gêneros alimentícios, panos, munição, água de cheiro e toda quinquilharia que possa estimular o trabalhador a endividar-se.

O seringueiro deve percorrer duas vezes por dia a sua estrada. A primeira, para sangrar as árvores e ajustar as tigelas ao tronco para receber o látex. A segunda, para vertê-las num galão que trará de volta ao rancho. Iniciando o trabalho pela madrugada, ao cair da noite pode dedicar-se à tarefa de coagulação do látex. Acresce, ainda, que além de coletor ele deve fazer-se também caçador e pescador para não depender da comida enlatada que, além de envenená-lo, o endivida. E deve estar sempre atento ao índio, que, tocaiado em qualquer ponto da estrada, pode abatê-lo com suas flechas. O conflito entre índio e seringueiro é geralmente tão agudo que mata quem vê primeiro. A todas essas penas se soma, ainda, a incidência de enfermidades carenciais, como o beribéri, que alcançou caráter endêmico em toda a Amazônia, e das chamadas moléstias tropicais, principalmente a malária, que cobram alto preço em vidas e em depauperação física à população engajada nos seringais.

Apesar de tudo, a miséria do sertão nordestino, somada aos altos preços da borracha, que excediam a quinhentas libras esterlinas por tonelada, estimulou esse fluxo humano, provendo a necessária mão de obra à economia da borracha. Uns poucos que se fizeram bons caçadores e pescadores amazônicos e, além disso, negociantes ladinos para escaparem à exploração, alcançavam saldos que, de volta ao Nordeste, permitiam dar notícias à terra do seu sucesso, provocando novas migrações. Os demais, que eram a imensa maioria, silenciavam seu fracasso. De fato, o que fazia os seringais atrativos era a propaganda oficial e toda uma rede de recrutamento mantida no sertão e nos portos, assim como a própria miserabilidade sertaneja, que não oferecia outra alternativa senão a aventura amazônica. Assim, depois de gastar a população indígena do vale, o extrativismo vegetal desgastou também enormes contingentes nordestinos, sobretudo sertanejos.

A prosperidade da economia extrativista interrompeu-se, porém, abruptamente com a Primeira Guerra Mundial. Não se refaria jamais, por causa da entrada no comércio mundial, logo depois do conflito, da produção dos seringais plantados pelos ingleses no Oriente. Ao baixar o preço a cem libras, torna-se inviável a exploração dos seringais nativos, desmoronando a economia amazônica da borracha, que já abarcava 40% do valor total das exportações brasileiras e ocupava cerca de 1 milhão de pessoas dispersas por toda a região. No auge da expansão extrativista (1872), toda a rede urbana regional crescera a ponto de transformar Belém, o segundo porto da Amazônia, em quarta cidade brasileira em população.

A crise sobrevém como uma catástrofe, pela incapacidade de colocar a produção estocada durante a guerra e as novas safras que continuavam descendo os rios. Muitos seringais foram abandonados por patrões levados à falência, sendo toda a gente aliciada entregue à sua própria sorte nos ermos da floresta. Aos poucos, a população volta a concentrar-se à margem dos grandes rios navegáveis, regredindo a uma economia de subsistência e a condições de miserabilidade mais aguda do que a dos sertões de onde havia fugido. E mais difícil que a dos índios, em virtude de suas necessidades de gente "civilizada", que precisava vestir-se, curar as enfermidades com remédios comprados e suprir-se de artigos comerciais.

Economicamente marginalizados, esses sertanejos acaboclados se integram nas formas de vida regional, aprendendo a caçar com arco e flecha para economizar munição; a lavrar os campos com estacas de madeira, por não terem enxadas; a pescar com arpão e se alimentar com as comidas da terra, incluindo a tartaruga e o jacaré em sua dieta. Nas áreas mais arcaicas, como o rio Negro, onde ainda se falava a língua geral como idioma básico de comunicação popular, passam, eles também, a falar esse dialeto tupi, empobrecido e estropiado. Integram-se, igualmente, nas práticas da pajelança e nos temores aos fantasmas da mitologia indígena. Tornam-se, porém, arremedos de índios, porque não contam com as motivações destes nem com sua capacidade de adaptação à floresta tropical.

Anos depois, algumas medidas de amparo à produção da borracha, principalmente o monopólio do suprimento do mercado nacional a preços subsidiados, foram estatuídas pelo governo federal. Estruturou-se, então, uma nova economia extrativista, aliciando a essa população miserável para reconduzi-la a seringais, ainda mais precários que os do passado.

A essa retomada dos seringais se somaria, durante a última guerra, um novo surto de extrativismo que proporcionaria à Amazônia um breve período de intensa atividade. Isso se deveu ao fornecimento de borracha aos aliados, que, em virtude dos ataques japoneses, se viram desprovidos da produção das plantações orientais. O governo federal promoveu, então, como principal contribuição brasileira ao esforço de guerra, uma outra transladação de nordestinos à Amazônia. Estima-se que essa nova migração tenha envolvido de 30 a 50 mil trabalhadores. Efetivamente, as perdas brasileiras na chamada "guerra da borracha" – tanto pela miséria a que foram lançados os trabalhadores como pela morte consequente dela e do seu abandono nos seringais após o conflito – foram muito superiores às baixas sofridas pelas tropas brasileiras na Itália.

O caráter oficialista das novas ondas de extrativismo permitia ao seringalista sobreviver através de procedimentos bancários de favor, mas só aliciava seringueiros pela falta absoluta de outras oportunidades de trabalho e os condenava à perpetuação da penúria. Nesses seringais empobrecidos, o sertanejo acaboclado, assim como o recém-conscrito, procura cultivar uma roça de subsistência – embora a safra de borracha coincida com a época de preparo da terra para o plantio –, caçar e pescar segundo as técnicas indígenas tradicionais para melhorar suas condições de existência. Mas nas relações econômicas estão sujeitos a patrões, cuja pobreza os condiciona a tornar mais escorchante a exploração. Essas condições de miserabilidade e dependência são agravadas por um acordo tácito, que vigorou desde sempre entre os donos dos seringais, de não aceitar trabalhadores com dívidas não saldadas. Quem quer que tenha viajado pelos seringais da Amazônia conhece esses trabalhadores que aguardam anos a fio o papelucho libertador, em que o patrão se dá por saldado de todos os fornecimentos.

Ao lado dos patrões dos seringais, os novos surtos de extrativismo fazem reviver um outro personagem dessa economia primitiva. É o regatão. Este vai aonde não chega o seringalista. É o traficante que conduz sua mercadoria no barco em que vive e com o qual singra cada rio, cada igarapé onde haja alguma coisa para trocar por aguardente, sal, fósforos, panos, anzóis, agulhas, linhas de coser, munição e outros artigos dessa ordem. Criador de necessidades e instrumentos para sua satisfação, o regatão é o rei do igarapé. Grande parte de seu negócio é o desvio da produção dos seringais, retirada a golpes de audácia.

Nenhuma condição humana é talvez mais miserável que a desses seringueiros, isolados nas suas cabanas dispersas pela mata, trabalhando de estrela a estrela, maltrapilhos, subnutridos, enfermos e analfabetos e, sobretudo, desenganados da vida, que não lhes oferece qualquer esperança de libertação. Comparados com os índios tribais que os antecederam como ocupantes do mesmo território, ou que ainda sobrevivem nas zonas mais ermas, a gente atrasada e miserável é a "civilizada", lançada à pobreza mais vil, brutalizada pelo próprio processo de integração civilizatória a que foi submetida.

Além dos seringueiros, a indústria extrativista da Amazônia moderna inclui a outros coletores especializados em diversos produtos. Tais são os balateiros, os castanheiros, os coletores de copaíba, de pau-rosa, de piaçava, de murumuru, timbó, tucum e os caçadores de jacarés, de pirarucu e de tartarugas. Todos tão miseráveis quanto os seringueiros.

A grande novidade com respeito aos povos que sobreviveram aos séculos de extermínio, até agora, é que vão sobreviver no futuro. Ao contrário do que temíamos todos, estabilizaram-se suas populações e alguns povos indígenas estão crescendo em número. Jamais alcançarão o montante que tinham nos primeiros tempos da invasão europeia, perto de 5 milhões. Metade deles na Amazônia, cujos rios colossais abrigavam concentrações indígenas que pasmaram os primeiros navegantes. Foi realmente espantosa, até agora, a queda abrupta e contínua de cada população indígena que se deparava com a civilização. Mas veio a reversão, os índios brasileiros já superaram muito os 150 mil a que chegaram nos piores dias. Hoje, ultrapassam os 300 mil e esse número vai crescer substancialmente.

Arrefeceu-se, como se vê, o ímpeto destruidor da expansão europeia e as populações indígenas, que decresciam visivelmente, parecendo tendentes ao extermínio, entram agora num processo discreto de crescimento demográfico. De fato, ninguém esperava por essa mudança afortunada. Toda a antropologia brasileira e mundial repetia dados inequívocos que demonstravam como, a cada ano, diminuía o número de membros de cada tribo conhecida.

A morte parecia ser o destino fatal dos índios brasileiros e, de resto, dos demais povos chamados primitivos. De repente, começou a se ver a reversão desse quadro. Os Nambiquara passaram a crescer altivos e determinados a permanecer em suas terras a qualquer custo. Os Urubu-Kaapor, que chegaram a quatrocentos em 1980, hoje são setecentos. Os Mundurucu já alcançam a casa dos 5 mil. Os Xavante, que eram 2500 em 1946, somam 8 mil hoje.

Alguns povos indígenas alcançaram montantes suficientes para se expandir e reorganizar suas instituições culturais. Os Tikuna, do alto Solimões, no Brasil e no Peru, já ultrapassam os 20 mil; os Makuxi, dos campos de Roraima, alcançam os 18 mil; os Guajajara, que vivem nas franjas orientais da Amazônia, são hoje 9 mil;

os Kayapó, recém-atraídos à civilização, são 6 mil. Os Sateré-Maué, que vivem nos lagos e ilhas das margens do Amazonas, somam hoje perto de 15 mil.

É certo que alguns povos indígenas estão diminuindo e suas chances de sobrevivência são minúsculas. Os últimos treze índios da tribo Jabuti estão buscando noivas, entre outros índios de fala tupi-kawahib, para seus filhos se casarem. Disso, esperamos, ressurgirá um novo povo indígena. Os Avá-Canoeiros, que eram milhares de índios e dominavam o alto rio Tocantins, não chegam a trinta pessoas. Vivendo em pequenos bandos, sem contato uns com os outros, se especializaram em fugir da invasão branca. Dois índios foram encontrados recentemente falando um dialeto ininteligível da língua tupi. Ninguém sabe quem são nem saberá jamais.

Os Yanomami, que constituem hoje o maior povo prístino da face da terra, começam a extinguir-se, vitimados pelas doenças levadas pelos brancos, sob os olhos pasmados da opinião pública mundial. São 16 mil no Brasil e na Venezuela. Falam quatro variantes de uma língua própria, sem qualquer parentesco com outras línguas, vivendo dispersos em centenas de aldeias na mata, ameaçados por garimpeiros que, tendo descoberto ouro e outros metais em suas terras, reclamam dos governos dos dois países o direito de continuarem minerando através de processos primitivos, baseados no mercúrio, que polui as terras e envenena as águas dos Yanomami.

A sobrevivência dos povos indígenas se explica, em grande parte, por uma adaptação biótica às pestes do homem branco – a varíola, o sarampo, as doenças pulmonares, as doenças venéreas e outras. Cada uma delas liquidava metade das populações logo ao primeiro contato com as fronteiras da civilização. A varíola desapareceu, mas várias outras enfermidades continuam fazendo danos, ainda que muito menores que no passado, mesmo porque a própria medicina progrediu bastante.

Explica-se também por mudanças ocorridas nas frentes de expansão da sociedade nacional que se lançam sobre os povos indígenas. Apesar de muito agressivas e destrutivas, elas já não podem exterminar, impunemente, tribos inteiras, como sucedeu no passado. Ainda recentemente, o trucidamento de uma aldeia Yanomami converteu-se, de repente, num escândalo mundial que paralisou a onda assassina.

As formas de contato e de coexistência sofreram, também, importantes alterações. A evangelização, cruamente cristianizadora e imperialmente europeizadora, perdeu o furor etnocida. Já não há tantas missões religiosas roubando crianças indígenas de diferentes tribos para juntá-las em suas escolas, que eram os mais terríveis instrumentos de deculturação e de despersonalização. Muitos dos poucos sobreviventes dessas escolas evangélicas, não tendo lugar na sociedade tribal nem na sociedade nacional, caíam na marginalidade e na prostituição. O paternalismo da proteção oficial do Estado, brutalmente assimilacionista, por doutrina ou por ignorância, deu lugar a uma atitude mais respeitosa diante dos índios.

A mudança de maior espanto ocorreu com os próprios índios, cuja atitude geral de submissão e humildade, que se seguia ao estabelecimento de relações pacíficas, está dando lugar, muitas vezes, a uma postura orgulhosa e afirmativa. Antigamente, quando os índios recém-contatados se apercebiam da magnitude da sociedade nacional, com sua população inumerável dominando áreas imensas, percebendo sua própria insignificância quantitativa, caíam em depressão, às vezes fatal. Hoje, veem os brancos como gente que pode ser enfrentada.

Nessas condições é que começa a surgir um novo tipo de liderança indígena, sem nenhuma submissão diante dos missionários, de seus protetores oficiais ou de quaisquer agentes da civilização. Sabem que a imensa maioria da sociedade nacional é composta de gente miserável que vive em condições piores que a deles próprios. Percebem ou suspeitam que seu lugar na sociedade nacional, se nela quisessem incorporar-se, seria mais miserável ainda. Tudo isso aprofunda seu pendor natural a permanecerem índios.

Em certas circunstâncias, a alternidade entre os índios e o contexto nacional com que eles convivem chega a ser tão agressiva que se torna assassina. É ela que leva jovens índios ao suicídio, como ocorre com os Guarani, por não suportarem o tratamento hostil que lhes dão os invasores de suas terras. Além de transformarem todo o meio ambiente, derrubando as matas, poluindo os rios, inviabilizando a caça e a pesca, esses vizinhos civilizados lançam sobre os índios toda a brutalidade de um consenso unânime sobre sua inferioridade insanável, que acaba sendo interiorizada por eles, dando lugar às ondas de suicídios. Nessas condições, as próprias tradições indígenas se redefinem, às vezes, já não para lhes dar sustentação moral e confiança em si mesmos, mas para induzi-los ao desengano. Esse é o caso dos mitos heroicos guaranis referentes à criação do mundo, que se converteram em mitos macabros, em que a própria terra apela ao criador que ponha um fim à vida porque está cansada demais de comer cadáveres.

A decadência da economia da borracha matou também as cidades que floresciam pela Amazônia inteira, provocando o completo abandono de algumas e a deterioração das outras. As duas capitais regionais perderam o luxo e o viço que as encheram de palácios suntuosos, de teatros e obras urbanísticas nos tempos prósperos de borracha alta. Sem produção básica para exportar, o comércio decaía, sobrevivendo apenas com apelo à especulação e ao contrabando. A população urbana, porém, continuou crescendo por inchaço com o afluxo dos contingentes extrativistas para seus subúrbios, ainda mais miseráveis que as mais pobres favelas ou mocambos do país. Aí vegeta uma multidão subempregada, refletindo condições de vida tão precárias que seus índices de mortalidade geral e infantil, de morbidade e subnutrição vêm a ser mais graves que os mais baixos do mundo.

Desde o fim da Segunda Guerra Mundial, começou uma reordenação da economia amazônica que está permitindo engajar uma parcela da população em novos tipos de produção, como os cultivos de juta e de pimenta-do-reino, introduzidos pelos japoneses, e as lavouras de arroz das grandes várzeas. Nas cidades, um começo de industrialização está provendo também algumas oportunidades de trabalho. E, em algumas áreas, atividades de extração mineral propiciam novos modos de existência. As mais importantes delas aglutinam no território do Amapá algumas dezenas de milhares de pessoas na exploração do manganês e diversos grupos menores de mineradores de cassiterita em Rondônia e no Amazonas.

Repete-se aí a aventura dos seringais prósperos do princípio do século, porque se estão transladando para a América do Norte, através de uma empresa monopolística, a Bethlehem Steel, essas imensas jazidas, ao custo de sua extração e transporte. Finda a exploração não restará qualquer nova fonte de trabalho capaz de ocupar a população nem qualquer riqueza local. Sua consequência provável será, portanto, a de provocar uma crise idêntica à da borracha para que os Estados Unidos cumpram seu desígnio de potência, que é se fazerem os detentores exclusivos de manganês no hemisfério. Então, o Brasil terá de importar o minério que agora cede ao preço de sua extração e terá, ainda, de haver-se com uma vasta população desgastada e miserabilizada.

O desequilíbrio da economia regional, suas dificuldades de integração na vida do país e as precárias condições de existência de suas populações levaram os constituintes de 1946 a destinar uma parcela de 3% das rendas federais a um programa de valorização econômica da Amazônia. Em 1950, uma comissão concluiu o primeiro plano quinquenal de desenvolvimento, que, desde então, percorre as comissões do Congresso sem alcançar aprovação. As verbas são aplicadas na região e representam o principal fator de equilíbrio entre o valor de suas exportações e o vulto das importações. O abandono da planificação, porém, transformou essas dotações na principal fonte de renda de que se valem as classes dominantes para enriquecer mediante fornecimentos e financiamentos de favor, controlados pelos políticos da região com o mais desabusado clientelismo eleitoral. Tal como a pobreza do Nordeste árido fez do amparo federal uma "indústria da seca", a penúria dos caboclos da Amazônia fez do "desenvolvimento regional" um rico negócio e um mecanismo de consolidação política da oligarquia local.

Entretanto, vitalizar a economia da Amazônia, promovendo o regresso da região e sua incorporação à vida nacional como uma população próspera, é, certamente, um dos mais graves desafios com que se defronta o Brasil. Mais de uma vez a existência dessa mancha florestal – a maior e a menos povoada do mundo – suscitou cobiças internacionais. Foi recomendada, em certa ocasião, a Hitler como o *Lebensraum* adequado para a expansão germânica. Mais tarde, foi objeto de um verdadeiro projeto de expropriação, camuflado como um instituto de pesquisas tropicais, no qual os norte-americanos envolveram as Nações Unidas. Uma terceira tentativa de espoliação assumiu a forma de uma proposta, apresentada à ditadura pelo governo norte-americano, de arrendamento da área por 99 anos com o fim de "estudá-la e comprovar experimentalmente as técnicas adequadas para promover o seu desenvolvimento". O governo brasileiro, engajado nos princípios de limitação da soberania para a integração do Brasil como satélite privilegiado do sistema hegemônico norte-americano, se permitiu discutir a matéria. Alertado, porém, pela reação da opinião pública, uma parcela da oficialidade advertiu a ditadura que não admitiria aluguel ou empréstimo ou qualquer sorte de negociação do território nacional.

Uma outra tentativa teve a linguagem de um plano mirabolante dos futurólogos do Instituto Hudson para represar o rio Amazonas, inundando milhares de quilômetros quadrados de mata para constituir usinas hidrelétricas que produziriam dez vezes mais energia do que o Brasil consome. Atrás desse plano estava o projeto mais realista de criar para os norte-americanos uma área propícia à instalação de uma civilização industrial para o caso de uma guerra nuclear.

Mas a Amazônia é, de fato, o maior desafio que o Brasil já enfrentou. Sua ocupação se vem fazendo com uma dinâmica de vigor incomparável. Estados maiores que a França, como Rondônia, surgem abruptamente e se vão povoando a ritmo acelerado. Projetos ambiciosos de estradas que atravessam toda a floresta são postos em execução de forma tão inepta que depois de investimentos astronômicos caem no abandono. Sonhos viáveis de novas estradas que liguem a Amazônia ao Pacífico, para dar aos chineses e japoneses não só as madeiras nativas que todo o mundo já consome, mas o que o grande vale venha a produzir, se esboçam e vêm se viabilizando. Uma nova classe política e até uma nova geração de militares, empolgados com o que a exploração econômica da Amazônia pode render, se exacerbam contra os caboclos e contra os índios, que ocupam parte ínfima da floresta mas se afiguram, aos seus olhos, como obstáculos ao progresso.

Foi possível no passado liquidar a mais pungente floresta brasileira, a do vale do rio Doce, convertida em ralas pastagens debaixo das quais a terra é uma ferida exposta à erosão. Não é impossível que alguma coisa assim ocorra à Amazônia, ainda que suas dimensões gigantescas e suas enormes variações regionais apontem para um futuro mais dinâmico. Por seus rios transita hoje meio milhão de garimpeiros miseráveis que explorando ouro, cassiterita ou o que quer que seja não alcançam uma renda equivalente a um salário mínimo. Sua única eficácia se deve ao mercúrio com que envenenam as águas, os peixes e a população ribeirinha. No seu encalço, grandes empresas se preparam para explorar as jazidas minerais das regiões, que são as maiores de que se tem notícia. Abrirá isso uma perspectiva de se criar uma nova Minas Gerais, onde de uma grande exploração secular de minérios só resultaram uma população pobre e buracos, expondo outra vez os interiores da terra à erosão?

As perspectivas de retomar velhos seringais e revitalizá-los para abrir melhores condições de vida aos trabalhadores da floresta resultaram em conflitos, como aquele mundialmente escandaloso que vitimou Chico Mendes. Entretanto, ele e seus companheiros foram os únicos que apontaram concretamente para como fazer a Amazônia habitável e rendosa, o que é perfeitamente possível desde que se encontrem formas de manter assentamentos humanos que possam ser subsidiados até amadurecerem seus plantios de seringueiras e também de bosques onde floresçam as fruteiras da Amazônia, que se oferecerão ao mundo como uma promessa de gosto e doçura. Isso é totalmente impraticável através do sistema empresarial privado, dado seu inevitável imediatismo. É impraticável, também, através dos caboclos, que tão bem saberiam fazê-lo, porque estes trabalham da mão para a boca, tal é a sua penúria.

4. O Brasil sertanejo

> *De couro era a porta das cabanas, o rude leito aplicado ao chão duro, e mais tarde, a cama para os partos: de couro, todas as cordas, a borracha para carregar água, o mocó ou alforje para levar comida, a mala para guardar roupa, a mochila para milhar cavalo, a peia para prendê-lo em viagem, as bainhas de faca, as broacas e surrões, a roupa de entrar no mato, os banguês para curtume ou para apurar sal; para os açudes, o material de aterro era levado em couros puxados por pontas de bois que calcavam a terra com seu peso; em couro pisava-se tabaco para o nariz.*
>
> Capistrano de Abreu, 1954

Para além da faixa nordestina das terras frescas e férteis do massapé, com rica cobertura florestal, onde se implantaram os engenhos de açúcar, desdobram-se as terras de uma outra área ecológica. Começam pela orla descontínua ainda úmida do agreste e prosseguem com as enormes extensões semiáridas das caatingas. Mais além, penetrando já o Brasil Central, se elevam em planalto como campos cerrados que se estendem por milhares de léguas quadradas.

Toda essa área conforma um vastíssimo mediterrâneo de vegetação rala, confinado, de um lado, pela floresta da costa atlântica, do outro pela floresta amazônica e fechado ao sul por zonas de matas e campinas naturais. Faixas de florestas em galeria cortam esse mediterrâneo, acompanhando o curso dos rios principais, adensando-se em capões de mata ou palmeirais de carnaúba, buriti ou babaçu, onde encontra terreno mais úmido. A vegetação comum, porém, é pobre, formada de pastos naturais ralos e secos e de arbustos enfezados que exprimem em seus troncos e ramos tortuosos, em seu enfolhamento maciço e duro, a pobreza das terras e a irregularidade do regime de chuvas. Nos cerrados e, sobretudo, nas caatingas, a vegetação alcança já uma plena adaptação à secura do clima, predominando as cactáceas, os espinhos e as xerófilas, organizadas para condensar a umidade atmosférica das madrugadas frescas e para conservar nas folhas fibrosas e nos tubérculos as águas da estação chuvosa.

No agreste, depois nas caatingas e, por fim, nos cerrados, desenvolveu-se uma economia pastoril associada originalmente à produção açucareira como fornecedora de carne, de couros e de bois de serviço. Foi sempre uma economia pobre e dependente. Contando, porém, com a segurança de um crescente mercado interno para sua produção, além da exportação de couro, pôde expandir-se continuamente através de séculos. Acabou incorporando ao pastoreio uma parcela ponderável da população nacional, cobrindo e ocupando áreas territoriais mais extensas que qualquer outra atividade produtiva.

Conformou, também, um tipo particular de população com uma subcultura própria, a sertaneja, marcada por sua especialização ao pastoreio, por sua dispersão espacial e por traços característicos identificáveis no modo de vida, na organização da família, na estruturação do poder, na vestimenta típica, nos folguedos estacionais, na dieta, na culinária, na visão de mundo e numa religiosidade propensa ao messianismo.

O gado trazido pelos portugueses das ilhas de Cabo Verde vinha já, provavelmente, aclimatado para a criação extensiva, sem estabulação, em que os próprios animais procuram suas aguadas e seu alimento. Os primeiros lotes instalaram-se no agreste pernambucano e na orla do recôncavo baiano, suficientemente distanciados dos engenhos para não estragar os canaviais. Daí se multiplicaram e dispersaram em currais, ao longo dos rios permanentes, formando as ribeiras pastoris. Ao fim do século XVI, os criadores baianos e pernambucanos se encontravam já nos sertões do rio São Francisco, prosseguindo ao longo dele, rumo ao sul e para além, rumo às terras do Piauí e do Maranhão. Seus rebanhos somariam então cerca de 700 mil cabeças, que dobrariam no século seguinte.

A expansão desse pastoreio se fazia pela multiplicação e dispersão dos currais, dependendo da posse do rebanho e do domínio das terras de criação. O gado devia ser comprado, mas as terras, pertencendo nominalmente à Coroa, eram concedidas gratuitamente em sesmarias aos que se fizessem merecedores do favor real. Nos primeiros tempos, os próprios senhores de engenho da costa se faziam sesmeiros da orla do sertão, criando ali o gado que consumiam. Depois, essa se tornou uma atividade especializada de criadores, que formaram os maiores detentores de latifúndios no Brasil. O mais célebre deles foi um baiano tão rico que deixou em testemunho, a favor dos jesuítas, recursos para rezarem missas por sua alma até o fim do mundo.

Através desse sistema, antes que o gado atingisse qualquer terra, era ela acaparada legalmente pela apropriação em sesmaria. Como os currais só se podiam instalar junto às raras aguadas permanentes e não muito longe dos barreiros naturais onde o gado satisfazia sua fome de sal e em virtude da qualidade paupérrima dos pastos naturais, essas sesmarias se fizeram imensas. Cada uma delas com seus currais, por vezes distanciados dias de viagem uns dos outros, entregues aos vaqueiros. Estes davam conta do rebanho periodicamente, separando uma rês, como pagamento, para cada três marcadas para o dono. Assim, o vaqueiro ia juntando as peças do seu próprio rebanho, que levaria para zonas mais ermas, ainda não conhecidas nem alcançadas pelas sesmarias. O regime de trabalho do pastoreio não se funda, pois, na escravidão, mas num sistema peculiar em que o soldo se pagava em fornecimento de gêneros de manutenção, sobretudo de sal, e em crias do rebanho.

Em cada curral viviam as famílias do vaqueiro e dos seus ajudantes, geralmente aprendizes, à espera de um dia receberem também uma ponta do gado para criar e zelar. Periodicamente, passavam os boiadeiros que arrebanhavam o gado para conduzi-lo, sertão afora, até a costa onde seria vendido. Traziam o sal e poucas coisas mais do que necessitavam os vaqueiros, afeitos à vida no ermo, moldados pela atividade pastoril, tirando do gado quase tudo do que careciam.

Os núcleos formados nos currais plantavam roçados e amansavam umas quantas vacas para terem leite, coalhada e queijos. Carneavam, por vezes, uma rês, garantindo-se assim uma subsistência mais farta e segura do que a de qualquer outro núcleo rural brasileiro. As relações com o dono das terras e do rebanho tendiam a assumir a forma de uma ordenação menos desigualitária que a do engenho, embora rigidamente hierarquizada. O senhor, quando presente, se fazia compadre e padrinho, respeitado por seus homens, mas também respeitador das qualidades funcionais destes, ainda que não de sua dignidade pessoal. Entretanto, tal como ocorre com os povos pastoris, a própria atividade especializada destacava o brio e a qualificação dos melhores vaqueiros na dura lida diária do campo. Ensejavam-se, assim, comparações de perícia e valor pessoal, fazendo-os mais altivos que o lavrador ou o empregado serviçal. O sistema resultante aproxima-se mais à tipologia das relações pastoris em todo o mundo que das relações de trabalho de plantação escravocrata, embora se aproximasse dela pelo caráter mercantil do pastoreio e pela dependência do regime latifundiário.

O criador e seus vaqueiros se relacionavam como um amo e seus servidores. Enquanto dono e senhor, o proprietário tinha autoridade indiscutida sobre os bens e, às vezes, pretendia tê-la também sobre as vidas e, frequentemente, sobre as mulheres que lhe apetecessem. Assim, o convívio mais intenso e até a apreciação das qualidades de seus serviçais não aproximavam socialmente as duas classes, prevalecendo um distanciamento hierárquico e permitindo arbitrariedades, embora estas estivessem longe de assemelhar-se à brutalidade das relações prevalecentes nas áreas da cultura crioula.

O contraste dessa condição com a vida dos engenhos açucareiros devia fazer a criação de gado mais atrativa para os brancos pobres e para os mestiços dos núcleos litorâneos. Acresce que o negócio açucareiro, além de exigir capitais enormes, que excediam às possibilidades da gente comum, só admitia uns poucos trabalhadores especializados entre a classe de senhores e a massa escrava. A própria rigidez da disciplina de trabalho no engenho devia torná-lo insuportável para o trabalhador livre e, mais ainda, para gente afeita à vida aventurosa e vadia dos vilarejos litorâneos. Por tudo isso, muitos mestiços devem ter se dirigido ao pastoreio, como vaqueiros e ajudantes, na esperança de um dia se fazerem criadores. Desse modo proviam uma oferta constante de mão de obra, tornando dispensável a compra de escravos.

Só assim se explica, de resto, o próprio fenótipo predominantemente brancoide de base indígena do vaqueiro nordestino, baiano e goiano. Tais características têm sido interpretadas, por vezes, como resultado de uma miscigenação continuada com os grupos indígenas dos sertões. A hipótese parece historicamente insustentável em face da hostilidade que se desenvolveu sempre entre vaqueiros e índios, onde quer que se defrontassem.

Disputando o domínio dos territórios tribais de caçadas para destiná-los ao pastoreio e lutando contra o índio para impedi-lo de substituir a caça que se tornara rara e arredia nos campos povoados pela nova e enorme caça que era o gado, os conflitos se tornavam inevitáveis. Acresce que a suposição é desnecessária, porque partindo de uns poucos mestiços tirados das povoações da costa – e aos quais não se acrescentou nenhum contingente imigratório branco ou negro – teríamos, natural e necessariamente, pelo imperativo genético da permanência dos caracteres raciais, a perpetuação do fenótipo original. Tudo isso parece ser verdade. A antropologia, porém, nega a história, mostrando a cabeça-chata enterrada nos ombros, que não pode vir do nada. É inevitável admitir que, roubando mulheres ou acolhendo índios nos criatórios, o fenótipo típico dos povos indígenas originais daqueles sertões se imprimiu na vaquejada e nos nordestinos em geral.

Apesar das enormes distâncias entre os núcleos humanos desses currais dispersos pelo sertao deserto, certas formas de sociabilidade se foram desenvolvendo entre os moradores dos currais da mesma ribeira. A necessidade de recuperar e apartar o gado alçado nos campos ensejava formas de cooperação como as vaquejadas, que se tornaram prélios de habilidade entre os vaqueiros, acabando, às vezes, por transformar-se em festas regionais. O culto dos santos padroeiros e as festividades do calendário religioso – centralizado nas capelas com os respectivos cemitérios, dispersos pelo sertão, cada qual com seu círculo de devotos representados por todos os moradores das terras circundantes – proporcionavam ocasiões regulares de convívio entre as famílias de vaqueiros de que resultavam festas, bailes e casamentos. Afora essa convivência vicinal e que se circunscrevia aos vaqueiros da mesma área, o que prevalecia era o isolamento dos núcleos sertanejos, cada qual estruturado autarquicamente e voltado sobre si mesmo, na imensidade dos sertões.

As atividades pastoris, nas condições climáticas dos sertões cobertos de pastos pobres e com extensas áreas sujeitas a secas periódicas, conformaram não só a vida mas a própria figura do homem e do gado. Um e outro diminuíram de estatura, tornaram-se ossudos e secos de carnes. Assim associados, multiplicando-se juntos, o gado e os homens foram penetrando terra adentro, até ocupar, ao fim de três séculos, quase todo o sertão interior. Como uma mercadoria que se conduz a si mesma, o gado, apesar de cada vez mais distanciado do mercado consumidor, ia sendo desbastado pelos abates.

No curso desse movimento de expansão, todo o sertão foi sendo ocupado e cortado por estradas abertas pela batida das boiadas. Estas marchavam de pouso em pouso, assentados todos eles nos locais de água permanente e de boa pastagem, capaz de propiciar a recuperação do rebanho. Muitos desses pousos se transformariam em vilas e cidades, célebres como feiras de gado, vindo de imensas regiões circundantes. Mais tarde, as terras mais pobres dos carrascais, onde o gado não podia crescer, foram dedicadas à criação de bodes, cujos couros encontraram amplo mercado. Esses bodes multiplicaram-se prodigiosamente por todo o Nordeste. Crescendo junto ao gado, transformam-se mais tarde na única carne ao alcance do vaqueiro.

Com o gado e com os bodes crescia a vaqueirada, multiplicando-se à toa pelas fazendas, incapaz de absorver lucrativamente a tanta gente nas lides pastoris, pouco exigente de mão de obra. Assim é que os currais se fizeram criatórios de gado, de bode e de gente: os bois para vender, os bodes para consumir, os homens para emigrar.

Contando com essa força de trabalho excedente, as fazendas deixaram, primeiro, de pagar aos vaqueiros em reses, estabelecendo sistemas de salários em dinheiro, que, computando o rancho e a alimentação, pouco saldo asseguravam ao trabalhador. Depois, todo o Nordeste pastoril começou a dedicar-se a atividades ancilares. A mais importante delas foi o cultivo de um algodão arbóreo, nativo na região, o mocó, cujo caráter xerófilo lhe permitia sobreviver e produzir, mesmo nas áreas mais secas do sertão, um casulo de fibras longas com ampla aceitação no mercado mundial. Esse cultivo associou-se bem com o pastoreio pelo provimento ao gado de torta de sementes, que constitui uma ração ideal, bem como pelo valor alimentício da palha dos roçados de subsistência dos lavradores, nos quais o fazendeiro solta o gado depois da colheita.

Cada criador procurou, então, fazer-se também lavrador de mocó, ocupando nessa tarefa as famílias de seus vaqueiros e, depois, gente especialmente atraída para os novos cultivos, povoando ainda mais os sertões semiáridos. Os cultivadores de algodão ingressam no latifúndio pastoril como meeiros, vale dizer, recebendo uma quadra de terra para cultivar o alimento que comeriam e outras para produzir colheitas de mocó, de que deveriam entregar metade ao proprietário. Assim, em cada fazenda, além da casa de telhas do criador, avarandada e provida de portas e janelas, e das rancharias singelas de seus vaqueiros, se acrescentavam as palhoças miseráveis que abrigavam os lavradores de mocó.

Em outras áreas do Nordeste interior, populações excedentes do pastoreio dedicavam-se a atividades extrativistas, como a exploração dos palmais de carnaúba, para a produção de cera e de artefatos de palha, sempre pelo mesmo regime de meação com o proprietário. Essas atividades só puderam aliciar centenas de milhares de trabalhadores em virtude da miserabilidade das populações nordestinas, porque, mesmo combinadas com lavouras de subsistência, provêm uma renda mínima que apenas permite sobreviver.

Em algumas manchas de terras úmidas salpicadas pelo mediterrâneo sertanejo – os brejos, as serras e as várzeas – desenvolveu-se, ao lado da criação, alguma lavoura comercial. É o caso da zona do agreste nordestino, mais fresca e mais próxima de centros urbanos consumidores, onde o pastoreio mesclou-se com uma lavoura de gêneros alimentícios, sem contudo se associarem. Onde prevalece a agricultura, confina-se o gado, onde prepondera o pastoreio, cercam-se os roçados. Essa economia mais intensiva ensejou uma concentração demográfica maior, aglutinando a população em vilas das quais saíam para cultivar terras arrendadas pelo regime de meação e para trabalhar nos engenhos, nas quadras de corte de cana.

Mais tarde, com o aumento da população, as zonas de pastoreio transformaram-se, principalmente, em criatórios de gente, dos quais saem os contingentes de mão de obra requeridos pelas demais regiões do país. Assim, formaram-se os grupos pioneiros que penetraram na floresta amazônica a fim de explorar a seringueira nativa e outras espécies gomíferas. Assim ocorreu para a abertura de novas frentes agrícolas no Sul. Assim, também, para engrossar as populações urbanas, sempre que um surto de construção civil ou de industrialização exigia massas de mão de obra não qualificada.

Os sertões se fizeram, desse modo, um vasto reservatório de força de trabalho barata, passando a viver, em parte, das contribuições remetidas pelos sertanejos emigrados para sustento de suas famílias. O grave, porém, é que emigram precisamente aqueles poucos sertanejos que conseguem alcançar a idade madura, com maior vigor físico, tendendo a fixar-se nas zonas mais ricas do Sul aqueles nos quais a paupérrima sociedade de origem investiu o suficiente para alfabetizar e capacitar para o trabalho. Desse modo, o elemento humano mais vigoroso, mais eficiente e mais combativo é roubado à região, no momento preciso em que deveria ressarcir o seu custo social.

Apesar dessas sangrias em sua população, o sertão regurgita de gente em relação ao baixo nível da tecnologia compatível com a exploração pastoril latifundiária; à precariedade das lavouras de mocó, aliás em plena decadência; às miseráveis atividades extrativas que enseja e, sobretudo, às difíceis condições de provimento da subsistência. É de temer que essa imensa oferta de mão de obra ávida por empregos contribua para a compressão dos salários no Brasil, que para trabalho não qualificado são dos menores do mundo. A presença desses excedentes humanos revela-se de forma dramática por ocasião das secas que assolam periodicamente a região. Então, levas de flagelados emergem do sertão esturricado pela seca e pelo sol causticante, enchendo, primeiro, as estradas, depois as vilas e cidades sertanejas com a presença sombria de sua miséria.

Desde a segunda metade do século passado, as secas nordestinas transformaram-se num problema nacional a exigir do governo medidas de socorro e de amparo. Entre o poder federal e a massa flagelada pela seca medeia, porém, a poderosa camada senhorial dos coronéis, que controla toda a vida do sertão, monopolizando não só as terras e o gado, mas as posições de mando e as oportunidades de trabalho que enseja a máquina governamental. São os grandes eleitores dos deputados, senadores e governadores; os manipuladores das autoridades municipais e estaduais, sempre solícitas em atendê-los e dispostas a tudo fazer para emprestar congruência e amplitude à autoridade fazendeira, estendendo-a sobre toda a região. Esses donos da vida, das terras e dos rebanhos agem sempre durante as secas, mais comovidos pela perda de seu gado do que pelo peso do flagelo que recai sobre seus trabalhadores sertanejos, e sempre predispostos a se apropriarem das ajudas governamentais destinadas aos flagelados.

Assim, a ordem oligárquica, que monopolizara a terra pela outorga oficial das sesmarias durante a época colonial, continua conduzindo, segundo seus interesses, as relações com o poder público, conseguindo, por fim, colocar até mesmo as secas a seu serviço e fazer delas um negócio. Cada seca, e por vezes a simples ameaça de uma estiagem, transforma-se numa operação política que, em nome do socorro aos flagelados, carreia vultosas verbas para a abertura de estradas e, sobretudo, a construção de açudes nos criatórios. Nas últimas décadas, enormes somas federais concedidas para o atendimento das populações nordestinas atingidas pelas secas custearam a construção de milhares de açudes, grandes e pequenos, enriquecendo ainda mais os latifundiários, assegurando a seu gado a água salvadora nas quadras de estiagem e amplas estradas para movimentar os rebanhos em busca de pastos frescos. Esses mesmos mecanismos retiveram os sertanejos sob o guante dos patrões.

Chegou-se mesmo a implantar uma "indústria da seca", facilmente simulável numa enorme área de baixa pluviosidade natural, quando para isso se associam os políticos, que, dessa forma, encontram modos de servir sua clientela, os negociantes e empreiteiros de obras que passam a viver e a enriquecer da aplicação de fundos públicos de socorro e os grandes criadores pleiteantes de novos açudes, valorizadores de suas terras e que nada lhes custam. Apesar dos planos governamentais consignarem sempre a destinação dos açudes à irrigação das terras para os cultivos de subsistência, na forma de pequenas propriedades familiares, jamais um palmo das terras beneficiadas foi desapropriada com esse objetivo, ficando as áreas irrigáveis sob o domínio dos fazendeiros, para os usos que mais lhes convinham. Assim, todos os programas de socorro aos flagelados resultaram em iniciativas consolidadoras do latifúndio pastoril, salvaguardando o gado bovino dos fazendeiros, mas mantendo o sertanejo nas mesmas condições precárias, cada vez mais indefesos em face de uma exploração econômica mais danosa do que as secas.

Um primeiro órgão federal permanente – o Departamento Nacional de Obras Contra Seca (DNOCS) – criado para atender ao problema das secas transformou-se numa agência de clientelismo descarado a serviço dos grandes criadores e do patriciado político da região. Mais tarde, foi necessário criar um segundo órgão, a Superintendência do Desenvolvimento do Nordeste (Sudene), planejado em bases modernas, relativamente liberado do clientelismo (que continuaria sendo provido pela primeira instituição), para devotar-se à implantação de uma infraestrutura mais capaz de dinamizar a economia regional. Como era previsível, o programa encontrou a maior oposição das camadas senhoriais nordestinas e só pôde ser posto em execução depois de demonstrar que não afetaria a estrutura social, especialmente o regime de propriedade.

Desse modo, imensos recursos aplicados com alto padrão técnico e moral beneficiaram o Nordeste, produzindo, porém, efeitos sociais muito menores do que uma parcela dos mesmos investimentos permitiria alcançar, se se pudesse reordenar o regime de propriedade da terra. Todos os fatores institucionais decisivos permaneceram, assim, sob a guarda de poderosas forças políticas, cujos interesses são opostos aos da população sertaneja, mas cujo domínio sobre a estrutura do poder é hegemônico.

Sob essas condições de domínio despótico, as relações do sertanejo com seu patronato se revestem do maior respeito e deferência, esforçando-se cada vaqueiro ou lavrador por demonstrar sua prestimosidade de servidor e sua lealdade pessoal e política. Temerosos de que qualquer atitude os torne malvistos, submetem-se à proibição de receber visitantes de outras fazendas e, ainda mais, de tratar com estranhos, além de toda uma série de restrições à sua conduta pessoal e familiar. Seu temor supremo é verem-se desgarrados, sem patrão e senhor que os proteja do arbítrio do policial, do juiz, do cobrador de impostos, do agente de recrutamento militar. Ilhados no mar do latifúndio pastoril dominado por donos todo-poderosos, únicos agentes do poder público, têm verdadeiro pavor de se verem excluídos do nicho em que vivem, porque isso equivaleria a mergulhar na terra de ninguém, na condição dos fora da lei. Paradoxalmente essa saída desesperada é a única que enseja ao sertanejo libertar-se da opressão em que vive, seja emigrando para outras terras, seja caindo no banditismo.

Com efeito, uma parcela enorme de sertanejos é compelida a engrossar as frentes pioneiras lançadas à abertura de novas áreas de exploração, para além das fronteiras dos territórios de antiga ocupação. Por seus esforços é que se tornaram conhecidas as zonas ermas que eles penetram, cultivam e ligam por estradas precaríssimas ao mercado. Mas seu destino é o de eternos itinerantes, criadores de nichos que devem fatalmente abandonar quando chega o "dono legítimo" das terras que desbravam. A amarga experiência de sucessivas expulsões os impede de, mesmo nesses ermos, tentar qualquer cultivo que não seja do ciclo anual, agravando assim, ainda mais, sua miserabilidade. Embora exista uma legislação de amparo a esses desbravadores, que lhes assegura a posse da terra após uma década de ocupação continuada, sua execução depende do acesso a um aparato cartorial longínquo e inatingível ao sertanejo comum.

O sistema prevalecente é, pois, essencialmente o mesmo das sesmarias reais do período colonial, só que agora as concessões de glebas dependem da prodigalidade de políticos estaduais. Em todos os desvãos do Mato Grosso e Goiás, do Maranhão, do Pará e do Amazonas, milhões de hectares de terras virgens foram concedidos, nas últimas décadas, a "donos" que nunca as viram, mas um dia se apresentam para desalojar os pioneiros sertanejos como invasores que, tangidos por um movimento secular de expansão da ocupação humana dos desertos interiores, as alcançaram, almejando nelas se instalarem permanentemente.

Na vastidão do mediterrâneo interior configuram-se diversas variantes de modos de vida que são adaptações locais e funcionais dessa expansão sertaneja. Assim, na orla da mata amazônica, uma frente humana se defronta com a mata virgem, sem capacidade de penetrá-la por falta de modelos socioempresariais e técnicas de fixação. Desenvolve-se aí a coleta de coco babaçu e de drogas da mata, abrindo-se pequenos roçados de subsistência. Essa é uma frente pioneira ainda em fase formativa, acossada pelos neoproprietários que, obtendo por outorga ou grilagem as terras recém-devassadas, saem no encalço do sertanejo, expulsando-o sempre para mais longe.

Mais para o sul, nas matas de Minas Gerais, de Mato Grosso e de Goiás, o processo já se estabilizou. O fazendeiro contrata com famílias pioneiras a derrubada de trechos da mata, sob a condição de, após a terceira colheita de gêneros, semear capim. Assim, cedendo gratuitamente a terra para lavrar umas poucas colheitas, o fazendeiro obtém a execução gratuita da tarefa mais onerosa, que é a derrubada da floresta para estender seus campos de criação. Além da exploração brutal da massa camponesa, esse sistema importa numa limitação progressiva da área cultivável pelo confinamento das lavouras de gêneros de consumo exclusivamente às áreas novas ainda indevassadas.

Desse modo, em lugar de ampliarem-se as áreas de cultivo de produtos alimentícios, recuperando para isso os campos naturais, estes é que avassalam a mata, alargando o pastoreio. Aqui se manifesta outra ação deformadora dos privilegiados do sistema, que, fruindo a propriedade da terra a seu talante, chegam mesmo a negá-la ao cumprimento de sua função precípua, que é dar de comer à população brasileira.

Nos campos do Centro-Oeste, onde o pastoreio encontra boas pastagens e um regime pluvial regular, a vida sertaneja assume outra feição. As fazendas são cercadas por aramados, a exploração pastoril se torna um negócio racionalizado, o vaqueiro se transforma num assalariado, que deve comprar seus mantimentos, inclusive a carne.

O gado, mercê da qualidade dos pastos e do cruzamento com estirpes indianas, cresce mais precocemente, alcança uma ossatura mais ampla e se provê mais fartamente de carne. Nesse sistema pastoril mais avançado, torna-se mais vantajoso para os criadores excluir a carne vacum da dieta do vaqueiro. O homem, por isso, não cresce nem ganha vigor como o gado, permanecendo seco e mirrado como nas áreas mais pobres. Continua preterido em relação ao rebanho, como a espécie mais reles e menos valiosa. Isso se pode ver de mil modos, mais expressivamente, talvez, nos cuidados sanitários onerosos que se difundem na defesa do gado contra epizootias, num mundo em que nada se faz para combater as endemias que assolam a população.

Qualquer vaqueiro sabe, de experiência própria, quanto contrastam as facilidades disponíveis para socorrer a um touro empestado com as dificuldades que encontra para medicar um filho enfermo. Nas bacias leiteiras, onde o gado é estabulado, ressaltam escandalosamente a fartura da ração assegurada às vacas e a sovinice de mantimentos com que conta o peão. Dessa forma, mesmo nas áreas pastoris mais ricas, a ordenação social degrada o homem, confirmando o primado empresarial do gado-mercadoria sobre a comunidade humana.

Todavia, a situação do peão assalariado a um patrão chega a ser de privilégio em relação às condições da massa sertaneja sobrante, concentrada nos terrenos baldios ou vagante pelos campos, em busca de trabalho eventual ou de terra para lavrar em qualquer condição. A pequena capacidade de absorção de mão de obra pelo pastoreio, combinada com a apropriação das terras pelos criadores e com o movimento contínuo de expansão do pastoreio sobre áreas florestais, conduz, assim, as populações sertanejas a uma situação de indizível penúria.

Em vastas áreas do mediterrâneo interior, grandes contingentes de sertanejos se dedicam ao garimpo de cristal de rocha, de pedras semipreciosas, de ouro e de minerais raros. Juntam-se, para isso, em corrutelas sempre provisórias e itinerantes, que crescem e se desfazem segundo o ritmo de exploração de cada garimpo, só deixando para trás a buracaria das explorações.

O garimpeiro ostenta um corpo de características peculiares decorrentes tanto de sua proveniência sertaneja como de sua especialização no extrativismo mineral, bem como das vicissitudes históricas da exploração clandestina de diamantes, quando esta constituía monopólio da Coroa portuguesa. Como resposta a esses condicionamentos, desenvolveram-se dois traços peculiares: o trato austero que não admite quebra de disciplina e que combate o roubo da forma mais drástica; e o espírito aventureiro e nômade de quem trabalha ao sabor da sorte. Cada homem se empenha duramente no serviço, movido sempre pela esperança de enriquecer rapidamente com o grande achado de sua vida. Os ganhos reais são, porém, apoucados e despendidos prontamente em gastos suntuários, para não estragar a sorte que o deverá contemplar, amanhã, ainda mais generosamente.

Para isso, em todas as corrutelas de garimpos estão presentes os mascates, com suas mercadorias chamativas de artigos supérfluos, e os atravessadores, que às vezes financiam o trabalho, mas são, essencialmente, os compradores locais da produção.

As populações sertanejas, desenvolvendo-se isoladas da costa, dispersas em pequenos núcleos através do deserto humano que é o mediterrâneo pastoril, conservaram muitos traços arcaicos. A eles acrescentaram diversas peculiaridades adaptativas ao meio e à função produtiva que exercem, ou decorrentes dos tipos de sociedade que desenvolveram. Contrastam flagrantemente em sua postura e em sua mentalidade fatalista e conservadora com as populações litorâneas, que gozam de intenso convívio social e se mantêm em comunicação com o mundo. Em muitas ocasiões, esse distanciamento cultural revelou-se mais profundo que as diferenças habituais entre os citadinos e os camponeses de todas as sociedades, fazendo explodir as incompreensões recíprocas em conflitos sangrentos. Na verdade, a sociedade sertaneja do interior distanciou-se não só espacial, mas também social e culturalmente da gente litorânea, estabelecendo-se uma defasagem que as opõe como se fossem povos distintos.

O sertanejo arcaico caracteriza-se por sua religiosidade singela tendente ao messianismo fanático, por seu carrancismo de hábitos, por seu laconismo e rusticidade, por sua predisposição ao sacrifício e à violência. E, ainda, pelas qualidades morais características das formações pastoris do mundo inteiro, como o culto da honra pessoal, o brio e a fidelidade a suas chefaturas. Esses traços peculiares ensejaram muitas vezes o desenvolvimento de formas anômicas de conduta que envolveram enormes multidões, criando problemas sociais da maior gravidade. Suas duas formas principais de expressão foram o cangaço e o fanatismo religioso, desencadeados ambos pelas condições de penúria que suporta o sertanejo, mas conformadas pelas singularidades do seu mundo cultural.

Até meados da década de 1930, quando se acelerou a construção de estradas através do mediterrâneo sertanejo, operava, como forma de revolta típica da região, o cangaço. Foi uma forma de banditismo típica do sertão pastoril, estruturando-se em bandos de jagunços vestidos como vaqueiros, bem armados, que percorreram as estradas do sertão em cavalgadas, como ondas de violência justiceira. Cada integrante do bando tinha sua própria justificativa moral para aliciar-se no cangaço. Um, para vingar uma ofensa à sua honra pessoal ou familiar; outro, para fazer justiça com as próprias mãos, em razão de agravos sofridos de um potentado local; todos fazendo do banditismo uma expressão de revolta sertaneja contra as injustiças do mundo. Resultaram, por vezes, na eclosão de um tipo particular de heroísmo selvagem que conduziu a extremos de ferocidade. Tais foram os cangaceiros célebres que, se por um lado ressarciam aos pobres de sua pobreza com os bens que distribuíam depois de cada assalto, por outro, matavam, estropiavam, violentavam, em puras exibições de fúria.

É de assinalar que o cangaço surgiu, no enquadramento social do sertão, fruto do próprio sistema senhorial do latifúndio pastoril, que incentivava o banditismo, pelo aliciamento de jagunços pelos coronéis como seus capangas (guarda de corpo) e, também, como seus vingadores. Frequentemente, os fazendeiros aliciavam grandes bandos, concentrando-os nas fazendas, quando duas parentelas de coronéis se afrontavam nas frequentes disputas de terra. Esses capangas, estimados pela lealdade que desenvolviam para com seus amos, pela coragem pessoal e até pela ferocidade que os tornava capazes de executar qualquer mandado, destacavam-se da massa sertaneja, recebendo um tratamento privilegiado de seus senhores. Acresce que cada bando de cangaceiros tinha seus coronéis costeiros, que os escondiam e protegiam em suas terras, em troca da segurança contra o próprio bando, mas também para servirem-se deles contra inimigos. Nessas condições, são condicionamentos sociais do próprio sistema que alentaram e incentivaram a violência cangaceira.

Mais relevante, ainda, é o fato de que toda a população sertaneja, renegando embora os jagunços pelo pavor que lhe infundiam, tinha neles padrões ideais de honorabilidade e de valor, cantados nos versos populares, e via, nos seus feitos mais violentos, modelos de justiça realçados e louvados. Por tudo isso, o cangaço e seus jagunços, sanguinários mas pios e tementes a Deus e aos santos de sua devoção, temidos mas admirados, condenados mas também louvados, constituíram um produto típico na sociedade sertaneja.

Uma outra expressão característica do mundo sociocultural sertanejo é o fanatismo religioso, que tem muitas raízes comuns com o cangaço. Ambos são expressões da penúria e do atraso, que, incapaz de manifestar-se em formas mais altas de consciência e de luta, conduziram massas desesperadas ao descaminho da violência infrene e do misticismo militante. O fanatismo baseia-se em crenças messiânicas vividas no sertão inteiro, que espera ver surgir um dia o salvador da pobreza. Virá com seu séquito real para subverter a ordem no mundo, reintegrando os humildes na sua dignidade ofendida e os pobres nos seus direitos espoliados: "[...] o sertão vai virar mar, o mar vai virar sertão [...]". Trata-se da ressonância no sertão brasileiro do messianismo português referente ao rei d. Sebastião.

Periodicamente surgem anunciadores da chegada do messias, conclamando o povo a jejuar, a rezar e a flagelar-se a fim de, purificando-se, desimpedir os caminhos da reencarnação de velhos heróis míticos.

Um desses taumaturgos, em Pedra Bonita, Pernambuco, pedia sangue de crianças inocentes para verter numa pedreira e, assim, despertar ao rei d. Sebastião e seus cavaleiros, que ali estariam encantados com seus exércitos, tombados nas cruzadas contra os mouros. Outro, José Lourenço do Caldeirão, no Ceará, dirigia o culto a um boi milagreiro, cuja urina era recolhida, com veneração, como medicina eficientíssima contra qualquer enfermidade. Outros conduziam atrás de si, em marchas infindáveis pelo sertão afora, multidões famélicas de peregrinos que se exorcizavam e se flagelavam na esperança de milagres. Outros, ainda, atraíam enormes romarias a seus paradeiros, onde rezavam, confessavam, aconselhavam e, sobretudo, curavam os enfermos incuráveis e infundiam esperanças aos desenganados.

Por vezes, resulta dessas concentrações – como ocorreu no Juazeiro do padre Cícero – o aliciamento de sertanejos para trabalhar anos a fio, gratuitamente, nas fazendas de parentes do milagreiro. Frequentemente, porém, assumiam feições mais trágicas, como nos episódios provocados por Antônio Conselheiro em fins do século passado. Em torno desse taumaturgo, que combinava à paixão de profeta talentos de reformador social, concentrara-se em Canudos, no alto sertão são-franciscano, uma vasta população sertaneja incandescida pelo seu misticismo. Os fazendeiros vizinhos viram imediatamente o caráter intrinsecamente subversivo daqueles rezadores. O que estava atrás daquele surto de religiosidade bíblica era o abandono das fazendas pela mão de obra que as servia e que resultaria, fatalmente, na divisão das terras se o mal não fosse erradicado.

Fracassaram, porém, diante do poder de liderança de Antônio Conselheiro, fundado em sua capacidade de infundir esperança de salvação e de uma vida melhor na própria terra, as massas sertanejas. Estas, uma vez ativadas, se transfiguram e saltam de sua resignação e humildade tradicional a uma combatividade extrema. Cada sertanejo que se acerca do taumaturgo incandesce, transformando-se num justiçador divino, só disposto a devotar-se às rezas e à reconstrução da ordem social em novas bases.

Canudos, o centro do arraial sagrado, aliciando os homens das terras circunvizinhas, já excedia de mil casas quando os fazendeiros reclamaram a intervenção das tropas estaduais. Estas foram batidas. As autoridades do estado da Bahia apelam então para o Exército, que envia dois grandes contingentes, também vencidos pelos fanáticos, que, assim, se armam e municiam para uma resistência maior. Surge, então, nos centros urbanos, despertados para o problema pelo escândalo das vitórias militares daqueles sertanejos-jagunços, a interpretação de que se tratava de um couto de monarquistas, em rebelião contra o regime republicano, orientados, talvez, por agentes lusitanos.

Arma-se, em 1897, um exército inteiro contra o arraial de Canudos, dotado de todo apetrecho de guerra, inclusive artilharia pesada. Mesmo esse exército profissional moderno, só depois de lutar arduamente, consegue vencer a resistência obstinada dos fanáticos. Mas só o pode fazer ao preço da dizimação de toda a população. O episódio celebrizou-se por seu próprio vulto sinistro e, também, pelo retrato candente desse desencontro entre as duas faces da sociedade brasileira, deixado em *Os sertões*, de Euclides da Cunha, escrito como um libelo terrível contra o genocídio que ali se cometera.

> Repugnava aquele triunfo. Envergonhava. Era, com efeito, contraproducente compensação a tão luxuosos gastos de combates, de revezes e de milhares de vidas, o apresamento daquela caqueirada humana, do mesmo passo angulhenta e sinistra, entre trágica e imunda, passando-lhes pelos olhos, num longo enxurro de carcassas e mulambos (Cunha 1945:606).

A memória de Canudos perpetuou-se, também, na tradição oral das populações sertanejas, que recolheram os poucos sobreviventes do morticínio e deles ouviram e guardaram os episódios heroicos de resistência e de luta. E, sobretudo, a lição de esperança dos ensinamentos do Conselheiro sobre a possibilidade de criar uma ordem social nova, sem fazendeiros, nem autoridades.

Nos últimos anos vem se quebrando o isolamento dos sertões, cujos fazendeiros todo-poderosos do passado foram desarmados pelo governo central e cujas fazendas se viram cortadas por estradas percorridas por milhares de caminhões que conduzem gente, mercadorias e novas ideias, ao mesmo tempo em que eram atingidos pela difusão radiofônica e pelos cinemas das vilas, que vão familiarizando o sertanejo com o grande mundo externo.

Nesse sertão devassado, onde uma autoridade política central já se torna capaz de impor as leis e a justiça, embora só o possa fazer ainda em cambalacho com o coronelato local, não há mais lugar para jagunços e fanáticos. As tensões sociais tendem a estruturar-se em novas formas. As próprias disputas políticas já não se configuram exclusivamente como lutas de famílias ou contendas de prestígio entre coronéis a exigirem a lealdade de seus homens; mas se afirmam como oposições entre lideranças nacionais, que aliciam os afazendados e seus dependentes em partidos políticos opostos em tudo, exceto na sustentação da ordem fazendeira de que todos, afinal, tiram seus votos e a maioria de seus quadros dirigentes.

Mais recentemente, se configurou uma nova polarização de forças que opunha, de um lado, os partidos tradicionais, sustentadores da velha ordem oligárquica, e, de outro, movimentos reformistas assentados no voto independente das massas urbanas. Enquanto prevaleceu essa polarização, os sertanejos foram chamados a uma alternativa por novas vozes políticas que, saltando os cercados das fazendas ou chegando até eles através da radiodifusão, os aliciava para lutar por sua própria causa.

Chamado a tomar posição nessa nova polarização de forças, o sertanejo vai adquirindo, gradativamente, consciência social. Para isso contribuem também os imigrantes sertanejos que regressam à terra, trazendo do sul a imagem de regiões progressistas, onde prevalece um trato mais humano e mais justo, costumes mais livres e mais abertos, sobretudo, um padrão de vida mais alto. Todos esses ingredientes estão atuando ativamente como alargadores dos horizontes mentais dos sertanejos e como aliciadores e reorientadores das energias antes voltadas para o cangaço e o misticismo.

É de assinalar, porém, que o despertar da consciência sertaneja para sua própria causa não assume, ainda, uma atitude de rebeldia generalizada. Mas alcança já uma postura de inconformismo que contrasta com a resignação tradicional. Não chega a explicar a vida social em termos realistas de interesse em choque e, raramente, põe em dúvida as representações sagradas do mundo que explicam pela sorte e pela ajuda divina a riqueza dos ricos e a pobreza dos pobres. Sua inconformidade revela-se, principalmente, por atitudes de fuga: a idealização do passado como uma idade mirífica em que o vaqueiro era pago em reses e em que as terras eram livres para quem as quisesse ocupar e trabalhar; a idealização da vida em outras regiões do país, onde a vida é fácil e um homem, com pouco esforço, pode comer fartamente e viver com dignidade. E a esperança de ver surgir um novo paternalismo governamental, que seja mais sensível à sua causa do que aos interesses fazendeiros. Essas atitudes, porém, antes conduzem ao abandono do sertão por outras paisagens rurais e pelas cidades e a um redentorismo político do que a uma pressão ativa pela reordenação da sociedade sertaneja.

Para o conjunto dos sertões pastoris prevalece, ainda, esse inconformismo primário e inativo que se explica pelo monopólio secular da terra e pelo crescimento excessivo da população dentro de um enquadramento socioeconômico que não possibilita uma renovação tecnológica capaz de promover a fartura e o progresso. Esses condicionamentos geram uma estreita dependência do sertanejo em relação ao latifundiário, operando como um mecanismo de consolidação do sistema.

Apesar da penúria em que vivem, tanto o sertanejo engajado como vaqueiro, quanto o agregado ou o parceiro que cultiva terras alheias em regime de meação, sentem-se permanentemente ameaçados de se verem enxotados com suas famílias e de caírem na condição ainda mais miserável dos deslocados rurais. Abaixo de cada pessoa que consegue situar-se no sistema produtivo existe toda uma massa marginalizada, ainda mais miserável, onde qualquer um pode mergulhar.

Essas condições dificultam ao extremo a organização política das populações sertanejas, perdidas no deserto de terras devolutas ou engolfadas no latifúndio. Elas nascem, vivem e morrem confinadas em terras alheias, cuidando do gado, de casas, de cercados e de lavouras que têm donos ciosos. O próprio rancho miserável em que vivem com suas famílias, construído por eles próprios com barros e palhas do campo, não lhes pertence. Nada os estimula a melhorá-lo e o proprietário não os autoriza a enriquecê-lo com o plantio de fruteiras ou com a criação de animais de terreiro, para que não faça jus à indenização no momento em que devam ser despedidos.

Essa situação contrasta o lavrador e o vaqueiro sertanejo com o camponês aldeão da Europa feudal que vivia numa comunidade onde nasceram e morreram seus pais e avós, lavrando sempre a mesma terra, todos devotados a um esforço continuado para prover sua subsistência, pagando os foros devidos ao senhorio, mas melhorando sempre as condições de vida e de trabalho no nicho em que se situavam, para torná-lo cada vez mais habitável. Por mais anos ou gerações que permaneça numa terra, o sertanejo é sempre um agregado transitório, sujeito a ser desalojado a qualquer hora, sem explicações ou direitos. Por isso, sua casa é o rancho em que está apenas arranchado; sua lavoura é uma roça precária, só capaz de assegurar-lhe um mínimo vital para não morrer de fome, e sua atitude é a de reserva e desconfiança, que corresponde a quem vive num mundo alheio, pedindo desculpas por existir. Quando, apesar de todos os seus cuidados para viver desapercebido, torna-se objeto de atenção, é para ver desencadearem-se sobre si novas iniquidades, que só pode enfrentar com a violência, agravando ainda mais suas desgraças.

Assim, somente o lavrador livre, que trabalha como arrendatário de terras alheias ou se instala em terrenos baldios ou em arraiais, alcança condições mínimas de interação social que lhe permitem desenvolver-se politicamente e assumir uma conduta cidadã. Somente esses manifestam sua revolta contra o sistema fundiário, pleiteando claramente a propriedade da terra. Exemplificam essa situação os sertanejos das comunidades mais livres do agreste nordestino que mantêm uma vida social mais intensa e um certo convívio com populações urbanas. Ali se multiplicaram as ligas camponesas de Francisco Julião, com sede pública; primeiro, para impor aos senhores de terra condições explícitas e menos espoliativas nos contratos anuais de arrendamento; depois, para pleitear a própria posse das terras, através de uma reforma agrária.

Esse movimento experimentou uma rápida expansão, tanto através das ligas, como dos sindicatos rurais – estes principalmente nas usinas açucareiras, onde se concentram grandes massas de assalariados agrícolas – organizados por lideranças urbanas de diversas orientações políticas que incluíam desde sacerdotes católicos até militantes comunistas. Assentava-se, porém, na precária base de uma conjuntura política transitória. Quando esta foi derrubada pelo golpe militar, voltou o sertão a mergulhar no despotismo latifundiário.

Nos últimos trinta anos, uma descoberta tecnológica abriu novas perspectivas de vida econômica para os cerrados. Verificou-se que aquelas imensidades de planícies ofereceriam condições perfeitas para o cultivo de soja ou do trigo, à condição de que fosse corrigida sua acidez. Assim é que os cerrados estão sendo invadidos por grupos de fazendeiros sulinos, à frente de imensa maquinária, para o cultivo de cereais de exportação. Alguns poucos sertanejos estão aprendendo a ser tratoristas ou trabalhadores especializados das grandes plantações. Para a massa humana do sertão é que essa riqueza nova não oferece esperança alguma.

Tenho em mente a imagem de uma fieira de nordestinos, adultos e crianças, maltrapilhos, cabeça coberta com seus chapéus de palha e de couro, agachados, olhando pasmos as imensas máquinas revolvendo a velha terra do cerrado.

5. O Brasil caipira

> [...] Metido pelos matos, à caça de índios e índias, estas para os exercícios de suas torpezas e aqueles para os granjeios de seus interesses [...] nem sabe falar [o português] [...] nem se diferencia do mais bárbaro tapuia mais do que em dizer que é cristão e não obstante o haver se casado de pouco lhe assistem sete índias concubinas [...]
>
> Bispo de Olinda sobre Domingos Jorge Velho, o capitão bandeirante que liquidou o quilombo dos Palmares, 1694

Enquanto os núcleos açucareiros da costa nordestina cresciam e enriqueciam, a população paulista revolvia-se numa economia de pobreza. Não tendo grandes engenhos de açúcar, que eram a riqueza do tempo, tampouco tinham escravaria negra, e raramente um navio descia até o ancoradouro de São Vicente. Ao fim de um século e meio de implantação, os núcleos paulistas mais importantes eram arraiais de casebres de taipa ou adobe, cobertos de palha.

Os homens bons que integravam a Câmara e dirigiam as bandeiras de devassamento dos sertões interiores viviam com suas famílias em sítios no interior, em condições igualmente pobres. Cada um deles servido pela indiada cativa que cultivava mandioca, feijão, milho, abóbora e tubérculos, para comer com carne de caça ou com pescado; além do tabaco para o pito, do urucu e da pimenta para condimento e algumas outras plantas indígenas.

Em família e também nas relações entre paulistas, só se falava a língua geral, que era uma variante do idioma dos índios Tupi de toda a costa. Também indígenas eram as técnicas da lavoura de coivara, bem como de caça, de pesca e de coleta de frutos silvestres de que se sustentavam. A tralha doméstica, de redes de dormir, gamelas, porongos, peneiras etc., pouco diferia da disponível numa aldeia indígena.

Seus luxos em relação à vida tribal estavam no uso de roupas simples, do sal, do toucinho de porco e numa culinária mais fina; na posse de alguns instrumentos de metal e de armas de fogo; na candeia de óleo para alumiar, nalguma guloseima, como a rapadura, e na pinga de cana que sempre se destilou; além da atitude sempre arrogante. Cada família fiava e tecia de algodão grosseiro as redes de dormir e as roupas de uso diário – amplas ceroulas cobertas de um camisolão para os homens, blusas metidas em saias largas e compridas, para as mulheres. Todos andavam descalços ou usando simples chinelas ou alpercatas. Apenas cobriam o corpo que os índios antes deixavam à mostra, sem pudor mas com a faceirice das pinturas de urucum e jenipapo.

Essa pobreza, que está na base tanto das motivações quanto dos hábitos e do caráter do paulista antigo, é que fazia deles um bando de aventureiros sempre disponível para qualquer tarefa desesperada, sempre mais predispostos ao saqueio que à produção. Cada caudilho paulista de expressão podia levantar centenas e até milhares de homens em armas; é verdade que a imensa maioria deles formada por índios flecheiros.

Não necessitavam mais, porém, uma vez que os inimigos a enfrentar eram índios tribais arredios, índios missioneiros desvirilizados e negros quilombolas quase desarmados. Sua economia de subsistência de base tribal e tupi prestava-se admiravelmente a manter esses centos de índios combatentes, que só precisavam de um rancho que eles mesmos faziam, de um pedaço de terra desmatada para roçados, que eles próprios abriam, da caça e da pesca que também eles mesmos agenciavam. As contribuições fundamentais do paulista a esses núcleos eram um disciplinamento militar superior ao tribal e as motivações mercantis também mais bem ajustadas às circunstâncias.

É provável que o índio aliciado nesses bandos, depois de suficientemente afastado de sua tribo para dissuadi-lo de retornar, neles se integrasse sem dificuldades em virtude de sua singeleza quase tribal. Não era submetido a uma disciplina rígida de trabalho, como no engenho, mas às alternâncias de esforços e de lazer a que estava habituado. Sua condição seria provavelmente muito próxima da que enfrentaria, por exemplo, o índio cativo de tribos guerreiras como os Guaikuru, para servir como servo de um cacicato. Nos dois casos, encontrava um papel social bem definido e uma possibilidade de integração num novo mundo cultural, que, embora menos desejável que o tribal, seria suportável. O inconveniente maior era a impossibilidade de ter mulher (porque estas seriam muito disputadas) e também vida de família.

Esse modo de vida, rude e pobre, era o resultado das regressões sociais do processo deculturativo. Do tronco português, o paulista perdera a vida comunitária da vila, a disciplina patriarcal das sociedades agrárias tradicionais, o arado e a dieta baseada no trigo, no azeite e no vinho. Do tronco indígena, perdera a autonomia da aldeia igualitária, toda voltada para o provimento da própria subsistência, a igualdade do trato social de sociedades não estratificadas em classes, a solidariedade da família extensa, o virtuosismo de artesãos, cujo objetivo era viver ao ritmo em que os seus antepassados sempre viveram.

Os núcleos paulistas, vinculados a uma economia mercantil externa e motivados por ambições de enriquecimento, não queriam apenas existir como os índios com os quais quase se confundiam. Integrados na estrutura estamental da colônia, aspiravam a participar da camada dominante, dar-se luxos de consumo e poder de influenciar e de mandar. Armados de uma tecnologia rudimentar, mas muito superior à tribal, amalgamada de elementos europeus e indígenas, seu destino era lançar-se sobre as gentes e sobre as coisas da terra, apresando e saqueando o que estivesse a seu alcance, para assim afirmar-se socialmente.

Por tudo isso é que os mamelucos paulistas se tornaram — como mateiros e sertanistas ainda melhores que os próprios índios — o terror dos grupos tribais livres e dos índios catequizados pelos jesuítas, nesse processo desestimulados para a luta, e, mais tarde, dos negros fugidos e concentrados em quilombos. Durante um século e meio, os paulistas se fizeram cativadores de índios, primeiro, para serem os braços e as pernas do trabalho de suas vilas e seus sítios; depois, como mercadoria para venda aos engenhos de açúcar. Desse modo despovoaram as aldeias dos grupos indígenas lavradores em imensas áreas, indo buscá-los, por fim, a milhares de quilômetros terra adentro, onde quer que se refugiassem.

Adestrados nessas práticas, os paulistas se lançam, no começo do século XVII, contra as prósperas missões jesuíticas do Paraguai, onde dezenas de milhares de índios sedentarizados e disciplinados no trabalho agrícola, pastoril e artesanal se ofereciam como o saque mais tentador. Os catecúmenos eram, então, especialmente valiosos pela carência de negros escravos em que viviam os engenhos baianos, em virtude do domínio holandês sobre as fontes supridoras da África. Mas, além de índios a cativar, os paulistas encontravam nas missões jesuíticas preciosos adornos de igrejas, ferramentas e outras prendas de valor, ademais de muito gado.

Missões inteiras, das mais ricas e populosas, como Guaíra (oeste paranaense), Itatim (sul do Mato Grosso) e Tapes (Rio Grande do Sul), foram assim destruídas pelos bandeirantes paulistas, que saquearam seus bens e escravizaram seus índios. É de supor que paulistas tenham vendido mais de 300 mil índios, principalmente missioneiros, aos senhores de engenho do Nordeste.

Cada uma dessas empresas de assalto às missões jesuíticas do Paraguai exigia, por vezes, a mobilização de todos os paulistas prestantes com sua indiada de confiança. As maiores delas compreendiam cerca de 2 a 3 mil pessoas, uma terça parte das quais era constituída de "brancos" que seriam quase todos mamelucos. Iam homens, mulheres, velhos que ainda podiam andar e combater e crianças, divididos por famílias, como uma vasta cidade móvel, arranchando-se pelo caminho, fazendo roça, caçando e pescando para comer, mas seguindo sempre em frente para acossar aos missioneiros em seus redutos, vencê-los e apresá-los. Além do núcleo guerreiro de combatentes, com sua hierarquia militar e seu incipiente aparato legal e religioso, a bandeira transitava pelo sertão toda uma corte de serviçais que carregavam as cargas de mantimentos e utensílios, de índios que caçavam, pescavam e coletavam alimentos, de sertanistas que abriam picadas e estabeleciam rumos.

Assim, num tempo em que as nações deserdadas na divisão do mundo apelavam para a pirataria marítima dos corsários, os paulistas, que eram os deserdados do Brasil, lançavam-se, também, ao saque com igual violência e cobiça. Marginalizados do processo econômico da colônia, em que quase todos estavam voltados para as lucrativas tarefas pacíficas dos engenhos e dos currais de gado, os paulistas acabaram por se especializar como homens de guerra. Cada vez que na abertura de uma nova zona os índios apresentavam resistência maior, requeria-se a mão subjugadora dos paulistas. Igualmente, quando estalava uma rebelião escrava ou quando um grupo negro se alçava implantando solidamente um quilombo resistente às forças locais, para os paulistas é que se apelava.

Desse modo, troços de guerra de chefes paulistas com sua indiada de combate andaram além dos sertões indevassados, que eram seu campo habitual de trabalho, por todas as regiões prósperas do país, empreitados para desalojar índios ou destruir quilombos. Alguns desses sinistros bandeirantes de contrato traziam de volta dessas batalhas, como prova de tarefa cumprida, milhares de pares de orelhas dos negros decapitados. Nessas andanças, muitos paulistas acabaram por se fixar em regiões distintas, fazendo-se criadores de gado ou lavradores. A maioria, porém, voltava ao couto, reintegrando-se na vida penosa e rude de sua gente. Formavam uma sociedade que, por ser mais pobre, era também mais igualitária, na qual senhores e índios cativos se entendiam antes como chefes e seus soldados, do que como amos e seus escravos.

A miscigenação era livre porque quase ninguém haveria, dentre os homens bons, que não fosse mestiço. Nessas circunstâncias, o filho da índia escrava com o senhor crescia livre em meio a seus iguais, que não eram a gente da identidade tribal de sua mãe, nem muito menos os mazombos, mas os chamados mamelucos, frutos de cruzamentos anteriores de portugueses com índias, orgulhosos de sua autonomia e de seu valor de guerreiros.

A família se estrutura patricêntrica e poligínica, dominada pelo chefe como um grupo doméstico com pessoas de várias gerações; essencialmente, o pai, suas mulheres com as respectivas proles e os parentes delas. As índias atreladas ao grupo como cativas eram comborças do pai e dos filhos destes. Só aos poucos o casamento religioso se impõe como sacralização da mãe dos filhos legítimos, entre as mulheres de cada homem. Muito paulista velho consignava em seu testamento a parcela dos parcos bens que caberia aos filhos legítimos e o montante a distribuir entre os outros, esclarecendo bizarramente que tinha, por filhos seus, todos aqueles que as mães apontassem como tais.

O regime de trabalho, voltado para o sustento e não para o comércio, era quase o mesmo da aldeia tribal. Atribuía às mulheres as cansativas tarefas rotineiras de limpeza da casa, do plantio, da colheita e das roças, do preparo de alimentos, do cuidado das crianças, da lavagem das roupas e do transporte de cargas. E, aos homens, os trabalhos esporádicos que exigiam grandes dispêndios de energia, como o roçado, a caça e a guerra, mas que permitiam depois de cada façanha largos períodos de repouso e lazer. Nas longas quadras de espera inativa entre as entradas do sertão, os homens ficavam em casa, insofridos, como guerreiros em vigília. Nesse ambiente estouravam, com frequência, conflitos sangrentos. Esses hábitos deram aos antigos paulistas a reputação de gente birrenta e preguiçosa.

Apesar desse primitivismo, São Paulo quinhentista era também um implante da civilização europeia ocidental, um entreposto mercantil mundial, um enclave colonial-escravista da formação mercantil-salvacionista ibérica. Por todas essas qualidades, contrastava flagrantemente com as organizações tribais das aldeias agrícolas indiferenciadas, com as quais interagia, sem com elas confundir-se. Ao contrário, lhes impunha sua dominação e as conduzia ao extermínio físico para fazer surgir um outro povo no território até então ocupado por elas.

Enquanto civilização, era um transplante tardio de uma romanidade refeita por sucessivas transfigurações na península Ibérica, que, a certa altura, adquire forma e vigor para expandir-se como uma macroetnia conquistadora. Nesse sentido, repetiam-se em São Vicente – como de resto em todo o Brasil – as situações em que conquistadores cartagineses e romanos impuseram sua língua, religião e cultura aos povos celtiberos, transfigurando-os etnicamente em lusos. Nos dois casos estamos diante de uma mesma modalidade de trânsito de uma etapa evolutiva a outra, aquela que se dá pela incorporação histórica de um povo numa macroetnia conquistadora com perda de sua própria autonomia cultural.

Isso significa que em São Paulo não se verificava um ascenso da tribalidade à civilização, mas sim a edificação, com gente desgarrada das tribos, de uma entidade étnica emergente que nasce umbilicalmente ligada a uma sociedade e a uma cultura exógena por ela conformada e dela dependente. São Paulo surge, por isso, com uma configuração histórico-cultural de povo novo, plasmada pelo cruzamento de gente de matrizes raciais díspares e pela integração de seus patrimônios culturais sob a regência do dominador que, a longo termo, imporia a preponderância de suas características genéticas e de sua cultura.

Enquanto entreposto mercantil, São Paulo era um módulo da trama econômica transatlântica de produção e comércio, comunicada através de naus oceânicas. Sua principal mercadoria eram índios caçados para vender como escravos aos núcleos açucareiros do Nordeste e também para outros lugares. Capistrano de Abreu, referindo-se a São Paulo, dizia que o Brasil, antes de importador, fora exportador de escravos. Mas, ainda que produzisse para o mercado interno, interagia em um circuito mercantil que lhe permitia prover-se de produtos importados, principalmente armas e ferramentas. O próprio negócio de vender índios como escravos era parte do tráfico mundial escravista e tinha seu ritmo e êxito determinados pelos azares da preia e exportação de africanos.

Enquanto formação, São Paulo não era uma reencarnação de etapas pregressas da evolução humana. Era uma formação colonial-escravista, estruturada como uma contraparte contemporânea e coetânea da formação mercantil-salvacionista ibérica. Essa posição histórico-evolutiva é que lhe impunha, por um lado, sua característica básica de sociedade estratificada em classes antagônicas e bipartida em componentes rurícolas e citadinos, esses últimos liberados das tarefas de subsistência para ocupar-se de outras funções, e, por outro lado, seu papel de agência difusora da civilização ibérica e impositora de sua dominação sobre o território brasileiro.

A grande esperança dos paulistas em suas entradas no sertão sempre foi deparar com minas de ouro, prata ou pedras preciosas. A tanto os apicaçava também a Coroa portuguesa, empenhada em que seu naco das Américas produzisse as riquezas que os espanhóis arrancavam do México e do Peru. Assim é que puderam alcançar apoio e até alguma ajuda oficial para as entradas que visavam a descoberta de metais preciosos.

O ouro acabou aparecendo nos sertões de Taubaté, primeiro em garimpos pobres, que só estimulavam as buscas; depois em aluviões prodigiosamente ricos das morrarias de Minas Gerais, cuja exploração transfiguraria toda a sociedade colonial brasileira e, levado para a Europa, alteraria o padrão monetário. Pandiá Calógeras avalia em 1400 toneladas de ouro e em 3 milhões de quilates de diamantes a riqueza carreada do Brasil no período colonial (Calógeras 1938:60-1).

Tais foram as zonas de mineração descobertas pelos bandeirantes paulistas nas serrarias do interior do país ao alvorecer do século XVIII, em Minas Gerais

(1698), depois em Mato Grosso (1719) e, mais tarde, em Goiás (1725). Desde as primeiras notícias dos descobrimentos auríferos, multidões acorreram às áreas de mineração, vindas de todo o Brasil e, posteriormente, também de Portugal. Em poucos anos, aquelas regiões desertas transformaram-se na área mais densamente povoada das Américas, concentrando cerca de 300 mil habitantes por volta de 1750. Os ricos vinham com toda sua escravaria, pleiteando grandes lavras; os remediados, com o que tinham, e os pobres, com uns poucos negros, com apenas um, ou com nenhum, mas também tentando a sorte. A transladação humana alcançou tal vulto que a Coroa viu-se na contingência de sofreá-la, baixando sucessivamente atos para evitar o êxodo dos engenhos e das vilas das zonas de antiga ocupação.

A exploração começou pelo ouro de aluvião, que se apresentava misturado às areias e ao cascalho do leito dos rios (ouro de *medra*) e das suas margens (ouro de *tabuleiro*). Aí tratava-se apenas de lavrar e batear as areias para catar as pepitas e apurar o ouro em pó. Mais tarde, passou-se a explorar o ouro de *grupiara*, que se encontrava nas serranias. Então, fez-se necessário um processo mais complicado, que envolvia a canalização da água de lavagem e o desmonte da piçarra, e frequentemente a trituração das pedras em que se engastava o ouro. Por fim, explorava-se também o ouro de *minas*, cujos filões tinham que ser seguidos terra adentro, exigindo mais trabalho e técnicas mais aprimoradas.

Inicialmente, porém, era enorme a quantidade de ouro que se encontrava à flor da terra para ser simplesmente catado com bateias. Essa facilidade de exploração conduziu ao pronto esgotamento dos aluviões, obrigando os arraiais de mineradores a deslocar-se para novas áreas. Alguns dos primeiros núcleos de exploração eram tão ricos que as rancharias assentavam sobre o próprio terreno aurífero, tendo de ser derrubadas, mais tarde, para prosseguir na lavagem do cascalho. Assim se formaram arraiais que se tornariam vilas e, depois, cidades assentadas literalmente sobre o ouro, como Vila Rica, Cuiabá, Vila Bela e Goiás, entre muitas outras. Construídas com o barro rico, ainda hoje se pode ver, nessas cidades, gente bateando as terras de um velho muro de adobe em ruínas, à procura de pepitas.

O afluxo de gente para as áreas de mineração e a sofreguidão com que todos se dedicavam à cata de ouro geraram graves problemas sociais, fome e conflitos. Toda uma copiosa documentação histórica mostra como se podia morrer de fome ou apenas sobreviver comendo raízes silvestres e os bichos mais imundos, com as mãos cheias de ouro. Registra, também, as contendas entre mineradores, travadas principalmente entre os paulistas e adventícios. Aqueles, considerando-se com maiores direitos, enquanto descobridores de toda a nova riqueza, lutavam contra a invasão dos baianos, pernambucanos e demais brasileiros, bem como contra os reinóis atraídos para as minas. A chamada Guerra dos Emboabas (1710) foi o mais grave dos enfrentamentos desse tipo.

Somente uma década depois da descoberta, as autoridades coloniais fixaram-se com um poder efetivo sobre as novas regiões, tornando-se capazes de compelir o cultivo de gêneros para garantir a subsistência, de estancar os conflitos, de dirimir as lutas pelo domínio das águas de lavagem e pela posse das matas mais ricas.

Começa, então, uma luta feroz entre os empresários da terra e o patriciado lusitano, esforçando-se os primeiros por reter e aumentar seus bens contra a sanha taxadora da Coroa. O escamoteio de ouro e dos diamantes e a sonegação dos impostos prevalecem, desde então, como o sentimento mais profundo dos corações mineiros e como sua forma particular de rebeldia. A Coroa reage com as derramas, as exações punitivas, os confiscos e a repressão, mas jamais consegue pôr cobro à posse ilícita e ao contrabando, que era a defesa dos brasileiros contra a espoliação. A população revida com motins, por vezes prontamente aplastados, mas exigindo outras vezes a mobilização de milhares de soldados para sufocá-los. O principal deles, eclodido em 1720, termina com o esquartejamento de Felipe dos Santos e a queima das casas dos revoltosos.

Ainda na primeira metade do século XVIII, a descoberta de uma riquíssima região diamantífera promove nova transladação humana. Era, porém, aos olhos da Coroa, uma riqueza demasiado grande para ficar em mãos de brasileiros. Sobre ela foi decretado o monopólio real. Assim é que os diamantes seriam explorados, primeiro, por contratantes reais; depois, diretamente por agentes da metrópole. O estanco (monopólio real), apesar de decretado e imposto através do maior aparelho de repressão montado no período colonial, não impediu a exploração clandestina de diamantes. Esta continuou sendo feita, acabando por plasmar um tipo social característico, o garimpeiro, que ainda hoje conserva traços de independência, reserva e rebeldia, explicáveis por essa origem clandestina.

Os primeiros povoadores levantavam e abandonavam continuamente rancharias, à medida que as lavras eram descobertas e se esgotavam. Mas prontamente se nuclearam, em princípio nos pousos mais próximos, onde se instalava uma venda que depois se tornava estalagem e armazém. Ali todos compravam ferramentas e utensílios, sal, pólvora, panos, mantimentos e pinga, pagando tudo em onças de ouro em pó, que era a moeda da terra. Essa riqueza atraiu negociantes importadores; comboieiros que tangiam escravos desde a costa, acorrentados uns aos outros; tropeiros que transportavam a lombo de burro, através de centenas de léguas, toda a sorte de mercadoria. Alguns daqueles pousos se estabilizaram, tornando-se arraiais e vilas capazes de prover, além das mercadorias, também as necessidades da religião e da justiça da população. Assim se constitui, com extraordinária rapidez, a base do que viria a ser uma vasta e próspera rede urbana.

Os escravos das lavras viviam acumulados em choças levantadas nas vizinhanças, trabalhando sob estrita vigilância de fiscais e feitores atentos contra o extravio e até a deglutição das pepitas maiores e, sobretudo, dos diamantes. Gozavam, porém, de certas regalias em relação ao eito açucareiro, tendo condições de cultivar seus roçados e, por vezes, de comprar a própria liberdade se alcançassem uma produção inusitada. Nesse mundo que requeria as aptidões técnicas mais variadas, muito negro habilidoso se fez artífice. A eles se devem as primeiras fundições de ferro, indispensáveis nas minas para o fabrico do instrumental de trabalho, para ferrar as mulas das tropas e as rodas dos carros.

Nas zonas de mineração, a sociedade brasileira adquire feições peculiares como um desdobramento do tronco paulista, por influência dos brasileiros vindos de outras áreas e de novos contingentes europeus nele incorporados, e da presença de uma grande massa de escravos, tanto africanos quanto nativos, trazidos das antigas zonas açucareiras. O principal conformador dessa variante cultural foi a atividade econômica inicial de mineração e a riqueza local que ela gerou, criando condições para uma vida urbana mais complexa e ostentosa que em qualquer outra região do país.

A abertura das regiões mineradoras teve algumas consequências externas de importância capital, além das transladações de população. Ensejou a transferência da capital colonial da Bahia para o porto do Rio de Janeiro – que era um arraial paupérrimo, como o velho São Vicente –, criando as bases para a implantação de grande centro administrativo e comercial na costa sul, em cujas imediações se desenvolveria um novo núcleo de economia agrária. Estimulou a expansão do pastoreio nordestino pelos campos são-franciscanos e do Centro-Oeste, assegurando-lhe um novo mercado consumidor, no momento em que decaía o nordestino. Finalmente, possibilitou a ocupação da região sulina, conquistada pelos paulistas com a destruição das missões jesuíticas, para o pastoreio de gado vacum, que se dispersara pelos campos, e, sobretudo, para a criação dos muares que abasteceriam os tropeiros, os quais faziam todo o transporte terrestre do Brasil colonial.

Desse modo, a mineração, ademais de representar uma nova atividade de maior rentabilidade econômica que as anteriores, ensejou a integração na sociedade colonial, assegurando, assim, o requisito fundamental da unidade nacional brasileira sobre a vastidão do território já devassado.

Meio século depois da sua descoberta, a região das Minas já era a mais populosa e a mais rica da colônia, contando com uma ampla rede urbana. Nas décadas seguintes, se ativaria com uma vida social brilhante, servida por majestosos edifícios públicos, igrejas amplas de primorosa arquitetura barroca, casas senhoriais assobradadas e ruas pedradas engalanadas com pontes e chafarizes de pedra esculpida.

Desenvolveu-se simultaneamente uma classe senhorial de autoridades reais e eclesiásticas, de ricos comerciantes e mineradores, tanto brasileiros como reinóis, acolitada por um amplo círculo de militares de ofício, burocratas, ouvidores, contadores, fiscais e escrivães. Dentro desse círculo, todos se davam um trato cordial de "urbanidade sem afetação", segundo um testemunho europeu. Os homens levavam jaquetas e calças de flanela preta de Manchester. As mulheres davam-se ao luxo de seguir modas francesas. Faziam arquitetura e pintura da mais alta qualidade, criando uma variante brasileira do barroco; literatura lírica e até política libertária; liam pensadores revolucionários e compunham música erudita, primorosamente orquestrada.

A atividade mineradora, que mantinha esse fausto urbano, propiciou também a criação de uma ampla camada intermediária entre cidadãos ricos e os pobres trabalhadores das lavras. Eram artífices e músicos, muitos deles mulatos e mesmo pretos, que conseguiam alcançar um padrão de vida razoável e desligar-se das tarefas de subsistência para só se dedicarem a suas especialidades. Para atender a esse grupo, fundam-se suas próprias corporações de ofício, de molde português, que se tornam poderosos núcleos de defesa dos interesses profissionais, associando separadamente os ourives, os pedreiros, os carpinteiros, os entalhadores, os ferreiros, os artistas, escultores, pintores e outros artífices.

A atividade religiosa regia o calendário da vida social, comandando toda a interação entre os diversos estratos sociais. Isso se fazia através de diversas irmandades organizadas por castas, que reuniam os pretos forros, os mulatos, os brancos, separando-os em distintas agrupações mas também integrando a todos na vida social da colônia. Cada uma delas tinha igreja própria, que era seu orgulho, cemitério privativo e direito a pompas funerárias com a participação de seus clérigos e de seus músicos profissionalizados. Os pretos também, inclusive os escravos, criaram suas próprias corporações, devotadas, como as outras, a algum santo. É o caso do suntuoso Santuário do Rosário dos Pretos, de Ouro Preto.

O sustento dessa população urbana criou condições para o surgimento de uma agricultura comercial diversificada, provedora de mantimentos, de carne, de rapadura, de queijos, de toucinho e muitos outros produtos. Pequena parcela da escravaria foi destinada a esses misteres, dado o seu engajamento maciço na mineração. Deles ocupavam-se, principalmente, os negros e mulatos forros e os brancos mais pobres, incapazes de entrar no negócio das lavras, que já não era de simples bateação, mas de mineração e desmonte de grupiaras, exigindo, por isso, grandes capitais.

Lavrando principalmente terra alheia, por força do monopólio que sobre ela exercia a gente fidalga, esses chacareiros trabalhavam, certamente, sob algum regime de parceria, como os roceiros da região açucareira dedicados ao provimento alimentar das vilas e cidades nordestinas. Abaixo desses estratos intermediários, estava a camada dos mulatos e negros forros mais humildes, representados nas irmandades mais pobres mas, ao menos, aí integrados. Eram os serviçais domésticos ou trabalhadores braçais, sobre cujos ombros recaíam as tarefas pesadas. Na base da estratificação, como a camada mais explorada, sem qualquer representação ou direito, ficava a grande massa escrava de trabalhadores das minas, das lavouras e dos transportes. Todo um aparato ostensivo de repressão vigiava, em cada vila, a esses miseráveis, para prevenir as fugas de escravos, a vadiagem dos forros que pudesse resultar em assaltos e, sobretudo, as rebeliões.

A sedição surge, porém, na própria classe alta, de que se destaca uma elite letrada que se propõe formular e pôr em execução um projeto alternativo ao colonial de reordenação de sua sociedade. Trata-se do mais ousado dos projetos libertários da história colonial brasileira, uma vez que previa estruturar uma república de molde norte-americano que aboliria a escravidão, decretaria a liberdade de comércio e promoveria a industrialização. A eclosão insurrecional deveria ter lugar em 1789, aproveitando a revolta dos "mineiros" contra a espoliação colonial, aumentada por novas taxações já anunciadas sobre uma riqueza minguante. Foi a mal chamada Inconfidência Mineira, que, apesar de fracassada por uma delação, nos revela o vigor do sentimento nativista nascente e também o amadurecimento de uma ideologia republicana capacitada para reordenar a sociedade em novas bases.

Tiradentes, a figura principal da conspiração, um militar de ofício, tinha sempre em mãos um exemplar da constituição norte-americana para mostrar como se devia e se podia reorganizar a vida social e econômica depois da emancipação do jugo português. Presos por denúncia, todos os inconfidentes foram desterrados para a África, onde morreram. Exceto o próprio Tiradentes, enforcado após três anos de cárcere e, depois, esquartejado e exposto nos lugares onde antes conspirara, para escarmento da população.

Depois de algumas décadas de exploração intensiva e desordenada, começam a esgotar-se os aluviões de Minas Gerais e, mais tarde, os de Goiás e de Mato Grosso. Os mineradores voltam às velhas paragens, relavando cascalho já trabalhado ou tentando lavras abandonadas, por sáfaras. Tudo em vão; o ouro minguava e com ele a sociedade fundada na dissipação da riqueza fácil. Os mineradores insistiam, porém, labutando com os escravos envelhecidos que não podiam renovar e endividando-se, mas persistindo sempre pela incapacidade de se voltarem para outra atividade. Seu problema era determinar que mercadoria se podia produzir naqueles ermos montanhosos, como transportá-la até a costa distante e a quem vendê-la, se o único mercado rico fora o das minas, agora empobrecidas.

Ao fim do século XVIII, a vida urbana ainda parecia ter viço pelo brilho artístico que alcançara, pelo requinte que adquirira, pelos hábitos mundanos que cultivava. Mas já eram expressões da decadência, que pouco depois desapareceriam também, mergulhando a todos na pobreza envergonhada em que ainda vegetam os mineiros das antigas cidades do ouro e do diamante.

Nem Portugal conseguira reter a riqueza portentosa que carreara, criando com ela novas fontes de produção. Um pacto de complementaridade econômica com a Inglaterra – Tratado de Methuen –, que assegurava taxas mínimas ao vinho do Porto e ao azeite português em troca do livre comércio das manufaturas inglesas, transferia quase todo o ouro para os banqueiros londrinos. O âmbito dessa transferência pode ser avaliado em documentação da época, que indica terem alcançado até 50 mil libras semanais os pagamentos portugueses em ouro pelas importações que o reino e o Brasil faziam aos industriais ingleses. Esse ouro contribuiria para custear as guerras contra Napoleão e, sobretudo, para financiar a expansão da infraestrutura industrial da Inglaterra.

Com a decadência da mineração, toda a área submerge numa economia de pobreza, com a regressão cultural resultante. Os mineradores se fazem sitiantes, escondendo na fazenda a sua penúria. O artesanato local de roupas rústicas e de utensílios volta a ganhar terreno, e com ele uma economia autárquica para subsistência. Todavia, a presença de contingentes europeus e africanos integrados na sociedade mineira permite explorar algumas técnicas, como a fundição de ferro, a edificação, a carpintaria fina, a indústria de panos, bem como certo grau de erudição livresca que impediriam a sociedade mineira decadente de regredir à rusticidade do tronco paulista.

Sua vocação histórica seria a industrialização, para a qual estava quiçá tão habilitada como a colônia norte-americana. Com efeito, somente a industrialização poderia abrir novos horizontes de ocupação produtiva aos capitais acumulados e, sobretudo, à massa antes engajada na mineração, que estiolava agora nas cidades decadentes e nos campos paupérrimos. É certo que a industrialização que se processava, então, nos centros reitores da economia mundial envolvia conhecimentos técnicos que nem Portugal dominara, além de exigir contatos internacionais e recursos financeiros que talvez excedessem as possibilidades de uma província colonial encravada no coração do continente. O obstáculo fundamental à realização desse desígnio residia, porém, numa proibição expressa. Efetivamente, as tentativas mineiras de instalar fábricas toscas pareceram à Coroa tão atentatórias aos seus interesses que todas elas foram destruídas pelas tropas coloniais e se dispôs em 1785 que jamais se tornassem a levantar.

Entraram, assim, em desagregação progressiva a economia e a sociedade que edificara nas regiões mineiras seus arraiais e cidades, formando o maior conglomerado demográfico e a maior rede urbana da colônia. Antigos mineradores e negociantes se transformam em fazendeiros; artesãos e empregados se fazem posseiros de glebas devolutas. Citadinos ruralizados espalham-se pelos matos, selecionando as terras já não pela riqueza aurífera, mas por suas qualidades para moradia e cultivo. Fazem-se roceiros de lavouras de subsistência, criadores de gado, de cavalos, de burros e de porcos, espraiando-se pelas vastidões dos vales que descem e se abrem das serranias onde se explorava o ouro.

Buscando manter sua procedência social, muitas parentelas antes ricas, mas de bens minguantes, emigraram com sua escravaria para sesmarias conseguidas em territórios ermos. Aí reconstituem núcleos de vida autárquica, novamente orgulhosos de só depender do comércio para o provimento do sal, mal escondendo, atrás dessa vaidade, a sua penúria. O núcleo fidalgo dessas parentelas continuava cultuando certa erudição. Os pais ensinavam a ler e a escrever aos seus filhos varões, iniciando-os às vezes em rudimentos de latim e de literatura clássica. Mesmo as camadas populares mantêm, por algumas décadas, nesses núcleos de citadinos ruralizados, certos traços culturais de extração urbana europeia, como a música erudita. Ainda no século XIX, músicos afeiçoados a quartetos de corda surpreendem o sábio alemão Karl von Martius, que atravessava a região, com convites para tertúlias de puro gosto fidalgo, em pleno sertão mineiro.

A vida citadina se deteriora, conformando cidades mortas, cujas casas são vendidas por preços muito inferiores ao que custaria edificá-las; cujo comércio, instalado em lojas enormes, tem as prateleiras vazias; cuja gente cada vez mais sovina vive de créditos e calotes, só luzindo o antigo brilho nas procissões religiosas, organizadas ao gosto antigo, em que todos trajam a única surrada roupa domingueira. Esta é a Minas Gerais da decadência: conservadora, reservada, desconfiada, taciturna e amarga. A atividade mais rendosa, porque a única paga em dinheiro, virá a ser a burocracia sobrevivente de uns poucos cargos públicos, disputados pela melhor gente.

Esgotado o impulso criador dos bandeirantes que se fizeram mineiros, toda a economia da vasta população do Centro-Sul entra em estagnação. Mergulha numa cultura de pobreza, reencarnando formas de vida arcaica dos velhos paulistas que se mantinham em latência, prontas a ressurgir com uma crise do sistema produtivo. A população se dispersa e se sedentariza, esforçando-se por atingir níveis mínimos de satisfação de suas necessidades.

O equilíbrio é alcançado numa variante da cultura brasileira rústica, que se cristaliza como *área cultural caipira*. É um novo modo de vida que se difunde paulatinamente a partir das antigas áreas de mineração e dos núcleos ancilares de produção artesanal e de mantimentos que a supriam de manufaturas, de animais de serviço e outros bens. Acaba por esparramar-se, falando afinal a língua portuguesa, por toda a área florestal e campos naturais do Centro-Sul do país, desde São Paulo, Espírito Santo e estado do Rio de Janeiro, na costa, até Minas Gerais e Mato Grosso, estendendo-se ainda sobre áreas vizinhas do Paraná. Desse modo, a antiga área de correrias dos paulistas velhos na preia de índios e na busca de ouro se transforma numa vasta região de cultura caipira, ocupada por uma população extremamente dispersa e desarticulada. Em essência, exaurido o surto minerador e rompida a trama mercantil que ele dinamizava, a paulistânia se "feudaliza", abandonada ao desleixo da existência caipira.

O único recurso com que conta essa economia decadente são as enormes disponibilidades de mão de obra desocupada e de terras virgens despovoadas e desprovidas de qualquer valor, que os mais abonados obtêm por concessão em enormes sesmarias e os mais pobres e imprevidentes apenas ocupam como posseiros. Com essa base se instala uma economia natural de subsistência, dado que sua produção não podia ser comercializada senão em limites mínimos. Difunde-se, desse modo, uma agricultura itinerante, a derrubar e queimar novas glebas de mata para cada roçado anual, combinada com uma exploração complementar das terras, das aguadas, das matas, através da caça, da pesca e da coleta de frutos e tubérculos. Sem nada vender, nada podiam comprar, voltando à vida autárquica de economia artesanal doméstica que satisfazia, nos níveis possíveis, às necessidades comprimidas a limites extremos.

Essas novas formas de vida importaram numa dispersão do povoamento por grandes áreas, com o distanciamento dos núcleos familiais. Não impuseram, porém, uma segregação, porque novas formas de convívio intermitente foram estruturando as vizinhas em unidades solidárias. Assim se formaram os *bairros* rurais, definidos por um informante de Candido (1964) como *naçãozinhas* ou grupos de convívio unificados pela base territorial em que se assentam, pelo sentimento de localidade que os identifica e os opõe a outros bairros, e pela participação em formas coletivas de trabalho e de lazer.

Para essas populações rarefeitas, que, via de regra, só contavam para o convívio diário com os membros da família, assumem importância crucial certas instituições solidárias que permitem dar e obter a colaboração de outros núcleos nos empreendimentos que exigem maior concentração de esforços. A principal delas é o mutirão, que institucionaliza o auxílio mútuo e a ação conjugada pela reunião dos moradores de toda uma vizinhança para a execução das tarefas mais pesadas, que excediam das possibilidades dos grupos familiares. Assim, os moradores de um bairro sucessivamente se juntam para ajudar a cada um deles na derrubada da mata para o roçado, para o plantio e a limpeza dos cultivos, bem como para a bateação das safras de arroz e de feijão e, eventualmente, para construir ou consertar uma casa, refazer uma ponte ou manter uma estrada. Sempre que a tarefa interessava imediatamente a um dos moradores, cumpria-a este prover alimentação e, ao fim dos trabalhos, oferecer uma festa com música e pinga. Assim, o mutirão se faz não só uma forma de associação para o trabalho, mas também uma oportunidade de lazer festivo, ensejando uma convivência amena.

As vizinhanças mais solidárias organizam-se, ainda, em formas superiores de convívio, como o culto a um santo poderoso, cuja capela pode ser orgulho local pela frequência com que promove missas, festas, leilões, sempre seguidos de bailes. Cada núcleo, além da produção de subsistência, que absorve quase todo o trabalho, produz uns poucos artigos para o mercado incipiente, como queijos, requeijões e rapaduras, farinha de mandioca, toucinho, linguiça, cereais, galinha e porcos. A eles se acrescentam os panos de algodão grosseiro, de fabrico doméstico, que chegam a servir como unidade de troca nessa economia não monetária.

A população caipira, integrada em bairros, preenche desse modo suas condições mínimas de sobrevivência. Os que se desgarram desse convívio, penetrando sós nos sertões mais ermos, estão sempre ameaçados de cair em anomia, sendo olhados por todos como gente rara, suspeita de incesto e de todas as formas de alienação cultural.

A vida rural caipira, assim ordenada, equilibra satisfatoriamente quadras de trabalho continuado e de lazer, permitindo atender às carências frugais e até manter os enfermos, débeis, insanos e dependentes improdutivos. Condiciona, também, o caipira a um horizonte culturalmente limitado de aspirações, que o faz parecer desambicioso e imprevidente, ocioso e vadio. Na verdade, exprime sua integração numa economia mais autárquica do que mercantil que, além de garantir sua independência, atende à sua mentalidade, que valoriza mais as alternâncias de trabalho intenso e de lazer, na forma tradicional, do que um padrão de vida mais alto através do engajamento em sistemas de trabalho rigidamente disciplinado.

Só nessas condições de recessão econômica é que a população branca e mestiça pobre e os mulatos livres têm acesso à terra. Não por uma renovação institucional que garanta a propriedade dos posseiros, mas simplesmente porque, quebrados os vínculos mercantis pela inexistência de um mercado comprador, deixaria temporariamente de ter sentido o monopólio da terra como mecanismo adicional de conscrição da força de trabalho para as lavouras comerciais.

A liberdade incidental dessa existência autárquica duraria pouco, porque logo surgiria outra forma de viabilização da economia de exportação através da grande lavoura e, com ela, a proscrição legal (1850) do acesso à propriedade da terra pela simples ocupação e cultivo, através da obrigatoriedade da compra ou de formas de legitimação cartorial da posse, que eram inacessíveis ao caipira.

Com efeito, passadas as décadas de maior recesso (1790 a 1840), surgem e se expandem novas formas de produção agroexportadora, dando início a um lento processo de reaglutinação das populações caipiras em bases econômicas mercantis. Tal se dá com o surgimento de novos cultivos comerciais de exportação, como o algodão e o tabaco e mais tarde o café, que reativariam as regiões caipiras. As estradas melhoram e se refazem os sistemas de transporte por tropas. Simultaneamente, uma reordenação institucional se vai implantando no nível civil e no eclesiástico: as vizinhanças se transformam em distritos, os arraiais em cidades, providas já de certo aparato administrativo que entra a examinar a legalidade das ocupações de terras. A religiosidade espontânea se institucionaliza com a ereção de freguesias e, depois, de paróquias com vigários permanentes. Por fim, um poder estatal se instala, com serviços de polícia, que se capacitam a acabar com o banditismo espontâneo e a soldo, que se generalizara, aliciando aventureiros e vadios.

Essa penetração do poder público não se faz, porém, como uma extensão da justiça ou como uma garantia de bem comum. O Estado penetra o mundo caipira como agente da camada proprietária e representa para ele, essencialmente, uma nova sujeição. Desde então, torna-se imperativo para cada pessoa colocar-se sob o amparo de um senhorio que tenha voz frente ao novo poder para escapar às arbitrariedades de que, doravante, está ameaçada. Para isso se fará compadre, ou foreiro, ou sequaz, ou eleitor – geralmente tudo isso –, de quem lhe possa assegurar a proteção indispensável.

Assim, o domínio oligárquico que remonopolizava a terra e promovia o desenraizamento do posseiro caipira, com a ajuda do aparelho legal administrativo e político do governo, ganha força e congruência, passando a exigir também as lealdades do caipira. Tal como ocorre ao sertanejo, seu pavor maior será doravante ver-se desgarrado, sem um senhor poderoso que se interponha, se necessário, entre ele e essa ordem impessoal, antipopular, todo-poderosa, que avança sobre o seu mundo.

O fator básico dessa reordenação social e econômica era o restabelecimento do sistema mercantil e com ele a valorização das propriedades. Desencadeia-se a disputa pelas terras de melhor qualidade, próximas das redes de transporte, utilizáveis para as lavouras comerciais, cada vez mais amplas, de algodão e de tabaco e para as novas lavouras de café, que começam a difundir-se. Nesse processo os cartórios se ativam para avalizar títulos de velhas sesmarias, verdadeiros ou falsificados, promovendo o desalojamento de antigos posseiros.

Todo um aparato jurídico citadino se coloca a serviço dessa concentração de propriedade. Propriedades pulverizadas por efeito de heranças sucessivas de famílias extensas se reconstituem por compra das parcelas de exploração inviável. Entram em ação os demarcadores de glebas a se fazerem pagar em terras pelos que não têm dinheiro. Multiplicam-se os grileiros, subornando juízes e recrutando as forças policiais das vilas para desalojar famílias caipiras, declaradas invasoras de terras em que sempre viveram. Postas fora da lei e submetidas à perseguição policial, elas são, finalmente, escorraçadas das terras à medida que sua exploração comercial se torna viável.

Com o crescimento prodigiosamente rápido das culturas de café, se acelera esse processo de reordenação social. O caipira é compelido a engajar-se no colonato, como assalariado rural, ou a refugiar-se na condição de parceiro, transferindo-se para as áreas mais remotas ou para as terras cujos proprietários não têm recursos para explorar os novos cultivos. O caipira apega-se a essa saída com todas as suas forças, procurando tornar-se parceiro, como meeiro, financiado pelo proprietário a quem entrega metade da produção; ou como terceiro, trabalhando por conta própria, mas pagando pelo direito ao uso da terra um terço das colheitas. Essa condição lhe permite preservar a autonomia na marcação do ritmo de trabalho e lhe dá condições de manter suas formas globais de adaptação e de vida. Assegura-lhe, ainda, um status de quase proprietário, assim tratado pelos vendeiros, mediante a garantia de crédito, de colheita a colheita, que não é dado ao trabalhador assalariado.

A implantação do novo sistema produtivo se processa gradativamente, admitindo, por algum tempo, a coexistência das lavouras comerciais com a parceria tradicional. Isso porque o caráter mercantil da produção só afetava inicialmente a atividade produtiva central do proprietário, que não absorvia todas as terras, e até se conciliava bem com a presença de uma reserva de mão de obra na própria fazenda, aliciável para as tarefas que exigiam maior número de trabalhadores.

Aos poucos, porém, o novo sistema ganha força e congruência, indo buscar e desalojar o caipira em qualquer ermo em que se embrenhe, pela expansão contínua das áreas ocupadas pela economia de fazenda, obrigando-o a renovar sua opção entre o engajamento como assalariado rural ou novos deslocamentos, à procura de áreas mais atrasadas, ainda compatíveis com a parceria. A própria parceria se vai tornando menos satisfatória, confinada às terras mais pobres e mais distanciadas do mercado e onerada com novas exigências. Dentre elas o cambão, forma de corveia que obriga o caipira e sua família a dar dias de trabalho gratuito ao proprietário e dias suplementares por cada animal de montaria que possua.

Apesar de todos esses óbices, o caipira espoliado de suas propriedades e sucessivamente expulsado de suas posses continua resistindo a submeter-se ao regime de fazenda. Toda a sua experiência o faz identificar o trabalho de ritmo dirigido como uma derrogação de sua liberdade pessoal, que o confundiria com o escravo. Mesmo depois de abolida a escravidão (1888), permanece esse critério valorativo, que considera humilhante o trabalho com horário marcado por toque de sino e dirigido por um capataz autoritário.

O caipira se marginaliza, apegando-se a uma condição e independência inviável sem a posse da terra. Assim é que, apesar da existência de milhões de caipiras subocupados, o sistema de fazendas teve de promover, primeiro, uma intensificação do tráfico de negros escravos e de apelar, depois, para a imigração europeia maciça, que coloca milhões de trabalhadores à disposição da grande lavoura comercial.

Confinado nas terras mais sáfaras, enterrado na sua pobreza, o caipira vê, impassível, chegarem e se instalarem, como colonos das fazendas, multidões de italianos, de espanhóis, alemães ou poloneses para substituírem o negro no eito, aceitando uma condição que ele rejeita. Essa nova massa vinha, porém, de velhas sociedades, rigidamente estratificadas, que a disciplinara para o trabalho assalariado, e via na condição de colono um caminho de ascensão que faria dela talvez, um dia, pequenos proprietários. O caipira, despreparado para o trabalho dirigido, culturalmente predisposto contra ele, desenganado, desde há muito, de tornar-se proprietário, resiste no seu reduto de parceiro, que é para ele a condição mais próxima do ideal inatingível de granjeiro em terra própria.

As páginas de Monteiro Lobato que revelaram às camadas cultas do país a figura do Jeca Tatu, apesar de sua riqueza de observações, divulgam uma imagem verdadeira do caipira dentro de uma interpretação falsa. Nos primeiros retratos, Lobato o vê como um piolho da terra, espécie de praga incendiária que atiçava fogo à mata, destruindo enormes riquezas florestais para plantar seus pobres roçados. A caricatura só ressalta a preguiça, a verminose e o desalento que o faziam responder com um "não paga a pena" a qualquer proposta de trabalho. Descreve-o em sua postura característica, acocorado desajeitadamente sobre os calcanhares, a puxar fumaça do pito, atirando cusparadas para os lados. Quem assim descrevia o caipira era o intelectual-fazendeiro da Buquira, que amargava sua própria experiência fracassada de encaixar os caipiras em seus planos mirabolantes.

O que Lobato não viu, então, foi o traumatismo cultural em que vivia o caipira, marginalizado pelo despojo de suas terras, resistente ao engajamento no colonato e ao abandono compulsório de seu modo tradicional de vida. É certo que, mais tarde, Lobato compreendeu que o caipira era o produto residual natural e necessário do latifúndio agroexportador. Já então propugnando, ele também, uma reforma agrária.

O sistema de fazendas, que se foi implantando e expandindo inexoravelmente para a produção de artigos de exportação, cria um novo mundo no qual não há mais lugar para as formas de vida não mercantis do caipira, nem para a manutenção de suas crenças tradicionais, de seus hábitos arcaicos e de sua economia familiar. Com a difusão desse sistema novo, o caipira vê desaparecer, por inviáveis, as formas de solidariedade vicinal e de compadrio, substituídas por relações comerciais. Vê definhar as artes artesanais, pela substituição dos panos caseiros por tecidos fabris, e, com elas, o sabão, a pólvora, os utensílios de metal, que já ninguém produz em casa e devem ser comprados.

A ocupação agrícola das terras, o cercamento dos latifúndios com aramados, a expansão dos pastos e a presença do gado, mudando as condições ecológicas, tornam impraticáveis a caça e a pesca. Assim, perde o caipira um complemento alimentar básico que permitia melhorar sua dieta frugal e carente. Ao fim do processo de implantação do sistema de fazendas, mesmo nos ermos onde se acoitara, fugindo ao engajamento compulsório, o caipira tenta manter uma condição tornada obsoleta e inviável.

O golpe derradeiro na vida do caipira tradicional, que acaba por marginalizá-lo definitivamente, se dá com a ampliação do mercado urbano de carne, que torna viável a exploração das áreas mais remotas e de terras pobres ou ricas para a criação do gado. A partir de então, a cada roça de caipira ainda consentida para derrubar a mata ou para desbastar capoeiras se segue o plantio de capim e a desincorporação automática da área do sistema antes prevalecente, para devotá-la ao pastoreio. As antigas propriedades latifundiárias, que se faziam autárquicas com o concurso de aglomerados de caipiras estruturados em bairros, vão sendo despovoadas de gente para encher-se de gado. Nessas fazendas de criação, uma parcela ínfima de trabalhadores substitui, como vaqueiros, a antiga população residente que se vê, assim, expulsa. O novo procedimento, estando ao alcance até mesmo dos latifundiários menos providos de recursos, porque utiliza o próprio caipira e até a parceria para liquidar com ele, importa numa limitação progressiva das terras disponíveis para o trabalho agrícola.

Massas de caipiras são, assim, obrigadas a novas opções. Agora já não se oferece nem mesmo a oportunidade de engajar-se no colonato. Trata-se de escolher entre permanecer na própria parceria, tornada precaríssima, em que ainda subsiste; mergulhar no mundo dos posseiros invasores de terras alheias; concentrar-se nos terrenos baldios como reserva de mão de obra para servir às fazendas despovoadas, nas quadras de trabalho intenso; ou, finalmente, incorporar-se às massas marginais urbanas como aspirante à proletarização.

As instituições básicas da cultura caipira desintegraram-se ao impacto da onda renovadora representada pelas novas formas de produção agrícola e pastoril de caráter mercantil. Foram destruídas, porém, sem que se ensejassem aos agregados rurais formas compensatórias de acomodação que lhes garantissem um lugar e um papel na nova estrutura. Esse papel teria sido sua integração na categoria de pequenos proprietários que, talvez, lhes permitisse incorporar as inovações tecnológicas, alargando as suas aspirações à medida que se integrassem na economia nacional. O monopólio da terra, fundado no domínio do centro do poder político pela oligarquia agrícola, obliterou esse caminho.

Uma comunidade caipira que conserva as formas tradicionais de sociabilidade é, hoje, uma sobrevivência rara, confinada às áreas mais remotas e menos integradas no sistema produtivo. Todavia, o número de trabalhadores autônomos rurais, em sua enorme maioria parceiros e pequenos arrendatários, supera 5 milhões. Já não são aqueles caipiras de modos de existência arcaica e pobre mas satisfatória, a seu próprio juízo. Constituem uma vasta camada marginal à estrutura e que suporta as mais penosas condições de vida, ainda inferiores aos mínimos quase incomprimíveis da economia caipira. E muito piores, porque subsistem face a face com condições superiores de vida, de que têm notícia ou que podem apreciar e que atuam como ideais conformadores de suas aspirações. É-lhes impossível, todavia, integrar-se nesses novos estilos de consumo, pela estreiteza da própria estrutura social em que estão inseridos, fundada na propriedade latifundiária, incapaz de melhorar as condições de vida da massa de parceiros e, também, de incorporá-los no trabalho assalariado. Caem, assim, na condição de trabalhadores eventuais, os boias-frias.

A rapidez com que, em diversas regiões, nos últimos anos, os parceiros se interessaram pelo movimento de sindicalização rural, antecipando-se aos núcleos de assalariados agrícolas, indica, de um lado, sua independência maior e sua capacidade de conduta autônoma e, de outro, o grau de conscientização de sua própria miséria e de revolta contra a ordem social que a sustenta. Essa mole de milhões de caipiras, que são os verdadeiros camponeses do Brasil, porque reivindicantes seculares da posse das terras que trabalham, está como que à espera do surgimento das formas de luta que, exprimindo sua inconformidade, desencadeiem a rebelião rural.

O sistema de fazendas alcançou, com a implantação das grandes lavouras de café, um novo auge só comparável ao êxito dos engenhos açucareiros. Seu efeito crucial foi reviabilizar o Brasil como unidade agroexportadora do mercado mundial e como um próspero mercado importador de bens industriais. Outro efeito da cafeicultura foi modelar uma nova forma de especialização produtiva e configurar um outro modo de ser da sociedade brasileira. Culturalmente, a nova feição é basicamente caipira. Mas a essa matriz se acrescentam outras dimensões pela incorporação, na primeira fase, de uma grande massa escrava e, mais tarde, da contribuição de imigrantes europeus, integrados maciçamente no colonato. A essas matrizes se somariam, ainda, elementos tomados de outras variantes culturais brasileiras pela convergência para as fazendas de gente vinda das diversas regiões do país.

O cultivo do café, que se praticava um pouco por todo o Brasil, como raridade e para consumo local, ganha significação econômica com as primeiras grandes lavouras plantadas na zona montanhosa próxima ao porto do Rio de Janeiro. O sucesso das exportações – que crescem de 3178 sacas, na década de

1820, a 51631 sacas, na década de 1880 – promove rapidamente o novo cultivo à liderança em que se manterá, daí em diante, como a atividade econômica fundamental do Brasil, passando de 18,4% do valor das exportações, na primeira das citadas décadas, a 61,5%, na última. Para implantar o empreendimento cafeeiro contava-se com abundante disponibilidade de terras apropriadas e de mão de obra escrava subutilizada desde a decadência da mineração e, ainda, com um sistema adequado de transporte e de comercialização.

O modelo empresarial que primeiro se impõe é a fazenda escravocrata, que tem de comum com o sistema de plantação açucareira a grande extensão territorial, o alto grau de especialização e de racionalização das atividades produtivas, o caráter mercantil do produto que exporta e a necessidade de concentrar nas fazendas grandes contingentes de mão de obra servil, rigidamente disciplinada. Exige também enormes investimentos financeiros, sobretudo para a aquisição de terras que se valorizam rapidamente e para a compra da escravaria e sua reposição, uma vez que as singelas instalações de beneficiamento são construídas nas próprias fazendas. O cafezal, como um plantio permanente, demanda grande concentração de mão de obra na etapa preparatória da derrubada das matas e de cuidados especiais nos primeiros quatro anos. Daí em diante, só reclama grande quantidade de mão de obra por ocasião da colheita.

Nessas circunstâncias, a fazenda escravocrata conta sempre com um excedente de trabalhadores utilizado nas tarefas de subsistência e no artesanato. Estrutura-se assim, como grande unidade autárquica, em que a atividade agrícola-mercantil é cercada por uma série de atividades ancilares, cujo pessoal se mobiliza todo para a colheita.

As fazendas escravocratas de café da área montanhosa fluminense alcançaram logo o vale do Paraíba e, daí, se irradiaram, progressivamente, para as matas de Minas Gerais, do Espírito Santo e de São Paulo, principalmente. As maiores delas eram comunidades de quinhentas até 2 mil pessoas, sobretudo escravos, que produziam quase tudo que consumiam, desde a roupa da escravaria, as casas, os mantimentos, até as instalações e o mobiliário da própria fazenda. Mas também adquirem muitos bens industriais, tanto para o consumo dos fazendeiros como para o trabalho.

O recrutamento da força de trabalho servil para a cafeicultura se fez, primeiro, regionalmente, com a aquisição dos negros excedentes das zonas de mineração. O sucesso do empreendimento permitiu, a seguir, a promoção de uma verdadeira drenagem de escravos de outras áreas decadentes, como os algodoais maranhenses e os engenhos açucareiros. A tudo isso se acrescenta, depois, a importação direta de cerca de meio milhão de africanos. Apesar desses suprimentos, as fazendas de café viviam em carência permanente de mão de obra, em virtude de seu ritmo intenso de expansão e de desgaste da escravaria no eito, expressivo das condições miseráveis de vida e de trabalho a que eram submetidos. Nos cinco anos imediatamente anteriores à proibição do tráfico (1850), entram oficialmente nos portos brasileiros cerca de 250 mil escravos africanos, cujo preço seria aproximadamente de 15 milhões de libras esterlinas, que equivaliam a mais de 36% do valor das exportações.

Nessa fase, o proprietário reside na fazenda, compondo o mesmo quadro contrastante do Nordeste açucareiro, representado pela oposição entre a vivenda senhorial e a senzala. Faz-se servir, também, de numerosa criadagem doméstica a que acrescenta, por vezes, preceptores europeus para a educação dos filhos na própria fazenda e padres residentes para os serviços religiosos.

A partir da segunda metade do século passado, quando o café já domina a economia brasileira, os cafeicultores se constituem numa oligarquia nacional cada vez mais poderosa. Faz-se mais autêntica e forte que a açucareira, porque domina todo o complexo econômico do café, desde o plantio à exportação, enquanto aquela sempre permaneceu submetida ao controle do patronato parasitário de exportadores e, sobretudo, porque se capacita, prontamente, a utilizar o poder político na defesa de seus interesses econômicos.

A proximidade da Corte imperial facilitava, também, o exercício dessa influência, que acaba se tornando hegemônica. Nessa camada senhorial hegemônica é que o império brasileiro procurou fundar a nobreza que o sustentaria, distribuindo títulos nobiliárquicos e recrutando nela os chefes de gabinete e ministros de Estado. Os cafeicultores tornam-se, assim, os barões, viscondes, condes e marqueses do Império, contraparte fidalga do sistema escravocrata, consciente de que não sobreviveria à abolição, como efetivamente ocorreu quando esta se tornou inevitável pela pressão da opinião pública citadina.

A abolição, representando embora a simples devolução do escravo à posse de si mesmo, importava em dois efeitos econômicos cruciais e nas mais profundas consequências sociais. No plano econômico, expropria a parcela maior de capital da principal classe proprietária, arruinando-a, e a compele a uma mais ampla redistribuição da renda com a remuneração do trabalho através do salário. A ruína financeira dos barões do café provoca uma abrupta substituição de proprietários dos cafezais com consequências positivas para o sistema econômico global, dadas as características modernas do novo empresariado e a vantagem que representaria para ele não ter que investir recursos na compra de escravos.

O segundo efeito teve consequências sociais mais profundas, pela elevação que propiciaria do nível de vida das populações, principalmente nos setores em que havia disputa de mão de obra, como era o caso da cafeicultura. Para o escravo, a abolição representou a oportunidade de exercer opções sobre o seu destino e de reconquistar a dignidade humana e o autorrespeito de que fora despojado. Essa liberdade seria, porém, limitada pelo monopólio da terra, que o obrigaria a engajar-se no serviço de algum proprietário e ater-se ao subconsumo a que sempre estivera submetido.

Com efeito, o negro escravo fora condicionado, por toda a sua experiência anterior, a lutar contra o seu desgaste no trabalho, do qual procurou se poupar de todos os modos, como medida elementar de autopreservação. Fora igualmente habituado a uma dieta frugalíssima e a posses mínimas, que se reduziam aos trapos que trazia sobre o corpo. E fora, ainda, reduzido a si mesmo, como indivíduo, pela impossibilidade de manter vínculos familiares, já que suas mulheres eram também coisas alheias e seus filhos igualmente propriedade do amo.

Com as motivações elementares decorrentes desse condicionamento, o negro forro inicia sua integração no papel de trabalhador livre. Sua reação inevitável é reduzir as obrigações de trabalho disciplinado ao mínimo indispensável para prover suas elementaríssimas necessidades. Nessas condições, nenhum estímulo representado pela elevação do ganho o atingirá. O valor fundamental que cultua é o ócio e a recreação. Seu nível de aspirações fora entorpecido pela inculcação de valores que limitavam ao extremo o número de coisas desejáveis e apropriadas à condição humana que ele se atribuía. A construção de uma outra autoimagem só seria alcançada nas gerações seguintes, que, crescendo livres, se fariam progressivamente mais enérgicas e ambiciosas. Assim, o negro retoma o trabalho no eito como assalariado livre para exercê-lo com eficácia ainda menor do que a que alcançara como escravo. E quando se encontra próximo a áreas de terras desocupadas prefere caipirizar-se, integrando um núcleo de economia de subsistência, a engajar-se na condição de assalariado rural permanente.

Alarga-se, por esse processo, com a abolição, a camada marginal absenteísta que refuga o trabalho nas fazendas. Aos caipiras originais, brancos e mulatos, por vezes ex-proprietários ou posseiros, pleiteantes eternamente insatisfeitos das terras em que trabalham, se soma essa nova camada de marginalizados. Estes, em condições ainda mais precárias porque, em lugar de reivindicar a posse da terra e uma condição de dignidade superior à do colono, o que desejam é simplesmente sobreviver, atendendo a seu horizonte limitadíssimo de aspirações. Nessas circunstâncias, ao engrossarem a massa marginal, esses contingentes negros alforriados se constituem num subproletariado que, além de mais miserável, se veria segregado da primeira, predominantemente branca e mestiça, pelo preconceito racial que dificultará a tomada de consciência de todos eles sobre a exploração de que uns e outros eram objetos.

A abolição, seguida do regime republicano que liquida com a escravidão e com a fidalguia, não abala, porém, o reinado do café, que se faz cada vez mais poderoso. É regido, agora, por cafeicultores que se fazem os grandes próceres republicanos e por um novo sistema de trabalho que se irá aproximando paulatinamente do assalariado. É a cafeicultura do colonato que se encaminha para a monocultura e se funda numa divisão de trabalho na qual os cuidados agrícolas na plantação são entregues principalmente a imigrantes europeus e as outras tarefas a trabalhadores eventuais, de fora da fazenda. A derrubada da mata para o plantio de novos cafezais fica a cargo de grupos móveis especializados que trabalham, geralmente, por empreitada com mão de obra ex-escrava ou de antigos parceiros. A colheita, exigindo maior concentração de trabalhadores faz-se, também, com a ajuda de estranhos aliciados nas mesmas fontes, que acabam por estabelecer-se nas vizinhanças das fazendas como reservas de mão de obra.

As novas fazendas já se abrem na zona de matas do interior de São Paulo, sendo por vezes antecipadas pelos trilhos das estradas de ferro que lhes abrem caminho rumo a oeste. A introdução do trabalhador europeu nas fazendas de café foi um processo lento, alcançado pela pertinácia de cafeicultores empenhados na solução de seu maior problema: a falta de mão de obra, agravada primeiro pela proibição do tráfico e depois pela abolição. As primeiras tentativas que procuravam subjugar o imigrante a um sistema renovado da velha parceria provocaram reclamações consulares e escândalos na imprensa europeia, a que os brasileiros são especialmente sensíveis. Eram prematuras, porque, apesar das condições de penúria prevalecente na Europa, o imigrante não aceitava a coexistência com o escravo. Somente após a abolição, estabeleceu-se uma onda regular e ponderável de provimento de mão de obra europeia, que, em fins do século passado, atingia a 803 mil trabalhadores, sendo 577 mil provenientes da Itália.

Essa disponibilidade de mão de obra europeia correspondia à marcha do capitalismo-industrial que ia desenraizando dos campos e lançando às cidades mais gente do que as fábricas podiam ocupar. Cada país europeu atingido pelo processo exportava milhões de pessoas. Primeiro emigram das Ilhas Britânicas; depois da França, mais tarde da Alemanha e da Itália; por fim da Polônia, da Rússia e de países balcânicos. Dá-se, assim, uma oferta de trabalhadores europeus mais barata que os escravos africanos e também mais eficaz por sua adaptação aos novos regimes produtivos.

Seu ingresso no mercado de trabalho brasileiro, além de representar a solução salvadora dos problemas da cafeicultura, teve vários outros efeitos. Entre eles, o de fator dissuasório da luta silenciosa e incruenta que caipiras e negros forros travavam pela conquista da condição de granjeiros. O de desvalorizar o trabalhador nacional, que, em face da disponibilidade dessa força de trabalho mais qualificada, perde na competição e se vê impedido de galgar aos poucos postos mais bem remunerados que o sistema criaria. Finalmente, o de orientar para os seringais da Amazônia o translado de sertanejos nordestinos, porque sua rota natural, que seria a marcha para o sul, se vê obstruída pela saturação por imigrantes europeus da busca de braços para a grande lavoura. Outro resultado dessa incorporação maciça de trabalhadores estrangeiros foi a de retardar a proletarização e consequente politização como operários fabris dos antigos caipiras e dos ex-escravos, que só teriam oportunidade de ascender aos setores mais dinâmicos da economia modernizada depois de esgotada a disponibilidade de mão de obra europeia.

Os colonos eram contratados na Europa mediante o fornecimento de passagens para a família, a garantia de ajuda de manutenção no primeiro ano e o recebimento de um trato de terras para suas lavouras de subsistência. A essas condições foi necessário acrescentar-se, mais tarde, um salário anual fixo e um ganho variável segundo a produção. Como as despesas de passagem eram cobertas pelo governo, só as outras condições pesavam diretamente sobre o fazendeiro. Essas regalias, muito superiores às oferecidas ao caipira, explicam-se pela capacidade do colono – assistido pelos corpos consulares e apoiado pela imprensa de seus países – para exigir melhores condições de trabalho. Efetivamente, é o colonato imigrante que, por esse sistema, implanta o regime assalariado na vida rural brasileira, aceitando uma rigorosa disciplina de trabalho, mas, em compensação, fazendo-se pagar efetivamente e pagar mais. Movido por um horizonte mais amplo de aspirações e contando com um melhor ajustamento ao trabalho assalariado, o imigrante produzia mais e melhor. Alguns conseguiam depois de alguns anos, mercê de sua capacidade de poupança, libertar-se da condição de colono para se fazerem pequenos empresários. Seus filhos já brasileiros seriam operários dos centros nacionais industriais nascentes.

As novas fazendas estruturadas de acordo com o sistema de colonato se fazem progressivamente monocultoras e, simultaneamente, acrescentam à plantação um elemento a mais, que é o barracão. Aí, o fazendeiro se faz comerciante para prover aos colonos de tudo que necessitam, mas também para recuperar o máximo dos salários pagos. Assim, os contratos mais vantajosos e já monetários passam a deteriorar-se para o trabalhador rural, sujeitos a duas reduções. Primeiro, a inflação que diminui substancialmente o valor dos contratos de plantio de café, geralmente de quatro anos. Segundo, a exploração nos fornecimentos feitos pelo barracão. Nessas circunstâncias, o colono só conseguiria poupar à custa de uma compressão violenta de seus gastos, permanecendo a maioria deles jungida ao sistema por dívidas insaldáveis e vendo esvair-se sempre a suspirada oportunidade de se fazer granjeiro.

No sistema de colonato, o fazendeiro já é um absenteísta. Reside na cidade e dirige sua propriedade através de administradores. Mantém, contudo, no regime republicano, a posição hegemônica conquistada no Império, perpetuando-se no poder um patriciado oligárquico, que coloca a serviço do patronato cafeicultor toda a máquina governamental. A própria autonomia dos estados, de que a primeira República se fez tão zelosa, explica-se por esse esforço continuado do cafeicultor de tudo submeter aos seus interesses. Entre eles, a transferência ao Estado dos controles e da faculdade de dispor das terras devolutas, que assumiram enorme importância nas áreas da cafeicultura.

Além do controle e do comando político que faziam sair de suas hostes quase todos os presidentes civis e a maioria dos ministros, os fazendeiros de café não só mantiveram mas aprimoraram seus velhos mecanismos de defesa como classe. O principal deles era, talvez, o controle da taxa de câmbio – que variava cada vez que caíam os preços internacionais do café –, para continuar a pagar-lhes a mesma importância em moeda local. A essa degradação da moeda, seguem-se empréstimos externos, destinados a defendê-la, o que aumentava continuamente a dívida externa do país, mas permitia transferir os prejuízos do setor exportador para a vasta camada importadora, constituída por toda a população, num país sem indústria, que dependia do comércio internacional para quase tudo.

Mais tarde, esses procedimentos seriam levados a extremos com a política de "valorização", que consistia na compra das safras para estocar com recursos obtidos pelos governos estaduais, mediante empréstimos no exterior. Quando sobreveio a crise de 1929, novas medidas se impuseram em face da impossibilidade de obter empréstimos internacionais.

O governo federal foi induzido, então, a assumir o papel de comprador. Quando os estoques alcançavam quantidades fabulosas, notoriamente invendáveis, era levado a comprar o café para queimá-lo a fim de manter os preços internacionais. Os principais efeitos dessa política – além da socialização dos prejuízos pela transferência para a coletividade das perdas decorrentes do subsídio à cafeicultura – foram a expansão constante das plantações e, com elas, da oferta, agravando-se cada vez mais o problema. Outra consequência foi seu efeito de subvenção indireta à implantação da cafeicultura em outros países pela manutenção de preços atrativos, com o que o Brasil acabou por perder sua posição quase monopolística.

Esses mecanismos, conduzindo à retração das rendas públicas e às emissões para custear a compra das safras e para dar cobertura aos déficits orçamentários decorrentes, provocaram enorme pressão inflacionária, mantendo o país em permanente crise financeira, de que só os exportadores conseguiam safar-se. Nenhuma força pôde, entretanto, opor-se a esses interesses hegemônicos, cujo desatendimento conduziria a crises ainda mais graves pela recessão, que resultaria do abandono das plantações, principal fonte de trabalho remunerado e quase único setor de aplicação de capitais.

A oligarquia cafeeira, como detentora dos maiores poderes políticos no período imperial e no republicano, é responsável por algumas das deformações mais profundas da sociedade brasileira. A principal delas decorre de sua permanente disputa com o Estado pela apropriação da renda nacional, da sua arraigada discriminação contra os negros escravos ou forros e contra os núcleos caipiras que lhe resistiam, bem como contra as massas pobres que cresciam nas cidades. Nessa disputa e nessa discriminação senhorial é que devem ser procuradas as razões pelas quais o Brasil se atrasou tão gritantemente em relação aos demais países latino-americanos e a qualquer outro povo do mesmo nível de desenvolvimento, tanto na abolição da escravatura como na imposição ao Estado da obrigação de assegurar educação primária à população e na extensão aos trabalhadores rurais dos direitos de sindicalização e de greve.

A Independência e a República, que em quase toda a América deram lugar a um profundo esforço nacional por elevar o nível cultural da população, capacitando-a para o exercício da cidadania, não ensejaram um esforço equivalente no Brasil. Esse descaso para com a educação popular bem como o pouco interesse pelos problemas de bem-estar e de saúde da população explicam-se pelo senhorialismo fazendeiro e pela sucessão tranquila, presidida pela mesma classe dirigente, da Colônia à Independência e do Império à República. Não ensejando uma renovação de liderança, mas simples alternância no mesmo grupo patricial oligárquico, se perpetua também a velha ordenação social.

Nessas condições, toda participação democrática na vida política se reduz aos grupos de pressão oligárquicos em disputa pelo controle das matérias que afetavam seus interesses. Nessa república de fazendeiros, os problemas do bem público, da justiça, do acesso à terra, da educação, dos direitos dos trabalhadores eram debatidos tal como a democracia, a liberdade e a igualdade. Isto é, como meros temas de retórica parlamentar. A máquina só funcionava substancialmente para mais consolidar o poder e a riqueza dos ricos. Como o resultado social dessa política era um atraso vexatório com respeito aos Estados Unidos, por exemplo, se desenvolve nas classes dominantes uma atitude de franco descontentamento para com o próprio povo, cuja condição mestiça ou negra explicaria o atraso nacional.

Em consequência, aos motivos econômicos se somam incentivos ideológicos para a realização de enormes investimentos públicos a fim de atrair ao país colonizadores brancos, na qualidade de reprodutores destinados a "melhorar a raça". E não se queriam lusitanos porque também contra seus avós portugueses se rebelava a alienação oligárquica, convencida de sua própria inferioridade racial e que explicava seus êxitos pessoais como exceções.

Examinando a expansão da economia cafeeira verifica-se que espacialmente ela constituiu uma fronteira móvel que, envolvendo milhões de pessoas, progrediu da costa fluminense para o oeste. Nessa marcha atingiu, primeiro, as matas do estado do Rio de Janeiro, depois as do Espírito Santo, mais tarde as da zona da mata do sul de Minas Gerais, por fim, as de São Paulo. Essa marcha prosseguiu pelo noroeste do Paraná, penetrando em território paraguaio, e subiu, depois, pelo Mato Grosso do Sul e Rondônia.

Essa onda móvel difundiu-se envolvendo bolsões ocupados por índios hostis até então inatingidos pela civilização, nas matas de Minas Gerais e do Espírito Santo (1910) e de São Paulo (1911), bem como formas antigas de ocupação econômica como os núcleos caipiras, a tudo levando de roldão. Avançou instrumentada por estradas de ferro e rodovias que a ligavam aos portos, conduzindo, floresta adentro, um sistema comercial articulado internacionalmente, semeando vilas e cidades onde se instalava. Representou, por isso, um papel modernizador e integrador que acabou criando a área econômica mais ampla e de maior densidade do país.

O café não se alastra, porém, sobre novas terras de mata, mantendo as já conquistadas. Sua retaguarda é sempre o deserto e neste fato se encontra o motor real do seu impulso itinerante. Sendo a terra o fator mais abundante e relativamente menos oneroso da produção cafeeira, sobre ela é que recai, sempre que possível, a poupança empresarial. Derruba-se a floresta virgem e plantam-se novos cafezais sem quaisquer cuidados culturais que importassem em ônus para o empresário, usando e desgastando a terra num primitivismo tecnológico que quase transformava a agricultura num extrativismo. Assim é que só em zonas de excepcional fertilidade do solo, os cafezais se fixam realmente como uma cultura permanente. O procedimento comum foi sempre abrir as lavouras esperando obter safras por uma década ou menos, até que uma geada destruísse a plantação ou que o cafezal envelhecesse por desgaste do solo.

Operando através desse processo extrativista, a cafeicultura se estruturava como uma fronteira viva que se movia sempre à frente, conduzindo consigo os capitais, os trabalhadores e a riqueza; e deixando para trás enormes áreas devastadas e erodidas. Aí se instala o pastoreio, geralmente em mãos de outro proprietário, que procura fazer vicejar capim onde outrora crescia o cafezal. A nova economia não pode manter, porém, o mesmo nível de captação de mão de obra; nem de utilização da estrada de ferro que atravessara a mata a duras penas e a custos sociais altíssimos; nem a rede urbana que se implantara. Toda a região entra, assim, em decadência, configurando a paisagem típica das cidades mortas e estabelecendo outra sociedade e cultura da pobreza. Eventualmente, em algumas áreas se reativa uma nova produção agrícola, como ocorre em algumas áreas que se tornam principais produtoras de açúcar e álcool. No Paraná, a opção pelo trigo e pela soja foi a solução, porque as melhores terras estavam sujeitas a geadas. O preço dessa reversão foi a decadência de uma zona rural de prosperidade generalizada, para uma outra paisagem monocultora, que atirou mais de 1 milhão de lavradores à procura de novas áreas tão distantes como Rondônia.

Para avaliar o preço social desse desgaste de terras basta comparar o número de trabalhadores que podem ser empregados numa mesma área para as tarefas de derrubada da mata e do plantio dos cafezais; sua posterior redução, quando cumpre apenas cuidar da plantação e fazer as colheitas anuais; e, finalmente, quando desgastada é entregue à criação de gado. A proporção – que é de cem trabalhadores na primeira etapa para trinta na segunda e um, apenas, na última – explica como e por que a fronteira móvel do café, integrada por milhões de trabalhadores, segue sempre à frente, deixando atrás de si um quase deserto humano. E, como consequência, a morte das cidades, os déficits das ferrovias, a falência do comércio.

Em certas áreas de terras mais pobres, como o nordeste de São Paulo e algumas zonas paranaenses, as cidades nascentes da época da derrubada e do plantio mal chegam a amadurecer pela rapidez com que o surto as atravessa. Morrem antes de crescer, com suas igrejas incompletas, com o casario que jamais se conclui, o comércio decadente, e todos os que se agarram a esses bens lançados à miséria.

No Paraná, o café encontrou uma terra de promissão na região de Londrina, pela qualidade extraordinária dos solos e, sobretudo, porque ali a ocupação não se fez através do latifúndio. A zona foi colonizada por uma companhia inglesa na forma de pequenas propriedades, ensejando a instalação, como proprietária, de milhares de famílias empenhadas em defender um solo que é seu. A sociedade resultante contrasta vivamente com as zonas cafeeiras do latifúndio, revelando suas singularidades no nível de vida do povo, na prosperidade crescente das cidades e do seu comércio, e na conduta política autônoma, oposta às velhas oligarquias paranaenses e paulistas. Para além da zona de Londrina, todavia, a fronteira móvel do café prosseguiu por terras já impraticáveis e, geralmente, pela expansão dos latifúndios. Nos últimos anos, essa onda, que só tem diante de si o rio Paraná, começou a penetrar no Paraguai.

O que não aconteceu com o Brasil aconteceu em São Paulo, que se viu avassalado pela massa desproporcional de gringos que caiu sobre os paulistanos. Em 1950, os estrangeiros, principalmente italianos e seus descendentes, eram mais numerosos do que os paulistas antigos. A esse soterramento demográfico corresponde uma europeização da mentalidade e dos hábitos.

A própria Semana de Arte Moderna, que foi uma reação a esse avassalamento, foi também por seu estilo a forma mais expressiva desse eurocentrismo. Tudo bem, porque essa gente quase toda acabou se abrasileirando belamente. Restam, porém, aqui e ali, alguns alunados apátridas que ainda não saíram do fundo do navio em que seus avós vieram. Perderam sua pátria de origem e estão soltos à busca de um pouso. Seu único compromisso é consigo mesmos e com as vantagens que possam ganhar. Não têm nenhuma noção e muito menos orgulho da façanha que representou construir e levar à independência esse paisão que já acharam feito. Em consequência, tal como os argentinos fazem com seus *cabecitas negras*, chegam a olhar os trabalhadores nordestinos e inclusive os caipiras paulistas, a que chamam baianos, com desprezo.

Ouvi um politicão paulista dizer que o que São Paulo tem de analfabetismo e atraso é culpa dessa presença baiana, e propor que se pagasse a viagem de volta deles para suas terras. Afortunadamente essa é uma minoria.

6. Brasis sulinos: gaúchos, matutos e gringos

Essa indiada é toda gaúcha.

Dito gauchesco

A expansão dos antigos paulistas atingiu e ocupou também a região sulina de prévia dominação espanhola e a incorporou ao Brasil. Em interação com outras influências, porém, deu lugar ali a uma área cultural tão complexa e singular que não pode ser tida como um componente da paulistânia. Ao contrário das outras áreas conformadas pelos paulistas, como a de mineração, a de economia natural caipira e a de expansão da cafeicultura, que, apesar de suas diferenciações econômico-sociais, apresentam uma base cultural comum, na região sulina surgiram modos de vida tão diferenciados e divergentes que não se pode incluí-los naquela configuração e nem mesmo tratá-los como uma área cultural homogênea.

A característica básica do Brasil sulino, em comparação com as outras áreas culturais brasileiras, é sua heterogeneidade cultural. Os modos de existência e de participação na vida nacional dos seus três componentes principais não só divergem largamente entre si como também com respeito às outras áreas do país. Tais são os lavradores *matutos* de origem principalmente açoriana, que ocupam a faixa litorânea do Paraná para o sul; os representantes atuais dos antigos *gaúchos* da zona de campos da fronteira rio-platense e dos bolsões pastoris de Santa Catarina e do Paraná, e, finalmente, a formação *gringo-brasileira* dos descendentes de imigrantes europeus, que formam uma ilha na zona central, avançando sobre as duas outras áreas.

A coexistência e a interação desses três complexos operam ativamente no sentido de homogeneizá-los, difundindo traços e costumes de um ao outro. A distância que medeia entre os respectivos patrimônios culturais e, sobretudo, entre seus sistemas de produção agrícola – a lavoura de modelo arcaico dos matutos, o pastoreio gaúcho e a pequena propriedade explorada intensivamente dos colonos gringos – funciona, porém, como fixadora de suas diferenças. Mesmo em face dos efeitos homogeneizadores da modernização decorrentes da industrialização e da urbanização, cada um desses complexos tende a reagir de modo próprio, integrando-se com ritmos e modos diferenciados nas novas formas de produção e de vida, dando lugar a estalos distintos de participação na comunidade nacional.

O Brasil sulino surge à civilização pela mão dos jesuítas espanhóis, que fazem florescer no atual território gaúcho de missões a principal expressão de sua república cristã-guaranítica. É certo que eles visavam objetivos próprios, claramente alternativos à civilização portuguesa e à espanhola. Mas atuando a seu pesar como agentes da civilização, por seu êxito e por seu malogro, contribuíram para que aquelas alternativas se consolidassem.

Os jesuítas criaram um desses raros modelos utópicos de reorganização intencional da vida social que efetivamente viabilizaram novas formas de existência humana. Apesar de sua inspiração antigentílica, o modelo de estrutura social que criaram se caracterizava pelo alto sentido de responsabilidade social diante das populações indígenas que aliciavam. Ao contrário da formação colonial-escravista, que tratava o índio como um fator energético para ser desgastado na produção mercantil, o modelo jesuítico buscava assegurar-lhe uma existência própria dentro de uma comunidade que existia para si, isto é, que se ocupava fundamentalmente de sua própria subsistência e desenvolvimento.

Duas outras características distintivas teriam, porém, efeitos inesperados. Por um lado, sua eficácia destribalizadora, que permitia atrair rapidamente para os núcleos missioneiros milhares de índios. Pelo outro, sua eficácia econômica na produção de artigos para os mercados regionais e externos, que permitia às missões manter um ativo intercâmbio comercial, mediante o qual se proviam de tudo que não podiam produzir.

A concentração de grandes massas de indígenas deculturados, uniformizados culturalmente e motivados para o trabalho disciplinado teve o efeito de desencadear sobre as missões toda a fúria dos mamelucos paulistas que as viam como enorme depósito de índios facilmente preáveis. Assim se liquidaram as primeiras missões pela escravização dos catecúmenos e sua venda aos engenhos açucareiros do Nordeste. Por outro lado, o êxito mercantil das novas missões, seu caráter de modelo alternativo à colonização em curso provocou invejas e cobiças locais e também na própria metrópole, acabando por provocar a expulsão da Companhia de Jesus. A consequência foi verem-se os ex-catecúmenos avassalados pelos fazendeiros que se apropriaram das antigas missões. Nas duas instâncias, as missões contribuem para a formação do Brasil sulino. Na primeira, como depósito de escravos exportáveis ou subjugáveis, com os quais se constituiu uma população subalterna local – os primeiros gaúchos – que serviria de mão de obra à exploração mercantil das vacarias. Na segunda, pela apropriação por brasileiros das terras e gado do território das Missões e pela assimilação compulsória de grande parte da gente que nelas vivia.

O motor fundamental da formação do Brasil sulino foi, porém, a empresa colonial portuguesa conduzida desde muito cedo com o propósito explícito de levar sua hegemonia até o rio da Prata. Esse propósito buscado inicialmente pela operação bandeirante de conversão dos índios em mercadoria escrava, que estabeleceu o primeiro circuito mercantil transbrasileiro, corporificou-se, a seguir, com a instalação da Colônia do Sacramento no rio da Prata.

No século seguinte, o projeto português esteve seriamente ameaçado de fracasso por falta de viabilidade econômica, já que a exploração do gado selvagem para exportação de couro e de sebo, fazendo-se principalmente sob controle dos colonos das áreas de dominação espanhola, atraía os núcleos sulinos para sua órbita de influência. A ameaça foi, contudo, superada por uma nova viabilização econômica. Esta surge com a constituição do novo e rico mercado da região mineira para o gado em pé, para bois de carro, para cavalos de montaria e para muares de tração e carga.

Os índios escravos do século XVII e o gado do século XVIII, sendo ambos mercadorias que podiam transportar-se a si próprias ao mercado, por mais longínquo que fosse e através de qualquer caminho ou vereda, dariam ao extremo sul condições econômicas de vincular-se com o norte e com o centro do Brasil.

O esgotamento das minas representou um novo repto para o Brasil sulino, que se veria condenado a uma regressão pré-mercantil ou a buscar formas extrabrasileiras de viabilização econômica se não aparecessem novos modos de vinculação com outras regiões do Brasil. Estas surgem com a introdução pelos cearenses da técnica de fabrico do charque, que não apenas valoriza os rebanhos gaúchos como também os vincula ao mercado nordestino e ao amazonense e, mais tarde, ao antilhano.

A integração econômica da região Sul do Brasil se alcançou, como se vê, através da criação de sucessivos vínculos mercantis que a ataram mais ao restante do país do que às províncias hispano-americanas vizinhas. Todos esses vínculos não seriam, porém, suficientes para garantir uma verdadeira incorporação, se além deles não operassem outras forças de unificação. Entre elas se destaca, como vimos, a política portuguesa de potência, deliberada a levar sua hegemonia ao rio da Prata, tanto através da manutenção da Colônia do Sacramento, quanto pela realização do enorme esforço representado pela colonização da área com imigrantes açorianos; e por décadas de negociações diplomáticas para a fixação das fronteiras.

Contribuiu, além disso, a postura "portuguesa" dos luso-brasileiros do extremo sul frente à postura "castelhana" dos hispano-americanos com que se defrontavam, fixando uma identificação étnica tanto mais profunda porque permanentemente posta à prova. Essa autoidentificação se vê reforçada mais ainda porque, estando associada às disputas hegemônicas das suas metrópoles, compelia cada estancieiro não só a definir-se claramente por uma ou outra como também, definida sua identidade, defender a bandeira respectiva, fazendo da estância sua trincheira.

Apesar dessas forças integrativas, mais de uma vez se teve de apelar ao uso das armas para manter o Brasil sulino atado ao Brasil. Sendo o único núcleo populacional ponderável na imensa fronteira desabitada, portugueses e castelhanos ali se defrontaram ao longo de séculos, sob fortes tensões conflitivas que periodicamente explodiam em correrias. Em função dessas tensões e das disputas que elas geravam, o Brasil se viu diversas vezes envolvido nas guerras platinas. Em certas ocasiões, movidas por ambições expansionistas próprias; em outras, como partes que eram de um conjunto de nacionalidades em confronto no processo de autodiferenciação, unificação e fixação de suas fronteiras.

O poder central teve também de fazer frente e submeter pelas armas movimentos aspirantes à autonomia da região, muito mais vigorosos e instrumentados que os de outras áreas. Diversos fatores se conjugaram para ativar essas tendências separatistas. Entre eles, o fato de ser uma vasta e longínqua região com interesses próprios irrenunciáveis e que, não sendo adequadamente atendidos, ensejavam tensões disruptivas – conducentes à ruptura com o poder central. Soma-se a isso a circunstância de viver apartada do resto do Brasil e submetida a influências intelectuais e políticas de centros urbanos culturalmente avançados, como Montevidéu e Buenos Aires. Nessas condições, não podiam deixar de surgir aspirações de independência, inspiradas às vezes na concepção de que o Sul melhor realizaria suas potencialidades como um país autônomo do que como um estado federado; motivadas outras vezes por ideários políticos arrojados, como as lutas antiescravistas e a campanha republicana dos farrapos.

A condição de fronteira do Brasil sulino, fazendo concentrar ali a maior parte das tropas do país, por uma parte deu continuidade e função ao antigo ímpeto combativo do gaúcho das correrias; por outra, conferiu um poderio maior ao Rio Grande do Sul, no conjunto da nação, do que corresponderia à sua importância econômica, tornando inevitável a imposição de candidatos gaúchos ao poder central quando a escolha exorbitava dos meios institucionais para ser decidida por considerações militares.

Paradoxalmente, também terá exercido um papel no abrasileiramento do extremo sul o ingresso maciço de imigrantes centro-europeus promovido depois da Independência. Situados nas zonas desabitadas entre as fronteiras sulinas e os principais núcleos do país, eles ativaram economicamente aquelas áreas, contribuindo para viabilizar e modernizar a economia sulina e capacitá-la para melhores formas de intercâmbio com o restante do país. Sem essa presença estrangeira, mas compelida a identificar-se como brasileira, sem sua postura de gente mais pacífica e trabalhadora que desordeira e predisposta a gauchadas, teria sido mais difícil incorporar ao conjunto do Brasil os brasis sulinos. Incorporá-los, sobretudo, tal como se logrou: como componente igual aos outros e preparado como os demais a viver um destino comum dentro do mesmo quadro nacional.

Os gaúchos brasileiros têm uma formação histórica comum à dos demais gaúchos platinos. Surgem da transfiguração étnica das populações mestiças de varões espanhóis e lusitanos com mulheres Guarani. Especializam-se na exploração do gado, alçado e selvagem, que se multiplicava prodigiosamente nas pradarias naturais das duas margens do rio da Prata. O principal contingente foi formado na própria região de Tapes por índios missioneiros Guarani ou guaranizados pelos jesuítas e, posteriormente, mestiçados com espanhóis e portugueses. Outra fonte foi o núcleo neoguarani de paraguaios de Assunção, que se expandiu sobre os campos argentinos juntamente com o gado que ocuparia o pampa. Uma terceira fonte foi a prole dos portugueses instalados na Colônia do Sacramento (1680) no rio da Prata.

Os primeiros, após os ataques arrasadores dos bandeirantes paulistas do século XVII e, sobretudo, da expulsão da Companhia de Jesus (1759), entraram em diáspora, procurando escapar aos espanhóis e portugueses que os queriam avassalar, mas acabando por incorporar-se às protocélulas das sociedades nacionais nascentes através do engajamento compulsório em sua força de trabalho. Os últimos foram agentes da reaglutinação dos remanescentes dos antigos catecúmenos e de sua posterior integração nos quatro quadros étnico-nacionais da bacia do Prata.

O gado que se multiplicara na banda oriental fora trazido principalmente pelos jesuítas. Era criado com o maior zelo por constituir um dos principais procedimentos de sedentarização dos indígenas que, contando com uma provisão regular de carne, podiam dedicar-se às lavouras e ao artesanato, independentizando-se da caça e da pesca. Juntamente com o gado de outras origens, esse rebanho jesuítico, expandindo-se enormemente, viria a constituir o manancial aparentemente inesgotável das *Vacarias del Mar* em que tanto índios missioneiros quanto gente da outra ribeira do Prata, a Argentina, e mais tarde paulistas e portugueses viriam recolher gado.

Os rebanhos prodigiosos passaram a ser acossados por uma população que vivia deles, tal como os índios da pradaria norte-americana viveram de seus búfalos. Inicialmente, todos tratavam o gado como uma caça maior e menos arisca. Mas, aos poucos, foram-se especializando à vida pastoril. Assim os índios da região acabaram por se fazerem cavaleiros e comedores de carne de rês. Mas continuavam hostilizando-se uns aos outros e fustigando também os missioneiros Guarani, os brancos e seus mestiços. Esses últimos constituíram o primeiro núcleo gaúcho ao passarem de caçadores de gado para alimento a traficantes de couro, devotando-se a partir daí a dizimar os rebanhos para aproveitar a courama.

Somam-se, assim, três fatores na formação da matriz gaúcha. Primeiro, a existência do rebanho de ninguém sobre terra de ninguém; segundo, a especialização mercantil na sua exploração; terceiro, o grau de europeização de uma parcela mestiça desse contingente que a fazia carente de artigos de importação e capaz de estabelecer um sistema de intercâmbio para trocar couros por manufaturas (Ribeiro 1970).

A toponímia guarani de todo o território das Vacarias del Mar (o Uruguai de hoje) e a documentação histórica – superficialmente examinada – indicam que esses gaúchos falavam melhor o guarani do que o espanhol, sendo, desse modo, culturalmente próximos dos paulistas dos séculos XVI e XVII (Holanda 1956:108--18) e dos paraguaios modernos em sua linguagem, em seu modo de adaptação à natureza para o provimento da subsistência, em suas formas de associação e em sua visão do mundo.

Essa matriz guarani é que forjaria a protoetnia gaúcha, que, multiplicando-se vegetativamente e "guaranizando" outros contingentes, povoou a campanha e veio a ser, depois, a matriz étnica básica das populações sulinas. Posteriormente, sob a influência de forças conformadas exógenas, essa matriz se dividiu para atrelar-se às entidades nacionais emergentes, como argentinos, uruguaios, paraguaios e brasileiros.

Originalmente, esses gaúchos não se identificavam como espanhóis nem como portugueses, do mesmo modo como já não se consideravam indígenas, constituindo uma etnia nascente, aberta à agregação de contingentes de índios destribalizados pela ação missionária ou pela escravidão, de novos mestiços de brancos e índios desgarrados pela marginalidade, e de brancos pobres segregados de suas matrizes.

Esses eram os gaúchos originais, uniformizados culturalmente pelas atividades pastoris, bem como pela unidade de língua, costumes e usos comuns. Tais eram: o chimarrão, o tabaco, a rede de dormir, a vestimenta peculiar caracterizada pelo chiripá e pelo poncho; as boleadeiras e laços de caça e de rodeio; as candeias de sebo para alumiar e toda a tralha de montaria e pastoreio feita de couro cru; a que se acrescentaram as carretas puxadas por bois, os hábitos de consumo do sal como tempero, da aguardente e do sabão e a utilização de artefatos de metal, principalmente a faca de carnear, as pontas das lanças, as esporas e freios e uns poucos utensílios para ferver e para cozinhar.

A incorporação de uma parcela desses gaúchos à etnia brasileira é um processo posterior, decorrente da disputa dos paulistas por participar da exploração do gado sulino, da competição entre portugueses e espanhóis pelo domínio da região cisplatina e, sobretudo, da integração do Sul ao mercado provedor de bestas de carga para as minas de ouro.

As primeiras penetrações brasileiras na área ocorreram na primeira metade do século XVII através da ação preadora dos índios pelos paulistas contra o Tape e outros núcleos jesuíticos. Elas não ensejavam, porém, qualquer ocupação, apenas permitiam conhecer a região, arrebanhar índios para o tráfico de escravos e dispersar os que lhe escapavam. Entram, a seguir, os portugueses – num esforço oficial de colonização – fundando, primeiro, São Francisco (1660) e Laguna (1676) para dominar os campos curitibanos onde crescia gado deixado pelos jesuítas e, depois, a Colônia do Sacramento (1680), já nas margens do rio da Prata. Esse estabelecimento militar longínquo, destinado a ampliar o domínio colonial português, manteve-se em território inimigo, principalmente através da viabilidade econômica que lhe conferiu a participação no negócio de couros de gado selvagem das Vacarias del Mar.

No começo do século XVIII voltam os paulistas junto aos curitibanos para se instalarem na região como criadores. Visavam, então, arrebanhar e aquerenciar gado e, mais tarde, criar cavalos e muares para vender aos novos mercados surgidos nas zonas de mineração de ouro. A produção de muares é tão especializada e tão oposta à exploração extrativista de gado alçado que não se pode conceber que surgira espontaneamente na região. O mais provável é que aqueles antigos provedores gaúchos das minas fossem meros intermediários dos verdadeiros criadores. Estes seriam estancieiros de Corrientes e Santa Fé, na Argentina, que se tinham especializado na produção de animais de tropa para as minas de prata de Potosi. A decadência da mineração espanhola, antecedendo ao surto da brasileira, criaria uma oferta de muares de exportação que encontraria um novo mercado em Minas Gerais. Só muito mais tarde podem ter surgido no Rio Grande do Sul criações de mulas de serviço.

Recrutam por toda a área gente afeita ao trato daquele gado alçado, ou seja, gaúcho, falando um guarani que os mamelucos paulistas podiam entender, fazendo roçados de mandioca, de milho e de abóboras, e fabricando farinha, como todos os povos do tronco tupi. Esses gaúchos, incorporados aos núcleos neobrasileiros que se começavam a fundar na campanha, serviram como campeiros e aquerenciadores do gado, amansadores de bois de serviço e como criadores de cavalos e de muares.

O novo tipo de exploração, que já não visava somente o couro mas os animais inteiros e uma produção mais trabalhosa, como os bois de carro e os muares de montaria e carga, que eram levados junto com as boiadas para as minas, foi que fixou as populações neobrasileiras na campanha sulina, incorporando, progressivamente, um contingente gaúcho à sociedade brasileira.

Bem sabemos o quanto estão pouco documentadas as hipóteses aqui levantadas. Todavia, elas nos parecem válidas como pistas de investigação e necessárias para explicar a formação do gaúcho brasileiro. Esta não pode ser atribuída ao simplismo de uma mera transladação de paulistas e seus índios para o Sul com a agregação de alguns espanhóis. E, menos ainda, a um amadurecimento progressivo para a civilização das tribos Charrua e Minuano, antigos ocupantes das campinas. Esses índios, de cultura pré-agrícola, foram minguando, vitimados por enfermidades e caçados em grandes batidas pelo branco que ocupou seu território, até desaparecerem. Algumas de suas mulheres terão, eventualmente, gerado filhos mestiços que se integraram à população gaúcha. Raros homens, escravizados, terão seguido o mesmo destino. Eram culturalmente por demais diferentes dos núcleos guaranizados de missioneiros, paraguaios, proto-rio-platenses e protobrasileiros, para com eles conviver e se fundir.

A integração prosseguiu por um esforço lúcido e persistente da Coroa portuguesa – nisso apicaçada pelos paulistas – para a ocupação e apropriação da área. Esta se faz através de dois procedimentos: a implantação na faixa costeira de famílias transladadas das ilhas portuguesas, principalmente dos Açores, para constituir um núcleo permanente de presença portuguesa, e a concessão de sesmarias nas zonas de campo onde se instalavam as invernadas, que se procedeu com desusada profusão. A esses açorianos se somaram militares portugueses – recrutados principalmente no Rio de Janeiro, São Paulo e Minas – mandados para a Colônia do Sacramento e para o antigo território dos Sete Povos das Missões.

A apropriação legal das terras começaria a transformar as invernadas em estâncias, nelas fixando o proprietário e sua gauchada. A distribuição das sesmarias, que começa nas regiões de Viamão e rio Grande, estende-se depois aos campos do rio Pelotas, atinge mais tarde, por um lado, a zona de Laguna e, por outro, a área das antigas missões jesuíticas. Prosseguindo a marcha apropriativa, integra, depois, ao sistema de propriedades a campanha do Ibicuí, ao sul, e a Coxilha Grande, a oeste.

Por longo tempo, a atividade desses estancieiros fora aquerenciar o gado selvagem arrebanhado nos próprios campos ou transladado das antigas vacarias e, depois, criar cavalos e muares. Trabalhavam, sempre, com os olhos postos no horizonte, de atalaia contra ataques castelhanos. A larga faixa de fronteira indiferenciada, movendo-se conforme a pressão de um lado ou do outro, ameaçava mais à estância e a seu gado do que à pátria mesmo. Assim, cada estancieiro de um e outro lado da fronteira se faz um caudilho, entrincheirado em seu rancho com seus gaúchos, sempre pronto a engajar-se nas correrias que punham a salvo o seu rebanho e às vezes permitiam acrescê-lo com o que arrebatasse da outra banda.

O manancial de gado que parecia inesgotável, submetido à exploração predatória dos couros para exportação e à perseguição da cachorrada selvagem que também se multiplicara nos campos, alimentando-se de bezerros e de novilhas, reduzia-se cada vez mais. Os estancieiros começaram, então, a disputá-lo dos dois lados da fronteira indefinida para fixá-lo em seus campos. Primeiro, os paulistas que encontravam mercado para gado-em-pé nas minas, centenas de léguas terra adentro. Depois por todos, quando, ao fim do século XVIII, se inicia o fabrico do charque. No lado espanhol, o novo produto torna-se o principal artigo de exportação como alimento da escravaria das Antilhas. No lado brasileiro, valoriza-se cada vez mais como carne para as populações mineiras e, mais tarde, para as lavouras comerciais que as sucederam e para os engenhos do Nordeste.

O aquerenciamento do gado nas estâncias aquerencia também o gaúcho como campeiro e como combatente do seu patrão, que era seu caudilho. Nas décadas seguintes, com os entendimentos diplomáticos para a fixação da fronteira, processa-se a pacificação progressiva das áreas mais próximas do linde, dando nascimento ao Uruguai como um vasto território colocado entre os contendores brasileiros e argentinos. Depois do período convulso de guerras externas e de lutas de unificação nacional que conflagram os campos rio-platenses, as estâncias brasileiras entraram numa fase de relativa tranquilidade.

A esse tempo, o crescimento das charqueadas valoriza o gado e industrializa sua exploração, fazendo do pastoreio cada vez menos uma aventura e cada vez mais um negócio racional. Entretanto a charqueada introduz na paisagem pastoril uma atividade nova, caracterizada pelo trabalho de ritmo intenso e regulado por horário e obrigações rígidas, a que não se ajusta o antigo gaúcho campeiro.

Introduz-se, então, o negro escravo, que era a mão de obra do tempo para todo trabalho de gastar gente.

Essas comunidades de saladeiros, com seus empregados e sua escravaria, contrastando flagrantemente com a estrutura social da campanha, constituíram um enclave pré-industrial que se ampliaria, no futuro, através de matadouros e frigoríficos, como o novo centro reitor da atividade pastoril. Desde então, já não é o caudilho-estancieiro quem comanda a vida regional, mas um sistema mercantil-industrial mais complexo, suscetível de ser regulamentado oficialmente, defendido contra o contrabando e capacitado a introduzir inovações tecnológicas na campanha, como os aramados.

Nesse processo, o estancieiro vai deixando de ser o caudilho para se tornar o patrão de seus gaúchos. As regalias destes diminuem e, com elas, a ração da carne para o churrasco e de mate para o chimarrão. O distanciamento entre os papéis sociais do gaúcho antigo – campeiro do gado de ninguém em terra sem dono – e do gaúcho novo – o peão empregado da estância a cuidar do gado do patrão – se vai alargando progressivamente. É atenuado, porém, estendendo através de décadas o padrão de relações caudilho-gaúcho, devido ao estado de convulsão em que vive a zona pastoril, conflagrada pelas lutas de unificação nacional.

Os caudilhos sulinos, brasileiros porque espacialmente não castelhanos e opostos a estes por suas antigas disputas, mas opostos também ao Império longínquo – sem olhos e sensibilidade para seus problemas –, configuram uma etnia ainda não inteiramente identificada com uma brasilidade remota que apenas desabrochava. Seus conflitos fronteiriços e sua independência frente ao Império mantêm toda a campanha em pé de guerra, ao longo de décadas. É conflagrada pelas lutas entre os caudilhos, nas célebres califórnias, em que disputavam campos e rebanhos; dos caudilhos com os lavradores e comerciantes de origem açoriana, assentados no litoral, apegados à autoridade central e almejando impor ordem à campanha; e de parcelas de uns e outros contra o domínio imperial, pela república ou por qualquer forma de governo que atendesse melhor às suas aspirações.

Enquanto permaneceu esse ambiente de guerra, com a campanha dividida em comandâncias e milícias, chefiados por estancieiros caudilhos sempre prontos a sair ao combate, o gaúcho – porque menos peão do que soldado – manteve certos privilégios de alimentação e de trato. Consolidada a posse de terras e rebanhos, pacificada a campanha e, depois, cercadas as estâncias com aramados, o novo gaúcho sedentarizado é compelido a assumir seu novo papel de simples peão. Ainda cavaleiro campeia, garboso, o gado do patrão, com orgulho de seu ofício e do seu domínio da montaria e do rebanho. Porém, cada vez mais pobre e mais mal pago, come menos e vive mais maltrapilho. Os imensos campos livres de outrora são, agora, retângulos divididos em estâncias e subdivididos em potreiros. Entre as estâncias se estende, como terra sem dono, tão somente o corredor entre os aramados divisórios, subindo e descendo pelas ondulações das coxilhas, para comunicar e para apartar os mundos privados das estâncias.

O gaúcho montado em cavalo brioso, da bombacha e botas, de sombreiro com barbicacho, de pala vistosa, revólver, adaga e o dinheiro metido na guaiaca, de boleadeiras enroladas na cintura, lenço ao pescoço, faixa na cintura em cima dos rins, esporas chilenas etc. ou é o patrão fantasiado de campeiro ou é integrante de algum clube urbano de folcloristas. O rancho do estancieiro se faz casa confortável; o galpão mesmo, como orgulho da estância, cobre-se de telhas e se enriquece de ganchos para pendurar arreios. Só a palhoça do gaúcho permanece tal qual era e, dentro dela, a vida cada vez mais miserável.

A introdução de reprodutores de raça, de cuidados zootécnicos e de melhoria das pastagens promove a renovação do gado, que ganha peso, torna-se mais dócil e se faz leiteiro. Os rebanhos aumentam; ao vacum se acrescenta o lanar. Novas áreas são conquistadas para a expansão do pastoreio intensivo, com o gado semiestabulado, cujo crescimento é controlado pelas cabanhas de aprimoramento genético. A diferença entre os bois e a vaqueirada vai se modulando como oposição entre o gado do seu dono e um gado de ninguém, cuja eugenia, cuja saúde, cuja ração constituem objeto das preocupações mais díspares: o maior zelo para com a gadaria vacum e o maior descaso com respeito ao contingente humano.

Permanecem, porém, como sobrevivências culturais, certas formas de trato pessoal entre estancieiro e gaúcho que lembram as relações do caudilho com seu combatente. Unidos, ocasionalmente, nas cavalgadas do rodeio, entrando em emulação de maestria como boleadores ou laçadores de reses bravias, apostando carreiras – como ocorre, de resto, nas outras zonas pastoris –, mantêm um convívio cordial, porém, remarcadamente respeitoso e assimétrico, como é devido nas relações entre patrões e empregados. A roda de chimarrão se faz como sempre e é o círculo de convívio social do gaúcho, frequentado às vezes pelo patrão para ali controlar a execução de suas ordens e distribuir novos encargos. Alguns hábitos permanecem, como o gosto do patronato gaúcho pelo convívio masculino e servil que faz cada estancieiro viver cercado de peões-carrapato. São os que lhe misturam a erva, esquentam a água e provam o chimarrão; os que lhe assam, cortam e servem o churrasco; os que lhe conchavam os encontros com as chinas da vizinhança. O gaúcho-peão-de-serviço vê de longe e olha mal essa única verdadeira intimidade, intrigante e bajuladora.

Todavia, o peão de estância, ainda assim, é um privilegiado na paisagem humana da campanha. Com o gado cresceu a população, que, sobrante das singelas necessidades de mão de obra das lides pastoris, foi sendo desalojada das estâncias. Amontoa-se pelos terrenos baldios, ou onde os corredores se alargam em rancharias, que são malocas campestres. Transformam-se assim os gaúchos em reservas de mão de obra em que o estancieiro recruta os homens de que necessita quando vai bater os campos, esticar um aramado, ou nas épocas de tosquia. São trabalhadores de changa, biscateiros subocupados mas prolíficos, cujas famílias crescem na penúria, vitimadas por moléstias carenciais, por infecções, enfim, por todos os achaques da pobreza, como mais um subproduto do latifúndio pastoril.

A maior parte dessa população de gaúchos-a-pé se faz lavradora de terrenos alheios, ainda não engolidos pelo pastoreio, através do regime da parceria. São os autônomos rurais do sul, contrapostos à peonagem das estâncias, como o caipira do centro se opõe ao assalariado rural das grandes culturas comerciais. Igualmente dependentes do proprietário que lhes cede as terras de cultivo, cobrando por elas a meia ou a terça das colheitas, além de sua lealdade pessoal e política. Também esses neogaúchos veem o Estado e o governo como um ente todo-poderoso e arbitrário com que se entende o patronato e que se coloca efetivamente a seu serviço como um sistema de milícias, de delegacias e de inspeções destinado a manter a ordem do mundo tal qual é.

Onde a rede de apropriação das terras se esgarça pelo abandono ocasional de uma fazenda, essa população desgarrada ousa a invasão da terra baldia, contando durar no trato conquistado até que venham os policiais e os doutores cerzir aquela ruptura da teia inconsútil. Nessas circunstâncias, tanto o gaúcho de estância quanto o gaúcho parceiro, imersos ambos no latifúndio pastoril, não alcançam as condições mínimas para uma conduta autônoma de cidadãos. São homens de seus patrões, temerosos de perder um vínculo que lhes parece um amparo em face da ameaça de se verem lançados em condições ainda mais difíceis. Nos bolichos dispersos pelos corredores, ouvindo os rádios sempre ligados e comentando as novidades, entre voltas de chimarrão e de pinga, vive sua vida cívica essa subumanidade marginal dos arranchamentos. Discutem política e políticos. Falam de reforma agrária. Sempre sóbrios e severos. Aí não se vê a alacridade folgazã das festas de estância, onde mais bailam, riem e se regalam os estancieiros e seus convidados que a gauchada posta a servir o churrasco, a cantar toadas antigas ao som de gaita, de sanfona e viola. Naqueles redutos estradeiros é que se vai forjando a consciência do novo gaúcho sobre seu destino e fermentando um espírito de rebelião ainda difuso e inconsistente.

Tal como ocorre nos sertões pastoris do Nordeste, a estância do Sul é um criatório de gado como seus arraiais são criatórios de gente. A população dessas rancharias se constitui principalmente de velhos desgastados nas lides pastoris ou na parceria e de crianças que se iniciam nas mesmas labutas, todos subnutridos, maltrapilhos e descalços. A maior parte da gente jovem e sadia emigra para outras áreas rurais ou para as cidades em busca de um destino melhor. Assim é que o Rio Grande do Sul experimentou um profundo processo de urbanização sem industrialização, vendo multiplicar-se nas grandes e pequenas cidades uma massa enorme de subocupados, de mendigos e prostitutas. Pela mesma razão se fez também povoador das zonas rurais dos estados vizinhos e dos campos do sul de Mato Grosso. A influência gaúcha em toda essa imensa área é visível no uso do chimarrão, no gosto pelo churrasco de costelas e no linguajar entreverado da fronteira.

Nos últimos anos, com o surgimento de um amplo mercado nacional, a região sulina foi se especializando numa produção agrícola não tropical, facilitada por suas condições ecológicas e climáticas. Surgem, assim, a triticultura, substitutiva de importações, a rizicultura e o cultivo da soja para exportação, exploradas todas, em larga escala, com técnicas modernas e certo grau de mecanização nas coxilhas antes devotadas ao pastoreio. Raramente esse desdobramento de atividades é processado pelo próprio latifundiário pastoril. Via de regra, ele apenas arrenda parcelas de suas terras agricultáveis, reservando-se as demais para a exploração pastoril tradicional que continua fazendo diretamente.

Para os novos cultivos, em lugar das formas tradicionais de parceria (a meia e a terça), introduziu-se um sistema de arrendamento pagável em dinheiro pelo empresário. Este é frequentemente um citadino com maior descortino mercantil que opera com base em financiamentos bancários oficiais e privados. O caráter pioneiro dessa atividade e a extração urbana dos arrendatários ensejam certo aventureirismo responsável por graves deformações. Sobretudo pela incapacidade dessa camada de contribuir para uma revisão do sistema fundiário, ou pelo menos para modernizar as relações de trabalho de modo a integrar organicamente a população rural numa economia mais próspera. Utilizando maquinaria e técnicas agrícolas mais modernas, eles contribuíram mais para a marginalização do gaúcho que para sua melhor integração no setor mais produtivo da economia agrária.

O alto preço dos arrendamentos – que parece constituir um dos principais fatores do encarecimento da produção – decorre do monopólio da terra pela velha classe latifundiária. Fazendo-se pagar onerosamente, esses proprietários acompanham a modernização da paisagem rural, edificando casas confortáveis e fazendo melhorias nas estâncias, não como empresários ativos senão como um percalço que retarda a modernização. Por outro lado, as enormes despesas de implantação dos grandes cultivos, em maquinaria, assistência, irrigação, fertilizantes, tendo de ser enfrentadas por simples empresários que operam em terra alheia, constituem um dos principais óbices à expansão ordenada dos trigais e arrozais sulinos. Acresce, ainda, que a associação recomendável desses cultivos com outros, ou a sucessão de cultivos segundo as técnicas de rotação de culturas, são também obstaculizadas, onerando o custo da produção e sacrificando as terras.

É de assinalar, porém, que mesmo em tais condições, essas atividades ensejam novas oportunidades de trabalho e melhores condições de remuneração a uma parcela das massas rurais, principalmente na etapa da colheita, em geral menos mecanizada. Seu efeito social mais importante é, talvez, a diversificação da sociedade agrária sulina com a ampliação de um setor intermediário entre os proprietários e seus gaúchos, até agora extremamente reduzido. Tais são os trabalhadores semiespecializados recrutados para as tarefas da mecanização agrícola, do beneficiamento das safras e de sua comercialização. Todavia, o próprio grau de mecanização desses cultivos opera como um redutor das possibilidades de emprego, que, em associação com o monopólio da terra, contribui para manter marginalizada a maior parte da população rural que continua sobrante das atividades pastoris e também excedente das necessidades de mão de obra da nova economia agrícola.

Uma outra configuração histórico-cultural constitui-se no Brasil sulino formada por populações transladadas dos Açores, no século XVIII, pelo governo português. O objetivo dessa colonização era implantar um núcleo de ocupação lusitana permanente para justificar a apropriação da área em face do governo espanhol e também para operar como uma retaguarda fiel das lutas que se travavam nas fronteiras. Esses açorianos vieram com suas famílias para reconstituir no Sul do Brasil o modo de vida das ilhas, atraídos por regalias especialíssimas para a época. Prometiam-lhes a concessão de glebas de terra demarcadas como propriedade de cada casal. Ao instalar-se, deveriam receber mantimentos, espingarda e munição, instrumentos de trabalho, sementes para cultivo, duas vacas e uma égua, bem como sustento alimentar no primeiro ano. Para a gente paupérrima das ilhas, essa dadivosidade parecia assegurar a riqueza. Alguns grupos estabeleceram-se na faixa litorânea, nas terras marginais do rio Guaíba, outros no litoral de Santa Catarina.

A colonização açoriana foi um fracasso no plano econômico, como seria inevitável. Ilhados em pequenos nichos no litoral deserto, despreparados, eles próprios, para o trabalho agrícola em terras desconhecidas, estavam condenados a uma lavoura de subsistência, porque não tinham mercado consumidor para suas colheitas. Depois de comer o suprimento de manutenção, deviam olhar-se, perguntando o que fazer. Eram chamados a se tornarem granjeiros numa terra em que o branco só admitia o status de senhor para dirigir a escravaria. Entregues, porém, a seu próprio destino, acabaram aprendendo os usos da terra que estavam a seu alcance, através do convívio com os grupos já conformados pelas protocélulas brasileiras que se vinham expandindo ao longo do litoral catarinense.

Fizeram-se matutos, ajustando-se a um modo de vida mais indígena que açoriano, lavrando a terra pelo sistema de coivara, plantando e comendo mandioca, milho, feijões e abóboras. Mesmo no artesanato praticado hoje nos núcleos de seus descendentes, não se pode distinguir peculiaridades açorianas. É essencialmente o mesmo das populações caipiras e assim deve ter sido no passado, para suprir suas necessidades de panos, de tralha doméstica feita de trançados e de cerâmica e de instrumentos de trabalho.

Alguns açorianos empreendedores escaparam, porém, à caipirização, seja levando adiante cultivos próprios de cereais, principalmente de trigo, seja fazendo-se comerciantes dedicados a traficar mantimentos com a gente da área pastoril. Nasceu, assim, um movimento mercantil que deu alguma viabilidade aos vilarejos que surgiam e começou a integrá-los dentro do sistema econômico incipiente da região.

Sua contribuição à cultura neobrasileira foi nula porque esta se havia saturado dos traços do patrimônio português que podia absorver. Sua influência na cultura regional e seu papel social foram, todavia, decisivos no aportuguesamento linguístico e no abrasileiramento cultural da campanha e, sobretudo, na constituição do núcleo leal ao poderio português e, mais tarde, imperial, que se requeria naquelas fronteiras, por um lado tão remarcadamente castelhanas e, pelo outro, tão independentes em sua lealdade a caudilhos autônomos.

Quando a região se convulsionou nos entreveros dos caudilhos que disputavam terras e gados nas lutas de fronteira e, sobretudo, nas lutas autonomistas de inspiração republicana contra o centralismo imperial, a população matuta representou um papel capital. Opondo-se, naturalmente, ao gaúcho árdego da campanha pastoril por seu modo de vida agrícola, sedentário e pacífico, sua aspiração era impor ordem à fronteira. Funcionaram, assim, como a base de onde as forças imperiais partiam para subjugar os caudilhos, onde se recolhiam quando acossados para se reabastecerem e onde recrutavam parte de suas tropas.

As terras doadas aos açorianos, espoliadas nas áreas em que alcançaram maior valorização com o surgimento de mercados regionais ou fracionadas pela sucessão das heranças nas demais áreas, configuram, hoje, zonas de latifúndios e minifúndios. Os primeiros, estruturados numa economia de fazenda e, os últimos, numa economia de subsistência. Com essa progressão, o matuto das fazendas tornou-se principalmente um parceiro rural, de características muito próximas às dos caipiras, passando a constituir mais uma reserva nacional de mão de obra, depreciada na região por seus hábitos rudes e por seu apego às formas não salariais de relação de trabalho. Os que não se engajaram no sistema de fazendas, nem retiveram pequenas parcelas, foram obrigados a emigrar para as rancharias dos corredores e para as cidades, engrossando a massa das populações sulinas marginalizadas.

Alguns contingentes desses matutos especializaram-se em atividades produtivas novas, surgidas com a ampliação do mercado nacional. Tais são os núcleos de pescadores da costa e de mineiros de carvão do interior. Uns e outros vivem nas mais precárias condições, constituindo, provavelmente, um dos contingentes brasileiros mais vitimados pela tuberculose e pela mortalidade infantil.

Também as massas matutas e gaúchas marginalizadas caíram numa cultura da pobreza que acabou por uniformizá-las pela singeleza do seu equipamento de vida e de trabalho. Vivem em ranchos que constroem com suas próprias mãos, com os materiais mais humildes, que tanto podem ser o barro, a palma ou o capim, nas zonas rurais, como tábuas de embalagens, papelão e restos de chapas metálicas, nas zonas suburbanas. Em lugar dos artefatos de cerâmica, de vimes, de fibras e de couro, que antes fabricavam, usam, agora, como vasilhames e utensílios para guardar, usar, comer e beber, a lataria dos monturos.

Analfabetos, numa sociedade já integrada por metade nos sistemas letrados de comunicação, essas populações marginalizadas perdem até mesmo suas seculares tradições folclóricas, esquecidas e substituídas por novos corpos elementares de compreensões e de valores auridos através do rádio e da transmissão oral. Nessas condições, uma homogeneização cultural processada pela pobreza – tal como uma deculturação uniformizadora se processou, no passado, pela escravidão – unifica os brasileiros mais díspares pelo denominador comum da penúria, pela comunidade de hábitos e de costumes reduzidos à sua expressão mais singela e pela difusão dos modernos meios de comunicação que as atingem com músicas acessíveis e com apelos a um consumo inacessível.

Essa homogeneização os está congregando, também, face ao futuro, pela sua comunhão de destino, que é o enfrentamento da ordem social responsável por sua proscrição do sistema ocupacional e dos padrões de vida da parcela integrada nos setores modernizados da sociedade nacional. As formas de expressão dessa destinação insurrecional são ainda elementares, mas tendem a acentuar-se. Tal como o campesinato europeu – nas primeiras fases de sua marginalização, pela reordenação mercantil-capitalista – a rebeldia virtual dessas massas marginais brasileiras, tanto as do Sul como as das demais áreas, só encontra em seu patrimônio cultural formas arcaicas de expressão, revestidas quase sempre de uma feição messiânica.

A principal delas eclodiu de 1910 a 1914, na zona fronteiriça entre os estados do Paraná e de Santa Catarina, em virtude de uma suspensão eventual da legitimidade das respectivas autoridades reguladoras da apropriação das terras devolutas. Ao estabelecer-se a disputa entre os dois estados pelo domínio da área contestada, esta ficou juridicamente em suspenso, ensejando movimentos populares de ocupação das terras de ninguém pela população matuta e de alargamento de suas posses, pelos afazendados.

Dada a fome de terra das massas rurais circunvizinhas, a região povoou-se rapidamente através da abertura de inúmeras clareiras na mata, onde famílias de posseiros procuravam conquistar um nicho e organizar uma economia independente de granjeiros. A violenta reação dos dois estados em disputa diante dessa invasão e, depois, a intervenção armada do governo federal lançaram aquelas populações na ilegalidade, criando condições para o desencadeamento de uma irrupção subversiva de tipo semelhante às que se sucederam em outras regiões do país. Estudos desse surto de messianismo se encontram em Maria Isaura Pereira de Queiroz (1957 e 1965) e Maurício Vinhas de Queiroz (1966).

Tal como aquelas, esse movimento se definia como monarquista, porque era chamada republicana a ordem latifundiária que lhes queria impor a ferro e fogo. Tal como aquelas, era também messiânico, porque em seu horizonte cultural uma reforma da sociedade fundada na propriedade latifundiária só podia ser concebida como uma reordenação do mundo legitimada em termos sagrados. O messianismo surge, aqui, como expressão cultural de uma reordenação social em curso, através da invasão das terras. A ação concreta devolve significação e destino a velhas crenças da religiosidade popular praticada desde sempre na região, mas que são chamadas agora a inspirar lideranças novas para uma guerra santa destinada a promover uma reestruturação da sociedade.

O caráter subversivo do movimento é imediatamente identificado pelos fazendeiros locais. É, em seguida, definido como tal pelos dois corpos de autoridades regionais, que, embora impedidos de exercer sua função de legitimadores da apropriação de terras devolutas, viam como um abuso inadmissível os posseiros ocuparem as matas e nelas abrirem seus roçados e organizarem suas formas de convívio. Por fim, a invasão de terras é interpretada pela autoridade federal como revolucionária, porque convulsionava uma área enorme; porque defrontava posseiros com tropas estaduais em conflitos nos quais estas vinham sendo derrotadas; porque se definia como movimento restaurador da monarquia e, sobretudo, porque punha em causa a legitimidade da forma constitucional de apropriação da terra.

Nessas condições é que se transfiguram e ganham sentido revolucionário os antigos cultos oficiados pelos "monges" caminheiros. Eram rezadores profissionais, não pertencentes a qualquer congregação religiosa, que reuniam por onde passavam a gente simples para rezar terços e novenas e para difundir versões populares das crenças católicas e das tradições bíblicas mais dramáticas. Especialmente as referentes a ameaças de castigo e de cataclismos, ou às esperanças de salvação coletiva e de restauração da idade do ouro.

Uma vez povoadas as matas por posseiros matutos e por gringos acaboclados, criou-se um ambiente mais propício a essas andanças de "monges". Em toda parte eles eram recebidos e ouvidos com devoção por uma população cujas crenças exaltavam e que os via como milagreiros aptos a curar doentes incuráveis; sacerdotes habilitados a casar e a encomendar almas, a perdoar pecados e a prescrever os caminhos da salvação; e como videntes capazes de prever o futuro.

Esses "monges", tornados conselheiros e guias dos posseiros, tanto em assuntos religiosos como em qualquer outra matéria, foram seus líderes quando os conflitos começaram a eclodir. Sob sua liderança, a luta pela manutenção da posse contra uma ordem legal que os queria expropriar se transforma numa guerra santa que se desenvolve, simultaneamente, em duas esferas. Primeiro, a dos combates contra as tropas estaduais e, mais tarde, contra o Exército nacional. Segundo, o esforço de reordenação da sociedade segundo valores hauridos em profundos estratos da tradição popular, respeitosa da propriedade dos fiéis que a possuíam anteriormente, mas afirmatória do direito de cada um aos frutos de seu trabalho, tendente a uma economia comunitária regulada por uma organização de trabalho que prescrevia as atribuições de cada pessoa e por um sistema redistributivo que a todos assegurava os bens essenciais.

Sob a tensão da luta, os matutos liderados pelos "monges" organizam dentro dessas linhas toda a vida social, desde a guerra ao trabalho e ao culto, autodisciplinando-se através de uma rígida hierarquia guerreiro-sacerdotal e impregnando todas as atividades de um redentorismo que tudo submete ao juízo do "monge", única autoridade capaz de estabelecer os caminhos da salvação coletiva.

Diversas pessoas puderam encarnar o papel de "monges" antes e durante a revolta messiânica do Contestado, porque eles eram, na verdade, expressões das velhas tradições populares do "esperado", que viria para reordenar o mundo, acabando com a injustiça, com a pobreza, com a enfermidade e com a tristeza.

No curso da luta, os núcleos conflagrados organizaram-se em "quadros santos" que procuravam ser reproduções do paraíso perdido e antecipações do paraíso esperado. Nesses núcleos, que aglutinavam a população antes dispersa pelos latifúndios ou aglomerada nas rancharias miseráveis, desenvolveu-se um convívio social intenso, remarcadamente igualitário, e implantou-se uma economia natural em que o comércio estava proscrito, exceto para a aquisição de bens fora dos núcleos sublevados. Neles se juntaram milhares de combatentes (entre 5 e 12 mil), armados de facões, de espingardas de caça e, mais tarde, de fuzis que conseguiam tomar em combate. Lutavam e trabalhavam com o elã de quem cuida, a um tempo, de defender uma vida terrena que se lhes afigura como o paraíso terrestre e de zelar por sua salvação eterna.

Efetivamente, os matutos tinham o que defender; já não apenas a terra de que se apossaram, mas o modo de vida que haviam criado – apesar da guerra e em razão dela – que lhes assegurava oportunidades para o lazer, para os cultos regidos por comandos de reza e para festas religiosas de gosto popular, como as procissões, os casamentos e os batizados que se sucediam quase diariamente. Apesar de proibidos os bailes e o consumo de álcool, e perseguidos o adultério e a prostituição, a vida nesses "quadros sagrados" era alegre e festiva como jamais fora para essa população emergente do latifúndio, onde vivia isolada, ou das rancharias miseráveis superdependentes dos latifúndios circundantes. Seu encanto maior estava, talvez, nas oportunidades de convívio social intenso, presidido por ideais igualitários e na sua estruturação não mercantil, que permitia a cada núcleo devotar-se coletivamente ao preenchimento de suas condições de existência.

Em contraste com a sua situação anterior, de camada subalterna submetida ao regime de trabalho nas fazendas, que apenas lhe possibilitava perpetuar suas condições miseráveis de existência, a nova estrutura, assegurando a todos o acesso à terra, incentivando a organização coletiva do trabalho e regulando-se por critérios distributivos igualitaristas, lhes garantia uma fartura alimentar e uma alegria de viver até então desconhecidas.

Por tudo isso, a erradicação dos "quadros santos" integrados principalmente por matutos e por alguns imigrantes alemães, poloneses, italianos e seus descendentes mais empobrecidos foi uma das campanhas mais difíceis do exército brasileiro, que teve de mobilizar milhares de homens, armá-los com artilharia pesada para fazer frente à guerrilha dos "fanáticos". Estes só foram vencidos depois de três anos de combate em que cerca de 3500 pessoas foram mortas. A esse custo se restaurou a ordem fazendeira, compelindo os matutos a aceitar o lugar e o papel que lhes são prescritos dentro dela.

Ainda hoje, porém, sobrevive nas camadas mais humildes da área matuta a crença da volta do "monge", que reimplantará a fartura e a alegria, fará os velhos, jovens; os feios, bonitos; e tornará Deus visível a todos. Em 1954, um embrião messiânico ativou-se na região, reunindo diversas famílias matutas em cultos pela volta do "monge" e obrigando as autoridades a intervir mais uma vez, para fazê-los aceitar seu destino.

Levantes semelhantes se deram onde, outra vez, a terra latifundiária se esgarçou, criando uma rede contestável entre Minas e Espírito Santo. Ali, também, os sem-terra acorreram, reivindicando seu pé de chão, mas antes que crescesse como novo Contestado, se viram dispersados. Episódio semelhante se dá com os Mucker no Rio Grande do Sul.

A luta desses matutos, como a de Canudos, a Cabanagem, a dos Muckers, e centenas de outras, têm um traço comum que cumpre assinalar. Todas reivindicam a terra em que vivem e de que tiram sua subsistência. Mas todos demonstram que são perfeitamente capazes de, sobre essa mesma base, criar, senão a prosperidade, a fartura e uma vida social alegre e satisfatória. O outro traço a ressaltar é a capacidade da ordem vigente, armada de polícias e exércitos, de calar todos esses clamores para reimplantar a tristeza da ordem latifundiária famélica e degradante.

A terceira configuração histórico-cultural da região sulina é constituída pelos brasileiros de origem germânica, italiana, polonesa, japonesa, libanesa e várias outras, introduzidos como imigrantes do século passado, principalmente nas suas últimas décadas. Embora brasileiros como os demais, porque não saberiam viver nas pátrias de seus pais e avós e porque são brasileiras as suas lealdades fundamentais, configuram uma parcela diferenciada da população por sua forma de participação na sociedade nacional. Distingue-os o bilinguismo, com o emprego de um idioma estrangeiro como língua doméstica, alguns hábitos que ainda os vinculam a suas matrizes europeias e, sobretudo, um modo de vida rural fundado na pequena propriedade policultora, intensivamente explorada, e um nível educacional mais alto do que o da população geral.

A colonização europeia, iniciada no período imperial, respondia a uma atitude comum da oligarquia das nações latino-americanas, alçada ao poder com a independência: sua alienação cultural que a fazia ver a sua própria gente com olhos europeus. Como estes, olhavam suspeitosos os negros e mestiços que formavam a maior parte da população e explicavam o atraso prevalecente no país pela inferioridade racial dos povos de cor. Sob a pressão desse complexo de alta identificação "denigrante" puseram-se a campo para substituir aos seus próprios povos, radicalmente se praticável, por gente eugenicamente melhor. E essa seria a população alva da Europa Central, que se transladava, então, em grandes contingentes para a América do Norte, assegurando o seu progresso. O empreendimento colonizador foi um dos objetivos mais persistentemente perseguido pelo governo imperial, que nele investiu enormes recursos, assegurando aos colonos o pagamento de transporte, facilidades de instalação e de manutenção e concessões de terras. Condições semelhantes jamais foram oferecidas a populações caipiras brasileiras, que, então, formavam grandes massas marginalizadas pelo latifúndio.

A população gringa resultante do empreendimento da colonização branqueadora ocupa, hoje, uma vasta ilha nos centros dos estados do Paraná, Santa Catarina e Rio Grande do Sul, que se vai alastrando pelas terras vizinhas, além de pequenos enclaves enquistados em outras regiões, como núcleos de Espírito Santo e de São Paulo. Na faixa leste, se defrontam com as velhas áreas litorâneas de colonização açoriana. A oeste e ao sul, com as zonas de pastoreio gaúcho. Influenciam e são influenciados pelas duas áreas contíguas, dando e recebendo contribuições culturais adaptativas, mas raramente seus descendentes se fazem matutos ou gaúchos. Exceto aqueles que, vendo-se marginalizados, participam, como vimos, de uma cultura de pobreza comum a toda a região – e quase ao Brasil inteiro – pela uniformidade mesma da sua regressão às formas mais primitivas e singelas de subsistência e de vida.

O bolsão cultural gringo, formado por imigrantes oriundos de diferentes etnias europeias e asiáticas, exibe uma grande uniformidade social no seu modo de vida, na paisagem humana que criou. Colorido, embora, por diferenciações que permitem distinguir as subáreas alemãs das italianas, ou as polonesas das russas, e todas das japonesas. As uniformidades sociais decorrem essencialmente da forma de constituição das colônias, pela concessão de terras em pequenas propriedades de exploração familiar e pela habilitação profissional que trouxeram os imigrantes para a prática de uma agricultura intensiva de granjeiros. As culturais provêm da segregação em que viveram nas primeiras décadas, como quistos implantados numa sociedade profundamente diferente, com a qual não mantinham convívio. Representou, também, um papel saliente na formação da ilha gringa a circunstância de que as colônias sulinas não confinavam com áreas de latifúndio pastoril ou agrário, escapando, assim, do poderio e da arbitrariedade dos senhores de terra.

Cada grupo pode, por isso, organizar autonomamente sua própria vida, instalar suas escolas e igrejas, constituir suas autoridades, formando as primeiras gerações ainda no espírito e segundo as tradições dos pais e avós imigrados. Vivendo ilhados, o próprio domínio da língua portuguesa só seria alcançado muito mais tarde, como meio de comunicação com os brasileiros e entre os próprios colonos de diferentes idiomas. Tensões herdadas do mundo europeu também opunham essas etnias umas às outras, por discriminações que contribuíam para segregá-las ainda mais. Os núcleos coloniais japoneses, instalados fora da área sulina, concentrando-se muitas vezes nas proximidades de grandes centros urbanos como produtores de legumes, tiveram envolvimento paralelo, porém ainda mais marcado pela autossegregação.

A primeira geração de imigrantes enfrentou a dura tarefa de subsistir enquanto abriam clareiras na mata selvagem, enfrentando, por vezes, índios hostis, de construir suas casas e estradas, vivendo uma existência trabalhosa e severa. Sua luta foi ainda mais dificultada pela inexistência de um mercado regular para a sua produção. A grande tarefa inicial que cumpriram foi definir as atividades produtivas com que melhor poderiam integrar-se na economia nacional. Somente a penúria que enfrentava o campesinato de seus países de origem, desarraigados do campo pelos efeitos reflexos da Revolução Industrial ou envolvidos nas crises do período de consolidação das nacionalidades europeias, explica a persistência com que enfrentaram tão difíceis condições. Aqui, porém, eram proprietários, é verdade que de terras virgens e de quase nenhum valor, mas terras férteis que eles confiavam valorizar pelo próprio esforço.

As gerações seguintes, beneficiárias dos resultados desses sacrifícios pioneiros, encontraram condições mais propícias. Já eram filhos da terra, afeitos às tarefas que tinham que exercer. Seu problema começa a ser o da disponibilidade de terras para abrir novas clareiras para as famílias que se multiplicavam. Em princípio, porém, toda a área circundante das colônias, constituídas de terras devolutas ou acessíveis a baixo preço, operava com uma fronteira aberta à sua expansão.

No período de transição entre a fase pioneira e a quadra de prosperidade, algumas populações gringas mais isoladas entraram também em processo de anomia de caráter messiânico, mas diferente dos movimentos similares ocorridos no país por sua inspiração bíblico-protestante e por seus conteúdos culturais oriundos de tradições populares alemãs. Tal foi o que sucedeu em 1872 com a erupção messiânica dos Mucker (santarrões) do rio dos Sinos, a 35 quilômetros de Porto Alegre, a capital provincial do Rio Grande do Sul, liderada principalmente por uma mulher-profeta que também organizou uma comunidade igualitária e fanática. Em seu período crítico, esse movimento revivalista ocasionou uma sucessão de crimes e assassinatos e só foi erradicado através da chacina da maioria dos crentes.

Apesar do isolamento, sabiam bem que aqui teriam de viver, tanto mudara o seu país de origem e tanto haviam mudado eles próprios, afastando-se dos padrões europeus, nos hábitos, na linguagem e nas aspirações. Os novos contingentes recém-chegados serviam para contrastar o seu sotaque e a sua ignorância do mundo cultural longínquo de que se desgarraram suas famílias. Mas o convívio simultâneo com índios, matutos e gaúchos recordava-lhes, também, quanto se diferenciavam dos antigos ocupantes da terra, por cujos modos de vida miseráveis não podiam sentir qualquer atração. Esses eram, de um lado, seus patrícios e, de outro, os brasileiros que conheciam. Eles mesmos sentiam constituir uma terceira entidade, irredutível a qualquer daquelas formas.

Essa situação de marginalidade étnica dos núcleos de colonização, principalmente dos alemães, japoneses e italianos, foi explorada antes e durante a última guerra mundial pelos governos dos seus países de origem, criando graves conflitos de lealdade étnico-social. Com esse objetivo, os movimentos nazista e fascista bem como o governo japonês montaram aparatosos serviços de propaganda e estimularam o surgimento de organizações terroristas dedicadas a uma intensa doutrinação ideológica, nacionalista e racista.

Criou-se, assim, uma situação de trauma que gerou sérios atritos entre os luso-brasileiros, de um lado, e os gringo-brasileiros ou nipo-brasileiros, de outro. As condições de relativa segregação em que se desenvolveram esses núcleos, seu conservadorismo cultural e linguístico facilitavam essa ação dissociativa. Para fazer-lhes frente foi necessária uma maciça ação oficial nacionalizadora que – como sempre ocorre nesses casos – agiu muitas vezes desastradamente, agravando ainda mais os conflitos de lealdade. Cumpriu, porém, uma função assimiladora decisiva, compelindo o ensino da língua vernácula nas escolas, quebrando o isolamento das comunidades e recrutando os jovens gringos e nipo-brasileiros para servir nas forças armadas. Afastada para grandes centros urbanos, essa juventude alargou seu horizonte cultural e sua visão do próprio Brasil, contribuindo, no seu regresso, para facilitar uma identificação nacional que já se tornava imperativa.

As diversas áreas de colonização europeia formam, hoje, uma região com fisionomia própria aglutinada em vilas pela concentração de moradores em torno do comércio, da igreja e da escola. Delas partem estradas inteiramente novas nas paisagens brasileiras, correndo entre as cabeças dos lotes, densamente habitadas de um e de outro lado e, por isso mesmo, cuidadosamente mantidas. Essas vilas rurais formam redes encabeçadas por cidades cuja produção se diversificou e se ajustou às condições do mercado, somando atividades industriais de base artesanal às agrícolas. Implantou-se, assim, uma economia regional próspera, numa paisagem cultural europeizada dentro da relativa uniformidade luso-brasileira do país.

Os núcleos gringo-brasileiros tornaram-se importantes centros de produção de vinho, mel, trigo, batatas, cevada, lúpulo, legumes e frutas europeias, além do milho para a engorda de porcos, e da mandioca para a produção de fécula. Acrescentaram-se, assim, à economia nacional os cultivos das zonas temperadas, aprimoraram velhas lavouras e, sobretudo, demonstraram o alto padrão de vida que podem fruir núcleos de pequenos proprietários quando habilitados a cultivar intensamente a terra e a beneficiar sua produção antes de comercializá-la. Consideradas as áreas ocupadas, essa economia granjeira permite manter uma população muitas vezes maior que a das zonas pastoris e mesmo das zonas agrícolas fundadas no latifúndio e assegurar-lhe um padrão de vida também muito alto.

Todavia, as colônias, em sua expansão, acabaram esbarrando com o mundo do latifúndio, vendo esgotar-se, desse modo, sua fronteira móvel. Não tendo como intensificar a produção, entraram a subdividir antieconomicamente os lotes, abrigando duas e depois quatro famílias em áreas originalmente reservadas para uma apenas. É o minifúndio que hoje persegue a população gringo-brasileira tanto como o latifúndio que mantém o cerco à sua expansão.

Em virtude desse entrave latifundiário, nos próprios núcleos coloniais que eram a região agroeconômica mais próspera do país, surgiu também uma população marginal. São os chamados "caboclos" da região colonial sulina. Gringos acaboclados que, não possuindo terras, regridem também a uma cultura da pobreza, confundindo-se com os matutos de origem açoriana e com os gaúchos das rancharias, na disputa da terra para trabalhar em parceria. Seus hábitos de trabalho e de lazer, sua dieta, as palhoças que lhes servem de moradia, a penúria em que vivem confundidos, os tornam uma camada só: os marginais da região sulina.

A distinção se faz, hoje, tão evidente que colono, na região gringa, é pequeno proprietário e caboclo é o sem-terra. Em cada categoria confundem-se brasileiros de extração gaúcha ou açoriana e brasileiros de extração gringa, distinguíveis essencialmente por sua posição com respeito à propriedade das terras que cultiva.

Essa camada de gringos acaboclados, assim como os demais contingentes marginais do país, constitui uma reserva de mão de obra que opera como uma classe infrabaixa, posta no campo abaixo dos assalariados agrícolas e, nas cidades, abaixo dos integrados na força de trabalho com empregos permanentes. A existência desse estrato social, em que todos estão ameaçados de mergulhar se perderem sua posição ocupacional, tem dois efeitos sociais gravíssimos. Funciona como redutor da combatividade dos camponeses e operários pela melhoria de suas condições de vida e como um indutor do conformismo, pela verificação de que mesmo o trabalhador humilde tem ainda o que perder, porque pode cair numa condição ainda mais degradada. Constituindo, por outro lado, para os marginalizados, o patamar inferior da miséria, já incomprimível, opera como uma incitação à rebeldia revolucionária, já que somente uma reordenação social profunda pode abrir-lhes melhores perspectivas de vida.

Nos últimos anos, surgiu na zona colonial um desenvolvimento industrial intensivo, originado no artesanato familiar, que já alcançou a estatura de uma rede de instalações fabris de nível médio, dedicada à produção metalúrgica, à tecelagem e à indústria química, de couros, cerâmica e vidreira. Algumas das antigas vilas coloniais gringas transformaram-se, nesse processo, em importantes centros industriais regionais, como Caxias, São Leopoldo, Novo Hamburgo, Blumenau, Joinville e Itajaí. Os antigos colonos, transformados em empresários, não se circunscrevem, porém, à sua área original. Instalam suas indústrias também nas capitais regionais, fazendo-se os principais empresários modernos do sul do país. Esse desenvolvimento industrial ensejou a integração na força de trabalho, como operários, de ponderáveis contingentes das populações marginalizadas, tanto gringas quanto gaúchas e matutas.

Esse salto da agricultura granjeira à indústria artesanal e, depois, à fabril, foi possibilitado pelo conhecimento por parte dos colonos de técnicas produtivas europeias singelas, porém mais complexas que as dominadas pelos outros núcleos brasileiros. Mas ele se explica, principalmente, pelo bilinguismo, que lhes dava acesso a melhores fontes de informação técnica e possibilitava contatos europeus que permitiram importar equipamentos e pessoal qualificado, quando necessário, e obter assistência na implantação e expansão de suas indústrias. É de assinalar que esse surto industrial ocorreu no mesmo período em que um grande parque têxtil importado para regiões mais atrasadas do país (Minas Gerais) obsolescia à míngua de capacidade de renovação técnica e de falta de espírito empresarial moderno.

O progresso social e econômico das áreas de colonização gringa e nipo-brasileira, bem como sua simultânea integração nos mercados nacionais como produtores e consumidores, ensejou novos horizontes de relações humanas e melhores condições de integração cultural. Já, agora, a imagem do brasileiro, figurada pelo gringo ou pelo nissei, não se confunde com as populações marginalizadas, nem com a oligarquia latifundiária, mas com as populações urbanas de vida moderna e progressista, em que eles se confundem como trabalhadores. Simultaneamente, persuadiram-se de que já não pertencem ao mundo cultural de seus antepassados, porquanto este também mudou, tornando irreal qualquer identificação étnica não brasileira.

Nessas novas situações de contato e à luz dessa nova compreensão, progrediu a autoidentificação dos descendentes de colonos como brasileiros, diferenciados em seu modo de participação na vida nacional, por sua origem e por sua experiência, mas brasileiros tão somente. Apenas os japoneses, por conduzirem uma marca racial diferenciadora, tendiam a não ver reconhecida sua assimilação, mesmo quando completada, como ocorre com aqueles que se urbanizaram. Essa característica, que foi penosa enquanto os brasileiros identificaram os japoneses como gente mestiça e atrasada, foi perdendo esse conteúdo em face ao prestígio crescente do Japão e do êxito cultural e econômico dos nisseis brasileiros. Com efeito, eles constituem, provavelmente, o grupo imigrante que mais rapidamente ascendeu e se modernizou. Não é raro que o neto do camponês nipônico seja engenheiro, industrial ou executivo das grandes empresas japonesas instaladas ultimamente no país, e que sua neta seja professora ou doutora.

V
O DESTINO NACIONAL

As dores do parto

O Brasil foi regido primeiro como uma feitoria escravista, exoticamente tropical, habitada por índios nativos e negros importados. Depois, como um consulado, em que um povo sublusitano, mestiçado de sangues afros e índios, vivia o destino de um proletariado externo dentro de uma possessão estrangeira. Os interesses e as aspirações do seu povo jamais foram levados em conta, porque só se tinha atenção e zelo no atendimento dos requisitos de prosperidade da feitoria exportadora. O que se estimulava era o aliciamento de mais índios trazidos dos matos ou a importação de mais negros trazidos da África, para aumentar a força de trabalho, que era a fonte de produção dos lucros da metrópole. Nunca houve aqui um conceito de povo, englobando todos os trabalhadores e atribuindo-lhes direitos. Nem mesmo o direito elementar de trabalhar para nutrir-se, vestir-se e morar.

Essa primazia do lucro sobre a necessidade gera um sistema econômico acionado por um ritmo acelerado de produção do que o mercado externo dela exigia, com base numa força de trabalho afundada no atraso, famélica, porque nenhuma atenção se dava à produção e reprodução das suas condições de existência.

Em consequência, coexistiram sempre uma prosperidade empresarial, que às vezes chegava a ser a maior do mundo, e uma penúria generalizada da população local. A sociedade era, de fato, um mero conglomerado de gentes multiétnicas, oriundas da Europa, da África ou nativos daqui mesmo, ativadas pela mais intensa mestiçagem, pelo genocídio mais brutal na dizimação dos povos tribais e pelo etnocídio radical na descaracterização cultural dos contingentes indígenas e africanos.

Alcançam-se, assim, paradoxalmente, condições ideais para a transfiguração étnica pela desindianização forçada dos índios e pela desafricanização do negro, que, despojados de sua identidade, se veem condenados a inventar uma nova etnicidade englobadora de todos eles. Assim é que se foi fundindo uma crescente massa humana que perdera a cara: eram ex-índios desindianizados, e sobretudo mestiços, mulheres negras e índias, muitíssimas, com uns pouquíssimos brancos europeus que nelas se multiplicaram prodigiosamente.

O núcleo luso, formado por muito poucos portugueses que aqui entraram no primeiro século, e por mulheres mais raras ainda, que aqui vieram ter, olhando a todos os mais desde a altura do seu preconceito de reinóis, da força das suas armas, operacionalizava sua espoliação econômica, querendo impor a todos sua forma étnica e sua cara civilizatória. Ocorre, surpreendentemente, que esse povo nascente, em lugar de uma Lusitânia de ultramar, se configura como um povo em si, que luta desde então para tomar consciência de si mesmo e realizar suas potencialidades.

Essa massa de mulatos e caboclos, lusitanizados pela língua portuguesa que falavam, pela visão do mundo, foi plasmando a etnia brasileira e promovendo, simultaneamente, sua integração, na forma de um Estado-Nação. Estava já maduro quando recebe grandes contingentes de imigrantes europeus e japoneses, o que possibilitou ir assimilando todos eles na condição de brasileiros genéricos.

Alguns, sobretudo japoneses, guardando marcas físicas indisfarçáveis de suas origens, têm, em consequência, certa resistência à plena assimilação ou ao reconhecimento dela quando já está plenamente cumprida. Não deixam nunca de ser nisseis, porque trazem isso na cara. Outros imigrantes, como os italianos, os alemães, os espanhóis, apesar de brancarrões e de portarem nomes enrolados, foram mais facilmente assimilados, sendo sua condição de brasileiros plenamente aceita. Alguns até exacerbam, como o caso do general Geisel, brasileiro de primeira geração, que nunca entendeu por que os índios, aqui há tantos séculos, teimam em não ser brasileiros.

Os árabes são os imigrantes mais exitosos, integrando-se rapidamente na vida brasileira, participando das instituições políticas e alcançando posições de governo. Até esquecem de onde vieram e de sua vida miserável em seus países de origem. Cegos para o fato de que seu êxito se explica, em grande parte, pelo desgarramento que faz com que eles vejam e atuem sobre a sociedade local armados de preconceitos e incapazes de qualquer solidariedade, desligados de qualquer lealdade, de obrigações familiares e sociais, para só se concentrarem no esforço de enricar.

A atitude desses imigrantes é frequentemente de desprezo e incompreensão. Sua tendência é considerar que os brasileiros pobres são responsáveis por sua pobreza e de que o fator racial é que afunda na miséria os descendentes dos índios e dos negros. Afirmam até que a religião católica e a língua portuguesa contribuíram para o subdesenvolvimento brasileiro. Ignoram que aqui chegaram a partir de crises que os tornaram excedentes, descartáveis, da mão de obra de suas pátrias, e que aqui encontraram um imenso país já aberto, de fronteiras fixadas, regendo autonomamente seu destino.

Afortunadamente nenhum desses contingentes tem consistência suficiente para se apresentar como uma etnia disputante ao domínio da sociedade global, ou pretendentes a uma autonomia de destino. Ao contrário do que sucede com outros países, que guardam dentro do seu corpo contingentes claramente opostos à identificação com a macroetnia nacional, no Brasil, apesar da multiplicidade de origens raciais e étnicas da população, não se encontram tais contingentes esquivos e separatistas dispostos a se organizar em quistos.

O que desgarra e separa os brasileiros em componentes opostos é a estratificação de classes. Mas é ela que, do lado de baixo, unifica e articula, como brasileiros, as imensas massas predominantemente escuras, muito mais solidariamente cimentadas como tal, que enquanto negro retinto ou branco de cal, porque nenhum desses defeitos é insanável. O porta-voz mais brilhante dessa visão deformada de certos descendentes de imigrantes foi o sábio Hermann von Ihering. Na sua paixão por defender seus conterrâneos alemães, que estavam em guerra contra os índios que viveram desde sempre nos territórios doados para colonizar, emprestou seu prestígio científico para duas campanhas. A de pedir ao governo o extermínio dos índios como requisito do progresso e da civilização, e a de acusar a gente brasileira, que tinha feito esse país que o abrigava, como incapaz de qualquer empreendimento.

> Os actuaes indios do Estado de S. Paulo não representam um elemento de trabalho e de progresso. Como tambem nos outros Estados do Brazil, não se póde esperar trabalho sério e continuado dos indios civilizados e como os Caingangs selvagens são um impecilio para a colonização das regiões do sertão que habitam, parece que não ha outro meio, de que se possa lançar mão, senão o seu exterminio.
>
> A conversão dos indios não tem dado resultado satisfactorio; aquelles indios que se uniram aos portuguezes immigrados, só deixaram uma influencia malefica nos habitos da população rural. É minha convicção de que é devido essencialmente a essas circumstancias, que o Estado de S. Paulo é obrigado a introduzir milhares de immigrantes, pois que não se póde contar, de modo efficaz e seguro, com os serviços dessa população indigena, para os trabalhos que a lavoura exige (Ihering 1907:215).

Outros intérpretes de nossas características nacionais veem os mais variados defeitos e qualidades aos quais atribuem valor causal. Um exemplo nos basta. Para Sérgio Buarque de Holanda seriam características nossas, herdadas dos iberos, a sobranceria hispânica, o desleixo e a plasticidade lusitanas, bem como o espírito aventureiro e o apreço à lealdade de uns e outros e, ainda, seu gosto maior pelo ócio do que pelo negócio. Da mistura de todos esses ingredientes, resultaria uma certa frouxidão e anarquismo, a falta de coesão, a desordem, a indisciplina e a indolência. Mas derivariam delas, também, certo pendor para o mandonismo, para o autoritarismo e para a tirania.

Como quase tudo isso são defeitos, devemos convir que somos um caso feio, tamanhas seriam as carências de que padecemos. Seria assim? Temo muito que não. Muito pior para nós teria sido, talvez, e Sérgio o reconhece, o contrário de nossos defeitos, tais como, o servilismo, a humildade, a rigidez, o espírito de ordem, o sentido de dever, o gosto pela rotina, a gravidade, a sisudez. Elas bem poderiam nos ser ainda mais nefastas porque nos teriam tirado a criatividade do aventureiro, a adaptabilidade de quem não é rígido mas flexível, a vitalidade de quem enfrenta, ousado, azares e fortunas, a originalidade dos indisciplinados.

Fala-se muito, também, da preguiça brasileira, atribuída tanto ao índio indolente, como ao negro fujão e até às classes dominantes viciosas. Tudo isso é duvidoso demais frente ao fato do que aqui se fez. E se fez muito, como a construção de toda uma civilização urbana nos séculos de vida colonial, incomparavelmente mais pujante e mais brilhante do que aquilo que se verificou na América do Norte, por exemplo. A questão que se põe é entender por que eles, tão pobres e atrasados, rezando em suas igrejas de tábua, sem destaque em qualquer área de criatividade cultural, ascenderam plenamente à civilização industrial, enquanto nós mergulhávamos no atraso.

As causas desse descompasso devem ser buscadas em outras áreas. O ruim aqui, e efetivo fator causal do atraso, é o modo de ordenação da sociedade, estruturada contra os interesses da população, desde sempre sangrada para servir a desígnios alheios e opostos aos seus. Não há, nunca houve, aqui um povo livre, regendo seu destino na busca de sua própria prosperidade. O que houve e o que há é uma massa de trabalhadores explorada, humilhada e ofendida por uma minoria dominante, espantosamente eficaz na formulação e manutenção de seu próprio projeto de prosperidade, sempre pronta a esmagar qualquer ameaça de reforma da ordem social vigente.

Confrontos

Que é o Brasil entre os povos contemporâneos? Que são os brasileiros? Enquanto povo das Américas, contrasta com os povos testemunhos, como o México e o altiplano andino, com seus povos oriundos de altas civilizações que vivem o drama de sua dualidade cultural e o desafio de sua fusão numa nova civilização.

Outro bloco contrastante é o dos povos transplantados, que representa nas Américas tão só a reprodução de humanidades e de paisagens europeias. Os Estados Unidos da América e o Canadá são de fato mais parecidos e mais aparentados com a África do Sul branca e com a Austrália do que conosco. A Argentina e o Uruguai, invadidos por uma onda gringa que lançou 4 milhões de europeus sobre um mero milhão que havia devassado o país e feito a independência, soterrando a velha formação hispano-índia, são outros transplantados.

Só é de perguntar por que, com a economia igual e até mais rica de produção de cereais, de carnes e de lãs, não conseguem a prosperidade da Austrália e do Canadá, que se enriqueceram com muito menos? Será o velho Cromwell e a institucionalidade por ele criada, que ainda regem o norte, que fazem a diferença?

Os outros latino-americanos são, como nós mesmos, povos novos, em fazimento. Tarefa infinitamente mais complexa, porque uma coisa é reproduzir no além-mar o mundo insosso europeu, outra é o drama de refundir altas civilizações, um terceiro desafio, muito diferente, é o nosso, de reinventar o humano, criando um novo gênero de gentes, diferentes de quantas haja.

Se olhamos lá para fora, a África contrasta conosco porque vive ainda o drama de sua europeização, prosseguida por sua própria liderança libertária, que tem mais horror à tribalidade que sobrevive e ameaça explodir do que à recolonização. São ilusões! Se os índios sobreviventes do Brasil resistiram a toda a brutalidade durante quinhentos anos e continuam sendo eles mesmos, seus equivalentes da África resistirão também para rir na cara de seus líderes neoeuropeizadores. Mundos mais longínquos, como os orientais, mais maduros que a própria Europa, se estruturam na nova civilização, mantendo seu ser, sua cara.

Nós, brasileiros, nesse quadro, somos um povo em ser, impedido de sê-lo. Um povo mestiço na carne e no espírito, já que aqui a mestiçagem jamais foi crime ou pecado. Nela fomos feitos e ainda continuamos nos fazendo. Essa massa de nativos oriundos da mestiçagem viveu por séculos sem consciência de si, afundada na *ninguendade*. Assim foi até se definir como uma nova identidade étnico-nacional, a de brasileiros. Um povo, até hoje, em ser, na dura busca de seu destino. Olhando-os, ouvindo-os, é fácil perceber que são, de fato, uma nova romanidade, uma romanidade tardia mas melhor, porque lavada em sangue índio e sangue negro.

Com efeito, alguns soldados romanos, acampados na península Ibérica, ali latinizaram os povos pré-lusitanos. O fizeram tão firmemente que seus filhos mantiveram a latinidade e a cara, resistindo a séculos de opressão de invasores nórdicos e sarracenos. Depois de 2 mil anos nesse esforço, saltaram o mar-oceano e vieram ter no Brasil para plasmar a neorromanidade que nós somos.

É de assinalar que, apesar de feitos pela fusão de matrizes tão diferenciadas, os brasileiros são, hoje, um dos povos mais homogêneos linguística e culturalmente e também um dos mais integrados socialmente da Terra. Falam uma mesma língua, sem dialetos. Não abrigam nenhum contingente reivindicativo de autonomia, nem se apegam a nenhum passado. Estamos abertos é para o futuro.

Nações há no Novo Mundo – Estados Unidos, Canadá, Austrália – que são meros transplantes da Europa para amplos espaços de além-mar. Não apresentam novidade alguma neste mundo. São excedentes que não cabiam mais no Velho Mundo e aqui vieram repetir a Europa, reconstituindo suas paisagens natais para viverem com mais folga e liberdade, sentindo-se em casa. É certo que às vezes se fazem criativos, reinventando a república e a eleição grega. Raramente. São, a rigor, o oposto de nós.

Nosso destino é nos unificarmos com todos os latino-americanos por nossa oposição comum ao mesmo antagonista, que é a América anglo-saxônica, para fundarmos, tal como ocorre na comunidade europeia, a Nação Latino-Americana sonhada por Bolívar. Hoje, somos 500 milhões, amanhã seremos 1 bilhão. Vale dizer, um contingente humano com magnitude suficiente para encarnar a latinidade em face dos blocos chineses, eslavos, árabes e neobritânicos na humanidade futura.

Somos povos novos ainda na luta para nos fazermos a nós mesmos como um gênero humano novo que nunca existiu antes. Tarefa muito mais difícil e penosa, mas também muito mais bela e desafiante.

Na verdade das coisas, o que somos é a nova Roma. Uma Roma tardia e tropical. O Brasil é já a maior das nações neolatinas, pela magnitude populacional, e começa a sê-lo também por sua criatividade artística e cultural. Precisa agora sê-lo no domínio da tecnologia da futura civilização, para se fazer uma potência econômica, de progresso autossustentado. Estamos nos construindo na luta para florescer amanhã como uma nova civilização, mestiça e tropical, orgulhosa de si mesma. Mais alegre, porque mais sofrida. Melhor, porque incorpora em si mais humanidades. Mais generosa, porque aberta à convivência com todas as raças e todas as culturas e porque assentada na mais bela e luminosa província da Terra.

Bibliografia

ALBERSHEIM, Ursula. 1962. *Uma comunidade teuto-brasileira, Jarim*. Rio de Janeiro, CBPE/Ministério da Educação.

ANCHIETA, José de. 1933. *Cartas, informações, fragmentos históricos e sermões do padre Joseph de Anchieta (1554-1594)*. Rio de Janeiro, ABL/Civilização Brasileira (Cartas Jesuíticas III).

_____. 1958. *De gestis Mendi de Saa*. Edição bilíngue, tradução pe. Armando Cardoso. Rio de Janeiro, Arquivo Nacional.

ANDREONI, João Antonio (André João Antonil). 1711. *Cultura e opulência do Brasil por suas drogas e minas*. Lisboa, Officina Real Deslandesiana, 1ª ed.

_____. 1967. *Cultura e opulência do Brasil por suas drogas e minas*. São Paulo, Companhia Editora Nacional (Roteiro do Brasil), vol. 2.

ARAÚJO, José de Souza Azevedo Pizarro e. 1945/1951. *Memórias históricas do Rio de Janeiro*. Rio de Janeiro, INL/Imprensa Nacional, 10 vols.

ÁVILA, pe. Fernando Bastos de. 1956. *L'immigration au Brésil, contribution à une théorie générale de l'immigration*. Rio de Janeiro, Agir.

AZEVEDO, João Lúcio d'. 1930. *Os jesuítas no Grão-Pará, suas missões e a colonização*. Coimbra, Imprensa da Universidade.

_____. 1931. *História de Antônio Vieira*. Lisboa, Liv. Clássica Ed., 2 vols.

_____. 1947. *Épocas de Portugal econômico: esboços de história*. Lisboa, Liv. Clássica Editora.

BAIÃO, Antônio. 1939. *História da expansão portuguesa no mundo: sob o alto patrocínio dos Ministérios das Colônias e da Educação Nacional*. Lisboa, Ática, vol. 2.

BLASQUEZ, Antônio. 1931. *Cartas avulsas (1550-1568)*. Rio de Janeiro, ABL/Civilização Brasileira (Cartas Jesuíticas II).

BOITEUX, Lucas Alexandre. 1912. *Notas para a história catharinense*. Florianópolis, Typ. da Liv. Moderna.

BONFIM, Manuel. 1929. *O Brasil na América: caracterização da formação brasileira*. Rio de Janeiro, Francisco Alves.

_____. 1930. *O Brasil na História: deturpação das tradições, degradação política*. Rio de Janeiro, Francisco Alves.

_____.1931. *O Brasil nação: realidade da soberania nacional*. Rio de Janeiro, Francisco Alves, 2 vols.

_____. 1935. *O Brasil*. São Paulo, Companhia Editora Nacional (Brasiliana, vol. 47).
BORAH, Woodrow W. 1962. "Population decline and the social and institutional changes of New Spain in the middle decades of the sixteenth century" in *Akten des 34. Internationalen Amerikanisten-Kongresses*. Copenhague.
_____. 1964. "America as model: the demographic impact of european expansion upon the non-european world" in *Actas XXXV Congreso Internacional de Americanistas*. México.
BOXER, Charles R. 1963. *A idade de ouro do Brasil: dores de crescimento de uma sociedade colonial*. São Paulo, Companhia Editora Nacional.
BRANDÃO, Ambrósio Fernandes. 1968. *Diálogos das grandezas do Brasil: de acordo com a edição da Academia Brasileira de Letras*. Rio de Janeiro, Edições de Ouro.
BUESCU, Mircea. 1968. *Exercícios de história econômica do Brasil*. Rio de Janeiro, APEC Editora.

CALDAS, João Pereira. 1899. "Roteiro do Maranhão a Goyaz pela capitania do Piauhy" in *Revista do Instituto Histórico e Geográfico Brasileiro*. Rio de Janeiro, t. LXII, parte 1ª, pp. 60-161.
CALDEIRA, Clovis. 1960. *Menores no meio rural (trabalho e escolarização)*. Rio de Janeiro, CBPE.
CALÓGERAS, J. Pandiá. 1927. "A política exterior do Império" in *Revista do Instituto Histórico e Geográfico Brasileiro*. São Paulo, 2 vols.
_____. 1938. *Formação histórica do Brasil*. São Paulo, Companhia Editora Nacional, 3ª ed.
CAMARGO, José Francisco de. 1957. *Êxodo rural no Brasil: ensaio sobre suas formas, causas e consequências econômicas principais*. São Paulo, Oficina Gráfica Bisordi.
_____. 1968. *A cidade e o campo: o êxodo rural no Brasil*. São Paulo, ao livro técnico, Ed. da Universidade (coleção Buritido).
CANDIDO, Antonio. 1964. *Os parceiros do Rio Bonito. Estudo sobre o caipira paulista e a transformação dos seus meios de vida*. Rio de Janeiro, José Olympio.
CANSTATT, Oscar. 1954. *O Brasil, a terra e a gente*. Rio de Janeiro, Irmãos Pongetti.
CAPISTRANO DE ABREU, João. 1929. *O descobrimento do Brasil*. Rio de Janeiro, Ed. da Soc. Capistrano de Abreu.
_____. 1954. *Capítulos de história colonial (1500-1800)*. Rio de Janeiro, Ed. da Soc. Capistrano de Abreu.
_____. 1975. *Caminhos antigos e povoamento do Brasil*. Rio de Janeiro, Ed. Civilização Brasileira.
CARDIM, Fernão. 1980. *Tratados da terra e gente do Brasil*. Belo Horizonte/São Paulo, Itatiaia/EDUSP.
CARDOSO, Fernando Henrique. 1962. *Capitalismo e escravidão no Brasil meridional: o negro na sociedade escravocrata do Rio Grande do Sul*. São Paulo, Difel.

CARDOZO, Efraím. 1959. *El Paraguay colonial: las raíces de la nacionalidad*. Buenos Aires/Assunção.
CARNEIRO, Édison. [s.d.]. *Candomblés da Bahia*. Rio de Janeiro.
CARNEIRO, J. Fernando. 1950. *Imigração e colonização no Brasil*. Rio de Janeiro, Faculdade Nacional de Filosofia, cadeira de geografia do Brasil (Publicações Avulsas nº 2).
CASCUDO, Luís da Câmara. 1954. *Dicionário do folclore brasileiro*. Rio de Janeiro, INL.
CASTRO, Josué de. 1946. *Geografia da fome: a fome no Brasil*. Rio de Janeiro, "O Cruzeiro."
CAVA, Ralph Della. 1970. *Miracle at Joaseiro*. Nova York/Londres, Columbia University Press.
COOK, Sherburne F. e BORAH, Woodrow W. 1957. "The rate of population change in Central Mexico 1550-1570" in *Hispanic American Historical Review* 37 (IV), pp. 463-70.
CORRÊA FILHO, Virgílio. 1969. *História de Mato Grosso*. Rio de Janeiro, INL.
CORTES, Geraldo de Menezes. 1954. "Migração e colonização no Brasil" in separata da *Revista de Serviço Público*. Rio de Janeiro, Depto. de Imprensa Nacional.
CORTESÃO, Jaime. 1943. *A carta de Pero Vaz de Caminha*. Rio de Janeiro, Ed. Livros de Portugal.
_____. (Org.). 1956. *Pauliceae lusitana monumenta historica*. Lisboa, ed. comemorativa do 4º Centenário da Cidade de São Paulo, Real Gabinete de Leitura do Rio de Janeiro, vol. 1 (1494-1600), partes V-VIII.
_____. 1958. *Raposo Tavares e a formação territorial do Brasil*. Rio de Janeiro, Serviço de Documentação/Ministério da Educação e Cultura.
_____. 1964. *Introdução à história das bandeiras*. Lisboa, Portugália, 2 vols.
COSTA PINTO, L. A. 1948. "A estrutura da sociedade rural brasileira" in *Sociologia* (X 2/3). São Paulo.
_____. 1953. *O negro no Rio de Janeiro: relações de raças numa sociedade em mudança*. Rio de Janeiro, Companhia Editora Nacional.
CRULS, GASTÃO. 1938. *A Amazônia que eu vi: Obidos: Tumucumaque*. São Paulo.
CRUZ, Ernesto Horácio da. 1963. *História do Pará*. Belém, Universidade Federal do Pará (Coleção Amazônica), 2 vols.
CUNHA, Euclides da. 1945. *Os sertões (Campanha de Canudos)*. Rio de Janeiro, Francisco Alves.
CURTIN, Philip D. 1969. *The Atlantic slave trade: a census*. Madison/Londres, University of Wisconsin Press.

DANIEL, pe. João. 1976. "Tesouro descoberto no rio Amazonas" in separata dos *Anais da Biblioteca Nacional*. Rio de Janeiro, vol. 95, 2 vols.

DANTAS, Francisco Clementino de Santiago. 1877. *Ligeira notícia sobre as operações militares contra os muckers na província do Rio Grande do Sul*. Rio de Janeiro, Typ. da Gazeta de notícias.

DAVATZ, Thomas. 1941. *Memórias de um colono no Brasil (1850)*. São Paulo, Martins (Biblioteca Histórica Brasileira).

DIAS, Carlos A. 1981. "O indígena e o invasor: a confrontação dos povos indígenas do Brasil com o invasor europeu, nos séculos XVI e XVII" in *Encontros com a Civilização Brasileira* (28). Rio de Janeiro, pp. 201-25.

DIÉGUES JR., Manuel. 1960. *Regiões culturais do Brasil*. Rio de Janeiro, CBPE.

_____. 1964. *Imigração, urbanização e industrialização: estudo sôbre alguns aspectos da contribuição cultural do imigrante no Brasil*. Rio de Janeiro, CBPE.

DOBYNS, Henry F. e THOMPSON, Paul. 1966. "Estimating aboriginal American population" in *Current Anthropology* (7-4). Utrecht, Holanda.

DOURADO, Mecenas. 1958. *A conversão do gentio*. Rio de Janeiro, Liv. São José.

DREYS, Nicolau. 1839. *Notícia descriptiva da província do Rio Grande de São Pedro do Sul*. Rio de Janeiro, Typ. Imp. e Const. de J. Villeneuve e Cia.

ENNES, Ernesto. 1938. *As guerras nos Palmares*. São Paulo, Companhia Editora Nacional (Brasiliana, vol. 127).

FAORO, Raymundo. 1958. *Os donos do poder: formação do patronato político brasileiro*. Porto Alegre, Globo, 2 vols.

FERNANDES, Florestan. 1949. *A organização social dos tupinambá*. São Paulo, Progresso Editorial.

_____. 1952. *A função social da guerra na sociedade Tupinambá*. São Paulo, *Revista do Museu Paulista*, n. s., vol. 6.

_____. 1964. *A integração do negro à sociedade de classes*. São Paulo.

FRANCO, Francisco de Assis Carvalho. 1953. *Dicionário de bandeirantes e sertanistas do Brasil (séculos XVI, XVII e XVIII)*. São Paulo, Comissão do IV Centenário da Cidade de São Paulo.

FRANK, Andrew Gunder. 1964. "A agricultura brasileira: capitalismo e o mito do feudalismo" in *Revista Brasiliense* 51. São Paulo.

FREYRE, Gilberto. 1935. *Sobrados e mucambos*. Rio de Janeiro, José Olympio.

_____. 1954. *Casa-grande & senzala*. Rio de Janeiro, José Olympio, 2 vols.

FRIEDERICI, Georg. 1967. *Caráter da descoberta e conquista da América pelos europeus*. Rio de Janeiro, INL.

FURTADO, Celso. 1959. *Formação econômica do Brasil*. Rio de Janeiro, Biblioteca Fundo Universal de Cultura, Estante da economia.

GANDIA, Enrique de. 1929. *Historia crítica de los mitos de la conquista americana*. Buenos Aires, Ed. Juan Roldan y Compañia.
GEIGER, Pedro Pinchas. 1963. *Evolução da rede urbana brasileira*. Rio de Janeiro, CBPE.
GILLIN, John. 1947. "Modern Latin American culture" in *Social Forces* (25).
GORENDER, Jacob. 1978. *O escravismo colonial*. São Paulo, Ática.
GUERREIRO RAMOS, Alberto. 1957. *Condições sociais do poder nacional*. Rio de Janeiro.
GUIMARÃES, Alberto Passos. 1963. *Quatro séculos de latifúndio*. São Paulo, Fulgor.

HARRIS, Marvin. 1964. *Patterns of race in the Americas*. Nova York, Walker and Company.
HEMMING, John. 1978. *Red gold: The conquest of the Brazilian indians*. Londres, Macmillan London Ltd.
HOLANDA, Sérgio Buarque de. 1945. *Monções*. Rio de Janeiro, Casa do estudante do Brasil.
_____. 1956. *Raízes do Brasil*. Rio de Janeiro, José Olympio (Documentos Brasileiros I).
_____. 1977. *Visão do paraíso*. São Paulo, Companhia Editora Nacional (Brasiliana, vol. 333).
_____. 1986. *O extremo oeste*. São Paulo, Brasiliense.

IANNI, Octavio. 1962. *As metamorfoses do escravo: apogeu e crise da escravatura no Brasil meridional*. São Paulo, Difel.
_____. 1966. *Raças e classes sociais no Brasil*. Rio de Janeiro, Civilização Brasileira.
IHERING, Hermann von. 1907. "A anthropologia do estado de São Paulo" in *Revista do Museu Paulista*. São Paulo, vol. VII, pp. 202-257.

KLOSTER, W. e SOMMER, F. 1942. *Ulrico Schmidl no Brasil quinhentista*. São Paulo, Pub. da Soc. Hans Staden.
KOSTER, Henry. 1942. *Viagens ao Nordeste do Brasil – Travels in Brasil*. São Paulo, Companhia Editora Nacional (Brasiliana, vol. 221).

LABRADOR, José Sánchez. 1910/1917. *El Paraguay católico: homenaje de la Universidad Nacional de La Plata al XVII Congresso internacional de los americanistas em su reunión de Buenos Aires, en mayo 16 á 21 de 1910*. Buenos Aires, Imprensa de Coni Hermano/Comp. Sud-Americana de Billetes de Banco, 3 vols.

LAYTANO, Dante de. 1952. *A estância gaúcha*. Rio de Janeiro, Serviço de Informação Agrícola nº 4, Ministério da Agricultura.
LEAL, Victor Nunes. 1948. *Coronelismo, enxada e voto: o município e o regime representativo no Brasil*. Rio de Janeiro, [s.n.].
LEITE, pe. Serafim. 1938/1950. *História da Companhia de Jesus no Brasil*. Lisboa/Rio de Janeiro, Liv. Portugália/Civilização Brasileira, 10 vols.
_____.1940. *Novas cartas jesuíticas*. São Paulo, Companhia Editora Nacional (Brasiliana, vol. 194).
_____. 1956/1957. *Cartas dos primeiros jesuítas do Brasil (Monumenta brasiliae, 1538-1563)*. Coimbra, Comissão do IV Centenário da Cidade de São Paulo, Tip. da Atlântida, 3 vols.
_____. 1960. *(Monumenta brasiliae IV, 1563-1568)*. Coimbra, Tip. da Atlântida.
_____. 1965. *Novas páginas de história do Brasil*. São Paulo, Companhia Editora Nacional.
LÉRY, Jean de. 1960. *Viagem à terra do Brasil*. São Paulo, Martins (Biblioteca Histórica Brasileira, vol. 7).
LIMA, Ruy Cirne de. 1935. *Terras devolutas. História, doutrina e legislação*. Porto Alegre, Livraria do Globo.
LISBOA, João Francisco. 1901. *Obras*. Lisboa, Typ de Mattos Moreira & Pinheiro, 2 vols.
LUGON, Clovis. 1968. *A república comunista cristã dos guaranis: 1610-1768*. Rio de Janeiro, Paz e Terra.

MACEDO SOARES, José Carlos de. 1939. *Fronteiras do Brasil no regime colonial*. Rio de Janeiro, José Olympio.
MACHADO, José de Alcântara. 1943. *Vida e morte do bandeirante*. São Paulo, Martins.
MAGALHÃES, Couto de. 1935. *O selvagem*. Rio de Janeiro, Companhia Editora Nacional, 3ª ed.
MALHEIRO DIAS, Carlos (org.). 1921/1924. *História da colonização portuguesa do Brasil*. Porto, Lit. Nacional, 3 vols.
MANCILLA, Justo e MASSETA, Simon. 1951. "Relación de los agravios que hicieron algunos vecinos y moradores de la villa de S. Pablo [...]" in CORTESÃO, Jaime (org.). *Manuscritos da Coleção de Angelis*. Rio de Janeiro, Biblioteca Nacional, vol. 1, pp. 310-39.
MARCHANT, Alexander. 1943. *Do escambo à escravidão: as relações econômicas de portugueses e índios na colonização do Brasil, 1500-1580*. Rio de Janeiro, Companhia Editora Nacional (Brasiliana, vol. 225).
MARTINS, Romário. 1899. *História do Paraná (1555-1853)*. Curitiba, Typ. da Liv. Econômica Annibal Rocha.

MARTINS, Wilson. 1955. *Um Brasil diferente. Ensaio sobre fenômenos de aculturação no Paraná*. São Paulo, Anhembi.

MATOS, Raimundo José da Cunha. 1979/1981. *Corografia histórica da província de Minas Gerais (1837)*. Belo Horizonte, Arquivo Público Mineiro, 2 vols.

MATOS GUERRA, Gregório de. 1946. *Florilégio da poesia brasileira*. Org. F. A. Varnhagen. Rio de Janeiro, Pub. da ABL (Coleção Afrânio Peixoto).

_____. 1990. *Gregório de Matos: obra poética*. Ed. James Amado. Rio de Janeiro, Record, 2 vols.

MEGGERS, Betty. 1971. *Amazonia, man and culture in a counterfeit paradise*. Chicago, Aldine.

MELLO FRANCO, Afonso Arinos de. 1936. *Conceito de civilização brasileira*. Rio de Janeiro, Companhia Editora Nacional (Brasiliana).

MELLO MORAES, A. J. de. 1858/1860. *Corographia histórica [...] do Império do Brasil*. Rio de Janeiro, Typ. Brasileira, 5 vols.

MELLO NETO, José Antonio Gonsalves de. 1947. *Tempo dos flamengos, influência da ocupação holandesa na vida e na cultura do Norte do Brasil*. Rio de Janeiro, José Olympio.

MENDONÇA, Marcos Carneiro de. 1963. *A Amazônia na era pombalina: correspondência do governador e capitão-general do estado Grão-Pará e Maranhão Francisco Xavier de Mendonça Furtado: 1751-1759*. Rio de Janeiro, IHGB, 3 vols.

MILLIET, Sérgio. 1939. *Roteiro do café: contribuição para o estudo da história econômica e social do Brasil*. São Paulo.

MONTENEGRO, Abelardo F. 1959. *História do fanatismo religioso no Ceará*. Fortaleza, Ed. A. Batista Fontenele.

MONTOYA, pe. Antonio Ruiz de. 1892. *Conquista espiritual: hecha por los religiosos de la Compañía de Jesus en las provincias del Paraguay, Paraná, Uruguay y Tape*. Bilbao, Imprenta del Corazón de Jesus.

MOREIRA NETO, Carlos de Araújo. 1960. "A cultura pastoril do Pau D' Arco" in *Boletim do Museu Paraense Emilio Goeldi*. Belém (Nova Série, Antropologia nº 10)

_____. 1971. "A política indigenista brasileira durante o século XIX". Tese de doutorado, Faculdade de Filosofia de Rio Claro, 2 vols.

MORUS, Thomas. 1941. "Utopia" in *Utopias del Renascimiento*. México, Fondo de Cultura.

NIMUENDAJÚ, Curt. 1939. *The Apinayé*. Washington, The Catholic University of America.

_____. 1946. *The Eastern Timbira*. Berkeley/Los Angeles, University of California Press.

_____. 1950. "Reconhecimento dos rios Içana, Ayarí e Uaupés – Relatório apresentado ao Serviço de Proteção aos Índios do Amazonas e Acre de 1927" in *Journal de la Société des Américanistes XXXIX*, pp. 125-182.

_____. 1952. *The Tukuna*. Berkeley/Los Angeles, University of California Press.

_____. 1987. *As lendas da criação e destruição do mundo como fundamentos da religião dos Apapocuva-Guarani*. São Paulo, Hucitec/Edusp.

NINA RODRIGUES, Raimundo. 1939. *As coletividades anormais*. São Paulo.

_____. 1939a. *O alienado no direito civil brasileiro*. São Paulo, Companhia Editora Nacional.

NINA RODRIGUES, Raimundo e PIRES, Homero. 1945. *Os africanos no Brasil*. São Paulo, Companhia Editora Nacional.

NÓBREGA, Manuel da. 1931. *Cartas do Brasil (1549-1560)*. Rio de Janeiro, ABL/Officina Industrial Graphica (Cartas Jesuíticas I).

_____. 1954. *Diálogo sobre a conversão do gentio*. IV Centenário da Fundação de São Paulo, Lisboa, União gráfica.

_____. 1955. *Cartas do Brasil e mais escritos do pe. Manuel da Nóbrega (Opera omnia)*. Coimbra, Acta Universitatis Conimbrigensis.

_____. 1955. "Preconceito racial de marca e preconceito racial de origem" in *Anais XXXI Congresso Internacional de Americanistas*. São Paulo, vol. 1.

NOGUEIRA, Oracy. 1960. "Cor de pele e classe social" in Vários autores. *Sistemas de plantaciones en el Nuevo Mundo*. Washington, Unión Panamericana.

PAES LEME, Pedro Taques de Almeida. 1954. *Nobiliarchia paulistana historica e genealogica*. São Paulo, Martins, 3 vols.

PAULA, José Maria de. 1944. *Terras dos índios*. Rio de Janeiro, Imp. Nacional.

PERDIGÃO MALHEIRO, Agostinho M. 1976. *A escravidão no Brasil: ensaio histórico, jurídico, social*. Petrópolis, Vozes, 2 vols.

PIERSON, Donald. 1945. *Brancos e pretos na Bahia: estudos de contato racial*. São Paulo, Companhia Editora Nacional.

PINHEIRO, José Feliciano Fernandes (visconde de São Leopoldo). 1946. *Anais da Província de São Pedro: história da colonização alemã no Rio Grande do Sul*. Petrópolis, Vozes.

PINTO, Álvaro Vieira. 1956. *Ideologia e desenvolvimento nacional*. Rio de Janeiro, ISEB.

PRADO, Eduardo da Silva. 1917. *A ilusão americana*. São Paulo, Editora e Officinas Magalhães.

PRADO JÚNIOR, Caio. 1942. *Formação do Brasil contemporâneo*. São Paulo, Martins.

_____. 1966. *A revolução brasileira*. Rio de Janeiro, Brasiliense.

QUEIROZ, Maria Isaura Pereira de. 1957. "O movimento messiânico do Contestado e o folclore" in *Anais da II Reunião Brasileira de Antropologia*. Bahia.

———. 1965. *O messianismo no Brasil e no mundo*. São Paulo, Ed. Dominus.

QUEIROZ, Maurício Vinhas de. 1966. *Messianismo e conflito social: a guerra do contestado, 1912-1916*. Rio de Janeiro, Civilização Brasileira.

RAIOL, Domingos Antonio. 1970. *Motins políticos ou História dos principais acontecimentos políticos da província do Pará desde o ano de 1821 até 1835*. Belém, Universidade Federal do Pará, 3 vols.

RAMOS, Arthur. 1940. *O negro brasileiro*. São Paulo, Companhia Editora Nacional (Brasiliana, vol. 188).

———. 1942. *A aculturação negra no Brasil*. São Paulo, Companhia Editora Nacional (Brasiliana, vol. 224).

———. 1943-47. *Introdução à antropologia brasileira*. Rio de Janeiro, Casa do Estudante do Brasil, 2 vols.

———. 1946. *As culturas negras no Novo Mundo*. São Paulo, Companhia Editora Nacional (Brasiliana, vol. 249).

RANGEL, Ignácio. 1957. *Dualidade básica da economia brasileira*. Rio de Janeiro, ISEB.

REDFIELD, Robert. 1941. *The folk culture of Yucatan*. Chicago, The University of Chicago Press.

———. 1963. *El mundo primitivo y sus transformaciones*. México, Fondo de Cultura Económica.

REIS, Arthur Cezar Ferreira. 1931. *História do Amazonas*. Manaus, Officinas Typographicas de A. Reis.

———. 1953. *O seringal e o seringueiro na Amazônia*. Rio de Janeiro.

RIBEIRO, Darcy. 1956. "Convívio e contaminação: efeitos dissociativos da depopulação provocada por epidemias em grupos indígenas" in *Sociologia* (XVIII-1). São Paulo.

———. 1957. "Culturas e línguas indígenas do Brasil" in *Educação e Ciências Sociais* (2-6). Rio de Janeiro.

———. 1959. "Projeto de pesquisa sobre os processos de industrialização e urbanização" in *Educação e Ciências Sociais* (IV-5), pp. 113-8. Rio de Janeiro.

———. 1968. *O processo civilizatório: etapas da evolução sociocultural*. Rio de Janeiro, Civilização Brasileira.

———. 1970. *As Américas e a civilização: processo de formação e causas do desenvolvimento desigual dos povos americanos*. Rio de Janeiro, Civilização Brasileira.

———. 1970a. *Os índios e a civilização: a integração das populações indígenas no Brasil moderno*. Rio de Janeiro, Civilização Brasileira.

_____. 1971. *El dilema de América Latina: estructuras de poder y fuerzas insurgentes*. México, Siglo XXI.

RIBEIRO PIRES, Simeão. 1979. *Raízes de Minas*. Montes Claros, Minas Gráfica Ed.

ROCHA POMBO, José F. da. 1905. *História do Brazil*. J. Fonseca Saraiva/Benjamim de Aguila, 10 vols.

ROCHE, Jean. 1969. *A colonização alemã no Rio Grande do Sul*. Porto Alegre, Globo, 2 vols.

RODRIGUES, João Barbosa. 1890. *Poranduba amàzonense, ou Kóchiyma-vara parandub, 1872-1887*. Rio de Janeiro, Typ. de G. Leuzinger & Filhos.

RODRIGUES, José Honório. 1954. *O continente do Rio Grande*. Rio de Janeiro, Ed. São José.

_____. 1965. *Conciliação e reforma no Brasil: um desafio histórico-cultural*. Rio de Janeiro, Civilização Brasileira.

_____. 1979. *História da história do Brasil*. São Paulo, Companhia Editora Nacional (Brasiliana, vol. 1).

RODRIGUES DO PRADO, Francisco. 1839. "História dos índios Cavalleiros ou da nação Guaycurú [...]" in *Revista do Instituto Histórico e Geográfico Brasileiro*, vol. 1. Rio de Janeiro, pp. 25-57.

ROMERO, Sílvio. 1943. *História da literatura brasileira*. Rio de Janeiro, José Olympio, 5 vols.

_____. 1954. *Folclore brasileiro*. Rio de Janeiro, José Olympio, 3 vols.

ROSENBLAT, Angel. 1954. *La población indígena y el mestizaje en América*. Buenos Aires, Ed. Nova, 2 vols.

SAINT-HILAIRE, Auguste de. 1939. *Viagem ao Rio Grande do Sul (1820-1821)*. São Paulo, Companhia Editora Nacional (Brasiliana, vol. 167).

SAITO, Hiroshi. 1961. *O japonês no Brasil: estudo de mobilidade e fixação*. São Paulo, Ed. Sociologia e Política.

SALVADOR, frei Vicente do. 1888. *História do Brasil (1550-1627)*. Rio de Janeiro, Annaes da Biblioteca Nacional, vol. 13, pp. 1-261.

_____. 1982. *História do Brasil (1500-1627)*. São Paulo, Itatiaia (Reconquista do Brasil, vol. 49).

SANTOS, Milton. 1955. *Zona do cacau: introdução ao estudo geográfico*. Salvador, S. A. Artes Gráficas.

SCHMIDEL, Ulrich. 1947. *Derrotero y viaje a España y las Indias*. Buenos Aires/México, Espasa-Calpe Argentina.

SCHULLER, Rudolf R. (1515). 1914. "A nova gazeta da cena do Brasil" ("Newen Zeytungauss Presillg Landt") in *Anais da Biblioteca Nacional*. Rio de Janeiro, vol. 33, pp. 1-27.

SCHUPP, pe. Ambrósio. s/d (1957). *Os Muckers: episódio histórico extraído da vida contemporânea nas colônias alemãs do Rio Grande do Sul.* Porto Alegre, Ed. Liv. Selbach.

SEPP, pe. Antonio. 1951. *Viagem às missões jesuíticas e trabalhos apostólicos.* São Paulo, Martins (Biblioteca Histórica Brasileira).

SERRA, Ricardo Franco de Almeida. 1844. "Extracto da descripção geographica da província de Mato Grosso feita em 1797 por [...]" in *Revista do Instituto Histórico e Geográfico Brasileiro*, vol. 6. Rio de Janeiro.

SILVA, cel. Ignacio Accioli de Cerqueira. 1919/1940. *Memórias históricas e políticas da província da Bahia.* Bahia, Imp. Oficial do Estado, 6 vols.

SIMONSEN, Roberto. 1937. *História econômica do Brasil (1500-1820).* São Paulo, Companhia Editora Nacional (Brasiliana, vols. 100 e 100a), 2 vols.

SODRÉ, Nelson Werneck. 1963. *Introdução à revolução brasileira.* Rio de Janeiro, Editora Civilização Brasileira.

SOUSA, Gabriel Soares de. 1971. *Tratado descritivo do Brasil em 1587.* São Paulo, Companhia Editora Nacional (Brasiliana, vol. 117).

SOUTHEY, Robert. 1862. *História do Brazil.* Rio de Janeiro, B. L. Garnier, 6 vols.

SOUZA LEITE, Antonio Attico de. 1898. *Fanatismo religioso, memória sobre o reino encantado na comarca de Villa Bella.* Juiz de Fora, Typ. Mattoso.

SPIX, J. B. von e MARTIUS, C. F. P. von. 1938. *Viagem pelo Brasil.* Rio de Janeiro, IHGB/Imp. Nacional, 3 vols.

_____. 1938a. *Atlas.* Rio de Janeiro, IHGB/Imp. Nacional.

STADEN, Hans. 1942. Duas viagens ao Brasil. Obs. São Paulo, Pub. da Soc. Hans Staden.

STEWARD, Julian H. 1949. "The native population of South America" in *Handbook of South American Indians*, vol. 5. Washington, Smithsonian Institution.

_____. 1960. "Perspectivas de las plantaciones" in Vários autores. *Sistemas de plantaciones en el Nuevo Mundo: estudios y resúmenes de discusiones celebrados en el seminario.* Washington, Union Panamericana.

STUDART, barão de. 1920/1923. "Documentos para a história do Brasil e especialmente a do Ceará" in *Revista do Instituto do Ceará*, vols. 24 (1910), 34 (1920), 35 (1921), 36 (1922), 37 (1923). Fortaleza.

TAUNAY, Afonso d'Escragnolle. 1922. *Na era das bandeiras.* São Paulo, Melhoramentos:

_____. 1924/1950. *História geral das bandeiras paulistas.* São Paulo, Typ. Ideal H. L. Canton – Imp. Oficial do Estado, 11 vols.

_____. 1936. "A guerra dos bárbaros" in separata do nº XXII da *Revista do Arquivo*.

_____. 1941. *Subsídios para a história do tráfico africano no Brasil colonial.* Rio de Janeiro, Imp. Nacional.

_____. 1952. *Ensaio de carta geral das bandeiras paulistas*. São Paulo, Melhoramentos.

TAVARES, Maria da Conceição e outros. 1964. "Auge y declinación del proceso de sustitución de importaciones en el Brasil" in *Boletin Económico de América Latina* (IX-1). Santiago de Chile.

TORRES, João Camilo de Oliveira. 1962. *História de Minas Gerais*. Belo Horizonte, Difusão Pan-Americana do Livro, 5 vols.

TOYNBEE, Arnold J. 1959. *Estudio de la historia (Compendio)*. Buenos Aires, Emece, 2 vols.

VALENTE, Waldemar. 1963. *Misticismo e região. Aspectos do sebastianismo nordestino*. Recife, Instituto Joaquim Nabuco de Pesquisas Sociais.

VALVERDE, Orlando. 1964. *Geografia agrária do Brasil*. Rio de Janeiro, Centro Brasileiro de Pesquisas Educacionais, vol. 1.

VARNHAGEN, Francisco A. de. 1854-7. *Historia geral do Brazil, [...]*. Madri, Imprensa de V. de Dominguez/Imprenta de J. del Rio, 1ª ed., 2 vols.

_____. 1962. *História geral do Brasil*. São Paulo, Melhoramentos. 5 vols.

VASCONCELOS, Diogo de. 1948. *História antiga das Minas Gerais*. Rio de Janeiro, INL, 2 vols.

_____. 1948a. *História média de Minas Gerais*. Rio de Janeiro, INL.

VIANNA, F. J. Oliveira. 1956. *Evolução do povo brasileiro*. Rio de Janeiro, J. Olympio.

VIEIRA, pe. Antônio. 1925-8. *Cartas do padre Antônio Vieira, coordenadas e anotadas por J. Lúcio de Azevedo*. Coimbra, Imprensa da Universidade, 3 vols.

_____. 1951. *Sermões*. Porto, Lello e Irmãos Editores, 15 vols.

_____. 1951a. *Em defesa dos índios: obras escolhidas*. Lisboa, Liv. Sá da Costa, vol. 5.

VIEIRA DA CUNHA, Mário Wagner. 1963. *O sistema administrativo brasileiro 1930/1950*. Rio de Janeiro.

VILHENA, Luís dos Santos. 1969. *A Bahia no século XVIII (Recopilação das notícias soteropolitanas e brasílicas)*. Salvador, Ed. Itapuã, 3 vols.

VITÓRIA, Francisco de. 1696. *De indis y De iure belli* em *Relectiones morales*. Colonia, ed. Augusti Boetii, 1ª ed.

_____. 1943. *Las relecciones de indis y de iure belli*. Washington, Imprenta de la Union Panamericana.

WAGLEY, Charles e HARRIS, Marvin. 1955. "A typology of Latin American subcultures" in *American Anthropologist*, vol. 57, nº 3, pp. 428-51.

WAIBEL, Leo. 1947. "O sistema de plantações tropicais" in *Boletim Geográfico* (v-56). Rio de Janeiro.

_____. 1949. "Princípios de colonização europeia no Sul do Brasil" in *Revista Brasileira de Geografia* (11-2). Rio de Janeiro.

_____. 1958. *Capítulos de geografia tropical e do Brasil*. Rio de Janeiro, IBGE.

WILLEMS, Emílio. 1946. *A aculturação dos alemães no Brasil. Estudo antropológico dos imigrantes alemães e seus descendentes no Brasil*. São Paulo, Companhia Editora Nacional.

_____. 1947. *Cunha – Tradição e transição em uma cultura rural no Brasil*. São Paulo, Secretaria da Agricultura do Estado de São Paulo, Diretoria de Publicidade Agrícola.

Vida e obra de Darcy Ribeiro

1922

Nasce na cidade de Montes Claros, estado de Minas Gerais, a 26 de outubro, filho de Reginaldo Ribeiro dos Santos e de Josefina Augusta da Silveira Ribeiro.

1939

Começa a cursar a Faculdade de Medicina de Belo Horizonte. Nesse período, inicia a militância pelo Partido Comunista do Brasil (PCB), do qual se afastaria nos anos seguintes.

1942

Recebe uma bolsa de estudos para estudar na Escola de Sociologia e Política de São Paulo. Deixa o curso de Medicina e segue para a capital paulista.

1946

Licencia-se em Ciências Sociais pela Escola de Sociologia e Política de São Paulo, especializando-se em Etnologia, sob a orientação de Herbert Baldus.

1947

Ingressa no Serviço de Proteção aos Índios, onde conhece e colabora com Cândido Mariano da Silva Rondon, o Marechal Rondon, então presidente do Conselho Nacional de Proteção aos Índios. Realiza estudos etnológicos de campo entre 1947 e 1956, principalmente junto aos índios Kadiwéu do estado de Mato Grosso; Kaapor, da Amazônia; diversas tribos do alto Xingu, no Brasil Central; bem como entre os Karajá, da Ilha do Bananal, em Tocantins, e os Kaingang e Xokleng, dos estados do Paraná e Santa Catarina, respectivamente.

1948

Em maio, casa-se com a romena Berta Gleizer.
Publica o ensaio "Sistema familial Kadiwéu".

1950

Publica *Religião e mitologia Kadiwéu*.

1951

Publica os ensaios "Arte Kadiwéu", "Notícia dos Ofaié-Chavante" e "Atividades científicas da Secção de Estudos do Serviço de Proteção aos Índios".

1953

Assume a direção da Seção de Estudos do Serviço de Proteção aos Índios.

1954

Organiza o Museu do Índio, no Rio de Janeiro (Rua Mata Machado, s/nº), que dirige até 1957. Ao lado dos irmãos Orlando e Cláudio Villas-Bôas, elabora o plano de criação do Parque Indígena do Xingu, no Brasil Central. Escreve o capítulo referente à educação e à integração das populações indígenas da Amazônia na sociedade nacional, da Superintendência do Plano de Valorização Econômica da Amazônia (SPVEA).
Publica o ensaio "Os índios Urubus".

1955

Organiza e dirige o primeiro curso de pós-graduação em Antropologia Cultural no Brasil para a formação de pesquisadores (1955/1956). Sob sua orientação, o Museu do Índio produz diversos documentários sobre a vida dos índios Kaapor, Bororo e do Xingu. Assume a cadeira de Etnografia Brasileira e Língua da Faculdade de Filosofia, Ciências e Letras da Universidade do Brasil, no Rio de Janeiro, função que exerce como professor contratado (1955/1956) e como regente da cátedra (1957/1961). Licenciado em 1962, é exonerado em 1964, com a cassação dos seus direitos políticos pela ditadura militar, e retorna à universidade somente em 1980, já com o nome de Universidade Federal do Rio de Janeiro (UFRJ). Por incumbência do Departamento de Ciências Sociais da UNESCO, realiza um estudo de campo e de gabinete sobre o processo de integração das populações indígenas no Brasil moderno.
Publica o ensaio "The Museum of the Indian".

1956

Realiza estudos sobre os problemas de integração das populações indígenas no Brasil para a Organização Internacional do Trabalho (OIT).

Publica o ensaio "Convívio e contaminação: defeitos dissociativos da população provocada por epidemias em grupos indígenas".

1957

Nomeado diretor da Divisão de Estudos Sociais do Centro Brasileiro de Pesquisas Educacionais (1957/1959) do Ministério da Educação e Cultura (MEC).
Publica os ensaios "Culturas e línguas indígenas do Brasil" e "Uirá vai ao encontro de Maíra: as experiências de um índio que saiu à procura de Deus" e o livro *Arte plumária dos índios Kaapor* (coautoria de Berta Ribeiro).

1958

Empreende um programa de pesquisas sociológicas, antropológicas e educacionais destinado a estudar catorze comunidades brasileiras representativas da vida provinciana e urbana nas principais regiões do país. É eleito presidente da Associação Brasileira de Antropologia, exercendo o cargo entre os anos de 1958 e 1960.
Publica os ensaios "Cândido Mariano da Silva Rondon", "O indigenista Rondon" e "O programa de pesquisas em cidades-laboratório".

1959

Participa, com Anísio Teixeira, da campanha de difusão da escola pública frente ao Congresso Nacional, que elaborava a Lei de Diretrizes e Bases da Educação Nacional.
Publica o ensaio "A obra indigenista de Rondon".

1960

É encarregado pelo governo Juscelino Kubitschek de coordenar o planejamento da Universidade de Brasília (UnB). Organiza, para isso, uma equipe de uma centena de cientistas e pensadores.
Publica os ensaios "Anísio Teixeira, pensador e homem de ação", "A universidade e a nação", "A Universidade de Brasília" e "Un concepto de integración social".

1961

É nomeado diretor da Comissão de Estudos de Estruturação da Universidade de Brasília por Jânio Quadros.

1962

Toma posse como o primeiro reitor da Universidade de Brasília, cargo que exerce até 1963. É eleito presidente do Centro Brasileiro de Pesquisas Físicas. Assume como ministro da Educação e Cultura do Gabinete Parlamentarista do primeiro ministro Hermes Lima.
Publica o ensaio "A política indigenista brasileira".

1963

Exerce a chefia da Casa Civil do presidente João Goulart, até 31 de março de 1964, quando se exila no Uruguai devido ao golpe militar.

1964

Exerce, até setembro de 1968, o cargo de professor de Antropologia em regime de dedicação exclusiva da Faculdade de Humanidades e Ciências da Universidade da República Oriental do Uruguai.

1965

Publica o ensaio "La universidad latinoamericana y el desarrollo social".

1967

Dirige o Seminário sobre Estruturas Universitárias, organizado pela Comissão de Cultura da Universidade da República Oriental do Uruguai.
Publica o livro *A universidade necessária*.

1968

Recebe o título de Doutor Honoris Causa pela Universidade da República Oriental do Uruguai. Retorna ao Brasil em setembro por ter sido anulado, pelo Supremo Tribunal Militar, o processo que lhe havia sido imposto pelo tribunal militar. Com o Ato Institucional nº 5 do regime militar brasileiro, é preso em 13 de dezembro.
Publica os ensaios "La universidad latinoamericana" e "Política de desarrollo autónomo de la universidad" e o livro *O processo civilizatório: etapas da evolução sociocultural* (Série Estudos de Antropologia da Civilização).

1969

Julgado por um tribunal militar, é absolvido por unanimidade a 18 de setembro, em sentença confirmada pelo Superior Tribunal Militar. É aconselhado a retirar-se novamente do país. Fixa-se em Caracas, sendo então contratado pela Universidade Central da Venezuela para dirigir um seminário interdisciplinar de Ciências Humanas, destinado a professores universitários e estudantes pós-graduados, e para coordenar um grupo de trabalho dedicado a estudar a renovação da Universidade.

A revista *Current Anthropology* promove um debate internacional sobre seu livro *The Civilizational Process* e seu ensaio "Culture-Historical Configurations of the American People".

1970

Participa do 39º Congresso Internacional de Americanistas, realizado em Lima, Peru, em agosto, como coordenador do seminário Formação e Processo das Sociedades Americanas, no qual apresenta o trabalho "Configurações Histórico-Culturais dos Povos Americanos", que publicaria no mesmo ano. Conclui seus estudos dos sistemas universitários, publicados em *La universidad latinoamericana*. A convite da Universidade Nacional da Colômbia, integra, em setembro, um grupo de peritos em problemas universitários que realiza um seminário em Bogotá para debater os aspectos acadêmicos da universidade: políticas, programas, estrutura.

Publica os livros *Propuestas acerca de la renovación* e *Os índios e a civilização: a integração das populações indígenas no Brasil moderno* (Série Estudos de Antropologia da Civilização).

1971

Prepara, a pedido da Divisão de Estudos das Culturas da UNESCO, a introdução geral à obra *América Latina em sua arquitetura*. Participa de um congresso sobre o problema indígena, realizado em Barbados, sob os auspícios do Conselho Mundial de Igrejas, e colabora como um dos redatores da Declaração de Barbados sobre etnocídio dos índios. Participa do Colóquio Internacional sobre o Ensino das Ciências Sociais, realizado em Argel, apresentando trabalho em colaboração com Heron de Alencar. Em julho, convidado pelo Atheneo de Caracas, ministra uma série de seis palestras sobre Teoria da Cultura, resumidas em quatro conferências na Universidade de Los Andes, Mérida, Venezuela.

Publica o livro *O dilema da América Latina: estruturas de poder e forças insurgentes* (Série Estudos de Antropologia da Civilização).

1972

Em janeiro, junto com Oscar Varsavsky, Amílcar Herrera e um grupo de educadores do Conselho Nacional da Universidade Peruana, prepara um plano de reestruturação do sistema universitário peruano. Participa da II Conferência Latino-Americana de Difusão Cultural e Extensão Universitária, promovida em fevereiro no México pela União das Universidades Latino-Americanas (Udual), apresentando o trabalho "¿Qué integración latinoamericana?". Em abril, volta a Lima para reunião do Conselho Nacional da Universidade Peruana (Conup) e escreve, em seguida, o estudo "La universidad peruana". Radica-se em Lima, Peru, onde planeja, organiza e passa a dirigir o Centro de Estudos de Participação Popular, financiado pelo Programa das Nações Unidas para o Desenvolvimento (PNUD), pela Organização Internacional do Trabalho (OIT) e por sua contraparte peruana, o Sistema Nacional de Mobilização Social (Sinamos). Por solicitação do Ministério de Educação e Pesquisa Científica da República da Argélia, elabora o projeto de estruturação da Universidade de Ciências Humanas de Argel, que conta com um projeto arquitetônico de Oscar Niemeyer. Entre junho e julho, assina, em Genebra, um contrato com a OIT para dirigir o projeto PNUD-OIT Per 71.550. Posteriormente, segue para Belgrado, Paris e Madri para visitar e estudar cooperativas e sistemas de participação. Em setembro é contratado como professor visitante do Instituto de Estudos Internacionais da Universidade do Chile e fixa residência em Santiago.

Publica os ensaios "Civilización y criatividad" e "¿Qué integración latinoamericana?" e o livro *Os brasileiros: teoria do Brasil*.

1973

Viaja ao Equador para participar de um programa de estudos do Centro Nacional do Planejamento e de seminários nas universidades.

Publica o ensaio "Etnicidade, indigenato e campesinato" e o livro *La universidad nueva, un proyecto*.

1974

Participa, em agosto, do 41º Congresso Internacional de Americanistas, realizado no México, dirigindo um seminário sobre o problema indígena. Em outubro, participa do Ciclo de Conferências nas Universidades do Porto, de Lisboa e de Coimbra, sobre reforma universitária. Em dezembro, regressa ao Brasil para tratamento médico, pondo fim ao seu exílio político.

Separa-se de Berta Ribeiro.
Publica o ensaio "Rethinking the University" e os livros *Uirá sai à procura de Deus: ensaios de etnologia e indigenismo* e *La universidad peruana*.

1975

Reassume, em junho, a direção do Centro de Estudos de Participação Popular, em Lima.
Em outubro, participa da comissão organizada pelo PNUD para planejar a Universidade do Terceiro Mundo, no México.
Publica o ensaio "Tipologia política latino-americana" e o livro *Configurações histórico-culturais dos povos americanos*.

1976

Participa do Seminário de Integração Étnica do Congresso Internacional de Ciências Humanas na Ásia, África e América, organizado pelo Colégio do México e realizado na Cidade do México, em agosto. Preside um simpósio sobre o problema indígena, realizado em Paris, em setembro, pelo Congresso Internacional de Americanistas.
Em outubro, regressa definitivamente ao Brasil.
Publica o ensaio "Os protagonistas do drama indígena" e o livro *Maíra*, seu primeiro romance.

1977

Participa de conferências no México e em Portugal.

1978

Participa da campanha contra a falsa emancipação dos índios, pretendida pela ditadura militar brasileira.
Casa-se com Claudia Zarvos.
Publica o livro *UnB: invenção e descaminho*.

1979

Recebe, em 13 de maio, na Sorbonne, o título de Doutor Honoris Causa pela Universidade de Paris IV. A coleção "Voz Viva de América Latina", da Universidade Nacional Autônoma do México (UNAM), lança um disco de Darcy Ribeiro apresentado por Guillermo Bonfil Batalla. No disco, Darcy recita trechos de seu livro *Maíra*.
Publica o livro *Sobre o óbvio: ensaios insólitos*.

1980

Anistiado, retorna ao cargo de professor titular do Instituto de Filosofia e Ciências Sociais da Universidade Federal do Rio de Janeiro. Participa como membro do júri do 4º Tribunal Russell, que se reuniu em Rotterdam, na Holanda, para julgar os crimes contra as populações indígenas das Américas. Integra a Comissão de Educadores convocada pela UNESCO e que se reuniu em Paris, em novembro de 1980, para definir as linhas de desenvolvimento futuro da educação no mundo. A revista *Civilização Brasileira*, em seu volume 19, publica uma entrevista com Darcy Ribeiro sob o título: "Darcy Ribeiro fala sobre pós-graduação no Brasil". É eleito membro do Conselho Diretor da Faculdade Latino-Americana de Ciências Sociais (FLACSO).

1981

Participa como membro da Diretoria da 1ª Reunião do Instituto Latino-Americano de Estudos Transnacionais (ILET).
Publica o romance *O Mulo*.

1982

Participa do Seminário de Estudos da Amazônia da Universidade da Flórida (fevereiro/março). Visita São Francisco e Filadélfia. É recebido na Universidade de Columbia e participa da reunião da Latin American Studies Association (LASA), em Washington. Participa, em abril, do ciclo de conferências na Universidade de Madri.
É eleito vice-governador do Estado do Rio de Janeiro.
Publica o ensaio "A nação latino-americana" e o romance *Utopia selvagem*.

1983

Participa dos Rencontres Internationales de la Sorbonne: Création e Développement.
Assume as funções de secretário de Estado da Secretaria Extraordinária de Ciência e Cultura e de chanceler da Universidade do Estado do Rio de Janeiro.

1984

Como secretário extraordinário de Ciência e Cultura:
1) Planeja e coordena a construção do Sambódromo.
2) Constrói a Biblioteca Pública Estadual do Rio de Janeiro, organizada

como um centro de difusão cultural baseado tanto no livro como nos modernos recursos audiovisuais, destinado a coordenar a organização e funcionamento das bibliotecas dos Centros Integrados de Educação Pública (CIEPs).

3) Organiza o Centro Infantil de Cultura do Rio, como modelo integrado de animação cultural, aberto a centenas de crianças.

4) Reedita a *Revista do Brasil*.

Publica o ensaio "La civilización emergente" e o livro *Nossa escola é uma calamidade*.

1985

Coordena o planejamento da reforma educacional do Rio de Janeiro e põe em funcionamento:

1) uma fábrica de escolas, destinada a construir mil unidades escolares de pequeno e médio porte;

2) a edificação de 300 CIEPs para assegurar a educação, em horário integral, de 300 mil crianças.

Organiza, no antigo prédio da Alfândega, o Museu França-Brasil (atualmente Casa França-Brasil), com a colaboração do Ministro da Cultura da França, Jack Lang.

Publica o livro *Aos trancos e barrancos*.

1986

Darcy licencia-se dos cargos de vice-governador e secretário de Estado para concorrer ao pleito fluminense. Deixa para o Estado do Rio de Janeiro vários legados, como o Monumento a Zumbi dos Palmares; a Casa de Cultura Laura Alvim; o Restauro da Fazenda Colubandê, em São Gonçalo; e quarenta atos de tombamento, incluindo 150 bens imóveis, com destaque para a Casa da Flor, a Fundição Progresso, os bondes de Santa Teresa, quilômetros de praias do litoral fluminense, a praia de Grumari, as dunas de Cabo Frio, diversos coretos públicos, a Pedra do Sal e o sítio de Santo Antônio da Bica, de Antônio Burle Marx. Cria a Casa Comunitária, um novo modelo de atendimento para milhares de crianças pobres.

Edita, com Berta Ribeiro, o livro *Suma etnológica brasileira*, em três volumes.

Reintegra-se ao corpo de pesquisadores do CNPq, para retomar e concluir seus estudos de Antropologia da Civilização.

Publica os livros *América Latina: a pátria grande* e *O livro dos CIEPs*.

1987

Assume o cargo de secretário de Estado da Secretaria de Desenvolvimento Social no Estado de Minas Gerais, para programar uma reforma educacional. A convite da Universidade de Maryland (EUA), participa de um ciclo de debates sobre a realidade brasileira. Elabora a programação cultural do Memorial da América Latina, a convite do então governador de São Paulo, Orestes Quércia.

1988

Profere conferências em Munique, Paris e Roma. Comparece à reunião anual da Tribuna Socialista em Belgrado e visita Sarajevo. Viaja a Cuba, México, Guatemala, Peru, Equador e Argentina para selecionar obras de arte para constituir o futuro acervo do Memorial da América Latina.
Publica o romance *Migo*.

1989

Como parte da campanha de Leonel Brizola à presidência da República do Brasil, coordena, nas capitais do país, a realização do Fórum Nacional de Debates dos Problemas Brasileiros. Participa, em Caracas, do Foro de Reforma do Estado, onde fala das Dez Mentiras sobre a América Latina. É reincorporado ao corpo docente da Universidade de Brasília, por ato ministerial proposto pela universidade. Comparece, como convidado especial, ao ato de posse do presidente Carlos Andrés Pérez, da Venezuela. Participa das jornadas de reflexão sobre a América Latina.
Publica o ensaio "El hombre latinoamericano 500 años después".

1990

Participa de debates internacionais na Alemanha (sobre intercâmbio cultural Norte-Sul), e na França (sobre a Amazônia e a defesa das populações indígenas). Integra o Encontro de Ensaístas Latino-Americanos, realizado em Buenos Aires. É eleito senador pelo Estado do Rio de Janeiro, nas mesmas eleições que reconduziram Leonel Brizola ao Governo do Estado do Rio de Janeiro.
Publica o ensaio "A pacificação dos índios Urubu-Kaapor" e os livros *Testemunho* e *O Brasil como problema*.

1991

Licencia-se de seu mandato no Senado para assumir a Secretaria de Projetos Especiais de Educação do Governo Brizola, com a missão de promover a retomada da implantação dos Centros Integrados de Educação Pública (ao todo, foram inaugurados 501 CIEPs).

1992

É eleito membro da Academia Brasileira de Letras, ocupando a cadeira de nº 11. Elabora e inaugura a Universidade Estadual do Norte Fluminense, em Campos dos Goytacazes.
Publica os ensaios "Tiradentes estadista" e "Universidade do terceiro milênio: plano orientador da Universidade Estadual do Norte Fluminense" e o livro *A fundação do Brasil, 1500/1700* (em colaboração com Carlos de Araújo Moreira Neto).

1994

Concorre, ao lado de Leonel Brizola, à Presidência da República.
É internado em estado grave no Hospital Samaritano do Rio de Janeiro.
Publica o ensaio "Tiradentes".

1995

Deixa o hospital e segue para sua casa em Maricá, no intuito de concluir a série de estudos de Antropologia da Civilização, o que acaba por conseguir com a obra *O povo brasileiro: a formação e o sentido do Brasil*. Publica também o livro *Noções de coisas* (com ilustrações de Ziraldo).

1996

Assina uma coluna semanal no jornal *Folha de S.Paulo*. Retoma sua cadeira no Senado e concentra suas atividades na aprovação da Lei nº 9394/1996 (Lei de Diretrizes e Bases da Educação Nacional – Lei Darcy Ribeiro). Recebe o título de Doutor Honoris Causa da Universidade de Brasília. Recebe o Prêmio Interamericano de Educação Andrés Bello, concedido pela Organização dos Estados Americanos (OEA).
Publica os ensaios "Los indios y el Estado Nacional" e "Ethnicity and Civilization" (este com Mércio Gomes) e o livro *Diários índios: os Urubu-Kaapor*.

1997
Publica os livros *Gentidades*, *Mestiço é que é bom* e *Confissões*.
Falece, em 17 de fevereiro, na cidade de Brasília, no dia em que defenderia o seu Projeto Caboclo no Senado.

ÍNDICE ONOMÁSTICO

A
ADÃO, 36
ADORNO, Antônio Dias, 107
AFONSO V, d., 33
ALBERSHEIM, Ursula, 161, 333
ALBUQUERQUE, Jerônimo, 66, 103
ALEIJADINHO (Antônio Francisco Lisboa), 115, 168
ÁLVARES, Diogo, 65
ANCHIETA, padre José de, 39, 41, 43, 48, 68, 72, 101, 105, 112, 138, 333
ANDRADE, Carlos Drummond de, 197
ANDREONI, João Antônio (André João Antonil), 205, 210, 211, 333
ARAÚJO, José de Souza Azevedo Pizarro e, 333
ASSIS, Machado de, 168
ÁVILA, padre Fernando Bastos de, 181, 333
AVIS, Henrique, Dom, 32, 47
AZARA, Félix de, 29
AZEVEDO, João Lúcio de, 78, 130, 333

B
BAIÃO, António, 33, 333
BARBOSA, Rui, 168
BARROS, Cristóvão de, 107
BLASQUEZ, Antonio, 72, 333
BOITEUX, Lucas Alexandre, 333
BOLÍVAR, Simón, 332
BONAPARTE, Napoleão, 117, 118, 279
BONFIM, Manuel, 333, 334
BORAH, Woodrow W., 106, 107, 334, 335
BOXER, Charles R., 334
BRANDÃO, Ambrósio Fernandes, 75, 334
BUESCU, Mircea, 121, 334

C
CABRAL, Pedro Álvares, 64
CALDAS, João Pereira, 334
CALDEIRA, Clóvis, 334
CALDEIRÃO, José Lourenço do, 263
CALÓGERAS, J. Pandiá, 121, 273, 334
CÂMARA, padre Luís Gonçalves da, 65
CAMARGO, José Francisco de, 334
CANDIDO, Antonio, 203, 282, 334
CANSTATT, Oscar, 334
CAPISTRANO DE ABREU, João, 66, 103, 112, 250, 273, 334
CARDIM, padre Fernão, 136, 137, 138, 139, 140, 141, 142, 143, 144, 145, 334
CARDOSO, Fernando Henrique, 176, 334
CARDOZO, Efraím, 63, 335
CARNEIRO, Édison, 335
CARNEIRO, J. Fernando, 181, 335
CARNEIRO, Nelson, 168
CASCUDO, Luís da Câmara, 335
CASTRO, Josué de, 335
CAVA, Ralph Della, 335
CÍCERO, padre (Romão Batista), 263
COELHO, Duarte, 66, 67, 103
COMTE, Augusto, 110
CONSELHEIRO, Antônio, 127, 132, 263, 264
COOK, Sherburne F., 107, 335
CORRÊA FILHO, Virgílio, 335
CORTES, Geraldo de Menezes, 181, 335
CORTESÃO, Jaime, 25, 63, 65, 92, 335, 338
COSTA, Cláudio Manuel da, 115
COSTA PINTO, L. A., 176, 335
COUTINHO, Lopes de Souza Pereira, 67
CRISTO, Jesus, 33, 46, 137, 138, 141, 144
CROMWELL, 331
CRULS, Gastão, 335
CRUZ, Ernesto Horácio da, 335
CRUZ E SOUSA, João da, 168
CUNHA, Euclides da, 132, 264, 335
CURTIN, Philip D., 121, 335

D
D'ÁVILA, Garcia, 130

DANIEL, padre João, 336
DANTAS, Francisco Clementino de Santiago, 336
DAVATZ, Thomas, 90, 336
DIAS, Carlos A., 28, 336
DIÉGUES JR., Manuel, 181, 190, 336
DOBYNS, Henry F., 106, 336
DOURADO, Mecenas, 43, 336
DREYS, Nicolau, 336
DUTRA, Eurico Gaspar, 153

E
ENGELS, Friedrich, 13
ENNES, Ernesto, 42, 336
EVA, 46

F
FAORO, Raymundo, 336
FERNANDES, Florestan, 26, 28, 176, 177, 336
FIGUEIREDO, Antonio Pedro de, 223
FRANCO, Francisco de Assis Carvalho, 336
FRANK, Andrew Gunder, 336
FREYRE, Gilberto, 47, 122, 146, 170, 178, 336
FRIEDERICI, Georg, 83, 336
FURTADO, Celso, 112, 220, 337

G
GALEGO, Pero, 66
GAMA, Luís, 168
GANDHI, Mahatma, 111
GANDIA, Enrique de, 95, 337
GEIGER, Pedro Pinchas, 337
GEISEL, Ernesto, 328
GILLIN, John, 203, 337
GOMES, Mércio, 7
GONZAGA, Luiz, 115
GORENDER, Jacob, 80, 337
GOULART, João, 12
GOUVEIA, padre Cristóvão de, 136
GRANDE OTELO (Sebastião Bernardes de Souza Prata), 170
GUEDES, 114
GUERREIRO RAMOS, Alberto, 168, 337
GUIMARÃES, Alberto Passos, 337
GUTENBERG, Johannes, 32

H
HARRIS, Mavin, 190, 337, 344

HEMMING, John, 106, 337
HITLER, Adolf, 248
HOLANDA, Sérgio Buarque de, 29, 30, 81, 82, 92, 304, 329, 337

I
IANNI, Octavio, 176, 181, 337
IEMANJÁ, 168, 197
IHERING, Hermann von, 329, 337

J
JACON, Gisele, 7
JULIÃO, Francisco, 266

K
KLOSTER, W., 337
KOSTER, Henry, 170, 337
KUBITSCHEK, Juscelino, 153

L
LABRADOR, José Sánchez, 29, 30, 337
LAYTANO, Dante de, 181, 338
LEAL, Victor Nunes, 338
LEITE, padre Serafim, 40, 78, 338
LÉRY, Jean de, 28, 37, 70, 338
LIMA, Ruy Cirne de, 338
LISBOA, João Francisco, 338
LOBATO, Monteiro, 286
LOPES, Pero, 67
LUGON, Clovis, 106, 338

M
MACEDO SOARES, José Carlos de, 33, 338
MACHADO, José de Alcântara, 79, 338
MAGALHÃES, Couto de, 338
MALHEIRO DIAS, Carlos, 67, 338
MANCILLA, Justo, 78, 338
MANGABEIRA, 168
MARCHANT, Alexander, 67, 338
MARTINS, Romário, 338
MARTINS, Wilson, 181, 339
MARTIUS, Karl von, 280, 343
MARX, Karl, 13
MASSETA, Simon, 78, 338
MATOS, Raimundo José da Cunha, 339
MATOS GUERRA, Gregório de, 101, 102, 339
MAURÍCIO, José, 168

MEGGERS, Betty, 27, 339
MELLO FRANCO, Afonso Arinos de, 339
MELLO MORAES, A. J. de, 339
MELLO NETO, José Antonio Gonsalves de, 339
MELO, d. Matias de Figueiredo e (bispo de Olinda), 268
MENDES, Chico, 249
MENDONÇA, 130
MENDONÇA, Marcos Carneiro de, 339
MILLIET, Sérgio, 339
MONTENEGRO, Abelardo F., 339
MONTOYA, padre Ruiz de, 82, 339
MOREIRA, Carlos, 7
MOREIRA NETO, Carlos de Araújo, 238, 339
MORUS, Thomas, 47, 339

N

NASCIMENTO, Abdias do, 168
NASSAU, Maurício de, 107
NICOLAU V, papa, 32
NIEMEYER, Oscar, 197
NIMUENDAJÚ, Curt, 98, 110, 111, 339, 340
NINA RODRIGUES, Raimundo, 86, 340
NÓBREGA, padre Manuel da, 40, 41, 43, 45, 65, 68, 69, 70, 77, 101, 340
NOÉ, 46
NOGUEIRA, Oracy, 176, 177, 340
NOSSA SENHORA, 139, 140
NOSSA SENHORA de S. Lucas, 141, 144

P

PAES LEME, Pedro Taques de Almeida, 340
PAULA, José Maria de, 340
PEDRO, São, 33
PELÉ (Edson Arantes do Nascimento), 170
PERDIGÃO MALHEIRO, Agostinho, 340
PIERSON, Donald, 176, 340
PINHEIRO, José Feliciano Fernandes (visconde de São Leopoldo), 340
PINTO, Álvaro Vieira, 340
PIRES, Homero, 340
PIXINGUINHA (Alfredo da Rocha Vianna Filho), 170
POMBAL, marquês de, 44
PORTINARI, Candido, 197

PRADO, Eduardo da Silva, 340
PRADO JÚNIOR, Caio, 340

Q

QUEIROZ, Maria Isaura Pereira de, 315, 341
QUEIROZ, Maurício Vinhas de, 315, 341

R

RAIOL, Domingos Antonio, 341
RAMALHO, João, 64, 65, 101
RAMOS, Arthur, 86, 341
RANGEL, Ignácio, 341
REDFIELD, Robert, 203, 341
REIS, Arthur Cezar Ferreira, 341
RIBEIRO, Darcy, 17, 27, 50, 51, 86, 107, 117, 161, 172, 173, 204, 213, 304, 341, 342
RIBEIRO PIRES, Simeão, 123, 342
ROCHA POMBO, José F. da, 121, 342
ROCHE, Jean, 342
RODRIGUES, Antônio, 64
RODRIGUES, João Barbosa, 342
RODRIGUES, José Honório, 222, 223, 342
RODRIGUES DO PRADO, Francisco, 29, 342
ROMERO, Sílvio, 342
RONDON, Cândido Mariano da Silva, 110, 111
ROSA, Guimarães, 197
ROSENBLAT, Angel, 342

S

SÁ, Mem de, 39, 40, 41, 71, 72, 76, 103
SAINT HILAIRE, Auguste de, 109, 342
SAITO, Hiroshi, 181, 342
SALVADOR, frei Vicente do, 103, 104, 105, 117, 342
SANTA ROSA, Tomás, 169
SANTOS, Felipe dos, 275
SANTOS, Milton, 342
SARDINHA, bispo Fernandes, 76
SCHMIDEL, Ulrich, 65, 342
SCHULLER, Rudolf R., 342
SCHUPP, padre Ambrósio, 343
SEBASTIÃO, Dom, 76, 143, 262
SEBASTIÃO, São, 144
SEPP, padre Antonio, 343
SERRA, Ricardo Franco de Almeida, 343

SILVA, Ignacio Accioli de Cerqueira, 343
SIMONSEN, Roberto, 78, 107, 121, 343
SODRÉ, Nelson Werneck, 343
SOMMER, F., 337
SOUSA, Gabriel Soares de, 210, 343
SOUSA, Martim Afonso de, 67, 68, 144, 145
SOUTHEY, Robert, 343
SOUZA, Tomé de, 40, 65, 68, 103
SOUZA LEITE, Antonio Attico de, 344
SPIX, J. B. von, 343
STADEN, Hans, 29, 337, 343
STEWARD, Julian H., 106, 208, 343
STUDARD, barão de, 343

T

TAUNAY, Afonso d'Escragnolle, 121, 343, 344
TAVARES, Maria da Conceição, 153, 344
TAVARES, Raposo, 107
THOMPSON, Paul, 106, 336
TIRADENTES (Joaquim José da Silva Xavier), 105, 116, 278
TORRES, João Camilo de Oliveira, 344
TOYNBEE, Arnold J., 188, 344

V

VALENTE, Waldemar, 344
VALVERDE, Orlando, 344
VARGAS, Getúlio, 152, 153
VARNHAGEN, Francisco A. de, 339, 344
VASCONCELOS, Diogo de, 344
VELHO, Domingos Jorge, 41, 84, 107, 268
VIANNA, F. J. Oliveira, 344
VIEIRA, padre Antônio, 44, 45, 78, 228, 235, 344
VIEIRA DA CUNHA, Mário Wagner, 344
VILHENA, Luís dos Santos, 210, 344
VILLA-LOBOS, Heitor, 197
VILLEGAIGNON, Nicolas Durand de, 70
VITÓRIA, frei Francisco de, 45, 344

W

WAGLEY, Charles, 190, 344
WAIBEL, Leo, 181, 344, 345
WILLEMS, Emílio, 181, 203, 345

LEIA TAMBÉM, DE DARCY RIBEIRO

    As Américas e a civilização constitui-se o segundo livro da série "Estudos de Antropologia da Civilização", concebida por Darcy Ribeiro, que é composta também por *O processo civilizatório, As Américas e a civilização, O dilema da América Latina, Os índios e a civilização* e *Os brasileiros*. As reflexões aqui presentes vieram à lume durante o período em que o intelectual esteve no exílio. Trata-se de uma análise profunda dos processos histórico-culturais vividos pelos povos gestados na América a partir de uma perspectiva inovadora, na qual buscou-se evitar abordagens tradicionais marcadas por visões eurocêntricas. O desafio a que Darcy se colocou neste livro é dos mais espinhosos: tratar de forma conjunta as particularidades e os percursos que marcaram as diferentes populações do vasto continente americano.

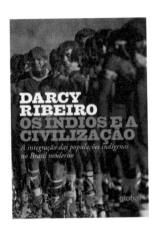

Darcy Ribeiro analisa com profundidade as relações entre as etnias indígenas e o contingente populacional em processo de expansão de novas áreas no território brasileiro ao longo da primeira metade do século XX. Darcy expõe como os primeiros habitantes do Brasil lidaram com o crescimento da pecuária, da agricultura e com o avançado processo de urbanização, ao mesmo tempo em que flagra as marcas do extermínio dos povos indígenas neste movimento de inserção deles na moderna sociedade brasileira.

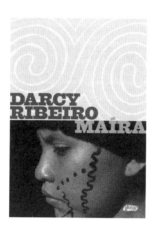

Darcy Ribeiro foi um homem múltiplo: antropólogo, etnólogo, político, educador e um dos mais importantes intelectuais brasileiros, além de ter ajudado na fundação do Parque Indígena do Xingu. Maíra, seu romance de estreia, traz para o universo ficcional sua experiência como antropólogo, o que levou o crítico literário Antonio Candido a afirmar: "curioso é o caso de um antropólogo como Darcy Ribeiro, que no romance Maíra renovou o tema indígena, superando a barreira dos gêneros numa admirável narrativa onde o mitológico, o social e o individual se cruzam para formar um espaço novo e raro".

Em Maíra, o índio Avá deixa o convívio de sua tribo, ainda menino, e parte para Roma com o propósito de se tornar padre e missionário. Seu retorno, acompanhado da carioca Alma, resulta em momentos intensos, que mostram a riqueza da cultura indígena e sua inadequação aos valores hegemônicos da sociedade cristã.

No romance, vê-se a apaixonada defesa da causa indígena, promovida pelo autor durante toda sua trajetória de antropólogo. Embebido por leituras teóricas sobre o universo dos índios e, especialmente, por sua experiência de vida junto a eles, Darcy constrói aqui uma narrativa instigante e envolvente em torno do contato entre o mundo dos conquistadores e o dos conquistados, flagrando os desdobramentos trágicos resultantes desse encontro.

É urgente modernizar o Brasil. Essa necessidade, muitas vezes bradada por governantes em suas campanhas políticas, é enfrentada por Darcy Ribeiro com bravura e sabedoria neste *O Brasil como problema*. Ainda que enxergue e exponha claramente os percalços da aventura da formação histórico-social brasileira, é com fé no futuro que Darcy Ribeiro projeta os próximos passos de sua nação.

Em sua visão, em que pesem as tragédias políticas, sociais e econômicas perpetradas por reis, por presidentes e por nossas elites ao longo dos tempos, a sociedade brasileira não está fadada ao fracasso eterno e também não pode imputar totalmente aos nossos antepassados as agruras com as quais hoje convive. Um outro porvir é possível.

A viabilidade deste mistério chamado Brasil está exposta com nitidez neste livro. Um enigma que só uma mente prodigiosa e indignada como a de Darcy Ribeiro seria capaz de desvendar.

Nestes *Ensaios insólitos*, Darcy Ribeiro não economiza esforços para dissecar, com amplitude de reflexão e uma escrita envolvente, os dilemas e as ambiguidades que marcaram o desenvolvimento histórico-social da América Latina e, mais especificamente, do Brasil. O que suscitou a concentração de terras nas mãos de poucos? O que o Brasil perdeu com o extermínio de indígenas transcorrido ao longo de sua história? Como o país foi levado a se tornar uma economia periférica no mundo?

Essas e outras indagações fundamentais são respondidas por Darcy com um destemor sem igual. Como quem conversa com o leitor, ele reconstrói passo a passo as trilhas que tornaram a América Latina este continente multifacetado que, ao mesmo tempo que foi vincado por experiências políticas autoritárias, também possui em seus povos uma força criadora incomum. Neste livro, Darcy abre sendas, aponta caminhos, projetando sempre as estradas para um futuro promissor.